KUWEI

酷威文化

图书 影视

他与月光为邻

为邻

丁墨 著

（上册）

江苏凤凰文艺出版社
JIANGSU PHOENIX LITERATURE AND
ART PUBLISHING

图书在版编目（CIP）数据

他与月光为邻：全2册 / 丁墨著 . —— 南京：江苏
凤凰文艺出版社，2022.10
ISBN 978-7-5594-7019-5

Ⅰ . ①他… Ⅱ . ①丁… Ⅲ . ①长篇小说 – 中国 – 当代
Ⅳ . ① I247.5

中国版本图书馆 CIP 数据核字 (2022) 第 123562 号

他与月光为邻：全 2 册

丁墨 著

责任编辑　周颖若

特约编辑　代琳琳　刘玉瑶

装帧设计　白砚川

责任印制　刘　巍

出版发行　江苏凤凰文艺出版社

　　　　　南京市中央路 165 号，邮编：210009

网　　址　http://www.jswenyi.com

印　　刷　天津鑫旭阳印刷有限公司

开　　本　880 毫米 ×1230 毫米 1/32

印　　张　21.5

字　　数　520 千字

版　　次　2022 年 10 月第 1 版

印　　次　2022 年 10 月第 1 次印刷

书　　号　ISBN 978-7-5594-7019-5

定　　价　69.80 元（全 2 册）

目录

目录

第一章

夜雨微寒

淡薄的日光，照亮了山脊。绿意葱茏的树林，折射出大片碎金般的光泽。一座寺庙静静矗立在山巅，俯瞰着不远处的城市。

寺门是暗黄色的，石板路老旧而干净，院子里还种了些花草。时间尚早，一眼望去，清静无人。

谢槿知穿着薄薄的春装外套，黑色长裤下是双运动鞋，一路走上来十分轻快。她掏十块钱买了张门票，跨进寺门，抬头就见层叠洁白的阶梯以及上方的大雄宝殿。

她在心中轻轻叹了口气，走了几步，手机响了，是同事兼好友冉妤打来的："槿知，身体好点没？中午要不要我给你带饭？"

谢槿知顿了顿，笑答："不用了，我没事。"周围环境空旷，间或还有清脆的鸟鸣。冉妤听到了，奇怪地问："你在哪儿？"

"唔……"谢槿知继续朝上走，"在宝安禅寺。"

冉妤一听急了："你昨晚不是说不舒服吗？生病不在家休息，跑到山上做什么？难道求菩萨保佑啊？你不是无神论者吗？"

谢槿知已经走到了正殿门口，她的语气比冉妤慢条斯理多了："放心。我已经好了，出来走走更舒服。我的确是无神论者，不过对于未知的事物，始终心怀敬畏罢了。"

外头阳光温暖，大殿里却很清冷，处处是灰暗厚重的颜色。暗金色的佛像端坐在宝座之上，双眸似乎悲悯地望着前方。

佛香却是清冽好闻的，丝丝缕缕，沁人心脾。谢槿知默立片刻，在佛前跪了下来，三跪九叩。额头轻贴蒲团，她隐约听到身旁有脚步声，大概是别的游客进来了。

拜完之后，她又双手合十，闭眼许了一会儿愿，这才睁眼站起来。

身旁多了个人。是刚才进殿的游客，他还没走。

谢槿知拿眼角余光扫了他一下，微微一怔。他穿着简单的白色衬衣，黑色休闲长裤，个子非常高，双手负在身后。殿内光线偏暗，他的脸部轮廓却非常白皙明朗。他站在离她几步远的空地上，站得很直，似乎没有注意到她，深潭般的双眼，始终盯着佛像。

谢槿知觉得这个人有点奇怪。

一般人进到寺庙里，都会看佛像，但大多是看两眼完事儿。可他却是目不转睛，若有所思，像是要……看出什么门道来。

察觉到她的视线，他转过脸来，也看着她。

谢槿知说："你好。"她说着点头笑了笑。

他静了几秒钟，负在身后的双手松开，插进裤兜里，也微微一笑："你好。"

他的相貌这样出色，稍稍一点笑意，眉梢眼角似乎都已沾染，更显五官清俊生动。可他眼中的笑意又是那样的淡，淡得几乎没有。这个人举手投足间，仿佛都透着几分说不出的沉静与淡漠。

两人都静了一会儿，谢槿知又问："你刚才盯着佛像，在看什么？"她着实有些好奇。

他静静地注视她一瞬，目光再次落在佛像上。谢槿知以为他不会回答了，转身刚要离开，却听到他的声音再次响起："我在看……佛的相貌，与人有什么不同。"

谢槿知一愣。她走出门口几步，又回头看了一眼，那人还站在殿中。

天空碧蓝高远，阳光将所有佛舍都涂抹上均匀的浅金色。青草和泥土混合的新鲜气味，隐隐飘来。谢槿知又寻了间偏殿，走了进去。

等她把所有佛堂都逛遍了，也爬完了七层宝塔，再走回正殿门口，才发觉寺里已经来了不少游客。他们或是三三两两站在空地上，或是在各个殿宇里流连，寺里倒是热闹不少。

谢槿知有些奇怪，平时没这么多人。她拿出手机看了看日历，明白了。今天恰好是农历二月十九，菩萨生日。小时候，母亲带她在这一天来过几次。她还记得寺里会提供很好吃的斋饭和糕点。

谢槿知逆着人流，往清静的地方走。前方的白墙之下，一个穿着长褂的算命先生正在摆摊。平时谢槿知是绝对不会靠近这种人的，此刻望着他铺在地上的繁复八卦图，却有些入神。

她走过去。算命先生一看大清早有了生意，脸上自然堆满笑意，从旁边拖了张凳子过来："姑娘，坐，坐。想问什么呀？姻缘、学业还是财运？"

谢槿知坐下，安静了几秒钟，说："是这样，我最近遇到了一件……离奇的事。"

算命先生"哦"了一声。

清风吹得头顶的树叶沙沙作响。谢槿知的双手平放在膝盖上，在心中斟酌了一下，刚要开口，一抬头，越过算命先生那平庸而微胖的脸，却瞥见刚才那个年轻男人出现在人群中。

原来院子里的斋膳堂已经开始供应饭菜了，门口排起了一条长龙。而他双手插在裤兜里，从人群中穿过，正在往外走。周围大多是上了年纪的大叔大妈，吵吵闹闹，笑声不断，唯独他身姿挺拔，容颜胜雪，自然十分惹眼。

他走了几步，忽然停下，低头对身边的大妈说了句什么。大妈的嗓门却是极大的，连远处的谢槿知都听到她笑哈哈的嗓音："小伙子，你问我们在干什么？还能干什么，领斋饭啊！很好吃的，只有宝安寺能够吃到，听说都传了几百年啦，你要不要尝尝？来，排阿姨这儿！"

她的话音刚落，周围许多人都朝他望去。出乎谢槿知的意料，他竟然点了点头，走到大妈身后。先前在殿中看到他老成持重的言行举止，听到他关于"佛相"的话语，谢槿知隐隐感觉他有些高人风范。而此刻，"高人"目不斜视，负手而立，跟在一群大叔大妈身后排队领斋饭。

谢槿知唇角微勾，刚要收回目光，他却好像察觉到了什么，忽然转头，朝这边看过来。

"姑娘，姑娘？你到底要问什么啊？"

谢槿知的目光回到算命先生脸上，又静了几秒钟，答："事情是这样的。我们单位的大型计算机系统最近有些不对劲。我觉得……要么撞邪了，要么遇到了很厉害的黑客……"

她的话还没讲完，算命先生身上忽然响起铃声。他歉意地笑笑："稍等啊，我接个电话。"说着从口袋里掏出了手机。

谢槿知只好听他讲电话。

"……嗯，摆上摊了。我这儿还有客户呢。对，中午回来吃饭。下午收了摊就去接孩子……"

谢槿知忽然就有些意兴阑珊。她觉得问询算命先生的举动实在幼稚可笑，于是不等他讲完电话，就从口袋里掏出十元钱放在桌上起身走了。

太阳在天空越爬越高，整间寺院都被照得亮堂堂的，周围弥漫着饭菜的香味。谢槿知虽然满怀心事，也有点饿了。她抬头望去，斋膳堂的饭菜已经发完了。十几张圆桌旁坐满了人，都在大快朵颐，一时倒没看见刚才那个男人的身影。

谢槿知眼尖，瞥见几个僧人端着糕点从厨房走出来，她立刻迎了上去。等她拿着两块晶莹剔透的椰汁绿豆糕从人群中出来，就听见身后的僧人扬声道："糕点已经发完了。"她低着头往前走，咬了一块糕点在嘴里，发现这糕点入口即化、细腻柔软。

她的眉头舒服地展开，走了几步，眼前忽然出现一双男式黑色休闲鞋，还有两条笔直的长腿。

谢槿知抬起头，又遇到他了。

阳光透过树枝照下来，光影斑驳，清风徐徐。周围人来人往，他就这么站在她面前，双手负在身后。那双眼清澈乌黑，阳光下看不太分明。

他吃完斋饭了？谢槿知咽下嘴里的糕点，朝他点了点头，然后迈步想从他旁边绕过去。一只修长且骨节分明的手拦住了她的去路。

谢槿知惊讶地抬头看着他，而他神色平静，手缓缓放下，重新收回身后。他生得本就高挑，此刻站得又近，这样负手注视着她，竟莫名有些迫人的感觉。

这个陌生男人，为什么要拦她？

谢槿知脑海里闪过他刚才排队领斋饭的画面，瞬间"明白"过来。还能有什么别的原因？她低头看向手里剩下的那块糕点，然后递到他面前："吃吧。"

他却没有马上接，只是看她一眼，目光也落在糕点上。

谢槿知笑笑："是很好吃，没关系，给你。"

他又静了几秒钟，眉头还轻蹙了一下。谢槿知不明白他为什么蹙眉，但也没多想。终于，他伸手接过，把糕点放进嘴里。他的手指白皙纤长，吃东西的动作也显得斯文俊雅。

看他很快就吃完了，谢槿知又冲他笑了笑，再一次迈步想走，却听到他低沉温软的嗓音不疾不徐地响起："小姐，已经按你的要求吃掉糕点，我想我可以说明来意了。"

谢槿知看着他。

"我知道你遇到了可怕的事。"

谢槿知一愣，然后整个人都僵住了。

他重新负手在身后，眉眼温和地凝视着她，阳光在他的鼻翼旁投下淡淡的阴影。

他说："交给我来解决。"

天空明亮透彻，暖黄的阳光照得人热乎乎的，谢槿知却感觉到后背蹿起一阵凉意，瞬间浸透全身。而对方依旧平静地望着她。

谢槿知很清楚，今天之前，自己从没见过这个男人。安静了一会儿，她开口："怪力乱神，我从来不信。"清澈秀气的眼睛毫不回避地直视着他，"你四肢健全、相貌端正，以后不要再做这种招摇撞骗的事了。"

风在耳边轻轻吹着，周围人来人往。阳光照在他脸上，那眉目显得格外清楚而安静。

他静默着，不知在想什么。谢槿知再次迈步要走。哪知他抬起手臂拦住她，她差点撞上他柔软干净的白衬衫。她有了些恼意，冷眼看着他。

他开口了，那嗓音也温软平和得像徐徐流动的水："你没有什么值得我骗的东西。"

谢槿知心中冒出第一个念头：他这么说，倒也有点道理。但她仔细一琢磨，这话有点侮辱人。

"那你说，为什么断定我遇到了可怕的事？"她盯着他。

他又安静了几秒钟。

"因为我是……"他答，"顶级黑客。"

谢槿知怔住。

他松开负在背后的双手插进裤兜，也不再看她，目光转向远处的山岭和蓝天。

"应寒时，189×××3598。"

像是笃定了她一定会打给他，说完这句话，他就转身朝寺门走了。进出的人很多，很快他的身影就没入人群里，再也看不见。

谢槿知在原地站了一会儿，掏出手机记下了号码。

省图书馆位于江城市中心，远远望去，灰色严整的建筑群矗立在城市的车水马龙中。谢槿知去年大学本科毕业后，也算是过五关斩六将，成为省图的一名正式员工。

中午，天空由晴转阴。大片大片的云，像连绵而苍白的锦缎，遮住整个世界。

谢槿知刚走进馆厅，工作台后的冉好立刻起身迎上来，她乌黑的大眼睛滴溜溜地打量着她："真好了？"

谢槿知拉着她的手："好啦。你看我下午就来上班了。"

冉好这才点头，转身又对工作台后另一个人说："庄冲，槿知这几天不舒服，你多干点活儿。"

叫庄冲的男人把脸埋在电脑后，高高瘦瘦的身形端坐不动，轻轻"嗯"了一声。

谢槿知轻笑，推了冉好的手一下："你别欺负他。"

冉好横她一眼："我哪里欺负他了？别看他正襟危坐，就这么点儿午休时间，游戏打得正欢呢。"

一下午，清静如常。

今天是工作日，人不多。谢槿知将手头的一些工作做完，便用手撑着下巴，抬头望去。庄冲正站在两排书架间整理书本，侧脸在灯下显得白皙清秀。他跟谢槿知同期入职，别看他平时闷不作声，听到冉好叮嘱后，他就真的一个人把大多数活儿全干了，典型的任劳任怨工科男。

冉好坐在座位上，哼着小调，低头整理书籍标签。

谢槿知的目光从她身上滑过，落在她面前的电脑上，然后扫过一排电脑，最后落在自己面前的电脑屏幕上，此时屏幕上的光线明亮，图片呈现清晰。这是今年年初，馆里统一配备的新电脑。

她又沿着电源线看过去，最后目光一跃，落在不远处的机房——玻璃门后，图书馆主机庞大的机身看起来灰黑坚厚。它占据了整整一个房间。

这整个计算机系统也是年初刚从外国引进的，省图也因此一跃成为华中地区乃至全国最大最先进的图书馆之一。

馆厅里静悄悄的，谢槿知耳边仿佛都能听到主机运行时低沉而持续的声响。

她拿起手机起身，推门走了出去。

楼梯间里一个人也没有，阴暗安静。她低头吹了吹地面，在台阶上坐了下来，然后打电话给谢槿行。

谢槿行大概在忙，电话响了好久才接起。若说谢槿知的性格偏静，那么这个哥哥的性子比她还要内敛刻板数倍。可据说在科研工作上，他却经常提出很多大胆而具有突破性的观点，所以他不到三十岁就已经是副教授了。

"槿知，有什么事？"谢槿行知道这个妹妹的性子十分稳重，如果不是十万火急的事，她不会在工作时间打扰他。

谢槿知握着手机，另一只手在地上轻轻地划着，沾上了不少灰尘。

"谢槿行，问你个问题。如果计算机……尤其是大型计算机，不按指令行动，还有了混乱的、自主的表现，是什么原因造成的？"

谢槿行明显有些意外，静了片刻才答："一般来说，有两个原因。一个，就是黑客入侵。"

他提到"黑客"，谢槿知的脑子·里倏地闪过早上遇到的那个年轻男人的脸。

"被黑客控制后，计算机会有什么样的行为表现，全看黑客的意图。这点你肯定也知道。"谢槿行顿了顿，嗓音里有了很浅的笑意，"第二个原因，我们科研人员常见，离你的生活却很远，就是人工智能。"

谢槿知安静地听他继续说道："你知道，各国研究人工智能已经有很多年了。不过，不管是我们、还是国外，对这方面的研究都还处于非常初级的阶段。我有个同学，就在中科院做这个。你说的这种情况——混乱、自主、不遵循指令的计算机，在他们实验室，大概会经常见到。"

谢槿知轻轻"哦"了一声。

谢槿行又问："你具体遇到了什么问题？"

谢槿知的嗓音略有些沉闷："也许是第一种，但也有可能……是第二种。"

这下换谢槿行沉默了。

他又问："我记得你们馆里今年引进了一套系统？"

"是的。"她停了停，答，"就是它。"

电话里静了一会儿。最后，谢槿行说："你先什么也不要做。我这几天在封闭项目里，一会儿手机也不能用了。下周我过去找你，见面谈。"

傍晚时分，云层越积越厚，乌泱泱的一片，风雨欲来。谢槿知租住的房子就在省图附近，从省图出来，步行七八分钟就到家。她刚踏进家门，就见窗外雨点飘了下来。很快就噼里啪啦声一片，雨势还不小。

几个拆开的快递纸箱胡乱堆在玄关，沙发上丢满了她的衣物，床上的被子虽然叠了，但是形状略显扭曲。桌上自然也是乱糟糟的。冉好对此曾有点评，她说谢槿知是典型的"秀外不慧中"。

谢槿知却是处之泰然，她觉得这样很好很温馨。她将桌子清出一块干净地方，放下她从小饭馆打包的盖浇饭，坐下一边吃，一边在手机浏览器里输入——应寒时。

搜索无结果。照片、生平、履历……什么都没有。难道他真的是黑客？

她抬头，看着窗外。雨雾蒙蒙中，不远处的图书馆大楼，黑灯瞎火一片，像灰色的巨人屹立在暮色中。

叮咚一声，谢槿知低头望去，墙角旁，她几个月前买的扫地机器人开始工作了。

扫地机器人刚买回来那几天，谢槿知还颇有兴趣地跟着它在房间里溜达，观察它，后来就习惯了它的存在。

此刻，她放下筷子起身，走过去，在它旁边蹲下，安静地看着。说是"扫地机器人"，不过是商家的噱头，其实就是个"扫地机器"，市面上几千元就能买到。

它圆圆的，像个金属大饼，安装了清扫装置，顶端有摄像头，内部有芯片，可以根据房间地形简单规划扫地路线，然后每天定时启动，打扫完整个屋子，又自己回到电源插座上，完全不用人管。

谢槿行说人工智能离她的生活很远。他那么勤勉整洁的人，大概是不需要扫地机器的。

只是不知道，他所说的处于研究阶段的"初级人工智能"，比这扫地机器要先进多少呢？

天完全黑了，雨声不断。谢槿知坐在窗前，开了盏台灯，在看书。她刚翻了几页，手机就响了。是下班时才分开的冉妤，她的声音很是焦急："槿知槿知，帮个忙！一定要帮我个忙！求你了，求你了！"

"说吧。"谢槿知又翻了页书，嘴角带上了笑，"急什么啊。"

冉妤的语气又沮丧又愧疚："今天下班的时候，基本古籍区有几扇窗户，我忘记关了……"

谢槿知翻书的手指停住了。

"我知道下这么大的雨，很不方便。"冉妤还是急急地说着，"可是我家住在江对面，赶回馆里太远了。我给庄冲打电话，但你知道那小子一下班就打游戏，根本不接电话。只有你住得最近，拜托拜托了！要是有珍贵书籍被淋湿，我还不被馆长宰了？！唉，我真是太毛躁了，对不起，对不起！你能不能……跑一趟啊？明天我请你吃小火锅犒劳你好不好？"

谢槿知觉得这情况实在是糟糕透顶，好半天都没说话。

冉妤也察觉到她的沉默，咬牙道："实在不行，我自己跑一趟吧。没关系的。"

"不是的。"谢槿知打断她，抬头再次望着馆里的楼群。建筑的轮廓已经看不清了，像是融进了湿漉漉的夜色里。

前天晚上，她一个人回馆里，也是在这样的深夜。

然后，她就看到了那些离奇的事。

如果今天再去，还会遇到吗？

"我刚才在想别的事。"她说，"我马上就去，你别担心。"

谢槿知撑了把伞，带着手电就下了楼。这么大的雨，街上几乎没什么人了。车也跑得很快，仿佛恨不得立马逃离出这大雨中。

路灯昏黄，谢槿知踩过一汪汪大大小小的积水，很快就到了图书馆外。

门口没停几辆车，她平时也不怎么注意这些车辆，但今天有一辆车格外显眼，岩黑崭亮的保时捷双座跑车。一看那夸张低矮的车身和流线造型，就知道昂贵无比。

谢槿知看了两眼，走进图书馆。

到了楼下，她收起伞，刷卡进门，又伸手打开了楼道里的一盏灯。洁白的灯光，像是漫延的潮水，从她站立的位置往四面八方扩展。颜色越褪越淡，慢慢过渡到漆黑幽深的楼道里。

谢槿知定了定神，拿出手电，脚步不疾不缓地上了楼。

在不少人眼中，谢槿知人如其名，是个安静清秀、颇有书卷气的女孩。她毕业于华中名校，成绩优秀，工作以来，整日与书为伴。

她平时话不多，更加不会主动去经营人际关系，但与她交好的冉好却很清楚，安分温和只是谢槿知的外表，其实她胆子很大，主意也正，甚至还有些叛逆和好奇心旺盛。所以在外人看来，冉好是泼辣滑头的那一个，可事实上，遇到紧要的事，冉好总是不自觉地依赖着谢槿知。

就比如今晚，一是因为冉好的求助，二是想一探究竟，谢槿知眉都没皱一下就踏进了黑夜中的图书馆大楼。

周围很静。风雨声被隔在窗外，就像隔了一个世界。灯光明亮的楼道里，只有她清脆的脚步声。

她已经上到了基本古籍区所在的楼层。一路她都走得很慢，手电也始终握在手里，以备突发情况，但一直没有任何异样发生。

她继续往基本古籍区走，一步一步，同时打开沿途的灯。只是因为太安静，许多细微的声响反而被放大，清晰地落进她的耳朵里，譬如灯管滋滋的电流声，譬如不知哪处的屋檐水珠吧嗒吧嗒滴落的声音。

那些声响，仿佛叫人的心也变得空旷荒芜起来。

很快，她就走到了馆厅门口。

楼道里的灯已被她全部打开，馆内还暗着。一排排的书架，一眼望去就像很多人并肩站在黑暗里。

她又抬头，朝机房的方向望去。那里也是暗的，隐约可见主机黑黢黢的轮廓，还有 CPU 低能耗运行时亮起的一排红色点状的光。而馆里那些电脑都黑着屏。

一切如常。谢槿知刷了卡，自动门徐徐打开。她走进去，首先打开墙上所有电灯开关。瞬间，整间馆厅都亮了。她左右看了看，走过工作台，穿过两排书架，朝冉妤所说的位置缓缓走去。

这种感觉，其实有点奇怪。白天，馆厅里的灯也都是打开的，但也许是夜晚外面太黑，此刻的灯光竟显得比白天要亮很多。周遭宛如白昼，寂静空荡，让人有一丝不真实的恍惚感。

谢槿知走出书架，举目四顾，微微一怔。所有的窗户都整整齐齐地关好了。难道冉妤记错了？但是她刚才在电话里说她记得很清楚，就这几扇窗户没关。谢槿知下意识地又低下头看地面。目光扫过，窗户下方的木地板全都是干净的，没有雨水痕迹。想必是冉妤记错了……

谢槿知的目光忽然顿住了。她看着书架旁的一小块空地。那里，有半个脚印。水迹还没干，显然是刚刚留下的，还带了点泥，从长度看，是男人的脚印。

谢槿知的身上突然有些发冷，掌心也沁出了些许的汗。刚才进屋时，她四处看了看，并没有其他人在。而在这个位置留下这样的脚印，那人很可能是从窗户进来的。

谢槿知握紧变得沉甸甸的手电，开始在一排一排书架前排查。没有，什么也没有。她把整间馆厅都扫了个遍，也没看到半个人影。当她再次回到书架旁，那脚印却快干了，只留下一丁点泥土痕迹，基本看不出来了。

谢槿知转身就往门口走去。她决定马上去保安值班室看监控录像。

可快到门口时，她的眼角余光瞥见周围似乎有些异样。她停步，转身，往两边看了看，突然明白是哪里不对劲了。

她盯着大门右边的墙角，那里停着两台手推车。平时职员们要是搬运的书多，就放在车上推着走。但这几台车，又有些特殊，是江城大学自动控制系的研究生们设计制造并赠送给省图的。手推车把手的顶部还安装了一个小小的液晶控制面板。理论上，这几辆手推车可以跟系统联网，只要按照流程输入指令，手推车就可以自动将书运送到指定地点，倒与谢槿知家的扫地机器人有些类似。

只是，任何办公自动化举措的背后，几乎都意味着大量烦琐的数据准备工作，并且不一定能提高效率。

当图书馆的职员们发现利用办公系统输入指令比自己推车过去的时间还要长，而学生们的设计也不成熟，经常出故障等问题后，很快就没人用了，这几台机器也被当成普通手推车使用。

谢槿知清楚地记得，下班前，她和庄冲一起将机器都放回了窗边的工具区，而且，她是最后一个下班的。

谁移动了它们？还是……它们自己过来的？

她的目光滑过略微掉漆的金属把手，空空的机器，还有底部四个黑色小滚轮。

谢槿知静默片刻，关闭所有电源，快步走了出去。

夜深了，雨势变小，只飘落些零星的雨滴。云层却显得更加暗黑厚重。谢槿知没有打伞。她的头发微湿，感觉更加凉快清醒。

她敲开了值班室的门，保安看到她，吃了一惊："谢小姐，你怎么来了？"

谢槿知提出要看监控录像。

尽管觉得奇怪，保安还是跟她一起坐到电脑前，调出她指定的时间段和馆厅。

"我一晚上都盯着呢。"保安嘀咕道,"没事啊。"

谢槿知没吭声。

两人从下班之后开始看。摄像头的角度只能拍到窗边的书架,没有正对窗户拍摄的画面,所以她无法看到当时窗户究竟是关了还是没关,但是她清楚地看到,那几台机器的确放在窗边,而不是门口附近。

时间一点点推移。画面始终沉寂着,黑黢黢的,没有半点灯光,也没有任何动静。没有人从窗户进来,更没人踩在书架旁的地板上,留下半个脚印。谢槿知按下快进键。直至画面上的时间与墙上的时钟重合,录像播放结束。连她自己都没有在监控中出现过。

谢槿知身上又冒出阵阵寒意,但她心中已经有了计较,转头看着保安:"如果有人要改掉监控记录,难度应该不大吧?"

保安呆了呆。眼前的女孩穿着藏蓝色风衣,裤腿和运动鞋上都沾了不少水渍,长发有些湿,更显得那张脸白皙清秀,眼中仿佛带着夜雨的湿寒气息。听着她沉静的嗓音,被她这么盯着,保安不由得也有些紧张起来。

可她的话,怎么听都很匪夷所思啊!

保安小哥到底还是笑了:"谢小姐,你说的是黑客吧?可那都是演电影,现实里哪有啊?而且咱们这儿又不是珍宝博物馆,没有宝贝,只有书。黑客要是花那么大工夫黑了咱们,偷什么啊?偷书吗?"

谢槿知从保安室走出来,又回头望了眼图书馆大楼。

她有种奇异的预感——明天一早,那两台机器,又会回到原处。

但现在,她只想回家躺着,好好静一静。

马路上的车流更加稀疏。谢槿知从图书馆大门走出去后,又过去了两三辆车。而后,停在路边的保时捷缓缓启动,跟了上去。

应寒时双手搭在方向盘上,坐得笔直。他的头发有些被淋湿了,长裤和鞋上也有泥水的痕迹。雨刷一下下地起落,透过玻璃,他看着不远处独自行走的那个女人。

她走得有点快，但是步伐很稳，踩在一汪汪的积水中，轻盈无声。她的眼睛一直看着前方，侧脸有点严肃，不知道在想什么。黑发簇拥下，她的脖子显得又直又白。握着黑色雨伞的手，也是纤细素白的，整个人看起来竟与这雨夜十分搭调。

这时，应寒时的手机响了。

电话里传来一道低沉、有磁性、近乎完美的男中音，可语调却是轻快跳脱的："老大，为什么定位显示你离开了图书馆，去往居民区方向？"不等应寒时回答，那人又连珠弹发似的问道，"还有，你开的可是保时捷，这个世界上最快的车。为什么显示它正以媲美龟爬的速度缓慢挪动着？"

应寒时嘴角泛起浅浅的笑。他抬起视线，就看到谢槿知已经走到她家楼下，开始上楼梯。

于是他言简意赅地答："我在那位小姐的楼下。"

电话那头的人安静了几秒钟，像是在思考，然后惊讶地问："你在保护她？"

"是的。"

那头的人立马抱怨起来："可是老大，她跟我们有什么关系？她只不过是个无关紧要的目击者而已。老大，你不会又滥好心发作，把她的事揽上身了吧？"

应寒时的脸色始终很淡然，面对那人的指责也不生气。他看着谢槿知上了楼，她家的灯也亮起，才缓缓掉转车头，同时温和地答道："如果这次是我们这个圈子的事波及她，我把她的事揽上身，又有什么关系呢？"

那人像是早料到他会这么做，也没了脾气，过了一会儿，语气有些幸灾乐祸地说："可是，上次在宝安寺，她不是根本不搭理你吗？还说你招摇撞骗！"

这回，应寒时终于静默了一会儿。

再开口时，他的嗓音依旧清淡得如同徐徐夜风："没关系，我不生气。我会想别的办法再帮助她。”

次日一早，天放晴了。谢槿知一踏进馆厅，首先扫了眼门边，空空如也。冉妤坐在座位上，手撑着下巴，先看了看她，又看向身旁的庄冲，立马惊叹起来："乖乖，不知道的还以为你们俩昨晚一起去做什么坏事了呢。两个都是黑眼圈啊。"

庄冲从电脑后抬起头，谢槿知与他对视一眼。果不其然，他那单眼皮大眼睛下，也是浓浓的黑。

"我失眠了。"谢槿知走过去坐下。

"游戏，通关。"庄冲的解释更加简洁。

冉妤叹了口气："看来咱们仨，只有我的夜生活特别成功——一觉到天亮。"

过了一会儿，上班铃响起。谢槿知低头看了看电脑上的时间，感觉差不多了，就起身往外走。

冉妤问："你去哪儿啊？"

"有点事，去找馆长。"

馆长办公室在旁边的一栋小楼里。半小时后，谢槿知被馆长亲自从办公室里送了出来。

谢槿知还是平时的老样子，安静，嘴唇微抿，露出一点勉强的笑意。馆长的笑容却是慈爱又无奈。

"小谢啊。"他说，"我知道你这孩子一向优秀，成绩好，工作表现也好，就是平时闷不作声的，可能喜欢想太多。如果太累了，就请假休息几天，没关系。但是不能再疑心有黑客什么的啊，那根本是不可能的嘛。当然了，我也会让保安部加强保卫的。就这样，今后不要提了。"

谢槿知静默片刻，说："馆长，您经验主义了，将来也许会为今天的决定后悔。"

馆长说："我……你这丫头！下楼工作吧。"

谢槿知低着头，沉默地下了楼。

第二章

意外之吻

上午的时间一晃而过。

临近中午，冉妤拍了两下桌子，眉开眼笑地站起来："走啦走啦，去吃小火锅。昨天我说了要请槿知的。今天放开了吃，放松放松。庄冲，一起啊，不然我们俩总是吃不完。"

谢槿知心想，自己确实需要狠狠放松一下，就点头站起来："好，走吧。"

"嗯。"庄冲含糊地应了一声，高高瘦瘦的大男孩，默不作声地跟在她俩身后下了楼。

在很多单位里，男女职员如果单身，难免就有人玩暧昧，可在谢槿知、冉妤和庄冲这个三人小团体里，完全不存在这种可能。

冉妤的人生目标是嫁给高富帅，庄冲不在她的选择范围内。

庄冲整日沉迷于游戏，对女人实在兴趣欠奉。

至于谢槿知，从很小的时候起，她的爱情观就是要寻找今生独一无二的灵魂伴侣，绝不将就。所以活到二十三岁，她还是恋爱经验为零的淡定女子，而庄冲……也不在她的考虑范围内。所以，大概是因为对彼此都没有不轨之心，他们的相处反而日渐融洽，友情渐深。

饭店里窗明几净，香味浓郁。热腾腾的火锅端了上来。谢槿知有心事，话不多，只单手托着下巴，有一搭没一搭地用筷子搅拌着酱料。庄冲自然是老样子，高高大大地靠在沙发里，拿出手机在打游戏。冉妤给他俩都倒上了茶，轻咳两声，开口："槿知啊，你最近到底遇上了什么事儿？说来听听啊。毕竟三个臭皮匠，抵个诸葛亮。别一直埋在心里啊！"

她的话音刚落，庄冲也放下手机，抬眼看着谢槿知，虽没有表情，但这个动作已经表达出了关心。

谢槿知看着他们，静默片刻，说："你们真的想知道？"

冉妤点头，庄冲静候。谢槿知抬眸望着火锅冒出的热气，缓缓说道："其实有些事，我本来想自己先弄清楚了，如果有必要，再跟你们说。"她顿了顿，"一些常理无法解释，普通人也不能理解的事。"

许是她的语气不同寻常，饭桌上的气氛也变得严肃起来。冉好瞪大了眼，有点害怕的样子。庄冲却忽然将手机放回口袋，目不转睛地看着她，显然有了兴趣。

"说。"他言简意赅。

谢槿知也看着他："说了你会信？"

"信。"

冉好明显有些惧怕，但也点头："你说吧。如果讲到太吓人的地方，我捂着耳朵不听好了。但是我一定信你。"

店里吃饭的人越来越多，窗玻璃上很快蒙上了水汽。谢槿知低声说道："第一次看到是三天前。我有点事，晚上回办公室。隔着窗户，我看到馆厅里所有电脑忽然全部自己打开。我进去想要关，却发现怎么都关不掉。"她抬头看着他们，"然后，那些机器，就开始自己移动了。"

天黑了。天空又飘落了几滴小雨，十分阴沉。馆里的其他职员，很快就走光了。谢槿知、庄冲和冉好三人站在一楼门口。两个女孩都还是原来的装束，庄冲刚才却专程回了趟家。此刻，他已换上了全黑的衣裤，连运动鞋都是黑色的，还背了个黑色的户外包，鼓鼓囊囊的，不知道装了什么，整个人看起来严肃而专业。

谢槿知问："包里都装了些什么？"

他语气淡淡地答："一些可能用到的装备。"

冉好和谢槿知同时被"装备"二字震了一下。

冉好拉着谢槿知的手说："有庄冲在，你不用怕。"

谢槿知点了点头，看到这样的庄冲，确实让人安心不少。

"你们真的一定要去探险？"冉好一脸纠结，"可是槿知……我又怕，又想陪着你！"

谢槿知却调整了一下手电筒，认真地看着她："你别去。"

冉好问："为什么？"

"你去了会拖后腿。"

一旁的庄冲也迅速点头："嗯。"

再好一愣，又气又笑地伸手拍谢槿知："不带这样的！你就会对我这么毒舌！还有庄冲，你'嗯'什么啊？"

末了，再好提出了一个折中的法子："这样吧，我一会儿在楼下保安室待着，给你们接应放风。"

谢槿知和庄冲说"好"。十分钟后，两人步入电梯。周围非常静，只有电梯低沉的运行声。想到之前所见，谢槿知有点紧张，但也有点说不出的兴奋。光洁的电梯壁映照出他俩安静的身影。

庄冲开口："这到底是怎么回事？"

谢槿知想起了谢槿行说的两种可能。

她答："也许是黑客。"

"嗯。"

"我这两天上网看了些黑客资料，结果发现早在 2000 年就有一种叫作'千年虫'的病毒。"谢槿知继续说道，"这种病毒的触发机制是只要计算机进行时间上跨世纪的运算，就会崩溃，而且它不单单针对计算机，电子手表、计算器、出租车计价器等，都会感染并且崩溃。现在十多年过去了，我对黑客并不了解，不知道他们是否已经可以通过病毒感染远程控制馆里的计算机、监控系统和装了芯片的手推机器。"

庄冲想了想，点头。就在这时，谢槿知的手机响了。是此刻正待在保安室的再好打来的。

谢槿知立刻接起："有事？"

"啊啊啊啊——"再好的声音听起来有种压抑不住的兴奋，"槿知槿知，我刚才看到一辆超酷的保时捷跑车停在咱们馆门口了！我看到一个男人下车了，那背影又高又帅又清冷……"

"……再见。"谢槿知直接把电话挂断。

叮——电梯门打开。

乍然望去，这楼道与谢槿知昨晚来时所见并无不同。外头的路灯透过窗户照进来，光线很暗，远远望去，每一个房间的门都紧闭着，越往里，越黑暗。直至走廊尽头，黑黢黢一片。

两人走出电梯。滋滋——电流微弱地轻响着，他们头顶的灯管骤然亮起。两人又往前走了几步，谢槿知忽然问："庄冲，灯是你打开的吗？"

这时他俩已经快走出灯光照射的边界，半明半暗中，庄冲似乎愣了一下，答："我没开。不是你开的？"

周围似乎更安静了。谢槿知的心跳忽然加快了。这些并不是声控灯。

说话间，两人又往前走了一步。光线骤然降临，再次照亮他们前方的视野。第二盏灯，又自己亮了。像是在迎接他们，又像是在逗弄。谁在暗中操控这一切？

谢槿知和庄冲谁也没说话，也没有回头或者停下。他们一步步向前，灯一盏盏亮起来。整条走廊终于亮如白昼，而他们仿佛走入了灯光幻境的最深处。周围依然安静得一根针掉落都能听见。他俩站在计算机主机所在馆厅的门口，隔着玻璃门，望着依旧黑暗的里头。

什么，在等着他们？

庄冲刷卡，门徐徐打开。

两人走进去，一片暗黑。但是谢槿知清晰地听到了一种声音，低沉中带着金属质感。

那是主机运行的声音。

他俩同时抬头，望向机房。玻璃门后，黑色机身上一排排红色光点不断闪烁。那表示 CPU 正在高速运转。

"在那里。"谢槿知轻声说。

"嗯。"庄冲应了一声。

骤然间，他们周围的灯全部亮起。白色光芒瞬间划破原本浑浊的视野，所有景物的轮廓都格外清晰地逼近他们眼前。

两人再冷静大胆，也被惊到了。可这只是一瞬间的事。下一秒，工作台后，所有电脑的屏幕同时打开，就像是无数张亮白的脸，出现在他们眼前。

庄冲垂在身侧的双手紧握，满满的全都是汗。谢槿知的耳边静极了，清晰地听到自己扑通扑通的心跳声。

屏幕上并不是正常的开机画面，而是一串串数字和符号。银白色如同流泻的水，以肉眼不可分辨的速度，淌满整个屏幕，不断地流动着，流动着。

谢槿知已经不是第一次看到这场景，还算镇定。庄冲变了脸色，立刻跑到一台电脑前，飞速摁了键盘几下，又强行按下关机键。

结果当然完全没反应。他霍地抬头，细长的眼睛里写满震惊："真的发生了。"

谢槿知缓缓点了点头。

咔嚓。

身后一声轻响，谢槿知心头一惊，转身。

她的身后，是自动门。她一下子反应过来，看到门边墙上的刷卡器暗了。原本呈现深蓝色荧光的刷卡区，此刻一片暗淡。她立刻掏出门卡刷上去。没有任何反应。

庄冲跑回她身边，两人对视一眼，同时伸手去推门。自然是推不动的。

这下，两人心头都有点发麻了。谢槿知先松手，倒退一步，盯着门，说："它，把我们锁在里面了。"

庄冲静立片刻，猛地转身，将身后的背包一甩，丢在地上，拉开拉链。

谢槿知心头一震，低头看着。庄冲身手快如闪电，掏出了……

谢槿知眨了眨眼睛，这是……

一把弩？

庄冲拿着弩站起来，清俊的脸上有些许凛然之色："跟在我身后。"

谢槿知说："等会儿，这个……有用吗？"

庄冲眼中难得露出温柔之色，他看着手中的弩，答："追月弩，军工设计，超轻高强度纤维材质，反曲造型，稳定性和精准性的完美结合。市场价格在六千元以上。"

谢槿知忽然觉得，庄冲的思维似乎跟她不在一条线上。

"你的逻辑是，这把弩很贵很厉害，所以……"她的语气有点不可思议，"它可以用来射杀计算机？"

庄冲明显愣了一下，这才低头，又看了追月弩一眼，脸色一变。显然，他之前没有想到这一层。谢槿知忽然心生无奈之感。她眼尖，瞥见他包里露出一把匕首，立刻抽了出来，说："这个用处更大。"

庄冲问："为什么？"

然而，他俩没时间多言了。

一片明亮的寂静中，传来轮子骨碌碌滚动的声音，数量多，并且杂乱。书架后，一台台手推机器出现了。它们没人推着，自己却像长了眼睛，在墙角转了向，笔直地朝他们撞过来！庄冲看得一动不动。谢槿知眼疾手快，将他往后一拉："闪开！"

两人退到墙角。可机器再次包抄过来。前方，三台机器，距离他们只有两米距离；另一侧还有两台，从书架后绕过来。他俩已退无可退。

"射。"谢槿知突然冷声开口。

庄冲看她一眼，目露疑惑。

"聊胜于无！射！"她再次下令。

庄冲立刻端弩，嗖嗖嗖，几箭射了出去。他的准头居然是极好的，只听叮咚、叮咚几声，短箭精准地撞在机器的金属杆上，然后落地。

机器自然毫发无伤。但它们的攻势竟然也有所缓减，一时没有上前，只有底部的滚轮保持原地转动，像是在等候指令，又像是蓄势待发。两相对峙。庄冲突然掏出手机，对准了它们。

谢槿知很意外："你干什么？来不及！"她以为他要报警。

庄冲低声说："来得及，我发个微博。"

谢槿知："……"

她忽然觉得，带他来帮忙有点多余。他看起来如此沉默寡言而冷峻专业，你以为他是个王者，结果是个逗比。

庄冲低骂一声，竟似被烫了手一般，丢掉手机。

谢槿知瞥见手机屏幕竟是白花花一片，一串串数据流在跑动。她想起自己的手机也在裤子口袋里，瞬间只觉得那半边腿好像都有些酥酥麻麻的了。她刚要掏出来扔掉，突然就见到那几台机器同时发动，朝他们狠狠撞了过来！

庄冲抓起弩挡在身前，谢槿知握紧了匕首。

屹立不动的书架，流动如海水般的数据，主机机身闪过一串串妖异的红色的光，掉漆的金属手推车坚硬而迅速。一切就像一场梦，可谢槿知异常清醒。她清楚地知道，如果金属手推车以这样的速度撞上来，他们俩的骨头都有可能被撞断。

就在这电光石火之间，灯光骤然熄灭。

黑暗填满了谢槿知的眼睛，她一时难以适应，什么也看不见。但是黑暗无疑令人更加恐惧。

然而，预料中的撞击没有发生。她也清楚地听到车轮的滚动声戛然而止。

滋滋滋——灯管的电流声从未像此刻这么清晰。所有的灯，同时再次亮起。馆厅里恢复彻底的明亮。谢槿知和庄冲万万没想到，灯亮之后，眼前竟然多了一个人。

他站在书架旁，双手负在身后。浅色外套，黑色长裤，里面是白色衬衣。柔软的短发染着光泽，那双眼乌黑而静漠。谢槿知和庄冲都有点呆。他却极淡地扫了谢槿知一眼，黑眸清浅，光泽柔和。

然后他和那几台机器同时动了！

机器们像是从刚才的黑暗中苏醒过来，轮子瞬间高速转动，朝他俩再次发动袭击。可他竟然比机器更快，那么清俊的一个男人，身手却利落得堪比任何武打明星。一眨眼的工夫，他已单手撑在一台机器的面板上，轻巧地跃进了"包围圈"。

谢槿知只看到他的身影一闪，同时有某种微凉柔软的气息迎面袭来。下一刻，他已经用身躯挡在她和庄冲面前。

谢槿知的心突然就这么提了起来。庄冲也轻轻"啊"了一声。

嘭——撞击声从应寒时身上传来，又重又闷。这一撞之下，他竟纹丝不动。

谢槿知的鼻尖紧贴着他的白衬衣，耳朵旁边是他撑在墙上的手臂，她甚至能感觉到他胸膛微微的热气。

而五辆机器撞击之后，同时骨碌碌倒退，退了两三米，但依旧将他们包围着。庄冲还没反应过来，愣愣地看着这个从天而降、救了他们的男人。

谢槿知觉得他一定被撞伤了，下意识地伸手紧抱着他的腰，抬头看着他："你怎么样？"

应寒时也低头看着她。他的脸色似乎有点不太自然。

"小姐，你先松手。"他缓缓地说。

谢槿知依言松开，但还是直直地盯着他。毕竟撞得那么厉害，但他看起来的确跟没事人一样。谢槿知同时注意到，他戴了白手套，那手套看起来质地极为柔软考究，纯白色，一尘不染，更显得他的手指纤长匀称。

他的脸上浮现浅浅的红晕，站在她跟前，恢复了负手而立的姿势。

"谢谢你的关心。"他微微颔首，嗓音清淡温和，"对付这些超低等人工智能，我怎么可能有事？"

"……哦。"

一旁的庄冲看着他俩交谈，没说话。那些机器也没动，但是底轮依旧转个不停，好像随时都会再次撞上来。

应寒时却恍若未觉，目光扫过谢槿知手上的匕首，微笑点头："武器选得不错。"可他的动作竟然如此之快，谢槿知完全没看清，就感觉到那冰凉柔软的手套划过自己掌心，然后匕首就被他取走了。

"这到底是……"庄冲终于忍不住开口。

"给我一分钟。"应寒时看着谢槿知，语气温软如水，"解决了它们，再跟你们说话。"

"……好。"谢槿知甚至还淡定地低头看了眼手表。

庄冲已经被"一分钟"这三个字震住了，没说话。哪知应寒时还转头看了他一眼，礼貌地点了点头："稍候。"

庄冲静默，也点了点头。

应寒时转身，正面对上了那些机器。

灯光如此明亮，照得那些发了疯的机器熠熠发亮。滚轮声和电脑的运转声嗡嗡嗡地堆积在耳边。应寒时的背影十分清瘦，就这么安安静静地立着。他的手依旧负在身后。谢槿知注意到，他握刀的那只手，食指轻轻地点着刀柄，一下，一下，又一下。

原本图书馆里的气氛十分惊险紧张，可随着他的一个转身，那种属于他的平静温和的气场仿佛也随之蔓延。

你会有一种错觉，这一回，那些机器沦落成了待宰的羔羊。

哗啦——巨响袭来，伴随着玻璃大面积破碎的声音。谢槿知只看到一团黑影骤然飞来，她完全来不及出声示警，那黑影已破窗而入，正好砸在庄冲的身上，竟是半架破损的机器——烧焦的面板，断裂的金属柱……

庄冲闷哼一声，一头直直栽倒在地上。而他身后，窗户被砸得洞穿，光线闪烁如同阴暗幻境般的馆厅，再次映入谢槿知的眼帘。她一下子站了起来，冲到庄冲身旁，扶起他："庄冲！庄冲！"

可他全无知觉，额头还有鲜血流下，显然是被砸晕了过去。

谢槿知倏地抬头。

透过半掩的窗帘，尖锐的玻璃边角，她并没有寻找到应寒时的身影。这时，她注意到，距离她不远的桌上，是一台工作电脑，屏幕正对着她。

她忽然就停住了目光。

之前，那些数据就像水一样快速流动。你看不清任何一个字符，只能匆匆一瞥。可此刻，它们的速度却放慢了。

当然，也不是十分慢。以人眼的速度，勉强可以辨认罢了。

662606932 π pif(n),f(0)=0,f(1)=1,f(2)=1,f(3)=202481218243240511 1011101100011011010110010110111……

谢槿知看得很认真。

隐约中，她感觉字符串一定存在某种规律。但它们转瞬即逝，仿佛浮光掠影般，在她脑子里留下浅淡痕迹。

越是看不清，越是想不明，越想看。她盯着电脑屏幕，整个人一动不动。而数据之间的规律和关系似乎更复杂，也更明显。她看到了很多数字，也记住了很多。这是种很奇怪的感觉，明明是她的眼睛在看，可那些数字仿佛鲜活地跳动在她的脑子里。她察觉到，数据走得越来越快了。

不，是非常快。像闪电，也像奔腾的水流，极速向前，流过她的视界。

可奇怪的是，也许是眼睛已经习惯了这些数字，她竟一点也不觉得吃力。

感觉不像是她在看这些数字，而是数字带着她的视线和思维在走。而她已移不开目光。

"我叮嘱过你——不要往外看。"略显无奈的清冷嗓音，终于来到她的身边。

谢槿知却没理他。她仿佛已置身于另一个混沌的幻境，眼前只余白花花的一片亮光，全是密密麻麻的字符。

其他所有人和物，都看不见，也听不清了。耳朵里静极了，就像是一片静止不动的水平面。谢槿知感觉到了阳光，温暖、干燥地照在她身上。还有纸页和木头混杂的陈年香气，清清淡淡，钻进她的鼻子里。不远处，有人在悄声讲话，窸窸窣窣，如同浅浅水波交织在她的耳朵里，听不清晰。

谢槿知猛地睁开眼，那层水波仿佛骤然消散。

眼前一片敞亮。

阳光透过窗户射进来，排排书架整齐矗立。谢槿知竟然好端端地坐在工作台后，头枕在胳膊上。庄冲坐在离她不远的位置，脸埋在电脑后。冉妤靠在他的桌旁，正笑着讲话。察觉谢槿知醒了，冉妤抬头看过来："以前没看出你这么能睡，趴桌上也能睡得香。我可觉得硌得慌。"

冉妤的嗓音脆生生的，更显周围寂静空旷，一如三人在这图书馆里共同度过的许多时光，宁静、温暖而寂寞。

谢槿知脑子有点蒙。她立刻坐直，伸手捏了一下自己的脸。好疼。

这是怎么回事？

冉妤笑了，对庄冲说："难得看到她犯傻，居然掐了自己一下。"

庄冲也从电脑后抬头，细长的眼睛里有一点笑意。他俩的音容举止如此真切生动，令谢槿知感觉到周身所处环境更加真实。

她又转头，目光落在角落的那几台机器上。它们纹丝不动，没有半点发疯迹象。而机房里，主机平稳运行，既无异响，也没有过于频繁快速的光点。

就好像，之前的一切，只是她的南柯一梦。

"发生了什么事？"她看着庄冲，"应寒时呢？"

庄冲微蹙眉头，愣了一下。冉妤也是一副迷惑的样子。

"你说谁？"庄冲摇头，"没听过，不认识。"

三人一时都没再说话。头顶灯光炽亮，安静得有些过分。谢槿知心中莫名有些发寒，那寒意从指尖缓缓渗透到身体深处。他俩看着她，目光关切。与此同时，她感觉头又有些沉，那层层水波交织覆盖的感觉，又出现了。

"困就再睡会儿。"冉好说。

"我怎么能睡？"谢槿知再次将脸埋在胳膊里，轻声答，"睡着了，要怎么明辨真实与虚幻？"

那两个人都没答话。

谢槿知趴在桌上不动，眼睛缓缓睁开了一道缝。

她看到，他们在"消失"。

也许用"消减"或"崩塌"来形容更加合适。明明前一秒，他们还是两个栩栩如生的人形，此刻，人形竟在她眼前表情定格，然后如同积木倒塌般，从头到脚，一小块一小块地消失，但那速度又是极快的，眨眼间密密麻麻的小块已泯灭于空气中。

她眼前只剩空荡荡的工作台。谢槿知全身都浸出冷汗，倏地转头，望向书架。那中间凭空升起了一团黑雾，慢慢地往空气里扩散。灯光瞬间被遮住许多，它们越扩越大，整间馆厅仿佛都暗了下来。它们朝她笼罩过来。

谢槿知一下子站起来，转身就往门口跑。可是一瞬间，眼前明明还是玻璃门，转眼间，场景一变，竟成了洞开的窗，呼呼的风正往里灌。谢槿知惊觉时，已经来不及。她低头望向脚下，发现自己竟已悬空。在很远很远的下方，黑雾浮动，一眼望不到底。

谢槿知的脑子里冒出一个念头：完蛋了！

天旋地转间，她已急速坠落。一层层窗玻璃和模糊嶙峋的景物从眼前飞掠而过。她的呼吸都艰难起来，混乱急速的气流包裹着她。她几乎是从嗓子眼里用尽全身力气喊出了那个名字："应寒时——"

一只戴着白手套的手，不知从哪里伸出来，轻轻地搂上了她的腰。谢槿知浑身一震，犹如溺水之人遇到浮木，立刻抓住了他的胳膊。而他也感觉到她的害怕，手臂收得更紧。周围的风那么大，他身上温凉柔软的气息却瞬间将她覆盖住。

两人下坠的速度逐渐减慢。已不知下坠了多少层。两人骤然停住了。不知道他怎么办到的，竟单臂抓住了一扇窗棂，另一只手依旧抱着她。两人就这么挂在了楼宇的外壁上。

谢槿知不管三七二十一，转身紧紧搂住了他的腰。扑通、扑通……她听到他胸膛沉稳有力的心跳声。他没动，她也没动。呼呼的风还在耳边吹着，脚下的黑雾依旧在浮动。周围茫茫一片如同混沌，什么也看不清。

这个幻境已经不能用她学过的任何科学知识来解释。她的心跳得极快，脸贴着他的衬衣，缓缓抬头。他也低头看着她，眸色温和，脸颊微红。

谢槿知嗓音微涩地开口："我们……到底在哪里？"

"它的世界里。"

人工智能。

它的世界。

什么时候，黑客帝国不再是虚妄，而成了真实的噩梦？

"为什么……会这样？"谢槿知的嗓音在空中显得有些干涩。

虚空之中，应寒时用那隽黑的眼睛望着她，嗓音徐徐如流水："理论上来说，计算机可以模拟任何事。一朵花的芬芳，一缕阳光的温度，甚至，人类本身。"

"可是……"谢槿知欲言又止。

应寒时微微一笑："公平地讲，它模拟得还不错。"

谢槿知不知道他为何还笑得出来。黑云压顶，他却依旧是那副清风明月的样子，好像全然不把这险境放在心上。

她当然知道计算机可以模拟很多东西，很多实验。那些大型游戏，不就是计算机再造的一个世界吗？你说计算机可以再造一个跟真实生活的细节完全相同的世界，她也可以理解。

"可是……我一个大活人，是怎么到这个世界来的？"她问出最不可思议的一点。

应寒时目光温和地看着她，他的目光微微上移，落在她的……脑袋上？

"人类的大脑，目前的开发运用不到百分之十，还有大量的大脑灰质，人类并不清楚它们的运作机理。"他顿了顿，说，"它不需要把你的活体弄进来，只需要解读你那一部分大脑的脑电波频段，'联机'就可以了。"

谢槿知微蹙眉头："你的意思是，它控制了我的大脑潜意识？"

他想了想，微微颔首："近似。"

"可是，它为什么要这么做？"她直视着他。

他静默片刻，却忽然微微偏转脸庞。谢槿知注意到，两人的脸隔得没有那么近了。

"因为它想活下来。"他答。

不知怎的，这话让谢槿知心头一震。

"不用怕。"他温和地说，"我杀它易如反掌。"

谢槿知倏地抬眸看着他，他的目光清澈安静。

"……哦。"

"请闭上眼睛。"他说，"我带你出去。"

谢槿知却立刻睁大眼睛："放心，我不会害怕，也不会尖叫。我想看看。"

四目相对。

"不行。"他说，"你的眼睛会受不了，必须闭上。"尽管他的嗓音依旧清润动听，语气却沉了几分，让人觉得没有商量的余地。

这时，大团大团黑色的雾从窗户飘了出来，如同滚滚浓烟，迅速集结，像是"它"终于打算发动最终攻击。

顷刻间，黑雾已是铺天盖地，稠密得如同化不开的墨。图书馆的大楼已经看不清了，周围景物也在逐步消失。那庞大的黑雾正在以他俩为圆心，不断蔓延，吞噬着一切。

谢槿知没出声，抓紧他的衬衣，闭上了眼睛。之后的一段时间里，她的感受很难形容。她感觉到了失重。周围再没有其他可以攀附的东西，只有应寒时的手臂始终稳稳地锁在她的腰间，两人的身体始终相拥着。

她感觉到了急速地下降，这让她的一颗心紧紧提起。而后，她又感觉到自己缓缓上升，耳朵里也有许多细碎模糊的声音钻进来，像人的低语，也像水波再次轻震，连绵不绝。那声响越来越密，他带着她上升的速度也越来越快，隐隐竟有乘风破浪之势。

谢槿知不知道他是怎么做到的。

他说过他是顶级黑客。他说他杀它易如反掌。抑或在这个世界里，他才是主宰者？

某个瞬间，不知是遇到了阻碍，还是为了躲避什么，她感觉到他骤然一停。两人的身体同时大幅度偏转。这让谢槿知一惊，下意识地睁开了眼。她被眼前所见惊呆了。

透明而闪亮的水波状的东西包围着他们，像云团，也像大海。可那东西又是感觉不到的。她看着它们在他的肩膀上流动，却混沌无形。而放眼望去，那波纹无边无际。他们就像到了一个无比安静透彻的空间里。

谢槿知管不住自己的好奇心了，立刻在他怀里抬起头，想要把周遭看得更清楚。而应寒时显然也察觉到她的动作低下了头。

微凉柔软的气息擦过她的鼻尖，他的脸就这么轻贴下来。谢槿知还没反应过来，就感觉到一个同样柔软的东西正好触在她的唇上，而他的眼睛离得这么近，她甚至看到他那漆黑澄亮的瞳仁，在这一瞬间骤然放大。

啊……谢槿知呆住了。

一个念头自个儿飞快划过脑海——怎么还挺香的？

哪知下一秒，她就感觉到腰间的那只手臂骤然一松。那动作快得不可思议，就像要丢掉一块烫手的烙铁。与此同时，远离的还有他的身躯和他的脸。他一下子退出去了起码一米远！

谢槿知原本一直被他护得好好的，此刻突然失重，只觉得天旋地转。她发出"啊"的一声尖叫，伸手就想乱抓住什么。

但这状态只维持了一瞬间。顷刻，她就感觉到一只有力的手握紧了自己的手腕。她几乎是立刻就伸手抓住了他，总算勉强固定下来。

谢槿知呼吸不稳，不可思议地瞪着他，刚要开口，却忽然又说不出话来。

他的表情……

事实上他脸上没什么表情，没有笑，也没有皱眉。他还维持着单手负在身后，另一只手握着她的沉稳姿态。但是，他的脸非常非常红。他的肤色本就白得跟玉质一般，此刻那红竟像是血色般要滴下来，连他雪白的耳朵根都红了。

察觉到她的注视，他安静了几秒钟，霍地转头，避开了她的视线。

谢槿知："……"

两人就这么静静地悬在虚空中，也不知是否因为他的反应太大，谢槿知感觉唇上有点说不出的异样，好像还残留着属于他的气息。

过了好一会儿，他才开口："抱歉，刚才失手了。"

说这话时，他终于正眼看她了，可脸上的红晕居然还没褪。

谢槿知静默片刻，说："没事，不用道歉。"停了停又说，"刚才那个……只是意外而已，你不必介意。"

他知道她指的是什么。

哪知她不说还好，一说应寒时又沉默下来，缓缓移开目光，又看向了另一侧。

谢槿知看着他清俊的侧脸，唇角微弯，笑了。

这时他又开口："闭上眼，不许再睁开。很快就能出去。"

"哦。"

他这才转头看她，哪知她脸上还残留着笑意，这下全被他看在眼里。

谢槿知立刻敛了笑，而他微怔，然后垂下眼眸："冒犯了。"

谢槿知还没反应过来，就感觉到手腕上的力量骤然加大。她一下子被他扯到跟前。但他没有再抱她，而是抬起手。谢槿知疑惑地看着他的眼睛，而他的眼睛沉静果决。然后，他戴着白手套的手落了下来，落在她的眼睛上。

柔软的布料，温和的力道，令她的眉骨有点痒。与此同时，她感觉到两人的身体再次动了。

是为了防止她再次睁眼吗？

"应寒时，谢谢你。"在某个瞬间，她轻声地、诚恳地说。

过了一会儿，她听到了他的回应，声音就从她头顶传来。"不必客气，举手之劳。"嗓音里有淡淡的温和笑意。

不知不觉，谢槿知的意识有点迷失了。时间变得难以被准确感知。她的世界一片黑暗，时间似乎变得很漫长，又好像只过去了短短一瞬。她的意识仿佛也要再次被那水波吞没，变得模糊不清。她努力挣扎，却被前所未有的深沉水波淹没。

她的意识终于陷入彻底的黑暗。

不知过了多久。周围光线朦胧，谢槿知缓缓睁开了眼睛。

首先映入她眼帘的，是熟悉的米白色天花板，然后是浅蓝色沙发，褐黄色木桌，以及墙角静止不动的扫地机器人……

她一下子坐了起来。这是她的家，而她，正坐在床上。

她的身上盖着一床薄毯，衣衫完好，还是昨晚穿去图书馆的那件。鞋却被人脱了，她一眼便瞥见，鞋被整齐地放在玄关。

那不是她放的。她从来都是随便踢掉鞋子，绝不会放得这么整齐。床头柜上放着她的钥匙串。那是她昨天放在衣服口袋里的。

有人送她回家了。

谢槿知的心扑通扑通地开始加速跳动。她下意识地转头，望向窗外。灰色的图书馆建筑楼群安静完好地屹立在灰暗的晨雾中，没有半点异状。而在建筑身后，远远的天边，已经露出了一丝金黄的微光。

她立刻从口袋里掏出手机看时间——6:10。

还有几分钟，黑夜就要结束，即将迎来日出。真的如他所说，一切已经结束了吗？她立刻站了起来，刚要往门外走，忽然愣住了。

刚才起来得急，她现在才注意到，房间完全变样了！原本每天被她叠得皱皱巴巴的被子，此刻整整齐齐地放在床尾，电视里那些士兵的被子也没有这个完美。

桌上散落的书籍杂物被收拾得整整齐齐。许久没擦的窗户，此刻明净得没有一丝尘埃。沙发上的衣服，全都叠好放在一角。沙发罩也被人拆下洗过了，干净得好像是刚买的。而最干净的，当属地板。尽管她之前每天也用扫地机器人，但只是勉强维持不脏而已。此刻，每一寸瓷砖都洁亮得好像明镜。很明显，屋子里的每一个角落都被人仔细清扫过。

整间屋子焕然一新。

谢槿知吃惊地看了好几秒钟，最后脑子里蓦然闪过应寒时的脸。

之前，只因一个意外的擦唇之吻，他的脸颊就红得快要滴下血来。而昨晚，他解除危机后，不仅亲自送她回家，给她盖好毯子，还有闲暇和耐心把她乱糟糟的家彻底收拾了一遍？事情怎么会往这么古怪的方向发展？

这个男人……脑子里在想什么啊？她无暇多想，匆匆下了楼，朝图书馆方向跑去。

大清早，馆里一个人也没有。谢槿知踩着晨光跑到了大楼下方，然后抬头，凝视着。

应寒时，还在里面吗？

被砸晕的庄冲又怎么样了？

还有"它"。

"我杀它易如反掌。"应寒时昨晚的话犹在耳边，她似乎还能感觉到他温润的嗓音中透着冷冽的气息。

怎么杀？

已经……被杀了吗？

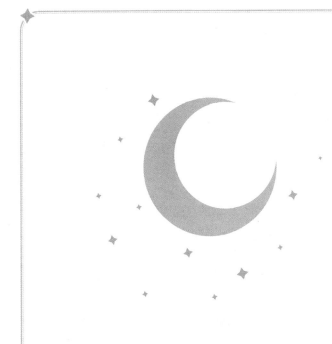

第三章

原形毕露

清晨时分，馆厅里静悄悄的，光线暗淡。一夜之间，恍如隔世。那些灯管没有再乱闪，电脑全黑着屏，什么动静也没有。谢槿知定了定神，刷了门卡走进去。

首先看到的是机房里主机安静地矗立着，只有几盏 CPU 指示红灯平稳地闪烁着。看起来很正常。而不远处，那几台昨晚发了疯的机器，此刻整齐地摆放在墙角。

谢槿知静静地看了它们几秒钟，走过去。她分明记得，昨晚应寒时手持匕首，将每台机器顶端的液晶控制面板都刺了个对穿，可此刻，它们竟然完好无损。这是怎么回事？

但她很快发现了端倪。以前的液晶面板，用了几年，已有不少磨损和划痕，可现在她看到的光洁如新，没有半点损伤。

那就只有一个合理解释——液晶面板被人全部换过了。

她又抬起头，环顾四周。明知希望渺茫，她还是扬声喊道："应寒时——"

空荡荡的，无人回应。他走了。

他，到底是什么人？

半个晚上的时间，他不仅"杀死"了它，还送她回家，甚至还顺手将她家打扫干净，又将整个馆厅恢复原样，令这里看起来就像什么也没发生。

还有，庄冲呢？

她转头望着前方的那间小储物室。那里的门半掩着，没有开灯。昨天被砸破的窗玻璃，自然也被换上了一块新的。

应寒时待人那么细致温柔，也许他把庄冲也送回家了？

这么想着，她走过去，轻轻推开门。这一看，她却吃了一惊。地上躺着个人，不是庄冲是谁？瞧那趴地的姿态，竟跟昨天被砸晕时一模一样。

应寒时……没管他啊？

这个念头快速闪过脑海，她立刻蹲下，轻轻推他："庄冲！庄冲！"

庄冲纹丝不动。他的额头上还有干涸的血渍，隐隐可见到小小的伤口。

好在伤势看起来不重。他的呼吸均匀悠长，还带着一点鼻音。

……睡着了？

谢槿知放下心来，伸手抓住他细白的脸皮，往旁边一扯，庄冲立刻疼醒了。他倏地睁开眼看着她，眼睛里全是迷茫，然后一骨碌从地上爬起来，手捂着额头，皱眉问："发生了什么事？天亮了？"

谢槿知没有马上回答。她转头，望着身后的馆厅。新的阳光已经从窗口照进来，一切寂静而明亮。

这天傍晚，谢槿知、庄冲和冉好三人，被老馆长从办公室里轰了出来。

"馆长，请再认真地调查一次！"谢槿知神色恳切，难得地开口求他。

庄冲人高马大地站在她身后。

冉好也趁势挽着馆长的胳膊撒娇："领导，我们真的是有了调查，有了发现，才来找您的！您这么好的领导，怎么会不调查清楚就下结论呢？"

可这回馆长不买账了。他生气地甩开她的手，脸色沉下来："调查清楚？你们早上反映有黑客有病毒，说得神乎其神，我立刻打电话给老同学，把江城大学最好的计算机专家请来了。结果人家怎么说？不可能！系统里找不到任何病毒痕迹，不可能有人入侵过。而你们说的'计算机有了自主意识攻击人'，以现在的科技水平不可能实现。现在还要我怎么调查？除非闹鬼了！"

"可是馆长……"

馆长转头就瞪着她："谢槿知！你平时是最稳重的，怎么也跟着他们两个瞎胡闹？什么都不用说了，今天回去，一人写一份三千字的检讨，明天早上交给我。以后这种事，再也不要跟我提了！"馆长说完就走回办公室，"哐当"一声甩上了门。

三人面面相觑。

谢槿知脸上没什么表情，最先转身："走吧。"

冉妤却一脸愧疚："对不起啊，槿知，我昨晚看着监控里一直没事，一不小心就在保安室睡着了。要不然也许还能发现什么证据。但是你们说的事，我百分之百相信！"说到这里，她又露出害怕的表情。

谢槿知拍拍她的手，温言安慰："没事，你就算醒着也没什么用处。而且昨晚所有监控都被侵入，什么也没拍到，你发现不了什么。"

冉妤松了口气："那就好。"

一旁的庄冲开口："槿知，我们现在怎么办？"

谢槿知沉吟未答。

冉妤却有点意外。庄冲这人平时挺酷的，怎么现在有点唯槿知马首是瞻的感觉？

"我们什么也做不了。"谢槿知淡淡地说，"走吧，还有批新到的期刊要整理。"

她率先走下楼，冉妤和庄冲同时一怔，然后跟了上去。

"槿知可真沉得住气啊……"冉妤小声嘀咕。

庄冲双手插在裤兜里，抬眸看着她的背影，眼神清冽，语气沉稳："嗯，她有一种超乎常人的冷静。"

今春，江城的雨水似乎格外多。跟前几天一样，天黑时，倾盆大雨又落了下来。

谢槿知撑着伞，走在雨雾迷蒙的街头。雨水砸在她的伞上，噼啪作响。

她走得有点慢。她想，一切竟然就这样无声无息地结束了。她也许再也没有机会搞清楚其中端倪了。

而应寒时，那个干净温和得不可思议的男人，如同所有传奇故事中的神秘英雄一样，不告而别。

也许再也见不到他了。

同样的大雨，浇落满城，也落在郊区一幢幽静雅致的房屋上。应寒时负着双手，站在布满雨痕的落地窗前。他衬衫的领口微微敞开，衣袖稍稍挽起，脸色平静，眼眸清澈。手套已经摘下，放在身后的书桌上。

"老大。"依旧是通信器中那个充满磁性、近乎完美的男中音。那人就在应寒时身后不远的位置，含笑说道，"我可不可以请教你一个问题？"

应寒时眸色温和："说吧。"

得到首肯，那人的声音似乎又欢快了几分，语速也很快："当然，我们知道，干掉计算机构造的一个虚拟世界，对你来说，就跟挠痒痒那么简单。一切进展得也很顺利：系统中那块被感染的芯片已经被你拿了回来，用新的干净芯片换上；其他被感染的电脑、电器、庄冲的手机……也已经全部清理干净；只要再多一点时间，我们就能分析出感染源从哪里来，是谁幕后策划了这件事，以及他是否跟我们是一类人，他的目的是什么。可是……"他话锋一转，"你能不能解释一下，为什么把谢小姐送回家后，还要把她家打扫干净呢？这实在是……太多管闲事了吧？"

应寒时眉目不动。过了好一会儿，他才徐徐开口："萧穹衍，你越来越放肆了。"

即使斥责，他的嗓音也是平和的。但那个叫"萧穹衍"的人，明显不敢作声了，支支吾吾起来。

应寒时这才抬眸看着窗外的雨滴和被雨水浇湿后格外清新翠绿的草地。他眼中露出平淡的笑意，答："一个女人，住在那么……脏乱差的环境里，实在令人意外。对我而言，不过是举手之劳。"

萧穹衍彻底没了声音。

应寒时又站了一会儿，将双手放下来，走回沙发旁，拿起遥控器，坐下看电视。

过了一会儿，萧穹衍忽然大喊一声："糟糕！"

正在换台的应寒时抬眸看着他。

萧穹衍的声音郁闷极了："老大，还有个感染体，之前没发现——谢槿知小姐的手机，扫描显示，现在就在她家里。"

应寒时放下手里的遥控器，静静地等他继续说。

"感染系数不高，暂时不会有什么危险。"萧穹衍说，"但是你得再去找她一趟，把手机带回来。"

应寒时抬头，看着窗外浓重的夜色，以及瓢泼大雨。

"已经太晚了。她大概也已睡下了，不便打扰。"他说，"明天吧。"

"当然。"

应寒时转头，继续看电视。萧穹衍忽然又幽幽开口了："老大，我想问一个更加放肆的问题……"

应寒时有些无奈地微蹙眉头，倒是笑了："问吧。"

萧穹衍说："再见到谢小姐，你会为昨晚的那个吻，向她道歉吗？"

应寒时坐着没动，也没说话。萧穹衍的声音突然有些得意起来："老大，其实我分析过了。为什么你这些年，从来没有什么跟女人亲近的机会，这次，却跟她走得这么近呢？其实是有原因的。"应寒时再次抬眸看着他。

萧穹衍说："你看，以前有多少女人，对你投怀送抱，你都躲得远远的。而她不同。第一次见面，她没有被你的美色迷惑，不仅侮辱你为骗子，还对你避之不及。所以你接下来的几天都跟着她，一心一意想要保护她，证明自己的清白。

"图书馆机器异常，正常女人都会躲得远远的。她反而主动去探险，于是又遇上了你。而你呢，又太爱多管闲事。看她掉进虚拟空间，自然亲自出手去救。孤男寡女，生死与共。别的女人进了虚拟空间，大概马上吓晕过去。她倒好，不但不怕，还好奇地睁眼到处去看。最终才有了那个意外之吻。

"所以！从概率论和因果逻辑来看，因为你和她的性格都不太正常，因为这一连串事件的发展，你们俩，是注定会有这个吻的啊！"

一番话说得格外抑扬顿挫，连电视声和雨声都被他盖过了。

应寒时却始终沉默着。

萧穹衍又用他那媲美《新闻联播》主持人的完美嗓音美滋滋地道："老大，这也许就是传说中的……缘分哪！"

"……缘分吗？"应寒时缓缓抬眸，却看向别处，"她说……不会在意。"

第二天一早，天放晴了。

图书馆里的生活好像也恢复了原样。三个人，该忙什么忙什么。闲暇时候，谢槿知看看书，冉妤上网到处逛八卦论坛，庄冲打游戏。

但又有些不同。冉妤不敢再一个人走到馆厅深处，总要拉着谢槿知作陪；庄冲不知何时将游戏昵称改成了"我遇见高手"。

下午，临近下班，馆里已没什么人。谢槿知坐在电脑后统计一些数据，忽然听到面前响起沉稳的脚步声，还有冉妤惊喜的声音："谢教授，你来啦！"

谢槿知马上抬起头。

一身老气横秋的黑色风衣、戴着细框眼镜、眉目英朗地站在工作台前的男人，不是谢槿行是谁？

谢槿知看着他笑了。

谢槿行也笑了，是那种略显严肃局促的笑。他朝她点点头，又跟冉妤和庄冲打了招呼。

以前谢槿行在国家科技大学读研究生时也算是个风云人物。有人这么评价他：谢槿行出身富贵家庭，成绩优异，又长了副花花公子的好皮相，可惜性格跟那些老古董、老学究一样，不善交际，也不善言辞，一门心思搞研究，性格乏闷至极。这样一个综合体，实乃广大女性心头一大憾事。

但谢槿知一直与他相处得不错。她的话不多，喜静。他也一样。而且很多事情上，谢槿行虽然严肃，却总能给人非常精准严谨的意见。谢槿知觉得，跟这样头脑清醒的人相处，其实更舒服。

谢槿知从工作台后走出来，结果一旁的冉妤比她更快，嗖地蹿出去，伸手去接谢教授的公文包，并且甜甜地笑了："教授辛苦了！

好久没见您了，要不要喝茶？我们这儿的六安瓜片不错哦。"

谢槿行连忙抬手避开了她："冉妤，谢谢，不用了。"

谢槿行年轻有为，自然也符合冉妤"高富帅"的狩猎目标。谢槿知面不改色地走过去，将冉妤往旁边一拉，使得谢槿行成功逃离了她的魔爪范围，然后也不管冉妤拼命向她打眼色讨好，看着谢槿行说："我正好下班了，走吧。"

谢槿行点头："好。我们应该找个地方坐下聊。"

天气依旧反常。上午还有阳光，傍晚又是乌云密布，风雨欲来。天色也迅速暗下来。

谢教授开的是一辆大众速腾，跟他本人一样平实低调。

两人走到车旁，他替谢槿知拉开车门。

谢槿知抬眸看着他："你不会是在实验室闷出毛病来了吧？居然知道替女性开门了。"

谢教授微皱眉头："你讲话，还是天一口，地一口。快上车，不要淋到。"

谢槿知笑着坐进副驾。

雨很快就落了下来。豆大的雨滴，倾盆而下，砸落地面。

应寒时撑了把黑色长柄雨伞，站在街角。他看着他们下了楼，两人一直低头细语，显得十分熟络。然后男人替她打开了车门，而她露出了前所未有的亲切笑容。

黑色速腾从他面前平稳驶过，没入车流中。

应寒时收起雨伞，坐回保时捷里，打开通信器。

"萧穹衍，锁定他们的车。跟上去。"

雨下得很大。

才傍晚时分，天色就黑得像深夜。天地间，仿佛只有雨的声音。

谢槿知和谢教授坐在窗边。她端起面前的咖啡，浅抿了一口。谢教授在听完她的叙述后，陷入了沉思。

过了一会儿，他忽然抬头，看向窗外，问了句风马牛不相及的话："槿知，这样的大雨，下了几天了？"

谢槿知有点意外，但还是答道："五六天吧。"

他微微一笑，是那种只有在谈及科研问题时，脸上才会有的微笑。

"准确地说，是七天。每天傍晚六点至八点，降水量二十至六十毫升，城区降水最少，郊区达到峰值。"

谢槿知微愣，不知道他这么说的用意。

"你知道的。"他端起茶喝了一口，缓缓说道，"在这个季节，在江城，不应该有这样的大雨。"

谢槿知静默不语，清澈的眼睛直直地盯着他。

"我不能跟你说得太明确。"他继续说道，"只能说，我们研究所和许多研究机构都在做气象武器。短期目标是能够精准而秘密地控制一个城市的气流、降雨、雷电、风暴，等等。"

谢槿知心头一震。

这话的意思是……这场连绵的大雨，居然是他们做的？她一直知道他的研究十分隐秘，没想到离她的生活这么近，并且这么……

"酷……"她轻叹道。

但是，他为什么要对她说这个？

谢教授不疾不徐地说道："我跟你提这个，是想说：有些事，普通人也许会觉得匪夷所思——就像你遇到的事，但它也许就是真实存在的，只是不被公众知晓罢了。"

谢槿知点了点头。

"你跟我说的人工智能，也是一样。"他说道，"的确，据我所知，现在各国公开的研究水平都没达到你所说的水平，但是我们并不知道，是否有人其实已经能做到了。之前外界还有传闻，你肯定也听过——说有的国家俘获了外星飞船和外星人，掌握了大量外星科技，水平已远超其他各国——这是否又是真的呢？我们同样无从知晓。"

谢槿知听得十分专注，想了想，说："我明白了。你的意思其实就是：你们科研界的'水'很深，很多事情不能轻易下结论？"

谢教授微怔，无奈地笑了："你这话说的……可以这么理解吧。"

谢槿知有点失望："所以，这件事，永远会是个未解之谜了？"

"那倒也不一定。"谢教授笑道，"你们馆长请来的江城大学专家，水平和视野毕竟有限，也接触不到很多保密资料。回头你把系统的详细资料和数据传给我，我想办法找人查一查。但是，你还是要有心理准备，不一定会有结果。"

谢槿知点了点头。她静默片刻，又说："有生之年，亲眼所见，总是想弄清楚的。"

这是家法国餐厅，平时人也不多。今天因为下雨，客人更是稀少。偶尔有人进来，浑身上下也是沾染着水汽。法语音乐徐徐缭绕，餐厅里静谧而柔亮。

"再跟我详细说一下，那个人，是个什么样的人？"谢教授说道。

提到应寒时，谢槿知心里的感觉与提及旁人时有些不同。也许是因为他的气质、他的侧脸和他的眼睛都太过清冽干净了，以至于谢槿知想到他时，就好像看到了一汪沉静清澈的水，缓缓在月光下流动。

"他……"她刚要开口。

微风带动门口的风铃，传来清脆柔软的碰撞声。

有人走了进来，侍者轻声恭迎："欢迎您，先生，几位？"

谢槿知抬眸望去。

他今天穿了件西装。照旧是白衬衣，没打领带，手里拎着把黑色长柄雨伞，底端还在滴水。他的头发也有点湿，显得那张脸更加清寒白皙。他将伞交给侍者，若有所觉，朝她这边看过来。两人的目光在空中静静一对。

谢教授在察言观色方面自然十分迟钝。他疑惑地问："槿知，怎么了？为什么不说话？我在问，那个人，是个什么样的人。"

谢槿知回神。这时，她也注意到应寒时眼中露出非常浅淡温和的笑意，像是在跟她打招呼。两人对视了几秒钟，他便转过脸去，跟着侍者，去了另一桌，一个人坐了下来。

"他……"谢槿知看着谢教授，忽然笑了，"我实在不知道该如何形容。"

是啊，你以为他是隐世高手，再也不会见面，结果出门吃个饭就能遇见他。

他拿一把干净的黑色长伞，一个人吃饭，完全就像个独居的邻家男人。

见妹妹一副心不在焉的样子，谢教授皱了皱眉，耐心地引导："如果不知道怎么形容，那就一项一项来。他的年龄、身高、长相？"

"哦。"谢槿知将目光移回谢教授身上，一时间吃不准是否要把应寒时就在这餐厅里的事实告诉他。毕竟应寒时一直在救她，虽不知他究竟藏着什么秘密。但谢教授到底是科研人员，万一给应寒时带来大麻烦呢？

于是她含糊答道："年龄……二十六七岁的样子，身高一米八多点吧，长得挺端正，挺白的。"

谢教授是个严谨的人，居然马上掏出笔记本和笔认真记录下来。

就在这时，谢槿知又注意到，应寒时的双手放在餐桌上，他抬起了头，没有看她，而是神色沉静地看着另一个方向，不知道在想什么。

谢教授又问："他有没有透露过他的地址和其他个人信息？"

谢槿知眼角余光瞟着应寒时，答道："没有。他只说他是黑客，神出鬼没。他挺害羞的。"

最后这句话她只是随口一说，谢教授看她一眼，然后埋头记下来。而这时，她瞥见隔着数米远的应寒时缓缓垂眸，端起茶喝了一小口。他坐姿端正，眉目清俊，一举一动都显得沉稳得体。只是他放下茶杯时，那白玉似的面颊上居然浮现一缕红晕，然后抬眸依然看着别处，没看她的方向。

谢槿知心中忽然生出一种很奇怪的感觉，但这个猜测又实在不可思议。她怎么觉得……应寒时好像能听到他们讲话呢？所以他才会有这样的反应。

可是隔得这么远，怎么可能呢？

"害羞？"谢教授有些好奇，又问，"那你有没有他的联系方式，譬如电话、个人 IP？"

谢槿知静默了几秒钟。与此同时，她注意到应寒时修长的手指握住茶杯，一动不动，像是在等待着什么。

她心中那种奇怪的感觉越来越强烈了。

"没有。"她答，"他也许不希望被别人找到吧。"

话音刚落，她看见应寒时微微垂眸，脸上浮现很淡很淡的笑意，然后那白皙漂亮的手指开始一下下轻轻地在桌面上叩着，似乎心情不错。

谢槿知心里咯噔一下。

这是怎么回事？

莫非，他在窃听她？用某种神乎其神的方式？可是他们是临时决定来这家餐厅的，她包里也没装什么东西。而且偷偷摸摸装窃听器，总不像他会做的事。

她正疑惑着，对面的谢教授合上笔记本。大概也觉得问不出什么了，他说："这样，你想起什么，再给我打电话。"

"好的。"

她用眼角余光望去，应寒时原样坐着，表情平和。

这时，谢教授的手机响了。大约电话很重要，他的神色变得有些凝重，站了起来："我出去一下。"

谢槿知点头："好。"

谢教授匆匆步出了餐厅。

　　周围只有几桌客人，除了音乐声，就只有刀叉轻碰餐盘的声音，还有旁人的说话声。谢槿知舀起汤，喝了几口，然后再次抬眸，径直朝应寒时望过去。

　　他低着头，在看手机。其实这么蓦然一瞥，他也是个十分成熟而俊朗的男人。他身材高挑，靠在高背椅里。一只手放在桌上，另一只手拿着手机，手指轻轻滑动着。旁边几个女侍者，都时不时地抬头在看他。但他恍若未觉。

　　叮咚——谢槿知放在桌上的手机响了一声。与此同时，她看到应寒时放下了手机，抬头看向了她，目光清亮。

　　咦?

　　谢槿知拿起手机。居然真的是他发的短信：谢小姐，你与这位先生会面结束后，可否留下，有事相商。

　　谢槿知快速回复了一个"好"，然后就看到他唇角微扬，露出了一点笑意，放下手机。

　　谢槿知拿起小勺在碗里划着。所以，他出现在这里，是专程来找她的?一定是为了什么重要的事。

　　谢教授回来了，没有坐下，而是神色肃然地拿起外套和公文包："槿知，我送你回去。临时有事，要赶回研究组。"

　　谢槿知顿了一下，说："不用了，我一会儿有个朋友会过来。你忙就先走吧。情况很严重吗?没事吧?"

　　谢教授抬头看了眼窗外，沉默了一会儿。

　　"雨下得有点太大了。"他低声答，"应该是学生们在一些数据上出了小差错，我回去看看，修正一下。问题不大。"

　　谢槿知点了点头，不由得又赞道："你们很牛。"

　　谢教授微微一笑。他转身欲走，忽然又停下，看了她一眼："槿知，你……"

　　"什么?"

　　他犹豫了一下，终于还是语重心长地说："小心谨慎，不要被来路不明的男人骗了。"

谢槿知："……"

她忽然反应过来，朝应寒时瞟去，只见他也微微垂眸，侧脸清俊，不知道在想什么。

谢教授走了。

谢槿知也已经吃完了，原地坐了几秒钟，就见应寒时埋了单起身，然后朝她的方向走过来。

餐厅里有不少人都在看着这个容貌气质出众的单身男人。他走得不疾不缓，眉目平和，很快就到了她的桌前。他的双手照例负在身后，朝她微微颔首。

谢槿知微笑点头："坐吧。"

"去我车上吧。"他说。

这里人多，谢槿知会意，拿起包起身。他便往旁边让了一步，显得十分有风度。两人隔着半米的距离，一起往门口走去。

门外，大雨滂沱。两名门童鞠躬："欢迎您再来！"

谢槿知笑笑。他走在她前面一点，站得笔直。手依旧负在身后，略略点了点头，脸色平静。他接过门童手里的伞，便迈开长腿走了出去。

那种感觉又来了。他虽然爱脸红，待人接物时却有种浑然天成的气度，沉稳又清冷。

两人站在门檐下，他撑开了伞，侧头看着她，眸色澄黑。

"稍等。"他说，"我把车开过来。"

"不用了。"谢槿知说，"一起过去吧。"

他静默片刻，单手负在身后，然后将伞的大半移到她头顶。

谢槿知浅浅一笑，跟他并肩走进雨里。

他走得平稳，目不斜视，谢槿知紧紧地跟着。头顶的雨声非常大，地面全是流水。有车灯照亮水幕，更让人觉得周遭的雨夜漆黑清寒。

很快就走到了保时捷旁。之前冉妤虽对应寒时的车惊鸿一瞥，但并未看清车主是谁。所以这还是谢槿知第一次看到他的座驾，颇为意外，只觉得他这样的人，怎么会开这样的车？

一声轻响，车锁打开。身旁的他倾身替她拉开了副驾座的门。从她的角度，看到他微垂着脸，神色平和。

谢槿知忽然开口："你刚才为什么能听到我们讲话？你监听我？"

他的动作一顿。

两人都安静了几秒钟。

然而，他转过脸去，竟然直接对她的问题避而不答，同时也避开了她的目光，只看着前方："上车。"

谢槿知打量他两眼，弯腰坐进副驾里，然后就看到他替她关上车门，收了伞，绕到驾驶位坐了进来。他低头从中控台上拿起一副白手套戴上。修长漂亮的双手，搭上了方向盘。

谢槿知安静地看着他的一举一动。

开车要戴手套，杀"它"也戴手套。这人着实古怪至极。

"你带我去哪儿？"她问。

他发动了车子，目视前方，嗓音徐徐："没人的地方。"

与许多城市一样，江城正在大肆修建地铁。城市里到处都是工地，路并不好走。今天又下了大雨，放眼望去，整条环路都堵成了长龙。

谢槿知坐在车里，望着滂沱的雨帘。

这是一条学校外的马路，比较偏僻，也没什么车。旁边就是灯光球场，光影透过大雨，照得车前的路影影绰绰。

应寒时将车熄了火，手也从方向盘上放了下来，放在了膝盖上。

谢槿知耐心地等待着。

"还有个感染体没处理。"他说，"在你这里。"

谢槿知微怔，目光就落在自己的手袋上："手机？"

她的反应如此之快，令应寒时抬眸看了她一眼，点头："给我吧。明天我会把干净的手机送还给你。"

"好。"谢槿知打开手袋，拿出手机。这一天一夜来，手机看起来毫无异常，没想到居然感染了，想想就让人心头有点发毛。

她刚要递给他，他戴着白手套的手也伸了过来。谢槿知的动作却一顿，看一眼他清俊沉静的侧脸，忽然将手一收，又把手机放到了身后，挡住了。

他看着她。

她也看着他。

"你告诉我整件事的原委，我才会把手机给你。"她慢吞吞地说。

应寒时静默地看着她。车内灯光柔亮，也将他的眉眼轮廓照得非常清晰。谢槿知目光微移，避开了他的直视。

"谢小姐。"他说，"这个我无法答应你。"

耳边静静的，只有雨声隔着窗闷闷地传进来，还有谢槿知重新将手机放回包里的窸窣声。

"哦。"她淡淡地答，"那我就只能继续跟这个被感染的手机做伴了。反正它用着也还好。"

车内又静了几秒钟。她能感觉到应寒时依旧侧头看着她，目光清亮。而她低眉顺目，恍若未觉。

"谢小姐。"他的嗓音再度响起，清润低沉，"你这是……蛮不讲理。"

谢槿知这才侧眸，看向了他："那你是说，还是不说？"

她的相貌十分清秀，举止神色也一直温温婉婉的，此刻威胁起人来，却也是目不斜视，神色坦荡。

应寒时静静地与她对视片刻，垂下了眼眸。

"冒犯了。"他轻声说。

一听到这三个字，谢槿知心里突地一跳。但是哪里还来得及，只见他稍稍抬起脸，乌黑的眼眸盯着她。她只看到他的身形动了一下，下一秒，她的左手手腕一紧，被他握住，扣在了椅背上。

谢槿知倏地睁大眼。

车厢非常狭窄，他这一靠近，她立马又感觉到那清淡而熟悉的气息迎面袭来。紧接着，她的右手也被制住了。他单手居然就抓住了她两只手腕。他的白手套十分柔软冰凉，指腹的力量却像是无穷无尽。她竟然完全动弹不得，眨眼间就见他不疾不缓地躬身过来，探手进她的手袋，将手机拿了出来。

"应寒时！"她实在是吃了一惊。

之前跟这个男人虽然只有寥寥几次相处，但是他始终都是谦和有礼的，让人感觉脾气非常好，非常温柔。不小心亲了她一下，他还会脸红成那个鬼样子，又让人觉得尽管他身负绝技，却也十分单纯。

没想到，他居然也会对人来硬的。

应寒时将她的手机放进了裤兜里，立刻松开了她。谢槿知看着他，不吭声。而他避开了她的目光，那白玉般的侧脸却一点点又红了起来。

"见谅。"他重新发动了车，低声说，"事急从权，我不能……"他顿了顿，"由着你，提出我无法同意的要求。"

谢槿知有点气，可不知怎的，又有点气不起来。于是她干脆转头，看着窗外的雨，不说话，也不搭理他了。

"我送你回家。"他低沉温软的嗓音再次在她身畔响起。

谢槿知继续不说话。

车内静下来。

他平稳地开着车，碾过大片大片的水，沿辅路缓缓驶进了主干道。路况倒比刚才好了许多，车开得也算顺畅。

很快就驶上了高架桥。谢槿知望着下方的雨和灯火，有些发怔。手腕好像总有点不自在，仿佛还残着手套的触感和他指腹的力量。

"你还在生气？"他忽然出声。

谢槿知答："没有了。"

　　两人都静了一会儿。

　　"好。"他的嗓音里有了淡淡的笑意。

　　谢槿知也微微笑了笑，抬头看着前方的车流："应寒时，这件事之后……我们应该不会再见面了吧？"

　　"是的。"他答。

　　谢槿知又静了几秒，说："那么你所隐藏的秘密，我也没机会知道了。"她的嗓音里有些许遗憾。

　　应寒时静默了一会儿，答："你并不需要知道。"

　　"话不要说得那么满。"谢槿知说，"将来也许我会有机会弄清楚这个秘密。到时候，请你不要否认。"她这么说，想的是谢教授会去查，说不定能找到线索。

　　应寒时微怔之后却笑了。是那种非常温暖也非常平和的笑。

　　"好。"他温和地答，"我一定不会否认。"

　　谢槿知："……"

　　他这样的语气，让她觉得，他是笃定了她无法查知真相。

　　车继续往前开着，灯光如流水斑驳般映在车窗上。谢槿知看着前方，却又用余光注意着他，注意着他黑色柔软的短发，干净的侧脸，以及一举一动。

　　这个男人，到底藏着什么秘密？

　　这时，车已驶到一座高架桥下方。中央是下行隧道，两侧是高架。往谢槿知家去，走哪条路都行。只是趁着夜色望过去，隧道里似乎已有不少积水。应寒时缓打方向盘，上了高架桥。

　　谢槿知注意到隧道正下方似乎停了两辆车，看样子是在水里熄火了。

　　"有人遇到麻烦了。"她说，"去年我在新闻里看到过，江城大雨，就有辆车这么熄火在水里，结果车里的人也出不来，最后死了。"

　　"我看到了。"他答，说话间，已经将车停在应急停车带上，打了双闪灯。

他解开安全带，推门下车。谢槿知也同时动了。他却转头看着她，目光清亮柔和："你待在这里，我去就好。"

谢槿知也看着他："我也可以去帮忙。"

他却微微一笑，摘下手套放在座位上，同时将袖口往上轻轻一挽，露出修长干净的双手。

"你去了，我还要留神照顾你。"他说，"帮他们不过举手之劳，我很快就回来。"

谢槿知便没有再坚持。隔着雨雾，她注视着他走下了高架桥。他没有打伞，整个人都淋在雨里，白色衬衣很快就紧贴在他的后背上。

谢槿知撑着他的那把黑色雨伞，下了车，站在车旁，心想，又是举手之劳？是不是任何人的举手之劳，这个男人都会任劳任怨地去帮？

雨依旧下得很大。谢槿知撑伞站在高架桥的边缘，远远眺望着。夜色已经很深，现在这条路也不是主干道，所以路上已经没有什么车。下方隧道的积水已经很深了，并且似乎还在往上涨。光线不甚明亮的桥洞下方，她看到应寒时走了进去，水已没过了他的膝盖。隔得有点远，她看不清他的脸。

他走到那辆快要被淹没的车旁，在窗边弯下了腰。也不知道他是怎么做的，只见他的手动了几下，车门就打开了。车里的两个人几乎是连滚带爬地出来了。他扶起了他们，然后三人一起把车往外推。

谢槿知放下了心，继续安静地等待着。

这时，高架下驶来一辆别克小车，缓缓地在她身旁的应急停车带停下。

她看到驾驶位是个中年男人，副驾上坐着个七八岁的小女孩。

那男人看着十分谦和敦厚，推开车门下车，也没打伞，对她喊道："怎么回事？要帮忙吗？"

谢槿知礼貌地笑笑，扬声答："不用，没事。下面有车在水里熄火了，我朋友去帮忙了，我在等他。"

男人点了点头，也往桥下张望了一番，然后对她说："我也去帮把手。"又转头对女儿道，"娟娟，你在这里待着，跟这位姐姐在一起，不要乱跑。下面有人遇到危险了，爸爸要去帮忙。"

娟娟点了点头，又抬头在男人脸上亲了一下："爸爸你小心，慢点啊。"谢槿知看得心头柔软，立刻对他说："我会看着你女儿的。注意安全。"男人道了谢，小跑下了高架桥。

空旷的路面上，就剩下一大一小两个人。

江城的路不好，不仅体现在地铁施工耽误交通，寻常路面也经常施工维修。谢槿知注意到，高架桥边缘的水泥护栏上就有好几处贴着"施工维护"的标志，并且用警戒线拉了起来。于是谢槿知尽量往外站了一点，避免靠近护栏。

而娟娟在车里待了一会儿，忽然推开车门下来了，手里还拿着把小伞。

两人的车相距不过几米，谢槿知立刻转头看着她。

"姐姐，我爸爸还要多久才能回来？"她皱着小眉头问。

谢槿知笑了笑，走到她的身旁，说："快了。"谢槿知并不是个善于哄小孩的女人，只是语气温和些，话并不多。

她再次抬头望去，只见幽暗的桥洞下方，隔着厚厚的雨帘，依稀可见应寒时和娟娟的父亲正合力在推另一辆车。

谢槿知的目光停在应寒时身上。

尽管躬着身，他的背影依旧显得很挺拔。黑色短发遮住了眼睛，他的脸微垂着。几乎没费多大工夫，车就被他们推了出来。他站直了，人还站在水中，双手习惯性地负在身后。而车主忙不迭地鞠躬，似乎在向他和娟娟的父亲道谢。

应寒时抬手擦了一下脸上的雨水。尽管谢槿知看不到他的脸，但是可以想象出，他此刻一定是温和含笑的表情。谢槿知也微微一笑。

就在这时，娟娟忽然转身，朝桥下跑去："我去找爸爸！"

与此同时，桥下又有车开了上来，还是辆载满东西的大货车。

明晃晃的大灯穿过雨幕，非常刺眼，开得还很快。谢槿知立刻三两步追上去，抓住了娟娟的胳膊，将她扯到了路旁："当心！不要乱跑。"

娟娟也吓了一跳，同时眼睛也被灯光刺到了，抬手捂住了眼睛。谢槿知刚要拉着她，再往旁边退一点，突然察觉不对劲！大卡车的速度竟依然十分之快，就跟失控似的，一头朝她们的方向轧过来！眼看就要到眼前了。

谢槿知的心脏猛地一缩。此刻她若丢下娟娟，往旁边跑，自然能躲过。但娟娟完全被吓到了，呆呆地站在原地，一动不动。

"快闪开！"谢槿知拉着她往旁边躲，仓皇之间，隔着驾驶室的玻璃，她看到年轻的货车司机，惊惶而恐惧的脸。显然，不是车载太重轮子打滑，就是酒驾了。

千钧一发间，谢槿知一把推开娟娟，几乎用尽全身力气，将她推出了两三米远，随即跌倒在路面上。

伴随着尖锐的刹车声，桥下的应寒时霍然抬头，却只见庞大的货车堪堪停在高架上，半个车头都冲了出去，撞破了水泥护栏。两束车灯，静静地照射着布满雨水的夜空。

谢槿知从未想过，自己这辈子也许会死于一场车祸，一次意外的高空坠落。大卡车撞上来的时候，她已退无可退。而当小腿撞上护栏时，她明显感觉到脚下的桥面一阵松动。而后，她一脚踏空，卡车、夜空、雨水，从眼前一晃而过。

她失足掉了下去，一切都发生在转瞬之间。

她听到大雨依旧在耳边坠落，嘈杂如鼓擂。她甚至瞥见下方的公路上，车辆碾着雨水疾驰而过。她的心跳仿佛在这一刻骤停，顷刻间，脑子里一片空白。

要死了。

她想，与其摔成个重伤，半身不遂，还不如死了。

她有点无法想象即将到来的撞击剧痛，终于害怕地闭上了眼睛。

就在这急速坠落之时，一股柔和而巨大的力量，比她坠落的速度更快，骤然撞上了她的身体。她惊得心头巨震，因为分明感觉到那熟悉而清冷的气息朝她袭来。她甚至来不及睁开眼，就感觉到他那冰凉而沾满雨水的手一把搂住了她的腰。

天旋地转间，唯一真切的感受，是他已被雨水淋得湿透的胸膛，以及胸膛里沉稳的心跳。她整个人都被他紧按在怀里，两人一起坠落。

她的脑子突然就蒙了，霍然睁开眼，还没来得及看他，就已发生了不可思议的事。

两人坠落的速度如此之快，瞬间已落地。然后预想中的强烈撞击没有发生，他的身形敏捷轻盈得令人难以置信，只用足尖在地上轻轻一点，两人竟然重新弹起，顷刻间就离开了马路，一下子飞进了黑黢黢的隧道里。

谢槿知完全惊呆了，但他的速度依然比她的接受能力更快。眨眼之间，他抱着她几个大幅度起落，她竟完全看不清周围的一切，眼前只有道道光影闪过，整个人也如同坐过山车一般，急速上升又急速下坠，瞬间就飞到了隧道中无人的深处。

"应寒时……"她几乎是下意识地在他怀里喊出了他的名字。但他始终将她扣在胸口，她根本看不见他的面容。

惊心动魄间，只听到清晰的踩水声。他抱着她，如同急刹车般，骤然落地，稳稳地停在隧道深处已近半人高的积水里。

谢槿知的心跳得就快要蹦出来，双腿已经软掉了。她立刻抬头看他。他却在这时猛地转过脸去，避开了她的视线，然后飞快地抽手，像是要把她甩开，转身又要跳跃飞走。

谢槿知本就依偎在他怀里，双手抱着他，此刻眼疾手快，一把将他抱得更紧，整个人几乎挂在他身上，令他无法甩开自己。

周围很静，身畔的积水很浑。隧道里灯光昏暗，雨落在远远的两头。他一动不动，她也不动。她的耳朵里，只有水窸窣流动的声音，还有自己凌乱的呼吸声。

上一次，他这么救她，是在虚拟世界里。他说不用活人进入虚拟世界，只是脑电波。

而此刻，却是在真实的世界里。她看着他的黑色短发下那双雪白的耳朵。耳朵有点尖，轮廓分明，干净无瑕。她不知道他的耳朵是什么时候发生变化的，但这显然不是正常人会有的耳朵。只是它们生在他白皙清俊的侧脸旁，竟一点也不显得突兀。

他一直别过脸，避开她的视线。他的全身早已湿透，谢槿知便只能看见水滴沿着他的发梢缓缓淌落，流过他侧脸的线条，流过他笔直的脖子和耳朵，流向衬衣掩盖的锁骨。

而他的腰部下方，已经散落的衬衫下摆处，一条同样雪白的……长长的……尾巴……露了出来。

谢槿知的喉咙有点涩，呆呆地盯着。应该是尾巴吧？足足有一米长，上面还有短短的柔软的绒毛，轻轻在她眼前晃动着，看起来还很柔韧。是什么时候长出来的？莫非是刚才展现超能力，飞身来救她的时候？

"放手。"他的嗓音缓缓响起，依旧别着脸，不看她，双手近乎固执地负在身后。

谢槿知看着他微红的侧脸，还有逐渐红润的耳朵。他的尾巴，甚至也像感觉到了羞涩，微微往里蜷着。

她却奇异地冷静下来。

"你是……妖怪？"她慢慢地、小声地问。

他没出声。

静默片刻，他终于缓缓地、缓缓地转过脸来。湿发紧贴着他的额角，他的眼睛漆黑得如同无穷无尽的夜空。

"你们地球人……通常称呼我们为外星人。"

第四章

蝴蝶星云

在应寒时长达四年的地球生活中，这还是第一次，被人撞破自己的真实身份。

雨水顺着发梢，缓缓流到脸上，有微腥的气味。向她坦承身份后，他就负手不动，看着两人身侧徐徐流动的积水。

他想，萧穹衍说得不错，有些事也许是无法避免的。四年来，他的生活平静如水。如果不是省图的计算机系统突然显示异常，他跟她不会有任何交集，也不会有今天的意外。

况且，如果换成别的女人，高处坠落又被异星人所救，应该已经吓破胆了吧？她却……他的目光缓缓下滑，落在腰间那双白皙纤细的手上。

抱得很紧，好像生怕他跑掉。

短暂的沉默后，应寒时忽然也有点好奇。

毕竟她是第一个得知他身份的地球人，他想知道，接下来她会有怎样的反应。

于是他缓缓侧头，又朝她看去。哪知这一看，却叫他吃了一惊。幽暗的夜色里，女人的脸色非常沉静，一如平时温婉安静的模样，一只手却不知何时松开了他的腰，正朝他的耳朵摸过来。

应寒时一下子转过脸去，躲开了她的触碰，同时往旁边错了一步，终于挣开了她的束缚。

"不要摸。"他出声喝止。

谢槿知摸了个空，"哦"了一声，又问："为什么？"

应寒时静默了几秒钟，答："我不习惯。"

"……我只是好奇。"

两人都安静下来。谢槿知看着他那对耳朵，还有翘起来的尾巴，心情怎么也无法平静下来，就一直盯着看。

大约也是被她盯得狠了，应寒时很快转身，朝隧道的出口走去："走吧。"

谢槿知快步跟上去。

隧道里有几盏灯没亮，这段路格外黑，积水也深。他走得很慢，使得谢槿知可以轻松地跟在他身后。

　　然后只是一眨眼的工夫，当他们从阴暗走到光亮处，谢槿知惊讶地发现，他的耳朵已经恢复了原状，白皙圆润，再无尖尖的形状，尾巴也不知所踪，衬衣下摆处空空如也。

　　"你……"她忍不住问道，"刚才为什么会露出耳朵和尾巴？"

　　湿透的白衬衫紧贴他的后背，更显笔直挺拔。安静了几秒钟，他才回答："那是战斗状态。"

　　"什么？"谢槿知没听明白。

　　"我们星球的种族构成，与你们不同。"他的嗓音再度徐徐响起，"我有十六分之一的兽族基因，战斗时，这些基因会表现得更活跃。"

　　"……哦。"

　　这时，两人已经快要走出隧道。远远的，谢槿知望见那辆保时捷正平稳地朝他们驶过来，而车上，并没有人。

　　见到这个情景，谢槿知没有太惊讶。这对于外星科技来说，应该只是雕虫小技吧？

　　车在他俩面前停稳。他替她拉开车门，谢槿知忽然又抬头，看着身旁的他。路灯之下，他的衬衣被雨淋得有些凌乱，领口微微敞开，挽起的袖口也全被水浸湿，连眉毛也被打湿了，看起来真的就像是一个普通的年轻男人。

　　"你刚才说，你们星球……你从哪里来？"她问。

　　他单手扶着车门，又静了一会儿，答："我来自蝴蝶星云。"

　　蝴蝶星云？

　　谢槿知坐进车里，在心中咀嚼这个词，她好像在网上看到过这个天文学名词，但是具体含义并没有注意。

　　黑色的保时捷在雨夜中疾驰而去，很快就不见踪影。而相隔不远的隧道另一头，高架之上，几个刚刚被应寒时救出的人，以及娟娟父女，还有如丧考妣的卡车司机，正焦急地寻找着遇险的谢槿知的踪迹。

匆匆赶来的交警十分困惑："你们真的看清楚了？有个女孩掉下去了？但是下面根本没人嘛。"

娟娟的父亲不经意间回头，吃了一惊——车呢？刚刚停在他们身后的保时捷去了哪里？还有那个年轻男人，是什么时候不见的？

夜色依旧深黑，雨渐渐小了些。再次坐进应寒时的车里，谢槿知的心情已截然不同。有点莫名的激荡，并且，比之前畅快多了。她侧眸望去，就见应寒时的表情依旧平和。他用纸巾擦干了手指，重新戴上手套开车，又抽出一张纸擦拭着脸颊上的水珠。

"图书馆里的'它'也跟外星科技有关吗？"她问道。

应寒时将纸巾揉成一团，轻轻放在身旁，答："暂时还不能下结论。不过以地球现有的技术水平，是无法制造出那种程度的虚拟空间的。等对感染芯片的深入分析完成后，才能知道结果。"

谢槿知"哦"了一声。谢教授也说各国达不到这个科技水平。如果真的是外星科技，那么计算机的自主意识、他的出现、他的"杀戮"和隐藏……一切都解释得通了。

"那……"她又问道，"在餐厅里时，你能听到我说话，也是因为你的耳朵吗？"

"……嗯。"

原来如此。

谢槿知忽然又想到，就在半小时前，两人坐在车里，她问他是否没有机会知道他的秘密了，他回答，她没必要知道，并且对她的一切疑问都讳莫如深。

而现在，她连他住在哪个星球都知道了。

呵……

不过究其原因，却是因为她遇险，他不顾身份暴露，毅然来救她。

她侧头，看着他，认真地说："这件事，我不会告诉任何人。"

应寒时微微一笑："我知道。多谢了。"

奇怪的是，两人依旧不算熟悉，但他轻声一句"我知道"，却叫谢槿知心头没来由一热。

她抬头看着前方。这时雨基本停了，天空露出本来的颜色，暗黑而清晰。楼宇上的灯光，照亮了他们前方的路。谢槿知一怔，这不是回她家的路。

"我们去哪里？"她转头看着他。

应寒时缓打方向盘，目光落在她的腿上，快速一扫。

"你的腿受伤了，耽误了会有感染的风险。这里离你家还比较远，路也比较堵。我家就在附近，简单处理伤口后就送你回家。"

大约是这一路的经历都太过刺激，谢槿知这才注意到左边小腿有疼痛的感觉。她想起坠落前，自己的确是在护栏上撞了一下。掀起裤腿一看，真的有条一寸多长的口子，血水和雨水混在一起，伤口模糊不清，周围已经一片青紫。

"那就麻烦你了。"她说。

心中却想，她自己都没意识到，而且裤腿一直是放下来的，他又怎么知道她受伤了？闻到的？

她的目光落在他挺拔秀气的鼻梁上。

这也是外星人的本领？

车开进了城中一处普通的别墅区。

进入小区大门时，岗亭里的保安跑出来敲车窗："应先生，您回来了。您的包裹。"

谢槿知安静地看着。

应寒时降下车窗，朝保安露出温和的微笑："谢谢。"他接过包裹签收，谢槿知注意到那包裹还印有购物网站的标志。原来他也会网购。

车驶入小区深处最幽静的角落。他将车驶入车库，拿着包裹下车："进去吧。"谢槿知点点头，抬头打量。虽然别墅的模样都相同，但这幢明显是打理得最精心的。墙面没有半点污渍，屋门口的路一尘不染。门前花园里的草木修剪得非常整洁漂亮。

他按下指纹开门，两人走入玄关。里头的布置跟谢槿知的想象一样。屋内全铺着木地板，客厅里放着沙发和榻榻米，角落里还摆满了绿植，装修得非常复古温馨。客厅的落地窗外就是一望无际的湖水。夜色深重，隐隐可见湖的对岸远山和树林的轮廓。他弯腰打开鞋柜，眉目低垂，然后拿了双男士拖鞋出来，放在她面前："先穿这个可以吗？"

谢槿知注意到鞋柜里除了几双男士运动鞋，就只有这一双拖鞋。显然他是一个人住。

她点点头："好，谢谢。"

他眉目舒展，没有穿鞋，就这么穿着袜子走进客厅里。谢槿知在沙发前坐下，这才注意到对面放着四台超薄液晶电视，而且都非常大，至少有六十寸。

"为什么要放四台？"她问。

应寒时打开房间里的空调，调好温度，然后说："我有时候会同时看几个频道。"

"哦。"

这还是谢槿知第一次到单身男人家里做客。应寒时也是一样。所以她安静而拘谨，他也越发谦和沉默。

他泡了杯热茶，给她拿了过来。杯子是青瓷的，色泽温润。谢槿知道了声谢，慢慢啜着。这时空调的温度也上来了，她感觉暖和了许多。

"稍等，我去拿药。"

他走进内间，谢槿知就捧着茶四处看。他家的客厅非常宽敞，大概等于她租的房子的全部面积了。靠近湖的那一面，墙上还挂着一幅画。画非常抽象，有云雾、花朵和人形，她看不太懂。床边摆着绿植，一张靠椅，还有……

谢槿知的眼睛睁大了。

那是……模型吗？

准确地说，那应该是一个机器人模型，高约一米八，全身上下，从头颅到脚，乃至每一根手指脚趾，都是暗褐色亮金属构成的。这么说吧，你见过医用人体骨架吧，从头到脚，全是森森白骨。而这个模型，就是把白骨换成了金属，只不过他的金属结构非常密，并且非常完整，让你看不清里面是什么。

机器人模型背靠着一面墙而立，面朝湖水，红色的金属眼睛始终望着前方。所以刚才谢槿知坐下时，并没有发现这模型的存在。现在乍一看，让人觉得新奇又有些惊悚。

这时，应寒时提着医药箱走回客厅。见她在打量那模型，他的目光在模型上一扫，又落在她身上。谢槿知微微一笑，心想，莫非这是外星人的玩具？

应寒时在她身旁坐下，打开医药箱，问："自己可以吗？"

谢槿知答："可以。"应寒时便点点头，站了起来。

大致的包扎流程，谢槿知是知道的。但她这个人看起来特别清秀知性，实则动手能力非常差。否则也不会住在乱如遭灾般的环境里。

她拿起碘酒，想往棉球上倒，谁知倒多了，满手都是。她当机立断，全涂在伤口上，顿时半截白皙腻滑的小腿全都是黄黄红红的碘酒。她也不急，拿起棉花，一点点地擦。应寒时原本负手立在沙发旁，望着窗外，避免直视她裸露的小腿。察觉到动静，他转头望了她的腿一眼，立刻又抬头，看着窗外的湖水。

两人就这么静静地待着。她胡乱上着药，他沉静而立，非礼勿视。

直至……

"噗——"

客厅里响起一声那种听起来像是想憋又憋不住的笑声。

谢槿知正在包扎的手一顿，抬头。面前的应寒时，表情依旧沉静，眺望着窗外，而屋内，并没有别人。

是她听错了？

她低下头，继续贴胶布。

"噗——"那人又笑了一声。这回谢槿知听清楚了，声音是真真切切从客厅里传来的。她诧异地抬头，四处张望，但是没有看到任何隐藏的人影。

她的目光又落在应寒时身上。

他微蹙眉头，转头递给她一个温和安抚的眼神，然后看向……空无一人的窗边？

"萧穹衍。"他说，"不要吓她。"

谢槿知惊讶地循着他的视线望去，然后就望见了令人毛骨悚然的一幕。

窗边，那个面朝湖水、沉默矗立的机器人模型，动了。

或者，现在不应该称他为模型了，而是……机器人。

首先动的，是他的手指。原本垂落在身侧的十指，慢慢屈起，发出清脆而轻微的金属摩擦的声音，然后，他的整个身体都动了。他竟然慢慢弯下了腰，就好像站久了的人需要活动筋骨。他将金属双手反握，往足尖一抵，发出非常清晰的金属骨骼的碰撞声，然后他居然"咿呀"大喊了一声，霍地起身，转头，用那强健漂亮的金属身躯正对着他们。

然后，全是金属细骨组成的雕像般的面部，嘴唇位置，咧开一条细缝。

他笑了。

"谢小姐，你好，我是萧穹衍。非常荣幸见到你。"非常富有磁性、深沉、完美的男中音，与他的外形截然不同。

纵然谢槿知胆大无比，此刻也惊呆了。应寒时只是平静地站在一旁，似乎早料到会这样。

这时，萧穹衍迈动两条金属长腿，一步，一步，又一步，他的肢体发出咔嚓轻响，笔直地朝他们走来。

"欢迎。"他朝她伸出金属手掌，红眸熠熠发光，语气真的就像个老男人那样深沉，"这幢房子，已经很久没有接待过客人了。"

谢槿知吓了一跳，合上电脑屏幕，抬头。萧穹衍不知道什么时候回来了，手里还端着一盘看起来很好吃的小蛋糕，站在距离她不到一米远的地方，弯腰微笑地看着她。

谢槿知答："没看什么。"

她放下电脑，萧穹衍也将糕点放在茶几上，然后在她身旁坐了下来。谢槿知看着他的肢体弯曲成非常自然流畅的角度。真的就跟人一样，大大方方地坐着。然后他又看她一眼，伸出两根细长的手指，拈了一块糕点，递到她面前："吃吗？"

谢槿知伸手接过："谢谢。"她咬了一口，居然真的十分美味。萧穹衍忽然又咧嘴笑了，低声问："你是不是很想再摸摸我？"

谢槿知愣了愣，然后三两口将糕点吃完，直视着他红色晶状体的眼睛："可以吗？"

"噢……"他的胸膛里发出十分浑厚的笑声，"当然，请动手吧。"

说完，他还抬起一只手臂，做出男人鼓出手臂肌肉的姿势。虽然那里并没有肌肉。

谢槿知伸出手，沿着他的手臂，轻轻地摸了摸。冷硬的金属，但似乎又有一点韧性。

萧穹衍忽然重重地叹了口气。谢槿知抬眸看着他。"你的胆子可真大。"他抬起手，做了个非常有男人味的动作——他用手掌挡住了自己的额头，显得很感慨，"上次有个快递员不小心看到了我，直接吓晕了。据说他第二天就辞职，不在这个片区干了。"

谢槿知忍不住笑了，问出刚才心中就有的一个疑惑："你为什么叫这个名字？"

萧穹衍，古典又霸气。

他却怪异地看她一眼，说："你这么聪明，难道没猜出来吗？是谐音啊。"

"谐音？"谢槿知想了想，摇头，"猜不出来。"

他眯着红眼睛一笑："噢，是这样，我的本名是小 John，以前大家都这么叫我。到地球之后，我觉得应该改一个入乡随俗的好名字，于是逛了好多天的取名网站。萧穹衍、小 John，萧穹衍就是小 John，你不觉得非常完美吗？"

谢槿知安静了几秒钟，肯定地点头："非常完美。"

这时，萧穹衍抬头看了看墙上的钟，忽然站了起来，拿起茶几上的遥控器，打开电视机，然后转身微笑看着她："舞蹈节目的时间就要到了。谢槿知小姐，如果不嫌弃我的机械之身，可否陪我共舞一曲呢？"他顿了顿，又低垂下头颅，轻叹道，"毕竟，已经有好多年，没有人陪我跳过舞了。"

谢槿知微怔。本来，她是不会也不喜欢跳舞的，但是她静默片刻，站起来："好。但是我不太会跳。"

萧穹衍握住她的手，嘴巴都要笑咧到耳朵上了："没关系，关键是有人陪。老板从来不肯陪我跳舞。"

谢槿知也笑了。她想，随便陪他乱晃几下就好。

就在这时，应寒时从里间走了出来。萧穹衍和谢槿知同时转头看着他。

他已经换了身衣服，干净柔软的白色薄毛衣，黑色长裤，只是依旧没有穿鞋，只穿了双黑色的袜子。他看了两人一眼，目光又落在电视机上，似乎猜出萧穹衍拉着她要干什么。

他走到她跟前："手机已经修好，我送你回家。"

谢槿知接过手机，看起来没有任何异样。她把手机放进口袋里，然后转头看着萧穹衍。

萧穹衍两只眼睛往下耷拉着，头也微垂着，明显露出非常失望的表情。

"她不能陪你跳舞。"应寒时负手看着他，眉目不动。

"哦……"萧穹衍轻轻应了一声。

谢槿知有点奇怪应寒时为什么不允，但他这么说自然有他的道理。于是她放软声音："萧穹衍，再见。"

萧穹衍抬头看着她，又笑了："槿知小姐，再见！"

两人走出玄关。关上门的一刹那，谢槿知转头，看到门里的萧穹衍正依依不舍地向她挥手。

"不必心软。"应寒时的声音在她身旁响起。

她抬头看着他。

他神色平静:"除非你想跟他跳……他最喜欢的贴面舞。"

"……明白了。"

已经是后半夜。两人坐上车,谢槿知抬头。虽然今晚没有星光,但是雨后的夜晚十分清爽。当车穿过花圃,清新的泥土和花草的气息迎面而来。

谢槿知回想今晚的经历,依旧如做梦一般。但此刻,应寒时就安静地坐在她身旁,他的确清俊纯净得如同来自另一个世界,但是他又是如此真实地存在着。

"刚才找上网查了一下。"她转头看着他,"蝴蝶星云……是恒星和它的星系死亡后才会形成的。"

应寒时静了一会儿,才答:"是的。我的母星已经毁灭了。"

保时捷继续平稳地向前奔驰着。

"你为什么来地球?"她又问。

应寒时没有马上回答。他抬起头,看着窗外的夜色。城市明显已经陷入安睡,只有几座高楼上依旧亮着灯。路旁的绿化带,还沾满了雨珠,每一片叶子都翠绿清新。

他的脑海中浮现出第一次见到地球的情形。

那时他一个人躺在冰冷的舱中,抬起头,他就看到了窗外那颗蔚蓝的、安静的星球。

"我想……"他答道,"也许能在这个星球上,平静地过完剩下的人生。"

谢槿知看着他,没再说话。她想起那天在图书馆里庄冲曾经说过,应寒时应该是军人。一个来自外星的军人,却又是这样一个温润如玉的青年。她并不能想象他曾经有过的生活和人生。

到了她家楼下，她推门下车，他也站了出来。谢槿知拿着手袋，走到了楼门口，又转头。他负手立在车旁，路灯从他头顶照射下来，也照亮了那干净白皙的轮廓。他安静地注视着她。

谢槿知说："再见。"

他微微颔首："再见。"

谢槿知往上走了两步，眼角余光察觉到他还站在远处，一动不动，像是要目送她上楼，才算礼节圆满。

她又转头看着他："应寒时，我们还会再见吗？"

他似乎怔了一下，然后笑了，是那种很温暖也很寂静的笑容。

"我并不擅长交朋友，除了萧穹衍，我已经很久没有朋友了。"他缓缓地说，"也许是星辰注定了我们的相遇。但愿能与你再次相逢。"

夜色安宁，他的嗓音如同冰雪初融，温润深沉。而他的表情，也是柔和而诚挚的。谢槿知没想到他会答得如此郑重。在他清亮如水的目光注视下，她的脸居然有点发烫。

她点点头："那就好，再见。"

"再见。"

她终于上了楼，应寒时又在原地站了一会儿，这才上车，往家的方向驶去。

窗外的景物如同浮光掠影般闪过，他的脑海里却再次浮现出谢槿知的样子。

他想起第一次与她相遇的情形。她坐在寺庙里，眉头轻蹙，神色凝重但又坦荡无畏。他站在人群中，耳朵里除了风，还听到了她低语的声音："我遇到了一件……离奇的事。"

图书馆芯片的异常早已被萧穹衍监测到，所以他才会走上前去，想要对她伸出援手。但是，她眉也不皱，就拒绝了他的好意。

然后是在图书馆，在虚拟世界，在高架卜的隧道里……她或是害怕，或是勇敢，或是……无缘无故的蛮不讲理，但唯一不变的，是她那双眼睛，清澈而无畏，像是倒映着璀璨的繁星。

他又抬手，轻轻触了一下自己的唇，耳朵又有点发烫。以前在军队里，不是没有女人想亲近他。但他那时才十几二十岁，年纪还小，根本没动过那种念头。

未曾想第一次跟地球女人接触，就亲了她。

虽然她并不在意，甚至还想伸手去摸他的耳朵。这让他的心情有一点点焦躁，有一点点柔软，还有一点点无奈。

是否这就是女人带给男人的感觉？他缓缓垂眸，收敛心神，将车开进深深的夜色里。

萧穹衍在家里等了好一会儿，才等到应寒时推门进来。他诧异地问："老大，为什么定位显示你刚才在郊区待了二十一分钟？而且你还关掉了通信器。"

应寒时不疾不徐地走进来，答："我在郊外站了一会儿。"

萧穹衍完全不明白老大为什么半夜要一个人去郊外站着，但他没有追问，而是神色严肃地说："事态紧急。一个好消息，一个不好不坏的消息，你想先听哪一个？"

应寒时停下脚步，抬眸望着他。萧穹衍微微一笑："好消息是——老大，我们捡到宝了。你从图书馆带回来的芯片，它不是普通芯片，而是……"他顿了顿，"一片极其珍贵的宇宙高能矿结晶！"

这下连应寒时都露出愉悦的笑容，走到桌前，拿起了那块芯片。萧穹衍也笑着说："不知道什么原因，它居然落入地球人手里，并被当成普通金属材料制成了一块芯片。所以图书馆系统异常、产生初等人工智能体，也找到了原因——正是因为这块来自高等文明的结晶中蕴藏的巨大放射性能量。"

应寒时点了点头。萧穹衍又耸了耸肩，说："不好不坏的消息，你当然也想到了。整个太阳系都不产这种矿，当年在我们的母星，这种矿也十分稀少，这说明，曾经有人把这片结晶带到地球上来了。"

天明时分，萧穹衍处理完剩下的数据资料，抬头，却看到应寒时依旧站在窗前，负手望着天空。

萧穹衍走到他身旁，也静静地待了一会儿，然后看着他说道："老大，你知道的，既然几天前我们能监测到图书馆系统的能量辐射异常，如果地球上还有其他人，那他们也能监测到，只不过，晶片被我们先拿到了。"

应寒时静默片刻，点头："我知道。"

主仆两人就没有再说话，一起抬头望着暗蓝色的天空。天边，已经有一丝微光露出来，隐隐照耀在原本平静的湖面上。

同样的清晨，谢槿知躺在床上，眼睛却望着窗外的天空。

事实上，她整晚都没有睡着，脑海中反复出现那一幕一幕，最后，却定格在某个瞬间。那时她刚刚洞穿了应寒时的身份，两人上了车。她说，这件事我不会告诉任何人，而应寒时微笑着说，我知道。

她得知了这个男人埋藏最深的秘密。

她从床上起身，走到了窗前。天已经亮了，街上有不少人走来走去。每个人都行色匆匆，每个人的脸都是陌生的。

其实许多人的心中，都藏着秘密。

她离开窗边，洗漱完毕，换了衣服，照旧开始每一天平静而重复的生活。

但愿与你再次相逢。

她想，会再见面的，应寒时。

"槿知，今天是父亲的生日。你真的不给他打个电话？"谢教授无奈的声音从电话那头传来。

谢槿知坐在无人的休息室里，看着窗外寂静的天空："他是你的父亲，不是我的。"

谢教授在那头滞了片刻。

"你……"他正要说什么,谢槿知听到一阵窸窣的响动,然后她隐约听到他喊了声,"爸。"

谢槿知心头一紧,就听到电话那头传来一个严厉的声音:"你给她打什么电话?我没有这样的女儿!挂了!"

谢教授说:"爸,你别……"

谢槿知直接把电话挂断,丢在了桌上。静了一会儿,她起身走回外间的工作台坐下。正值中午,大伙儿都不在。她静静地坐着,然后拉开抽屉。

抽屉里是母亲与她的一张旧合照。那还是她十几岁的时候,照片上的母亲也依旧年轻漂亮,甚至可以说是妩媚而极具风韵的。她穿着鹅黄色的衬衫裙,米白色窄脚裤,化着淡妆,戴一条细细的钻石项链。她揽着谢槿知的肩,神色温柔,但眉宇间也有淡淡的清冷颜色。

谢槿知看了一会儿,又将照片放回去。

才女,美女,江城大学的风云人物,性格高洁桀骜,甚至在整个江城都小有名气。可那又如何?因为遇人不淑,母亲这一辈子都意难平,最终只与她相依为命,红颜早逝。

所以这辈子,她谢槿知如果寻不到一个一心一意、一生一世的男人,那就宁愿孤独终老。

"哎哟,西南怎么又发生地震了?"冉妤一边刷手机,一边走进馆厅,身后跟着沉默无言的庄冲。"幸好只有 5.4 级。"她感叹道。

谢槿知抬头,却瞥见庄冲看着她,眼神深沉。谢槿知看他一眼,又继续跟冉妤讲话去了。等冉妤去隔壁屋清点期刊了,工作台后只剩他俩,庄冲果然就无声无息地走到她身旁。

她抬头看着他。而他双手插在裤兜里,依旧是平时酷酷的样子,眼睛直视前方。

"他今天会来。"他说。

谢槿知问:"谁?"

庄冲低下头，一只手撑在桌上，压低声音："高手。"

这下谢槿知明白他说的是谁了，心头突地一跳。后来她跟应寒时的交往，她一个字也没跟庄冲提过，所以此刻庄冲的话让她非常惊讶。

"他为什么会来？"她也压低声音。

庄冲露出了一点笑容："我一直在查他的消息，终于有了进展。"他一字一句地说，"因为我做了个推断——高手那样牛的人，看起来又知书达理，必然看过很多书。于是，我在系统里一搜，发现早在两年前他就在我们馆办过借阅卡。"

难为他一口气说了这么多话。这个发现，也在情理之中。所以以前应寒时也曾经来过馆里，只是整个图书馆那么大，他们从不曾遇见？

谢槿知想了想，又问："即使他有借阅卡，你怎么知道他今天会来？"

庄冲微微垂下头，笑容更多了一点。

"我黑进系统管理员账号，停掉了他的卡，然后给他发了邮件，要求他今天来馆里办理补卡手续。"

谢槿知："……"

她有些无奈地看着他："庄冲，他是……顶级黑客。你觉得这些小动作，他会察觉不了？"岂止是顶级黑客。如果庄冲知道他黑掉的是高等文明外星人的账号，不知道该作何感想？

庄冲一愣，然后低下头，轻轻地骂了一句。

谢槿知看着他，觉得那句话说得真没错——不怕神一样的对手啊。

尽管觉得庄冲为了见偶像而采取的手段略丢人，谢槿知还是跟他一起去了楼下专门办理退补卡的办公室。

距离谢槿知上次跟应寒时分别，已经有半个月。这段时间，两个人之间并非全无联系。

那个联系，自然就是渴望朋友、热情似火的萧穹衍。他给谢槿知打过两个电话。第一个电话，是聊天气聊糕点聊心情聊衣服，几乎就没谈什么正经事。谢槿知很耐心，一直陪着他讲话，末了他还邀请她"来家里玩"。可谢槿知不知怎么，想到应寒时没开口，她就有点不太想这么贸然主动前往。

萧穹衍的第二个电话，却是托她"找一些经典的健美操资料"。谢槿知问："为什么找这个？"他答得理所当然："因为我最近很喜欢跳健美操啊。"

于是，今天去见应寒时，谢槿知把要给萧穹衍的几张健美操光盘也捎上了。

退补卡办公室面积不大，里头还有间小储藏室。平时没什么人，值班的小姑娘百无聊赖地在柜台后打着哈欠。

庄冲此人，虽然入不了谢槿知和冉好的眼，但以他的相貌学历，对普通小姑娘还是有点杀伤力的。于是在谢槿知的授意下，他微红着脸跟小姑娘聊了一会儿，姑娘就屁颠屁颠地"帮他的忙"，去馆外买饮料去了。

这时，已经快到庄冲通知应寒时的时间了。

庄冲坐在工作台后，谢槿知却去了里间储藏室。她并不打算跟庄冲一起丢人，打算等应寒时办完卡，找个机会再追上去，顺便把光盘给他。

时间一分一秒过去，谢槿知靠在储藏室的旧沙发上，静静等待着。

"咳……"外间传来庄冲的声音。

谢槿知起身，莫名的，心跳居然有点快。她缓步走到门口，隔着门上巴掌大的小窗往外看。

外间，阳光正好。应寒时穿着浅色外套、黑色长裤、休闲鞋，手里还拎着个纸袋，不疾不缓地走了进来。他的头发似乎刚理过，短短的，露出额头，却更显眉眼干净清晰，乌黑的眼睛里，目光静静的，像是蕴着柔和的光泽。

他走到工作台前，朝庄冲微微颔首。

庄冲说："你好。"顿了顿又说，"是你，真巧。"

谢槿知就没见过演技比庄冲还蹩脚的人。果不其然，应寒时微微垂下眼眸，眼睛里似乎有了点无奈的笑意，然后他还是将身份证和借阅卡递给了庄冲。

庄冲大概也觉得尴尬，默不作声地低下头，替他办理着。而他笔直地站在工作台后，目光缓缓扫视一周。谢槿知立刻低下了头，避开了他的视线。

"这些书拿来退。"他又说道。

谢槿知抬头，看到他从纸袋里拿出了四五本书，只是隔得远，看不清是些什么书。

"退书要去楼上。"庄冲说完霍地站起来，接过那些书，"我帮你。"

应寒时微微诧异："谢谢，不用……"他的话未讲完，庄冲已经抱起那些书自顾自地冲出了办公室。

室内恢复了寂静。外间，只有应寒时一人，负手而立，眉目静朗。

这跟谢槿知的预计也有点偏差。原本办理补卡，也就是几分钟的事，所以她才在里间暂时一避。哪知庄冲见到偶像竟如此激动，丢下她就去帮应寒时跑腿了，害她半天也不能出来。

她侧立在门后，也没再继续往外张望。时间静静流逝着，两人明明没有打照面，她却感觉到气氛有那么一点点不平静。

而门外的应寒时，抬眸，目光落在屋内的几排书架上，然后是墙上张贴的几幅画，最后，目光落在了里间的门上。

他的脸忽然就有了一丝绯红。他微微侧转目光，门外的楼道里并没有人经过，他便移步，缓缓朝那扇门走去。

谢槿知听到脚步声靠近，心头一跳。这下好了，原本坦坦荡荡，现在无缘无故有口难辩。她把心一横，走回沙发旁，往上一躺，然后拿起一本书，打开盖在脸上，装睡。

她这么应对，是觉得已经摸透了应寒时的性子。以他羞涩和守礼的程度，多半是做不到动手去拿她脸上的书的，应该会默默地进来，又默默地出去。

她正想着，就听见"吱呀"一声，门被推开了。她蜷在沙发里不动。

这辈子，她还没做过这种遮遮掩掩的事，于是她的脸也慢慢热起来。他走近了。他在沙发旁站定。谢槿知在心中默数：一、二、三……该走了吧。

哪知这时，她忽然感觉到，脸上的书，动了。慢慢地、轻轻地，书被人拿开。他居然下得了手……这个念头快速在谢槿知脑海闪过。灯是开着的，光线很明亮。她装不下去了，睁开眼睛。

头顶，是他，站在灯下，头发和面颊都氤氲着浅浅的光泽。他一只手拿着书，另一只手负在身后，低头，看着她。

他的脸颊，似乎也有点红，澄黑的眼，盯着她。

"槿知。"他温和地说，"如果有事要见我，直接给我打电话，不需要让你的人，停掉我的卡。"

谢槿知："……"

她整张脸都难得地红透了，坐直了，说："是他自己的主意。而且，他不是我的人。"

应寒时只是唇角微弯，轻轻"哦"了一声。

外间传来响动，庄冲回来了。

应寒时看她一眼，转身："我们出去吧。"

谢槿知立刻站起来，跟他一块走了出去。

庄冲撞见他俩的神色，一愣。但他这回学乖了，没有多问，而是将卡和退书清单都递给应寒时："办好了。"

应寒时微笑："多谢。"他接过，旁边的谢槿知瞥见那打印单据上的书名：《幽默笑话精选 1000 则》《笑死人不偿命》《十万个冷笑话》《历代野史阅读精华》《野史也疯狂》……

她看得一愣，这时应寒时转头看着她："萧穹衍带了蛋糕给你，在我车上。"

谢槿知闻言笑了："我也有东西带给他。"她拿起之前放在工作台上的光盘，说，"我跟你过去吧。"

应寒时点点头。两人便一起走向门外。到门口时，应寒时停步，朝庄冲点头示意告别。

庄冲立刻朝他挥了挥手。待他俩并肩走远，庄冲默默坐下来。他现在只有一个疑问：御姐什么时候跟高手这么熟了？

图书馆内的停车场在一片小花圃旁。谢槿知跟着应寒时，两个人都不疾不徐地走着。

日光明亮而温暖，这感觉当真有点微妙。毕竟她已经知道他是外星人，光天化日之下，两人却像普通朋友那样，并肩行走着。

"那些书，是借给萧穹衍看的？"她问。毕竟，那些书也很符合萧穹衍的品位。

应寒时抬眸看她一眼："不是。是我看。"

"……你认真的？"

"我当然是认真的。"他答，"我喜欢看一些有趣的东西。"

谢槿知有点无法想象眼前这个白皙清瘦的男人捧着本《十万个冷笑话》边看边微笑的模样。

"那你……会觉得好笑吗？"

"嗯。"他点头，微微露出点笑容，"你们地球人的书，很好笑。"

谢槿知"哦"了一声，过了一会儿，也笑了。

两人走到车旁。他打开车门，将副驾上的蛋糕盒子拿出来，递给她。谢槿知打开一看，是块非常漂亮的慕斯蛋糕，上面还用巧克力酱做满了花纹。那花纹很抽象，复杂难辨，她完全看不懂，但还是微笑点头："替我谢谢他。这是他要的……健美操光碟。"

应寒时当然已经见怪不怪，接过放进车里。两人注视着彼此，一时都没说话。

片刻后，谢槿知说："行，那我就先走了。"

"槿知。"他叫住她。

谢槿知抬头看着他。

他静默片刻，平和地笑了笑，说："我要离开江城一段时间。"

"哦。"

"上次的事，应该算结束了。你不会再有什么麻烦。"他说，"如果有什么事发生，随时给我打电话。我会很快赶回来。"

谢槿知心头一暖，点了点头："应该不会有什么事。"

两人又静了一会儿。他斟酌道："需不需要我做个机器人，留下保护你？"

"……我觉得应该用不上吧。"

目送应寒时的车离开后，谢槿知才拿着蛋糕上楼。

结果一进办公室，就见冉好双眼放光、表情诡异地冲了过来。谢槿知心里暗叫一声不好，就已被她抓住了胳膊，一副严刑逼供的架势："槿——知——刚才楼下那个保时捷帅哥是谁？"又瞅着她手里的蛋糕，"居然还给你送好吃的！还不从实招来，什么时候勾搭上了这么好的货色？"

谢槿知早已向应寒时承诺保守秘密，自然不会跟她多说。她任由冉好拖拽着，脸色不变地走到桌旁坐下，然后慢条斯理地说："别胡说八道，只是普通朋友。"

冉好说："可是……"

"没有可是。"她微笑说，"赶紧坐回你的位子，还有好多活儿呢。"

她一旦咬紧不说，冉好自然没有办法。又磨了半天，最后谢槿知分了一半蛋糕给她，才堵住了她的嘴。

等两人吃完了蛋糕，冉好咬着小勺，说："可是槿知，不管你怎么想，条件这么好的男人，遇见了你就上啊。"

谢槿知头也不抬，淡淡道："我跟他不可能的。"

"为什么？"

"因为……"谢槿知声音一顿。

因为他是……外星人啊。

谢槿知兀自有些愣神，冉好却又想起另一茬，从桌子下拿出个快递包裹，丢给她："我是跟你说啊，听姐的话，我是宁愿你跟这种高富帅在一起，也不愿意你被那些穷鬼缠着。喏，穷乡僻壤偏远山区的那个男人，又给你寄东西来了。真想帮你丢掉。"

她虽然语气不屑，谢槿知却露出笑容，立刻放下手里的东西，接过包裹。冉妤还在她耳边碎碎念着："你说他一个江城大学毕业的高才生，非要跑到西部支教，一去不回头。支教就支教吧，还三天两头给你写信，分明就是暗恋你。谢槿知，我提醒你啊，你平时参加那个慈善组织，给那些孩子做做读书卡片、送些礼物、捐捐钱就算了，可千万别脑子一热，跟那个聂初鸿双宿双飞，去山里当什么穷老师啊！"

谢槿知这时已拆开包裹，抬头看她一眼："冉妤，你安静一会儿。"

冉妤撇撇嘴，不说话了。

谢槿知首先拿出来的竟然是一幅画，小小的一张，不是用笔画的，而是用干掉的花瓣粘出来的。红的、绿的、蓝的……依稀可以辨认出这些花瓣勾勒出的是一片花团锦簇的田野，而下方还有孩子用笔写得歪歪扭扭的字："槿知姐姐，祝您身体健康，工作顺利。"

谢槿知忍不住笑了。

她是几年前在网上看到聂初鸿等青年支教老师组织的小慈善机构，然后就开始为这些西部的孩子做一些事，但也只是很普通的一些事，不像聂初鸿等人，一直扎根在那边。

慢慢地她跟聂初鸿也熟了。他时常给她写信。只是几年过去了，两人从未见过面。

所以在她看来，冉妤的担心，只是杞人忧天罢了。

她又继续往下看，那幅画下面，是一叠孩子们的成绩单。看着那些青涩可爱的字迹，她又笑了。

最后，却是一封信。信的封口很仔细，平平整整地放在箱子底部，一点折痕都没有。谢槿知拿出来，就看到信封上道劲有力的字迹——

槿知亲启。

落款：聂初鸿。

第五章

狭路相逢

槿知：

见字如晤。依岚山的草又绿了。天空格外的蓝。我每天都带着孩子们，去山脚下采野花，晒干花瓣，做成花茶，或者粘贴成画，感觉就好像能够永远地留住春天的美丽。

而最美者，是漫山遍野的油菜花和杜鹃花。不知你是否在别处看过这盛景，红色的火烧云一般的杜鹃花和金黄温暖的油菜花，它们相映成趣，好像能够淹没整个世界。

不过，这里的孩子已经对这美景见惯，反倒是我一人，时常徘徊于田畔，内心震撼之余，却也只能独自默默欣赏。毕竟，这里是遥远的深山。

也许是地震，我们这里也受到波及，这几天总是无端端地停电。听说停电波及了许多个县市。此刻，我是在蜡烛旁，给你写这封信，窗外就是黑得无边无际的山谷，但也别有一番情趣。既然选择了这样一份事业，但愿你们每时每刻都去体验它的美——这是你上次在论坛说的，我们这几个支教老师，可都是身体力行。

孩子们盼望着你来。他们想和你一起欣赏依岚山最好的春天，想看看给他们寄那么多书、做那么漂亮的读书卡片的姐姐，是个什么样的人。当然，我知道你在江城，工作一定很忙。不过将来若有假期，不妨来这里待一段时间，作为你的一段旅程。我想，孩子们一定会很高兴。我也是。

长夜漫漫，不多叨扰。愿身体康健，工作顺心，万事如意。

聂初鸿

谢槿知刚放下信，再好就凑过来，表情十分警惕："穷男人又说什么了？"

"他邀我过去玩。"

"你不会真的想去吧？！"

谢槿知的手指在信纸上轻轻点了点："有点想。"

　　她的性子本就有些我行我素，这次经历了……外星人事件后，内心更是隐隐觉得，宇宙如此之大，人这样渺小，所以更加要珍惜时光，多做想做的事，而不是将人生都耗费在营营碌碌里。

　　冉妤一把抢过信："我看看他说了什么不怀好意的话！"

　　谢槿知只是笑，任由她看。冉妤读了一会儿，倒是愣住了，说："这个信，写得还是有点格调的。文笔嘛，也挺勾人的。但是！"她话锋一转，"百无一用是书生。这人文笔这么好，还这么多愁善感，肯定是那种弱不禁风的'四眼田鸡'啦，一点男人味都没有。你信不？"

　　其实谢槿知对聂初鸿也是这样的感觉。从文字看，他的确是个细腻的，带着一点文艺青年忧伤气质的男人。不过她看了冉妤一眼，说："我管他长什么模样。'四眼田鸡'难道就不能交朋友了？"

　　"……哼，那就好，想想你肯定也不会看上他。"

　　谢槿知微微一笑，将包裹收好。至于依岚山之行，冉妤是不想去的，所以也就不必问她了。

　　"我也去。"

　　清冽低沉的声音，在她俩身后响起。谢槿知和冉妤同时转头，看着庄冲。他高高大大地坐在位子上，双手已经从键盘上挪开，眼神堪称冷冽地直视着她们。

　　"为什么？"她俩异口同声。

　　庄冲微微低下头，一字一句地道："西部，自由男儿的梦想之地。"

　　谢槿知："……"

　　冉妤说："有病！"

　　跟馆长请假的过程，出乎意料的顺利。一听说他俩要"休假出去走走"，馆长二话不说就批了假条，甚至还主动给了他们带薪假期。这让谢槿知和庄冲从馆长办公室走出来时内心都有种受宠若惊的感动。殊不知，自从上次的计算机异常事件后，馆长一直担心这两个下属，希望他们脑子不要出了什么问题，所以现在他们要休假，他当然百般赞成，希望他们能散散心，不要再往歪路上发展了。

既然假期已定，谢槿知是个利落性格，庄冲更是"自由男儿"，所以两人干脆定了第二天的动车票，说走就走。

火车从江城出发，开往依岚山所在的 G 省，需要二十多个小时。白天，两人就待在车厢里，谢槿知看书，庄冲打游戏，互相不说话，相处很融洽。

只是，白天，一路上除了一望无际的华中平原，沿途还有繁华城市，到了晚上，就进入了位处西南的 G 省，眼前连绵的都是黑黢黢的山，好像永远也走不到尽头。

夜深了，庄冲还红着眼在上铺打游戏。谢槿知靠在床铺里，望着窗外苍茫的夜色。

她并没有提前通知聂初鸿。根据庄冲所查"攻略"，依岚山位置很偏，沿途他们还要火车转汽车，甚至转拖拉机，所以她不想麻烦聂初鸿。

只是夜色寂寥，到了这陌生的境地，唯有天空中的繁星比城市中的更加明亮璀璨，人的心仿佛也随之变得空旷澄净起来。

谢槿知趴在窗口，安静地看着夜空。就在这时："嘀"的一声，手机微信进了信息。她拿起一看，发信人是应寒时。她的心头没来由地掠过一阵温凉的感觉，好像这个人的名字都能让人感觉到他的气质。她点开微信。

"在干什么呀？"后面还跟着一个笑脸表情。

这语气，自然是萧穹衍了。谢槿知抿嘴笑了，可心中莫名地划过一丝失落，但那感觉只是飞逝而过。她回复道："躺着，没干什么。你呢？"

萧穹衍回复得很快，依旧是平日那美滋滋的语气："报告槿知小姐：我的第一块芯片在进行卫星定位并导航；第二块芯片，在偷懒上网看新闻；第三块芯片，当然是在跟你聊天了。"

谢槿知又笑了，想起应寒时之前说要离开江城一段时间，现在萧穹衍又说在导航，于是她回复："你们还在旅途中吗？"

萧穹衍："是哒！"

看到这个"哒"字，谢槿知就笑得有点开了。她在脑海中想象这个灰黑色全金属、冷酷又魁梧的机器人咧开嘴坐在车里，用这样软绵绵的词句在给她发短信。而事实上，萧穹衍此刻，的确是这个模样。

一辆越野 SUV，高速行驶在国道上。漆黑的深夜，路的前方连个鬼影都没有。萧穹衍全身裹着黑色风衣，还戴了顶鸭舌帽，坐在后座，避免被别人看到。

他心情愉快地跟"地球上唯一的朋友"——谢槿知，发微信聊着天，不经意间抬头，就望见应寒时坐在驾驶位上，戴着白手套的双手握着方向盘，正在全神贯注地开车。

尽管见惯了他这副模样，萧穹衍还是忍不住撇了撇嘴。老板就这点不好。大概是以前在母星开飞船打虫族成习惯了，以至于他现在开辆地球车、打个机器小怪，还要戴着一尘不染的军用指挥手套，而且，这辆车改装过，明明可以自动导航驾驶的，他还非要自己开。

萧穹衍想，这大概就是地球人说的"职业病"吧？

想来想去，还是槿知小姐比较可爱，冷艳高贵又不失呆萌。萧穹衍最喜欢这种气质矛盾的女人了。于是他立刻低头，又给她发道："多日不见，你有没有想我？"

他刚点了发送，冷不丁就听到旁边一道温润清冷的嗓音："你在干什么？"

萧穹衍吓了一跳，霍地抬头看着应寒时。他松开了方向盘，调整成自动驾驶模式，转头看着萧穹衍，目光微垂，落在他手里的手机上，眉头轻轻一蹙。

应寒时伸手，将手机拿走。萧穹衍不敢反抗，手撑着下巴，叹了口气。

过了一会儿，他又抬头去数星星了。

开了一夜的车，应寒时也有少许疲惫。他靠在座椅里，但后背依旧笔直，拿起手机。首先跳出来的，是微信对话框。

这个他知道，地球人的某个小通信工具。萧穹衍还给他注册了账号，但是他几乎没用过。

对话人：谢槿知。

看到这个名字，应寒时的心头微微一暖。但他并不懂得要往上翻聊天记录，于是映入他眼帘的，就是萧穹衍刚刚发出去的一句话——

应寒时："多日不见，你有没有想我？"

应寒时的脸倏地一烫。

胡闹。萧穹衍居然以他的名义，给谢槿知发这样轻浮的微信。

他在对话框输入："抱歉，刚才是萧穹衍……"

字未打完，谢槿知的回复已经来了。

"非常想。"

应寒时的手指猛然停住。

萧穹衍数了一会儿星星，一转头，就看到自家老板有点不太对劲。他一动不动地靠坐着，单手拿着手机在看，另一只手平放在大腿上，一直维持着这个姿势，而那整张脸，都快红透了。

萧穹衍大吃一惊，刚要出声询问，却瞥见手机屏幕上谢槿知的回复内容。主仆两人都静默了片刻。

萧穹衍幽幽开口："老板，你误会了。槿知知道聊天的是我，那句话是对我说的……"

静默，依旧静默。

过了好一会儿，应寒时才慢慢转头，尽管脸上余红未褪，眼神却已恢复沉静如水。

"去导航。"他说。

"哦……"萧穹衍默默地接受了任务，去忙碌了。

周围终于清静，应寒时抬头，看着前方的黑夜。星光依稀照耀在原野上，如同记忆中那般美丽。他的心情渐渐平复，刚要收起手机，却又听"嘀"的一声，她又发来一条信息。

谢槿知："你们老大在干什么？"

他看着这条短信，脸上露出些许清澈笑意，回复："在看星空。"手指顿了顿，又输入，"槿知在干什么？"

那头，谢槿知看到这条短信，稍稍有点奇怪。怎么萧穹衍不逗比了，语气一下子变温柔了？但她并未多想，回复道："在看书。"

说到看书，她此刻看的书，还真的跟他们有些渊源。她拿起手机，对着封面拍了张照片，发了过去。

《银河帝国》。封面是艘大大的宇宙飞船，还有如同烟花般璀璨的星空。

手机那一端，应寒时看着这张照片微微一怔。谢槿知等了好一会儿，也没等来他的回复，于是又发送道："《银河帝国》，感兴趣吗？"

这回他很快回复了，只有一句话——

"曜日已经坠落，银河再无帝国。"

　

列车轰隆隆地向前奔跑着，这夜色好像无穷无尽地蔓延着。车厢里大多数人都睡了，谢槿知独坐在床头，盯着这句话，有些怔然。

她没想到萧穹衍会说这样的话，能让人心头一震。她虽然对他们的一切知之甚少，可看到这句话，她却分明感觉到某种……深厚、悲凉而平静的情绪。

她想了想，一个字一个字地输入："过来，让我摸摸头。摸摸哒，不难过。"

这回她等了好久，他也没回复。于是谢槿知也将手机放在枕头下方，睡着了。

而那头——

萧穹衍虽然人在导航，心却在被应寒时抢走的手机上。他偷偷抬头，却大吃一惊。

这回，应寒时连耳朵根都红了，红得仿佛要滴下血来。他依旧坐得笔直，转头望着窗外，只留给萧穹衍一个后脑勺，可是，他尖尖的耳朵已经露了出来，那条尾巴更是在他背后，一摇，又一摇。不知道在兴奋什么。

萧穹衍问："老大！发生了什么事？难道有战斗状况吗？"

"没有战斗！"他头也不回地答。

"啊？"

应寒时沉默了许久，耳朵才平静地耷拉下来，然后他脸色微红地转头，对萧穹衍说："今后，禁止你使用我的手机。这是最高禁令。"

萧穹衍一阵鬼哭狼嚎。

这时，前方的天边已经露出微光，起伏的山林也在晨光中渐渐露出轮廓。萧穹衍倒是收了轻狂神色，表情严肃地看着前方，然后汇报道："老人，我们到了。就是这片山区。图书馆事件后，第二次宇宙能量异常波动，就是几天前在这里出现的。"

同样的晨光，照耀在谢槿知和庄冲的旅途上。只是他们接下来的路颇不好走。清晨时分，他们在火车站下车，然后马上转汽车，颠簸了好几个小时，才到了距离依岚山最近的村落。他们又雇了台拖拉机，沿着田间的泥路往山里走。

开拖拉机的村民看他们带着大包小包，还挺稀奇，说："已经好久没人去依岚山了。那个村子，可穷了。你们是搞希望工程的吧？好心人啊。"又叮嘱他们说，"那边，离边境更近了，不仅荒，治安也不太好。听说经常有罪犯越境，还有的往深山里藏。你们过去，可要当心啊。"

谢槿知和庄冲都只是笑笑，自然没把他的话放在心上。等到了傍晚，暮色已同纱帐般笼罩着山野。他们终于抵达了依岚村。远远望去，两座大山之间，稀稀疏疏几户人家，倒都有灯光。暮色间，人的视野已不甚清晰，只能依稀辨认出一片低矮的山丘上两幢小小的白房子紧挨着安静地矗立着，跟聂初鸿寄来的照片上小学的位置和外形一模一样。

　　四野寂静，谢槿知的心中却有少许激动。经过一天跋涉，终于抵达目的地，庄冲脸上也露出笑容。

　　两人沿着田间小路，脚步轻快地往小学走去。昨天一早他们还在繁华都市里，现在却在近乎荒无人烟的边陲村落，四处都是空旷而冰凉的空气。这种感觉，就好像去到了另一个世界里。

　　两人很快就爬上了坡，走到了小学院外。此时天色更暗了，视野一片茫茫。校舍里黑灯瞎火，一个人也没有。

　　然而，这片死一般的沉寂中，却有阵阵淅沥的水声从院子后面传来，像是有人拿着水，正不断地往地上泼。谢槿知和庄冲对视一眼。经历了图书馆事件，两人似乎也有了那么点默契。不用说话，庄冲在前，谢槿知在后，两人缓缓绕过院子走了过去。

　　当院中的人出现在他们眼前时，两人同时一震。暗淡的天幕下，一个高大的男人，背对着他们，站在院子当中。他赤裸着上身，露出结实精壮的背，下身只穿着条短裤。他单手拎起水桶，一桶又一桶迎头浇下，看样子，竟是在冲凉。

　　月光如水，旷野寂静。

　　男人浑身挂着水珠，站在这样的景致中，就像一幅狂野而无声的画。视觉冲击力太大，谢槿知和庄冲一时都怔住了。

　　这时，男人放下手里的水桶，又从旁边的晾衣绳上抽了条毛巾下来。他用力摇头，甩了甩头发上的水，这才用毛巾擦了擦，然后转身。

　　三个人都愣住了。

　　夜色朦胧，没有灯，却依稀可见他棱角分明的脸庞，与那一身精瘦结实的肌肉一样，充满男性气息。

　　"你们……是什么人？"他开口，声音低沉浑厚。

　　谢槿知答："你好，我们找聂初鸿，他是这里的教师。"

男人静了几秒钟，放下手里的毛巾，直视着他们："我就是聂初鸿。找我有什么事？"

庄冲照旧是不说话的。谢槿知却吃了一惊——她实在无法把眼前这个男人跟那细腻而略带悲伤的文笔，以及粘贴出许多漂亮花瓣画的灵巧双手联系在一起。

"真的？"她下意识地问道。

男人闻言，却隐约地笑了。他将毛巾往绳子上一搭，又弯腰收拾地上的水桶，语气平淡地答道："嗯，假的。我没事半夜在这里冒充名不见经传的聂初鸿，逗你们玩。"

谢槿知没想到这个粗犷男人的嘴巴还挺厉害的。但她也明白，眼前这人八成就是那个聂初鸿。于是她说："我是谢槿知，这是我同事庄冲。我们一起来了。"

男人的动作一顿，抬头看着她："你说……你是槿知？"

不知为何，看到他这样的反应，谢槿知的心情忽然变好了，微微一笑："不是。假的。我没事跑了几千公里，在这里冒充名不见经传的谢槿知，逗你玩。"

一旁的庄冲低笑出声。

聂初鸿却完全没笑。他又沉默了一会儿，忽然伸手，从晾衣绳上抓了件衬衣，三两下就套在身上，又扯了条裤子下来，立刻转身背对着他们套上，然后他走向院子一角，伸手就扯亮了墙上的灯泡。

橘黄色的灯光瞬间洒满整个院落。他转身看着他们。而谢槿知也将他的长相看得更加清晰。

灰色衬衣和黑色长裤，贴在他微湿的身躯上。潮湿的短发下，是一张非常英气的麦色脸庞，剑眉星目，如墨勾勒。他很高，站得很直，双脚甚至还是光着的，没有穿鞋，大大的脚掌就这么踩在院中深褐色的泥地上。

他看一眼庄冲，点了点头，然后目光就落在谢槿知脸上。

谢槿知看着他，慢慢笑了。看着这个素未谋面却相交已久的人，莫名的温暖就涌上胸口。而他盯着她，也笑了。

"有朋自远方来,不亦乐乎?"他慢慢地说道,眼中有沉沉的光华,"我好像看见,满山的花都要开了。"

谢槿知的心中涌起阵阵感动,没说话。连庄冲的情绪似乎都被这个男人感染,抬起头,望向了远处深黑的大山。

其实,谢槿知以前对聂初鸿的了解并不多,只知道他家庭条件不差,曾是江城大学计算机系的第一才子,毕业后一头扎到西部,一干就是五年,到现在还没有女朋友。

他是个与众不同的人,他只为自己的坚持而活着。

而今天,见到他真人,还有他生活的环境,谢槿知心中对他的种种印象仿佛变得更真实,也更丰满。

聂初鸿住的地方,就是学校里的一个房间。谢槿知曾经想过,这里的条件应该会非常简陋艰苦,但事实并非如此。

房间不大,但是干净整洁。墙上涂的是农村常见的黄泥,可大约也是聂初鸿的巧手吧,嶙峋的墙面搭配深红色木窗,以及墙角的那张老木床,有种粗犷古典之美。墙上甚至还挂着两张兽皮和几颗兽牙,为房间平添几分野性。

庄冲一看,眼睛就亮了,低低赞了一声。

谢槿知和庄冲在一张小方桌旁坐下,聂初鸿打开热水瓶,泡了两杯热茶过来。

他在他们对面坐下,双臂搭在藤椅的扶手上,更显整个人高大挺拔。

"这是我带孩子们采的野菊花,你们尝尝。"

谢槿知和庄冲都端起喝了一口,只觉得幽香扑鼻。

"为什么不通知我?我提前去火车站接你们。"聂初鸿说。

庄冲照旧沉默,谢槿知只是微笑:"不用的。"

聂初鸿看着她,眸色漆黑:"我是男人,跑一下有什么关系?"

谢槿知说:"真的没事。"

庄冲也点头:"小意思。"

聂初鸿这才露出某种温厚的笑意，点了点头。

三人又简单地聊了一会儿。于是谢槿知了解到，这学期学校一共有将近二十名学生。除了聂初鸿，还有一名男教师，也是志愿者。大概因为他俩都十分负责，学识又相对渊博，所以附近几个村庄的人都愿意把孩子送过来。他们的薪水很微薄，肯定是不够用的。好在这里的田地不缺，他们两个男人自己动手，也能丰衣足食，偶尔再接点程序员的任务，赚了钱，甚至还能帮衬学生家里。

听他大概介绍后，谢槿知觉得，他们其实把生活过得挺幸福自在的。这让她看着聂初鸿，更觉赞赏。

这时，聂初鸿又问道："你们最近怎么有时间过来了？"

庄冲已经跟他有点熟了，答："请假。"

谢槿知浅浅一笑："还是带薪假期，很幸福。"聂初鸿单手撑在椅子扶手上，手指轻叩下巴，闻言望着她，缓缓露出了笑容。即使谢槿知甚少注意男人的容貌，此刻也感觉到他的这个笑容和他的动作有着浓浓的成熟男人味儿，而且他的眼睛醇黑深邃，像是藏着某种她看不透的东西。

她下意识地避开他的目光。到底奔波了一整天，不多时，谢槿知就捂嘴打了个哈欠，庄冲也抬手揉了揉眼睛。聂初鸿便站了起来，拍了拍庄冲的肩膀，说："兄弟，今天你就在我这里凑合一晚上。"

庄冲说："好。"

聂初鸿又看向谢槿知，低醇的嗓音柔和了几分："附近不远就有户人家，一位大娘带着小孙子在住。委屈你先去那里住一晚，明天我在学校收拾间干净屋子给你。"

谢槿知对住自然是最不挑的了，答："我无所谓，只要有块地方能躺平就好。"

聂初鸿微微有些诧异。毕竟谢槿知看起来是那么斯文清秀，衣着打扮也显得娉婷而淑女，没想到她行事这么像个男孩子。

"你愿意委屈自己，我却不能。"他说，"送你过去。明天一早，接你回来。"

月光照耀在田间小路上。周围很静，有青蛙和不知名虫子的叫声。

路有点不太好走，但聂初鸿如履平地。他迈着长腿，走在前头。但他走得不快，谢槿知勉强可以跟上。

一路上，两人简单地聊着。大多是聊孩子。到了一处上坡，梯田的结构看着坡度有点大。他往上走了几步，一转头，发现谢槿知还站在坡下，正努力地往上爬。谢槿知一抬头，就看到他站在缀满星光和绿稻的山坡上，看着她，在笑。

然后，他朝她伸出一只手："上来。"宽厚的、麦色的大手。

谢槿知刚要把手交给他，忽然间，只觉得此情此景此意境，似曾相识。只是那一幕，想起来恍然如梦。

在缀满光泽的虚拟空间里，应寒时就是这样拉着她的手，只是他的表情和神色全然不如聂初鸿这样坦然，当时他握紧了她的手腕，却偏头看着另一侧，像是连直视她一眼都不能够。

谢槿知想着想着，不由得笑了。

"槿知？"聂初鸿有些讶异地看着她。

谢槿知立马敛了笑："没事。"她也没要他搀扶，手脚并用，一鼓作气爬了上去，然后拍拍手上的泥，"我没那么娇气。"

聂初鸿收回手，看了她一眼，两人并肩走向前方。过了一会儿，他忽然笑了。

谢槿知问："你笑什么？"

"没什么。只是觉得你跟我想的一样，又不一样。"

谢槿知笑了笑。

这时，前方草丛里，一大片萤火虫在静静闪着。大约只有在农村才能看到这么多安详飞舞的萤火虫。一眼望去，就像是星星坠落在那些叶子上，与背后的天空、月亮和星光，组成了一幅繁美闪亮的画。

谢槿知以前还未见过这样的景色，看得有些怔住了。聂初鸿看了几眼，却转头望着她。谢槿知并未察觉，她走到聂初鸿前面去，慢慢地从那片萤火草丛旁走过，眼睛眨也不眨地看着。聂初鸿也静静地瞧着她。

在他的印象中，普通女孩若是见到这种景色，大抵都会娇羞地或者不胜欢喜地惊叹："太美了，好美啊。"或者伸手，想要去抓一只萤火虫过来，惊扰这份美丽。

她却不同，连赞美都不愿多说一句。她只是安静地走过，安静地欣赏，在田畔间留下一抹清丽的身影。

山中生活苦寂，他也是个男人，每每想到身旁难有女人做伴，也会有些烦闷。在网络上初识她时，他只觉得她讲话十分柔和，也句句在理，不像那些吵吵闹闹没头没脑的女人。

及至两人交往渐深，他也知两人天南海北，自己也不可能为了任何女人放弃这份事业，所以从不去想太多。只是与这样一个让人感觉舒服的女人相交着，哪怕只是朋友之交，就像孤独生活中多了一抹柔和的小小的光，不经意间，就慰藉了男人的心。

然而，今天真的见到她，他才发觉她比他想象中更加真实坦荡。也更加静好。

好像不用多说什么，这女人的一言一行、一举一动，总是让他觉得刚刚好。很好很好。

他双手插在裤兜里，从背后望着她。

哪知大约是路太不好走了，前一秒，她还亭亭玉立着，下一秒，她"啊"的一声惊呼，脚下一滑，就直直栽进了草丛里。

聂初鸿心头一紧，快步跑过去，就见她倒在泥地里，摔了个四脚朝天。

聂初鸿忽地笑了，一把将她从地上拉起来，柔声问："摔疼了没有？"

地上松软，谢槿知倒也不疼，只是就这么大喇喇地摔倒，脸上略有点热。她摇头："没事。"伸手去拍腿上身上的泥。

她拍了几下，抬起头，却是一怔。

月光之下，聂初鸿不知何时背朝着她，蹲了下来。他的头微微低着，所以她连他的侧脸也看不到。

"上来。"他说，"前面的路更不好走，不介意的话，我背你过去。"

周围的青蛙依旧呱呱地叫着。萤火和星光缀在路的两旁，绿草轻轻地随风摆动。他即使蹲着，也显得非常高大挺拔，背部尤其的宽，透过衬衫，隐隐可见结实紧致的肌肉轮廓。

谢槿知静了一会儿，他也没出声，好像非常耐心地等待着。

然后谢槿知发觉，自己是不愿意让他背的。

于是她微微一笑，走上前，只拍了拍他的肩膀："起来，不用你背。这点路我要是走不过去，往后在这里待的一个星期要怎么办？"说完她就绕过他，走到前面去了。

聂初鸿蹲在原地，双手搭在膝盖上，望着她的背影，过了一会儿，起身跟了上去。

好在后面的路走得还算顺畅，谢槿知也没有再摔倒。很快，两人就走到一处山脚下——孙大娘的家。

之前聂初鸿说，孙大娘带着孙子独居，谢槿知以为会看到一位白发苍苍的妇人，哪知却是位四十几岁的中年妇人。大概农村妇女生育早，身体也更加强健，孙大娘看起来精神奕奕。一听聂初鸿说是他朋友过来借住，她立马笑得满脸灿烂，大手一挥："别说住一天，住多久都没问题。聂老师的朋友，我盼都盼不来呢。"

聂初鸿只是微笑，谢槿知却明白，他在村民心中是非常受尊重的。将她安顿好之后，聂初鸿就告辞了。谢槿知将他送到门口。外头，夜色更深了，四野望去，像一片沉沉的黑色的海。

他转身看着她："早点睡。明天我来接你。"

谢槿知点点头："谢谢，你也早点回去休息。"

农家的门框不高，他却很高，低头看着她，眼睛比身后的夜色还要沉黑。

"槿知，做个好梦。"

她微微一笑，便看着他转身朝田间走去。他一人行走，比刚才带着她时要敏捷许多。他迈着长腿，三两下就登上了山坡，很快就消失在夜色里。

他走后，谢槿知又跟孙大娘聊了一会儿天。孙大娘格外热情，拉着谢槿知问长问短。后来听说谢槿知也想看漫山遍野的杜鹃花和油菜花，立马拍着胸脯打包票说，最漂亮的花海，还要在深山里，除了本地人，外地人都不识路，有些小路，连聂老师他们都不认识。谢槿知想去，随时告诉她一声，她随时带路。谢槿知连声道谢，被她说得对山中藏着的花海也有些向往了。

谢槿知躺在了农家的床上，却有些不太习惯，睡不着，于是将双手枕在脑后，看着窗外的夜空。

星光璀璨，首先浮现在她脑海里的，是刚才在田垄间的一幕。

聂初鸿蹲在地上，要背她。

她没有再多想，而是缓缓将目光上移，望向了天空中的星星。

不知道蝴蝶星云，在哪个方向？

结果这晚，谢槿知真的如聂初鸿所祝愿的，做了梦。

梦见了应寒时。

她看到，自己站在一个非常阴暗的地方，不知道在干什么。然后应寒时从光亮处，慢慢朝她走过来。他还是老样子，双手轻轻背在身后，神色沉静。他走到她身旁，握住了她的手腕，然后露出了非常非常温和的微笑。

谢槿知一下子惊醒了，睁眼望着屋顶上的横梁，心想，这是个什么奇怪的梦？应寒时又不可能来这里。

同样的月光照耀在应寒时的身上。夜色寂静，他站在一片高高的山坡上，眺望着眼前连绵不绝的大山，以及错落的农田和村庄。许久，都没有出声。直至萧穹衍爬上山坡，走到了他身旁。

夜半无人，荒山野岭，萧穹衍终于可以脱下那讨厌的风衣，露出金属身躯，浑身"咔嚓咔嚓"地轻响着，迈步在月光下。

他汇报道："老大，尽管我们确定信号就在这个区域，但是这里面积太大，生物种类也太多。一时无法精确定位对方在哪里。”

应寒时点了点头。他抬头望向深邃高远的天空，那里星光密布。江城是看不到这么清澈的天空的，所以连萧穹衍都看得有些失神了。

“小John，你还记得我们的凤凰号吗？”他问。

萧穹衍的神色一下子前所未有地严肃起来，突然就站得笔直，然后行了个标准的军礼。

“记得。一直记得。”他答道，“凤凰号，银河系最完美的太空堡垒，曜日帝国之鹰。”他顿了顿，又说，“它坠落于恒星深处，全员……阵亡。”

萧穹衍慢慢低下了头。应寒时也望着星空，那些星光好像也坠入了他的眼睛里。他长久地沉默着。

萧穹衍抬手捂住了脸，虽然他的脸上没有泪水。他闷闷地说：“他们如果还活着，能够跟我们一起到地球，该多好。那就可以跟我们一起活在这样漂亮的星空下，幸福地生活。”

应寒时没有出声，他背影笔直，目光温凉如水。

“曜日已经坠落。”他终于缓缓说道。

萧穹衍抬起头，跟着他，一起低声念出了那首诗：

> 曜日已经坠落，银河再无帝国。
> 它坠落于宇宙深处，连同我的光荣与梦想。
> 从此我们没有母星，也没有星光和太阳。
> 我们细数光年，痛哭流亡。
> 太阳已经坠落，坠落于无尽的严寒与黑暗中。
> 银河再无帝国，而我将永远忠诚地……流浪。

念完之后，两人都沉默了很久很久。

山坡上的风，似乎更大了。夜色，也更加寂静。应寒时面色沉静地转身，走向了山坡下。萧穹衍却忽然抓住他的衣角：“等等！”

应寒时侧眸看着他。

萧穹衍支吾了两声，说："我现在心情不太好。可不可以把手机给我，让我跟小知知聊聊天，安抚安抚心情？"

应寒时眉目不动："不行。"

萧穹衍的嘴立马扁了起来，但又不敢再坚持，于是软绵绵地说："那至少……让我看看，她给我发短信没有？"

应寒时负手而立，静默了几秒钟。

"她没有发。"他缓缓地说，"我看过了。"

萧穹衍失望："哦……"

这个话题就算到此结束，萧穹衍跟在应寒时身后，走下山坡。

"不知道我们这次找到的，会是什么样的人呢？"萧穹衍嘀咕道，"会不会是我们星球的其他幸存者？或者只是别的星球的生物？唉。"

应寒时没说话，两人一起走进深深的夜色里。

天色将明未明之际，林中的树叶，每一片都是阴暗而冰凉的。山中并没有路，践泥踏草，才能走出一条通往未知前方的小径。

林中，依稀有两个人影，一高，一矮。从身形脚步看，就知道他们走得非常小心。明明荒山无人，他们却连手电都不打，一步一步，仿佛生怕惊扰了什么。

又走了一会儿，终于，那高个开口："豆皮，打个手电吧，反正没人会看见。"

"没你妹啊！"矮个子没好气地答道，"山里人最精了。万一我们惊起了鸟，被他们瞧见，说不定就把公安招来了。"

高个有些不服气："什么呀！这山里早没有猎人了，都出去打工了，来的时候没看见吗？村子里就剩些老老小小的穷光蛋。"叫豆皮的矮个没了耐性，直接低吼："虾皮，闭嘴！"

虾皮沉默下来。两人又走了一阵，他忍不住又开口："但是我听说……这边山里，闹过鬼呢……"

豆皮简直不能忍了，大吼道："闹你妹啊！快走，明天把这批货交给黑龙，咱俩这几年都不用愁了！"

嗓音太过洪亮，空空荡荡，回旋到远远的树林深处。两人都是一呆。然后，簌簌轻响，几只飞鸟清脆鸣叫着，惊飞上了天空。两人抬起头，看着鸟儿飞远，谁都没出声。过了好一会儿，豆皮才愤愤道："还看什么，走！"

两人很快走入树林深处。天边，群山背后，已经露出了一丝霞光。山谷间的村庄，依旧沉睡着，对这深山中的一切，恍然未觉。

阳光照在老旧的窗棂上，带来一室明亮。谢槿知伸了个懒腰。由于寄住在别人家里，她非常认真，也非常费劲地叠好了粗布被子，看起来基本也是方方正正的了。于是她自然而然地想起应寒时那天给她叠的"豆腐块儿"。

她有点怀念地想，要是他在这里就好了，她就不用自己叠被子了。整理完毕，她推开门，走出去，站在门口的小坡上，深深地吸了口气。昨天到得晚，什么也没看清，今早才知这里有多美。墨绿色的群山，静静环绕。山丘起伏，梯田错落。翠绿的稻子，金黄的油菜花，还有散布田间的各色野花，鲜嫩缤纷。学校、农居静谧地点缀其中，使得这幅美景有了人气。

她正静静看着，忽然听到身后墙根有动静。她转头一看，一个小小的人影飞快地缩回了墙角后面。

谢槿知微微一笑，知道这是大娘的孙子——小杰。

她招手道："小杰，你过来。"

小杰却依旧缩在墙角后不动，只露出一双清澈的眼睛，非常好奇地看着她。

谢槿知并不是一个很会哄小孩的女人，也很难娇声娇气地去与孩子交谈。见他羞涩，她也不多说什么，只是笑笑，然后转身去刷牙了。

刚刷了几下，又听到身后有动静。她一回头，就见小杰飞快地探出头来，飞快地小声喊了句："姐姐好！"然后立马又缩了回去。

谢槿知忍不住又笑了，朗声说了句："你也好。"然后低头继续刷牙，任由小孩子在身后小心翼翼地窥探着。等她放下牙刷和杯子，拿毛巾擦了擦脸，一抬头，却见屋前小坡的下方已经站满了人。

聂初鸿领着一群大大小小的孩子，肩膀上还扛了个小的，站在那里，抬头望着她，在笑。

"孩子们想要早点看到你，非要跟过来。"聂初鸿说。

谢槿知被孩子们簇拥着，走在他身旁，手里还牵着小杰，闻言莞尔。

而聂初鸿低头看着她的侧脸，阳光下，更觉她肤色白皙如玉，眉眼温婉动人。

一行人走在田间。许是有孩子们蹦蹦跳跳做伴，昨晚崎岖难行的田间小路似乎也变得好走了许多。

很快就到了昨晚谢槿知费尽了力气才爬上来的梯田。不过这一次，是下行。

所谓上山容易下山难，谢槿知跟在聂初鸿身后走了几步，险些滑倒，然后就感觉到小杰反握紧了她的手，抬头看她，很担心的样子。

谢槿知微笑，摸摸他的头。

"林勇志。"聂初鸿忽然叫住最大的一个孩子，"扶着槿知姐姐。"

他明明没回头，却好像察觉了她的困境。被点名的男孩立刻跑过来，红着脸抓住她的手。

谢槿知也不推辞，笑着说了声"谢谢"，又抬头望着聂初鸿的背影："谢谢。"

"不用谢。"他一把将个头最小的孩子又扛到了肩上，三两步就跳下了坡，"总不能让你在我眼皮子底下又摔个四脚朝天。"

他低沉的嗓音里有隐隐笑意，孩子们听到全笑了。他的打趣，谢槿知却全不在意，跟在孩子们身后，不紧不慢地下了坡。

很快就走到了校舍下方。抬头望去，白云飘浮在蓝天，校舍窗明几净，还有好些孩子，正坐在教室里。钢琴声如同流水般从窗户飘了出来。那些孩子们摇头晃脑，开始唱歌。

让我们荡起双桨，
小船儿推开波浪。
海面倒映着美丽的白塔，
四周环绕着绿树红墙。
小船儿轻轻飘荡在水中，
迎面吹来了凉爽的风……

谢槿知听得很专注，聂初鸿让那些孩子自己去玩，站在她身旁，也静静地听着。到最后一段时，一个柔和的男声和了进来：

做完了一天的功课，
我们来尽情欢乐。
我问你亲爱的伙伴，
谁给我们安排下幸福的生活？
小船儿轻轻飘荡在水中，
迎面吹来了凉爽的风……

谢槿知听得有点吃惊，因为那男声真的是格外低沉动听，简单的一首《让我们荡起双桨》，竟让他唱得深情婉转，听得人不知不觉就愣住了。

她循声望去，就见教室前面，钢琴后，一个男人，安静地坐着，唯有双手在琴键上无比灵巧地弹奏着。

他跟聂初鸿一样，穿着简单的衬衫长裤，如同每一个清贫的支教老师。他的身材并不如聂初鸿高大，背影却也显得十分修长匀称。他唱完最后一个音符，抬起了头。

那是一张看着有些普通的脸，五官并不出众，但是肤色很白，白里透红，显得很有光泽。若说他脸上最出色的，就是他的眼睛，细长的眼，却跟那些山中孩子一样清澈动人。

"他就是顾霁生。"聂初鸿介绍道。

谢槿知点头，聂初鸿昨天跟她提过的，另一位志愿者老师。

这时，顾霁生站了起来，拍拍双手："好了，下课。自己去玩，回来可别忘了洗手。"

他讲话慢条斯理，居然带着股懒洋洋的劲儿，听着倒不像个老师，反倒像位矜贵的公子。

孩子们一哄而散，一个个头最小的孩子爬下座位，走到他面前，抬起头，不知道小声说了句什么。顾霁生微微眯起眼，然后在孩子面前蹲了下来。两人一直交谈着，他的样子看起来非常耐心，就好像是在跟同龄人交流。

聂初鸿领着谢槿知走过去，他察觉了，拍拍孩子的头，站了起来。

谢槿知直视着他，然后就感觉到他那漂亮的眼睛露出锐利而审视的目光。

"霁生，这是谢槿知。你知道的。"聂初鸿介绍道。

谢槿知刚要露出笑容，跟他握手，就看到他将双手往胸前一抱，低低地嗤笑一声："又是来体验生活的了？怎么样，住得惯吗？是不是发现现实没有梦想那么美好啊？"

谢槿知一怔，聂初鸿也皱眉，刚要开口，谁知顾霁生一个眼刀就射向了他，然后说："是不是还顺带看上了他？呵……我们可不需要女人惺惺作态的矫情。如果将来不愿意留下，就别招惹我兄弟。"

谢槿知："……"

聂初鸿的脸色都变了，一把拉住他的胳膊："你胡说什么？住嘴。"顾霁生半点不怕的样子，斜他一眼："你抢着当什么护花使者？看她娇滴滴的样子，像是会为你留下吗？趁早死心。"说完，他也不管他俩的脸色，直接绕过，走向了门外。

聂初鸿的俊脸竟难得地有些发红，看向她："他这个人，刀子嘴豆腐心，其实人不坏的，你别放在心上。"

谢槿知摇头："我不会放在心上。"她想了想，倒是笑了，"你这个同事，跟只孔雀似的。"

聂初鸿微愣，望着门外顾霁生的背影，也笑了。

接下来一天的相处，谢槿知却发现，顾霁生也并不算是针对她。他根本对什么事都挺挑剔的。

学校雇了村里的张嫂子每天来做饭，吃饭时，他就挑三拣四，嫌肉炒咸了，菜炒老了，一边批评，一边慢吞吞地吃。其他人好像对这已经见怪不怪，张嫂子笑呵呵地继续给他们打菜，聂初鸿眉都没抬一下，低声照顾着谢槿知吃好，连孩子们都跟没听到似的，还有孩子趁顾霁生骂人，偷偷从他碗里抢菜吃。

庄冲睡到日上三竿才醒，起来就来食堂吃饭，闷头吃了半天，才抬头对谢槿知说："这人是谁？欠抽。"

等吃完饭，大家一起带着孩子到外面散步。顾霁生又始终皱着眉，嫌太阳太大，嫌油菜花田长得太密太俗。

下午，谢槿知带着孩子们剪纸，做读书小卡片。以前她寄来的卡片，都是现买的，只自己写字而已。可以想象，她现在亲手剪的卡片必然是毛毛刺刺，不那么美观的。

结果顾霁生就凑过来，看了两眼，一脸嫌弃："你还是不是女人？一张纸被你剪得这么惨不忍睹。"

谢槿知也不还嘴，只顾剪自己的。结果下一秒，纸和剪刀都被他一把夺去。他在窗边坐下，低头十分专注地剪了起来。几个孩子围过来，只有在这种时候，他的眉目才立刻变得柔和。

吵吵闹闹的一天，就这么结束了。

太阳快要落山时，孩子们三三两两地回家了，只剩下聂初鸿、顾霁生、谢槿知和庄冲，坐在院子里晒太阳。孙大娘家的小杰因为要跟谢槿知一起回家，所以蹲在地上玩泥巴。

聂初鸿双手搭在椅子扶手上，对谢槿知说："你想看山里的花海，明天我陪你去。"

始终低头打游戏的庄冲抬起头："我也去。"

谢槿知还没答话，结果顾霁生凉凉的声音就响起："哟，还真是舍命陪美人，关键还算不上多大的美人。我看你是忘了自己是个路痴了。上次迷路在山里，是谁把你背出来的？"

话音未落，谢槿知和庄冲都看看聂初鸿，又看看顾霁生。

聂初鸿倒也大方，淡笑道："所以霁生，你明天陪我们一起去。"

顾霁生立马撇了撇嘴："不去！我要看孩子，而且真是不好意思，山里的路我也不那么熟，我可不想冒生命危险，陪他们进山。"

庄冲忽然看向他，语气淡然："我们不稀罕。"

顾霁生脸色一变，眼看他俩要顶上了。谢槿知立刻看向聂初鸿："孙大娘说，随时可以给我们当导游。"

这个提议一出，顾霁生和聂初鸿都没反对。聂初鸿点头说："她倒是对山里的路很熟，体力也好。找她就没什么要担心的了。"

顾霁生则淡淡道："那就祝你们玩得愉快。可千万别磕着碰着，回来还要我上药伺候。"说完他就起身，朝屋子里走去。

又商定了一些细节，谢槿知就跟着小杰回家了。庄冲也一头钻进聂初鸿的房间，继续打游戏。聂初鸿走到顾霁生待着的屋子里，一进门，就见他坐在窗边，端着杯热茶，依旧是平日倨傲又慵懒的样子。

聂初鸿走到他身旁坐下，抬眸看着他，却笑了："看得出你喜欢他们，干吗还总是气别人？"

顾霁生端起茶喝了一小口，淡淡答："谁说我喜欢他们？"

聂初鸿也不与他争辩，拍拍他的肩膀，起身说："我明天陪她进山，你看好孩子，不要乱发脾气。"

顾霁生却放下茶杯："站住。"

聂初鸿双手插在裤兜里，转身看着他。

顾霁生长长地叹了口气："你是真的喜欢她？"

聂初鸿沉默了一阵，没回答，转头就要往外走。顾霁生眉头一挑："看来是真喜欢上了。"

聂初鸿停步，在他的床沿边坐下，但是依旧没出声。顾霁生转头，望着窗外夕阳中的原野。

"以前她每次有信来，你那一天都会显得特别高兴。一到花开吧，就一定要去摘一些，做成画给她。既然喜欢，你就好好追。他们要在这里留一个星期，你好歹也有点男人魅力，使出浑身解数，让她看到你，让她感觉你，让她离不开你。不然，她如果以后不为你留下来，你怎么办？既然难得喜欢上了，这样的人，不是经常可以遇到的。"

聂初鸿听了一会儿，反倒笑了："说起追女人，你倒是一套一套的。"他说，"我自己会拿主意。"顿了顿，又说，"喜欢的女人，我也不舍得错过。"

两人都安静了一会儿。

聂初鸿问："你呢？以前遇到过喜欢的女人没有？"

"我哪有那么好的运气？"他的语气里终于也有了一丝落寞，"我没谈过恋爱。"

谢槿知和小杰刚跨进家门，就见桌上摆好了热腾腾的饭菜，孙大娘满脸都是笑容，正在解围裙："回来啦！谢姑娘，你和小杰慢慢吃，我已经吃过了。"说完又把头发重新绑了一遍，提起自己平时常用的布兜，"我要出门一趟，可能明天才能回来。小杰，你听姐姐和老师的话。"

小杰"哦"了一声。谢槿知却有点意外，这都傍晚了，深山老林，家家户户都早早熄灯，孙大娘连夜出去干什么？

但她也没有多问，而是说："大娘，我们本来想明天进山看花，请你带路的。那你什么时候回来？马上天黑了，你注意安全。"

孙大娘一拍脑门儿，脸上的笑容却更盛，说："哎哟，姑娘，我忘了答应过你了。真是对不住。但是呢，大娘今天接了个活。我跟你讲啊，今天白天，我在村子外边遇到一个长得非常俊的年轻人。那家伙，白白的，高高的，眉眼跟画似的。他还特别有礼貌，讲话温温和和的。那个小伙子啊，明天也想进山，已经给了钱，请我当导游呢。你只能等大娘回来，后天再带你进山啊。"

谢槿知点头。孙大娘要挣钱，她当然不能拦着。不过她觉得有点奇怪，这偏僻地方原来也有别人来，也许是驴友吧。只能明天告诉聂初鸿他们，改天再去了。

孙大娘想起今天遇到那人的情景，仍然记忆犹新。她记得那年轻人，明明俊俏斯文，却跟个上了年纪的大老爷们似的，背着双手，站在一面山坡上。

她背着一背篓野菜经过，忍不住多看了他两眼，然后他也看向她，露出了非常温和的笑，朝她点头："你好。"

孙大娘有点受宠若惊地说："你好。"

他又看向远处的群山，缓缓地说："请问，这山中有人居住吗？"

孙大娘答："以前还有猎户，现在都荒啦。怎么，你也是进山看花的？小伙子，山里的路不好走，一定要找人带路啊。"

他这才又看向她，点了点头，问："谢谢你的提醒。可以麻烦你，为我带路吗？"

孙大娘热情很高，拎着包就要往外走。这时埋头扒饭的小杰忽然大声喊道："姐姐，我也认识进山的路，我带你去！"

谢槿知微笑，摸摸他的头。孙大娘却脚步一顿，转头斥责道："小兔崽子，山里的路我都不敢乱走！你敢自己进山，我打断你的腿。"

小杰低下头，不说话了。谢槿知悄声说："没事的，明天还可以做别的事，姐姐后天去也一样。"

孙大娘走后，谢槿知没多久就睡了。小杰也睡在奶奶房间。等到了半夜，他就偷偷从床上爬了起来。看谢槿知睡得正香，他就轻手轻脚地爬出了窗户，没发出半点声音，溜走了。

七八岁孩童的想法非常简单质朴。他想，我明明可以找到花海，为什么奶奶不让我去？我又不怕山里的鬼，因为顾老师说过，世界上是没有鬼的。

他想，我只要走到花海，给谢槿知姐姐摘一束花回来，他们就会相信我可以找到花海。这样明天我就能带她和聂老师去了。聂老师说过的，男人，一定要勇敢。

深夜，山林中更加寂静，也更加清冷。农村孩子自小走惯了山路，即使漆黑无光，也是如履平地。

小小的一个人，就这么在山里走了三四个小时。可他还没走到花海，天却好像越来越黑。小杰到底是有点怕了，于是就大声唱起歌来："让我们荡起双桨，小船儿推开波浪……"

稚嫩的童声回荡在林间，他的勇气仿佛也更多了，小腿迈得更加有力。终于，到了半山腰的花海。小杰擦了擦眼睛，他又困又累，还很害怕。但是前方，在夜色里堆积得像云海一样的，不正是杜鹃花吗？他高兴地跑了过去。

谁知跑了两步，他忽然看到花海旁的大树下还站着两个人。

他以为自己眼花了，又揉了揉眼睛，那两人站在阴暗里，对视了一眼，然后朝他走了过来。小杰吓得腿都软了，想跑，但是完全动不了，只能眼睁睁看着他们走近，一把将他从地上提了起来。

这个晚上，谢槿知睡得极不安稳。

某个瞬间，她忽然惊醒，坐直了，抬头，天已经亮了。

"……小杰？"她扬声喊道。偌大的房子里，静悄悄的，并没有她熟悉的那个小脑袋怯生生地从墙角冒出来。她掀开被子下床，走到隔壁房间。

屋子里亮堂堂的，细细的灰尘在阳光下飞舞。床铺叠得整整齐齐，小杰的鞋也不见了，书包却还在椅背上搭着。

谢槿知站在房间门口，愣了一会儿，转身就朝外跑去。

太阳刚从大山背后冒出头，时间尚早。小学的院子里，一个人都没有。聂初鸿今天穿了件长袖 T 恤，黑色外套，牛仔长裤，站在桌前整理背包。这还是他毕业那年买的衣服。只是同样一套衣服，当年看着是朝气蓬勃的青年，如今却已是骨骼坚韧结实的成熟男人。

他往包里放了几个面包，又拿起几瓶水和一大包零食放进去。这还是昨晚决定进山看花后，他晚上一个人去镇上小卖部买的。女孩子大概都是喜欢吃零食的，但他不知道她喜欢吃什么。站在店门口抽了支烟后，他告诉店主每样拿一包，统统买给她。

他刚把包拉好，就听到门外响起急促的脚步声。他抬起头，却看到谢槿知喘着气跑了进来，脸颊绯红，发丝凌乱。

"聂初鸿！小杰一个人跑到山里去了！现在还没回来。"聂初鸿一愣，不等他说什么，她又连珠弹般说道，"他一定是遇到什么危险了，我们马上进山找他！"

喊完了，她转身就要往外跑，大概是打算去通知其他人。聂初鸿眼疾手快，一把抓住她的胳膊："等会儿，慢慢说！你怎么发现他去山里了？他会不会跑到别的地方去玩了？"

谢槿知转头，斩钉截铁地说："不会。其他地方我都找过了，而且他昨晚就动了进山的念头。他一定是进山了。"

聂初鸿沉吟片刻，点头，抓起背包，就跟她一起往外走，谁知一抬头就见顾霁生抱着胳膊，冷着脸站在门口。

"慌什么？"他盯着谢槿知，淡淡地道，"小杰没事跑进山里干什么？周围这么大，你确定都找过了？可别瞎指挥，耽误找人的时间。"

昨天他冷言冷语，谢槿知都只是笑笑，或者压根不搭理他。哪知今天他话音未落，谢槿知就非常冷冷地扫他一眼，那眼神冷得叫顾霁生一愣，然后她说道："我没时间跟你废话。我说确定就确定，进山。"说完也不看顾霁生的脸色，扭头就走了出去。

顾霁生站在原地，还有点发愣。聂初鸿也从他身旁走过，丢下一句："我信她的判断。"

顾霁生讪讪地望着他俩的背影，伸手摸了一下鼻子，也跟了出去。

谢槿知转头又进了庄冲的房间。刚推开门，靠在床头玩手机的庄冲就抬起头，翻身坐了起来，语气略兴奋："进山？"

谢槿知点头，又摇头，飞快地说："救人。小杰丢了。"

庄冲神色一敛，抓起自己的户外背包，把床上散落的东西一股脑地往里塞。谢槿知看他塞了绳索、指南针、匕首、手电、绷带等进去，最后是那把追月弩。

跟他相识这么久，谢槿知头一回感觉到，他可能要起作用了。

两人走出房间，就看到聂初鸿和顾霁生已经站在外面了。让人意外的是，从来衬衫长裤的顾霁生也换了套黑色运动装，更显得面目白皙，并不出众的五官也显得醒目起来。他甚至还背了武器，看样子有点粗糙，像是自制的。看到谢槿知和庄冲出来，他只淡淡扫了一眼，然后抬眸看向另一侧。

聂初鸿立在他身旁，手里拿的却是全校唯一一根棒球棍。他反手将棒球棍往背包里一插，然后说道："已经让村民过来照顾孩子们，通知警察过来还需要时间，我们先进山。"

谢槿知和庄冲都点头。聂初鸿忽然抬眸盯着谢槿知，嗓音低沉："进山后不知道会遇到什么危险，你时刻跟紧我，不要乱走。"

谢槿知看着他："哦。"

四人便动身，朝学校背后巍峨的大山进发了。

现在是上午，森林里的阳光温暖金黄，穿透树枝照在溪水和泥土上，但并不刺目。四人依次而行：顾霁生识路，在最前面，然后是聂初鸿和谢槿知，庄冲殿后。

这样的深山老林更加难行。走了一段时间后，前方就没路了，只能辨明方向，披荆斩棘往前走。顾霁生走在最前面，一路就听到他低声骂骂咧咧，显然是对这样的地方非常嫌弃的。聂初鸿却在这时展现了非常强的行动力和魄力。他将衣袖挽起，还背着最重的包。遇到困难，他先上；陡峭的岩壁，他先三两下攀爬而上，再一个个拉他们上去；湍急的溪流，他先挽起裤腿，蹚水而过，试完深浅，再一个个帮他们过去。

谢槿知是跟在他身后过那条小溪的。结果水底崎岖，鹅卵石又非常滑，快上岸时，她站立不稳，一下子摔倒。说时迟，那时快，走在她前面的聂初鸿转身就拉住她。结果两个人一起摔在尖石嶙峋的河滩上。

谢槿知是倒在他怀里的，迎面只闻到淡淡的汗水味道，触碰到他胸膛滚烫的温度。而他结实的手臂箍在她的腰间，让她没遭受到一点撞击和疼痛。他握着她的手站起来，低头打量她："有没有摔疼？"

谢槿知摇头："没有。"却注意到他刚才垫在她身下的那只胳膊全是被碎石磨破的鲜红伤痕。她吃惊地一下子拉起他那只手："你受伤了。"

聂初鸿却只是淡淡一笑，将这只胳膊从她手里抽出来："小伤。"然后转身，继续朝前走。

这动静当然也惊动了顾霁生和庄冲，两人跑过来。顾霁生只淡淡扫一眼聂初鸿胳膊上的伤，好像也见怪不怪了，然后看向谢槿知："你没事吧？"

得到肯定答复后，转身就走。而庄冲则盯着聂初鸿的胳膊，静默片刻，点头："真汉子。"

谢槿知揉了揉刚才被他握得很紧、有点发疼的手腕，也跟了上去。

正午过后，四人终于抵达了半山腰的花海。

这里的树木更密，遮得严严实实，半点阳光都没透下来。可是树林之外，前方开阔的山脉上却全是火红的杜鹃，密密麻麻，一眼望不到边际，如同一片璀璨的火焰，绵延了几个山头，再与云海相连，无比壮观秀丽。可是他们却没时间和心情欣赏风景。

跋涉了大半日，别说聂初鸿的后背已经湿透，谢槿知几个更是筋疲力尽，气喘吁吁。聂初鸿便找了一片平坦的地面，让大家先休息会儿。

这片山区这么大，要找到小杰如同大海捞针。他们也只能先往花海来，再在附近找，这样找到的概率最大。

谢槿知坐在一堆落叶上，裤子上沾满了泥也不在意。她从包中拿出一瓶水，喝了两口，就看到顾霁生走到她对面的一块大石旁弯腰看了看，又从口袋里掏出纸巾擦拭了几下，这才慢吞吞地坐下来。

谢槿知一直盯着他的动作。等他坐下抬头，两人四目一对，都没说话。谢槿知从聂初鸿的包中又拿出一瓶水，伸手递给顾霁生："接着。"

一旁的聂初鸿和庄冲都抬头看过来。哪知顾霁生的目光先是在她脸上一扫，又落在那瓶水上，嗓音依旧是凉凉的："你的手干净吗？"

庄冲皱眉。聂初鸿本来坐着在抽烟，闻言弹了弹烟灰，递给顾霁生一个警告的眼神。但是顾霁生就跟没看见似的，把头扭到了一旁。

谢槿知却忽然想笑了。

她想，这个男人还真是幼稚，幼稚到有点可爱了。

她换了只手拿那瓶水，然后伸手在地上的泥土里抓了抓，只抓得满手乌黑，又换这只脏手拿着水瓶，抬头，再次递给顾霁生。

聂初鸿和庄冲都看愣住了。

她微微一笑："包里就剩这一瓶水了，你喝还是不喝？"

聂初鸿倏地低下头，笑了，庄冲也低笑出声。顾霁生却是满脸震惊的表情，低吼道："你还是不是女人？你还讲不讲道理？"转而又愤然瞪着聂初鸿，"这就是你说的……温、柔、静、好？"最后四个字简直是咬牙切齿地说出来的。

聂初鸿被烟呛到了，轻咳一声，转头看向一侧，只是唇角笑意未退。谢槿知却看着顾霁生，将手里的水瓶朝他一抛。顾霁生无法，只得黑着脸伸手接住。他到底是气不过，用两根手指提着水瓶，起身就要往边上走。

他刚走了两步，却听到谢槿知平静清脆的嗓音传来："有力气生闷气，还不如省下力气找小杰。"

顾霁生脚步一顿，竟然破天荒地没有还口，闷闷地走到一边去了。谢槿知拿起地上的水瓶，又慢慢地喝了几口，一抬头，却见几步外的聂初鸿已经捻灭了烟头，双臂搭在膝盖上，正看着她。

树林中四处都是深绿色的背景，虽没有阳光直射，人的视野却很柔和明亮，他的轮廓也显得更加清晰，棱角分明的脸上，眼睛漆黑沉氲，鼻梁高而直。那是一张非常正直而坚韧的脸庞。

察觉到她也在看他，他微微一笑："这还是我头一次看到霁生吃瘪。干得漂亮。"

谢槿知失笑。

他站起来："走吧，继续找。"

花海的面积很大，几个人走上一天也不一定能走遍。但这也是小杰最可能到过的区域。顾霁生被谢槿知训斥后，已经喝完那瓶"脏水"，一声不吭地沿着花海边缘在找了。聂初鸿也朝一个方向找去。

庄冲跟谢槿知站在一起，问："我们从哪儿找起？"

谢槿知抬起头，目光静静地环顾一周，最后落在花海看起来最茂盛的某个方向："从那里找起。"

十分钟后，花海畔的林中，就响起庄冲略显激动的声音："有发现！"

不远处的聂初鸿和顾霁生同时抬头，然后转身都跑了过来。眼前是一棵非常粗大的老树，树下的泥地约莫被雨水或是露水浸得柔软湿润。谢槿知蹲在地上，他们伫站在她身后。地上，一圈凌乱的脚印，有大人的，也有小孩。脚印一直蔓延到林子边，就没有了。

庄冲微蹙眉头，仔细端详着，然后抬头说道："三个人。一个人的脚大概四十一到四十二码，一个四十码，还有一个是孩子的，三十二到三十三码。"

顾霁生脸色微变："小杰就是穿三十二码的鞋！"

庄冲于是看向他，语气平淡而带有挑衅："脚印是槿知第一个发现的。"顾霁生看了一眼谢槿知，没出声。谢槿知却拍拍庄冲的肩膀，示意他收敛。于是庄冲立马不出声了。

聂初鸿抬头看着脚步最后所在的方向："过去看看。"

树林边缘，已没了花的影子。满地杂草和树叶，碎石遍布，是一处崎岖的下坡。四人沿着下坡小心滑下，到了一片平地。眼前却有两个方向，都有树林，可以通行。而这一带的树林深处，雾气弥漫。那尽头是什么，却看不清了。

"往哪个方向走？"顾霁生问。

聂初鸿抬眸四顾，沉吟未答。谢槿知也往两边看了看，想了想说："右边吧。"

顾霁生有些奇怪地看着她："为什么是右边？"

谢槿知与他对视着，目光坦然："直觉。"

顾霁生立马低低嗤笑一声，扭头不看她了。

谢槿知："……"

这时聂初鸿回头看了看大家，目光又在谢槿知身上一停，然后沉声说道："看样子要兵分两路了。槿知你跟着我，走右边。"

谢槿知却摇头，道："不，你跟顾霁生一边，我和庄冲一边。顾霁生识方向，庄冲有指南针，而且有整套野外生存装备。"

庄冲点头。他绝不要跟顾霁生一组。

谢槿知的提议很合理，于是大家都没有异议。聂初鸿静默片刻，点了点头，然后又用那黝黑深邃的目光望着她："那你们小心。"

谢槿知和庄冲一起点头。

聂初鸿又反手从背包里抽出那根粗大沉重的棒球棍，递给谢槿知："拿着防身。有任何事都不要轻举妄动，打电话叫我们。"

顾霁生抄手站在一旁，也没出声，等着聂初鸿。谢槿知看一眼那球棍，抬头说："不行，给我了你用什么防身？庄冲那里还有些工具，这个你留着吧。"

聂初鸿却微微一笑，将棒球棍直接丢向她。谢槿知只得接了个满怀，然后就听他说道："这个本来就是给你带的，以防万一。我不需要。"

旁边顾霁生凉凉的声音又响起了："你就别瞎担心了。他是练过的，一个人可以放倒三个壮汉。"

谢槿知"哦"了一声，拿好了棒球棍。手握的地方还是热的，残留着他手掌的温度。谢槿知心中忽然涌起一阵感动。忽然间，她头上一沉，竟是聂初鸿伸手过来轻轻揉了揉她的头发。她抬头，他却已转身，跟顾霁生一起走了。这感觉稍稍有些异样。谢槿知怔了一下，然后伸手理了一下头发，转身看着庄冲："我们也走了。"

时间一点点推移，森林里的光好像也一点点暗了下来。

谢槿知和庄冲沿着林中稍微平坦些的路径，不知已经往前走了多久。这要换其他人，寻了一两个小时未果，只怕巴不得马上掉头，与同伴会合，但庄冲对野外生存探险本就充满热烈而沉默的爱，越走越兴奋。谢槿知也是个目标坚定的人，所以两人在时时与聂初鸿短信互报平安之余，已越走越远，越走越深。

渐渐的，林中起了大雾，笼罩着原始森林，如同缥缈仙境，隔着几步，已看不清前方的景物。两人便打开了手电，继续向前穿行。

这一路，也遇到不少岔路口。谢槿知便当机立断拿主意，庄冲自然听她的。

后来，到了一处峭壁下方。旁边都是杂草荆棘，到处散落着碎石，岩壁旁还有几个山洞，看着漆黑幽深，也不知道藏着什么野兽。

两人本来已快步从山洞口经过，走了几步，谢槿知忽然又停步，转头看着那个最大最深的洞口，思索片刻，她说："进去看看。"

两人便打着手电，又拿起了弩和棒球棍，沿着洞壁边缘，缓缓地往里走去。很快，两人的身影就没入雾气弥漫的黑暗中。

萧穹衍最近非常非常烦躁。因为抵达了村庄附近，所以他不可以再露面，也不可再出来吹吹风。他只能成天待在车里，用风衣裹紧自己。偶尔有村民经过，他还要马上趴到车子底部，避免吓着这些地球人。

所以，他真的好烦躁好崩溃好无聊！

其实，这片山区的地形，他早就用卫星云图绘制过了。哪一片悬崖上长着一棵树，哪一片小溪底部有漂亮的鹅卵石，他都一清二楚。可是应寒时大人却认为，要寻找到外星人，重要的是了解当地的人文和传说，说不定就能从中捕捉到那家伙存在过的蛛丝马迹。

于是，此时此刻，萧穹衍迎来了更崩溃的事——

他正坐在山脚的封闭闷塞的车里，而应寒时大概还在跟那位热情过头的大娘在山中某处转悠。他从通信器中听着大娘正在给应寒时讲当地的鬼故事——

"……小伙子，我可跟你说，这祖上传说，这片林子出现过大的怪物。我奶奶说过，那还是在1949年前，大伙儿没吃的，要进山打猎砍柴。结果它就出现了，足足有一座山那么高……"

"嗯……"

"这还不算什么，听说山中还有小鬼呢，只有人的手掌那么大，满地跑，跑的时候还会咯咯咯笑。只要被它咬住，魂就没了……"

"这样……"

从通信器中听来，应寒时还十分耐心，温言细语地询问着细节，安静地倾听着。可萧穹衍已经蜷缩到了车内的一角，扁着嘴，全身瑟瑟发抖。

他最怕鬼故事的好不好！虽然他来自最伟大的曜日帝国文明，虽然身为高等智能机器人，可他又不是无神论者！他怕鬼的啊！虽然没见过！于是他又硬撑着听了几分钟，实在是听不下去了，"啪"的一声关掉了通信器。他低头默默地坐了一会儿，心里还是毛毛的。干点什么好呢？

自从那次他偷发短信后，手机一直被应寒时随身携带。所以他现在又不能给小知知发短信。

想到这里，他灵机一动，偷偷摸摸打开了卫星定位系统。除非特殊原因，应寒时是禁止他去定位别人的位置的，包括谢懂知。因为谦恭守礼的老板大人认为，这是侵犯他人隐私。但是他今天这么无聊，就破个小例吧。上次图书馆事件后，系统内还存储着谢槿知手机芯片的所有信息，于是他飞快输入了定位命令——

0.01 秒后，地图上跳出了谢槿知的精确位置。

萧穹衍倏地瞪大了红色的眼睛："啊……啊哈哈哈！"

夕阳斜沉。

应寒时站在一片开阔的树林前，面前是一望无际的云和花海。

他已经让那位热心的中年女士先下山回家了。听完她的话，他的心中已经有了些计较。

他静静地思考着。直至手腕上的通信器响起。

"什么事？"他问。

萧穹衍先是"嘿嘿嘿"地傻笑了几声，然后就听到他压抑不住兴奋的声音传来："老大！小知知她现在就在这座山里！离我们一点也不远哦！嘿嘿嘿，难道这就是地球人传说中的缘分啊缘分……"

他的声音在耳边吵吵嚷嚷的，应寒时静静地站着，没动。过了一会儿，通信结束。应寒时的脸上露出了浅浅的、温和的笑。一点点的笑容，却已是眉目俊雅，清澈容光。

他转身朝树林深处走去，笔直修长得像一棵树。

渐渐的，他越走越快，穿过树林，踏过荆棘。

顷刻间，他的移动速度已经快得人的肉眼无法分辨，宛如一道闪电，眨眼便划破浓浓的白雾，没入树林深处。

"槿知，你那边怎样？"聂初鸿关切的声音从手机中传来。

"还没找到小杰。"谢槿知低声答道。

"我们也没找到。"

眼前是漆黑而潮湿的洞穴。手电打在岩壁上，反射出湿润而暗沉的光。

洞壁并不宽，两个人只能勉强通过，曲曲折折，他们走了好长一段，竟然还没到尽头。

谢槿知从未进过这样的地方，掌心有点冒汗。庄冲也是第一次。只是谢槿知看他的脸色，就知道他默默激动着。有他在前面大步流星地走着，她倒是不害怕了。

"太阳快要下山了。"聂初鸿继续在电话中说道。

"哦。"

"我们决定往回走，先会合，再等警察来。"

谢槿知看着前方，点头："好。我们在一个山洞里，找完这里就回头，去找你们。"

挂掉电话，谢槿知全神贯注地继续往前走。而那一头，聂初鸿和顾霁生正站在一条蜿蜒的溪流旁。顾霁生弯腰在喝水。天色已经变暗了，聂初鸿放下电话，总觉得不放心。

"他们进了山洞，我们快点过去。"他说。

"嗯。"顾霁生立刻直起身子，三两步跳到他身旁。两人迈着大步，加速朝谢槿知他们的方向赶去。

洞穴中。

眼前的景色，有了些变化。

变宽了，出现了一个大洞。空气更加潮湿，扑到脸上都能感觉到湿意。

耳边隐隐听到了水流的声音，淅沥叮咚。两人循声望去，才发现靠近一侧的岩壁下方，居然还有条细细的暗河，不过一尺多宽，前方幽黑难辨，不知它流向何方。

水的湿气仿佛也浸到人的心里，让人微微发寒。

谢槿知和庄冲暂时停步，打着手电在洞穴内四处照着。

庄冲忽然开口："槿知，你说小杰会不会成了一具浮尸？"

谢槿知斩钉截铁地道："肯定不会。"

"哦。"

谢槿知并不知道，黑暗中，庄冲心中突然有一点难言的感动。他觉得她真的非常冷静坚定，不愧是……他的御姐。

谢槿知忽然失声："小杰！"

庄冲心头一震，也将手电打过去。只见一片湿漉漉的岩壁下方，一个瘦瘦小小的孩子被绳索五花大绑在一块大石头上。看他的衣着，还有耷拉着的小脑袋，不是小杰是谁。

两人几乎是立刻飞奔过去。谢槿知一把将小杰抱在怀里。他的身体还是热的，呼吸虚弱，苍白的小脸上双眼紧闭，俨然是昏迷了。谢槿知的眼泪一下子就冒了上来，忍住没掉下。庄冲掏出匕首，三两下割断小杰身上的绳索。

"怎么会这样？"庄冲冷声道，"是谁把他绑在这里？"

谢槿知抬起头："你记不记得，我们第一天到时，拖拉机大哥就说这里靠近边境，会有罪犯出没。我想，小杰一定是在山上撞见了什么人，才被绑到这里。我们先抱他出去。"

庄冲从她手里接过孩子，两人转身就往洞口方向走。刚才他们进来时，走了十几二十分钟，就已经到了很深的地方。所以此刻距离洞口还很远。

两人快步走着，刚过几分钟，忽然听到前方隐约传来脚步声和说话声。

"走快点！"其中一人吆喝道。

"知道了，这不是刚吃饱嘛……"另一人答道。

隔得远，听得不甚清晰。庄冲停下脚步，压低声音问："是不是聂初鸿他们？"

谢槿知摇头："听着不像。"

"我听也不像。"

两人对视一眼，都明白这意味着什么。

庄冲的声音放得更低了："现在怎么办？"

谢槿知的心扑通扑通，跳得很快："关掉手电，先躲起来。"

两人迅速熄灭手电，往旁边的岩壁后一靠。听声音，对方起码还要五六分钟脚程才能走到这里来。

庄冲脑子里有点乱了。虽然他怀有英雄梦想，却是第一次遇到真正的坏人。之前唯一的实战经验还是打图书馆计算机。现在怎么办，他要用弩吗？还是用匕首？毕竟上次被谢槿知嘲笑了。

哪知他一低头，却看到谢槿知眉目低垂，显然在非常认真地思考着。转瞬间，她已经抬起头，直视着他："把你的弩和匕首拿出来。"

庄冲微微吃惊："你要跟他们硬拼？"

谢槿知点头。她的唇角居然还有很淡很傲的笑意，宛如她平时清冷的模样。她压低声音说："别怕。他们只有两个人，我们也是两个。而且你想，他们俩很不中用。孩子丢了，必定有人上山来找，他们却连脚印都没处理，急急忙忙走了，然后把孩子绑了丢在这里，可见他们不敢动手杀人，又不知道怎么处理。这两个人胆小又没脑子，我想他们即使是罪犯，也是小喽啰。狭路相逢勇者胜，你有勇，我有谋，干掉他们应该没问题。"

她的语速飞快，但是字字清晰。庄冲听得眼睛越睁越大，最后低声喃喃道："厉害……"

他完全被她的冷静分析震住了，立刻按照她的吩咐，将小杰放在地上，又轻手轻脚地从包里拿出弩和匕首，然后问："怎么打？"

谢槿知从无跟人搏斗的经验，但是她书看得杂，也看得多。她清晰地记得，书籍上提到过，一定要集中兵力，以强胜弱。于是她想了想，说："我们俩分开，你在前，我在后。等第一个人走到我们中间，你用弩射他，我同时从背后用棒子敲。打他个措手不及。等打倒了第一个，剩下的那个，依然是二打一，就好对付了。"

庄冲内心又震了一下，立刻点头，往前溜了两步，躲到斜对面的岩壁背后。两人屏住呼吸，静静等待着。而脚步声和说话声，也更近了。

周围很静很静，谢槿知后背贴着冰冷潮湿的岩壁，掌心又出了阵阵的汗。她慢慢地呼吸着，将棒球棍握得更紧。眼前是一片浓得化不开的黑，在这极致的黑暗里，等待仿佛也变成了煎熬。

"嗯哼嗯……"有人嘴里哼着不成调的小曲，走过来了。脚步声听着很零碎，同时抵达的，还有他们手中手电筒的光芒，照亮了谢槿知脚边的地面，一晃一晃。

谢槿知低下了头，眼睛盯着地面。

一个人影从她身旁走过。说时迟，那时快，前方埋伏的庄冲如同豹子一般冲了出来，眼神冷酷，满头大汗，手里还牢牢端着追月弩。嗖、嗖、嗖三声，短箭已经射了出来。那人被他的突然出现吓了一大跳，"啊"地大叫一声，然后就捂住腿倒在地上，开始哀号。

谢槿知使出全身力气，闷不作声地一棒挥舞过去。嘭——一声闷响。那人"咚"的一声倒在地上，不动了。看样子竟是晕死了过去。

谢槿知心头一喜，庄冲也是脸色一松，两人的底气顿时全足了，同时霍地转身，望着第二个来人。这人正是早间进山的虾皮。他看到眨眼间豆皮就被这两个不知从哪里冒出来的人给打倒了，顿时也傻眼了。

虽然他手握着匕首，却也不敢乱动。谢槿知一捏庄冲的胳膊，他会意，举弩对着虾皮，大喝一声："蹲下！抱头！"

虾皮被他气势所震，一下子缩到地上，抱住了头。谢槿知和庄冲顿时如释重负，走过去用绳索将他绑了个结结实实。谢槿知想了想，又从他衣服上割了一大团布料，塞进他嘴里。于是他"呜呜呜"地发不出声音了。

忙完这一切，两人已是满头大汗，抬头对视一眼，都忍不住笑了。

"现在怎么办？"庄冲问。

谢槿知答："先带小杰离开这里。"

于是庄冲背起昏迷的小杰，谢槿知打着手电，两人快步朝洞口方向走去。

眼看走了快一半了，庄冲突然停住脚步，谢槿知也是一愣。

洞口方向，再度传来了脚步声。

凌乱而密集的脚步声，听起来竟有十数人。

谢槿知忽然生出一丝不祥预感，飞快摁灭手电，拉着庄冲躲到岩壁背后。庄冲迟疑："是……警察吗？"

"先听听看。"谢槿知头靠岩壁，仔细听着。

"豆皮？虾皮？"有人扬声喊道。

谢槿知和庄冲同时心一沉。

大约是没得到回应，又有人高声笑骂道："这两小子，送货就送货吧，还逮了个小子，躲在山洞里不敢出来，非要在这里见面，孬！"

另一人答："嗨，要不是他俩运气好，偷了尊真货，黑龙哥至于让他们俩送这趟货吗？豆皮，豆皮？不是睡着了吧？两个蠢货。"

"啪"的一声轻响。

炽亮辽阔的白色光芒从洞口瞬间直射深处，整个洞穴刹那间亮如白昼。

而他们的脚步声，更近了。

谢槿知和庄冲同时瞪大了双眼。

探照灯，他们居然还携带了探照灯。而且刚才听他们似乎谈及文物走私，显然不是散兵游勇，而是穷凶极恶的犯罪团伙。

完蛋了——这个念头清晰地冲进谢槿知的脑海里。

她和庄冲绝不可能是他们的对手。

"怎么办？我们怎么办？"一旁的庄冲也急了。谢槿知咬唇未答。庄冲见她也一筹莫展，脚步声又越走越近，猛地从口袋里掏出手机："我给聂初鸿打电话！"

他疯狂地翻动着通信录，找到了聂初鸿的号码，立刻拨了出去，放到耳边。谢槿知看着他的一举一动，心里却很清楚：没用的。且不说他们跟聂初鸿隔了几个小时的步程，根本来不及，即使他们能赶来，哪里对付得了这么多罪犯？反而会牵连他们也遭殃。

怎么办？

她要怎么办？

难道今天真的要落入这些罪犯的手里？

那只怕……她、庄冲和小杰都会很惨很惨。

可是，现在她还能怎么办？他们已完全身陷困境，想不到任何办法，也来不及搬任何救兵了。

谢槿知的心，一点点地沉了下去。她真真切切地意识到，这回真的是到绝境了。

"地上是谁？好像是豆皮和虾皮！"有人高声喊道。

面前的庄冲慢慢放下手机，抬头看着她："没信号……打不出去……"

谢槿知脑海中却仿佛有一道光闪过。她想起了一个人的话。

他说，如果有什么事发生，随时给我打电话。我会很快赶来。

她脑海中又快速闪过另一个画面，是某一晚的梦境。她站在某个地方，而应寒时正朝她走来，然后露出了非常非常温和的笑容。

她突然就生出了一个疯狂的念头——外星人说的"很快"，会有……多快？

她缓缓地低下了头。掌心已经被汗水浸透，她拿出手机看着。庄冲没信号，她的信号却是满格。莫名的，就像是某种充满希望的暗示和鼓励。她摁下应寒时的电话号码，迅速将手机贴到耳边。

庄冲依旧愣愣地看着她："你有信号？"

谢槿知轻轻点了点头。

嘟——嘟——

通了。

谢槿知的心快得都要跳出来，呼吸也停住了。然而就在这时，前方几道明亮的灯光突然就落在了他们身上。

"什么人？"有人大吼道，"出来！"

第六章

悬而未决

庄冲瞬间面如死灰，谢槿知心里也"咯噔"一声。

完了。

前方十余米外，果然有七八个男人，竟然大多穿着迷彩服，身体健硕，个个面色不善。有几个人已经掏出了匕首拿在手里，甚至还有两个人背后背着枪。他们的手电灯光全落在谢槿知和庄冲的脸上身上。

"出来！"为首的人又吼了一声，"否则开枪了。"

谢槿知和庄冲都不敢乱动了。谢槿知只得放下电话，顿时万念俱灰——打电话给应寒时也来不及了！两人慢慢从角落里走出来，匪徒头目注意到他们手上的武器，又威胁道："丢掉！"

谢槿知"扑通"一声就把棒球棍丢掉，庄冲也丢掉了追月弩。

"怎么还有个女的？"有人嘀咕道。

匪首则盯着他们问："你们是什么人？"又扫一眼他们身后的地上，声音骤沉，"豆皮和虾皮的货——在你们手里？"

庄冲僵僵地站着。谢槿知的喉咙也阵阵发干，但她还是缓缓地吐出一口气，平静下来，说："不是。我们俩是山下的老师，孩子被这两个人抓了，我们是来找孩子的……"

铃声。突兀的手机铃声，就这么响起，打断了她的话，也引得所有匪徒纷纷侧目，看向了她的口袋。

谢槿知的脑子里有短暂的空白，突然反应过来——应寒时？

就在这刹那，她完全不知道自己哪里来的奇怪的勇气，忽然就抬起了右手，示意他们安静，然后她听到自己异常镇定地说："等一下，我接个电话。"

然后她神色如常地拿出了手机。

匪徒们面面相觑。一时间，居然也没人动。

本来他们就没想到会在这里遇到支教老师，尤其还是这么个看起来清秀温婉的姑娘，而且她此刻很镇定甚至很有礼貌地要求在他们面前接电话，实在是莫名其妙。所以他们都愣住了。

匪首也有点意外，但也没阻止她，而是脸色阴沉地继续打量着她。他不觉得这女人接个电话就能改变什么，既然大家撞见了，那就只能干掉。哪怕她叫一两个乡下老师来当帮手又怎样？正好一起干掉，以绝后患。

庄冲看着她的举动，也完全愣住了。

众目睽睽下，谢槿知盯着手机屏幕"应寒时"三个字，她的眼眶忽然就有点发热，快速将手机贴到耳朵边。

"喂……"她轻声说道，"我遇到危险了，可以来救我吗？"

她话音未落，几个匪徒就变了脸色，手中的匕首瞬间对准了她，还有一人动作熟练地甩出背后的枪对准了她。

谢槿知拿着手机没动。

电话那头是安静的，隐隐似乎有风的声音。

"好。"他说。

谢槿知一下子怔住了。他说……好？就只说了这一个字？不问她在哪里，不问她遇到了什么危险？就这么……温柔地答应下来？

就在这时，她听到洞口方向传来了另一个脚步声。因洞内此时很安静，所以那沉稳而均匀的脚步声，显得格外清晰。所有匪徒都警觉地转头，庄冲也不明所以地抬头望去。

因有高亮度探照灯，所以整个洞口都是亮堂堂的，兼之太阳还未完全下山，落日的余晖也照耀在空空的洞口。然后，一个年轻的男人走进了他们的视野里。

他今天穿的是谢槿知没见过的运动装束，浅灰色运动外套，里面是白色T恤，下身是黑色运动长裤，搭配黑色运动鞋。这一身更显得他肤色白皙，眉眼清晰。他的短发居然是湿的，轻贴在额头上，竟像是跑过来的。他的脸色却非常平静而温和，单手拿着手机，放在耳朵边。他抬起眸，环顾一周，最后目光准确落在了最远处的谢槿知身上。

有匪徒反应过来，厉喝道："你是什么人？"

谢槿知身旁的庄冲轻轻"啊"了一声。应寒时像是对这一切熟视无睹。他远远地看着谢槿知，放下了手机，然后缓缓地将双手背在了身后。在这样紧张险恶的环境里，他就这么安静地一站，却依旧是那么的沉稳温和、清雅卓绝，那双眼睛依旧清澈乌黑，如同秋泓。

谢槿知还维持着打电话的姿势，一动不动地看着他。然后她慢慢地、慢慢地放下手机，忽然唇角一弯，笑了。

匪徒们都有些按捺不住了，纷纷拿起武器，情势一触即发。应寒时隔着许多人，望着她的笑容。男人白玉般的脸颊却好像微微生出绯红。然后他凝望着她，也徐徐笑了。

也许是星辰注定了我们的相遇。但愿……能与你再次相逢。

此时此刻，望着应寒时，谢槿知觉得别的什么都不用说，只嘱咐道："你当心点。"

夹在两人中间的众人们，全都神色诡异。

应寒时微微颔首："嗯。我处理完他们，再跟你讲话。"

处理……

谢槿知淡定地点了点头："好。"

庄冲沉默不语。

歹徒们的小头目将他们的对话听得一清二楚。他顿时皮笑肉不笑，看向了应寒时："这小白脸就是她打电话叫来的救兵？口气好大。"

话音刚落，众歹徒都阴冷地笑了，然后头目朝身旁诸人递了个眼色，便有三四个人拿着匕首朝应寒时缓缓包抄过去。

尽管知道他身手惊人，谢槿知的心还是提了起来。一旁的庄冲更是出声示警："当心！"

应寒时眉都没抬一下，白皙的面孔微垂着，像是对周遭的威胁毫不在意。因为敛了笑，他的眉梢眼角仿佛也多了几分清冷之色。突然间，他动了。包括谢槿知、庄冲在内的所有人，瞳孔同时一缩。

是眼花了吗？或是……幻觉？眨眼间他站立的地方已经无人，三个歹徒的匕首同时刺了个空。而此刻，每个人分明看到一团光影，快得看不清的光影，在洞穴中以肉眼不可分辨的速度，飞速移动起来。

"啊！""啊！""啊！"痛呼声此起彼伏，光影过处，众人只看到面前依稀有个人形，然后眼前一黑，剧痛狠狠袭来……

他们被揍了！

歹徒们就跟被撂倒的积木一样，一块接一块地飞速倒下，每一个脸上都重重挨了一拳，直接晕死过去。

尽管谢槿知以前见过应寒时出手，此刻眼睛还是看直了。一个念头倏地蹦进她脑海里：要是他的耳朵和尾巴露出来了……怎么办？

顷刻之间，山洞里的歹徒们已经倒下得差不多了。这时，谢槿知突然警见站在最角落里端着枪的那人不知何时已瞄准了那团光影所在的方向。

"小心！"谢槿知失声喊道。

砰！枪响之时，谢槿知和庄冲同时心头一震，而那团光影一晃而过。这样快的躲闪速度，子弹当然是打不中的，"啪"的一声打在他们头顶的岩壁下。

光影骤然一停。是他停住了。就在这一瞬间，视觉上的重叠幻影消失了，谢槿知也看清楚了他此刻的样子。

他一只手负在身后，只有一只手垂落身侧。两只手上都戴着白手套。他的眼眸漆黑得仿佛不见底，清俊的脸上，神色竟是非常冷酷决绝，看不到半点温和之色。谢槿知从未见过这样的他，一时间心头微震。

他是来自另一颗星球的军人。这就是他战斗时的模样吗？

转瞬间，光影再现，他的面容与身形同时模糊。下一秒，他已经到了开枪的那人面前。那人连惊呼都来不及发出，"扑通"一声，就被揍翻在地。又是"咔擦"一声清脆的断裂声，那支长枪就跟软豆腐似的，被生生对折成两截，从光影中丢了出来。

谢槿知和庄冲："……"

光影停了下来。应寒时站在几步远的地方，抬起头，看着他们。

他的样子看起来跟几秒钟之前没有半点变化，眉目依旧清秀动人，表情依旧平静从容。然后，他微微笑了笑，迈开长腿，朝他们走了过来。

庄冲始终失语中。

谢槿知抬起头，看着他走到了跟前。

他也低头看着她，然后慢慢地露出了温和的微笑："处理完了。"

谢槿知说："……哦。"

她忍不住也笑了。不知怎的，被他这样注视着，她的心头就好像有一股暖暖的、软软的细流在慢慢萦绕着。

"你……"她刚想问你怎么会在这里，旁边的庄冲突然开口："你到底是不是人？"

谢槿知一怔。

应寒时目光坦率地看着庄冲，刚要说话。

"他当然是人。"谢槿知已经在他之前开口，"事关隐秘，不能告诉你更多。你懂的。今天的事，不要讲出去。"

庄冲神色一敛，默然片刻，像是已自行领会了其中的奥秘，点头："放心。"又看向应寒时，"你救了我的命，打死我都不会说出去。"

应寒时没想到庄冲这么容易就接受了谢槿知含混不清的解释。他点了点头，真诚道："多谢。"

庄冲腼腆一笑。这时谢槿知又说："你先带小杰出去，跟聂初鸿他们联络。我和应寒时还有点事要谈，很快出来。"

庄冲道："好。"

查看过小杰没有大碍，他就背起孩子朝外走去。他俩说话时，应寒时就静静盯着她的侧脸。原来，她跟手下的人相处时是这个样子。聪明、温和、亲切，还很有威严。这让他联想到了地球上空的那颗月亮，不会锋芒毕露，是静静照耀。

目送庄冲走出洞口，谢槿知这才转头看着应寒时。

他也正望着她，眼眸中映着浅浅波光，等她说话。

谢槿知却忽然上前一步，走到他正前方，然后就探头朝他身后望去。

没有？

她复又抬头，在很近的距离打量他的脸。跟平常一样，细细白白的脸颊旁，是同样白皙干净的耳朵。没有变尖，也没有竖起来，依旧半掩在黑色短发中。

谢槿知疑惑地问："耳朵和尾巴怎么没出来？"

应寒时："……"

她一下子离得这样近，令他微微侧转脸庞，避开她的直视。然后才答道："对付这些人，还不需要战斗状态。"

谢槿知说："……哦。"

原来这对他来说连战斗都不是。

想想也是，那天他可是抱着她从很高的地方掉下来却毫发无伤，然后又连续弹跳得很高很远，就跟火箭似的，难怪会露出战斗状态。

"你为什么在这里？"

"你为什么在这里？"

两个人的声音同时响起，谢槿知微微一笑，应寒时的眸光也变得更温和。

谢槿知答道："我过来看一个朋友，还有一些孩子。结果遇到了歹徒。你呢？"

应寒时静静答："我也算是……来见一个朋友。"

"哦，那见到了吗？"

"还没有。"

这时，洞口方向传来些响动，隐约听到了聂初鸿和顾霁生的声音。谢槿知便说："我们先出去吧，我的朋友到了。"

"好。"

谢槿知想了想："就说你以前是特种兵？"

"好。"

谢槿知微微怔住，抬头又看了他一眼，心想，他现在这样温文尔雅好讲话的样子跟刚才战斗……不，打架时的快准狠，倒是判若两人。

两人一起转身，朝洞口走去。可刚挪了半步，谢槿知又停下了。

应寒时察觉，转头望着她。

谢槿知弯下腰，揉了揉腿："……腿软了。"

刚才一直没什么感觉，现在尘埃落定，她才发觉双腿又僵又麻。

"等我一会儿。"她头也不抬地说，又揉了几下被牛仔裤裹着的纤细小腿，感觉好了些，这才抬起头，"走吧……"

她声音一顿。

应寒时背对她站立着，脸也朝着前方，唯有一只手伸了过来。因为刚才的打斗而粘上灰尘的白手套摘掉了。这只手修长如玉，骨节分明。五指稍稍张开，她甚至可以看清掌心深刻而清晰的纹路。

"走吧。"他轻声说。

谢槿知一怔，刚想说不用，却又注意到，尽管他始终别过脸去，耳朵和脖子上却分明染上了可疑的红晕。

这么害羞，却依然会在她需要时默默地伸出手。

谢槿知忽然有些不忍心让他伸出的手落空。

短暂的安静后，一只微凉柔软的手轻轻握住了他的。

"谢谢。"谢槿知微笑说。

应寒时没有回头，只轻轻"嗯"了一声。谢槿知感觉到他的五指稍稍收紧了些，刚好将她的整个手握在掌心，然后便牵着她，往前走去。

前方的探照灯依旧开着，整个洞穴里都涂抹上银白色的光。这样安静而清冷的地方，谢槿知的心跳却不知不觉快了起来。

两个人都没说话。

又走了一段，谢槿知忽然开口："应寒时。"

他依旧看着前方，没有回头，手握得很稳很紧："嗯？"

"你的尾巴出来了。"

应寒时的脚步骤然一顿。

谢槿知正颇有兴致地看着。那雪白柔软的长尾巴，全然不同它主人的风格，正对着她摇来又摇去，好像很欢快的样子。她看得有趣，伸手就想抓住。哪知应寒时身体突然一侧，那尾巴也同时一卷，避开了她的手。

谢槿知有些失望地"哎"了一声，抬头看着他，却见他的脸绯红一片，尖尖的耳朵也露了出来。只是两只耳朵都往下耷拉着，好像也在害羞似的。

"你……"谢槿知刚想说话，他却将头转向另一侧，然后抬起手，飞快地从岩壁上抓了块石片下来，扔出去。

咚！

远处的探照灯被打中了。光芒熄灭，整个洞穴瞬间陷入黑暗。

谢槿知："……"

是怕被别人看见？

她正想着，手上忽然又传来柔软的力道。是他拉着她继续往前走。他这么沉默，谢槿知的心却变得又有些软软的了。

黑暗中，只有两人的脚踩在地面发出的轻微声响。

"为什么现在露出来了？"谢槿知小声问。

他安静了一会儿。

"有的时候，控制不住。"他缓缓地答。

"哦。"

又过了一阵，她问："真的不能摸一下尾巴？"

"槿知……别提这种要求。"

"……好吧。"

两人走出了洞口。

暗淡的暮色中，谢槿知依稀能看到他的耳朵和尾巴已经缩了回去，遂放下心来。而洞外空地上，庄冲、聂初鸿、顾霁生正围着小杰，听到声响，他们全抬头看过来。

聂初鸿首先看到谢槿知完好无缺地走了出来，心头一块大石落地，而后看到了她身边的男人，以及两人牵着的手，心头倏地一震。

顾霁生也瞧见了，眼睛微微一眯。

聂初鸿看向应寒时，两人的目光在空中一对，应寒时单手负在身后，朝他点了点头。

这时谢槿知松开应寒时的手，跑过去，看着顾霁生怀里的小杰："他还好吗？"

顾霁生抱着孩子站了起来，聂初鸿答："霁生大致看过，没有事。只是惊吓过度晕迷着，放心。"

谢槿知心头一松，露出笑容。聂初鸿看着她清俏柔婉的笑靥，静默不语。而应寒时亦不疾不缓地走过来，站在她身后。

这时顾霁生却忽然往后退了一步，然后抱着孩子，深深地朝谢槿知弯下腰。谢槿知吃了一惊，却听他慢慢说道："谢槿知，我已经听庄冲说了。谢谢你和你的这位朋友。大恩不言谢，这份情，我会永远记住。"

聂初鸿的神色也变得郑重而温和，看着她说："槿知，谢谢你。"又看向矗立一旁的应寒时，"多谢。"

庄冲微笑不语。谢槿知也笑了，说："有什么好谢的。"

"举手之劳，不必挂齿。"应寒时清润温和的嗓音也在她身旁响起。谢槿知的唇角又微微一勾。每次他都是这一句。

她的目光又落在顾霁生身上。因为他还弯着腰，显然对于这个鞠躬，非常认真。谢槿知心下感动，伸手拍拍他的肩膀："好了。"

顾霁生直起身子，盯着她，倒是慢慢笑了："你也算有一点温柔。"他虽然相貌普通，但也许是眼睛太漂亮、肤色太细腻，这么暖暖一笑，竟生璀璨之感，看得谢槿知都有点晃眼。

聂初鸿和庄冲都笑了。

应寒时目光温和地注视着谢槿知与这些朋友的相处。这时谢槿知想起还没正式介绍过，便道："这是我的好朋友，应寒时。寒时，这是我在这边的朋友，聂初鸿、顾霁生。"

"寒时"二字从她嘴里说出来，就好似一缕温柔的风掠过他的耳边。应寒时缓缓垂下眼睑，朝面前的两个男人点了点头。聂初鸿望着他，也点了点头。

顾霁生再次微微眯起眼睛。

这时，山下不远处响起了脚步声和呼喊声："聂老师！聂老师！"

聂初鸿立刻扬声道："在这里！"他转头对谢槿知等人说，"是县里的刑警队。这次……"他看向应寒时，"应先生抓住了这么多罪犯，算是为民除害了。等会儿我们可能都得去派出所录口供。"

要去派出所？

谢槿知立刻转头望着应寒时。他微微沉吟，然后抬头看着他们："那我就先告辞了。"

聂初鸿和顾霁生同时一愣，庄冲却立刻点了点头。

"好。"谢槿知应道。

应寒时从山背后离开，谢槿知送他。洞穴外，只剩下聂初鸿、顾霁生和庄冲，他们带着小杰，等待警察的到来。

至于应寒时的存在，他们只能对警察说遇到了一位路过的特种兵，出手相助后，也没留下姓名就离开了。

三个大男人矗立着等了一会儿，顾霁生忽然开口："喂，宅男，那是你们家槿知的男朋友吗？他到底是什么人？"

聂初鸿眸色沉静地看着山下，没出声。庄冲想了想，白皙的脸上露出淡淡的清冷笑容，答："这些，你就不必知道了。"

应寒时和谢槿知走出了一小段。他停步转身，看着她："回去吧。我就从这里下山了。"

谢槿知点了点头。此时，天色已经黑下来。林子里暗暗的，彼此的面目也是模糊不清，唯有星光透过树叶的缝隙稀稀疏疏地漏下来，就像为树林蒙上了一层淡淡的纱。

两人相对着，一时都没说话。他也没有动。

"对了，你会在这边待几天？"谢槿知问。

"会再待一段时间。"

"哦。"那就有机会再见了，谢槿知微微笑了。

"再见。"他说。

"嗯，再见。"

他转过身去，往前走了几步。谢槿知就一直看着他。他忽然又停步，回头看她。

谢槿知问："怎么了？"

他缓缓将手背到身后，说："你明天有时间吗？"

谢槿知不明所以："有的，我本来也是度假的。"

他安静了几秒钟，黑暗中，谢槿知感觉他似乎笑了。

"小 John 非常想你。如果你愿意，我明天来接你去见他。"

他一提到萧穹衍，谢槿知心里就好像立马被一团甜甜软软的棉花包裹着。

"好啊。"她答，"那我等你。"

应寒时又沉默了一会儿。

"好。"他答道，然后转身朝山下走去。这次，他没有再回头。

走出一小段，他忽然加速，便化成了一团光影，冲进了黑暗中。只是，在他的身影消失前，谢槿知似乎隐约又看到了一条白色的长尾巴一闪而过。

谢槿知看着看着，忽然笑了。

这么容易就露出尾巴，他在地球的这几年，到底是怎么过来的啊？

凌晨时分。谢槿知看着小杰终于熟睡的脸庞，又替他掖好被子，这才起身，轻轻走出了房间。门外，一轮明月高悬。

孙大娘也哭着睡着了。这个凶险的夜晚，终于算是结束了。谢槿知有点睡不着。她走出门外，站在院子里。刚才下山后，警察给她和小杰做了笔录，就让他们先回家了。聂初鸿他们还跟警察在一起。据说，虽然现场抓到了十多名罪犯，有的还是通缉犯，但是核心犯罪团伙的"黑龙"等人并不在其中。警察也叮嘱他们最近要格外注意安全，防止黑龙的打击报复。

谢槿知吹了一会儿风，忽然注意到院子外的小山坡上还坐着个人，他的身影在月光下显得格外修长挺拔，不是顾霁生是谁。他手里还拎着个小酒壶，抬头望着月亮，慢慢地喝着。一股淡淡的酒香随风飘来。

谢槿知走过去。

他回头看她一眼，复又看着前方："小杰睡了？"

"嗯。"谢槿知在他身旁找了块空地，坐了下来。

"嘶……"他仰起脖子，又喝了一口。他的脖子的线条笔直柔美，喉结慢慢滚动着。谢槿知就盯着他。

"看什么？想喝我也不会给你。"他放下酒壶，斜睨她一眼，"我们可是授受不亲的。"

谢槿知笑了："我不想喝。你为什么要喝酒？"

顾霁生望着前方，沉默了一会儿，淡道："觉得自己没有把孩子保护好。"

谢槿知心想，这其实并不关他的事。她抬头，望着同样深黑遥远的前方。她想，这世上有许多美好的东西，其实都在世人看不到的地方。

"那是你男朋友？"他忽然问。

谢槿知稍一想，就明白他问的是谁，答："不是。"

顾霁生又眯起眼看着她："真的不是？"

"是就是，不是就不是。没什么好隐瞒的。"

"哦——"顾霁生头往后一仰，双臂撑在地上，看着天空，然后继续喝酒。

"那你呢？有没有女朋友？"谢槿知问。

"没有。"他答得干脆。

谢槿知微微一笑，仰起头，看着星空，忽然说："霁生，唱支歌吧。"

他哼了一声。

谢槿知说："你不是说要感谢我吗？就当是谢礼吧。"

顾霁生安静了一会儿才放下酒壶，慢悠悠地问："想听什么？"

"就唱那天你在教室里跟孩子们一起唱的《送别》。"

深蓝色的天空下，空旷的原野中。清亮婉转的嗓音，宛如一弯流水，徐徐响起："长亭外，古道边，芳草碧连天……"

谢槿知听着听着，就感觉自己的心慢慢静了下来。

原来这世上最美的歌声，就是大音希声，大象无形。

聂初鸿和庄冲刚走到山坡下方，就听到了熟悉悦耳的歌声。他俩抬起头，看到顾霁生和谢槿知一左一右地坐在长满绿草的山坡上，竟都是十分悠闲的样子。

他俩也走上去。聂初鸿在顾霁生身旁坐下，庄冲自然是守在谢槿知身后。聂初鸿一转头，就看到月光下谢槿知白皙姣好的面容，眼中有浅浅的笑，光泽清透。他的脑海里骤然闪过今天在洞口时她跟应寒时牵手走出来的画面。

他从顾霁生手里拿过酒壶，径自喝了一大口，才丢还给他。

"槿知。"他看着她，"喜欢这里吗？"

"喜欢。"

聂初鸿笑了，伸手将顾霁生的肩膀一勾，说："这也是我们热爱的地方。来年再来看我们吧。"

谢槿知点头："一定来。"

一旁的顾霁生却轻轻笑了，嘴里哼起了诗："与君歌一曲，请君为我倾耳听。钟鼓馔玉不足贵，但愿长醉不复醒……"又斜瞥她一眼，忽然就将小酒壶塞到她嘴里，"既然不见不散，那就赏你一口吧。"谢槿知还没反应过来，那酒已灌进了她嘴里，又辣又呛，她咕噜一声喝了下去，立刻咳嗽起来。

顾霁生和庄冲难得有默契，居然一起笑了。聂初鸿立刻从顾霁生手里夺过酒壶："好了，别灌她。"庄冲却又从聂初鸿手里抢走了酒壶，仰起脖子，连喝几大口。

顾雾生顿时急了："宅男，住手！这可是三十年的茅台！你喝就是浪费！"

过了一会儿，原野上又响起了清澈高远的歌声。刚唱了几句，其他几个人的声音也和了进来。谢槿知清脆但是并不动听的歌声也在其中，聂初鸿和庄冲跟她半斤八两，于是原本那天籁般的嗓音瞬间被他们带得有点杂乱无章——

"问君此去几时还，来时莫徘徊。一壶浊酒尽余欢，今宵别梦寒……"

大家都用力地、大声地唱着，像是在宣泄什么，又像是在怀念什么。

与此同时，相距甚远的某处树林。

一辆越野车中，应寒时原本已经坐在驾驶位上睡着了，却被遥远的歌声吵醒了，缓缓睁开了眼。

萧穹衍的反应更大。他听到动静后，整个人都趴到了车窗上，翻出一台红外高精度超远程望远镜，使劲地看着。可是看清远处的画面后，他却一点都高兴不起来，丢掉望远镜，说："老大，小知知居然大半夜跟三个男人在喝酒。我们不用管管她吗？"

应寒时也拿出望远镜看着。他的确有一种遭受侵犯的感觉，以及随时需要战斗的强烈警惕感。但是静默片刻后，他只是放下了望远镜，缓缓道："小John，跟同伴们在一起的时光，是最美好的。我们不应该打扰她。"

这话却让萧穹衍愣住了。他低下头，嘴忽然扁了。

"如果林婕、苏、巴鲁、尤维塔……"他小声说了一大串名字，"如果大家都还在，我们也可以一起喝酒。"

应寒时沉默不语。

萧穹衍难过了一会儿，又抬头望着星空，咧嘴露出了笑容："老大，你还记得击溃反叛军的那场战役以前，我们在凤凰号的甲板上

喝酒吗？谁猜拳输了，谁就要跟小 John 跳贴面舞。噢，那感觉实在
是太棒了。"

应寒时单手搭在车窗上，抬头也望着星空，笑了："记得。"

他当然记得。

少年从军，戎马半生。他记得凤凰号太空堡垒翱翔于太空时，
发出的银色光芒；记得第一次带领他们跳跃虫洞时，大家兴奋又害
怕的喊叫声；记得经过宇宙年华柱时，它暗淡而辉煌的光彩；也记
得眺望超新星爆发时，宇宙中最圣洁宁静的光芒。

这一生，有幸见证之所有辉煌盛景，他都铭记于心。

静默片刻后，他闭上眼睛。

"睡吧，小 John。"

却听到萧穹衍幽幽的声音再次响起："老大，回江城以后，我可
不可以邀请小知知也到我们家里喝酒呢？"

应寒时再度睁开了眼。

"好。"

萧穹衍欢呼了一声，刚要开始憧憬，却听到应寒时的声音再次
响起："但是，不可以跟她跳贴面舞。"

萧穹衍一下子失望起来，也非常不能理解："为什么？！"

应寒时安静了一会儿，答："因为我不允许。"

萧穹衍惊讶："啊？"

但是他没有再反驳争辩。因为他仔细一想，觉得非常纠结，喜
忧参半。

喜的是，以前很多时候，老板都对他放任不管。现在忽然管教
这么严，都不允许他跟别人跳舞，这是说明老板更加在意他、更加
重视他了吗？

他好紧张好有归属感啊。可是，他真的很想和小知知跳贴面舞。
好烦啊，他到底是选老板还是选小知知呢？

第二天。谢槿知睁开眼就看到枕畔的阳光，再抬头一看钟，已

经是中午。她一下子坐了起来——跟应寒时约的是早上！她飞快地洗漱，然后冲出门外。她正想找孙大娘问问有没有人来过，结果一抬头，就看到院子里站着个人。阳光正好，树影斑驳，他只穿了白衬衫和长裤，静静地负手立在那里。

不知道已经等了多久。听到动静，他转过身来。谢槿知看着他。

他也凝望着她，原本静如止水的眼眸中，缓缓有了笑意。

谢槿知顿觉局促，刚要说话，一旁的门帘却被挑开，孙大娘大步流星地走了出来："哎呀，槿知，你总算醒了！他都等你一上午了，又不肯进屋，还说不能吵醒你，自己一直站在这儿。赶紧叫他进屋坐。这小伙子是你朋友，就请他到家里一起来玩啊。我先去做饭！"

她噼里啪啦说完，风风火火地走进厨房。

谢槿知安静了两秒钟，走到他面前，停步，抬头："对不起，让你等了这么久。"

应寒时也低头看着她，清澈的眼眸里映着些许阳光。

"槿知，不用说对不起。因为我并不在意。"

"……嗯，好。"

"走吧。"

"好。"

两人刚一起往外走，孙大娘又跑了出来："等会儿！槿知还没吃早饭呢。我已经做好了，你们一起吃点再出去玩。"

谢槿知看向应寒时："你吃早饭了吗？"

"吃过了。"他将一直负在身后的手放下来，居然还拎着块蛋糕，递给了她，"这是给你准备的。"

谢槿知很是意外，接过来："这是……萧穹衍做的？"

"是的。"

谢槿知看着手里这块漂亮的雕花慕斯蛋糕，觉得太神奇了。这荒山野岭的，萧穹衍从哪儿弄来材料和工具？他是小叮当吗？

她自然不能辜负萧穹衍的心意，只能辜负孙大娘了。吃完这块蛋糕，她就跟应寒时出发了。

绿稻随风轻扬，野花一路点缀。这里本就人迹罕至，偶尔只有一两个村民走过，唯独不远处的学校里，隐隐有孩子们的读书声和嬉笑声传来。

两人一前一后，安静地走着。穿过农田，走过树林，很快到了山脚下。

眼前，是昨天谢槿知摔倒的那条小溪。

现在是中午，水流似乎更大更急了。阳光照在水面上，如同碎金淌了满地。这时应寒时已经走到了水边，正要继续不疾不徐地往前走。

谢槿知说："等会儿。"

应寒时停步，侧眸看着她。她上前一步，伸手握住了他的胳膊："扶我过去。"

应寒时在原地静了一会儿，然后转过脸去，只是手臂依旧任由她握着。

"好。"他轻声答。

谢槿知本来心无旁骛，见状不由得又看了他一眼。这回脸倒没有再红了。

嗯，锻炼出来了。

两人就这样拉着，一步步蹚水过河。他走得不快，谢槿知便低头看着水里的小鱼。忽然，感觉到他的手臂一动，然后她的手就滑进了他的掌心里。谢槿知抬起头，却只看到他耳后黑色的短发，以及白皙的脖子。

他没说话，依旧缓缓地走着。微凉柔软的手，握得略紧。昨天两人就这样牵过一遭了。谢槿知低下头，继续看鱼，可不知怎的，一眼就看到一股股溪水轻轻撞在他的鞋上，然后四散流走，而他黑色的裤腿已经被打湿了，他却似乎未觉。

谢槿知忽然就有种感觉，觉得时间好像变得很慢很慢，慢得叫人心慌意乱。

她下意识地说："走快点吧，太慢了。"

"……好。"

于是两个人都加快步伐，飞快地过了小河。

终于，又走过了一片树林，远远就见一辆越野车停在那里。车旁，一个异常高大挺拔的身影，浑身被黑色风衣裹得严严实实，背对着他们站立着，不知已经等待了多久。

谢槿知忍不住笑了，应寒时也淡笑不语。

她轻手轻脚走近，拍他的肩膀："小 John。"

萧穹衍浑身一颤，几乎是立刻转过身来，一把紧紧抱住了她，金属嘴巴都快笑咧到耳朵上面去了："小知知！你终于来了！"

谢槿知被他的金属胸膛硌得有点疼，但还是伸手摸摸他的头："乖。"

萧穹衍大受鼓舞，又往她身上蹭了蹭。

应寒时负手站在两人身后，望着她抚摸着他的头的那只手，俊脸慢慢浮现一丝绯红，静默不语。

"所以，你们是来找另一个外星人的？"谢槿知坐在野餐垫上，左边是应寒时，右边是萧穹衍。当然，萧穹衍是紧挨着她的，而他们面前是各种糕点零食，甚至还有汽水和热茶。

毫无疑问，这些都是萧穹衍准备的。

刚才提及这一点时，应寒时微微蹙眉："他从家里带了非常多的东西。"

对于她的问题，应寒时也点了点头："是的。"

他背靠着一棵大树，双臂轻轻搭在膝盖上。即使他席地而坐，也显得温和俊雅，容光清澈。

谢槿知又问："那……现在有线索了吗？"

"有一些猜测。"他答。

这时萧穹衍把脑袋伸进他俩中间："小知知，我们已经准备了能量辐射装置，明天就放到目标区域。这个装置叫是高科技，能量比较微弱，那个人察觉不到，但是会受到辐射影响，会感觉到不舒服。说不定这样他就会现身啦！"

谢槿知琢磨了一下他的话，虽然对所谓的"能量辐射装置"不太明了，但也大致能理解。

可以看到另一个外星人？

她心头一动，看着应寒时："我可以跟你们一起去吗？"

应寒时也看着她。阳光透过树枝，照在她的脸蛋上，让她的皮肤显得格外白皙细腻。她的鼻子尖尖的，弯弯的双眼中盛满了光泽。尽管她的神色看起来依旧如同平时般冷静淡定，眼中却隐隐透出些期盼的光泽。

"好。"他答。

谢槿知笑了，旁边的萧穹衍却吃了一惊。要知道应寒时一向习惯独自行动，这次为什么要带上毫无战斗力的谢槿知啊？

像是察觉了他的疑虑，应寒时看着他，说："我会保护她。"

萧穹衍说："哦……"

有他的保护，当然不会有任何问题。但是萧穹衍总觉得，怎么有哪里怪怪的呢？

能够去看外星人，谢槿知自然开心。她想了想，又问应寒时："那个外星人会是什么样的？是像你一样……"她又看向萧穹衍，"还是会像你一样？"

应寒时微微沉吟。"感觉气氛不太对劲"的萧穹衍下意识地快速抢答："小知知这个我知道！他可能是任何形状！"

谢槿知微愣，就听他洋洋洒洒地继续说道："要知道在你们地球之外，外星人种类还很多很多呢。他可能跟你一样的人类，也可能是机器人，还有可能是一条鱼啊，一块石头状的生命体啊，一棵大树啊，甚至是一团雾气呢……什么都有可能哦。"

谢槿知彻底愣住了。

她抬起头，望着头顶上方繁密蜿蜒的树枝，以及天空掠过的飞鸟。

忽然，她有点害怕，又有点期待。

不知不觉，天就黑了。谢槿知站起来："我要走了，晚了他们该担心了。"

应寒时也站起来，萧穹衍紧随其后："我也要去送你。"

回去的路，因为有萧穹衍在，变得热闹了许多。他迈着金属长腿，跟谢槿知走在前头，一路说着话。应寒时负着双手，徐徐跟在他们身后。遇到有难走的路，萧穹衍第一时间就会挽住她的胳膊，或者紧紧牵着她的手："我扶你啊。"

谢槿知一路被他逗笑了好几次。只是她不经意间回头，就看到应寒时眼眸漆黑地望着他们。虽然两人目光相触，他眼中也会露出一点笑意，但谢槿知总感觉到，回去这一路上，他有点异样的沉默。

很快，就到了白天走过的那条小河。月光下，溪水潺潺。萧穹衍欢呼了一声，松开谢槿知的手，跑过去用力踩水。谢槿知微笑地望着他，刚要把手插回口袋里，却几乎是立刻就被人握住了。

身旁，是应寒时。他单手负在身后，另一只手却将她的手整个握在了掌心。

"槿知，我牵你过去。"

"哦，好。"

他的脸上露出些许笑容，眉梢眼角仿佛都已沾染，清澈动人。他的手又收紧了一些。谢槿知的心头突地一跳。

正在玩水的萧穹衍突然发现他俩要牵着手过河了，立马起身跑过来。谢槿知居然看到了他红色的硅晶眼珠像人类一样转了转，然后他就突然在她面前，背朝她蹲了下来："小知，还是我背你过去吧！更安全，更可靠哦！"

谢槿知莞尔，一旁的应寒时静静矗立不动。

让机器人背？

这个体验够新鲜，谢槿知喜欢。她刚要松开应寒时的手，却听到他的嗓音徐徐响起："你的背很硬，会弄疼她。"

谢槿知一想，还真的是。萧穹衍也想到了这一点，一脸失落地站了起来。

"你先回去，我送她回家。"应寒时又说。

萧穹衍自然很不情愿，谢槿知想了想："这里离村子很近，你回去吧，免得被人看到。"

他俩都这么说，萧穹衍只得点点头，然后一步三回头地走了。

萧穹衍一走，周围立刻安静下来。谢槿知看向应寒时，刚想说走吧，却注意到他的脸不知何时已无声无息地红了起来。

谢槿知："……"

他松开了她的手，又静了一秒钟，然后转过身去，动作不疾不缓地蹲了下来。

谢槿知微怔。

"槿知，我来背。"他轻声说。

谢槿知想说真的不用，目光却不由自主地落在他身上。

他的头微微朝前低着，衬衫领子里露出白皙修长的脖子，越发显得他的头发乌黑而柔软。他的肩很宽，线条清晰，但整个人依旧显得清瘦，衬衫的袖子被他挽起一截，露出结实的胳膊。

这样的他看起来真的跟个普通的邻家青年没什么两样。

而且，他大概是没背过人吧？双手并没有像常人那样往后伸着准备抱她，而是将手稳稳摁进了身旁的泥土里。那样子就像运动员准备起跑，随时要带着她飞奔。

谢槿知微微一笑，可她的心又忽然阵阵发软。

夜色中，那带着一点点焦躁、一点点酥软、一点点诱惑和不安的情绪仿佛又在她心中无声无息地开始蔓延。

一个声音在心中说，没关系，应寒时是滥好人，现在遇到是谁他都会背，都会伸出援手的，而且，他明明这样温柔谦和，她却总感觉……拒绝不了他。

她爬上了他的背，然后拍拍他的肩："走吧。"应寒时原地不动。

过了几秒钟，好像才有了反应，站了起来。这时，他的双手居然无师自通地往后轻轻扶住了她的双腿。谢槿知的脸颊忽然就有点发烫，不出声了。他也没说话，背着她，开始一步步地朝前走。

夜凉如水。他后背的温度透过衬衫似有似无地传来。谢槿知一低头就看到了他侧脸干净清朗的线条，还有那微红的耳朵。

不知怎的，她的心跳突然就加快了。明明周围这么静，明明他的手指只虚虚地扶住她的腿，一动都不敢动，谢槿知却分明感觉到空气里好像有某种燥热的、危险的气息在蔓延，就好像，有什么事开始变得悬而未决，变得难以预知和看清。

这不对。有什么事情……不对了。

忽然间，她的注意力被吸引了。

眼前，相隔十厘米不到的地方，尖尖的耳朵已经从黑色短发中竖起来了。

谢槿知的心怦怦跳着。

她又缓缓低下头，果然看到溪水中的影子里，多了条长长的尾巴正在他身左右大幅度摇晃着。而他兀自看着前方，像是有点走神，竟没有察觉。

谢槿知决定选尾巴。

她缓缓地朝后面……伸出手去。

握住了！

几乎是在同一瞬间，应寒时的身躯陡然一僵，整个人停住不动了。

谢槿知没太管他的反应，因为她的全部注意力都在手上。雪白的、柔软的尾巴，此刻就躺在她的掌心里，只有她的虎口粗细，触手竟十分光滑，覆着一层很柔顺的毛，感觉就像是上好的绸缎，握着还能感觉到韧性。

只是，在她握住他尾巴的那一刹那，就感觉到它倏地往下一滑，像是要拼命逃脱。谢槿知赶紧握得紧紧地，让它动弹不得。

然后，她看到应寒时缓缓地、缓缓地侧过头来。那白皙如玉的脸颊，此刻竟染上血一般的绯红，漆黑清澈的眼睛里，竟透出浓浓的、复杂而隐忍的情绪，好像非常难受，又非常纠结，还非常害羞的样子。

谢槿知一愣，但还是握着尾巴不动："……是你自己要背我的。"

应寒时足足盯了她几秒钟，霍地转过脸去，只留个后脑勺给她。

"槿知……松开！"他缓缓地说，平日里清润的嗓音竟有点沙哑和焦急。

谢槿知把手松开了。然后那尾巴就像得到了解脱，飞快地晃到了一边去，几乎紧贴着他的手臂，离她远远的。

两人都安静了一会儿，他低下了头，继续朝前走去。

谢槿知小声说："对不起。"

他沉默了几秒钟。

"没什么……我只是……"

他又不说话了，有两只耳朵依旧通红通红。可是他没察觉，刚走了一小段，那条尾巴就跟得了健忘症似的，又慢慢移动到她身边，摇了起来，甚至感觉比之前还要欢快不少？谢槿知趴在他的肩膀上，看着看着，又笑了，只是不忍心再欺负它，也不忍心……欺负他了。

过了小溪，走出树林，远远地，就望见了农田和校舍。应寒时还背着她，不过耳朵和尾巴在几分钟前已经缩回去了。谢槿知手托着下巴，等他走到小学楼下，她忽然反应过来——原本只是让他背她过小溪的，她怎么还在他背上？

她立刻拍了拍他："放我下来吧，都到这里了。"

应寒时没有动。

自从被她握住尾巴后，他这一路几乎都没说话。此刻，她才听到他的嗓音，温和如常地响起："已经到这里了，我背你回家吧。"

他的脸颊还有点红。

谢槿知尚未开口，就听到头顶一声悠扬的口哨声。两人同时抬头，只见学校二楼的走廊上，聂初鸿和顾霁生正趴在栏杆上看着他们，刚才的哨声，正是顾霁生发出的。

月光清透，田野寂静。清风拂过，带来阵阵花香。谢槿知跟四个男人围桌而坐，正在喝茶。本来刚才顾霁生说"让他们上来坐坐"，她还觉得会有点不妥，毕竟据萧穹衍说应寒时独来独往惯了，"其实这几年没怎么跟地球人相处过"。

　　然而事实证明，男人们的相处模式，永远比女人想象得简单，并且不受所属星球限制。

　　聂初鸿不用说，纯爷们儿，待谁都十分坦荡干脆。庄冲可以忽略。顾霁生虽然性格有点鸡婆，但对着始终清朗如玉、温润谦和的应寒时，好像也有点挑剔不起来。

　　所以他们四个坐下聊了几句，就开始一杯一杯地喝茶，气氛还挺不错。聂初鸿抬手给大家都续满了茶，问道："寒时，你是过来旅游的？"

　　应寒时略略摇头："不是。"大家都看着他。谢槿知也不知道他打算怎么说。他嗓音温和地道："我对一些超自然的现象比较感兴趣。听说这里有一些鬼怪传说，所以就过来一探究竟。"

　　庄冲听得非常入神，眼睛直直地看着他。聂初鸿有点惊讶，顾霁生则放下茶杯，哂笑道："不是吧，你还信这些？啧……"

　　谢槿知却没说话。因为她知道应寒时说的这些其实也算是实情。

　　他居然实诚到这个地步。这时聂初鸿说："我们在这里住了几年，从没听说过。那些都是很久以前流传下来的故事了。"

　　言下之意，他也是不信的。应寒时却只是微微一笑，并不打算多做解释。谢槿知想到要跟其他人打个招呼，于是说："我明天陪他一起进山。你们不用管我。"

　　哪知她话音未落，庄冲就坚定地道："槿知，我也去。"

　　谢槿知："……"

　　她看他一眼，又转头看着应寒时。他的脸色倒很平静，处变不惊的样子，只是微微沉吟，似在斟酌如何婉拒。

　　这时聂初鸿也抬头看着他说道："我也陪你们一起去。黑龙和他的核心团伙还没抓到，万一有什么事，也多个帮手。"

他提到了歹徒，应寒时眉头轻蹙，眼眸中也露出几分清冷颜色，点头："如果我遇到他们，会帮你处理掉。"其他人听到"处理"两字都有点愣，谢槿知倒是习惯了，她在想的是，照这么聊下去，明天聂初鸿他们都要跟着进山了。于是她在桌下轻轻扯了一下应寒时的衣袖，示意他不要再聊这个话题了。

应寒时察觉了，侧眸看着她，目光清亮如水。谢槿知没说话，只看着他。他的目光更加柔和："槿知，你刚才拉我的衣服，有什么事？"

这话一说，其他人全都看着她。

谢槿知："……"

她侧过脸去，不再看他，而是淡道："没什么，我是想，这么晚了，你要不要早点回去休息，才好准备明天的事？"

应寒时微微一怔，然后垂下眼眸，眼中也露出清淡笑意："谢谢你的关心，我现在就回去休息。"他立刻站起来，负起双手，朝众人颔首，"再见。"

谢槿知说："我送你。"

聂初鸿朝应寒时点点头，顾霁生则有点似笑非笑地瞅着他俩。庄冲却忽然开口问："高手，这几天你睡哪里？"

这个问题，谢槿知之前还真没想过。周围都是荒山野岭，他也不像是会去村民家里借宿的样子，那他睡在哪儿呢？

应寒时答："我睡在车上。"

大家都有些惊讶。

谢槿知问："车上？车上怎么睡？"

他答："坐在驾驶位上。"像是察觉了她眼中的关切，他微微一笑道，"槿知，这没有什么。以前是常有的事。"

他说"以前"，是指曾经是军人的以前吗？

谢槿知看着他清俊的面容，心忽然一软，并且有些不太舒服。

"不行。"她说，"不能再睡车上。"

应寒时微微一怔。

两人就这么对视着。这时，顾霁生站起来，转身走往屋内，同时懒洋洋地道："今晚小杰的父母就要赶回来了，谢槿知本来就要搬到学校来住。我们已经收拾了两间屋子，你要是不介意，就跟宅男一个屋，让他打地铺好了。"

"好。"庄冲立刻应声。

聂初鸿也站起来，拍拍应寒时的肩膀："就这么定了。槿知说得对，我们不能再让你睡车上。"

应寒时望向他们，眼中闪过些许温和光泽："多谢，但实在不必……"

他的话没说完，谢槿知打断他："应寒时，跟我一起住下来。"她看着他的眼睛，"不许拒绝。"

应寒时："……"

十分钟后，应寒时站在阳台一角，避开众人，给萧穹衍打电话。接到电话的萧穹衍……傻眼了！

应寒时说："小John，槿知的朋友邀请我跟她一起住在这里。"他脸颊微红，"我今晚不回来了。"

"……老大，我也想去！"

应寒时非常耐心温和地说："那恐怕不太方便，你会吓到他们的，还是先待在车上，明天一早联络。一切，按计划进行即可。"

尽管应寒时平时非常好讲话，但他一旦决定的事，是谁也不能改变的。

萧穹衍委委屈屈地挂了电话，一个人闷闷地在车里坐着。过了一会儿，他忽然抬头望着窗外漆黑的山林。

老板大人居然忘了，小John怕鬼的啊！

是夜，谢槿知在房间里安顿好，一个人站在门前走廊里吹风。

她想起刚才，趁旁人不在，自己跑到应寒时的房间，问他，聂初鸿和庄冲也要去，怎么办？

他正负手站在窗前看着星空，闻言微笑答："没关系，如果发现'他'的踪迹，我会一个人去把他处理好。"顿了顿，又问，"如果遇到实在不方便的时候，我可以把他们俩暂时打晕吗？"

"……可以。"

后来两人就相对无话。她忽然想起刚才在小溪边，他被握住尾巴后脸红又痛苦的样子，而他不知道在想什么，脸色始终微微红着。于是她就飞快地从他的房间出来了。

她又站了一会儿，身后响起脚步声。是聂初鸿走了出来。他跟她一起靠在栏杆上，望着远方。

"明天要用的干粮和水，霁生已经准备好了。"他说。

谢槿知笑了笑，说："多谢。你说得对，他就是刀子嘴豆腐心。"

聂初鸿也笑了，像是也想起了一些往事，伸手拍了拍面前的栏杆，说："其实霁生的毕业学校比我更好，家世也好。他能够在这里坚持，比我更加不容易。"

谢槿知之前看顾霁生的言谈举止，也感觉他的出身肯定不差，闻言点了点头，认真地说："你们都是很好的人。"

两人都安静了一会儿。

谢槿知望着原野间稀疏的几点灯光，忽然想起白天萧穹衍的话。他说那个外星人可能是任何种类的生物。人、动物、植物……

也就是说，此时此刻，那个外星人也许跟聂初鸿和顾霁生一样，也生活在这片土地上。

"初鸿。"她说道，"不管发生什么事，希望你们大家都能好好的。"

聂初鸿微微一怔，看着前方说："我也希望你好好的。"过了一会儿，他又开口，嗓音里似有漫不经心的笑意，"槿知，刚才看到应寒时背你过来了。那天我要背你，怎么就拒绝了？"

谢槿知转头看向他。

他的目光平静而坦然。谢槿知安静了一会儿，答："初鸿，那不同。"聂初鸿看着她，没说话，却听她继续说，"我和他的一些渊源你大概不清楚。虽然我跟他相处的时间也不多，但是他有好几次救过我的命。他是个非常好的人，总是帮助别人。说实话，为了救我，他抱过我，也用自己的身体保护过我。所以今天回来的路上，路不好走，我就很自然地让他背我了。"

她讲得不疾不缓，语气淡淡的，就好像她所说的，是最自然、最合理的事。聂初鸿却分明看到，她从来白皙清冷的脸颊浮现了浅浅的绯红，也许连她自己都未曾察觉到。

这一抹红晕，如此可爱，却也如同无声的巨石，压在了他的心上。他沉默了一会儿，到底是在心中缓缓地叹了口气，然后笑了出来："原来是这样。放心，明天进山，我们都会保护你。"

谢槿知微微一笑，点头："那就多谢了。"

应寒时躺在狭窄的单人床上，身旁地上是早已呼呼大睡的庄冲。而他双臂枕在脑后，睁着眼睛。他的耳朵里清晰听到一墙之隔的她推门进入，然后洗漱，然后脱了鞋上床，似在床上翻滚了两圈。他甚至可以想象出被子瞬间被她弄得乱七八糟的样子。

过了一会儿，她均匀轻微的呼吸声传来。

应寒时的脸颊又浮现浅浅的绯红，转过身去，望着窗外的星空。他并非有意窥听，但这小楼的隔音效果实在是太糟糕。

他的脑海中，又回响起刚才听到的那个声音：他是个非常好的人。他抱过我，也用身体保护过我。很自然地……就让他背了。

他看着床畔的月光，脑海中倏地就想起曾经读过的一句地球古诗：但愿人长久，千里共婵娟。

次日一早。谢槿知走下楼时，就看到几个男人已经在院子里吃早餐了。应寒时、聂初鸿、庄冲，清一色的运动装扮。庄冲和聂初鸿都背了个大包，应寒时却是孑然一身，什么也没拿。就连旁边正在慢条斯理喝豆浆的顾霁生也换了套黑色运动装，十分精神清爽的样子。谢槿知坐下来，又看了顾霁生一眼。

他察觉了，不紧不慢地道："是初鸿拜托我一起去的，怕你们不认识路。不谢。"

谢槿知"哦"了一声，见身旁的应寒时动作斯文沉稳地喝着豆浆，于是她心想，的确也没什么可操心的，到时候多打晕一个顾霁生也不算多。

吃完早餐，五个人便出发了。上次进入依岚山脉是为了搜救小杰。大家心急如焚，根本不曾注意过沿途风景。这次虽说是探险，气氛并不紧张，反正外星人也不知道什么时候会出现。于是谢槿知一路看到漂亮的景色就停下来拍拍照。应寒时也不催她，就在旁边安静地陪伴着。聂初鸿和顾霁生对这些景色见惯了，登高望远，倒也神清气爽。

唯独庄冲，大约是把今天也当成了一个通关任务来完成，一路非常警惕严肃，并且还沿路留下标记，防止迷路。

其实谢槿知很想告诉他，根本不需要做标记。因为萧穹衍早绘制出整条山脉的细枝末节，根本不可能迷路。但她想想，还是算了。子非鱼，焉知鱼之乐。

庄冲用来标记的物品甚至还是独家定制的小徽章——一朵暗红的金属小梅花，大约硬币大小，花瓣和花蕊还做得挺细致逼真，最下面的一片花瓣上刻着"ZC"——据说是在网上高价定制的。

每隔两三公里，他就仔细观察地形，然后选择在树桩、泥土或者石堆里，"钉上"这么一个徽章。大家都任由着他去玩，只有顾霁生骂了句"傻×"。

中午时，他们到了半山腰的杜鹃花海。山上阳光更灿烂，云朵徐徐浮动，更显得花海层层叠叠，繁美无边，大家都在树下坐着休息，谢槿知便拿了手机，走到花丛旁去拍照。刚照了几张，就听到脚步声。

应寒时走到她身旁，也不打扰，负手跟她一起看着花海。谢槿知一回头，就瞧见他安静矗立的样子。身畔的花红如流火，他却清俊挺拔，安静俊逸，宛如清澈春雪，一时间竟让人觉得，这满山姹紫嫣红，也压不过他一个人的颜色。

察觉到她凝视的目光，应寒时微微转头，看向了她，目露疑惑："槿知，为什么一直看着我？"

谢槿知转过脸去，盯着眼前的花朵，没答。忽然间，她想到了另一件事。

"应寒时，你说'他'会是一朵花吗？"

"也许。"

谢槿知又看了一会儿，忽然伸手，用食指一弹那饱满鲜红的花瓣："的确有可能。你看，这花瓣像不像你的耳朵？"

应寒时："……"

他们身后不远处，顾霁生靠在树干上小寐，庄冲在埋头吃面包和火腿肠。聂初鸿原本站着望着别处，一转头，却看见她低头似在触碰花瓣，而应寒时负手立在她身侧，脸色微红地陪伴着。万花开遍，他俩那么安静地站在一起，令人觉得分外静好。

聂初鸿在心中苦笑着，也席地坐下来，点了根烟，闭上眼安安静静地抽了起来。

暂歇过后，一行人再次出发。

按照应寒时收集的"鬼怪传说"，在更远的大山深处，有一只"巨大的怪物"，"足足有十多层楼那么高"，经常在一个瀑布附近出现。

"怪物一定是在那里吸取天地灵气。"有村民如是说。

所以他们的第一个目的地就是山中的大瀑布，只不过谢槿知很清楚，之前萧穹衍讲过，他们已经在外星人可能出现的区域设置了能量辐射场，刺激他的行动，所以今天会不会在那里狭路相逢，还真的不好说。

瀑布的位置非常偏，也非常远。五人从午后一直走到日落，眼看整座山都要黑下来，才听到隐隐的奔流声，隐藏在繁密的树林中。看来不远了。

天已经非常暗了，大家都打开了手电。谢槿知跟在应寒时身后，深一脚浅一脚地走着。水流声越来越大，两旁的岩壁也越来越高。在黑暗中望去，前方就好像有许多嶙峋怪兽，错落蛰伏着。

眼看已经望见了瀑布的棱角，一行人加快步伐。谢槿知却忽然脚步一顿，转过头去。

身后，越过庄冲，是空荡荡的山谷，巨大的岩石们，依旧安静地矗立着。

"槿知？"应寒时转头看着她。

谢槿知回过头来，答："哦，没什么。我只是觉得身后空荡荡的。"她压低声音，"他会不会从后面出现？"

庄冲一听到她的话，瞬间神色一震，回头也看了几眼。

应寒时却是波澜不惊的模样，温言道："不用担心。你跟着我走就好。"

谢槿知点点头，却还是不放心，转头吩咐庄冲："你守着后面。一定要留心。"

庄冲立刻点头。

前头的聂初鸿听到了，也点头说："槿知考虑得很周全。之前寻找小杰，也全是靠她的细心和判断。"

庄冲说："她很强。"

谢槿知不由得一笑："谢谢夸奖。"她抬头，却见应寒时也望着她，目光清澈如水。她微微一笑，低声说："快走吧。"

"嗯。"

很快就到了瀑布前。

这时暮色已经十分浓重，天也显得非常阴沉。巨大的瀑布像一条灰色的水链，从悬崖高处直冲而下。他们站在距离甚远的水潭边都能感觉到湿湿的水汽扑面而来。

"怪物要是不出现怎么办？"顾雾生懒洋洋地问，看样子他是压根儿也不信的。

应寒时神色沉静，只说了一个字："等。"

聂初鸿提议："先搭帐篷吧。"

应寒时点头。聂初鸿和庄冲就一起从背包里拿出帐篷，在繁密的大树下找了块空地，开始搭建。这种脏活累活，顾霁生是不会沾手的。他径自走到水边，看鱼去了。谢槿知则和应寒时站在一起，他负手望着高山，她也若有所思。毕竟现在她看什么东西都觉得像是外星人。

很快帐篷就搭好了，聂初鸿蹲在地上生火，庄冲跑来跑去，又在树桩上留下庄氏标记。谢槿知始终警惕地注意着身后各个方向，同时不忘叮嘱庄冲："留心着周围。"

然而，山中的天气，说变就变。火生起来时，天空却开始飘雨了。谢槿知伸出手，已落了满掌的水滴。

"到帐篷里去！"聂初鸿喊道。

瀑布的水声本就轰隆不停，此刻又下了雨，众人耳边更是淅淅沥沥，响个不停。大家都转身，朝帐篷的方向走去。

谢槿知跟在应寒时身后。

就在这时。

水雾朦胧的视线中，她忽然看到应寒时的脚步一顿，像是察觉了什么。

他霍地转头，谢槿知清晰地看到他那乌黑的短发下，耳朵轻轻翕动了一下。下一秒，他骤然转身。谢槿知看到他清俊冷毅的面容。他的目光在她身上一扫，瞬间已将她拉入怀中，搂住卧倒在地。

"卧倒！"他同时低喝一声。其他三个男人都不是等闲之辈，闻言全都就势扑倒在地。

顾霁生问："怎么……"

他才刚张口，众人就听到一阵凌厉的、巨大的风声从远处袭来。电光石火间，谢槿知趴在地上，在应寒时的怀抱中抬头望去，竟然看到一团庞大的黑影从他们刚才来时身后的方向骤然袭来。

哐当——一声破裂的碎响，那庞然大物竟堪堪越过他们头顶，重重砸在瀑布的峭壁上。瞬间声响如同山崩地裂，石块水花四溅。其他人还趴在地上，惊魂未定，应寒时已抱着槿知，一跃而起。

谢槿知紧紧搂着他的腰，抬头望去。原来刚才砸过来的，竟然是块足足有一个房间大小的巨石。此刻它就躺在水潭中，表面全是撞击的裂痕。

是谁，把它扔过来的？

她的心忽然就一紧。

人类是不可能有这样的力气的。

她抬起头，看向应寒时，却发现他已转过头去，望着他们来时的方向。

"槿知，先松手。"他目视前方，语气却沉静无比。

谢槿知便松开了他的腰身，也循着他的视线望去。与此同时，聂初鸿等人也起身，望向那个方向。

他们看到了什么？

聂初鸿和顾霁生同时一惊，庄冲已经看呆住了。谢槿知被应寒时护在身后，却只感觉到后背一阵惊悚的冷意。

雨越下越大，瀑布依旧轰鸣不停。隔着淅沥的雨，他们看到远远的前方，许多块巨岩簇拥的山谷中，在那面最大最高的岩石壁上，突然，有了光。光源慢慢扩大，然后整块岩壁都被照亮了。

一个影子出现了。

那人显然就在对面的峡谷中站着，因为身影非常清晰，并且一动不动，但看起来身体线条似乎又比普通人更加冷硬笔直。

令谢槿知感到惊悚的，不是这人的突然出现，而是此时此刻，那人的身影就在他们的眼前，开始原地变大了。

他并没有动，光影角度也没有任何变化，只有他在不断升高、变大。原本只比普通人高大一些的身影，就这么慢慢地、一截一截地长着，甚至可以清晰地从影子中分辨出，他的骨骼在变化伸长，他的手臂从两节变成了三节、四节，大腿和小腿中间也不断生出第三段、第四段……

五米、十米、二十米、四十米……最后，他的头部高度已经抵达了岩壁的顶端，足足有十层楼那么高。

谢槿知等人的眼睛都看直了，没人发出一点声音，甚至连呼吸都屏住了。这一幕是如此不可思议。白天，他们分明还看到阳光花海，整座大山寂静无声。而几座山外，就是他们生活的安稳世界。

可此刻，他们真真切切地看到，一个现实生活中不可能存在的巨人，现身了。唯有应寒时，负手站在他们的最前面，看着那突然出现的巨人的影子，侧脸清冷，静默不语。就在这时，巨人忽然笑了。

"呵……"低沉的，却宛如雷鸣般恢宏的笑声，瞬间传遍整个山谷，震得他们的耳膜阵阵发疼。那绝不是人类会有的声音。

"滚！"他忽然大喊一声，并且身形微动，眼看就要从峡谷中走出来。

谢槿知等人全僵在原地，满脸的雨水，一动不动。应寒时却在这时回头："你们待在这里，等我回来。"

谢槿知虽知他厉害，但看到这样的庞然大物，还是担心，一把抓住他的胳膊："你……当心。"

聂初鸿则急道："你要干什么？别过去！"

顾雾生也脸色难看地吼道："别去！你想找死吗？"

可是应寒时只是微微一笑，点了点头，然后便转头，独自一人，朝巨人的方向走去。

走了几步，他的身影便没入岩石背后，消失不见，只剩下谢槿知等人看着彼此，面面相觑。

而他们没看到的是，应寒时的身影刚一没入岩石背后，瞬间便变得快如闪电，连续几个起落，顷刻间已进入巨人所藏身的峡谷中。

下一秒，他已立在峡谷之巅，依旧负着双手，眼睛看着下方。他的表情很平静，平静而温和地睥睨着。

"流亡者……报上你的种族与姓氏。"

第七章

曜日墜落

夜色如同浓墨，无边无际地蔓延。风雨飘摇的峡谷中，混沌一片，一时间什么也看不清。

应寒时眸色一怔。

耳朵和尾巴同时展露，他轻轻一跃，从高空跳落。

地面上，什么人也没有。只有四周暗黑的岩壁草木，与他对峙着。

他抬眸，看向峡谷对面的巨大岩壁。光已经消失，连同那个人的影子。

这时，他腕间的通信器响起，萧穹衍严肃而略带暴躁的声音传来："老大，'他'跑了！"

应寒时沉吟不语。

萧穹衍继续以控诉的语调说道："能量辐射监控结果显示：在刚刚恐吓完你和小知等人后，他转身就跑！速度比最无赖的星际蝗虫还快！哼，刚才从监控里看到这怪物的影子，我还吓了一大跳呢，以为要大干一场了。结果他居然逃跑了！"

"也许，他并不想跟我们交手。"应寒时道，"想让我们不战而退。"

萧穹衍鄙夷地说："那他也不看看面对的是谁！不过老大，他拥有第二块晶片，刚才我也检测到巨大的能量源。虽然他一定不是你的对手，但请务必注意安全。"

"好。"

通信中断，应寒时抬起头，望向谢槿知等人的方向，身影瞬间隐入黑暗中，骤移接近。

雨小了些，夜风不断刮过。

谢槿知等人站在树下，始终望着应寒时的方向。每个人的脸色都很凝重，谁也没说话。

等了几分钟，谢槿知待不住了，往外走了一步："我过去看看。"

庄冲闷不作声地跟在她身后，但还是说道："槿知，高手让我们留在这里。我们是否应听他的？"

谢槿知很清楚现在过去不会有什么帮助，但是她看到那块岩壁彻底暗下来，应寒时又半天没动静，她一向冷静自制，此刻才这么一会儿工夫，却莫名地急躁起来。

"听我的。"她说。

聂初鸿拿起背包走上前："我陪你去。"谢槿知点头。三人刚要迈步，靠在树上的顾霁生声音冷冷地传来："谁也不许去。这些根本不是我们见过的、能理解的事。没看到刚才那个大怪物吗？去了也是找死。"

谢槿知回头望去，他的神色也有些紧张，脸色阴霾，但眼中对他们的关切，却是藏不住的。

他这么说，聂初鸿和庄冲一时都没动。谢槿知觉得应该去做的事，就一定会做。她点头道："他说得对，去多了无益。你们待在这里，我要去看看他有没有事。"她转身就走，可刚走出两步，手腕倏地被人拉住。

那人的手指微凉且柔软，力道却很大，瞬间令她动弹不得。

她头也不回："松手。"

那人静默了一瞬。谢槿知抬手就要甩开他，哪知那人动作更快，将她的手臂往后一拉，谢槿知瞬间整个人都被拉到了他的怀抱里，抬头望着他。

微湿的黑发，白皙的脸。他低着头，目光温亮地看着她。

"槿知，我在这里。"

谢槿知的心就像被什么骤然撞了一下，同时心情彻底一松，望着他，不由自主地笑了。

应寒时微微一怔，眼中也露出笑意。

旁边的人全都站了起来。

"怪物呢？"谢槿知问。

"他跑了。"

聂初鸿等人都有些惊讶，但也松了口气。谢槿知又低头，看着他的双手，以及身体各处："那你没受伤吧？"

应寒时摇了摇头。谢槿知放下心来。这时她才注意到自己的手腕还被他握着，人也微微依偎在他的怀里。她立刻把手抽回来，又不着痕迹地往后退了半步，说："那就好。"

雨停了，天空依旧沉黑昏暗。五个人坐进了帐篷里，庄冲低头点亮了一盏露营灯。小小的帐篷瞬间蒙上一层暖黄的光亮，映得每个人的脸模糊而寂静。一时间，谁也没说话。

谢槿知坐在应寒时的身旁。他倒是端坐如钟，面色静朗，双手轻轻搭在长腿上，仿佛泰山压顶也不会有半点惊惶。

谢槿知只是想，现在要如何跟面前的三个人解释呢？以应寒时的性格，要么会向大家致歉，然后说，我确实不能说；要么，他就是要老老实实跟大家摊牌了。

就在这时，聂初鸿开口了："寒时，刚才那个到底是什么？"顿了顿又问，"你到底是什么人？"

帐篷里安静着，只有树上的雨水滴落下来的声音，滴答、滴答……

庄冲忽然出声："不是已经很清楚了吗？"

谢槿知心头微震，抬头看着他。应寒时也侧眸望去，目光坦然而平静。

庄冲看了看大家，又盯着应寒时，一字一句地道："你是捉妖师。"

应寒时和谢槿知都安静着。

庄冲却认为他默认了，缓缓朝聂初鸿和顾霁生点了点头。

聂初鸿沉默了一会儿，忽然无奈地笑了，摸出烟盒含上一根，道："不介意我抽根烟吧？我是最不信这些事的，人生观被颠覆了，我消化一下。"他坐到了帐篷口，夹着烟，慢慢地抽着。

庄冲的脸色依旧冷冽，但眼中明显有隐隐激动的光泽。

顾霁生不发一言地看了应寒时好一会儿，最后喃喃道："捉妖师？这世上真的有鬼神？荒唐，真是荒唐。"

他居然也从聂初鸿那里拿了支烟，低头抽了起来。

本来怪物外星人出现，谢槿知还挺紧张的，但到底经历过图书馆人工智能事件，她的心理承受能力还是很强大的，很快平静下来。她忽然发觉到，应寒时这个人，并非一味的诚实良善。

他还是有点小心计的。上次在宝安寺初遇，他就说自己是顶级黑客。她回头一想，可不是嘛，对于任何地球科技来说，外星人都能称得上是顶级黑客吧？他既没说假话，又成功隐瞒了身份。现在也是。庄冲误导了大家，应寒时就静默地坐着，不说是，也不说不是。谢槿知看着他微垂的俊脸，几乎都能想象出来，他现在必然是心怀歉意地看着三个同伴在风中凌乱着。

想到这里，谢槿知微微一笑。谁知应寒时立刻察觉了，侧头看着她，清亮的眼睛里露出探寻神色。但这回，他的声音低得只有两人能够听到："槿知，你……在笑我吗？"

谢槿知心头一跳，转过脸去，避开他的目光："没什么。"

那三个人情绪波动了一会儿，总算都平静下来。聂初鸿和顾霁生熄灭了烟头，重新看着应寒时。而庄冲时刻等待着。

应寒时朝大家微微颔首，说道："我会继续进山寻找，槿知跟我在一起。你们，可以先折返。"他的语气虽然温和，却也透着沉稳的笃定。

庄冲说："我跟着你们。"

顾霁生和聂初鸿对视一眼，聂初鸿沉声说："一起来的，就要一起回去。虽然我们不懂捉妖，但不会留你一个人在这里。我们留下，给你帮忙。"

谢槿知心头感动，看着聂初鸿，而他察觉到她的目光，只是朝她微微一笑。应寒时眼中也浮现些许动容神色，沉静未语。

谢槿知和庄冲下意识地看向顾霁生。他的脸色并不轻松，却真是刀子嘴豆腐心到了极致，没好气地说："都看我做什么？难道我还丢下你们一个人回去？"又看一眼谢槿知，脸上倒多了几分坦荡神色，"刚才我拦着你，是理智选择。并不代表我会丢下同伴。"

　　谢槿知微笑："你不用解释。"

　　顾霁生一滞，转过脸去，不说话了。

　　最后商定，稍作休息后，一行人跟着应寒时继续往深山里搜寻。大家开始收拾帐篷，整理行装。谢槿知一个人走出来，到了水潭边。

　　瀑布依旧倾泻奔腾，水潭中波浪四溅。周围仿佛都被它们暗白的颜色笼罩着。谢槿知盯着有点出神，却听到脚步声渐近。

　　听到这脚步声时，她想，是应寒时。她居然能听出他的脚步声了。永远不疾不缓，均匀轻盈。他站在她身边，没动。两个人一起抬头看着奔流而下的水。

　　"槿知。"他开口，"刚才……你很担心我？"

　　谢槿知一愣。

　　他依旧负手而立，只是朦胧的夜色里，看不清面目。但是谢槿知能感觉到，他正注视着她。

　　她没说话。

　　他沉默了一会儿，转过头去，望着瀑布。但直觉告诉谢槿知，他应该是不好意思了。

　　"明知有危险……"他缓缓说道，"还是要去我在的地方？"

　　谢槿知的心倏地一震，一时间只觉得他温软笃定的嗓音仿佛也有了迫人的气场，瞬间只觉得像是被人洞穿了什么秘密，又尴尬，又有点暴躁。

　　她装作很自然地说道："这没什么。就像顾霁生说的，我们是同伴，我不会抛下你，当然，也不会抛下任何一个人。"

　　她说完之后立刻看他一眼。但他依旧静静地站着，看着瀑布，也不知道有没有听进去，在想什么。事实上，应寒时真的没听进去。

　　他注意着身旁的女人略显紧张的呼吸声，注意着她微微侧过脸去，竟像是有些难为情。他看着她在夜色里清秀安静的脸，还有不自觉地攥在一起的纤细手指，只觉得自己的心潮仿佛也随着她的各种细微动作，轻轻地无声起伏着。

他也清晰地记得，刚才从峡谷归来后，一眼就看到她站在众人之前，脸色很不好看。他以为出了什么事，心头一紧，迅速从黑暗处逼近，结果就听到她坚定的声音响起："我要去看看他有没有事。"

在以光年为单位的广袤星空中，他曾经征战南北。从不曾有牵挂，也不被人牵挂。以前，他绝大部分的时间都是在太空堡垒上度过的，即使去执行最危险的任务，身旁的人也不会有太多关切担忧之语。即使小 John 也不会。他清晰记得有一次带着舰队去打十倍兵力的虫族精英。那是非常艰难的一战。战胜回来时，小 John 还在无忧无虑地跟护士队的女机器人约会。

因为他们都清楚，战功赫赫的他，不需要让人担心，也不需要被牵挂。可是这个女人……

战斗力低至零的地球女人，柔弱得像小草一样的生物。她明知道他战斗力超群，知道他可以被依靠，却还是固执地牵挂着他。

一种陌生的、柔软的情绪涌上心头。他清晰地感觉到自己对这个女人的阵阵怜惜之情。那感觉微暖，微沉，宛如一股水流，缓缓淌过他的心脏。

他徐徐垂下眼眸。她的这份心意，她对他的好，他要怎么做，才能回报？

谢槿知见他始终沉默着，也就平静下来。但是现在跟他单独待在一起，总有种莫名的焦虑感。于是她转身欲走："走吧，该出发……"

话还在嘴里没有讲完，她忽然感觉到他的身躯骤然靠得非常近。谢槿知还没反应过来，手腕已是一紧，被他握住，另一只修长有力的手同时揽住了她的腰。谢槿知整个人一滞。下一秒，他的手臂一用力，她就落进了他的怀里。

谢槿知的眼睛倏地睁大，心跳也突然加速，脸贴着他胸口的衬衣，同时感觉腰间的那只手依旧搂得很紧。

他要干什么？

可应寒时只是低着头，头轻轻贴着她的脖子，一动不动。谢槿知看不到他的脸，只能看到他宽阔清瘦的肩膀，鼻翼间全是他怀里清淡的味道。谢槿知的脸忽然就烫了起来，非常非常烫。这不是他第一次抱她，却是他第一次拥抱她。尽管不知道他为什么要这样，但谢槿知只觉得整个身体都乱了方寸，都不像是自己的了。

"槿知。"他的声音低低响起，"以后不需要你再这样做。不需要你再去危险的地方，哪怕是我的身边。"

谢槿知一怔，心怦怦跳着，这时却瞥见聂初鸿几人已经收拾好背包，全都看过来。庄冲的样子有点呆，顾霁生微微眯眼，聂初鸿神色静默。

与他们的目光一触，谢槿知的身体一僵，立刻神色淡定地伸手拍了拍应寒时的背："好了，加油！"

应寒时缓缓松开了她，轻轻地"嗯"了一声，然后就负起双手，转身走开了。谢槿知看着他走到一棵大树前才停步，然后就静静地站在那里不动，不知道在想什么。但是她可以想象出，此刻他的脸必然红了。

果然如她所料。之后众人一路打着手电，往深山里走。应寒时一人走在最前，为大家带路。他步伐沉稳，神色平静，宛如平时清逸温润的模样。只是别人没发现，谢槿知却注意到，那张脸始终微红着，持续了很长很长时间。

因为是晚上，又下了雨，他们走得不快。山中天气多变，到了后半夜，天却又放晴了，天边依稀露出几颗星星。只是离天亮还有一段时间。

走了几个小时，一直没有什么发现。萧穹衍那边也没有给应寒时传来新的消息。这时到了一片树林前，山上树木繁多，所以大家只是一路穿行，谁也没说话。就在这时，庄冲忽然出声："等等！"

大家都停步，朝他所指的方向望去，都是一愣。

只见一棵大树的树干上，赫然钉着块暗红色的金属梅花。庄冲将手电往上一照，依稀可以辨认出最下面的花瓣上刻着"ZC"两个字母。

"怎么会这样？"顾霁生脸色微变，看向其他人，"我们来过这里？"

谢槿知和聂初鸿同时抬头望向周围。可是山中树林看起来都差不多。

"没有来过。"应寒时沉静的嗓音响起。

谢槿知心头一怔。别人还不清楚，但她知道，应寒时肯定是按照萧穹衍给的卫星导航在前进，怎么可能会走重复的路？

"如果没有来过这里，这个标记为什么会出现在这里？"聂初鸿眉头紧蹙。

庄冲的脸色却已变得非常难看，看着应寒时："捉妖师，看来我们鬼打墙了。"

谢槿知抬起眼睛，看着周围那些长得都差不多的树木，然后目光又落在了那枚金属梅花上。跟之前一模一样的花瓣花蕊，以及不太工整的"ZC"。

鬼打墙？她忽然想起了图书馆里被应寒时杀死的那个初等人工智能。当初目睹机器们自由行走，她也差点以为自己撞了邪。所以，世上是没有鬼的，只有装神弄鬼的外星人。她看向应寒时，他若有所觉，目光与她相触，然后缓缓地点了点头。于是谢槿知更加肯定自己的猜测。当然，这时，其他三人——哪怕是最沉稳果毅的聂初鸿，也再次有些凌乱了。

聂初鸿跟谢槿知一样，仔细看着梅花，然后抬起头，四处警惕地观察；顾霁生的脸色也不太好看，问庄冲："你确定这是你的梅花？"

庄冲冷着脸点头，然后看向谢槿知："槿知，有没有一瞬间感到过头晕？我没注意。如果有……"嗓音更冷冽，"我们就是从那时走入迷阵。《都市修仙传》里这么写过。"

谢槿知："……"

她没搭理他，再次盯着那朵梅花。应寒时的导航不可能出错，所以他们没有走回头路。那么这朵梅花，是如何出现在他们的前路上的？

"如果……"聂初鸿神色凝重地开口，"是有人把庄冲之前留在别处的梅花，移到了这里，让我们撞见呢？"

众人皆是一静。应寒时站在谢槿知身畔，也似是若有所思，沉吟未语。

庄冲却是一愣："他为什么要这么做？"

顾霁生冷冷答道："那样不就能让我们像你一样，没头没脑地以为撞了邪，鬼打墙出不去了，只能原地瞎转悠——那还怎么找刚才那个人？"

庄冲心头一震，没说话。谢槿知、应寒时和聂初鸿却同时点了点头。应寒时看向众人，徐徐说道："我想，这正是他的目的。"

聂初鸿说："总之，我们不要去想那些怪力乱神的东西，自乱阵脚。"

庄冲却又低声说道："但是刚才的巨人，大家都看到了，又怎么解释。"

大家都没说话。

最后聂初鸿说："还是继续往前走吧。"

"等会儿。"就在这时，谢槿知忽然开口，眼眸漆黑专注，盯着那梅花，"我觉得这花看起来好像跟庄冲之前留下的，有点不一样。"

大伙儿都是一怔，目光全落在那花上。庄冲低下头，仔细看了看，摇头说："完全一样，是我的手笔。"

应寒时侧眸看着她，她却依旧看着那花，微蹙眉头："我总觉得有哪里不一样。庄冲，你把花弄下来看看。"

"好。"庄冲上前一步，刚要伸手，谢槿知却又道："等一下，安全起见，还是用你包里的那把铁铲吧。"她顿了顿说，"万一这梅花……是鬼变的呢。"

最后一句话其实是开玩笑，庄冲却神色凝重地点头，从包里拿出铁铲。其他人全看着他的动作，应寒时的目光从谢槿知身上移开，也落在那花上。庄冲单手握着铁铲锋利坚硬的金属边缘，缓缓朝那朵花靠近……

眼看就要碰到了，忽然间，所有人好像都看到那朵花动了一下。庄冲以为自己眼花了，铁铲又往前用力一送……

不可思议的变化，在他们眼前发生了。

前一秒，那朵花明明是金属的，瓣瓣分明，暗红颜色。下一秒，每片花瓣都同时开始分裂，一瞬间裂成密密麻麻的无比细小的碎粒。整朵花的形状已然消失，暗红同时褪去，银白色显现。它变成了一团没有形状的碎粒，浮动在空气中，数目看起来至少成千上万。

然而这个状态，只维持了一秒钟。

顷刻间，那些银白色金属碎粒在他们眼前开始快速组合变形。庄冲的眼睛都看直了，握着铁铲往后猛退一步。谢槿知等人也全看愣住了，甚至忘了害怕。

唯独应寒时负手静静凝视着，眉目不动，像是对此早有预知。

谢槿知看着那物体自下而上迅速形成新的轮廓：细细的，大概只有人的尾指长短的……两条腿？然后是同样纤细的银白色身躯，然后是两只更短小的手臂。可是手臂末梢的五指都是纤毫可见的。然后就是小小的、圆圆的一个……脑袋？大约只有人的拇指大小，银白色圆球状，上面居然还有两只耳朵，没有鼻子，嘴巴是一条裂缝，血红色的晶体眼睛瞬间亮起。

谢槿知一下子就想到了萧穹衍。可是，眼前这伪装成梅花企图恐吓他们的小小物体，整个就只有萧穹衍的脚趾头大。

他的变形只在眨眼间完成。

除了眉目清朗的应寒时，其他人都看呆了。这四肢俱全的小人，变形完成后，就伸出双手抱住了树干，居然趴在了上面，然后一扭头，看着他们。

其他人都没看过金属脸庞，全都一愣。谢槿知却注意到他的红眼睛瞪得很大，嘴巴也张开，居然是很凶的样子。

"噼噼噗噗……"他的嘴里居然发出塞窣零碎的声响，但是没人听得懂。聂初鸿等人更是吓了一跳。然后，令人吃惊的一幕发生了，他居然忽然仰起头，然后猛地落下，朝他们张大嘴——

"呸呸呸呸……"

他终于发出了他们能听懂的音节。

谢槿知一怔。

他在……呸他们?

虽然没有吐出任何口水。

这时，她身旁的应寒时眼中居然露出淡淡的笑意。

做完呸口水的动作，小人儿突然纵身一跃，就从树上跳了下来，到了众人脚下。虽然他的出现实在惊悚，可他实在太小了，所以竟没有人感到害怕，只觉得震惊又新奇。

他一落地，就张开双手和双腿，谢槿知甚至看到他做了个咬嘴的动作，就像是要发狠似的，然后"嗖"的一下蹿进草丛里，跑了!

就在同一瞬间，应寒时也动了!

他的身形在众人眼前一闪，骤然就往前跑出了十数步，眨眼就跑到了前面的一棵大树旁。他突然又像想起了什么，一下子刹住，转头看着谢槿知。

"上来。"

谢槿知立刻跑向他的身边。其他人也反应过来，数道手电照射过去，拔腿往那小人逃跑的方向追。谢槿知刚到应寒时身边，他已转过脸去，同时手将她的胳膊一拉。别人没注意，谢槿知却一下子被拉得腾空而起，顺势就落在了他的背上。他的手往后一搂，低下头，就开始往前追。

天已经开始蒙蒙亮了，树林里尽管阴暗，能见度却已提高不少。

清凉的风在耳边吹过，草叶从她的手背蜻蜓点水般刮过。

谢槿知趴在他的背上，他俩跑在最前头，其他人奋力紧随其后。看着前方草丛中一跳一跳、若隐若现的小人身影，谢槿知一点也不觉得害怕，甚至有些隐隐的兴奋。

应寒时今天跑得并不算十分快，只是比他们正常人的速度快一些。也许是因为不能暴露，也许是根本没有必要，因为那小人尽管看起来神奇，毕竟手短脚短，眼看就要被他们追上了。

身后三人也跑得十分稳健敏捷，聂初鸿和庄冲并驾齐驱，顾霁生紧随其后。谢槿知听到庄冲喘着气说道："这是个小妖怪？"

他还没放弃妖怪论。聂初鸿却答："你不觉得他看起来更像个小机器人吗？"

庄冲答："也是。"谢槿知听到这里，望向应寒时。秘密，也许掩盖不了多久了。她小声问："他是什么？"

两人距离聂初鸿他们还有一段距离，所以不用担心被听到。应寒时没有回头，手依然稳稳地扶住她，低声答："纳米机器人。"

谢槿知惊讶地再次抬眸，看着前方几步外正拼命飞奔的小机器人。

"纳米"这个词她听说过，非常细微的新型材质，但现在地球科技大概只处于概念探索阶段吧。

所以，他才能够变形吗？

她想再多问几句，就在这时，令人吃惊的一幕发生了——

树干上、草地里、泥土里……数片树叶同时掉落，十来株草一起拔地而起，几块鹅卵石突然蹦了起来……

变形同时发生。他们竟然全都分裂组合，眨眼间变成了跟刚才那只一样的小机器人，然后同时落在地上，零零散散叉腰站着，扭头看应寒时等人，而后居然交头接耳，"噼噼噗噗"地发出一片声音。

然后他们同时撒开腿，跟刚才那只机器人一起，奋力往前跑去。

就好像他们已经在这里埋伏窥探多时了，现在暴露，只好走为上策。

谢槿知眼睛睁得大大地，后面的聂初鸿也惊讶道："这么多？"

"他们想干什么？"谢槿知低声道。

应寒时的步伐依旧均匀有力，从谢槿知的角度，只能看到他侧脸的线条和白皙的耳朵。他不疾不徐地答："想吓跑我们。纳米机器人有组合变形功能，刚才的巨人应该也是他们聚拢在一起假扮的。"

谢槿知仔细一想，恍然大悟："所以我们刚才只看到了影子。他们如果出来，也许就会露馅，所以你一过去，他们马上逃跑了。"

之前应寒时和萧穹衍郑重对待的"下一个外星人"，没想到竟然是这样一些小东西。所以这座山中，历来的"怪物""小鬼"传说，也有了解答。想必都是他们在装神弄鬼。

谢槿知想了想，说道："那他们就是萧穹衍的同类了。"

哪知话音刚落，应寒时还没答话，他手腕上的通信器就"哔"的一声轻响，传来了萧穹衍低低的声音："小知知，你怎么能这么讲呢？"

谢槿知说："……你们不都是机器人吗？"

这时她注意到，应寒时的侧脸线条微微有些变化，似乎正在温和地笑着。

萧穹衍特别不满地回答道："我们都是机器人，但当然不一样啦！我可是高智能武装战斗机器人兼全能型私人管家，用你们地球人的话说……"

他的嗓音骤然变得更加低沉而有磁性，宛如魅力男士在对你耳语："我，小 John，可是文武兼修。"

"……哦，那他们呢？"

萧穹衍轻哼一声："你看他们短手短腿，还那么秀气的样子，连手枪都没配置一把，中看不中用，肯定是观赏型的纳米机器人啦。不过，我也承认，纳米机器人中也有武装型号，战斗力的确不容小觑。但他们肯定不是。话说回来，老大，这些不入流的机器人是怎么能够穿越虫洞来到地球的？太不可思议了。"

应寒时嗓音平和，缓缓答道："有人带他们来的。"谢槿知一怔，通信器那头的萧穹衍也没说话。通信中断，她抬起头，望着前方。

不知不觉，已经跑出了很远的距离，天一点点亮了起来。前方，树林越来越稀少，地势变得更加开阔，岩石和峭壁也越来越多。那些机器人正在快速掠过石块表面，继续往山的深处走。

这时，应寒时忽然加快了步伐，轻易就撵上了最后的几只机器人。他单手扶着谢槿知，一弯腰，伸手居然从地上捞了一只上来，然后头也不回，单手托着，抵到了她面前。

谢槿知低头看着他。他好像非常惊慌，在应寒时的手掌上左顾右盼，不敢动。

应寒时问："槿知，你想和他玩吗？"

那温和的嗓音就好像在问她要不要一个冰淇淋。谢槿知非常感兴趣，伸手想将他接过，又顿住，问："他不会咬我吧？"

应寒时安静了两秒钟，说："稍等。"他手掌一转，将机器人移到自己眼前。谢槿知看到他抬起头，也望着应寒时。

"纳米生物。"他的嗓音沉静而清润，字字清晰地说道，"她不是你可以冒犯的人。谨记。否则，我将你回炉重造。"

谢槿知没想到他居然是要教训这只机器人，这样的他，竟然还显得有些冷酷和威严。

小机器人显然也听懂了，双腿并拢站好，拼命地摆手，示意不敢。应寒时这才将他重新递给她。

谢槿知小心翼翼地接过，他就站在她手掌上一动不动，飞快地抬头看她一眼，复又低下头。

谢槿知笑了，伸手轻轻戳了他一下。他老老实实地让她摸着，嘴里发出"噼噼"的轻响，也不知道说什么。谢槿知看着他纤细却光滑流畅的体态。

观赏型纳米机器人吗？她都有些不忍心下手了，于是干脆往应寒时背上一趴，全然没注意到他的背微微一僵。

然后她低声问道："你是否也来自蝴蝶星云？"

小机器人突然抬起头，然后拼命地点头："噗噗噗……"

谢槿知一愣，这时，他已经抱住了她的大拇指，就跟见了亲人似的，拼命摇着。谢槿知却抬眸，看向了应寒时。他依旧保持适宜的速度，跟随着地上那些机器人。即使听到了她问机器人的话，他也没有反应。再联想萧穹衍刚才的话，想必是他们早就看出来了，这些机器人同样来自他们的故土。

谢槿知的心底忽然涌起柔软的情绪。不知他遇到了同伴——哪怕只是这些"不入流的外星人"——心里在想什么呢？

过了一会儿，她却想到另一个问题，凑到他耳边说："应寒时，你们来了这么多人，不会是来侵略地球的吧？"

应寒时明显一怔，然后谢槿知看到他微微低下头，露出白皙的脖子，脸部的线条也变得柔和，像是因她的话而失笑了。

谢槿知说："别笑。"

他抬起头，看着前方。谢槿知单手捏着小机器人，趴在他背上，看着他的肩膀线条。

过了一会儿，他缓缓说道："槿知，我已是一名流亡军人。没有母星，何谈侵略？"

谢槿知没出声。她下意识地抬起头，望着已经亮起来的天空。

母星，大概很少有人这么称呼脚下的这片大地。可是当应寒时这样说出来，为什么突然令人感到伤悲？

两人都安静了一阵，只有小机器人在她掌中疑惑地看看这个，又看看那个。这时，前方陡峭的悬崖下方赫然出现了一个山洞。

谢槿知看到那些小机器人一个两个都跑进了山洞口，瞬间就没入了黑暗里。而她掌上的这只，也忽然朝她挥了挥手，然后一跃而起，落在地上，也飞快地跑了进去。应寒时在洞口停步，将谢槿知放了下来。两人并肩而立，他缓缓负起双手，道："到了。"

谢槿知也望着那黑暗深处。这大概就是他们最后的巢穴吧。

两人在洞口站了一会儿，很快聂初鸿三人也追了上来，个个气喘吁吁。看到应寒时依旧是神色清爽的模样，只有额头出了细细的汗，聂初鸿拍拍他的肩："牛！"

　　庄冲倒是见怪不怪，他心目中的高手就应该如此。顾霁生则跑得脸色又红又白，瞅着应寒时："你还是不是人，背个人还跑得这么轻松？"

　　谢槿知不紧不慢地替应寒时回答："不是说了吗？他是特种兵。"应寒时则微微一笑，答："她并不重。"谢槿知心头忽然莫名有点甜。她顿时微微一僵，然后抬起头，跟大家一起看着洞穴里。

　　天已经彻底亮了，有光从洞口照进来，但也只能照亮数十步的距离。周围静悄悄的，偶尔有窸窣的声响传来，听着像是那些小机器人在移动着。

　　几个人打开手电，一步步往里走。走进来才发现，里面居然非常宽，洞顶也很高，岩壁显得比较平整，竟像是人工处理过。而当他们的手电扫过，偶尔能看到一两只机器人从地面飞跑而过。

　　"里面会有什么？"聂初鸿低声说道。

　　没人回答。但许是这些小机器人太没有攻击力，走入这样深邃黑暗的地方，大家都不怎么害怕。中间，庄冲低声对谢槿知说："不是妖怪，是机器人。槿知，难道有外星人？"

　　谢槿知没答。

　　又走了十来分钟，前方却有了光。

　　应寒时走在最前面，停下脚步。其他人也跟着停下来。这里大概离地面已经很近了，岩壁上方布满粗大的树藤。大概已经经历了很多年岁，树与石几乎已生长在一起。岩壁上还有几个空洞，阳光从那里漏了进来。他们面前的大半地方，都被照亮了，而另一半还是阴暗的，隐隐有什么庞然大物在那里，不知道是石头还是什么。

　　那些小机器人此刻就聚集在光亮处，歪七歪八地站着，全都抬着头，瞪大眼，看着他们这些来客。他们的低语声连绵不绝，然后都张开小小的双臂，像是企图拦住他们，不让他们靠近身后黑暗中的东西。

　　应寒时抬起手，先将谢槿知护到了身后，然后抬头，看着那庞然大物。聂初鸿等人都没说话。

就在这时，一个低沉的、嘶哑的声音从那堆黑暗中传来："机器人们，让开吧。让他们过来。"

话音落下，那些小机器人你看看我，我看看你，然后默默地都让到一边去了，给应寒时让出了一条路。

应寒时负起双手，安静地注视着那黑暗中的人。

"你是……什么人？"

片刻的安静后，那人的声音再次缓缓响起："曜日已经坠落，银河再无帝国。我是——三千光年外曜日帝国所属第七舰队一名普通的机器人下士，流亡于此，名字已不值一提，未曾想过，会有在地球相逢的这一日。"

聂初鸿等人已彻底寂静下来，谢槿知从听到那两句诗时，心头便是一震，转头看向应寒时。而他矗立不动，眼神静漠。一时间谢槿知觉得他的身影显得格外孤寂而沉默。

很早以前就有科学家提出，宏观宇宙中的星体结构与微观世界的电子绕原子核旋转是极其相似的，甚至有人做出大胆假设，一粒原子，会否就是一个微宇宙？中国古佛经亦有云："一花一世界，一叶一菩提。"我们的整个宇宙，说不定只是某个人手中的玩具。

在这个我们看来极其宏大的宇宙里，以光年为尺度的距离中，唯有光阴永远向前流逝。当你站在二环的出租屋里，透过云层好不容易望见了一颗星星，那抹星光，也许就是两千年前从天鹅星座发出的，那时那里的人们说不定正在椭圆形悬浮阳台上晾晒棉被。

而在应寒时的记忆里，最后一次见到军队的同仁，是在对抗反叛联军的最后一战前。那是在凤凰号的中央指挥舱里，他站在浩瀚的星空下，而他们，全都单膝跪在门外，痛哭流涕。然后他转身，走向了无人的黑暗深处。

　　应寒时也曾想过，隐匿在依岚山中的是否会是流亡反叛军的人。因为据他所知，曜日坠落之前，已有部分反叛军驾飞船成功逃逸，却没想到，今天遇到的会是一个自称帝国军人的下级士兵。

　　将军百战死，壮士十年归。他忽然想起在飞船上度过的那段漫长的星际旅程。星河永远寂静，前方永远黑暗。原来人的心，真的会被孤独一点点侵蚀。失神之间，他忽然感觉到掌心一阵柔滑软腻的触感，然后，手被人握住了。应寒时微怔，转头看着她。

　　她正看着前方黑暗中的机器人，神色非常平静，然后踮起脚，缓缓凑到了他的脸颊旁，柔软的气息也吐在他的耳朵上，声音微不可闻："要相认吗？"

　　应寒时轻轻摇了摇头，五指却将她的手握得更紧。

　　身后诸人，却看得一愣。

　　遇到外星机器人，这个事实足以让任何人震撼不已。可谢槿知竟然旁若无人地跟应寒时说起了悄悄话。连地上的那些小机器人都扭头看着他们，很奇怪的样子。

　　而那机器人战士，也沉默下来。

　　应寒时不打算相认，谢槿知虽然有点意外，但她想是不是因为旁边还有别人？他自然有他的考虑，于是点了点头。

　　这时，洞内缓缓亮了起来，是两只小机器人爬上岩壁，点亮了简陋的油灯。

　　暖黄的光线下，他们对面的机器人的身形轮廓也逐渐清晰。

　　他并不是谢槿知想象中的样子。

　　他的身躯非常高大，四肢粗壮，看起来比萧穹衍的型号还要大。但是，他并不是站着的，而是躺在一块巨大的石头上。

　　全金属躯壳，锈迹斑斑，颜色灰暗。身体各处都有破损残缺，一只腿甚至还少了一截，露出了断裂的金属丝线。唯有那双纯红色硅晶眼睛，定定地看着他们。

　　"希望不要吓到你们。"他说。

"不会。"应寒时答道。

机器人又动了动，身躯发出沉闷的金属碰撞声。

"也许是星辰注定，让我在生命的最后，与你们地球人相遇。"他用那机械而沙哑的声音继续说道，"如果不是意外得到的一块能量晶片，让我生存了数百年时间，我的生命，早就终结了。现在，最后的一点晶片能量，也快要耗尽了。"

谢槿知看着他的样子，觉得有点不忍。听到最后，她看了应寒时一眼。

而他的神色依旧清淡平静。

"你们，为何而来？"机器人问道，"是为了那块晶片吗？"

聂初鸿等人并不知道所谓的"晶片"是什么，于是沉默着。

应寒时静默了一会儿，答："我们只是路过，不会抢夺属于你的东西。"

"对。"庄冲最先附和，聂初鸿和顾雾生也点头，"不会。"

那机器人安静了一会儿，说："可不可以答应我一个请求？"

应寒时眉目静朗："请说。"

他缓缓抬起金属头颅，看向洞顶外依稀的天空。

"在我的机械生命终结后，请将我埋葬在一片泥土里，让我的躯体可以永远仰望星空。"他又低下头，看着地上那些显得无所适从的小机器人，"还有他们，是我在逃逸飞船角落里，发现的属于富人的观赏玩具，却也是我在地球上唯一的伙伴。我知道，刚才你们并没有伤害他们。如果落入其他地球人手中，他们也许会受到伤害。能不能就让他们继续生活在这片森林里，直至生命终结？"

所有人的目光都集中在他们身上。

"好。"应寒时缓缓说道，"你得到了我的承诺。"

谢槿知静默不语。其他人的神色也都有些动容。

今天目睹的这一切，令聂初鸿十分震撼。听完了机器人的话，他竟也感觉到某种滚烫沉重的情绪在心头。他上前一步，毅然点了点头说："你也得到了我的承诺。我就住在大山之外，今后会尽我所能，保护他们。"

机器人安静了几秒钟，轻轻地答："多谢。"

自从踏入这山洞开始，庄冲的心情就阵阵强烈地激荡着，此时依然处于失语状态中。顾霁生则缓缓低下头，盯着那些小机器人，修长的眼睛里，也露出怜悯神色。

"曜日已经坠落，银河再无帝国。"机器人的声音再次在洞穴中贯穿回荡，竟比之前每一次都要洪亮沉重，震动着每个人的耳膜。

"而我将永远忠诚地……流浪。"说完这句话，他的红色眼珠忽然熄灭了，然后整个人保持抬头仰望的姿势，一动不动，也不再发出任何声响。

应寒时站在众人之前，双手负在身后，静静矗立不动。小机器人们却全都一呆，然后飞也似的从地上一跃而起，扑到了机器人的身上，发出了"呜呜呜"的音节，竟是放声大哭起来。

谢槿知等人也都没说话。

过了一会儿，聂初鸿说："我们把他埋了吧。"

庄冲说："好。"

顾霁生轻声说："没想到我们找到的，是这样一个结果。"

而相距甚远的某处山林里，越野车中，萧穹衍慢慢摘下了通信耳机，低头抹了一下眼睛，虽然那里并不会有泪水。

"小知……"他自言自语道，"小John好难过。"

太阳升起来了。雨后的树林，湿润翠绿，阳光斑驳。飞鸟从天空轻啼而过。聂初鸿选了一处地势较高的开阔山坡，就与庄冲两人拿着铁铲，开始挖坑。死去的机器人已经被他们抬了出来，放置在一旁，看起来就像是一堆废铁。

顾霁生坐在距离他们不远的草地上，静静地望着。过了一会儿，清亮婉转的歌声响起了：

你那太空舱，

能够发出金色的光。
我废置一方，
抬头便会为你守望。
……

　　谢槿知微微一怔。她听过这首歌，是陈奕迅的《七百年后》，她也很喜欢。歌词是唱给外星人的，没想到顾霁生会突然唱起来，竟然最应景不过。

　　空旷的山野中，他的歌声仿佛一汪温柔而哀伤的泉，淌过山岭，穿过云霄。每个人都安安静静地听着。那些原本散落在四处的小机器人们，也都走到了顾霁生的身后，抬头睁大眼听着。过了一会儿，它们手拉手站成一排，随着歌声的节奏，开始整齐地左右摇摆起来。

　　谢槿知在歌声中，走下了这片山坡，又往树林深处走了一段，抬起头，就看到应寒时独自一人站在那里，负着手，像是在眺望远方。

　　谢槿知走到他身后的一片草地坐下，手托着下巴，静静地看了他一会儿。这个人真的是无论何时何地都会站得非常直，背影清瘦挺拔，如同一幅温柔的水墨画。

　　"应寒时。"她喊道。

　　他转头看着她。

　　她拍了拍身边的草地："过来坐。人不必一直站着。"

　　应寒时微微颔首，走向了她。她看着他轻轻在自己身旁坐下，手搭在了长腿上。谢槿知想，他说自己是流亡军人，看他的举止气度，肯定不是普通士兵，应该是军官。不过他年纪这么轻，军衔大概不会太高，也没听萧穹衍炫耀过他有什么丰功伟绩，应该是一名中级青年军官吧？那么，刚才看到一名同样流亡的士兵在自己面前死去，他心中是否也不太好受？

　　这要换了别的女人，见到男人难受，大概会温言细语，徐徐开解，或者陪着一起掉眼泪。但谢槿知一向觉得，那些都是虚妄的。人真正遇上难过的事，旁人如果不是也亲身经历，是没办法感同身受的。

于是她转头看着他，径直问道："应寒时，你现在难过吗？"

他抬头看着前方，漆黑的眼睛像沉静不动的水："些许。他也是曜日帝国的子民。"

谢槿知又问："那你想哭吗？如果想哭，我马上走开。"

应寒时眸色微怔，转头看着她。两人坐得近，她可以清晰地看到他眼睛里她的倒影。然后他竟然徐徐笑了。

"槿知，男人永远不该哭泣。"他平静地说。

"……哦。"

两人都安静下来，一起望着不远处的山坡上。聂初鸿和庄冲还在挖坑，而顾霁生的歌声轻盈回荡。

谢槿知又侧眸瞥他一眼，心想，长得这样俊秀清逸，上次那个什么黑龙的手下还骂他是小白脸，可他的心里，的的确确是住了个纯爷们儿。

山间的清晨，还是有些许寒冷。一阵风吹过，谢槿知打了个喷嚏。

应寒时侧眸看着她："冷吗？"

谢槿知缩了缩肩膀："是有点。"他微蹙眉头。彼时他的浅色运动外套微微敞开着，露出里面白色的衬衣。他的面色清朗如玉，像是完全感觉不到山间的寒意。谢槿知想，他肯定要把外套给她穿了。那么细致温柔的男人。

结果，他只是神色认真地说："槿知，你要加强锻炼。如果冷，就起来动一动。"

"阿嚏！"谢槿知又打了个喷嚏，不知怎的，就觉得他应该把衣服给她，却又没给，心里有那么点不太痛快。她瞥他一眼道："你脱掉衣服应该也不冷吧？"

应寒时点头："不会。"

谢槿知也点头："那把你的衣服脱了，借给我穿。"

他愣了一下。

谢槿知神色坦然地看着他的眼睛。

他静默片刻，转过脸去："好。"

他很快脱掉外套，不用谢槿知吩咐，就披在她的身上。谢槿知说了声"谢谢"，又觉得有点讪讪的，于是抬头看着远处。

他的外套其实也很薄，但柔软的布料上，仿佛也沾染着某种温凉的气息，披在身上，只让人觉得很舒服。

谢槿知有些心不在焉地，看了会儿聂初鸿他们挖土，忽然察觉到身旁的他似乎格外安静，于是又稍稍偏转目光，看过去。然后，她愣住了。

他不知何时将身体也转过去了一些，只留侧影给她，衬衫的下摆垂落在外，纽扣已经解掉了大半，脸转向了另一边，耳根微红，修长的双手握着衬衫下摆。

谢槿知问："……你在做什么？"

他身体不动，嗓音温软："槿知……马上就好。"

谢槿知："……"

她忽然明白过来。

"应寒时，我只是问你借外套……衬衫不用脱的。"

应寒时的手指顿住。

然后谢槿知就看到他的手改为往上，手指轻盈敏捷，很快把衬衫的扣子全扣好了，然后缓缓地转过身来，手搭回了膝盖上，只是脸依旧偏向一侧，没看她。

谢槿知觉得自己发笑实在不太厚道，毕竟人家是外星人，但她就是忍不住想笑。

"你是不是从来没有把衣服借给别人御寒过？"她问。

"嗯。"他看着前方，脸庞微红，嗓音清淡，"战士们都很强壮，不需要。"

而且，即使有人冷，大概也不会来向他借衣服御寒。

谢槿知又笑了一会儿，等他脸色恢复正常了，才站起来说："我们回去吧。"

"好。"他也站起来。

谢槿知刚要转身，忽地脚步一顿，然后回头，再次看向前方山林的下方。

应寒时也循着她的目光望下去。

"下面好像有人来了。"她说。

应寒时安静了几秒钟，侧眸看着她，眸光漆黑幽沉："你也……看见了？"

谢槿知的眼睛依旧看着下方，答："哦，我也不太确定。就是刚才好像看到有人影闪了一下。"

"有十多个。"他说，"是人类。"

谢槿知没出声。会是什么人？

这时，"哔"的一声，通信器响了。萧穹衍有些兴奋的声音传来："哟哟哟，真是不是冤家不聚头，老大，你猜谁来了？"

"谁？"

"就是上次企图冒犯你的那伙人的头领，通缉犯黑龙！我已经对比过警方通缉令上的头像了。想必他们一直潜伏在山中某处，现在正循着你们的足迹往山上找呢。"他哼哼唧唧地说，"老大，机器人同僚死了，小John现在心情很不好。我可以用车上的光子炮干掉他们吗？"

若是在以前，遇到这么些个穷凶极恶的罪犯，谢槿知肯定要捏一把冷汗。可现在有应寒时在身旁，她的心情当然很放松。听到萧穹衍的话，她只觉得无奈又好笑。

应寒时淡淡答道："不必。"

他中断了通信，谢槿知看着他，而他眸色平和："静观其变。"

谢槿知点了点头。

时间一点点推移。

两人就站在这片隐蔽的山坡上，透过繁密的树枝，望着下方。不远处，聂初鸿他们已经挖好了坑，正在把机器人往里抬。那些小机器人也跑过去帮忙。

这时，谢槿知注意到下方有树枝动了两下，似有人冒头。

"来了。"她轻声道。

等了一会儿，却没人出现。这时，谢槿知注意到树林上空有白色的烟气慢慢飘了过来，隐约夹杂着刺鼻的气味。

"这是什么？"她轻声道。

话音未落，应寒时的手掌已经覆住她的口鼻："别吸。"

但是已经来不及了。

谢槿知只感觉到头阵阵发沉，一时间竟有些恍惚。困意很快如同排山倒海般袭来。

"应寒时……"她看着他的眼睛，然后眼前一黑，昏迷过去。

应寒时心头一紧，一把抱住她的身躯。她的脸颊略有些苍白，眼眸紧闭，呼吸沉滞。应寒时迅速将她打横抱起，然后抬头望去。

对面洞口的山坡上，聂初鸿和庄冲已经倒在地上。坐在他们不远处的顾雾生正面色震惊地起身跑过，过了几秒钟，也软软昏倒在地。只剩下那些小机器人，围着他们三人上蹿下跳，急得不行。

"小John，怎么回事？"应寒时问道。

萧穹衍很快就回答道："报告：是那群无耻的地球人！他们施放了某种烟雾，大概是燃烧的植物根茎，可以致人昏迷。你知道这种藏匿在山野里的职业罪犯通常会掌握这些土办法。不过请放心，过五六个小时他们就会醒，身体不会受到伤害。"

这时，应寒时注意到，下方树林里已经有几个人影鬼鬼祟祟地出现了。

他的目光在他们身上一停，又落在了怀中的谢槿知身上。

"她要昏迷五到六个小时？"他缓缓问道。

通信器那头的萧穹衍，滞了一下。

要知道，应寒时这个人，真的很少很少发脾气，即使发脾气，也绝不会大发雷霆或者变得很凶。他看起来依旧会显得很平静、温文尔雅的样子，只是嗓音冷一些，脸色沉一点，喜怒不形于色。但是不知怎么，从萧穹衍到其他军官再到下级士兵，都非常害怕看到他发脾气。

现在，听他的语气，明显已经有点不对了。

萧穹衍几乎是立刻说道："噢噢，当然不用昏迷那么久，有办法有办法！我马上配制解毒剂，一个小时内就能送到！"

这才听到通信器那头的应寒时轻轻"嗯"了一声。

萧穹衍松了口气，忽然想起了另一茬，于是想活跃一下气氛，语气轻松地说："当然，还有更简单的办法。你看，你就不会中毒昏迷。因为帝国不是早就推行了全民免疫计划嘛，你的体液里存在抗体。要知道，我们的基础防疫，对于地球人来说，几乎就是万能灵药。所以，嘿嘿，只要你愿意亲他们每人一下，给他们一点唾液，他们就会马上醒过来啦！"

他说完之后，却发现应寒时半天没吭声。

"……老大？老大？"

在这令人困惑的沉默中，萧穹衍忽然间福至心灵，失声道："星辰在上，老大，你不会是打算亲他们每人一下吧？"

"萧穹衍。"应寒时的嗓音徐徐传来。

"是？"

"暂时……不允许你说话。"

"啊……"

林子里的阳光更加灿烂，照在人的身上，带来阵阵暖意。应寒时抱着谢槿知，跃上了一棵大树。这里枝叶繁密，既能避开那些歹徒的视线，又能观察他们的一举一动。他将她轻轻放在了树杈上。即使昏迷，她大概也是感觉到不舒服的，于是眉头轻轻蹙起。

应寒时低头看着她。

其实他早就明白自己没昏迷是因为体液里有抗体。但是他根本就没想过，要这样对谢槿知。

但是，萧穹衍这么说以后，他的目光就始终在她唇上流连。而

他与月光为邻 ·上

这个念头，却也像藤蔓般迅速生根发芽，挥之不去，最终，稳稳扎根，无法回避。

枝头有风，轻轻地吹着。绿叶映着阳光，窸窸窣窣地摇晃着。鸟儿在枝头停留，然后又展翅飞走。

应寒时的脸，慢慢红了。他闭上眼，缓缓朝她低下了头。

在很近的距离，感觉到她的鼻息轻轻喷在他的脸上。眼看两人的唇就要覆盖在一起，应寒时的脸却骤然一偏，避开了她。

他满脸通红，只是握着她的一只手，脸庞停在了她的脸旁边。

"应寒时……"轻微的声音。

他抬起头，看着昏迷中低喃的她。阳光静静地照在他的后背上。过了一会儿，他伸出一只手，捧住了她的脸，低头吻了下去。

谢槿知一直感觉昏昏沉沉的，头很疼，眼睛也一直睁不开。然而也不知道是在哪个瞬间，意识仿佛突然回来了，头好像不那么重了，她感觉到有阳光洒在自己身上。然后，她感觉嘴唇被什么柔软的东西覆盖住。

那气息有一点熟悉，但是她脑子还很疼，一时想不起是谁。

嘴唇，被撬开了。

那个人，几乎是无比温柔地进入，轻轻地亲吻着她。

谢槿知甚至感觉到全身不由自主地因为这个吻，微微地酥麻起来。谢槿知忽然间反应过来，瞬间愤怒无比，脑子还没过任何念头，手已经动了。

啪！

清脆的掌掴声。

谢槿知睁开眼。

一呆。太阳之下，应寒时背着光，就在她眼前。他的俊脸通红无比，眼眸澄亮如水。两人无声相对，唯有他身后的尾巴，轻轻地摇着。

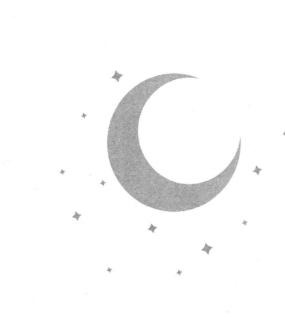

第八章

星流之名

树枝轻轻随风晃动，阳光在片片绿叶上闪烁。大树顶上，有一种空旷的寂静。

谢槿知望着应寒时脸颊上五道鲜红的指痕，迟疑地问："应寒时，你刚才……怎么了？"

应寒时坐着没动，然后脸缓缓移开，看着别处，什么都没有说。

谢槿知的心跳立刻乱了起来，也不知道说什么，挣扎着就要在树杈上起身："我要下去。"

就在这时，应寒时腕间的通信器几乎是急急忙忙地响了。

"小知！你不要错怪他！"萧穹衍大喊道，然后就如竹筒倒豆子般把前因后果说了一遍。

"所以，你晕倒后，老大非常生气啊。如果不亲你，你就要昏迷好久的！而且他还要去亲小鸿、小生、小冲他们呢！"萧穹衍特别认真地说道，"我们老大可还是身心纯洁的男人，牺牲多大啊！"

应寒时依旧坐着没动，只有放在大腿上的双手，轻轻握紧。

谢槿知心头那些尴尬复杂的情绪一扫而空。她抬头望着他的脸，顿觉非常愧疚，尤其是那对耷拉着的耳朵，看着就叫人心生怜意。

她伸出手，摸上了他的脸。他微怔，也抬眸看着她，然后缓缓把脸转开了，像是想要避开她的触碰，但态度又不是特别坚决。于是她的指尖依然似有似无地停在他的脸上。

谢槿知放下手："对不起。"

"槿知。"他用那漆黑如墨的眼睛看着她，"应该我说……对不起。"

谢槿知心里却更加柔软。她想，他是多么纯良正直的人，为了解毒而亲她本无过错，他心里却还自责着。

"应寒时。"她看着他说，"不用说对不起，因为我并不在意。"

这是那日她迟到了很久时，他温柔地对她说过的话。

可是，他缓缓地、清晰地说："槿知，我在意。"

讲出这样的话，对于应寒时来说，等同于向她剖白了自己方才强烈冲动和隐忍纠葛的心意。于是他的脸颊更红了一层，眉目静静不动，唯有尾巴，摇得更加明显。

　　然而，由于萧穹衍之前的那番"牺牲"言论，导致谢槿知明显会错了意。听了这句话，她心中竟有点不是滋味，心想，萧穹衍说他是身心纯洁的男人，难道她不是身心纯洁的女人吗？他失去初吻是跟她的意外，现在二吻又是为了救她。他心中介意，她也能理解。

　　但是她突然就有点不太高兴了。

　　于是她神色淡淡地拍了拍他的肩："想开点。"然后就转过脸去，望着一旁，不说话了。

　　应寒时看着她，一时间只觉得千言万语都堵在喉咙里。但他最终只是缓缓侧过脸去，看着远方，静默不语。

　　过了一会儿，谢槿知的心情平复下来，也觉得自己的生气有点莫名其妙。他那么纯情，在意这种事也是天经地义。她清了清嗓子，看着下方正慢慢爬上山坡的匪徒们，轻声问道："现在怎么办？"

　　应寒时也抬头看着那十来个人影。他的耳朵和尾巴已经收回去了，眉梢眼角都是淡淡的神色，答："等。"

　　谢槿知感到意外，毕竟对方的奸计已经施展过了。她以为应寒时会马上跳下去，分分钟收拾他们，就像上次那么干净利落。

　　"等什么？"她问。

　　应寒时微微沉吟。他望着她的目光依旧温和，但是眉目轻垂，头也微微地低着。谢槿知总觉得他的情绪好像有些低落。

　　他还没回答，谢槿知却注意到那些匪徒已经从丛林中露出脸来。太阳已经很大了，他们全穿着灰绿色迷彩服，个个健壮结实，面目冷酷，有几个手里还端着武器，一看就是训练有素的职业悍匪。

　　这让谢槿知的心稍稍有些紧。他们正慢慢往丛林中搜寻，眼看就要抵达聂初鸿三人昏迷的位置。而小机器人们还茫然无措地围着他们三个站着。

　　"你不去救他们吗？"她又问，目光不由自主地落在他的嘴唇上。

应寒时当然注意到她的视线，嘴唇轻抿，答："暂时不救。"

"为什么？"

他的神色变得有些肃然，抬手按在她身侧的树干上，跟她一起望着下方。

"因为，我要等'他'暴露身份。"

谢槿知愣住了。

G省头号通缉犯"黑龙"，人如其名，是个非常精壮凶悍的男人。

他今年三十有五，身材高大，方脸粗眉，左脸上还有一道狭长狰狞的刀疤。

曾经，他组织团伙流窜全国各地，抢劫绑架，走私运毒，无恶不作。现在已经是他在西南的第三个年头。公安的打击越来越严，他的团伙实力也不断被削弱，赚钱越来越难。甚至最近，他们只能秘密躲在山中，艰苦地生存着，避开公安的追捕。

前几天虾皮和豆皮丢的那批货，原本是他最近最大的一笔经济来源。正因为应寒时等人的出现，他是赔了夫人又折兵，不仅货被警方截获，还折进去一半的人力。

能在道上混出名堂的人，大抵都是心狠手辣、有仇必报的。黑龙更是如此。得到消息后，他几乎是气得在栖身的丛林中放声大笑，然后立下重誓：此仇不报，誓不为人。不仅是应寒时、聂初鸿等人，就连村里的孩子，他也决意要绑一两个来，杀了泄恨。不过那是后话。

这几天，他和几个兄弟们窝在山中，琢磨的一件事，就是怎么把几个大人给绑了。男的取了器官卖进黑市，女的直接卖了，倒也能补偿一些损失。

但与手下们的莽撞轻敌不同，黑龙十分心细狡猾，并且善于忍耐。他知道对手中有个应寒时身手十分了得，甚至可以媲美特种兵，那个老师聂初鸿也不好对付，于是就一直派人在村中远远地盯梢，等待机会。

没想到，机会这么快就来了。

应寒时一行人进山后，他就派人远远地跟着。但他很小心，嘱咐手下至少隔了几公里，同时他自己缩在别处山头，只用望远镜观察着。

应寒时等人第一次遭遇"巨人"时，他的人只是远远看到了一个巨大的影子，吓得惊魂未定，但是不明所以。黑龙得到消息后思索片刻，隐隐感觉这伙人不那么简单，于是叫手下继续盯着。

等到他们在山林中发现了小机器人，马上一路追踪。黑龙站在对面山头上，举着望远镜，盯着那些灵活的小机器人。片刻的震惊后，巨大的狂喜涌上他的心头。

他黑龙天不怕地不怕，不敬鬼神。不管那些小东西是什么，怪物也好，小鬼也好，机器人也好，他知道只要得到他们，就意味着天价的巨额财富。

于是短暂的思索后，他就立刻制订了围捕计划。先大量燃烧山间能致人昏迷的植物根茎，放倒几个碍手碍脚的大人，也避免了跟应寒时和聂初鸿的正面交锋，再将那些小宝贝一网兜尽！

此刻，太阳当头照，黑龙腰间插了把仿"五四"手枪，站在那个洞穴前。十余个手下，也围成一圈，手里全拿着武器。

他们中间的那片山坡上，聂初鸿、庄冲和顾霁生依旧趴在地上，俨然昏迷不醒。而那些小机器人，银白色的金属外壳在阳光下闪闪发亮。他们显得很惊恐，三五个抱成一团，抬头看着这群不速之客，有的嘴里还细细碎碎地发出声音，就像是人一样在说话。

黑龙的那些手下们看得惊奇，有胆大的伸手抓了一只上来，然后丢来丢去传看着，吓得小人连声尖叫。匪徒们见他们全无抵抗力，顿时哄笑成一团。

黑龙盯着眼前足足几十个小人，嘴角微勾，也缓缓笑了。

"老大，现在怎么做？"有人问道。

黑龙冷冷道："把小宝贝全都网起来，装进箱子里。注意，一个也不能跑丢！这几个人，绑了带走。"然后他警惕地抬头，看着四周，"还有个男的和女的呢？马上去找！"

"是！"

手下们四散忙碌起来，小人们的哭叫声顿时连绵不绝。黑龙满意地站在山坡上看着。

忽然间，他一怔，低头看着地面。刚才，他眼角余光似乎注意到，地上的某个男人，手指似乎动了一下。微惊过后，他觉得自己一定是眼花了。因为即使最强壮的男人，被这毒烟熏过，至少也要昏迷五六个小时，现在不可能有人能醒的。于是他抬起头，继续欣赏那些宝贝去了。

与此同时，相距不远的枝叶繁茂隐蔽的大树上。谢槿知看着应寒时："你说……'他'？他是谁？"

应寒时眉目沉静地望着地上躺着的那几个男人："槿知，我之前对你讲过，在我们看到巨人之时，萧穹衍就检测到了巨大的能量源存在。但是刚才的机器人战士却说，晶片的能量已经耗尽。"

谢槿知神色凝重："难道……他在说谎？"

应寒时点了点头："他并不知道我的身份，所以说这个谎言时，他没想到会被识破。"

谢槿知的念头快速转动着。难怪之前应寒时不与士兵相认，竟是那时就起了疑心，一直不露声色。

她不由得看了他一眼。原来他比她以为的更有心机？

应寒时没察觉到她的思绪变化，继续说："我们设置能量辐射场之后，这些小纳米机器人，必然会异常躁动，被我们发现，这是意料中的事。但你是否发觉，我们发现纳米人之后，再追逐到这个洞穴，太过顺利，就像是……"

谢槿知心头微震，接口道："被他们引过来的？"

应寒时望向她，徐徐点头。

"而后，发现垂死的机器人。"他不带半点情绪，静静说道，"解开了山中鬼怪的谜团，被告知晶片能量耗尽，最后被请求让这些纳米人继续生活在山间。如果我们没有察觉异样，这件事就会顺理成章地结束。"

谢槿知的心怦怦地跳："所以，我们看到的这一切，都是有人安排好的假象？"

应寒时微微垂眸，答："不完全是。机器人战士的确是我帝国的子民，并且，能量已经耗尽。"

"那……"

应寒时抬眸看着远方，静默了片刻，说："槿知，之前萧穹衍向你介绍过的我们星球的纳米机器人，并不全面。他们分为战斗机器人和观赏机器人两种。而观赏机器人除了这种微型的，还会有像我们正常人类大小的。在帝国，他们就等同于一盆观赏植物，或者是你们地球人眼中的小丑。"

这时，通信器中的萧穹衍，忽然轻轻叹了口气。

谢槿知听得心头一怔。

"观赏用处的成年纳米人的本体是非常美丽的。"应寒时继续缓缓说，"他们的变形功能比小纳米人更完善，可以变成他想要的任何样子。而几乎所有的观赏纳米人都有相同的特性——爱美、骄傲、孩子气、自卑，并且非常擅长表演。"

应寒时说到这里，就停下来了，转头静静地望着她。

谢槿知的心里已越来越不平静。某个不可思议的猜测，已经非常清晰地浮出水面。

"槿知，我们进山的计划，只有几个人知道，而那个人正是因为提前知道了我们的计划，才能布下这完整的假象，想让我们就此停步。"

谢槿知看着他漆黑明亮的眼睛，只觉得心潮阵阵激荡难平。

她忽然想起了那个人坐在山坡上喝酒唱歌时的样子，想起他每次看到孩子就变得有耐心和温柔，想起小杰获救后他抱着孩子深深地向她鞠躬不肯起来，想起他因为生气扭头不理聂初鸿，想起他平凡的脸庞上那双眼睛却漂亮得让人侧目，以及他刚刚坐在草地上，身后是那些忽然变得乖巧安静的纳米人，而他抬起头，望着天空，宛如天籁般的嗓音唱起"你那太空舱，会发出金色的光"。

谢槿知的心中忽然百感交集，喉头微微有些酸涩，说不出话来。

应寒时的表情也很安静，望着地上那人的目光竟透出些许温和色泽。

谢槿知也循着他的视线望去，然后就看到那人原本扣在草地上的十指慢慢地收紧，而脸依旧埋在泥土里。

旁边的匪徒们还在说笑忙碌着，而他忽然以手撑地，缓缓地站了起来。

很快就有人察觉了，惊讶地看着他。黑龙也是神色一震，低喝一声，几个匪徒立刻将他围了起来。

而他用手擦了擦脸上的泥，慢慢地抬起了头。

"我花了那么大的工夫才把整件事圆起来。"他像是自言自语般轻喃着，"竟然，被你们破坏了。"

周围的人都看得有点愣，大概是被他气势所迫，一时竟无人敢上前动手。

而他站直了，甚至还伸手整理了一下自己的衣领，然后就用那璀璨如同星辰般的双眼看着他们，轻轻笑了。

"你们这些……愚蠢而贪婪的地球人。"

谢槿知原本是被应寒时放在了树杈上，现在转头看顾霁生，整个人就小心翼翼地趴着。而应寒时单手撑在她脑袋旁的树干上，两个人的身体轻轻挨着，一起看着下方的顾霁生。

"应寒时。"她忽然出声。

他低下头，靠近聆听。

"你们地球人，叫我外星人；你们这些愚蠢的地球人……"她轻声念叨，"我说，你们这些外星人，暴露身份时是不是都恼羞成怒，连台词都差不多？"

应寒时："……"

他微微一笑，刚要抬头，忽然察觉两个人已离得很近。她的耳朵就在他的下巴旁，而她的后背也轻贴在他怀里。

不该，这么近。

温煦的阳光下，他的脸颊慢慢红了，眼睛望着前方，另一只手臂无声无息地抬起，按在了她身体另一侧。这样，她整个人都被他护住，并且，在他的怀里。

谢槿知丝毫未察觉身后男人波动的小情绪，她全神贯注地看着顾霁生。

而在顾霁生讲完那句话之后，所有歹徒都是一静。

片刻后，爆发出一阵哄笑声。他们就像看傻子一样，盯着顾霁生。

"这小子脑子有病吧？他以为自己是外星人？"

"还地球人呢！"

周围的人中，唯独黑龙没有笑。他飞快地看一眼地上的那些小人，又看着顾霁生，心头隐隐有些不安。他立刻朝手下们递了个眼色，他们会意，缓缓向顾霁生逼近。黑龙却不着痕迹地倒退一步，退出了包围圈。

顾霁生抬起头看着他们，白腻光滑的脸颊上也露出了微微的笑意。

这时，一名持刀歹徒最先从他背后发起进攻。雪亮的砍刀朝头劈落。顾霁生连头都没转一下，抬腿就往身后那人踹去。旁人甚至都没看清他是怎么出腿的，就听到那人一声惨叫，竟跟一团烂棉花似的，直接被他踹飞了出去。

嘭——这一脚竟然让那人飞出去二十多米远，最后直接撞在树上，又"扑通"一声掉在地上，满身血肉模糊，生死难辨。

包括黑龙在内的所有人都看呆了。因为正常人根本不可能有这么大的力气——哪怕是最牛的搏击高手。

顾霁生缓缓放下腿，脸上的笑容更冷更盛。

"可怕吗？"他慢慢说道，"还有更可怕的。"

歹徒们都是一惊。而大树之上，应寒时眉目依旧沉静。谢槿知却想，顾霁生还真厉害。她不由得抬眸看一眼身畔的应寒时。不知他俩相比，谁更厉害？但看他这么沉稳笃定，想必还是他更厉害。

通信器中传来萧穹衍感叹的声音："啧，果然是未经训练的观赏生物，打人打得这么简单粗暴！"

就在这时，地面上突然传来混乱的惊呼声。那些歹徒竟像是看到了什么非常可怕的事，纷纷转身就跑。

顾霁生站在原地不动。他的脸上、脖子上、手上……只要是裸露在外的皮肤，全都出现了裂纹。那细密的分裂纹路如同疯长的藤蔓，眨眼间已遍布他全身，甚至连他的衣裤和鞋子都开始分裂。

这一幕看起来实在惊悚，谢槿知看得眼睛都直了，手指轻轻抓住了树枝。下一秒，他整个人，"破碎"了。碎成无数个细小的方块，但是它们浮动组合在一起，依然可以看出他的相貌轮廓，然后，他的唇角微微一勾，再次笑了。他的形状突然再次改变。那些碎块，或者应该称之为粒子，它们迅速向上方移动堆积，越堆越高。人的模样泯灭其中，他变成了一条流线型的带状物。前端形状锋利，每一颗粒子都快速移动旋转着，通体都闪烁着银白色的光芒。

歹徒们已经吓得魂飞魄散，但是逃跑哪里还来得及？白色粒子流拔地而起，宛如一把脱鞘而出的尖刀，朝他们追去。

接下来发生的事，简直毫无悬念。散布在山坡上的歹徒们，就是一个个的活靶子。而银白色粒子流，宛如一团幽灵，风驰电掣地穿梭撞击。只听得惨叫声此起彼伏，撞地声不绝于耳。歹徒们或是被撞得头破血流，或是连续在空中翻滚数周撞上大树。一个个都晕死过去。

顷刻之间，原本混乱吵闹的山坡，安静下来。粒子流缓缓回落，落在了草地上，又变回了顾霁生的样子。从脸到脚没有任何裂纹或者散落的颗粒，整个人完美无缺，栩栩如生。他静静地站在那里，头低着，双臂垂落身侧。阳光之下，满地都是躺着的人。唯有他形影相对，也不知道在想什么，只是那身形竟透出几分落寞。

"呵……"他低低地嗤笑了一声。

谢槿知已经看得愣住了。

"下去吧。"应寒时的嗓音在她耳边响起。

"哦，好。"

他伸手搂住了她的腰，谢槿知也习惯性地伸手环抱住他。

忽然微怔。

她有一种奇怪而微妙的感觉。她觉得应寒时抱她的动作好像跟以前有些不同。虽说姿势都一样，但以前他更像是用手臂将她"夹"在怀里，动作有点僵硬。有时候没夹到腰上，而是夹在背上，让她不太舒服。她都没好意思跟他说。

可现在，他的手一搂，就精准地扣住了她的腰，并且会往前一带。她整个人就不由自主落入他怀里。而且他抱得略紧，使得她的身躯紧贴着他的胸口。于是她只能抬头看着他。每当这个时候，她的心跳居然会有些不稳。

此刻，她也抬头望去。却只见他的侧脸白皙而平静，全不像之前，一抱她就满脸通红。

所以……在抱女人这件事上，他竟然变得老练了？

这些念头只是在她的脑海里一闪而过。眨眼间，应寒时已抱着她，轻轻落地。

顾霁生听到动静，转过头，看着他们，眼睛里光泽沉湛，看不分明。

应寒时将谢槿知放在昏迷的聂初鸿和庄冲身旁："你待在这里。"

"嗯。"

他又摘下腕间的通信手表，递给她，然后就转身朝顾霁生缓缓走去。

谢槿知看着他的背影，忽然有种他们俩一会儿会打起来的预感。

顾霁生看着他，居然笑了："我怀疑过你。"

应寒时在距离他几步远处站定，将手缓缓负到身后，神色一如既往的平静。

顾霁生打量了他两眼，又看向不远处的谢槿知："她也是？"

"不是。"

顾霁生点头："我看也不是。曜日的女人，可没有她这么傻乎乎的。"

这话谢槿知听得清清楚楚，扬声道："嗯，我是傻。现在莫非是我瞎忙乎了一大圈，还被人发现是外星人？"

顾霁生脸色稍稍一滞，一如之前每一次斗嘴，都被谢槿知堵得说不出话来。

应寒时的眼中也闪过些许笑意，温和道："槿知，不要嘲笑他。"

谢槿知说："哦。"

顾霁生的脸色却更臭了，冷哼一声对应寒时道："你倒是信任她。"

三人都安静了一会儿，应寒时徐徐开口："曜日已经坠落，银河再无帝国。"

顾霁生静静站着，没说话。

应寒时又问道："死去的机器人战士，是怎么回事？"

顾霁生双手往裤兜里一插，有些懒散地答："也没什么。我们搭乘同一艘逃逸飞船，抵达地球时，他的能量就已经耗尽死了。我埋了他，前天晚上又挖出来，给你们演戏。"

他抬眸直视应寒时："你是为了晶片来的？"

应寒时的眸光沉静如水："是。"见他们讨论到了正题，谢槿知的心也稍稍提起。哪知这时顾霁生脸色一变，冷冷道："那就没什么好说的了，晶片我不会让出来。想要，自己来拿试试。"话音未落，他的身形就在他们眼前变化成了粒子流。变化速度甚至比之前更快，前端也更加尖锐锋利。两人站的距离本就不远，他倏地拔起，就朝应寒时撞击而去!

应寒时的眸色一敛。谢槿知看得一惊,通信器中却骤然炸出萧穹衍愤愤的声音:"话还没说完就开打,这只观赏生物实在是太暴躁了!"

就在这千钧一发间。应寒时的足尖轻轻点地,整个人如同离弦之箭,平地拔起数十米,竟比之前每一次跳得都要高。银色粒子流只堪堪擦过了他的衣袂,然后就一头扑了个空。也许是去势太快,顾雳生险些就撞在了树上,他急急刹住,然后又掉头,猛地往上追去。

蓝天之下,阳光清透。

应寒时跃上半空,耳朵和尾巴骤然显露,低头看着下方的顾雳生。他的神色又变得跟那天揍那群歹徒时一样,清冷,决绝,透出几分冷酷。谢槿知看得心头一怔。

萧穹衍却在通信器中低声感叹:"小生生到底捡了多牛的一块晶片?他的战斗力达到了 S 级!"

谢槿知并不懂他们的分级,但是 S 听起来很牛的样子,于是她小声问:"应寒时能打得过他吗?"

萧穹衍像是愣了一下,忽然笑了,说:"小知,你这个问题问得很冒失。看看就知道了哦。"

两人说话间,顾雳生已经快要追上应寒时了。就在这时,粒子流再次改变了。它们如同移光幻影般分裂开,迅速拆分成了数道笔直的粒子光箭,前端锐利无比,齐齐朝应寒时射去。

谢槿知失声道:"当心!"

电光石火间,应寒时的单手居然还负在身后,眼眸沉静如水。他抬起一只手臂,快如闪电疾若流星,骤然一挥。

"下去!"他轻喝一声。

雪白光刃如同一轮弯月,在半空中乍然浮现。那光纯白璀璨无比,只照得谢槿知瞬间低头,无法直视。而那光顷刻间如同潮水般扩大，又如同最浩瀚的冲击波，刹那间将顾霁生的粒子流全部淹没其中。

"唔……"

谢槿知居然依稀听到了顾霁生痛苦的闷哼，然后就看到重新卷成一团的粒子流从光的覆盖中脱出，像是遭受了重创，重重撞击在地面上。

谢槿知的耳膜被震得阵阵发疼，她抬起头，一瞬不瞬地看着双手负在身后徐徐落地的应寒时。

就在这时，粒子流忽然从地上跃起，掉头就往山坡下方疾驰而去，看样子竟是想逃跑。

应寒时眉目一抬。顷刻间，光影乍现。他的身形已快得谢槿知看不清，只看到一团白色光影，如同闪电般穿梭追逐着银白色粒子流。只一眨眼的工夫，就追上了！"嘭"的一声，剧烈的撞击声传来。他们停住了。所有光影瞬间消失，谢槿知睁大眼睛。顾霁生整个人居然被压在了树上。他的脸色又红又白，还有数条未褪的裂纹。而应寒时站在他身后，只用单手，牢牢扣住了他的后背。顾霁生的整张脸都贴在了树上，看样子像是想挣扎，可竟然完全动弹不得。

应寒时抬起头，清俊的脸上没有半点温和之色。

"服了吗？"他轻声问。

谢槿知有些怔忡。

上次她就知道，他打架时十分快准狠。而今天，看到他脸色清冷如雪，在空中挥出磅礴锋利的光刃；以及此刻，看到他只抬抬手，就把顾霁生完全压制住。那气场竟是威严迫人的。

谢槿知的心情忽然变得复杂，像是在看另一个男人，可又的确就是那个沉稳温柔的他。

"你到底……是什么人？"顾霁生问道。

应寒时眉目平静："跟你一样，流亡之人。"

顾霁生身躯动弹不得，却冷笑两声，说："即使你杀了我，我也不会把晶片给你。"顿了顿说，"我不会让任何人利用晶片的能量去达到自己的目的。”

应寒时却忽然松开了他，往后退了一步。顾霁生一怔，站直了，又整理了一下衣服，转身看着他。

“我从未说过，要抢走你的晶片。”应寒时缓缓说道。

顾霁生看着他，没说话。

“我对于任何战争或争斗，已经没有兴趣。”应寒时说，“我来找你，目的与你相同，是为了保护晶片。我既然能检测到晶片能量存在，如果有别人，也能检测到。你的战斗力只到 S 级，如果他们来抢，你当如何？”

顾霁生的脸色已缓和了不少，冷声道：“如果他们来抢，我同样不会给。”

“如果，他们以孩子和聂初鸿的性命威胁呢？”应寒时看着他。

顾霁生没吭声。

“你有两个选择。”应寒时说道，“将晶片交由我保管，一旦确定没有其他威胁，你随时可以取回；或者，你跟我走，由我来保护你和晶片。”

听到这里，谢槿知望着应寒时的脸。

他跑了这么远，做了这么多，却不是为了占有传说中能量巨大的晶片，而是为了替别人保管。

这个男人骨子里，当真是个执着坚定的滥好人。

顾霁生却答道：“我不会离开孩子们。”然后抬起眸，定定地望着应寒时，“你说目的跟我一样，是要保护晶片，不落入心怀不轨的人手里。凭什么让我相信你？凭什么让我相信，你不会心怀不轨，不会谋取私利？”

应寒时一时未语。

谢槿知却开口道：“霁生，你仔细想想，如果他要晶片，现在早能让你被迫交出来了。何必还帮你一起救孩子，现在还跟你讲这么多？”

顾霁生看她一眼，倒是没有反驳。

"以星流之名，请将信任交付于我。"

谢槿知微愣，看向讲话的应寒时。星……流？

顾霁生的脸色却极为震动，霍然转头看着应寒时："你说，你是……星流？"

应寒时负手而立，微微颔首。

"可是，传说中的星流，不是已经死了吗？"顾霁生满脸不可思议。

这一刻，应寒时的目光寂静得如同他们头顶的日光。

"我从未死去。"他说。

谢槿知静静地看着他们。顾霁生的脸色变了又变，最后竟露出了笑容："我早该想到的，半兽、光刃……比流星更快的速度，除了星流，还可以有谁？"

说到这里，他居然收了一向的散漫神色，脸色诚挚而平静地单膝朝应寒时跪了下来，一字一句地说："如果，是星流至此，我愿意把晶片献上，不求任何回报。"

谢槿知惊讶地看着这峰回路转的一幕。而顾霁生跪着不动，应寒时竟也是脸色平静地矗立着。只是目光中，露出些许温和色泽。

"小 John。"她轻声喊道。

"到？"

"星流……是什么？"

萧穹衍答："哦，就是我们家老大的外号啊。怎么了？"

谢槿知："……"

这算什么答案？

她正要再问，突然听到身后响起个熟悉的嗓音："我的……天呀！"

谢槿知吃了一惊，转头望去，只见聂初鸿和庄冲两人不知何时已经坐了起来，眼睛全看着应寒时和顾霁生。

谢槿知心知不妙，立刻问："你们什么时候醒的？"

庄冲脸色微红地看着他俩，答："不知道。被震了一下，就醒了。"

“应寒时丢出光刃时，我们被震醒了。”聂初鸿忽然开口，眼神晦涩难辨。

谢槿知顿时无话可说。

而距离他们不远的山坡之上，应寒时和顾霁生也察觉到动静，同时转头看过来。应寒时站得笔直，兽耳还尖尖地立着，尾巴轻轻摇动。顾霁生保持跪地的姿势，脸上还有几条被揍后残余的裂纹，清晰可见。

传说中的星流……不是死了吗？

我从未死去。

以星流之名……

谢槿知盯着院廊上橘黄色的灯光，有些失神。她的身旁，聂初鸿、庄冲同样坐在藤椅里。大家都静默不语。

唯有萧穹衍，非常高兴地迈着金属长腿，在院子里走来走去。用他的话说：“反正他们已经暴露，小 John 也要一起！”

大概是遭受的精神刺激太大，聂初鸿和庄冲看到他，居然也没有太过震惊。

萧穹衍甚至还带来了自制的小蛋糕，热情地分发给大家。谢槿知拿了一块，慢慢地吃着。聂初鸿的脸色依旧沉着，看了萧穹衍几眼，说了声谢谢，也拿了一块。

庄冲看着萧穹衍：“确定能吃？”

萧穹衍一扭头：“哼，那你别吃。”

庄冲立刻伸手抓了一块，咬了一口后，又盯着萧穹衍的身躯：“能摸吗？”

萧穹衍身形一顿，然后缓缓抬起头，嘴一咧，朝庄冲露出无比灿烂的笑容：“当然可以！不愧是小知带出来的人，太上道了！”

庄冲也淡淡一笑。

他俩就这么玩到一起去了。谢槿知侧眸，看向始终沉默的聂初鸿。

"在想什么？"她问。

聂初鸿静默了几秒钟，答："在想，这些年。"

谢槿知就没出声了。

她抬起头，望向他们面前紧闭的那扇门。窗口透出些许灯光，应寒时和顾霁生已经在里面待了半个钟头。

她的脑海里，总是浮现应寒时的模样。他低着头在吻她，眼眸轻合，脸颊绯红；他跃起于半空之上，神色果决地挥落光刃；他负手站在半跪的顾霁生面前，脸色平静而温和。她闭上眼睛。

为什么一直在想？不要再想了。

屋内，灯光安静柔和。应寒时和顾霁生坐在小方桌前，顾霁生泡来一壶热茶，两人慢慢喝着，一起看着窗外的星空。

"你多少年了？"顾霁生问。

"四年。"

顾霁生笑笑："我已经一百三十七年。"

两人都安静下来。跨光年旅行，需要跳跃虫洞。百余年的时间偏差，再正常不过。

应寒时忽然微怔，垂下眼眸。

如果，他当时的旅行也出现些许偏差，那么，应寒时就不会遇见谢槿知。

原来，真的是这漫天星辰，注定了他们的相逢。

顾霁生没察觉他的失神，问道："星流大人，还会有谁来抢夺晶片？"

应寒时沉吟道："并不确定。但是母星坠亡之前，逃逸最多的，除了平民，就是……"

"反叛军。"顾霁生接口道，神色变得有些冷，"那是群丧心病狂的家伙，绝不能让晶片落入他们手中。"

"你是怎么得到晶片的？"应寒时问。

顾霁生沉默了一会儿，波光暗敛的眼睛里露出些许悠远神色。

其实，并不是多么曲折复杂的故事。宇宙高能晶片虽然罕有，但曜日帝国顶级富豪们的家里，多多少少都有一两片。

而同样被富豪拥有的，还有他这名歌喉最动人、相貌最美丽的观赏型纳米生物。

他曾在璀璨星云中引颈高歌，也曾在主人的私宅中，见过这枚光华圣洁的晶片。

后来，曜日突变，即将坠落。

后来，许多富豪驾私人飞船逃逸，他也被放置在其中一艘中，跟主人的其他重要财富放在一起。

穿越星河，跳过光年。飞船也支离破碎，其他人不知所踪，连随船的机器人士兵都因遭受撞击奄奄一息。唯有他和那些小纳米人，幸运地活了下来，于是一起带着晶片离开。

他偏爱黑发黑眸，一直生活在这片土地上。一百三十七年，封建王朝、不同朝代、新社会；战争、饥荒、宁静……其实他并不适应地球人的生活，但慢慢地，他也快忘了自己是外星人。

直至数年前，一个偶然的机会，他成为一名乡村教师，每天跟那些贫穷却纯洁的孩子们在一起，被他们需要，被他们深深依赖。

他忽然觉得，自己的人生，变得有趣起来，并且，充满了从此不灭的希望。然后一干就是这么多年。每过几年，他就改变一次样貌和身份，重新开始，周而复始……

只言片语，就概括了漫长的半生。顾霁生放下茶杯，抬眸看着应寒时："晶片我可否再留几天？今天警察虽然抓了很多人，黑龙却跑了。孩子们始终不安全，我还需要几天晶片的能量。"

应寒时点头："好，我们也会在这里多留几天。"顿了顿又说，"你的战斗技巧实在是太稚嫩了。如果愿意，这几天我来训练你。今后，你有时间就来江城找我。这样，将来才能更好地使用晶片的能量。"

顾霁生微愣，笑了。

"果然，是永远正直、心怀怜悯的……伟大星流。"他的语气却变得郑重，朝应寒时深深低下头。

应寒时静默不语。

"还有一件事。"顾霁生的表情变得有些微妙，"我的身份已经被你洞悉，但是外面那些人当中，还有一个人藏着秘密。"应寒时的眸色漆黑而沉静。顾霁生微微一笑："原来星流大人，也发觉了。"

"吱呀"一声，门开了。谢槿知等人同时抬起头，就见顾霁生一脸淡然地走了出来。而越过他的身后，可以看到应寒时依旧坐在窗前，手里举着个茶杯，还在饮茶。

顾霁生扫一眼众人，目光在谢槿知身上一停，最后落在聂初鸿身上，白皙的脸上露出些许怔然神色。

聂初鸿也站了起来。

两人都静默着。旁人自然也都察觉这对昔日的好兄弟之间气氛不对，连跟庄冲肩并肩坐在一起的萧穹衍都看看这个，又看看那个，露出高深莫测的表情。

"初鸿，我……"顾霁生开口，脸居然涨红了。

聂初鸿却突然转身，走向了院门外。

顾霁生的心一沉，身体仿佛也僵住了。

"以后……"他低沉的嗓音传来，"不要再在人前露出那一面。"

"……好。"

聂初鸿背对着他，抬起了头："我很累，明天所有的课你来上。"

顾霁生一愣，旋即缓缓地、缓缓地露出笑容，那笑容竟灿烂得有些夺目："好！当然好。"

聂初鸿又弯腰从墙角拿了几瓶啤酒出来，然后走向了院外的山坡："喝酒去吧。"

顾霁生立刻又说了声"好"，也没看其他任何一个人，跟着他，走了出去。

院内重新恢复宁静，萧穹衍低下头，跟庄冲窃窃私语着。谢槿知看着那两个渐行渐远的身影，露出了微笑。

她回过头，却看到应寒时已经走了出来，站在廊灯之下，负着双手，面色温和地望着她。

谢槿知也看着他，没说话，但心跳可耻地又有些乱了。

"槿知，我有话对你讲。"

"哦。"

旁边的萧穹衍立刻弹起来："我也要听！"

庄冲见状也站起来。应寒时看一眼他们，走到谢槿知身边，伸手握住她的手腕，温言道："我们去没人的地方。"

谢槿知盯着他："要不……带上他们一起？"

萧穹衍和庄冲同时面露喜色。

应寒时没吭声。忽然间，谢槿知的腰一紧，整个人贴进他怀里，又被他那么抱住了，脸蹭着他胸口的衬衣，还没来得及做出任何反应，就听到呼呼的风声从耳边吹过。再抬起头，她就见学校的灯光已在数百米之外，而他抱着她，移光幻影般跑进了夜色里。

谢槿知低下头，靠在他怀里，听着他的心跳声，一动不动。他又带着她来到了那条溪水边。月光清透，丛林隐秘，流水潺潺。这里安静得仿佛梦中的世界。应寒时将她放在了水边，却没有马上说话，而是抬头看着星空。谢槿知也没说话。她站在他身后，低头看着水中被扯得支离破碎的月影。水下的石头，棱角圆润，清晰可见。她轻轻地抬起脚，踩了两下水，心中无声纷乱。

应寒时听着她在背后的一举一动，看着头顶那清澈的月光，想着的，却全都是她。想起那日在山洞中重逢，她放下手机，对他露出甜美的笑；想起两人第一次蹚过这条小溪时，她轻轻牵着他的手，不发一言；想起小机器人们被歹徒欺负时，她坐在他的身旁，目光中有隐怒，还有深深的怜惜；也想起他低下头吻她时，唇齿间柔软湿润的芬芳，而她在那一刹那，似乎也轻轻舔了他一下；以及，醒来后，她依旧……不把这个真正的吻放在心上，而是淡淡地对他说："想开点。"虽然想起这一点让应寒时的胸口微微有些堵，但终究还是被更多的柔软情绪覆盖。

他低下头，说道："槿知，没有人可以随意地获知别人的秘密。你心中……有什么愿望吗？"

前半句话，谢槿知没有听得太懂。但她以为，他指的应该是顾霁生的秘密。于是也没太在意。

她低头看着溪水，想了想，自己还真的没什么愿望，她抬头，却望见他挺拔瘦削的背影，脑海中忽然想起上次，也是在这条溪水里，她握住了他的尾巴，而他，羞窘得简直像着了火。

于是她微笑道："我没什么愿望，就是想再摸摸你的尾巴。"

原本，只是调侃之语。她想应寒时一定会再次满脸通红，别过脸去，然后闷闷地说："槿知……别这样"。

然而，这一次，他只是沉默着。

像是做了什么十分艰难的决定，他忽然轻轻地吐出　口气，然而，谢槿知就意外地看到，他的尾巴和耳朵露了出来。

他转过身，看着她，俊脸绯红，尾巴在身后缓缓摇摆着。

谢槿知也有些不明所以地看着他。

他抬起一只修长如玉的手，就握住了自己尾巴的末梢，然后抬眸看着她，缓缓地递到了她的面前。

"槿知，如果这是你的愿望，我向你承诺：今后你想摸它……"他连耳朵根都红了，嗓音也有些低哑，"随时，随意。我……绝不反抗。"

谢槿知一怔。

却听他继续说道："这是我对你的诚意。那么，你是否愿意信任我，将你的秘密，告诉我？"

谢槿知忽然愣住了。她没吭声，也没动，更没有伸手去接过他的尾巴。

而应寒时低头看着她有些色变的脸庞，脑海中却响起刚才在屋子里，顾霁生说过的话——

"原本没觉得她有什么异样。但是，小纳米人伪装成巨人偷袭，她却无缘无故注意到偷袭的方向，并且多次提醒大家。我想这一点，星流大人肯定也注意到了。

"更让我确定心中怀疑的，是那朵梅花。您知道，纳米人要模仿什么，几乎就是原样复制，不可能有丝毫差异，连庄冲本人都分辨不出来。她却说看出梅花有些不一样，让庄冲去撬——她在说谎。难道她提前已经知道，梅花是纳米人假扮的？

"还有，之前我们去寻找小杰，一路几乎都是她在带路，也是她发现了歹徒的踪迹。我对她起了疑心后，核对过地图，猜猜我发现了什么——她带我们走的，竟然是一条直线，让我们以最快速度找到了小杰。难道小杰绑在哪里，她也知道？

"星流大人，恕我冒昧，你喜爱的这个地球女人，到底藏着什么秘密？"

应寒时垂下眼眸。

顾霁生说的这些，他也全都留意到了。不止这些，之前黑龙带人上山时，谢槿知也察觉了，说看到树林里似乎有人影。

但事实上，当时无论以他的目力所见，还是萧穹衍的监控显示，黑龙等人都还在几公里之外。她是不可能看见的。

夜色寂静。

谢槿知低下了头，长久地沉默不语。应寒时单手负在身后，手握长尾，低头凝视着她。

唯有月色映照下的清澈溪流，在两人脚下，徐徐流淌着。

第九章

她 的 秘 密

谢槿知抬起头，看着应寒时。

比黑夜的颜色更纯粹的，是他的眼睛。

谢槿知轻声说："加上耳朵。"

应寒时微怔。

"加上耳朵，随时、随意。"她说。

他安静了几秒钟。

"……好的，槿知。"

谢槿知微微一笑，神色却变得有些认真。

她生性谨慎内敛，从懂事开始，就谨守着这个不可思议的秘密。母亲亡故前，是唯一知道这个秘密的人。她对谢槿知说："如果上天赐予了你与众不同的东西，那就接受它，并且保护它。人生所有的事，从来就没有什么真正大不了的。"

谢槿知恪守至今。

现在，要打破禁忌，告诉第二个人。

她的心中，居然没有半点不愿意。

"请替我保守秘密。"她抬眸凝视着他，"我没有告诉过任何人……"

应寒时轻轻点头。

忽然，他松开尾巴，伸手将她抱进怀里。谢槿知一愣，他却已带着她，再次向高处跃去。

他竟然连续跳跃数次，径直往山顶去了。谢槿知靠在他怀里，看着山峰与树林从脚下掠过，只觉得双腿发软，默默将他抱得更紧。

两人落在了一片草地上。

准确地说，是最高的悬崖，背后，是朗朗星空，前方，是万丈深渊。整条暗黑起伏的依岚山脉都在脚下。

应寒时走到一棵粗大的老树旁，将她放下，然后自己也坐了下来。

谢槿知疑惑地问："为什么带我来这里？"

一只白皙而骨节分明的手按在了她脑袋边的树干上，高大瘦削的身躯挡住了大半月光。他低下头，侧脸对着她，雪白的兽耳缓缓靠近。

"槿知，可以说了。在这里，不会有别人听到。"

谢槿知："……"

大半夜带她跳到这么高的山顶上，认真而郑重地……倾听她的秘密。

此刻，无论是那尖尖的耳朵，还是身后轻轻摇曳的尾巴，都在提醒她，这是个外星人。可是他靠得这样近，她一抬眸就能看到他耳后乌黑的短发，他的脖子，还有因为抱她而略显得凌乱的白衬衫。她只要稍稍一动，嘴唇就会碰到他的侧脸。

谢槿知的心跳，忽然乱了。

"应寒时，我其实……"

哔——通信器突然响起，应寒时和谢槿知同时低头。

"老大。"萧穹衍严肃的声音传来，"请务必马上归来。"

"什么事？"

萧穹衍顿了顿，嗓音更加低沉："他们来了。"

通信中断，应寒时握住她的手腕，站了起来。

谢槿知问："他们？"

应寒时眼睛看着前方，没有说话。

他的脑海里，忽然闪过很多画面。天空中升起的璀璨炮火，密密麻麻的猎斗战机奋不顾身地冲锋，太空堡垒于星河中跳跃离开。一张张冷漠而决绝的脸，一排排沉默而坚定的年轻人。

然而曜日已经坠落。

学校。透过院门的缝隙向外望，那五个不知何时出现的男人依旧站在空地上。萧穹衍赶紧把脑袋缩了回来，然后轻轻哼了一声。聂初鸿和顾霁生刚才也被他叫了回来，只是两人浑身都是酒气，脸也喝红了。顾霁生倒在一把藤椅里，手扶着脑袋，一动不动。聂初鸿好些，眼神还是清明的，问："你刚才跟应寒时说'他们'，他们是什么人？"

庄冲也脸色沉冽地听着。萧穹衍正忙碌着。越野车上的东西，之前都被他搬到了房间里。现在，他将一台银白色的像是机枪的东西搬到了院门口，然后蹲下来特别认真地在调试着。

他答："是反叛军。你们看，他们每个人的左边脸颊上都有个十字烙印，那是反叛军永志不灭的信念象征，这一点他们很坚持，所以不会错的。"

庄冲和聂初鸿都靠近门缝和窗边，透过夜色，只见那五个男人十分结实高大，全穿着灰色衬衣和黑色长裤，笔直端正的体态一看就有军人气质。其中三个是亚洲人面孔，另外两个是西方人的脸，但是肤色不像地球上的西方人那么白，而是古铜色的。他们的脸上都没有一丝表情，唯有眼睛全都盯着院门，而每个人的左脸颧骨上都有一个黑色的、拇指大小的十字痕迹，透出几分沧桑气息。

庄冲忽然低声开口："所以我今天见到八个外星人了？"他露出一点笑意。

没人搭理他的话茬，萧穹衍这时候站起来说："你们放心，四台光子炮已经调试好，守住各个方向，想进来没那么容易。而且我家老大回来前，小 John 也可以战斗。"

他说的"光子炮"，大家也不懂，但想必是很厉害的外星科技，否则萧穹衍也不会一副有恃无恐的样子。

这时萧穹衍也在众人身旁坐下来，眨了眨眼说："其实，反叛军真是个我很难理解的存在。帝国本来好好的，他们却总说，要自由，要民主，要和平，而且还有不少追随者。可是呢，小 John 去过他们统治的那几颗小行星，我觉得那里的人生活得并不好，并不自由、民主，也并不幸福。"

这时顾雾生抬起头，开口道："何处有真正的自由和民主？都是为了私利。"

大家都安静了一会儿。

庄冲问："他们想来抢夺晶片？"

顾雾生的脸色更加冷漠，萧穹衍点头："是的。虽然呢，小生拿到晶片，战斗力达到了 S 级，可是他蠢蠢哒，也没有战斗技巧啊！"

顾雾生斜他一眼。

萧穹衍却没注意到，继续说道："这就相当于一个柔弱的小孩子，守着一块肥美的肉。谁不来抢呢？而且这五个人，看起来也不弱呢。"

"那就让他们试试看！"顾雾生冷声道。

萧穹衍反而瞪他一眼："纳米人！能不那么冲动吗？"然后非常胸有成竹地说道，"其实呢，我们家老大早就预料到这一点，所以一直在等他们上门呢。大家安心！"

庄冲这时又开口："等？"

萧穹衍点头："是啊。我们老大很多时候的对敌策略都是这样的：等人家自己送上门。"他微微一笑，"实力足够强大的男人都是这样的啦。显然，反叛军并不知道星流在此，否则哪敢就派五个人过来送死？噢，我真替他们感到悲哀。"

他这么说，众人的心更定了。毕竟都见过应寒时一个光刃就击败顾雾生的风姿。

这时，门外忽然传来一个声音："我们，想要见顾雾生。"那声音平静、沉缓，不带半点温度。屋内众人都是一静。顾雾生陡然站起，白皙的面孔上露出冰冷的笑，双腿已同时分裂成粒子态，迅速向上碎裂、旋转、堆积，眼看人形又要再次泯灭其中。

"说了不要那么冲动！"萧穹衍一巴掌拍过去，直接拍在他还残留着的头颅上。大约也是被他拍疼了，顾雾生居然又瞬间恢复人形，美眸眯起，瞪着他。萧穹衍不等他开口，非常严肃地说道："既然他们现在不敢贸然进来，我们就不能轻举妄动。一切等老大回来再定夺！"

聂初鸿也一拍顾雾生的肩膀："他说得对。"

顾雾生这才不说话了。

庄冲问："现在怎么办？"

萧穹衍的眼珠一转，小声说："我有办法。"然后忽然扬声说道，"客人们，请等一等，顾霁生他正在洗澡，没穿衣服！你们先别进来。"他又立刻从桌上拿起庄冲放着的手机，金属手指飞快划了几下，然后音乐声就响起了。是范晓萱的《我爱洗澡》。

顾霁生和聂初鸿都没说话。唯有庄冲微微一笑："机智。"

门外的五个人听到他的答复还有忽然响起的音乐声，都是一愣，然后彼此交换了一下眼神，每个人的袖子里都滑出了银白色的形态纤长的手枪，慢慢地，向门口逼近。

应寒时抱着谢槿知，轻轻落在院子里。

萧穹衍等人立刻转身看过来。

应寒时松开她，轻声说："待在这里，我们回头再说。"

谢槿知看着他，点头。

显然，应寒时已经对目前的情势了如指掌。他负手走向门口，说道："你们留在这里，不可以出去。萧穹衍，保护所有人。四台光子炮，足以让你应付一个攻击小队。"

"是！"

谢槿知等人都看着他的背影，没说话。唯独顾霁生再度站了起来："我跟你一起去。"

应寒时停步，侧身看着他，眸色温和而沉静："你也留在这里。"

顾霁生的酒意约莫还没醒，俊脸还有些红，淡笑道："我好歹也是 S 级战斗力，他们才是需要保护的人。我至少能帮你打倒一个半个。"

应寒时转过身来，正视着他："纳米人，这是军人的职责。除非军人战死，平民无须承担。"

顾霁生神色一凛，应寒时却已转身，推开门走了出去。

门外五人看到走出这样一个年轻的男人，都静默着。他们其实也是追随能量信号找过来的，大约已经查清，当年坠落在这附近的飞船上的是一名纳米人。纳米人可以随意改变相貌，所以尽管面前这人样貌跟之前的调查结果不一样，其中一人还是开口问道："你是顾霁生？"

应寒时站在月光下，站得很直，清俊的脸上透出几分寂静。

"我不是。"

那五个人一时没说话。

这时，应寒时平静温润的嗓音再次响起："帝国历 347 年，战争第七年，因为反叛军屠杀平民不计其数，军事部对其所有成员下达永不撤回的死刑令。"他的手忽然伸进了口袋里，抽了一双白手套出来，然后微微低下头，不疾不徐地戴在了双手上，这才重新负起双手，抬头看着他们，"帝国虽已灭亡，这个命令，依然有效。"

五人都是一怔，其中一人断喝道："你究竟是什么人？"

而相隔数十米的院中，萧穹衍露出肃然神色，其他人静默不语。

谢槿知静静地望着他。

为什么此刻他的一举一动都透着少有的平静和冷酷，她的心中却涌起阵阵莫名的怜惜？

应寒时忽然拔地而起，高高跃起，身形再次快如雪白光影，向学校下方的开阔田间跃去。

"过来。"半空中响起他的声音。

那五人看到他的速度，眼神都微变，随即握着枪纷纷跃起，追了上去，只是远不如应寒时的身手罢了。

"要开始了，要开始了！"谢槿知身旁的萧穹衍突然兴奋地嘀咕起来，"小知，看老大怎么痛扁这些浑蛋哦！"

谢槿知也微微一笑。这时，田间骤然闪现数道激光般的东西，刹那间竟已密如枪林弹雨。五人围成一圈，将应寒时困在正中，抬枪全在射击！庄冲低低叹了声："酷……"

聂初鸿和顾霁生全都专注地看着，谢槿知的心却轻提起来。刹那间，只见一团光影以人眼无法分辨的速度在弹雨中一闪而过，其中一名反叛军发出一声痛呼，而应寒时的身影瞬间定格，谢槿知只来得及看清他模糊的样子。他抬着头，单手握住了那人的脖子，眼神沉冽无比。

下一秒，那人竟被他生生丢了出去，丢出了几十米远，"嘭"的一声撞在树上，瞬间头破血流，生死未知。

其他四人一惊，抬枪瞄准就射。应寒时竟寸步不动，霍然回头，耳朵与长尾骤现，长臂划过虚空，却如同划过洒满月光的水面，弯月光刃瞬间绽放，刹那间弥漫整个战圈，同时照亮整片田野，朝那几人袭去！

那几人简直如同稻草一般，被高高地甩了出去，最后落在了稻田里。

光的余波消失于夜色中。

应寒时抬起头，重新将手负在身后，长尾依旧徐徐跟随，朝他们坠落的方向走去。

院内，萧穹衍转头看着顾霁生："上次打你，老大可只用了光刃一成的力道，这次打他们，起码用了三成。这下非死即伤了。"

顾霁生微眯着眼，看着应寒时的方向，嘴角却也露出笑意。

被光刃打倒的有四个人，这时，却见田野间隐隐只有两个人影挣扎着爬了起来。

应寒时脚步不疾不缓地逼近着。

"他是星流！是星流大人！"其中一人惊呼道。

"星流指挥官……没有死！"另一人的嗓音也显得十分惊惧。两人连滚带爬，往树林的方向跑去。应寒时竟然没有马上置他们于死地，而是身影一闪，也跟进了树林。

田野上，突然就归于寂静。

等了几分钟，依然没有动静，也没见应寒时出来。

谢槿知忽然像是自言自语般出声："星流……指挥官？这是应寒时的身份？"

顾霁生瞥她一眼，说："星流，帝国三大舰队之一——凤凰舰队的最高指挥官，帝国最年轻的元帅，统领太空堡垒十七座，战斗机三千余架，兵力二十万，被誉为帝国永不坠落的星流。你跟他都那样了，居然不知道？”

谢槿知安静了好一会儿，才答：“我跟他没怎么样。”顾霁生笑笑。

这时，树林方向的上空忽然有一道白色亮光闪过，瞬间消失于夜色里。萧穹衍“噢”了一声，说：“那应该是刚才那几个反叛军的战斗机，藏得挺好嘛。不用想，老大一定是反攻到他们的老巢去了，想把他们一举歼灭。我们可以去休息了，他打完了自己会回来的啦。”

他一脸轻松，其他人却还关切着，都没动。就在这时，顾霁生忽然一怔。其他人也注意到了，跟他看向相同的方向。离学校不远的田间土路上，有人出现了。黑龙。竟然是黑龙。

月光下，他的身影高大，衣衫却褴褛，面容显得凶狠而枯槁，远不似之前那样意气风发。大约是这几日，既被应寒时打成重伤，又被公安追捕，他才落魄成这样。可是，等他又走近了几步，众人才看清他怀里居然还夹着个小小的人。

而他隔着数十米，看着院内的众人，忽然露出了狰狞的笑。

“小杰！”顾霁生和聂初鸿同时失声喊道。谢槿知等人也都心头一震。

“哈哈，哈哈——”黑龙似癫似狂，放声大笑，他的手里还握着把匕首，刀锋正对着小杰的脖子。而小杰双目紧闭，面色惨白，不知死活。

“小杰，小杰！”田野间，有人凄厉地哭喊着，追了过来，竟是小杰的奶奶孙大娘。她披头散发，身上还有斑斑血迹，脚步踉跄，像是被人打过。

她哭喊着：“把孙子还给我！还给我！”

“老婆子闭嘴！”黑龙怒吼一声，然后盯着顾霁生等人，“激光枪、光弹、外星人……哈哈哈，老子刚才又看到了！看到了！你也是外星人是吧？是吧？老子不怕天，不怕地，不怕鬼神，也不怕外星人。马上把那些小机器人给我，否则我现在就宰了你的学生，大家同归于尽！"

众人尽皆色变。聂初鸿一把从墙角抓起放在那里的武器，动作干净利落地对准黑龙，沉喝道："别乱来！"庄冲也面无表情地摸到了裤兜里的匕首。萧穹衍瞪大红眼睛，看着黑龙。

谢槿知也盯着黑龙，漆黑的眼珠显得极其的静，脸上没有半点表情。

因为到了居住区，那些小机器人本来得到顾霁生的命令，全待在了他的房间里，这时也不知是否听到了动静，窸窸窣窣地蹿出了一只、两只，看到远处的黑龙，他们都显得很害怕，左顾右盼，不知所措，最后一溜烟全跑了出来，躲在了顾霁生的身后，不断抬头张望着黑龙的方向。

"不用害怕，有我在。"顾霁生低下头，看着他们。

小机器人们纷纷点头。

顾霁生的唇角慢慢勾起，抬头看着黑龙，眼神冰冷："初鸿，你们留在这里。看我怎么收拾这个人渣。他伤不到小杰一星半点。"

聂初鸿的枪口还对准黑龙，低声嘱咐："当心。"庄冲和萧穹衍也同时点头，因为此时此刻，应寒时不在，大概也只有他能救小杰。

黑龙看到顾霁生上前一步，脸色微变。但他本就是穷途末路，情绪也显得失控，抱着放手一搏的心态，兵行险招，于是他冷冷道："怪物，别过来，过来我就捅死这小子。"

顾霁生几乎是讥笑着道："噢，是吗？那就看看是你的刀快，还是我快！"

他正要走出门外，斜刺里忽然伸出一只手，牢牢地抓住了他的手腕。

顾霁生回头，微怔。

刚才始终沉默着的谢槿知抬起头，看着他。

她向来镇定自若，温和中又似乎带着点小刺。顾霁生甚至还没问应寒时是否搞清楚了这个女人深藏不露的秘密。

可是此刻，她望着他，脸色异常的白，眼睛里甚至还有一层隐隐水光。

她……哭了？

顾霁生愣住了。

聂初鸿三人也注意到她的举动，侧眸望了过来。庄冲最先凑到她耳边，小声问："知，怎么了？"

谢槿知未答，泪意已飞快地被她压了下去，漆黑的眼睛只看着顾霁生。

"你不能去。"她的声音冷静得没有半点起伏，"刚才应寒时说过，让我们不要出去，会有危险。庄冲，马上去打电话报警。萧穹衍，把你的地图和装备都拿过来，我来想其他办法。"

顾霁生虽然疑惑她的反应，但还是微蹙眉头："你是怎么了？突然变得这么犹犹豫豫。呵，对付一个黑龙，我还不至于有危险。"

说完他挥开她的手，迈步又欲走。

"你不能出去！"谢槿知忽然吼了出来，再次一把拉住他的手腕。

她从未有过这样的举动，所有人都愣住了。顾霁生身形一顿，缓缓回头，看着她。

"槿知。"他慢慢说道，"虽然不知道你为什么这么坚持，但是，你看到小杰脖子上的血痕了吗？他等不来警察，也等不到你想办法。松手！"

他再次一挥手，他的力气，谢槿知如何阻挡得住？她竟往后一个踉跄，差点摔倒。

顾霁生又看一眼远处面目狰狞的黑龙和奄奄一息的小杰，再看看旁边痛哭不已的孙人娘，转身就快步走向门外。

谢槿知全身的血液仿佛都在急急流动着，那压下去的泪意险些又冲了出来。她一下子站直了，她的手指轻轻发着抖，她的脸色冰冷得没有半点柔和之色。

她平静而缓慢的嗓音一字一句地再次响起："顾霁生，你不能去，因为去了，你就会死。"

顾霁生的脚步骤然刹住。旁人也都惊诧地看着她。萧穹衍失声道："小知，你在说什么……"

顾霁生转头："你说什么？"

谢槿知直视着他："去了，你就会死。"

顾霁生的脸色慢慢变了，同样牢牢地盯着她："你为什么会知道？"

在众人的注视中，谢槿知安静了几秒钟。她的脸色，已经变得很静，很静。

"因为……我看到了。"她轻声答，"霁生，我能看到未来。"

每个人都有秘密。

能够发现图书馆人工智能的秘密，是因为我早早就在恍惚失神中，见到馆厅中黑雾弥漫的一幕。

我在梦中，见过应寒时会如英雄般从天而降，来到我所深处的阴暗洞穴中。

我能找到小杰，是因为我提前看到了他们行走的路。我看到了巨人抛过来的庞然大物，看到了纳米人伪装成那朵梅花，看到黑龙带着人上山。我总是能看到零散破碎的未来，却不能控制和改变，只能悄悄地顺势利用。

这就是我与生俱来、讳莫如深的秘密。我也看到，也许就是几分钟后，你躺在前方的那片土地上，白色光剑插穿你的头颅，撕破你的胸膛。无数纳米粒子散落，而你破碎的脸庞上，面如死灰，眼神空洞。我根本无法想象，你到底遭受了什么样的重击，才会变成那个样子。

不要去，顾霁生。颠沛了半生的纳米人，已经活得像个地球人一样的纳米人，每日陪着那些孩子欢笑的顾霁生老师，请一定不要去。不要去死。

可是我的眼泪，还是快要掉下来了。因为我所预见过的事，从未落空。

凌晨两三点钟，夜色最浓重的时分。应寒时抬起头，透过机舱，望着深蓝色的天空，以及下方连绵起伏的山脉。无论何处的山河，永远沉寂无声。他的脚边躺着刚才那两个男人。如他所料，他们往森林里逃，是想驾驶隐匿其中的小型战斗机逃跑。而对地球人来说，这种战机的飞行，不过是天空中的一道流星或者闪电而已。

应寒时迅速制服了他们，踏进战机，设置为自动返航模式。从导航地图看，就快要接近他们的老巢了。地貌越来越险峻，也越来越荒芜。四处是悬崖峭壁，大片大片裸露的红色山脊。这种地方，也许很多年都不会有一个人来。在距离目标五公里的天空上，应寒时偏离航线，将战机徐徐降落在一处峡谷里，然后他的身影无声无息地隐入黑暗里。

这是一座非常巍峨的高山。山峰背面是万丈悬崖，悬崖下方是湍急的江水。这是鸟兽都会绝迹的地方。从外望去，整座山漆黑如同巨人，没有一丝光线，也没有半点动静。

刀削斧劈般的崖壁上，有几个洞口，像是天然形成，又令人联想到古人凿穴悬棺之处。

如果沿着洞口再往里走，你就会发现眼前豁然开朗，首先看到的，是大片明显由人工修葺过的平整空地。

十来架黑色战斗机，静静停在上面。

再往里走，你会惊讶地想，这整座山是否都已经被人挖空？因为岩壁上整齐排列着一扇扇的门，其中有几扇门开着，里面都有一两个年轻人。他们全穿着黑色军装，左胸绣着红色十字徽章，总数大概三十余人。

而洞穴最深处，还有一扇门。

门开着，一个同样穿着黑色军服的男人，站在里头。

他面前的岩壁早已被挖空，透过外表伪装成岩石的黑色纳米玻璃，他抬头望着繁星点缀的天空。

一个年轻人走了进来："报告！"

男人转过身来。

他不过三十余岁，黑发黑眸，轮廓却像西方人一样深邃饱满。短短的黑发下，是饱满的额头，眉眼浓重而俊朗，鼻梁高阔。修长的脖子下，是被军装包裹的宽阔肩膀和窄瘦腰身。

左颧骨上，一枚十字纹。

他抬眸，眼神沉静如水。

"说。"

"指挥官，追击者 3 号，尚未返回，联系中断。"

男人低下头，一边听，一边将双手的白色手套慢慢地、一点点抽下来，在掌心中握了一会儿，又重新不紧不慢地戴上。

"知道了。"

他转身负手，再次望向星空，过了一会儿，唇角微勾，慢慢笑了。应寒时在其中一处洞口外，静静侧立了片刻，纵身跳进了黑暗里。

依岚山。

谢槿知直视着顾霁生。就这么毫无退路地讲了出来，她反而镇定了，再次握住他的胳膊："你不要去！我们再想办法。"同时脑子里快速运转着，转头就看向庄冲，"你的弩可以射中黑龙吗？"

庄冲平时虽然是百发百中，但射人还是第一次，一时竟犹豫了。

顾霁生原本脸色震惊，望着谢槿知的一举一动，他的眸色慢慢变得柔和起来。

"啊——"门外忽然传来孩子凄厉的啼哭声，众人霍然转头，就见小杰不知何时醒了，左腹一团血肉模糊，小脸苍白痛苦到了极致。

他已哭得歇斯底里。而黑龙握着染血的匕首，再次抵着小杰的脖子，露出狰狞的笑。刚才那一刀，显然是他捅的。

"别啰唆！"他吼道，"马上把小机器人给我，晚一分钟，我捅他一刀！你们觉得这小子挨得了几刀？"

"我上！"萧穹衍也火了，倏地从装备袋中抓了把银色激光枪出来，眼睛瞪得大大的，"老大有过命令，你们都不可以出去，必须处于光子炮的保护下，就是怕他们有什么调虎离山的诡计。但是我可以去！"他转头看着谢槿知，"小知我会不会死？你有没有看见？"

对于谢槿知可以预见未来这件事，接受最快的，大概就是他了。明明谈及自己的生死，他还眨巴着眼睛，好像很好奇的样子。

谢槿知还没答，顾霁生冷声道："你去？你有他的刀快吗？"

萧穹衍滞了一下。的确，他虽然是武装战斗机器人，但长处是军事理论和力量。他可以一掌把黑龙拍成渣，但敏捷性真的不是他的长项。

顾霁生再次转头看着谢槿知。

谢槿知也看着他。

周遭明明安静下来，她和他却好像身处兵荒马乱中。

"你看到小杰了吗？"他问。

谢槿知摇头。那些支离破碎的画面中，没有孩子。

顾霁生忽然露出微笑："那就是救到他了。"

谢槿知的心一沉，听他继续说道："槿知，你也许得见未来，却看不清纳米人的心。在我的心中，孩子们的安危，远比我的生死重要。"

众人全都说不出话来，唯有他眼中再次闪现璀璨温柔的光泽。他将胳膊从谢槿知手里抽了出来，轻声说："这也是老师的职责。老师死之前，不需要你们承担。"

谢槿知的眼泪一下子掉了下来。

讲完这句话，他就转头朝外走去。就在这时，始终沉默的聂初鸿突然跑过来，猛地抓住顾霁生的肩头往后一甩，就想代替他冲出去。

可是他的速度怎么会有纳米人快？

这也许会是谢槿知今生见过的，最美的纳米景象。

人形迅速消失于夜色中，每一颗粒子都坚定而执着地旋转着。他宛如流星，宛如彩虹，一头撞向聂初鸿，撞得他飞出去好几米。聂初鸿痛呼一声："雾生！"

他却已掉头，朝黑龙和小杰的方向，飞速扑去。

"她的预感不见得准，我也不一定会死。"空中甚至还飘来他略显轻松散漫的嗓音，"我一定要亲手杀了黑龙。"

众人全都追了出去，但彼此的速度根本不在一个量级上。刹那间，顾雾生已从空中逼近黑龙的头顶。

黑龙露出惊骇又愤然的神色，"啊"地大叫一声，手中的匕首已抹向小杰的脖子。说时迟，那时快，顾雾生幻化成数道银色锋利的粒子箭，箭雨如光雨，比黑龙手中的匕首更快，落在他身体各处。

"啊……"黑龙爆发出前所未有的痛苦哀号，肩膀、手臂、手腕、腰腹、大腿、双脚，全部被射穿，瞬间血流如注。他一下子松开了小杰，匕首也脱手而出，"嘭"的一声倒在地上。

而射过他的粒子箭们，紧贴地面划出一个漂亮的弧度，然后重新组合成顾雾生，站在了地上。他脸色冰冷，一把抱起浑身是血的小杰。之前受伤被黑龙一脚踹翻在地的孙大娘，见状再次痛哭出声，也扑过来，抱住了小杰："孩子……"

谢槿知等人跑出来时，看到的已经是这一幕。黑龙躺在地上奄奄一息，而顾雾生完好无恙，大家都松了口气。谢槿知的脸色却还凝重着。

顾雾生抬起头，望着他们，露出笑容："我说过，我怎么可能会死……"

他的声音骤然而止。

一把光剑。

纤细、锋利的光剑，透胸而过。

他的眼睛瞬间怔住了，缓缓低下头，看向怀里的……小杰。

小杰的脸上早无痛苦表情，勾起唇角，朝他冷冷一笑。纳米形态骤然出现，怀中人幻化成高速黑色粒子流，哪里还是纯真无辜的孩子？

地上原本苟延残喘的黑龙，忽然像换了个人，拔地而起，同时亦变化成黑色纳米粒子流，如法炮制，分散成数道粒子箭，射向顾霁生全身。而站在他身后的孙大娘，脸上哪里还有悲戚神色，右臂破裂粉碎成纳米颗粒，迅速重新组合成另一把光剑，"嗤"的一声刺穿了他的头颅。

顾霁生的表情仿佛定格了，站在原地，一动不动。

这一切发生得太快，谢槿知等人如遭雷劈，面色骇然，一时竟发不出半点声音。

"不——"萧穹衍怒吼一声，抬起激光枪就朝那三个战斗型纳米人射去。庄冲的眼睛瞬间被逼红了，也不管是否有效，抬起追月弩就一阵狂射。

聂初鸿整张脸已没有半点血色，眼睛里好像也完全看不到那三个敌人，拔腿就朝顾霁生跑去。谢槿知只感觉到阵阵凛冽的、疼痛的寒意，如同刀割般插入心头，紧跟在他身后跑过去。

可是哪里还来得及？

三个纳米人同时拔出武器，已经支离破碎的顾霁生竟如同轻飘飘的纸片般，缓缓倒地，而一枚莹白色的椭圆形光片也从他被洞穿的左胸缓缓飘出。

"晶片！"萧穹衍失声喊道。

伪装成小杰的纳米人一把抓住晶片，三人交换了个眼色，瞬间幻化成粒子流，如同离弦之箭，疾射向树林方向，瞬间消失不见。

悲痛如同夜色中无边无际的潮水，吞噬着每个人的心。聂初鸿跪在顾霁生面前，想要伸手抱住他，但是根本无法下手。谢槿知跪坐在他的身旁，没有发出半点声音，眼泪在往下掉。

庄冲和萧穹衍也扑过来，看清顾霁生的样子，全都惊痛不语。唯独那些小机器人，全都跑到了他的身旁，个个嘴里发出呜呜的声音，然后伸出纤细的胳膊，拼命想拉他，把他拉起来。

可是他已经动不了。

月光下，一如谢槿知所预见，他眼神涣散，头颅已经被洞穿，身体支离破碎。散落在他们脚边的粒子拼命旋转着，挣扎着，却再也组合不起来。

这时，他的眼珠缓缓移动，像是看着他们，又像是透过他们看着远方，然后嘴角竟然慢慢扬起，笑了。

"槿知，原来你……真的可以……预见未来。"

谢槿知抬手捂住嘴，哽咽着。他的嗓音，变得更加微弱："可是我……怎么突然觉得……好难过……"

所有人全哭了出来。萧穹衍扑了上来，大声说："你坚持住，不要再讲话，保留最后的能量，我帮你修复……我是非常好的军医！"

就在这时，一道光影划过夜空，竟是一架战斗机，缓缓降落在他们面前的草地上。

应寒时推开舱门，跳了下来。谢槿知抬起头，泪眼模糊地望着他。看清眼前的一幕，他整个人仿佛也定住了。

萧穹衍哭喊道："指挥官，对不起！我没有看好他，他出来了，晶片也被抢走了！"

下一秒，光影飞掠。应寒时已至谢槿知身边。他的侧脸如同覆了层寒雪，一把将顾霁生从地上抱起，低喝道："小 John，马上准备修复！"

天空呈现明暗交替的暗蓝色，每一座山峰都寂静无声。小院里橘黄色的灯始终亮着。屋门紧闭，萧穹衍正在里头给顾霁生做修复手术。

聂初鸿坐在院子里，双手交握，扶着额头，头深深埋着。庄冲在他身旁，一起守着。谢槿知同样静静地坐了许久，起身走出门外。

成片成片的稻子，随夜风轻轻拂动。田间散落着几只萤火虫。

她看到应寒时背对着她，坐在一块大石头上，那长长的尾巴也垂了下来，蜿蜒轻贴在石头表面。

她走过去，爬上了那块大石，在他身旁坐了下来。明明分开没有多久，前一刻，这个男人还在她耳边轻声低语，可在目睹了那么惨烈的一幕后，再见竟有恍如隔世的感觉。她转头看着他。君子清俊如玉，此刻安静而坐，却透着遗世孤立的寂寞。

"在想什么？"她轻声问。他看着前方，眼睛显得格外的黑。

"我……"他缓缓地说，"没有保护好他。"

谢槿知没出声。

眼前再次浮现顾霁生被三个纳米人同时重击的那一幕。她闭上了眼睛。

过了好一会儿，她才睁开眼睛。她也不知哪里来的冲动，抬起手，轻轻摸了一下应寒时的头。

他没有动。

谢槿知的手滑过他的黑发，落在他始终耷拉着的兽耳上，轻轻地摸了摸。

"不关你的事。"她说。

他缓缓抬起头，看着她。天依旧是暗的，她看不清他的脸色，只觉得他的眼睛里好像有隐约流动的光。

然后他抬起手臂，将她搂进了怀里。他胸口的衬衣还是凉的。放在她肩头的手，也是温凉的。谢槿知整个人像是被属于他的气息包裹着，明明他的动作那么温柔，她却一动也不能动。

她听见了他的心跳声，也听见了自己的。好像他的怀抱里，就是一个小小的世界。谢槿知趴在了他的膝盖上，而他的手放在了她的背上。谢槿知能感觉到，他正低头看着她。有一种甜蜜而疼痛的情绪，慢慢纠缠上心头。

谢槿知伏在他的膝盖上不动，望着不远处小院里的灯光，眼眶湿润微痛。她慢慢抬起了头，感觉到自己的脸擦过他的胸膛，他的脖子，下巴，然后是他的脸颊。

他的呼吸就在很近很近的地方，鼻尖轻贴着鼻尖，她甚至能感觉到他的眼睫毛轻轻扫过她的脸颊。时间在这一刻好像停滞了。他吻住了她。

黑暗中，那是与上次记忆中相似的微凉、柔软的气息。他的唇很薄，覆住她的，很温柔，却没有了上一次的小心翼翼，像是坚定了许多。

谢槿知明知不应该，不应该跟他接吻。他是外星人，他跟她根本是两个世界的人，就不应该开始。可是，是夜色太寂寥了吗？还是今夜的她实在也有些难过脆弱？她竟然不想推开他，而是任由他握住了她的双手，靠得越来越近，吻得越来越深。

她犹豫的、迷失的、渴望的，与他无声纠缠着。他却没有闭上眼睛。夜空下，他的眼漆黑如寂静深潭，而他的脸颊却明显变得好烫，是脸又红了吗？

这么亲了一会儿，他抱住她的腰，将她放在了石头上，然后与她十指相扣，低头再次吻下来。谢槿知是真真切切感觉到了什么叫意乱情迷。她软在他的怀抱里，软在他温柔的桎梏中，完完全全不想离开。

"小知……"他在她耳边轻唤道，谢槿知微微喘息着，"唔"了一声。

过了好一阵子，他才松开她。谢槿知的脸也已滚烫，迷迷怔怔地望着他。

他的双臂撑在她身体两侧，尾巴在身后轻轻摇着。天又亮了些，这次她看清了，那白皙的脸绯红如血，眼眸却温柔隽黑得如同坠落湖水中的星星。

"小知，我对你……"

谢槿知的心突地一跳。

就在这时，后方不远处传来庄冲的吼叫声："知，手术结束了！你们快来！"

两人神色都是一凛。应寒时抬起头，一把抱起她，跃向了小院。

萧穹衍站在小屋门口，脱掉白色无菌服，摘下手套，看着大家，红眼睛微微低垂着。

"他活下来了。但是……"

谢槿知跟在应寒时身后，走进房间里。灯光柔和。这个房间因为临时征用为手术室，空气里有淡淡消毒水的味道。看到躺在床上的顾雾生的一刹那，谢槿知怔住了。

因为他看起来竟然已完好无缺。白皙的面颊，柔软的黑发，修长的身躯。几个小时前的那些血洞和破损，全部消失了。他的眼睛轻闭着，看起来就像是睡着了一样。不仅她，聂初鸿和庄冲的呼吸也不自觉地放得更低。

应寒时负手站在床畔，目光温和如水。像是被外界的动静惊醒了，顾雾生缓缓地睁开了眼睛。那漂亮的眼睛犹如两弯最清澈明亮的水。他看着众人，有些怔然。

聂初鸿握着他的手，低头看着他："还认得我吗？"

他的目光聚焦在他身上，似乎愣了好一会儿，没有说话，嘴却轻轻咧开，露出非常灿烂、非常干净的笑容。众人心头都是一震。萧穹衍叹息："我可以修补好他的身体，但是敌人打穿的是他的心脏位置——也就是纳米机器人放置控制芯片的地方。他的身躯已经一百多年，太老旧，芯片无法修复，也兼容不了新的芯片。所以……"他顿了顿，"他现在大概只有地球人两三岁幼童的智商，并且，永远只能这样了。"

天亮了。阳光照在田野上，也照亮了小小的学校。

田间响起了孩子们的嬉笑声和歌声。他们背着书包，正无忧无虑地走向他们最热爱的学校。

聂初鸿换上了干净的衬衫，一如之前每一天，站在学校门口，迎接着他们，只是眼眶下是深深的黑眼圈，下巴也生出了青色胡楂。

谢槿知、应寒时和庄冲站在校舍外的山坡上，静静地望着。

"聂老师，顾老师呢？"一个孩子抬头问道，"他说我上个星期表现好，今天要给我发糖的。"

其他孩子听到了，也围着聂初鸿："我也要糖！我也要顾老师的糖！"

聂初鸿半阵没说话，然后他深吸口气，蹲了下来，摸着孩子们的头说："顾老师他今天……"

他的话还没讲完，孩子们却都喜笑颜开地跑向他的身后，大喊着："顾老师！顾老师来了！糖、糖、糖！"

聂初鸿微微一僵，转过身去。谢槿知等人也怔怔地看着。

原来他从房间里走了出来。

雪白的衬衫，整齐的短发，修长挺拔的身躯，还有安详而懵懂的脸庞。

他刚走到院子里，就被孩子们团团围住，然后全都伸手跟他要糖。

他有些愣愣地看着孩子们，双臂垂在身侧，似乎又有些手足无措。

聂初鸿远远地看着他这样子，侧过脸去。谢槿知看到他的眼眶红了。

有大一点的孩子察觉了顾老师的异样，伸手扯了扯他的衣服："老师，你怎么了？为什么不说话？"

顾霁生又愣了一会儿，然后像是明白了什么，轻轻地摇了摇头。

聂初鸿走上前，声音有些哽咽："你们都进教室里，让顾老师去休息，他生病了。"

可是他这么一说，孩子们却焦急了，都抱着顾霁生的裤腿，吵吵嚷嚷。

"顾老师，你怎么啦？生什么病啦？"

"是不是感冒啦？"

"老师，你怎么不说话啊？"

顾霁生怔怔地被他们摇着，抱着，忽然低下了头，看着他们，然后伸手捂住了自己的头，用力地摇，用力地摇，眼泪竟如断了线的珠子，不断掉下来。

看到他哭，孩子们都吓到了，"哇哇"地全哭了起来，一个个全将他抱得更紧，哭着喊"老师，老师"。

谢槿知的眼眶再次热潮滚滚，强行忍耐住，跑过去，帮聂初鸿一起安慰这些孩子。可是他们却跟顾霁生抱在一起，大的小的哭得更凶。

"都别哭了。"聂初鸿缓缓说道，"你们……如果关心顾老师，就给他唱首歌吧，他一定会笑的。"

孩子们半信半疑地擦着眼泪，顾霁生也抹着眼泪，表情又有些茫然。

然后几个大的孩子起头，哽咽着断断续续唱了起来：

　　　　长亭外，
　　　　古道边，
　　　　芳草碧连天。
　　　　晚风拂柳笛声残，
　　　　夕阳山外山……

就在这时，一道清亮婉转得如同天籁般的嗓音，带领着孩子们的歌声，响彻整个原野——

　　　　天之涯，
　　　　地之角，
　　　　知交半零落。
　　　　一壶浊酒尽余欢，
　　　　今宵别梦寒……

所有人都看着顾霁生。

他真的没有哭了，白皙而平凡的脸上挂着浅浅的笑容。他特别专注地看着孩子们，一句又一句，认真地唱着。

孩子们都是一呆。

然后不知道哪个孩子喊了句："顾老师好啦！顾老师好啦！他唱歌啦！"

所有孩子全都破涕为笑，高兴地围着他，几乎要跳起来。他脸上的笑容更加灿烂，像是想要孩子们更加开心，唱了一首又一首，不停地唱着。

谢槿知忽然泪流满面。

她走到了一边，抬手捂住自己的眼睛。聂初鸿站在原地看着他，眼泪流了下来。庄冲忽然"啊"地大叫一声，飞跑进了山坡下的稻田里，一头倒了下去，把脸埋在泥土里，可是谢槿知知道，他一定也在流眼泪。

应寒时独自一人，矗立在山坡之上，清俊身影如同一棵孤直的松。

过了一会儿，他转身，走向了被孩子们包围着的顾霁生。

他在顾霁生的面前蹲了下来。

他的面容无比清冷，眼眸却温柔得如同夜色下那永不停歇的溪流。

他单膝跪地，轻轻握住了顾霁生的手，一字一句地说道："以星流之名。你所珍视的，为你守护。你所丢失的，为你寻回。你会看到太阳每一天为你升起，看到星辰永远照耀。以星流之名，永以为诺。"

谢槿知擦干眼泪，静静地看着他们，然后抬头，看着远方。

远方，天空碧蓝如洗，云朵温柔浮动，原野上草绿花开。这繁美春景，永永远远，也望不到尽头了。

第十章

心跳加速

阳光正好，萧穹衍坐在电脑前，脑袋都快凑到屏幕上去了。

他正非常专心地在购物网站扫货。

应寒时手里端着杯热茶，走到落地窗边，静静地望着湖水。

萧穹衍转头望着他："老大，我给孩子们买了很多东西。"

"嗯，好。"

萧穹衍又说道："还买了不少益智玩具，小孩子可以玩，小生生……也可以玩。"说到这里，他的声音变得有些闷。应寒时也没出声。

过了一会儿，萧穹衍又嘀咕道："还有，我已经给小知打过三个电话了，邀请她到家里来玩。而且她身上预知未来的能力，我们还没破解出原因啊。可是好奇怪啊，每次没说几句，她就要挂电话，说很忙，暂时不过来。"他抬头望着应寒时，小心翼翼而又迟疑地说，"我觉得……小知好像在逃避我。可是，我没做什么让她不开心的事啊。"

应寒时静静地站着没动。

他抬眸望着湖水，湖面宽阔而平静，点缀着细碎的阳光，清波徐徐。

他的脑海里却浮现出那晚在大石头上亲她的画面。那些温柔的、迷乱的亲密纠葛。

俊脸，慢慢红了。

"是我……对她做了一些事。"他说。

萧穹衍瞪大眼。

"那……你要向她道歉吗？"

应寒时没说话。

小 John 不会明白，他想要做和应该做的，不是道歉。

俊脸，更红了一层。

"小 John。"他说，"我今天去接她到家里来。"

萧穹衍欢呼一声。应寒时也露出浅浅的笑容。

图书馆。午休时间，馆厅里每一个角落仿佛都弥漫着寂静而慵懒的气息。谢槿知趴在桌上，正在做梦。那是一个有阳光的房间，窗帘被风轻轻吹动。她坐在桌前，正在写字。

"SD、SD……"

一直在写这两个字母，心情仿佛也变得很好。可是 SD 是什么？某个瞬间，她睁开眼睛，看着桌面上的阳光，有点恍惚。

其实，因为眼前时常闪过未来的画面，这种类似于梦醒时的恍惚感，她经常会有。但也许是经历得多了，她反而变得更加敏锐清醒。所以上次在人工智能的世界里，她几乎立刻就分辨出虚拟与真实。

庄冲这几天都没打游戏，而是趁着休息时间，复制刻录了很多学习光盘。他还联络了一些游戏玩家，捐出闲置的旧电脑，一起寄到依岚山去。

冉妤靠在椅子里，正在抹唇彩。见谢槿知醒了，她立刻凑过来说："槿知，我要跟你讲一件很严肃的事。"谢槿知手托着下巴，微笑地望着她："请说。"冉妤把手里的唇膏往桌上一丢，说道："昨天，我下班路过楼下公园，看到一个邋遢的流浪汉，居然也觉得很帅很有味道，甚至还给了他一块钱！我觉得我一定是被你那两个老师的故事感动过了头，现在我眼睛里居然会看到穷男人了！我的人生观难道要崩塌了？"

谢槿知莞尔，认真点头："恭喜你觅得真爱。"

"去你的！"

两人说笑着，就听到叮的一声轻响，馆厅的自动门徐徐打开，有人走了进来。

谢槿知看着他走近。

她从来不做亏心事，可此刻看着他，竟有些心虚的感觉。

SD，StarDrift。

星流，她昨天刚在网上搜索过的名词。

她在梦里反复书写的，居然是这个男人的代号。

应寒时走到工作台前，朝另外两人微微颔首，然后看着她："小知。"

冉妤轻咳一声。

谢槿知当作没听到，微笑站起来："你来了。有什么事？"

应寒时双手负在身后，就这么站着，眉目温和。

他没有马上回答，而是看一眼旁边的庄冲和冉妤，微微沉吟。

冉妤多识趣的人啊，她一心就想把谢槿知嫁给这样的高富帅，立刻拖着庄冲站起来："走，我们俩去搬书。"庄冲朝应寒时点点头，逆来顺受地跟着她就走。

"多谢。"应寒时对他们说。

听到他道谢，谢槿知心里竟然慌了一下，朝冉妤连打几个眼色，但是人家根本不理会。

室内很快安静下来。

他看着她，目光清亮，脸慢慢红了。

谢槿知的心头顿时有些乱，语气却镇定得很："找我有什么事吗？"

应寒时缓缓答道："想邀请你今天去我们家。萧穹衍会对你的身体做一些检测，看能否找到原因。"

谢槿知点头，这的确也是她想知道的。但是……

她的脸也有点热，答道："好，我一定会去。不过我们休假刚回来，积压了很多工作，今天会忙到很晚，过几天等我忙完再去。"

应寒时没出声。

谢槿知说："那我先忙工作了。"

她刚要坐下，就听他轻声说道："我愿意等你，多晚都没关系。"

谢槿知一下子说不出话来。

她低头坐了一会儿，就听到他的脚步声渐远，已经走出了馆厅。

冉妤和庄冲很快就回来了。

冉妤站在谢槿知身旁的窗边，挑开窗帘望着楼下。春日的天空飘起了蒙蒙细雨，应寒时就负手站在他们楼下，十分醒目。来往的职工和读者全都对他行注目礼，而他始终姿态沉静，眉目不动，显得定力非常的好。

冉妤放下帘子，朝谢槿知竖起大拇指："干得漂亮！这么个开保时捷的大帅哥，就被你晾在楼下。谢槿知你到底在犹豫什么？为什么还不从了他？从啊！"

冉妤并不知道外星人的存在。顾霁生的事，她也只说是被歹徒所伤。谢槿知看一眼楼下的他，终究还是有些闷闷地答："没法从。"

夕阳斜沉。同事们都走得差不多了，冉妤和庄冲也走了。

因为之前告诉应寒时"要忙到很晚"，他现在又在楼下等着，谢槿知只得又在办公室里消磨了一个多小时，这才下楼去。

阳光照在路面上，也照在他身上。他转过头，看着她。白皙的脸部轮廓沾染微光，眉眼却更显清晰。

他眼中徐徐浮现笑意。谢槿知低下头，避开他的目光，走过去："我今天的事情还没做完。要做给依岚山的孩子们的读书卡片，我打算带回家做。"应寒时安静了几秒钟。

"没关系。"他说，"带去我家，我可以……陪你一起做。"

谢槿知到底还是无法再拒绝了。

"哦……好。"

保时捷平稳行驶在车流里。谢槿知斜瞥他一眼，他又戴上了白手套在开车。萧穹衍说这是"指挥官职业病"。

她唇角轻勾，转头望着窗外。

"你为什么买这个车？"她一直想问。

"这是地球上最快的车。"他不疾不徐地答。

原来如此。果然是标准的外星人答案。

从图书馆到他的郊区别墅，需要跨越大半个江城，还要过长江。正值晚高峰，"地球上最快的车"也行驶得如同龟爬。

两人都安静下来。

应寒时抬眸望着红绿灯，徐徐转动方向盘，目光不经意间就落在身侧。

她将背包放在了腿上，双手轻轻抱着。她今天穿的是件薄毛衣，袖口宽松，遮住半个手背，只露出纤细白皙的手指头。

应寒时放在方向盘上的双手微微动了一下。

过了几秒钟，他缓缓放下一只手，想要握住她的。

她的眼睛始终看着窗外，像是并没有注意到，可在两只手即将触碰的那一刹那，她忽然将手移开，放到了背包顶上。

应寒时的手慢慢放下，然后又搭回方向盘上。脸庞，无声无息地红了。

静默了好一会儿，他开口："小知，我……"

"我好困。"谢槿知忽然开口打断他，"我睡一会儿啊，到了叫我。"

说完她就侧身，背对着他，抱着包闭上了眼睛。应寒时望着她的背影，过了一会儿，抬眸看着前方："……好的。"

这一路，谢槿知自然是睡不着的，只觉得煎熬又纠结。而身畔的他始终安静着，车似乎也开得更加平稳。

好容易到了他家别墅外，谢槿知适时地"醒"了。两人下车，应寒时刚打开屋门，就见萧穹衍系着粉色小花围裙，手提锅铲，站在玄关，咧嘴笑看着他们。

有他在，谢槿知顿觉轻松，脱了鞋走过去，挽住他的胳膊："小John，辛苦你做饭了。"

萧穹衍一挥锅铲："哪里，我最喜欢做家政了。快去看看我做了什么好吃的！"

两人手挽着手走了，应寒时跟在她身后进屋，先将她胡乱踢在玄关的鞋一只只捡起来，整齐地收进鞋柜里，这才走进来。

晚餐非常丰盛。应寒时和谢槿知坐在方形餐桌的对面，萧穹衍坐在侧面。他不能吃，就捧着下巴看他们吃。

"味道怎么样？"谢槿知每夹一道菜，他就会问。

谢槿知微笑点头："太好吃了。"

应寒时脸上也有清浅笑意："做得不错。"

萧穹衍欢呼了一声"哦耶"，这句口头禅还是跟好朋友庄冲学的。

许是有萧穹衍在，气氛也变得轻松愉快不少。谢槿知心中那尴尬慌乱的感觉也烟消云散，饶有兴致地看着萧穹衍不断耍宝。只是不经意间，与应寒时目光相触，两人都同时飞快地移开目光。

饭快吃完时，萧穹衍说起了正经事。

"小知，吃饭前我们已经扫描过你的身体和基因，结果显示没有任何异样。"他摊手，"我之前还想，你脑袋里会不会被人装了什么东西呢。"

这也是谢槿知最关心的问题，她认真地听着。应寒时也放下筷子。

萧穹衍继续说道："不过，也不是全无头绪。既然不是内在的原因，那就是外在的原因了。"

谢槿知问："外在？"

萧穹衍点头："是啊。你想，未来是什么？就是一段时间后会发生的事啰。你能看到未来，就说明你的身边存在时空裂缝。"

谢槿知心头一震。时空……裂缝？

"简单地说，就是因为某种原因，你身边的时间被扭曲了，它有时候是弯的，不是直的，出现了裂缝，所以你才能看到未来的景象。"萧穹衍解释道。

谢槿知心头百转千回。

一直以来困惑她的隐秘难题，在外星人口中，原来是这样简单的一个答案。但这也让她更加困惑。

"那会是什么原因造成的？"她追问。

萧穹衍耸耸肩："噢，我的小姐，这可能有多种原因。或许，你曾经到过某个时空扭曲得严重的地方，对你造成了影响；又或许，你遭受过什么大的能量辐射，这能量扭曲了你身边的时空……都有可能。你有印象吗？"

谢槿知摇摇头，一时间她真的想不起来。

萧穹衍微笑："没关系，慢慢想。当然了，对我们曜日帝国的人来说，利用超光速引擎进行时空跳跃，是常有的事，所以我们经常能够抵达你们地球人所说的'未来'。不过像你这种身边就有时空裂缝的人，我还是第一次看到呢。多棒啊，小知，你多厉害啊。"

谢槿知却只是笑笑。

"你看到的未来，是什么样的？"应寒时问道。

谢槿知看他一眼，答："很零散，出现也没有规律，不知道什么时候会出现，有时候也是模糊的。不过，我只能看到与我相关的未来。不相关的人和事，我是看不到的。"她顿了顿，又说，"还有，我发现，只有当某些关键条件发生变化，事情已经发展成既定事实、不可逆转时，我才能看到。"

譬如，那晚小杰上山之后，大概已注定会与歹徒相遇，她才在梦中预见了他被俘的过程。只是醒来后，已经来不及。

譬如那晚在院子里，"小杰"被黑龙挟持，她身旁的顾霁生必然心意已决、无法阻拦，她才会看到他遇袭倒地的场景。

应寒时沉吟片刻："因为时空裂缝本就在你身边，所以你只能看到小范围的未来。而且，未来本就是瞬息万变的，所以只有当它确定时，你才能看到。"

谢槿知想了想，也点点头。

萧穹衍起身开始收拾餐盘，谢槿知看一眼墙上的钟，站起来："时间不早了，那我先回家了。"她没看应寒时，而他坐着没动。

萧穹衍却撇撇嘴："小知，你最近怎么变得好不亲切、好不热情？才刚吃完饭啊，难道不应该再陪我们看会儿电视、聊聊天吗？"

谢槿知说："我还有事……"

应寒时突然说："小知。"

谢槿知只得抬眸看着他。

他站了起来，走到她面前，低头看着她："我们还有件说好的事没做。"

谢槿知疑惑："什么事？"

"一起给孩子们做读书卡片。"

谢槿知看着他的眼睛，一时竟说不出拒绝的话。

谢槿知被应寒时带到书房去了。她肯留下玩，萧穹衍非常高兴，又跑到厨房，切了盘水果，哼着歌端过去。他轻敲书房的门，很快应寒时来开门了。萧穹衍刚要往里钻，手里的果盘忽然被人接走，他也被挡在了门外。应寒时眼眸沉静如水地看着他，只是脸颊略微有些红。

"小 John，没有我的召唤，你今天不可以进入这个房间。这是军令。"

萧穹衍张大嘴，然后眼睁睁地看着门在眼前关上，"咔嚓"一声轻响，居然还落了锁。

啊……

指挥官大人，你、你、你想对小知做什么？！

夜色静悄悄的，窗口的树枝随风轻摇。似乎下起了小雨，湖面上有细碎的水声。

谢槿知低着头，将她选好的书上的小故事一字一字地写到卡片上。

应寒时坐在她身侧，拿着把剪刀，将硬纸剪成一张张小卡片。不得不说，他的手比聂初鸿还巧，卡片剪得工工整整，就跟刀裁的一样。

两人就这么安静地做着事。他的目光偶尔会落在她身上，而她始终低头不语。

忽然，铃声响起，打破寂静。

谢槿知看一眼号码，站起来："我去接个电话。"

"好。"

谢槿知走到阳台，关上推拉门，看着天空的毛毛雨。

"谢槿行，什么事？"她微笑道。

谢教授的嗓音十分温和："槿知，今天是阿姨的忌日，我打电话来问候。你在做什么？"

谢槿知沉默了一瞬，答："嗯，谢谢。我在做给希望小学的孩子的卡片。"她顿了顿又说，"早上我给她烧过纸钱，也上过香了。"

谢教授笑了笑，正要再说什么，忽然一停，然后谢槿知就听到那头一阵响动。

"妈，你干什么？"谢教授的声音。

隐约传来个凌厉的中年女声："你今天给谁打电话？给那个狐狸精的女儿？"

"妈，你别这么说！她是我妹妹。"

谢槿知低头看着手机，静默片刻，又将手机放到耳边，一字一句地道："谢槿行，转告阿姨：我妈妈不是狐狸精。是你的父亲、她的老公，骗了我妈妈。如果早知道他有老婆孩子，我妈看都不会看他一眼。"

她说完就挂了电话，直接关机。

又站了一会儿，她才转身走进屋内，却微微一怔。

应寒时依旧坐在原处，眉目平静地剪着纸，灯光下，只见他修长白皙的手指微动着。

她也坐下，闷不作声地继续写。

大约是这样的夜晚太静好，她的心绪也慢慢平静下来。

"小知。"应寒时忽然开口。

谢槿知抬眸看着他。

他放下手里的卡片，清澈的双眼也望着她："为什么会想到，为孩子们做这些事？"

谢槿知安静了几秒钟，答："我在一本书上看到过一句话：'如果尚有余力，就去保护美好的东西。'这些，大概是我的余力。"

应寒时静默不语。

见他不说话，谢槿知低下头，趴在桌上，继续写卡片。

应寒时凝望着她。刚才她的电话内容，他无法回避，一字不漏地听得清楚，包括电话那头的咆哮。而此刻，她就坐在离他很近的地方，在灯下有淡淡的剪影。她低着头，乌黑的秀发，干净的眼睛，显得那么温柔。她说尚有余力，就要去保护美好的东西。细细白白的手指握着笔，那是一种与她的性格完全不同的纤柔。

应寒时忽然又想起了那个吻，想起她清甜柔软的气息。那晚那样的黑。她在他怀里，任由他扣着十指，小小的舌头，与他纠缠着。

他的目光静静滑到了她的唇上。谢槿知原本低头写得认真，忽然间眼眸一怔，盯着桌面好一阵，眨都没眨一下，握笔的手指也慢慢捏紧了。

应寒时察觉了："怎么了？"他很快明白了，"你看到了什么？"

谢槿知却不回答。然后应寒时就看到极少脸红的她，脸竟然明显地红起来，几乎是满脸通红。她不看他，霍地站起来，将桌上的卡片往包里一扔，背起来就要走："我要回家了。"应寒时有些发怔，但还是立刻站起来："那我送你。"谢槿知一下子转头看着他："不许你送！"

应寒时："……"

转眼她已打开门，快步走了出去。天空依旧飘着小雨，谢槿知刚跑出别墅不久，旁边就恰好驶来一辆要出去的出租车。她立刻上了车，坐稳后回头，就见夜雨飘摇中，应寒时居然追了出来，他站在路边，看着她上了车。

出租司机也注意到了，打趣道："哟，这又是一个跟男朋友吵架的啊。姑娘，你男朋友很帅啊，看着多可怜啊，早点原谅他吧。"

谢槿知没吭声。

"去哪儿啊?"司机问,"下雨了,路可不好走,到处堵着呢。"

谢槿知静默片刻,答:"送我去渡轮吧。我坐船过江。"

"好哪!"

雨下大了。

谢槿知始终望着窗外的霓虹,直至抵达江边的渡轮入口。

夜色下的长江更显水面宽阔厚重。尽管已有数条长江大桥和过江隧道,渡轮这种古老的交通工具依旧保留着。

小时候,谢槿知就经常跟着母亲坐渡轮过江。

心烦意乱时,她也会来。

掏出两块钱,在窗口买了张票。她随着人流走下长长的甬道,过了闸门,进到了停靠着的渡轮里。

下雨天,渡轮上人很多,也很吵。她拣了个靠窗的位置坐了下来,闭上眼,长长地叹了口气。

应寒时,应寒时。

StarDrift,他们敬畏地叫他星流。

可她闭上眼,睁开眼,眼前都是他刚才站在路旁望着她远离的样子。想回去。

她竟然很有回去找他的冲动。她下意识地看向闸门,上方的红灯却在这时闪了起来,闸门一点点关闭了。她忽然一怔,缓缓抬起眸。

透过闸门,长长的甬道最上方,一个熟悉的人影站在那里。白色的灯光照在他头顶,他的全身都被雨淋湿了,白衬衫紧贴身躯,头发也乱了。显然,他是一路追过来的。隔着百余米的距离,他望着她,眼眸漆黑动人,似有暗潮涌动。

谢槿知的心跳突然变得很快,怔怔地望着他。这时,渡轮徐徐开动。很快,船檐遮住了她的视线,看不到了。谢槿知又望了一会儿,这才转过身来,默坐了一阵,伸手捂住了自己的脸。追什么追啊,知不知道她在他的书房里,看到了什么?

就是在那个房间里，同样柔和的灯光下。不知是未来的哪一天，哪个时刻。风吹得桌上的书页轻轻作响，卡片散了满桌，却没人去管。她的座位是空的。她坐在他的大腿上，伸手搂住他的脖子。而他低下头，闭着眼睛，抱着她一直亲一直亲。周围寂静无声，唯有他身后的尾巴，轻轻地、温柔地摇着……

几分钟后，渡轮就抵达了对岸。谢槿知有些失神地随人流走了出去。

跨过闸门的瞬间，她忽然一怔。某种强烈的直觉突然朝她袭来。

她缓缓地抬起了头。应寒时站在几步远的地方，负手望着她，眉目间缓缓浮现笑意，温和，却坚定。

周围人来人往，嘈杂也空旷。

谢槿知的心跳前所未有地加速。她一步步走向他，就好像走向了另一个勇敢而孤险的未来。

他的衬衫已然湿透，额上也挂着水珠，也不知是雨水还是汗水。衬衫上还染了几抹黑，不知刚才这几分钟，他是怎么弄上的。

"你是怎么过来的？"谢槿知问。没有车，又不能被别人看到他的奔跑。

他抬头看了眼不远处的长江大桥，答："贴着桥墩下面，跑过来的。"

谢槿知想象了一下那个画面，忽然心疼了一下。

他低头看着她："小知，我……"

"等一下。"谢槿知打断他。两人这样矗立着，早引来不少人侧目。

"……换个没人的地方说。"她说。

"好。"

五分钟后。

两人到了江边一座山顶上，顶上有凉亭。此时夜雨纷飞，凉意袭人。谢槿知坐在亭内一角。应寒时背对着她，负手看着雨水。不远处的路灯朦胧漫射，她看见他的侧脸依旧是红的。

不等他开口，谢槿知先出声了："应寒时，那天晚上……我们俩都有点冲动。"

那个迷乱而亲密的吻。

应寒时静默片刻，侧头看着她："槿知，什么是冲动？"

他的眼眸那么黑，那么静，谢槿知轻声答："就是……我们都有点情绪化，不太冷静，还有点……被欲望驱使。"

应寒时凝视了她几秒钟，缓缓转过脸去，只留个耳朵给她。

"如果，从遇见你开始，我就一直在冲动，"他说，"是否，这就不叫冲动？"

谢槿知一动不动地望着他，耳朵里是阵阵淅沥清晰的雨声。

"槿知……是不喜欢我吗？"他轻声问。

谢槿知完全说不出话来。

两人都沉默了好一会儿，她开口："你对……跨星球的恋爱，没有一点心理障碍吗？"

他摇头："不会。曜日的人，跟其他很多星球的种族通过婚。"

原来是这样。

谢槿知的双手放在膝盖上，盯着地面浑浊的水渍，说道："应寒时，你看我长这么大，从来没谈过恋爱。不是因为我要求高，也不是因为没有人追求，而是从小到大，我的想法，就是要找一个永远不会离开我的男人。他能理解我所理解的东西，他与我有相同的追求。他心里没有别人，一心一意只对我好。我也只对他好。

"这些……你都能办到。可是，我从来没想过，要跟一个外星人在一起。

"我不知道你从什么样的地方来，也不知道你什么时候会离开。你还是军人，是指挥官。尽管帝国灭亡，你的职责还在。你要保护晶片，你也许还有很多事要做。有危险，我知道你一定是一个人去，然后留给我一个背影。"

应寒时静静地站着不动，听她缓缓说着。

她抬头看着他："我们都想为顾霁生报仇，想要守护他曾经守护的东西。如果作为伙伴，我愿意始终跟你共同进退，只要我能尽绵薄之力。可是如果作为爱人，我不知道有一天，你是否就会离开我。是否我也要……一个人孤独地度过余生。我只能思念你，却不能跟你白头到老。"

讲完这段话，她就沉默下来。十指捏得很紧很紧。

应寒时没说话。她看着他耳朵边的短发，看着他依旧微湿的背影，忽然觉得难过。

她站起来："我说完了，先回去了。"

可大概是走得太急，她的脚刚踏出亭子，踩在泥地上，就感觉到一阵打滑，随即身子一歪，眼看就要摔倒。

身后伸过来一只手，将她的腰搂住。他一用力，她就跌进了他怀里。

他抱着她，没动。谢槿知的脸贴着他胸口湿漉漉的衬衫，也没有动。

"槿知。"他轻声在她耳边说，"我明白……你的心意。"

谢槿知的眼眶忽然有些发酸，没出声。

"我十五岁从军，征战七年。母星毁灭后，我以休眠状态进行跨光速旅行，漂泊了很长很长的光阴。我也曾想象过，自己将来的女人，会是什么模样。"

他轻轻将她松开，低头看着她："直至遇见你。想要得到你——这种心情，慢慢在我心中扎根。如果，你不爱我，我也会继续照顾你一生。如果……你也爱我，我愿意每天跟你在一起，陪伴你，珍惜你，我们……白头到老。死后我们葬在同一个墓穴里，永远也不分离。给我一个机会，可以吗？"

谢槿知没出声。

她说不出任何话来。

是什么关键条件发生了变化？

是他的心意变得更坚定，还是她的心意也在改变？

她看到不久的未来，他抱着她，坐在月光下的长椅里，笑意温柔；看到他在厨房认真地做饭，而她懒洋洋地靠在沙发里看书；他将她压在房间的门上，低头亲吻，而萧穹衍被关在门外，一脸好奇；他们相拥躺在床上，他用尾巴缠绕着她的腰身，低头吻着她……

她分明看到了更多更多属于他和她的温柔欢愉。

在他剖白心迹的这一刻，它们终于变得不可逆转，来到她眼前。

谢槿知和应寒时一前一后跑出去后，萧穹衍就焦急地在家里等待着。终于，应寒时推开门回来了。

萧穹衍瞪大眼睛。这是怎么回事？指挥官浑身都是水，还脏兮兮的。要知道，地球上能够打倒指挥官的人一定还没有出生。

难道……是被谢槿知小姐揍了一顿？毕竟指挥官是一定不会对女人还手的。

他忧心忡忡地迎上去："怎么样了？她……原谅你了吗？"

应寒时脱了鞋放好，抬眸看着他。

萧穹衍觉得奇怪："咦？"

指挥官……在笑？嘴角挂着浅浅的笑，眉梢眼角仿佛都已沾染，眼睛里缀满盈盈光泽。

"大概……算原谅了。"他答。

萧穹衍狐疑地盯着他。

尽管指挥官经常对他笑，但那笑容大多云淡风轻。笑得像今天这么开心、这么温柔，还是极少见的。

应寒时将双手负在身后，不疾不徐地走进客厅。尽管他依旧是平时清俊沉静的姿态，但萧穹衍总觉得他哪里不对劲。

然后，萧穹衍就看到他走到沙发旁，低头看了看，弯腰，将搭在上面的两件衣服拿起来仔细叠好，放到一角。

萧穹衍："……"

要知道，虽然指挥官生性勤劳，但到底位高权重，这些杂务，向来是小 John 做的啊。

萧穹衍正想着，又见应寒时走到餐桌旁，伸手整理了一下桌布，然后抬头，看向厨房水槽里堆着的碗。

他眉毛一扬，走了过去，挽起衣袖，居然开始洗碗了。

萧穹衍飞奔过去："指挥官！这些小 John 来做就可以了！"

应寒时没答，动作也没停，依旧低头认真地洗着。萧穹衍看着他的动作，他对那些碗简直不要太温柔呵护。

"小 John 少校。"应寒时忽然微笑着侧眸看着他，"很久没有给你升过职了。今天开始，晋为中校吧。"

"……啊啊啊啊！"

幸福来得太突然，萧穹衍激动万分地单膝跪下，一时都说不出话来。

要知道应寒时是个非常严谨、一丝不苟的指挥官。现在在地球，小 John 又不能建立军功，要晋升可是很难的了。但是呢，根据他的经验，指挥官毕竟还年轻，偶尔也会一时激动，宠爱他一下下，给他晋职。

上一次他破格被提升，还是因为指挥官获得了陛下颁发的帝国最高勋章，主仆两人实在太高兴了。

"感谢万能的陛下！"萧穹衍感叹道，又问，"老大，你到底遇到了什么高兴的大事？"

应寒时的眉眼间再次浮现笑意。

"刚才……我向槿知表达了爱意。"

萧穹衍再次陷入震惊中。

但立刻，巨大的喜悦感朝他袭来！因为他想到，如果小知成为指挥官夫人，就可以天天跟他们生活在一起了。

"太棒了！那她答应你了吗？"

应寒时依旧温柔地微笑："不，她只是没有拒绝，说……要考虑。"

萧穹衍虽然有点失望，但还是点头："既然没有拒绝，那也是可喜可贺的事。"

见应寒时已经把碗洗完了，他也有点激动起来，一拍胸脯："老大，明天我为你做高能早餐，充满能量地开始追求槿知小姐吧。"

应寒时擦干双手，重新负在身后，微微颔首。

主仆二人一起面带微笑往客厅走，萧穹衍忽然想到一个问题，愣住了。

"等等！大人，你知道怎么追求女人吗？"

应寒时的脚步也是一顿，静默片刻，嗓音徐徐："……不知道。"

这是萧穹衍意料中的答案。他发愁地想了一会儿，忽然灵机一动："去问问我的好朋友。他可是个真正的地球男人！"

接到萧穹衍的电话，庄冲也有些意外："你老大，要追求我女神？"

萧穹衍美美地答："怎么样，是不是很棒？"

庄冲微微一笑："他们的确很配。不过，我女神不太好追。"然后他就举了几个例子。谢槿知虽然不是倾国倾城的大美女，但好歹也是图书馆的馆花。之前有好几个年轻男同事想要追求她，刚透露出点意思，就被她直接拍死了。还有来馆里借书的男人，想约她喝茶，她一次都没去过。

听完这些话，萧穹衍立刻为指挥官的前途担忧起来。可他一转头，就见身旁的应寒时眉目不动，面颊却微微泛红。

萧穹衍问："怎么了？"

应寒时缓缓垂眸，唇角微扬："她拒绝了其他男人。"

"……"

受人之托，忠人之事。庄冲非常认真地想了想，脑海中浮现出大学时的画面。

那时，他每天打游戏打得昏天黑地，但是偶尔披着床单走到阳台上，看到那些篮球王子、学生会部长等风云男子在楼下等女生，他的心中还是有一点点旁人不懂的寂寞。

"追人很简单。"他淡淡地道，"明天一早，送早餐先。"

清晨，谢槿知睁开眼。头还有点重。她昨晚几乎失眠到天亮。

她起身去刷牙，满嘴泡泡时，又想起昨晚应寒时说过的那些话，心底顿时软软的、热热的，就好像被……他的怀抱包裹住。

她对他说要考虑。其实她有时候真的很讨厌自己的能力。因为很多事，看到是一回事，接受又是另一回事。譬如小时候，知道那天出门会摔一跤，她很小心很小心地走路了，但还是会摔倒。知道母亲那一天会病故，她却只能在母亲面前忍着不哭，每一分每一秒都是煎熬。

如今也是一样。

她真的不想现在就看到那么多让她脸红心跳的画面。放下刷牙缸，她一转身，又怔住了。阳光下，她看到未来的某个时刻，应寒时就躺在这张床上，肩膀露在外面，没穿衣服，而她穿着他的衬衣，露着双腿，走过去，低头亲了他一下。

谢槿知红着脸闷闷地下楼。谁知她一抬头就看到始作俑者衣冠整齐地站在花圃旁。听到动静，他转身望向她，眼中浮现淡淡笑意，整个人如同清风明月般温润干净。谢槿知看得心头一跳，走过去："你怎么来了？"

他将手里拎着的一袋包子递给她："来给你送早餐。"

谢槿知接过："谢谢，但其实不用送的。图书馆食堂有很多早点。"

他望着她，漆黑的眼眸映着阳光："槿知，这是我追求你的诚意。"

"……哦，好。"

两人一起往图书馆走。谢槿知以为他把她送到单位门口，就会离开。谁知他一直跟到了办公楼下方。

谢槿知停步："你……也上去？"

应寒时点头："今天没有别的事，我上去看书，中午接你吃饭。"

谢槿知微微吃惊。

她怎么觉得应寒时好像突然掌握了标准男友的全套流程？居然让她有点招架不住。

"我中午要跟冉妤和庄冲一起吃饭。"她说。

应寒时再次点头："好的，我会订大桌。"

"……哦。"

两人走入馆厅，她走向工作台，应寒时走向阅览区，身影没入书架后方，倒是半阵也没有在她眼前出现。

谢槿知工作了一会儿，就有点走神，抬头望着他的方向，再一转头，却见身旁的冉妤也在发呆。

谢槿知凑过去问："怎么，在想你的流浪汉男友？"

冉妤瞪大眼："槿知，我看你的嘴是越来越毒了。话说你们家应寒时都守到图书馆来了，赶紧从了吧，我看他都快成望妻石了！"

"胡说八道，你别管我从不从。"

两人又笑闹了一阵，谢槿知忽然反应过来。这些话，应寒时都会听见的。

阳光照在书架间，细细的灰尘轻轻飞扬着，温暖而寂静。谢槿知终究还是忍不住，拿着两本书，装作是要整理的样子，走近阅览区。远远的，她看到他坐在桌前，白衬衫染着朦胧阳光，双手放在桌上，很安静的样子。

脸颊和耳朵却微微红着。

……听到了。望妻石。

谢槿知默默地转身，刚想走，却眼尖地瞥见他手里的那本书。

《经典笑话大全集》。

他正慢慢地翻着页，看得很用心的样子。还真的是……很爱看笑话啊。谢槿知往回走了两步，忽然忍不住，低下头笑了。

中午，谢槿知到底还是把冉好和庄冲扔在一旁，跟应寒时两个人去了家小餐馆。

坐下时，她问："这种地方你吃得惯吗？"

"槿知，我对食物并不挑剔。"他答，"我曾经带兵偷袭一个要塞，吃了两个月的压缩能量包，后来的大半年，吃任何东西都像在嚼树木。"

"这样……"

于是谢槿知点了一大桌子的菜，对他说："多吃点。"

应寒时颔首。

结果真的吃了很多。谢槿知望着他从容的面容和依旧平坦的小腹，他怎么一点都不长肉呢？

结账时，她刚要掏钱，应寒时已拿出钱包，先结了账。

谢槿知一直以来就很好奇，问道："你的钱从哪儿来的？"

应寒时负手站在她身侧，答："我们离开帝国时，小 John 的确专门带了很多帝国币，数以亿计。但是到地球后，都不能用。"

谢槿知："……"

这还用说？

"好在我们俩的计算机水平都不错，暂时远超地球人的水平。"他微笑，"后来我们就替人设计程序，一天能完成几百个，收入颇丰。"

谢槿知看着他。原来……外星人也要靠自己挣钱。

踏着午后静谧的阳光，两人再次走到图书馆楼下。应寒时停步。

"槿知，我下午有些事要准备。晚上来接你到我家商量寻找晶片的事。"

这是非常重要的事，谢槿知点头："你不用接我了，我跟庄冲一起过去。"

既然是恋爱军师陪伴她一起过来，应寒时就没有再坚持。

两人都安静了一会儿。

谢槿知说："那我先……"

"可以……给我一个吻吗？"

谢槿知不出声。

他低下头，在她左颊轻轻一吻："午安，小知。"

午休时间。应寒时走了，谢槿知坐在椅子里，单手托着下巴，手里的笔在纸上随意写着——午安，小知。午安，应寒时。寒时……

庄冲不知何时无声无息地站在她身后，看一眼那纸，淡然问："他追到你没？"

谢槿知看他一眼，语气比他更淡定："还没。"

庄冲在她身旁坐下，过了一会儿低声说："今晚他会送花给你。看我面子，收了。"

"……滚。"

夜幕降临时，谢槿知和庄冲一起到了应寒时家。

萧穹衍准备了更加丰盛的晚餐，四人轻松愉快地吃完后，坐到沙发上，讨论寻找晶片的事。

几天前从依岚山回来时，应寒时把那架反叛军战机留给了聂初鸿，并教了他开飞机的技巧。

警方在后山某处找到了被绑架打晕的孙大娘和小杰，但是他们完全记不住最近一段时间的事。所以他们到底是从何时开始被纳米人替代，已经无从知晓。

顾雾生现在只教授孩子们音乐课。据说他每一天都过得很快乐。而聂初鸿将他照顾得无微不至。

"反叛军首领——阿诺德·林。"萧穹衍将电脑上的照片展示给大家看，"哼，没想到这个毒瘤也活了下来，并且来到地球。他曾是我们大人的手下败将，但他非常狠毒，诡计又多，还特别擅长笼络那些贵族和富豪，所以并不好对付。"

谢槿知看着那照片。萧穹衍这么说，她以为会看到一个阴森凶悍的家伙，结果却是个三十出头的俊朗男人。他穿着黑色军装，轮廓深邃，表情坚毅。乍一看竟然是个极有英气的军人。

应寒时开口："小 John，兵不厌诈。你不用这么诋毁林指挥官，我和他只是信仰不同。"

谢槿知看着他，微微一笑。萧穹衍闷闷地"哦"了一声，继续解释道："上次小生生的晶片被抢走后，我和指挥官又潜往他们的巢穴一次。遗憾的是，他们已经全部撤离，晶片也不知所踪。显然，林指挥官已经意识到我们的存在。"

谢槿知问："那现在怎么办？"

萧穹衍看向应寒时，谢槿知和庄冲也看向他。

应寒时坐在沙发上，身影笔直，双手交握搭在膝盖上，神色平和。

"阻拦他们，得到下一块晶片。"

谢槿知和庄冲同时一怔。

应寒时徐徐道："以概率计算，被带到地球的高能晶片数量必然稀少。现在林的实力远胜于我，不管他收集晶片的目的是什么，我们只要抢先找到其他晶片，就能占据主动。"

谢槿知和庄冲点头。

庄冲问："怎么找晶片？"

萧穹衍咧嘴一笑："噢，这就是我们今天找你们过来的原因了。以我们现在的设备，已经搜寻不到新的晶片信号。所以，我们需要去一趟海底。我们来时的飞船藏在一万米的海洋深处，上面有更精密的设备。要不要一起去啊？"

夜风清朗，谢槿知今晚吃得太饱，推开门，走到阳台上。

不得不说，应寒时靠写程序赚的钱，让他在地球生活得很有品质。

阳台外，就是月光下的湖水，寂寂动人。她在阳台上趴了一会儿，就听到身后响起脚步声。应寒时走到她身旁。

花香随着夜风袭来。她转头看着他，他也低头看着她。一轮明月静静地映在两人身畔的湖面上。他的眸光清澈无比，将一大束鲜花递到她怀中："槿知，这也是诚意之一，请收下。"

明明是很浪漫的场景，谢槿知却有点想笑。她抬眸，却见他的身后，萧穹衍和庄冲躲在客厅一角，都只露出半个脑袋，偷偷往这边张望。

谢槿知忍不住笑了出来，大方地接过花："谢谢你，我喜欢。"

应寒时负手而立，眉梢眼角也沾染上清淡笑意。两人并肩望着湖水，谁也没再说话，就这么安安静静地站在一起。

而他们身后，萧穹衍和庄冲也安静地站了一会儿。

萧穹衍小声说："我觉得他就快追到她了。"语气中难掩兴奋。

庄冲原本嘴角也挂着微笑，闻言忽然一怔，低头从口袋里拿出一张计划纸，看了一眼，神色淡然地抬头："急什么？还没看电影和吃烛光晚餐。"

"哦……"

第十一章

难以抗拒

一艘船静静地停靠在海岸边，随着海浪轻轻摇动着。

星辰与月亮照耀着海平面，银光点点，宛如一幕幽静的梦。

谢槿知靠在船舷上，望着大海。

脚步声渐近，她回过头，却是微怔。

应寒时穿了件衬衫和长裤，正走向她。但那衬衫跟平时不同，是铁灰色的，纽扣像是某种晶石做的，并且一直扣到了脖子上。双肩有藤蔓花瓣图案的肩章，右臂也印有徽章。

他走到谢槿知身边，伸手解开脖子上的纽扣。

谢槿知问："这是军衬衫？"

应寒时点头："到飞船上去，穿军装更自在。"

"哦。"

萧穹衍早说过，他有职业病。谢槿知觉得，这个男人的骨子里，其实"控"一切跟军事有关的东西：制式衬衫、白手套、最快的车……去他家几次，每次他都在看地球人的军事频道。

她一抬眸，又看见他穿军衬衫的模样，于是低下头，看着水面，脑子里却浮现这几天两人相处的情形。

他表现得完全像个标准男友，地球男人追女友会做的事，他真的都做到了，但是又有他的细致温柔在里头，再俗气的事——譬如带她看恐怖电影——他也做得一丝不苟。

谢槿知的唇角微勾。想起这个周末出发前，冉好还惊讶地问："你要去旅行？老实交代，是不是跟你那个二十四孝男友去？"

她甚至都没有否认，而是自自然然地答："怎么，不行啊？你也跟你流浪汉男友去啊。"

"槿知你浑蛋！"

"小知，想学开战斗机吗？"

谢槿知一愣，抬眸望着他："想。"

铁灰色衬衫衬得他更加清俊挺拔。他温和地道："飞船上有几架战机，我们可以在海底开。我教你。"

谢槿知顿时期待起来。

旁边躺椅上的庄冲突然掀开盖在脸上身上的报纸，大声喊道："我也要学！"

驾驶舱里的萧穹衍探头出来："我教你我教你！"

水下。这大概是他们的另一架战机，银白色流线造型，有螺旋桨和尾翼，谢槿知觉得非常漂亮。也不知道平时应寒时把它藏在了哪里。四个人搭乘战机，从岸边入水，已经往下潜行很长一段时间了。

机舱里并不宽敞。萧穹衍坐在前面驾驶，庄冲凑在他身旁，两人已玩得不亦乐乎。谢槿知坐在窗边，看得很入神。

海底是真真正正的深黑一片，感觉就像是进入了无边无际的墓穴中，唯有战机前方的照明灯带来朦胧的光，照亮了一小片水域。万籁俱寂。

有色彩鲜艳的不知名的鱼从窗前游过。谢槿知伸出手，轻轻地戳。身旁有人轻轻地坐了下来。谢槿知看他一眼。他单手搭在她的椅背上，另一只手随意地搭在膝盖上，低头看着她。对于靠近她这件事，他倒是越来越娴熟自如了。谢槿知转过头，继续逗鱼。

约莫是海底极寒，窗户上很快凝结了一层水汽。谢槿知便伸出手指，一点一点地抹去。

应寒时的目光就从她的脸上落到了她的手指上。

纤细、白皙而柔软的手指。

他微微垂眸。

玻璃面有点冰，把谢槿知的手指也弄得冰凉凉的。她抹了一阵，刚想收手，就看到男人白皙而骨节分明的手也伸了过来。

三根手指的指尖被他轻轻握住了，然后放在了他的大腿上。

他没出声，只侧过头，静静地凝视着她。

谢槿知也没出声。明明手已经被他牵过无数次，可如今一点点指尖被他握在掌心里，却更让她感到酥麻难当。

"这也是……庄冲教你的？"她轻声问。

"不是。"他低下头，轻轻地跟她的脸贴在一起，"是我自己……想要这样对你。"

谢槿知整张脸都烫了起来，只觉得全身每一寸皮肤都蹿过那细微的、酥麻的感觉。她任由他这么握着、蹭着，一动不动。应寒时也没动。两人就这么静静依偎在机舱一角。周围那么静，谢槿知的心中却好像有波浪在不断冲击着，冲击着。

"终于到了，我们的星光号。"前方的萧穹衍感叹道。

谢槿知立刻抬起头，避开他的触碰，又将手指抽出来。应寒时的手也缓缓放了下去，抬起头，看着前方。

前方水域里，一艘深灰色的足足有四五层楼高的金属庞然大物，静静屹立在那里，没有半点光亮。

靠近。舱门对接。手动旋转阀门，舱门徐徐打开。

"嘭"的一声低沉而辽远的响声，像是从飞船深处传来。能源装置启动了。谢槿知跟在应寒时身后，走进长长的舰桥通道。周围是银色金属壁，映着暗暗的光。这是谢槿知和庄冲从未见过的景象，两人都屏住呼吸，四处看着。

很快就到了一片开阔的机舱里。

"这是中央驾驶室。"萧穹衍介绍道。

应寒时负手而立，目光平静地看着驾驶室中的一切。

谢槿知和庄冲却颇为好奇。

舱内只开了柔和的暗灯，一切显得朦胧而寂静。中间是两个驾驶座位，看起来结构非常复杂，也很舒适的样子。前方是面积极大的控制面板，足足有两张水磨办公桌那么大。现在它们全都暗着。

周围还有一些座位，也都空着。墙壁全是黑色的，像是块巨大的幕布，但是每隔几秒钟，就有一串串银白色光波从墙壁上快速闪过。

"指挥官。"萧穹衍说道，"我现在去对飞船做例行检修，然后去拿我们需要用的检测仪器。"

应寒时点头。

庄冲跟上去："我跟你一起。"

两人很快走向了设备间，应寒时侧眸看向谢槿知："想到处看看吗？"

"好啊。"

走廊里很静，空气有点凉。谢槿知跟在他身后，不紧不慢地走着。核动力舱、储藏舱、船员休息舱、餐厅……每到一处，他就耐心地给她介绍。谢槿知发觉，除了那些动力舱和设备舱看起来很高科技，这些外星人生活起居的地方其实跟地球人差不多，甚至更简单朴素一些。

走廊尽头是最后一间休息舱。应寒时打开舱门："这间舱是我的。"

谢槿知走进去，应寒时跟在她身后。

她有些意外。

原本以为，他身为那么大一支舰队的指挥官，休息舱不说豪华，至少也会十分宽敞舒适，但现在一看，竟不比飞行员休息舱大多少。舱顶同样很低矮，只放了一张单人床、一张书桌和一个单门衣柜，除此之外，什么也没有。

谢槿知转头看着他："你就住在这儿？"

应寒时点头。

谢槿知看着他的眼睛。所以，从前他大部分的时间都在这样的地方活着？那时的他，比现在还要小几岁。现在，他已经是肩膀宽阔身材瘦削的青年了。

谢槿知忽然走到他面前，踮起脚，抬头，在他一侧脸颊上轻轻一吻。

"致少年时的星流。"她移开唇，就见他眼眸幽黑地望着她。

这还是她第一次主动亲他。果然，他的脸一点点地红起来。谢槿知微微一笑，从他身边走了出去。

他原地站了几秒钟才跟上来。谢槿知脚步轻快地走着，听着他不疾不徐地跟着。

过了一会儿，她忽然听到他低声说道："青年时的星流，也想要……得到你的吻。"谢槿知听得心头一颤。

"应寒时你变得不老实了。"她飞快地说道，唇角却忍不住扬起，快步往前走，任由他在身后跟随着。

两人走回中央驾驶室，却发现萧穹衍站在控制面板前，飞快地点击滑动着，很严肃的样子。庄冲也蹙眉在旁边看着。

听到他们走进来，萧穹衍立刻抬头："指挥官，我要报告一个消息。"应寒时眉目沉静。萧穹衍伸手挠了挠自己的金属脑袋，尽管上面没有一根头发。

"飞船的各项数据都基本正常。但有几项基本数据，数日前发生过一次极微小的波动。目前无法确定波动的原因是什么，也许是系统故障，也许是周围水质发生了变化，但也有可能……"他顿了顿，"有人来过飞船上，引起了数据波动。"

谢槿知一怔，应寒时走到萧穹衍身旁，低头查看数据。

庄冲问："会不会是反叛军？"

萧穹衍摇头："不可能。我们和反叛军的驾驶系统完全不同，而且多重设密，他们不可能打开。"

应寒时垂眸道："先排除前两个可能。"

萧穹衍道："是。"

谢槿知原本认真地听他们交谈，忽然眸色一怔，静静不动，然后她缓缓抬起头，看向了驾驶座前方开阔的玻璃面。

飞船前方投射出两柱非常柔和的灯光，照射着这一片水底。而此刻，那里还是静悄悄的。

应寒时察觉了："怎么了？"

谢槿知还没答，萧穹衍忽然"咦"了一声，说："指挥官，我发现了别的信号——是三架战机！正在向我们快速接近！"

五分钟后。萧穹衍坐在驾驶位上，严阵以待。飞船的所有武器设备已经打开。应寒时负手立在玻璃舱前，注视着依旧平静的水面。谢槿知站在他身侧。

庄冲站在两人身后。谢槿知看见萧穹衍的雷达图上三个亮点正缓缓逼近，而机舱前方，隐约已经可以看到亮光了。

"他们已经进入射程。"萧穹衍问，"指挥官，是否射击？"

应寒时答："继续等待。"

看着他沉静的神色，谢槿知倒不觉得太紧张。可是，来的人会是谁？

反叛军？可他们之前已经销声匿迹，为什么现在又突然出现？

难道地球上还有别的外星人？他们出现得这么突然，倒像是有备而来，特意在这里等着他们。

终于，三架银灰色战斗机缓缓驶到飞船前方，在距离百余米的位置停下了。

谢槿知微愣，那战机的模样竟跟他们刚才搭乘的一模一样。

萧穹衍则轻呼一声："指挥官，他们开的也是猎斗战机，不是反叛军。难道……他们也是帝国舰队的幸存者？"

应寒时也注视着那些战机："小 John，向他们发送我们的识别码。"

"是。"

大约半分钟后，萧穹衍猛地抬起头，瞪大了眼睛："指挥官！我收到了他们的识别码。他们……他们也是凤凰舰队的人，是你的部属！可是……凤凰舰队所有太空堡垒不是都坠毁了吗？"

谢槿知和庄冲同时看向应寒时。他的眉目变得有些清冷，始终盯着那些战机，缓缓说道："太空堡垒虽然坠毁，若有幸存者驾战机逃逸，也不无可能。"

"啊，啊！"萧穹衍一下子跳了起来，"那就太好了！啊，他们要求通信！"

应寒时说："接进来。"谢槿知从未想过会在海底遇到别的外星人，甚至还有可能是应寒时的旧部。她看一眼应寒时的侧脸，心仿佛也随之提了起来。短暂的电流声后，通信接通了。隔着玻璃窗和海水，那头的三艘战机依旧静静地悬浮着，看不清里头的人。应寒时静默不语。那头的人也安静了几秒钟。

然后，一个平缓的、不带丝毫感情的年轻女声响起了："曜日已经坠落，银河再无帝国。"

应寒时和萧穹衍听到这个声音，同时一怔。

那女人继续说道："我是凤凰舰队一级作战参谋林婕上校。立刻报上你们的部队番号与军衔。"

萧穹衍已是一脸震惊，转头看着应寒时："指挥官，是林婕！哈哈，是林婕他们，她没死！"

应寒时缓缓垂眸，谢槿知侧头看着他。

这么静静地站了一会儿，他抬起头，谢槿知看到他的眼睛里有动容的光泽。

"林婕，是我。"他只说了四个字。

那头的女人突然没了声音。

过了一会儿，她忽然低声笑了，但那笑意中，分明又带了些许自嘲和哽咽。

"我是不是在做梦？有生之年，还能再次听到这个声音。可是……我们的星流，不是已经死了吗？"

谢槿知站在应寒时身后，望着舱门。

舱门对接的声音传来，然后是舱门开启的声音和零散的脚步声。

他们越走越近了。

萧穹衍激动地攥紧了庄冲的衣角。

应寒时眸色沉静，负手不语。

嗒、嗒、嗒……这是军靴踏在地板上的声音。

三个人走了进来。

在这一瞬间，整个机舱里好像都沉寂下来。

为首的是一个年轻女人，应该就是刚才的"林婕"。她看起来不到三十岁，头发是棕色的，非常瘦。但她尽管瘦，整个人看起来却很干练挺拔。瓜子脸，相貌清秀，但皮肤有些粗糙，脸色冷冷的。从踏进舱门第一刻起，她的目光就停在应寒时身上，一秒也没有移开。

另外两个，一个是金发碧眼的男人，看起来才二十几岁，很俊朗的模样。看到应寒时，他的眼神就变了：震惊、激动、怀疑……整个人几乎是呆呆地站在那里。

另一个，是亚洲人面孔，皮肤黝黑，个子不高，相貌方方正正，很沉默寡言的样子。看到应寒时，他的目光中也似有涌动。

"林婕、丹尼尔、苏！"萧穹衍早已按捺不住，大喊一声，迈开金属长腿就朝他们跑去。

咔嚓、咔嚓、咔嚓——整齐的枪支上栓的声音，三支枪口对准了萧穹衍和应寒时。

林婕脸色坚毅，抬眸盯着应寒时："你们是否纳米人假扮，引诱我们前来？可知星流之名……不可亵渎！"她的嗓音比一般女人沙哑，却更严厉果决。

"林婕你还是这样的暴脾气，我们当然是真的！"萧穹衍小声抗议道，但他也怕林婕真的一枪崩了他，不敢再上前。

应寒时看着她，那目光竟是温和而平静的。林婕触及这样的目光，神色有些怔忡。

下一秒，光影骤现，应寒时站立的地方已没有人。几声猝不及防的惊呼，他的身影如同鬼魅般穿梭在他们之间。眨眼间，他已回到原本站的位置。手一扬，三支枪丢在地上，而林婕三人的手里已经空了，难以置信地望着他。

应寒时重新将手负在身后，望着他们："还认不出来吗？"

那三个人的脸色瞬间都变了。你看看我，我看看你，脚步竟变得有些踉跄，一步步地缓缓朝应寒时走过来。谢槿知看到他们每个人眼里都迅速涌起泪水，那林婕更是有些痴痴的样子，始终盯着应寒时的眼睛。

"指挥官……"他们走到他的面前，一起低声喊道。

应寒时徐徐颔首。

三人突然单膝跪在地上，竟全都哭了出来。

金发碧眼的丹尼尔哭得最凶，一把抱住应寒时的裤腿："指挥官，你没死，你真的没死……"

看起来最木讷的苏，只是深深低着头，抬手擦了下眼泪，静默不语。

林婕也是低头不语。她的双手牢牢扣在应寒时脚边的地面上，没有一点哭声，但是眼泪不断地往下掉着。

他们哭得如此悲痛，谢槿知和庄冲都有些发怔。萧穹衍却受不了，扑过去，跟他们跪在一起，也号啕大哭起来。

刹那间，机舱里哭声一片。

应寒时站着一动不动，缓缓垂落眼眸，看着他们。

灯光下，他的侧脸显得白皙而清晰，可谢槿知看不到他眼中的情绪，只是他那挺拔瘦削的背影仿佛也散发着某种悲伤而压抑的情绪。

"你们……起来。"他轻声说。

没有人动，只有哽咽声。谢槿知看了应寒时一会儿，转头轻拍庄冲的肩膀，示意他跟自己暂时回避，将空间留给这些久别重逢的人。

只是走出舱门时，她回头，看到应寒时的脸垂得更低了。他抬起手，缓缓放在了他们的肩上，任由他们在他脚边，放肆地哭着。他说，男人永远不应该掉眼泪。不知此刻，他的眼中是否会有泪水？

谢槿知和庄冲坐在一间休息舱里。

　　两人都安静了一会儿。庄冲开口："对最近的进展满意吗？"

　　谢槿知瞟他一眼，没搭理。他也习惯了被她这样对待，低下头想了想，又说："觉不觉得，那些人的情绪反应太大？"

　　谢槿知微怔。庄冲一说，她确实也有这种感觉。正常人久别重逢，就算悲伤，喜悦也应该更多。但那三个人，却表现得非常悲痛。庄冲抬头看着她，一字一字清晰地说道："而且，顾霁生、反叛军，还有这些人，都以为应寒时已经死了。为什么？"

　　谢槿知静默不语。两人对视片刻，庄冲再次开口："说明，应寒时曾经遭受过什么大难，大家都以为他死了，但是他大难不死。"

　　谢槿知心头一震。在某些时候，庄冲会表现得出人意料的敏锐。

　　她忽然想起在依岚山时，应寒时屹立在顾霁生面前，脸色清冷："我从未死去。"

　　他……经历过大难吗？

　　艰难到所有人都以为，他必死无疑？

　　所以那些下属，才会这样痛哭流涕？

　　"槿知。"

　　她和庄冲同时抬头，看到应寒时已站在门口。

　　他神色清朗，眼中亦有浅淡笑意："我来请你们过去，认识一下我的同僚。"

　　谢槿知和庄冲都立刻起身。

　　应寒时等谢槿知走出门，才陪在她身旁，一起往前走。

　　谢槿知转头望着他："你跟他们怎么介绍我们的？"

　　应寒时安静了几秒钟。

　　"伙伴，以及我正在追求的女人。"

　　他的脸有点红了，谢槿知却没来由地感到很满意，微微一笑。

　　林婕、苏和丹尼尔在中央驾驶室里等了一阵，就看到应寒时陪在一个女人身边走了进来，身后还跟着一个沉默的地球男人。

　　丹尼尔露出灿烂笑意，低声说："从没想过，指挥官不仅活下来，来到地球，还有了女人。"

苏也露出笑容。

林婕看着他们走近，手一下下扳着枪上的瞄准镜，静默不语。

谢槿知大大方方地跟着应寒时走向他们，发觉他虽然姿态沉稳，脸却似乎更红了些。她正想微笑，忽然感觉到有两道特别凌厉的视线始终盯着自己。

她抬眸，撞上了林婕的视线。

林婕神色平淡地移开目光。

大家都坐了下来。萧穹衍则非常欢快地走来走去，给大家端茶送水。

"你们何时来到地球？"应寒时问。

林婕喝了口水，直视着他："有五六年了。你呢？"

"四年。"

大家都静了一会儿，应寒时又问："过得好吗？"

林婕低下头，笑了："指挥官，我们是军人。有星空之处，就可立足，有什么不好？"

丹尼尔却喝了一大口啤酒，说："指挥官，我们过得不太好。"

林婕立刻看他一眼，他却装作没看到，继续说道："我们没有钱，除了战斗没有其他技能，还不能暴露身份。这些年，白天就到处打些零工，晚上，林婕上校就带着我们继续训练。"

苏端起酒，也喝了一大口，显然是默认了。林婕也没说话。谢槿知看着他们三人半旧的军装和略显沧桑的面容，显然，这些年他们过得非常不好。

应寒时静默片刻，双手放在膝盖上，抬眸看着他们："从今以后，跟我和萧穹衍一起生活。你们的未来，理应由我承担。"

那三人都没说话。

过了一会儿，丹尼尔低声说："指挥官，我们做梦都想再次追随你。"应寒时露出微笑。下意识侧眸，看一眼身旁的谢槿知。谢槿知望着他漆黑清亮的眼眸，微微一笑。这时萧穹衍问："你们是怎么找到飞船这儿的？"

林婕答："两个月前，我们就发现了这艘飞船，怀疑是其他流亡到地球的同僚，但不敢贸然发出信号，就一直守在这里。"

应寒时点头："你们知道反叛军的存在吗？"

"知道。"三人异口同声地答。

"还交过几次手。"苏说。

"但是我们三人实力太弱，所以大多数时候只能避开他们。"丹尼尔说，"指挥官，你也跟他们交过手了？"

应寒时答："没有正面交锋。"

于是萧穹衍把依岚山的事讲了一遍，又说了应寒时现在抢夺晶片的打算。

三人听完却安静下来，互相交换个眼神。林婕开口："指挥官，我们倒是知道一块晶片的下落。"

应寒时眉目凝重地望着她，萧穹衍也瞪大眼睛。

"但是，并不好获得。"林婕说道。

原来，他们三人虽然实力不能与反叛军匹敌，但除了到处打工、训练外，始终不忘帝国军训，密切侦察反叛军动向。有一次，他们秘密埋伏在一小撮反叛军当时的巢穴外，听他们说道，林指挥官已经追踪到一块能量非常巨大的晶片，但是拿不到。否则，他们反叛军就可以做更多的事。

"晶片，被带到了与地球平行的另一个空间里。"林婕说。

应寒时静默不语，萧穹衍"咦"了一声。

谢槿知和庄冲同时一愣。

平行……空间？

清晨时分。天应该已经亮了。海面下，依旧漆黑暗沉。谢槿知躺在单人床上，望着窗外偶尔游过的小鱼。

应寒时把他的休息舱让给她睡了，可是她躺了好一会儿，还是睡不着。刚才萧穹衍做了解释，平行空间就是与他们现在的时空平行的另一个世界。那个空间里，也许也有地球，甚至也有各个国家，因为相互平行的空间发展趋势大致是相同的。但即使在曜日帝国全盛时，也只有最高军方掌握了平行空间跳跃技术，并且以和平为宗旨，从不打扰另一个平行空间。但是当年曜日坠落，逃逸飞船进行超光速跳跃，如果出现偏差，有人带着晶片跳入了另一个空间的地球上，也不无可能。

难怪林指挥官会束手无策。应寒时说这件事再做商议。

什么平行空间、超时空跳跃，毕竟离谢槿知太远，她也不会去瞎操心。

只是，躺在床上，她的脑子里总是浮现应寒时的样子，刚才下属在他面前痛哭流涕的那一幕，还有他清俊沉默的背影。

他到底，还有什么样的过去？

还有那个林婕……

谢槿知抬眸，望向紧闭的舱门。

刚才送她过来时，应寒时说，要跟他们去停机坪，萧穹衍则一脸兴奋。

现在，他是否正跟他的下属们开着战机在海底遨游，重拾旧日青春时光呢？

谢槿知的心情忽然变得有点复杂，既觉得他其实挺可怜的，又觉得有那么一点点落寞。

他前几天还说要每一天都陪伴她，永远不让她孤单呢。现在，他大半天都没怎么靠近她了。谢槿知又闷闷地想了一会儿，转头，睡觉。

应寒时跟林婕等人在停机坪查看了所有战机，又开着战机在海底转了一会儿，这才回到飞船上，准备休息。

一行人都戴着飞行白手套，从走廊往休息舱走。

丹尼尔问："指挥官，你不回船长舱休息吗？"

应寒时微笑摇头："槿知今晚住在那里，我去飞行员舱。"

丹尼尔忽然笑了："原来你们还没有……"

苏也笑了，萧穹衍也咧开嘴，林婕侧头看向另一侧，像是对这话题并不关心。

应寒时的脸顿时红了，抬头看向她所在休息舱的方向，心念微动，走了过去。

"稍等。"他说。

于是一行人都看着向来温和守礼的指挥官大半夜就这么红着脸，当着他们的面，走进了女人的卧室，然后掩上了门。

舱内。应寒时低头，看着床上的女人。床头开了盏很暗的灯，她整个身体都埋在被子里，只露出一张脸，在他的床上，睡得很安详。

应寒时又抬眸四处看了看，露出无奈的微笑。

她才在这个房间里待了多长时间？床边歪歪地扔着两只鞋，书桌上扔着她的外套、纸巾、钥匙和手机。窗帘也被人动过了，不再整齐。

这么快，她就把他的房间弄乱了。

他安静地弯下腰，将她的鞋摆放整齐，又将桌上的东西都放好，再走到窗边，刚要整理窗帘，忽然发觉玻璃上还有未干的水汽和依稀的痕迹。

那是两个字母。

S……D？

看字迹，正是她写的。

应寒时侧头望着她，些许愧疚涌上心头。

他向她承诺过，要始终陪伴她，今天却一直没有太顾得上她。

她……平时待他冷静而从容，却原来会一个人在房间里，写他的代号。

应寒时静默良久，抬起手指，在"SD"下方，轻轻写下"JZ"。

SD&JZ。

星流，与槿知。

写好后，他负手而立，隔着一室温暖而寂静的灯光，就这么凝望着她，许久不动。

萧穹衍等人在门外等了好一会儿，才见到应寒时推门出来，再轻轻带上房门。

他的脸依旧红着，神色平静地朝众人点头："走吧。"然后就一个人朝前走去。

林婕刚才已经先走了，剩下的丹尼尔和苏都看得愣愣的。

萧穹衍立刻小声说："你们别大惊小怪啦，我也觉得老大有点变了。他现在经常把槿知关在房间里，对她做一些不让我看到的事。你们习惯就好，要继续爱戴老大哦！"

这个晚上，林婕睡得并不好。

她躺在休息舱的上铺，望着低矮的天花板，睁眼闭眼全是通信接通那一刻应寒时的声音——

"林婕，是我。"

那一刻，她的心跳几乎停止。

还有众人跪在他面前时，他低头看她的样子。尽管她很清楚，他看她的目光，与看其他下属，不会有任何不同，但是那双温柔而怜惜的眼睛，却反复出现在她脑海里。

就好像某种尘封许久的东西，再次被打开，势不可当地淹没她的心。

他从军七年，她就追随了他七年。尽管他比她还要小三岁，尽管她从不开口，但是这个男人就如同她生命中唯一的神。

而今天，神回到了她的生命中。辗转许久，她一骨碌爬起来，跳下床，披了件军装，就沿着甬道往前走去。飞行员休息舱向来男女混住，几个舱室之间也是连通的，只不过现在他们才几个人，所以几乎每个人占了一间舱室。应寒时今晚就宿在最里头。她只想去看他一眼。

夜凉如水，大海寂静。林婕走到了那间休息舱的入口，侧立在一排排上下铺旁，往里望去，却见他应该睡的那张床上，被子叠得整整齐齐，空无人影。

林婕怔住，走了进去。

"亲爱的林婕上校，你是来找指挥官的？"萧穹衍笑嘻嘻的声音传来。

林婕循声望去。

原来，他一直站在窗边的阴暗角落，无声无息。

跟以前一样，当指挥官入睡时，机器人管家就会站在他的床边，眺望星空守护着。

林婕问："他人呢？"

萧穹衍舒展了一下筋骨，三步并作两步跳到她身旁，挤眉弄眼地说：

"指挥官早早起床，去接槿知小姐了啦。"

"……接？"

萧穹衍点头，在旁边床铺坐了下来，说："是啊。他说槿知小姐昨天睡得比较早，现在应该快醒了，他去她的门口等着啦。"

林婕沉默片刻，扯起嘴角笑笑，也坐下来，从口袋里摸出烟，低头点上。

萧穹衍撇撇嘴："你又抽烟！真是半点没变，一点女人味都没有。"

林婕抬手吸了口烟，看着他笑了："你不也半点没变？还是这么快快乐乐的。"

萧穹衍却摇摇头，说："不是的。这些年我也有很多心事。每次想起你们，想起凤凰号……我就会很难过。然后呢，我就会抬头看着星空，那样，就没那么难过了。"

林婕静默了一会儿，伸手摸了摸他的头："笨蛋小John。"

萧穹衍却高兴极了，又把脑袋往前送了送，几乎完全凑到她怀里去："好喜欢你摸我哦。这些年，都只有槿知小姐这样温柔地摸过我的头。不过呢，她的手太软了，没有你这么粗糙，没有摩擦感。还是你摸得最舒服。"

林婕手一顿，然后在他脑袋上一拍："去你……的。嫌我手粗？"

萧穹衍又"嘿嘿"笑了，抬起头，盯着她，认真地说："林婕上校，跟你讲，这些年我和指挥官做程序员赚了不少钱，足够养你们三个啦。以后你不用再担心生计，也不用再打工啦。"

他又叹了口气说："我听丹尼尔说，你们这些年做过快递员、搬运工、收银员、餐厅服务员……还因为打架和服务态度不好，总是被人炒鱿鱼。哎，我们好歹也是外星人啊，服务态度应该更好嘛……不过，今后你们可以想做什么就做什么了。林婕上校，你有什么想做的事吗？"

林婕原本听得眉目含笑，到了最后，却只深吸了两口烟，然后把烟头丢进垃圾桶，淡道："我不想做什么。"

"哦……"

过了一会儿，她淡淡道："我想做的事，就是用生命守护他。别的人，别的事，都不重要。"

谢槿知醒来时，看了眼窗外。毫无疑问，漆黑混沌。

她躺着，懒懒的，不想动，脑子里第一个念头是：应寒时在做什么？睡前那些许焦躁的情绪忽然有一点点发酵涨大的趋势。这时她注意到，玻璃上写的字，已经没有了。于是她爬到床尾，又写了个清晰可见的"SD"。盯着看了几秒钟，她又抬起手指，在上面画了个大大的"×"。

顿觉舒坦。洗漱完毕，她打开门通风，却见一个人站在走廊里，负手望着窗外暗黑的水。

他转过头来。

两人不约而同地沉默着。他凝视着她，片刻后，温和地笑了：

"槿知睡得好吗？"

"不太好。"谢槿知如实答道，"我有点认床。"

他说："我们今天就回去。"

"好。"她看一眼屋内，"那我收拾一下，你进来坐吧。"

应寒时跟在她身后，走了进来。

谢槿知在屋内扫视一圈，咦，她怎么觉得还挺整洁的？她把几件随身物品往背包里装。

"槿知。"他的声音忽然在她身后响起，"为什么我的头上……会有一个'×'？"

谢槿知动作一顿，转头看了他一眼。他坐在椅子里，眼睛正盯着窗玻璃。

谢槿知此刻的心情，不亚于背后画小人却被人当场抓住。她的脸顿时有点发热，转过脸去，答道："随手画的，没什么含义。"

话音未落，她就感觉到他起身走近。

然后她的手腕就被抓住了。

她抬头看着他。

"槿知……"他看着她的眼睛，"要拒绝我吗？"

谢槿知一愣，陡然失笑，摇头："不是那个意思。其实……其实在我们地球人的网络语言里……嗯，'×'这个符号，有多种含义，并不光是否定、错误的意思，还有正中目标，命中红心的意思……"

越扯越远了。

应寒时却听进去了。他松开她的手，眉头轻蹙，仔细思量着谢槿知的话。

来地球后，他看得最多的书籍，是笑话集，古诗词也有粗浅涉猎，读过《唐诗三百首》和《宋词三百首》，但是网络语言，他的确了解不多。

他又想起每次与庄冲商议时，庄冲总是把要完成的目标，一项项写在白板上，每完成一项，庄冲就会比出手枪的手势，然后朝白板"开一枪"。

"宾果。"庄冲说,"陪她逛街——完成。"

应寒时有点"明白"过来:"所以……'×'是得分的意思?"

谢槿知沉默了好一会儿,才答:"是啊。"

应寒时徐徐笑了,刹那间显得容光清俊,眼波温柔。

他盯着她,认真地说:"多谢你,小知。但愿……我能得到你越来越多的'×'。"

谢槿知转过头去,避开他的目光:"嗯……"

过了一会儿,她忍不住弯唇笑了。

这个男人,真是让人连气都生不起来了。

两人走到餐厅时,其他人已经到了。这还是谢槿知第一次以某人"准女友"的身份跟人吃饭。她有点不太自在,但还是微笑朝众人点头,然后就感觉到林婕的视线再次停在她身上。谢槿知也平静地看着她。这时萧穹衍端着好几个盘子,摇摇晃晃走过来:"可以开动啦!"

这要是换成别的女人,大抵都会跟"准男友"秀秀恩爱,借机打击和扼杀潜在竞争对手了。可谢槿知完全没那个心,她还是跟平时一样,低头安静地吃着。

反倒是应寒时,由于一大早意外受到了"加分鼓励",脸颊始终微红着。他想再多拿到几个"×",于是注意力总在她身上。

因此,大家就看到英勇而强大的指挥官,一会儿端起牛奶壶给谢槿知倒满,一会儿抽出两张纸巾,轻轻放在她手边,过了一会儿,又轻蹙眉头,柔声说:"小知,吃饭的时候不要玩手机。"

谢槿知"哦"了一声,丢开手机,埋头继续吃。

这时,萧穹衍说道:"等回江城后,你们先跟我和指挥官住在一起。过几天我们再买套房子,这样,你们也就可以在地球安居乐业啦。"

这话是对林婕等人说的,他们都点头。丹尼尔最兴奋:"太好了,小 John,给我买个带游泳池的房子!我去年还当过游泳池清洁工，做梦也想在地球有一套这样的房子！"

萧穹衍咧嘴一笑："没问题。"

林婕用纸巾擦了擦手，扔在桌上："什么时候回江城？"

应寒时抬头看着她，温和道："下午。我们把所有战机和武器都带走。战机可以暂时藏在江城远郊。另外，槿知和庄冲，一会儿也可以熟悉一下战机。"

庄冲微微一笑，谢槿知也点头。

"他们为什么要熟悉战机？"林婕直直地看着他。

谢槿知轻咬银勺，也看着应寒时。

应寒时稍稍一顿，答："林婕，槿知不仅是我……将来的女人，她和庄冲，现在也是我们的伙伴。"

"他们凭什么？"林婕的语气有点冷。

若要以同伴相称，战士是有资格提出质疑的。所以苏和丹尼尔都没作声。

谢槿知放下银勺，看着林婕，没说话。应寒时正要耐心解释，萧穹衍却插了进来："林婕上校，你这个质疑就非常笨笨啦！要知道，槿知很可能是我们中间最厉害的一个哦！嘿嘿，她的技能，很快你就会知道的。至于小冲冲……"他神色肃穆地看着大家，"还需要任何言语解释吗？他是我见过的最完美最牛的地球男人！"

林婕三人都愣住了，庄冲淡淡一笑："不必说太多。"

谢槿知低下头，也笑了。

应寒时见疑问已经得到解决，于是低头看着谢槿知："做好准备去开战机了吗？"

"嗯。"

萧穹衍忽然"咦"了一声说："指挥官，我有个非常好的想法！"

所有人都看着他。他得意地笑了，说："你们看，林婕不是担心槿知他们的实力吗？大家都知道，林婕是帝国最好的飞行训练官之一，可以让她代替指挥官来教槿知啊！恕我冒犯，一定能教得更好，你们说是不是？"

苏低下头吃饭不说话，丹尼尔用力点头赞同。

谢槿知看着萧穹衍，有点头疼。林婕抄手靠在椅子里，忽然笑了笑。

她俩还没说话，应寒时的声音已经响起："小John这个提议的确不错。"他侧头看着谢槿知，亲切道，"林婕的确是最好的，她教你更合适。"

谢槿知："……"

她看他一眼，点头："行。"林婕低头点了根烟，手搭在膝盖上，神色淡漠地看着一旁，慢慢抽着。

一直以来，谢槿知虽然拥有明确的爱情信仰，但对于爱一个人到底是什么感觉和心情，她也是一步步才感受到。譬如现在，她就清晰地认识到，原来自己的占有欲，非常强。林婕的性格，本身并不让她讨厌，但如果可能，谢槿知只希望应寒时身边，没有其他任何女人存在。这样她才会比较舒心畅意。

银色战机缓缓驶离甲板，身旁的林婕面无表情地在调试设备，动作利落果断。谢槿知转头，望着机舱外。

应寒时穿着军衬衣和长裤，站在甲板上，双手负在身后，抬头望着她。两人目光遥遥相触，他露出微笑。

苏、丹尼尔和庄冲整齐地站在他身后。谢槿知看了他几秒钟，然后瞪了他一眼。他明显一怔。谢槿知已转过头去，留个后脑勺给他。

战机骤然加速，滑出轨道。谢槿知只感觉到强大的惯性朝自己袭来，整个人都贴在椅背里，然后就感觉到了水的阻力，前方亮起两柱灯光，她们已经进入大海里了。

"右脚踩下踏板，减速。"林婕毫无感情的声音响起。

谢槿知照做。

"第二块踏板，加速。"

谢槿知继续照做。

"左转。"

"右转。"

前方是开阔的水域，深黑而没有边际。她们的战机好像进入了一个寒冷寂静的世界里，偶尔有小鱼从身旁游过。

除了下达指令，林婕几乎就没跟她说过什么话。谢槿知当然也不会找她聊天。只不过，谢槿知本来就对任何需要动手操作的事情没有太大兴趣。答应应寒时来开战机，也是一时好奇。开了一会儿，她就觉得无聊起来。

这时，忽然一道银光，从机翼旁高速掠过，很快就消失在前方。

谢槿知问："那是什么？"

"是指挥官在教庄冲。"林婕也看着前方，"他的速度，永远快如流星……"她的声音忽然一顿。

谢槿知没出声。

"你继续开匀速直线。"她说。

谢槿知照做。

只是，虽然她一板一眼地照林婕说的做，机身总有点震颤，不如林婕开时那么平稳流畅。

"你怎么连最简单的直线都开不好？"林婕抬眸看着她。

谢槿知如实答道："任何需要'开'的东西，我都做不好。"

林婕沉默片刻，看着前方，一字一句地说道："星流在帝国军校时，就已是全国机械操纵能力第三，折败无数高手，那时他才十五岁。成年后他在军队，虽未再公开展露机械操作，但许多人都认为他必定是当之无愧的第一。你……却连最简单的直线航行都做不到？"

谢槿知听得有些失神，但淡淡地答道："他是他，我是我。"

哪知这句话彻底惹火了林婕。她突然抓起驾驶仪，一个猛打弯，战机就如同陀螺般天旋地转。谢槿知的背重重撞上椅子，不仅产生剧烈的头晕目眩，还吓出阵阵冷汗。

林婕却又突然一个急停，战机猛地刹住。

谢槿知胃里一阵翻滚，差点吐出来，愤怒地看着她。她的脸色却比谢槿知更冷酷，双手紧握方向盘，眼神执拗而冰冷。

"居然说出这样的话……呵，你真的懂得他是什么样的男人吗？你们地球女人，哪里配得上他！"

她哪里配得上星流？

谢槿知想了想，她觉得哪里都挺相配的，只除了他太过害羞，并且有时候不太能正确领会她的一些话。

她觉得林婕有些不可理喻，并且可悲。

"配不配得上，不由你断定。"她平静地说。

林婕没出声。她也意识到自己刚才的话太过冲动，但她并不是个容易承认错误的人。而且，想起与应寒时共同经历的那些岁月，再看着眼前这个被他爱上的女人，林婕只感觉到一股滞痛之气弥漫在心头。

她放开了驾驶仪，低头点了根烟，说："地球女人，你见过真正的伟大吗？"

谢槿知微怔，答："没见过。"她奚落地笑了笑，"我见过，很多次。"她注视着手里的香烟，"他的前半生。"

狭窄的机舱里，烟雾淡淡萦绕。谢槿知闷得轻声咳嗽，林婕却不管不顾，一口又一口，压抑地抽着。

"帝国历343年，星流加入军队。那时，他还是太空堡垒上的一个小小副长。"她眼中露出淡然的笑，"当年，他率军五战全胜，全国都知道了星流的名字。"

虽然谢槿知并不喜欢这个女人，她讲的东西却让谢槿知听得专注。

"帝国历346年，他升任指挥官，首次独立指挥舰队。"林婕继续说道，"那时候很多人排挤他，很多人嫉妒他，但是他从来不放在心上。同年，大批流寇逼近帝国西境，俘虏了自由贸易区数十万无国别市民。五大要塞指挥官中，有四人不闻不问。唯独他率舰队驶出要塞，以弱胜强，击溃流寇，挽救了那些不相干的人。"

谢槿知心想，这正是他。

会对萍水相逢的她伸出援手，会对顾霁生许下终生守护的承诺。

坚毅、正直、善良的他。

尽管眼前还有碍眼的人，谢槿知的心情却慢慢变得柔软起来，想起飞前瞪他那一眼，忽然有点后悔了。

然而林婕接下来的话，却让她真正感觉到震撼了。

"这些并不算什么。帝国历 348 年，他带领我们镇守在五光年外的小行星，却遭遇了反叛军主力的偷袭。敌人的兵力是我们的五倍，所有人都认为此战必败，连皇帝陛下都下达了可以撤军的命令。"她低头吸了口烟，"可是，当晚，二十万市民自发聚集到星流的府邸前，请求他拯救小行星。他们说，'如果帝国还有一人可以拯救这颗星球，唯有星流'。"

"然后呢？"谢槿知问。

"然后？"林婕看着前方，轻轻笑了，"然后他在书房里站了一个晚上，看着楼下那些苦苦哀求的人。我到现在都记得他那时的背影。天亮后，他告诉我们，他决定留下。于是我们全都自愿留下了。"

"后来呢？"

"后来……"林婕的神色也变得坚毅，"就是帝国历史上最伟大的星空保卫战。他十多天不眠不休，带领我们击退反叛军的五次强攻，我们的伤亡超过九成，终于成功保卫了小行星，等来了帝国的援军。"

谢槿知静静地听着。

某种陌生的、温热的情绪在她胸中流淌着。所谓的星空保卫战，她并不能想象出其端倪，可一旦跟应寒时联系在一起，她就觉得荡气回肠又心生怜意。

那个牵她的手就会脸红的男人，那个一心一意想要得到她的男人，她以前知道他位高权重、能征善战，却不知道，他原来承载着那么多人的期望，他救过那么多的人。

她心里又有些堵。

他为什么从来不对她说这些事？反倒是从林婕口里听到。他的那一面，她竟然完全不了解。而且那些属于他和林婕，和其他同伴的时光，她是永远也不可能参与进去的。她跟过去的他，其实离得很远很远。

"为什么，你们都以为他死了？"谢槿知问道。

林婕抬眸看着她："这个他也没告诉你？"

谢槿知不说话。

林婕捏灭烟头，深吸了口气，说："帝国历350年，对反叛军的最后决战。他们占据了斯利达拉要塞，挟持要塞内二百万市民，闭关不出。皇帝陛下最终下达了投放核弹摧毁要塞的命令。"

谢槿知怔住。投放核弹？这意味着连要塞里的市民全部杀死？那应寒时……

林婕淡淡笑了，眼中却竟然升起了泪光："对，就是你想的那样。星流指挥官拒绝执行命令，林指挥官成功逃走。帝国对违抗军令的惩治十分严苛，军事法庭下令撤除星流全部职务，他被判终身监禁。这样的一个人，居然被判终身监禁！他是星流，却再也见不到星辰和太阳。后来，就有人传他死在狱中了。"

战机徐徐停稳在甲板上。林婕解开安全带，一字一句地说："他现在喜欢你，他从没喜欢过别的女人。你今后如果辜负他，如果有半点对不住他，我会杀了你。"

谢槿知毫不怀疑她的话是认真的，答道："那是我和他的事，不劳你费心。"

林婕看她一眼，跳下战机。

远远的，谢槿知看到甲板上的萧穹衍正笑着迎接她。谢槿知又在飞机上坐了一会儿，才慢慢爬下去。林婕已经走远了。

萧穹衍再度迎上来，他的表情有些困惑，又有些小心翼翼："小知，刚刚我怎么看到林婕的眼睛红了？她还对我爱理不理的。你们在飞机上，没有发生什么事吧？"

"没有，我先回休息舱了。"

"啊，你不等指挥官了吗？"

"不等了，我回去洗澡。"

走出几步，谢槿知脚步一顿，转头看着他："林婕和你们指挥官的感情很深厚吗？"

萧穹衍用力点头："当然了！指挥官很信任林婕啊，林婕对他也非常忠诚。她还曾经用自己的战机为指挥官挡过炮弹呢，差点就死掉了。不过，跟指挥官感情最深厚的人，当然还是小John啦。"

谢槿知转头就走了，留下不明所以的萧穹衍。

应寒时与庄冲从战机下来时，脸上还带着笑。庄冲更是笑得有点痴了。

但当应寒时看到只有萧穹衍一人站在甲板，而谢槿知和林婕搭乘的战机安静地停在一侧时，他有些怔然。

"槿知呢？"他问，"还有林上校？"

萧穹衍答："她们早就回来啦，可是都走了。林上校眼睛红红的，不知道怎么了。小知说没什么事，她要回去洗澡。指挥官，你要不要去看看林上校？"

应寒时点了点头。

林婕没有回宿舍，而是靠在一处舰桥上，望着浑浊的水，伸手想要摸烟，却发现口袋已经空了。

"林上校不该抽这么多的烟。"温软动听的嗓音在她身旁响起。

林婕手一顿，笑了："老大，这就不用你管了。"

应寒时负手站在她身侧，眼中也有了笑意。

两人静静地待了一会儿，应寒时问："小John说从战机下来时你哭了。发生了什么事？需要帮助吗？"

林婕沉默了一会儿，说："没什么，开战机时想起来以前的事，有点难过。"她转头看着他，"跟你的女人没有关系。"

应寒时温和地笑笑："我知道。她是不会让人感到难过的。"

林婕扯了扯嘴角，心里却跟堵了块巨石一般难受。

"你还不去找她？"她问。

"她在洗澡，等她洗完再去。"应寒时的脸微微红了。

"走了。"林婕转身。

应寒时望着她的背影："林婕。"

她脚步一顿。

"帝国已经坠落，不要再为从前伤怀。我会尽我所能，让你们在这里过上安定的生活。"

林婕低下头："知道了。"

知道了，在你心中，我永远是伙伴，而不是女人。那就让我，永远可以陪伴在你身边，注视着你，总比曾经以为失去了你，更好。

林婕走后，应寒时就估摸着时间，徐徐来到谢槿知的房门前。

"槿知？"他轻敲门。无人回应，里头静悄悄的。

他又敲了一会儿，还是安静。他输入密码，推开了门。一室寂静。

她的东西照旧随意丢在床上、桌上，手机也没带。换下来的衣服扔在床尾。应寒时走进去，将整个屋子都收拾干净，又在床上坐了一会儿，她还是没有回来。

谢槿知洗完澡后，对着墙壁发了一会儿呆，就穿好衣服，去了飞行员休息舱。

所有人都不在，包括应寒时。她在应寒时的床上坐了一会儿，还是没见他回来。她把他叠得跟豆腐块似的被子弄得乱七八糟，这才有些漫无目的地朝外走去。

这艘飞船其实非常大，足有五层。他们的休息舱在第三层。谢槿知先往上走，逛过了会议厅，又逛作战训练室，把上面两层都逛了个遍，也没看到应寒时的身影。途中还遇到了丹尼尔和苏，谢槿知这人不喜欢向人吐露心事，自然不肯向他们打听。

她到顶层观景平台时，看到萧穹衍正拎着水壶在那里浇花。看到谢槿知，他嚷嚷道："小知，你怎么没跟指挥官在一起呢？他刚才也到处晃，现在下去了，你快去找他玩啊。"

"哦。"谢槿知应了声，扭头就往下走。

走着走着，她的心情却有些忐忑起来，心也扑通扑通地跳着，脸也自个儿慢慢地热了起来。路过转角的镜子时，她看了一眼，两颊都绯红着。她抬手用微凉的手指摸了摸，那热度却降不下来。

倒数第二层是很大的训练厅，还有餐厅。谢槿知推开门，就看到林婕一个人穿着运动背心在里面打拳。两个女人对视一眼，全都面无表情地移开目光。

最底层是休闲娱乐区，分为几个小厅。原来外星人的娱乐种类跟地球人也没什么差别。谢槿知走过棋牌室、舞池、酒吧，四处都是空荡荡的，设备显得陈旧灰暗，显然许久也无人来过。也许是因为林婕今天的话，她能想象出，昔日这里灯光明亮，音乐悠扬，到处散坐着意气风发的飞行员们，会是什么样的热闹画面。

最里头的一间是游戏厅。谢槿知走到门口，就看到隐隐有光亮透出来。她抬起头，看到一个人坐在最前面的游戏机上。

整间屋子都暗着，唯独他那里亮着灯。那大概是飞行战斗游戏。她看到他只穿着军衬衫靠坐在深深的沙发皮椅里，面前是巨大的屏幕，上面无数战机炮弹激烈地飞行战斗着，光影交织，快速无比，看着就让她头晕目眩。

而他戴着副银色护目镜，还挂着副大大的耳机，双手握着游戏手柄，十指飞快操作着。难怪没听到她走近。

谢槿知站在几步远的地方，安静地看着他。脑海中却再次响起林婕的那些话。

四大要塞指挥官不闻不问，唯独他领兵出征，以弱胜强，拯救了数十万不相干的人；二十万市民自发聚集在他的门外，请求星流拯救这颗星球：如果这世上还有一个人能做到，唯有星流；他拒绝执行向平民投放核弹的命令，被判终身监禁……

原来对一个人的爱，真的可以在转身之间，就再难以抗拒。

她想要爱他。

不是崇拜，而是怜惜地爱着他。

光影依旧在他面前闪烁，映在眼镜上，也映在他的脸上。他只露出鼻子和嘴，下巴的线条却显得更加清俊干净。谢槿知缓缓走到他身旁，他似乎察觉了，手上动作一顿。

谢槿知的双手撑在沙发边缘，低头吻住他的唇。

这是个充满怜惜和温柔的吻。

他几乎是立刻放下游戏手柄，伸手抱住了她的腰，嗓音还有些疑惑："槿知……"

谢槿知低头看着他，他眼睛还戴着护目镜，这样他大概看不清她的样子。这让她稍稍没那么羞赧，伸手搂住他的脖子，咬他的唇："别说话，也别动，我现在要亲你。"

话一出口，心跳就加速。

可他居然不听话，抬手就摘掉护目镜和耳机，抬起漆黑的眼眸，深深望着她。下一秒，谢槿知轻轻低呼一声，因为她被他抱了起来，放在了沙发里，然后他扣住她的双手，反客为主，低头吻了下来。

光线笼罩在两人身上，宛如黑暗中的一幕迷梦。他将她围困在自己的怀抱里，耳朵和尾巴瞬间显露，吻得比之前每一次都要热烈。微凉而柔软的唇，完全覆住她的。

彼此的气息交织缠绕，两个人都有些迷乱，迷乱地冲动着。谢槿知被他亲得全身都有战栗感席卷而过，就像原本迷失方向的一叶扁舟，被他掌握了方向，一动也不能动。

他的呼吸也有些乱，这么吻了好一会儿，他才微微低下头。谢槿知看到他的整张脸都已通红，他垂着眸，她看不清他的眼睛。

然后他缓缓地、缓缓地再次贴近，侧过头，开始亲她的耳朵。

谢槿知全身一颤，从耳朵到脖子到全身都麻了，伸手想推他。可刚触及他的胸口，她就感觉到腰上一紧，居然被他的尾巴缠住了，再也无法推开他。

而他连脖子根都红了，沿着她的耳朵，一点点地往下亲。

谢槿知全身都软了，低下头，用脸颊轻轻蹭了蹭他的头发，任由他一点点地占据。

"小知。"他微哑着嗓音，轻声说，"今天起就是我的女人了。"

"嗯……"

第十二章

平行时空

良久，两人的唇才分开。周围光线昏暗闪烁，唯有彼此的眼睛，亮若星辰。

他的双手撑在沙发上，跟她额头抵着额头。她笑了，他也笑了。

又低头浅浅啄了一下她的唇，他说："槿知，给我承诺。"

"什么承诺？"

他的脸还有点红，也在沙发里坐了下来，尾巴在两人身后轻轻摇着，他伸手将她揽进怀中，低头看着她："我已经对你许下过一生一世的承诺。现在我们既然如此，星流也想要得到你的承诺。"

谢槿知微怔。

他说的，是表白那天对她的承诺。

尽管一生一世一双人的爱情观是她坚持的，但现在才刚点头答应跟他在一起，就要开口对他说"我会一生一世爱你"，她还真有点别扭。

但她现在知道，星流重诺。他自己一诺千金，所以才会这么看重她的承诺。

于是她眨了眨眼，答："我们才刚刚在一起，你至少也要让我考察一段时间，才能对你许诺。"

应寒时静默片刻，那乌黑的眼眸近在咫尺地望着她。

"好。槿知，一旦向星流许诺……永以为诺，不可收回。"

谢槿知"哦"了一声，垂下头。

他低头又寻到她的唇，吻了上来。

这样热切而无声地厮磨了好一会儿，谢槿知靠在他怀里说："你继续打游戏啊，我陪你。"

"你会不会无聊？"

"不会。"

他打游戏的模样，实在帅气又动人。应寒时听话地戴上眼镜和耳塞，拿起游戏手柄，只不过这一次将她圈在双臂之间。迷离的光线，再次映在他的脸上。

谢槿知望着他被覆盖住的眼睛，望着他的鼻梁和薄唇，还有下巴的线条。就这么看着，居然真的一点也不无聊。不过，这个男人无论做什么，真的都很认真。

明明她人还在他怀里，这么亲密的姿势，他却抬起头，握着手柄，按照她的要求，非常专注地打起游戏来。谢槿知看着屏幕上不断爆出最高纪录，看着他的手指飞快跳动，慢慢将头靠在他胸口，听他的心跳。

不知不觉，就这么睡着了。过了一会儿，应寒时摘下护目镜，放下手柄，看着怀里安睡的女人。她的身子压在他的一只手臂上，一点也不能动。他只能单手调暗了屏幕亮度，关掉了声音，然后低头，看着她。

这么看了一阵，应寒时伸手，将整个游戏厅的所有屏幕全部打开，它们自动连接成一个巨大的屏幕。他将它们调整为自动映射星空模式。这样，透过飞船顶层的射电望远镜，此时海平面上方的星空都栩栩如生地投射到了屏幕上。

暗蓝色的天空如同温柔鹅绒，繁星璀璨夺目。梦境般的美丽，360度将他们两个人包裹在正中。

应寒时就这样坐着，许久纹丝不动。不愿惊扰，她的美梦。

江城。次日一早，恰逢周一。路上到处是拥堵车辆，熙熙攘攘，热闹非凡。倒跟他们刚刚返回的海底，像是两个世界。一辆越野车停在图书馆门口。谢槿知和庄冲下了车，其他人则留在车里。

应寒时也推门下来。

"今天回去后，我要跟他们准备跳跃的事。"他说，"大概没有时间来接你了。"

"嗯，没事。"谢槿知答。庄冲站在一旁等着。

图书馆门口是排杨树，阳光斑驳地投射下来。两人相对站着，安静了一会儿。

庄冲说："还有两分钟上班迟到，有话快说。"

谢槿知瞥他一眼，他立刻低下头去。

"胳膊还疼吗？"她问。

应寒时眼中露出些许笑意："不碍事。"

谢槿知想起在游戏厅中的那些旖旎，心口一甜，说："疼就让萧穹衍给你揉揉。"

应寒时负起双手，微微垂眸。

"想让你揉。"

闻言，一旁的庄冲转身走了。

谢槿知"扑哧"笑了，抬眸再次看着应寒时。他也低头凝视着她。

谢槿知的心突地一跳，脸也有点热，上前一步，抬头想要吻他。哪知他也同时侧头，想要吻她的脸。两人的鼻尖在空中撞了个正着，脸贴着脸，都没动。

然后同时笑了。

他低头，她抬头。两人都闭上眼，唇轻轻一碰。

"我走了。"她说。

"嗯。"

谢槿知虽然有些不舍，但也不是拖泥带水的人。她转身后，就没有回头，径直往馆中走去。

应寒时站在原地，直至她的背影消失在大楼内，才上了车。

车内所有人将两人刚才的相处都看得一清二楚。丹尼尔和苏只是笑，萧穹衍裹着风衣坐在后座里，"乌拉拉拉"唱起了歌。

林婕始终转头望着窗外，直至车开出好一段了，才问前排的应寒时："你的胳膊怎么了？"

"没事。"

谢槿知以为，这趟一回到图书馆，就会面临冉妤的"严刑拷问"。她也做好了全盘托出的准备。

谁知进了馆厅，却发现冉妤趴在桌上，有气无力的样子，看到她和庄冲，也只是问："回来了？有没有带特产？"

庄冲丢了几包海边零食给她，谢槿知不动声色地在她身旁坐下："怎么了？"

冉妤闷闷地趴了一会儿，说："槿知，糟糕，我被流浪汉逆袭了。"

谢槿知惊讶地看着她。

于是意想不到的是，今天变成了冉妤向她吐露心声。

原来这妮子自从上次见了公园流浪汉，嘴上不说，始终对人家的皮相觊觎着，于是三番两次路过公园，给人吃的。结果那流浪汉大概也是看她心软总给东西，居然后来跟她到家楼下……

"他居然还问我，今天的面包呢？"冉妤愤愤道，"难道我是他保姆啊。"

一来二去，冉妤终于发飙了，在某天早上怒吼他说："你怎么总是想白吃我的东西？吃软饭啊你！"

谢槿知问："然后呢？"

"然后……"冉妤眼睛一亮，"他瞪我一眼，从口袋里掏出条链子就甩过来。"

"链子？"

"是的！"冉妤明显激动了，"槿知，你一定想不到，居然是条镶满钻石的项链！钻石啊！他说他现在落魄，这个是他以前戴在手上玩的，用来抵饭钱。我拿去珠宝店验过了，是真的钻石项链！值好多钱，我现在藏家里好好供着呢。"

谢槿知："……"

冉妤又叹了口气："槿知，我终于遇到高富帅了，终于被高富帅丢过来的东西砸晕了，可却是个家道中落、落魄街头的高富帅，怎么办？他会不会东山再起，电视里不都这么演的吗？我要不要赌一把？"

她靠进谢槿知怀里，谢槿知摸了摸她的头，也给不出建议。谁能想到冉妤的遭遇竟如同爱情狗血剧。虽说她现在还在纠结"要不要赌一把"，但从她谈及那人的神情，谢槿知感觉得出来，她已动心。

"顺其自然吧。"谢槿知安慰道,"如果是星辰注定,你们终究会在一起。"

是否很多人都会爱上意想不到的人?她终于还是跟外星人在一起,而冉妤却跟她以前最瞧不上的人,碰撞出了火花。

冉妤沉默片刻,"嗯"了一声,又看着她:"话说你跟'望妻石'这个周末,有没有突破性进展啊?"

谢槿知笑了笑,心念一动,问:"你说假如两个人刚在一起,男人就要女人许下一生一世的承诺,怎么办?"

冉妤想了想,答:"不理他!这男人的占有欲也太强了吧。"

谢槿知说:"他倒也不是占有欲强,是比较注重承诺。"

冉妤怪异地看着她:"槿知你脑子秀逗了吧?重视承诺,重视这样的承诺,不是占有欲是什么?"

谢槿知居然答不出来。

应寒时那样清风明月般的人,对她……也有占有欲吗?

"两个平行空间之间,总会有一些地带,屏障相对薄弱。这也是某些地球人,声称见到鬼啊、幻影的原因了。他们也许只是看到了另一个空间的某个人,恰好从那里走过。"

萧穹衍站在投影屏前,笑容可掬地看着大家。屏幕上满满的全是他做的测算数据和图形,除了同样擅长计算机的应寒时,没人看得懂。

"所以我们现在要做的,是寻找到这样的薄弱地带,才有可能跳跃到另一个空间?"林婕问。

萧穹衍点头:"宾果!不过,通过模拟测算,地点我们已经找到了五个。

接下来,是要去这几个地点实地勘探一番,才能确定最适合跳跃的地点。"

众人都点头。到底这种事,谁也没经历过,所以都沉默消化着,无人发问。

应寒时以前是高级军事领袖，或多或少接触过一些平行空间的资料。于是他说："小 John，把平行空间的概况向大家说明一下。"

"好的。平行空间的概念，来自量子的不确定性。当然，这个你们也不必去追根究底地弄懂。平行空间的理论，很早就提出了，连地球人都形成了非常详细完善的理论体系，并且跟真实情况大致差不多。不得不说，地球人还是挺聪明的。

"不过，与地球上一些影视片有差异，平行空间并非意味着，另一个空间跟这个空间完全一样，一样的地球，一样的我和你，那是误导和谬论。

"世上没有完全相同的两片树叶，更何况是两个空间。因为它们是平行的，所以大致发展趋势和环境一定是相同的。但任何一点微小差异，都可能造成他们在某些方面大相径庭。

"譬如，那里也许会有太阳系，但是因为早期物质形成的差异，他们的太阳系也许只有八颗行星，也许是十颗。人类居住的星球，也许也叫地球，也许因为科学家思维一跑偏，不叫地球，叫水球呢。

"我想那里肯定也有黄种人聚居的国家，有白种人聚集的大洲。这种大的政治地理趋势应该相同。但是那里各个国家的发展，也许与这里相同，也许不同。落后几十年，先进几十年，都有可能。

"所以，我们到底会去到一个什么样的环境，暂时无从知晓。"

说到这里，萧穹衍又咧嘴一笑："不过，平行空间理论都认为，两个空间的发展不会有翻天覆地的差异。鉴于我们曜日人的军事科技水平领先地球人几千年，所以我想，去到另一个空间，拿走晶片，应该是很 easy 的啦！"

林婕三人都点头，萧穹衍的话说得简单直白，大家对于那个空间的情况，心里大致也有了个谱。

丹尼尔发问："噢，John，那么那个空间，会不会有另一个相同的我存在呢？"

萧穹衍耸耸肩："我说了啊，这个要看发展差异啊。如果影响你这个人存在的因素都没有发生过致命偏差，你就可能存在；与你相关的任何事件，如果有了偏差，可能连你的祖父都不会存在。"他又伸手挠挠头说，"不过，鉴于我们只是跳跃到其中某个地点，去寻找晶片，那么大一颗星球，即使有另一个你存在，我认为你遇到他的概率也是微乎其微的，你还不如去买地球彩票呢。所以这个问题，我们完全不用考虑。"

是夜。谢槿知坐在窗前，翻了一会儿书，又放下。从桌上抽出张空白的读书卡片，想了想，开始往上写。

一、跟其他任何女人都保持距离，不许有肢体接触。

二、尽量避免往危险的地方去。

三呢？不许再用尾巴缠她？

嗯，加上。

…………

她正写得入神，忽然听到窗户外有轻微响动。她住的是五楼，怎么会有声音呢？

老鼠？麻雀？

渐渐的，那声音越来越明显，倒像是有人正沿着墙面爬上来。谢槿知心头一凛，站起来往后退了两步。

有人冒出头来，动作轻柔地从外面打开了她的窗户。

谢槿知看着他。

他人在窗外，也望着她。

谢槿知问："你干吗爬窗户？"

应寒时脸颊微红，双手一撑，跳进来落地。

"你刚才发过短信说晚安，我想你应该睡了。"他答，然后走近她。

谢槿知抬头望着他："那你就爬窗进来？"

"本想……过来看一眼你就走。"

谢槿知低头笑了："以后不许这样了，要敲门。"

"是。"

明明早上才分开，此刻相见，却好像已隔了很久。昨晚跟他的拥吻亲昵，更像是做梦一样的事。屋内只有柔和的橘光，他身形高瘦，轮廓却显得朦胧。唯有那双眼，清亮依旧。

两人面对面站了一会儿，他说："我要离开几天，去搜寻平行空间的入口。"

谢槿知点头："等找到了，我陪你一起去。说不定也能帮上忙。"

"好。"

"坐下，我给你倒水喝。"谢槿知转身走向饮水机。

他依言在她的小沙发上坐了下来。上次他来，谢槿知昏迷着。所以严格算起来，这还是谢槿知第一次在家里招待男人。

已近午夜，屋子内外都静悄悄的。谢槿知慢吞吞地泡了杯茶，端过去递给他。他坐得笔直，目光却注视着房间内各处，然后抬头望着她："需要我帮你收拾吗？让你居住得……更舒适一点。"

谢槿知看一眼乱糟糟的房间，摇头："不用。"

他便低下头，慢慢地喝着那杯茶。过了一会儿，他放下茶杯，伸手将她拉到怀里。单人沙发本就狭窄，谢槿知只能坐在他的大腿上，整颗心也乱晃起来。他低头看着她，白玉般的脸颊居然又红了，然后吻了下来。

谢槿知整个人都软在他怀里，这陌生而刺激的感觉，让她又渴望，又有些紧张。他一直亲一直亲。明明才第二次亲热，在把她的唇吻得发烫后，他就熟门熟路地继续往下探索。谢槿知的脖子被他亲得又痒又麻，整个人都有些迷糊了。可这个男人，亲热时都有股专注坚定的劲儿在。他始终把头埋在她肩窝里，谢槿知只看到通红的耳朵和他宽阔瘦削的背。

"腰疼……"她轻声抗议，沙发太狭窄了，硌得她的腰很不舒服。

她的话音刚落，就被他腾空抱起，放在了床上。这个地点太暧昧，谢槿知有点慌了，可他已如影随形地压了上来。

鼻翼间全是他身上清淡好闻的气息，手也被他捉住。谢槿知的脸也红了，不发出半点声音，只与他拥抱亲吻着。

好在他并没有任何过分的举动，只是依然吻她的脸。

过了一会儿，谢槿知小声说："应寒时，你要早点回来啊。"

"嗯。"他答，"我很快就回来。"

他忍不住又用尾巴将她跟自己缠在一起。

"应寒时。"谢槿知小声抗议，"难道以后我们每次……这样，你都要露出耳朵和尾巴吗？"

"槿知……我无法控制。"

某个瞬间，应寒时微微一怔。许是两人的亲昵太过靠近，她衣服上的扣子不知何时被弄开了，露出一小片晶莹白腻的起伏，在灯光下犹如雪一般的颜色。而她眼眸微合，很乖很乖地躺在他的臂弯里，并未察觉。

应寒时的脸烫得都快滴下血来，看了两眼后，侧过头去，避开这不该看的景色。

可过了一会儿，他又慢慢回过头来，垂眸凝视着。谢槿知原本还没在意，她低头一看，再抬头看到应寒时眸色沉沉，不知看了多久，顿时脸一烫，伸手就要扣扣子："把头转过去！不许看。"

谁知她的手刚一动，手腕就被他握紧，动弹不得。

应寒时的脸已红得不像样子，手却很稳很有力，两人就这么凝望着彼此。

此刻他整个人是压在她身上的，谢槿知忽然感觉到了不对劲，脸顿时更红了，一下子偏头看着一侧："你下去。"

他低下头，松开了她，下了床。

谢槿知立刻坐起来，整理好衣服。

"槿知我……"

她看他一眼。他转过脸去。两人都没说话。

"我走了，确定跳跃地点了便与你会合。"

"嗯。"

他的脖子和耳朵都还红着，尾巴也没收回去，自己像是也没意识到，打开窗户，纵身一跃就跳了下去。

谢槿知走过去关窗时，下面已经没人了。她伸手摸了摸自己滚烫的脸，在窗前坐下，又拿起刚才写的那张纸条。过了一会儿，脸埋进双臂中，笑了。

谢槿知在傍晚六点赶到了饭店。这里环境幽雅，人不算太多。她就挑了个僻静位置，等了一会儿，就见谢槿行拎着公文包，走了进来。

"这里。"谢槿知朝他招手。

谢教授微笑着走到她对面坐下。尽管穿着严谨老气，却掩不住他风流英俊的皮相。过来点菜的服务员对着他，嗓音都要柔和几分。

这是间港式茶餐厅。谢教授直接翻到套餐那一页，问服务员："请问哪个饭分量最大？我比较饿。"

"先生，煲仔饭。"

"那就煲仔饭，谢谢。"

服务员嘴角带笑走了。大概是觉得这么个帅哥，行事却有些憨。

谢槿知问道："今天怎么有时间来找我了？你最近不是说很忙吗？"

谢教授摘下眼镜，双手交握放在桌上："我有事要问你。你最近，跟什么人在一起？"

谢槿知愣住。

"不就是庄冲、冉妤他们。"她答道。

兄妹俩对视着。

谢槿知心想，他知道了什么？他是怎么知道的？

"上次你拜托我查图书馆的事，我查过了。"他再度开口，"你说的情形，现在应该没有一个国家能做到。那么，是谁做的？"

谢槿知不吭声。

他微蹙眉头，又说："上个月你告诉我，去依岚山看那些孩子。但是……就在你去的那几天，我的同事，检测到 G 省地区磁场发生剧烈波动，而波动的圆心，恰恰是依岚山。槿知，你在依岚山，有没有看到什么？遇到什么人？"

谢槿知脑子里只有一个念头——原来我们这些地球人的科技水平，有这么发达了？

沉默了一会儿，她直视着他："谢槿行，你为什么要查这些事？"

谢教授怔了一下，答道："探索真相，是科学家的天职。"

还好。不是基于军工或者任务目的。

这时服务员将煲仔饭送上来了，两人就都住了嘴。谢槿知拿起小勺，在咖啡杯里划了两圈。等服务员走了，她柔声说："哥，能不能求你一件事？别查了，算是为我好。如果到了合适的时机……"她看着谢教授的眼睛："我带那个人来见你。"

这回，换谢教授愣住了。

他慢慢端起茶杯，低头喝了一口："槿知，这是你第一次叫我哥。你……要求什么，哥哥都答应你。"

谢槿知这才意识到，刚才一时情急，把心里对他的称呼，叫出了口。但他的话如此窝心，谢槿知安静片刻，低声说："其实，在心中叫过不少次了。"

吃完饭，谢教授开车将她送回家。望着她渐行渐远的背影，他有些怔忡。从小，如天之骄子般长大，却又生性内向的他，一直渴望能有个可爱温柔的妹妹。后来没想到，真的多出了个妹妹，她却是这样的身份。

他一直觉得，谢家人愧对于她。现在她孤零零一个，也没有了家，十分可怜。但她却成长得非常好，安静、聪明、独立、理智。并且，她对于他，对于谢家人，其实已经算包容了。尽管从不来看父亲，但几乎没听她埋怨过任何人。

谢教授低下头，看着副驾驶上一个封好的公文袋。他拿起来拆开，里面是两张照片。

图书馆楼下，穿着白衬衣的男人，负手而立，清俊过人。以及，依岚山小学下的田畔里，同样一个男人，跟槿知站在一起。

谢教授将照片拿了出来，放进车上的储物格里，再将文件袋重新封上。

他的眼中露出温和的笑意。那就等她，带着那个男人，来见哥哥吧。

谢槿知到家以后，直接倒在床上。躺了一会儿，翻出手机。没有他发来的新短信。

在忙吗？应寒时离开，已经有三天了。

明明是很短的时间，她却尝到了度日如年的滋味。用冉妤的话说："废话啊，之前你的二十四孝男友，恨不得二十四小时黏着你。现在突然出差了，君宠不再，你当然皮痒心也痒啊。"

冉妤的话虽然糙，但她真的心痒。两人独处时那些细节，都如同羽毛似的，无时无刻不撩拨着她的心。让人脸红心跳，却又渴望得到更多。她一向自诩处变不惊、淡定过人。现在，应寒时成了她唯一的不淡定。

她翻了个身，不想忍耐压抑了，给他发短信："你在做什么？"

Q省地处西北，远离城市，是大片大片灰黄的沙漠。

帐篷扎在一座沙丘下方，头顶是炽烈的夕阳。萧穹衍光着金属双脚，在沙砾中走来走去，又抬头观察着天空。苏和丹尼尔在其中一顶敞篷里，清点武器装备。

"呜呼……"一声悠长而快活的呼喊，战斗机划出个漂亮的弧度，从众人头顶掠过。萧穹衍抬起头，露出会心的笑容。

飞机上的人，正是他的好朋友庄冲。听说要到沙漠里寻找跳跃平行空间的地点，这家伙直接旷工跟了过来。

不过，让人惊讶的是，庄冲居然是个飞行天才。那天在海底首飞，就得到了应寒时的高度赞扬。现在几天过去，他的飞行技术，已经能赶上标准飞行员了。这等于他们的队伍，又多了个生力军。

"我说过，我从来都是技术流。"庄冲如是说。

另一顶帐篷里，应寒时坐在电脑前，正在专注地测算各项数据。

"叮"一声，手机响了。

他的十指立刻停住。

这个星球上，只有一个人，会给他发短信。

他拿起手机，眼中露出笑意回复："在工作。槿知呢？"

过了几秒钟，她才回复："我想你。"

应寒时缓缓垂眸。然后伸手将电脑合上，再放任耳朵和尾巴露了出来。

他拨出她的号码放到耳朵边，另一只手握住尾巴，轻轻把玩着。

那一头的谢槿知，没想到他立刻打了过来，心头一跳，佯装淡定地接起："喂。"

"小知，我也想你。"

谢槿知低头微笑："嗯。"

她又问："你……这几天有没有乖乖的？"

身为高级指挥官，还从来没人这么对他说过话。应寒时有些无奈："小知，别这样对男人说话。我以后……会是你的丈夫，也是一家之主。"

谢槿知"哦"了一声："那到底有没有乖乖的？"

"……有。"

谢槿知满意了。

"进展怎么样？"她问。

应寒时缓缓地、一下下捋着尾巴上的绒毛，答道："很顺利。基本确定就在这里跳跃。再做一些数据测算，就可以动身了。小知，你什么时候……可以过来？"

谢槿知抬头看了眼日历，明天才是星期四。

管他的。反正馆长是个没脾气的人。

她答："随时啊。"

电话那头，安静了几秒钟。

"我走不开。马上派人过去接你。"他说。

"好。"她顿了顿，"寒时，我有话要对你说。"

"好，请说。"

"……要见面说。"哪知他反应竟极快，"小知……是要对我许下承诺吗？"

谢槿知心头颤了一下，没吭声。

"我等你。"他轻声说，如同在她耳边低喃。

挂了电话，谢槿知立刻从床上爬起来，开始收拾行李。如今再要与他见面，心境竟完全不同。耐着性子在镜前打扮了半天，才觉得满意。

又拿了几块巧克力。他若饿了，可以喂给他吃。

最后，拢了拢耳边发丝，站在镜前，望着里面的女孩。过了一会儿，她低下头，从裙子口袋里，摸出张卡片。

那是她昨晚写的。之前所有种种要求，全都没写上去。

上面只有一句话："槿知愿与寒时白头偕老。"

他对她有占有欲，她难道不是？在确定关系前，她就希望，他的心里只有她一个，永远不离不弃。若是承诺能让彼此对这份爱更有信心，她为什么不能勇敢地赌上自己？

而且，如果今后真的不能白头，她的生命中，难道还会有第二个应寒时出现？

不，不会有了。她其实比他更害怕失去，害怕终究是一场空。

她想要跟他永远这样下去。这相爱年月刚刚开始，就叫人舍不得结束。

挂了电话，应寒时继续在电脑前工作。

有人掀开帐篷，走了进来，将饭盒放在他手边："指挥官，你的晚饭。"

"谢谢。"应寒时没有动,"我等一会儿再吃。"

林婕望着他的侧脸,再看他不断跃动的十指,忽然一阵心疼。他还是老样子,一工作就忘了吃饭,忘了时间。

"你都在电脑前待多久了?眼睛会受不了的,出去走走吧。"她劝道。

应寒时还是纹丝不动,微微一笑:"我知道,你去吧。"林婕静默片刻,伸手替他打开桌上的台灯,这样帐篷里的亮度更好。又拿了瓶水,拧开放在他手边。站在他背后静静注视了一会儿,才走出帐篷。

望着满目黄沙,她点了根烟。她想,她很明白,对这个男人深入骨血的爱,永远也没机会说出口了。沙漠的天空,渐渐暗下来。银色弯月,慢慢爬上天空。

应寒时终于将数据测算做完,传递给萧穹衍。剩下的,就是跳跃准备工作了。他拿起冷掉的盒饭,很快吃完。然后闭上眼,靠在椅子里小憩。

不知过了多久,帐篷被人掀开,又有人走了进来。应寒时闭着眼睛,轻声问:"林婕,几点了?"

谢槿知背着包,站在帐篷口。苏刚将她送到这里,就立刻转身走了。

她望着男人背靠椅子,闭目休息的样子。原本满怀心疼和爱意,瞬间冒出一股恶气。

谁知他缓缓睁开眼,眸色十分温柔。他站起来,像是自言自语般说:"我的槿知……应该就要到了。"他转过身来。

谢槿知望着他惺忪的眼睛,心里的恶气,倒是消减大半。再扫一眼桌边吃剩的饭盒,怜意又盛了一分,只轻轻哼了一声,没动。

而应寒时眼中,却是从未有过的惊艳颜色。她的打扮向来素净,每每在他面前,也不过是T恤或衬衫,搭配长裤和运动鞋。但那样在他看来，已是极好。

今天她却将长发梳成了辫子，垂在肩头，一只手还轻轻捏着发辫，乖巧无比的模样。白色衬衣下，是条浅蓝色的长裙，露出白皙晶莹的小腿，脚下是双帆布鞋。

他望着她，眼中浮现盈盈的笑意。

谢槿知见他看得目不转睛，有点不自在，问："你笑什么？"

他负着双手，缓缓答道："我的女人……真美丽。"

谢槿知居然被他说得脸上发烫，心想，到底是军人，尽管平时温文尔雅，现在张口闭口就是"我的女人"。

"那你刚才干吗把我认成林婕？"

他走向她，柔声答："对不起，睡得有些迷糊，没有听出你的脚步声。"

于是谢槿知一点脾气也没有了。

他低下头，伸手将她抱进怀里，谢槿知也紧紧搂住他的腰。两人刚要亲吻，却听帐篷一响，被人挑开，萧穹衍的金属脑袋钻了进来："指挥官，跳跃已经准备好了，我们随时可以出发。另外，我听说小知来啦？"

应寒时是背对着帐篷门的，所以他怀里的谢槿知暂时看不到萧穹衍。她有些尴尬，刚要挣脱，却感觉到腰被搂得更紧。

"小John。"他开口。

"嗯？"萧穹衍狐疑的声音从背后传来。

应寒时垂眸："回避。"

谢槿知把脸埋进他怀里。

萧穹衍突然恍然大悟："啊，我明白我明白！"立刻缩了出去，同时还替他们拉上帐篷门的拉链，然后高声道："指挥官，请继续。不过……时间可不可以不要太久？大家都等着出发呢。"

应寒时没有回答，他将怀里女人的脸扳出来，低头亲下去。谢槿知忍不住笑了，伸手勾住他的脖子，在他的脸上亲了又亲。最后两个人抱得紧紧的，都笑了。

应寒时松开谢槿知，但还是握住她的一只手，注视着她。

谢槿知也望着他，眼睛里难得有些调皮颜色，就是不说话，手却轻轻握紧裙子口袋里的纸片。

"好了没有啊？"帐篷外传来萧穹衍小心翼翼催促的声音。

谢槿知笑了，应寒时眼中也浮现笑意。

"要对我说的话，到那边再听？"

谢槿知点头："嗯。"心想，这样也好，如果现在把卡片给了他，他红着脸拖着条尾巴跳跃到另一个空间去，终归不太好。

应寒时牵着她的手，走出帐篷，果然见到萧穹衍身后的另一顶帐篷里，已堆满了仪器设备，大家都站在那里，已经准备好了。

"这五台，是从五架战机上拆下来的超光速引擎。"萧穹衍指着机舱驾驶仪旁一堆"黑箱子"说道。

谢槿知和庄冲等人，看着那五台引擎，都以复杂的数据线连在一起，并且跟旁边的三台笔记本电脑相连。

萧穹衍又说："我们把从图书馆得到的那块晶片，也放置在了其中一台引擎中，促使它的能量场，与平行空间那块晶片的能量场，形成互相干涉，牵引我们跳跃到晶片附近的位置。"

谢槿知了然，这样就方便多了。否则整个空间去找晶片，犹如大海捞针。

萧穹衍却又看向她，说："一会儿你们搭乘战机跳跃的时候，可能会有头晕目眩的感觉哦。尤其是小知，你身边本就有轻微时空裂缝，你的晕眩感也许会比别人更强烈。"

谢槿知一怔，身旁的应寒时开口："她会不会有危险？"

萧穹衍咧嘴一笑："不会的，指挥官请放心。因为她身边的裂缝很小啦。如果裂缝足够大，她自己就能瞬时移动、穿越时空了。"

这次跳跃，过去的是五个人：应寒时、谢槿知、林婕、庄冲和苏。萧穹衍外形是机器人，不便过去。丹尼尔留在这里，帮助他操作设备，以便取得晶片后，协助应寒时等人跳跃回来。

五人在战机上坐好。由苏来驾驶，林婕负责启动超光速引擎。低沉的轰鸣声后，战机发出一声尖啸，划出一道漂亮的银光，就冲进了云层中。

谢槿知紧紧握住应寒时的手。而他看着她紧张的样子，居然有了一点笑意。

谢槿知掐了他的手背一下："不许笑。"

"嗯。"

"10、9、8……4、3、2、1，跳跃！"林婕冰冷的口令声传来。此时战机已升上云团弥漫的高空，在她话音落下那一刻，机身周围骤现银白色光芒，瞬间将他们完全包裹住。谢槿知立刻什么也看不清了，看不见天空和战机，甚至连身旁的应寒时也消失在柔和的银光中。

她的眼前，只有柔和的银白色光芒。

然后晕眩感，如同潮水般袭来。她的意识顿时有些涣散，缓缓闭上眼睛。

但就在时间和空间仿佛静止的一瞬间，她的眼前，又出现幻影了。

画面非常模糊，她睁眼想要把这段未来看得更清楚，可晕眩感实在太强烈，她眼前一黑，陷入昏迷。

"槿知、槿知……"熟悉而温软的嗓音，在她耳边。谢槿知缓缓睁开眼睛，首先看到的，是机舱前方静止的大树。然后，就是身旁的应寒时。

"……到了？"她问。

"是的。"应寒时漆黑的眼睛注视着她，"有没有不舒服？"

"还好。"

这时，苏、林婕和庄冲也从座椅上抬起头，显然也都苏醒过来。大家全望着窗外，显然，他们身处一片树林中。天色将明未明，正是清晨。

几个人跳下战机，放眼望去，丛林茂密，山脉起伏。

庄冲忽然开口："眼熟。"

大家都是一怔，谢槿知也觉得，这几座山眼熟。这时，她注意到应寒时抬眸，望着对面山上。她也循着他的视线望去，愣住了。那不是……

绿意盎然的山峰上，静静矗立着一座寺庙。暗黄色寺门，古旧而幽静。

"宝安禅寺？"庄冲的声音有点不可思议。

"我们跳跃回江城了？"一向沉默寡言的苏，也说话了。林婕眉头紧蹙。

"不。"

"不。"

谢槿知和应寒时的声音同时响起。两人对视一眼，应寒时沉静不语，谢槿知解释道："你们看，寺庙的样子是一样的，但是寺门口的路，是不一样的。"

众人抬眸望去，身为江城人的庄冲，最先明白过来。

江城的宝安禅寺，门口是自元代传下来的石板路。虽然后来历经修缮，却依旧保留着古貌。虽然不太好走，但却古韵十足，是江城人所喜欢的。

可眼前这座"宝安禅寺"，门口却是金光闪闪的镀铜台阶，现代制造感十足，从寺门一直蜿蜒到山脚下。尽管很新很亮，看起来却与古香古色的寺庙，非常不搭调。

"俗。"庄冲低声说。

"看那边。"应寒时说。

大家都循着他眺望的方向望去，只见远山背后，大江环绕。一座高楼大厦林立的都市，矗立在江边上。看起来竟与江城十分相似，但那些楼宇分布形状，似乎又有不同。

"我们也许……"应寒时沉吟道，"来到了这个空间里的江城。他们的发展，很可能与我们高度趋同。"

众人都是一静。

这种感觉有点难以形容。你来到了另一个世界，它酷似你生活的地方，却又完全是个崭新的、真实的世界。你根本不知道接下来还会遇见什么，经历什么。

大家暂作休息，就动身往"江城"出发。苏留在原地，保护战机和设备，同时也进行一些技术工作，并且可以在必要时，驾驶战机策应他们。

应寒时、谢槿知、庄冲和林婕四个人，穿过森林，又往"江城"的方向走了一段。一路上，看到了更多的不同。

譬如这里的几座山峰上，都林立着大片灰色石柱，看起来有成百上千根，非常恢宏而沧桑；又譬如天空亮起来后，并非清澈的蔚蓝色，而是夹杂着昏暗的红色。

对于这个异象，苏做完一些基本数据检测后，向他们报告："这个空间的宇宙背景基本辐射值，有些不稳定。他们的空间状态不如我们稳定，这是造成天空背景呈现红色的原因。"

太阳升得很高，街头熙熙攘攘，车水马龙。谢槿知走在应寒时身侧，林婕和庄冲跟在后头。她的感觉，真的就像是回到了江城。街道两旁，是高高低低的房屋。路上跑着公交车、轿车和自行车。年轻人拿着面包，急急忙忙挤上公交。甚至连路牌上，印的都是中文。但是会有一些字，谢槿知不认识。

想必，这就是"发展高度趋同"吧。

经过一家银行，庄冲停步："我去换钱。"

应寒时点头："林婕，你陪他一起去。"

"是。"

于是庄冲紧紧抓着背包，跟林婕一起走进去。

谢槿知和应寒时站在街头等着。

这次过来，萧穹衍深刻吸取了上次携带上亿曜日币，却害得应寒时一穷二白的经验。他没有给他们带人民币和美金，而是让庄冲背了整整一袋子金条过来。

"从今往后，小 John 居家旅行只认准黄金硬通货！"他这么说。

这次，倒真的被他料准了。

"你说，这个世界里，我家和你家的房子，还在吗？"谢槿知问。

应寒时负手看着她："也许。如果你想知道，有时间可以去看看。"

"好。"

这时，庄冲和林婕从银行走了出来。庄冲的背包更鼓鼓囊囊的了，他先从口袋里拿出几叠钞票，分给大家。谢槿知拿起钱一看，跟人民币有些相似，但图案完全不同。她决定回头带几张回去，做纪念。

既然战机跳跃到"江城"附近，说明晶片也在附近。但晶片如此宝贵，寻找它并非一日之功。所以他们打算先在"江城"找酒店住下，然后由苏在郊外操作设备，对整个城市进行能量扫描。这与应寒时和萧穹衍在依岚山所做的事是一样的，看看能否确定外星人和晶片的位置。

庄冲从路边买了张地图，看了一会儿说："这里离他们的省图书馆不远，去看看？"他的眼睛明显亮了，谢槿知也很心动。林婕点了根烟，看着一侧，不发表意见。

应寒时看着谢槿知，眼睛里露出笑意："好。"

四个人沿着街头走着，谢槿知发觉，这里和江城的大体结构是相同的，但街道跟江城的是不同的，街上的店铺建筑更是不同。在图书馆附近走了这么久，她没看到一个认识或者眼熟的人。

这时，前方拐角出现了一家早点铺，门口蒸着热腾腾的包子。谢槿知和庄冲对视一眼——他们的世界里，图书馆附近这个位置，也有一家十分相似的早点铺。

忙碌了整晚，大家都有些饿了。谢槿知说："要不，就在这里吃早饭？"

大家没有异议。四人在门口的一张小方桌旁坐了下来，一个胖胖的中年男人走过来："吃什么？"

谢槿知和庄冲同时望向他。哦，还是跟那边不一样。那边的早点铺老板，是个瘦瘦的戴眼镜的男人，这里的却是个面目和善的胖老板。

四笼包子端了上来，谢槿知拿起筷子正要吃，却见身旁的应寒时，眼中有清淡温和的笑意。

"怎么了？"谢槿知小声问。

对于他们的私语，庄冲素来习惯当隐形人。林婕低头吃包子，脸色平淡。

"给你送的那些早点……"他说，"是在那边的这家店买的。"

谢槿知心头微动，原来如此，他也想到了江城的这家店。难怪当时她吃那些包子，感觉口味很熟悉。

此时阳光暖融融的，透过树枝照在他们身上。应寒时照旧穿着最简单的白衬衣黑色长裤，衣袖挽起，坐在她身侧。

尽管物是人非。在江城，他每天到这家店，买好早点送给她；如今到了这个空间，他和她依旧坐在这家店里，吃一顿温暖的早餐。

所谓岁月静好，但与君同，大抵如此。谢槿知低下头，一口口吃着包子。冷不丁放在桌下的手，被他轻轻握在了掌心。两人谁也没说话，也没动，一起安静地吃着。

吃完早饭，大家继续往图书馆方向走。但是随着距离越来越近，谢槿知心头越奇怪，庄冲的脸色也变得疑惑。

江城的省图书馆，是非常高大的楼群，远远就能看到。可现在，他们都快走到地图上的位置，周围都还是些低矮的老房子。

应寒时陪在她身侧，说道："所有的相似，或者不同，都是随机概率造成的。我们顺其自然。"

谢槿知点头。终于，拐过了几条小巷，又穿过几条马路，终于看到了省图书馆的牌子。谢槿知和庄冲都有些愣愣地看着。这落差，也太大了吧？

他们面前，是个略显老旧的四合院，墙漆都有些掉落，瓦片也有残缺。院门口立着块黑色木牌"H省图书馆"，还有两个年过半百的老人，蹲在那里下棋。

透过院门往里望，是座两层小楼，看起来也是上了年月的老建筑，里头种了些花草，十分幽静冷清。

四人缓缓走进院内，打量了一圈，谢槿知率先走进旁边开着门的一间办公室。门上挂着"阅览室"的牌子，一个年轻姑娘坐在工作台后，是生面孔。

谢槿知说："你好。"

年轻姑娘看一下子走进来好几个人，有些疑惑："你们有什么事吗？"

谢槿知答道："没有，我们就是来参观一下。"

年轻姑娘"哦"了一声，低下头继续看书："你们随便看吧，但是图书外借要办借书证。"

"好的。"

林婕照旧没什么兴趣，靠在门口抽烟等他们。谢槿知三人在阅览室里转了一圈，最后在一面墙壁上，发现了职员照片栏。

这图书馆当真是又小又破，职员一共才十来人，没有一张熟悉的面孔。

当然，也不会有另一个"谢槿知"和"庄冲"。

走出阅览室时，谢槿知和庄冲的心情都变得有些复杂。一方面，看到了另一个空间里的图书馆，他们的感觉很新奇。但对方发展得这么……落魄，又令他们有唏嘘之感。

四人走出院门，到路边去等公交车，准备再在市里逛逛。

这时，却听到门口下棋的两个老人中，有个人叹了口气说："老朱，怎么又输给你了。行，一会儿就给你去买酒。"

那老朱笑道："棋臭瘾大，愿赌服输，你倒是个好牌友。"

两人一起哈哈笑了。谢槿知循声回头，看向老朱。她记得刚才的职员栏上，馆长就是姓朱。此刻看来，这老朱面容瘦削，精神矍铄，倒跟照片上的人，十分相似。

"馆长。"她对庄冲低声说。

由于那边的馆长一直以来对他俩确实很好，最近还总是毫无原则地给他们批带薪假，所以他俩对于"馆长"这个角色，还是怀有慕儒亲近之情的。

两人对视一眼，好奇地走过去。应寒时自然耐心地跟在他们身后。林婕靠在一棵大树上，百无聊赖地看着。

两个老人也察觉到他们走近，抬头看了一眼，居然都处变不惊，继续下棋。

"你是朱馆长？"谢槿知问。

老朱笑而不答，抬手落子。

庄冲轻轻"喂"了一声，对谢槿知耳语："比我们那位有气质多了。"

谢槿知莞尔。的确，那边的馆长，是中年微胖的男人，富态十足。尽管总是做出威严领导的样子，但相处久了，谁都知道，馆长心很软，什么事到他那儿，挨不住别人求两句，他自己就帮你想办法了，典型的男儿身大妈心。

可眼前这位，尽管单位破败，穿的也是寻常料子的灰衬衣和长裤，举手投足间，却有清雅书卷气质。

这时，他对面的老人笑道："你们几个年轻人，难道也是慕名而来，找老朱看风水的？他最近收山啦，你们走吧。"

谢槿知还没说话，庄冲吃惊道："你还会看风水？我们馆长什么也不会……"谢槿知扯了一下他的衣角，示意他闭嘴。

那老人又替朱馆长回答道："当然了，老朱可是我们市的风水大师，辉宇集团董事长的新家宅，都是找他看过的。"

老朱抬头笑看他一眼，既不谦虚也不焦躁的样子："过誉了。"

然后抬头，看着谢槿知一行人。他的目光清亮无比，从众人身上扫过，又在气质最为清俊温雅的应寒时身上一停，点了点头，"都是不错的年轻人。回去吧，我现在不给人看风水了。"

这时，林婕扬声道："车来了！"

谢槿知和应寒时便向两位老人点头致意，转身离去。庄冲目露倾慕地看了眼这个馆长，也走了。

在公交车上时，谢槿知低声问应寒时："这么看来，这个空间里，应该不会有我们认识的人了？"

图书馆职员列表里，没有她和庄冲的存在；早点铺老板也换了人；馆长变成了另一个兼职风水大师的世外高人。

应寒时答："从目前来看，应该是。尽管政治、地理和经济发展趋同，但正如小 John 所说，在相同地点出现相同一个人，必须两个空间里与他有关的各种概率完全重合，这个概率微乎其微。"

在平行空间的第一天，他们算是过得充实而新鲜。这一天，几乎把整个城市都转了一遍，同时也对这里了解更多。

江城有的长江、轮渡、政府机关、商业区和住宅区，这个空间基本都有，但是又不尽相同。譬如这边当地最大的商业集团："辉宇集团"，甚至是全国行业龙头，影响着整个城市的经济发展。这在江城，又是没有的；又譬如，他们还去谢槿知租房的位置看了看，结果那里的旧房早已推平，建起了商场。

到了傍晚，庄冲找了家看起来还算不错的青年旅馆，大家住了下来。四个人，开了四个单间。因为还要等苏传来的扫描结果，所以大家一时也没什么事。庄冲把背包往房间一丢，就出了门："我再出去转转觅食。"

林婕走进房间，就关上了门："我补觉。"

楼道里，就剩下谢槿知和应寒时两个。青年旅馆虽然装修简单，但是风格极为朴素干净。脚下的木板一格一格，质地温润，墙壁上挂着风干的花串。

应寒时低头看着她，面容在夕阳中越发清俊宁静。

"槿知现在，想做什么？想出去走走吗？"

谢槿知有些无奈地答道："可能是跳跃的原因，头还有点晕。我想回房间睡会儿。"

"好的。"他目光温和地望着她，"如果不舒服就叫我，我会听到。等晚一点，我们再出去吃饭。"

"好。"谢槿知踮起脚，在他脸颊轻轻一吻，这才开门走进房间里。

天色一点点暗下来，暗淡中，却又呈现与地球不同的昏红色。许是奔波了一天一夜，她的头沉得厉害，匆匆洗了个澡，倒在床上，迷迷糊糊就睡着了。

不知过了多久。半梦半醒间，她的眼前，抑或是脑海里，再次出现了一些画面。正是在跳跃时，她没看清的那段未来。这一次，画面几乎是完全清晰地，呈现在她面前。

应寒时在房间里看了会儿电视，抬头看了看墙上的钟，已经九点了。谢槿知还没有叫他，那个房间里也一直安安静静。他关掉电视，微微低下头，听她那边的动静。他忽然一怔，抬眸看着两个房间之间的那堵白墙，然后起身，推开门，走到她的房门前。他轻轻敲门："槿知？"

没有回应。但是她凌乱的呼吸声还在。应寒时本就拿了一张她房间的门卡，在门口静默片刻，掏出门卡，轻轻推开了门，走进去，再悄无声息地关上。

室内没有开灯，唯有天空中隐约的暗红的光，从窗户透进来。

她整个人都蜷在被子里，还穿着白天那条裙子。辫子解开了，长发铺散在雪白的被褥上。

应寒时静静凝视她一会儿，走到床畔，面朝她单膝跪下，看着她的脸庞。她还在熟睡，乌黑眉头轻蹙着，眼眸紧闭。但是脸上，已淌满泪水，打湿了半边枕头。

她在睡梦中轻声啜泣着，整个人像是已经哽咽到无法自抑。应寒时一瞬不瞬地望着她，感觉到自己的心脏部位，也无声无息掠过惊痛。

她很少哭。即使在图书馆遭遇人工智能围攻，即使被黑龙一伙围攻在山洞里差点没命，她也没哭。唯一一次见她哭，是她看见了顾霁生濒死的未来。

可是……槿知，这一次，你在梦中又预见了什么？

为什么哭得这么哀痛？看起来比上一次，更难过。

是否……

我们身边，又有人要死去了？

他与月光

为邻

丁墨 著

（下 册）

江苏凤凰文艺出版社
JIANGSU PHOENIX LITERATURE AND
ART PUBLISHING

目录

目录

第十三章

埃土行星

蒙胧的泪意里，谢槿知感觉到有人在亲吻自己的脸，轻轻地吻去她的泪水。

她睁开眼。室内只有昏红而浅淡的光，她看到应寒时模糊的身形轮廓，跪在床边。

谢槿知有些呆呆地望着他。

"槿知。"他轻声地、缓缓地问，"你看到了什么？告诉我。"

谢槿知不说话。

"是否……我们身边，有人要遭遇不测？"他握住她的手，用尽量温柔的语气询问。室内很静，没有半点声音。

青年旅馆外也很静，落日昏红，整个城市在这一刻仿佛都在他们身后安静。

暗淡的光线里，谢槿知分辨出他的眼睛，如同两汪深潭般的眼睛。

她听到自己轻声答道："没有，我没有看到什么。"

他似乎有些怔忡："那为什么哭了？"

谢槿知安静了几秒钟，低头避开他的视线："我……梦见了母亲死去的那一天，所以非常难过。"

她对母亲的情感，应寒时是懂得的。他握着她的手，沉默了一会儿，起身坐在床边，伸手将她搂进怀里。

他的怀抱如此温热，有她熟悉的清淡气息，谢槿知慢慢把头靠在他胸口，闭上眼睛。两个人这么静静地待了一会儿，他低下头，轻轻地亲她的脸。被他这么亲了一会儿，谢槿知忽然侧过头，避开了。

"寒时，我的头还有点晕。要不，你先回去。我想再睡会儿。"

这还是两人在一起后，她第一次避开他的吻。应寒时凝视着她，答道："好的。"他起身，又在昏暗的光线中弯下腰，替她将掉到地上的被角拢好，然后低头在她额上一吻，这才转身走向门口。

望着他的背影，谢槿知忽然悲从中来，跳下床，伸手又从背后抱住了他的腰。

他的身形顿住了，然后缓缓侧过头来："槿知，你到底……怎么了？"

谢槿知慢慢吸了口气，说："没事，就是想起母亲，好难过。"顿了顿，像是有些恍惚地说，"想起她曾经那么爱一个人，最终却孤独终老。白头偕老，原本就是很难的事。"

应寒时转过身来，从她双手中挣脱，握住她的一只手，同时捧起她的脸："别难过，槿知，我们跟她不同。过来之前，你想对我说什么话？我已经……等很久了。"

谢槿知抬眸看着他。

看着他清澈如同明月般的容颜。

她缓缓地、缓缓地答道："我今天真的很累，改天再说吧。"

两个人都沉默了一会儿，应寒时才答："好"。

谢槿知看着他转身走出房间，看着他干净的白衬衣，看着他安静的侧脸，看着他伸手关上了房门。

她走到桌旁，倒了一大杯凉水，灌了下去，然后有些盲目地走到窗前。

墨蓝色的天空中，星光点缀。却总有暗红色的光芒，如同黑色水面上生出的暗纹，隐隐蔓延。她就这么望着，安静地望着，矗立了很久很久。

庄冲哼着歌，走上楼梯，却瞥见旅馆二楼的露台上，坐着个人。

他眼神一凛，走过去："在干什么？"

露台上放着几张桌子，屋檐上挂着一盏柔和的灯。谢槿知就坐在其中一张桌旁，抬起头，望着远方。

她看他一眼："没干什么。"庄冲拉了把椅子，在她身旁坐下，沉默了一会儿，问道："那为什么眼睛哭肿了？"

谢槿知没出声。

他想了想，忽然脸色变了："他霸王硬上弓了？"

谢槿知无奈地回道："想到哪里去了？他敢吗？"

庄冲点头："也是。"正要继续追问，却听到身后传来脚步声。两人一起转头，看到林婕夹着根烟，从楼梯走下来："苏把扫描结果传过来了，指挥官说都到他的房间去。"

庄冲立刻起身。谢槿知慢慢站起来，跟在他俩身后。

应寒时的房门敞开着，越过庄冲和林婕，谢槿知轻易就看到他坐在桌前，手里拿着平板电脑，正在翻看。听到动静，他抬起头来，那双眼显得格外幽黑安静。

谢槿知转过头，避开他的视线。

"指挥官，可以说了。"林婕说道。

"嗯。"谢槿知听到他温软的嗓音响起，"都坐吧。苏传来的结果，有两个发现。"

谢槿知在庄冲身旁坐下，微微低下头，安静地听着。

"一，苏设置了能量辐射场，但是并没有发现外星人的踪迹；二，晶片的位置已经锁定，就在城市东郊某个坐标，周围五公里内。而那个位置，我刚才查过，是辉宇集团董事长沈远谦的私家豪宅所在地。"

大家都怔住了。

"没有发现那个人的踪迹？"林婕若有所思地说，"难道，是个厉害角色？"

应寒时双手搭在膝盖上，点头道："能量辐射场扫描不到他，有两个可能，一是他的确已经离开江城，但是晶片留下了；二是他的战斗力足够强，完全不会受能量辐射场的影响。"说到这里，他抬头看着谢槿知和庄冲，解释道，"顾霁生战斗力虽强，但是不会控制，所以他和他的纳米机器人，会被我们察觉。"

庄冲点头表示听懂。她却依然低着头，没有看他。

应寒时缓缓垂眸，手指轻轻叩在膝盖上。

庄冲问："难道沈远谦就是拥有晶片的强大外星人？"

"不排除这个可能。"应寒时答。

"牛。"

谢槿知心想，如果沈远谦就是，还成了这个星球的著名企业家，那真的是混得最好的外星人了。

这时林婕又问："这个人不太好接近，我们从哪儿查起？需不需要我潜进他家里，先探探？"

她和庄冲都望着应寒时，谢槿知也抬起头，望着他沉静的脸庞。他稍稍斟酌后，答道："不妥。我们并非为了掠夺而来，贸然闯入，会招致对方的敌意。"似乎察觉到她的视线，他立刻抬眸看过来。

两人目光在空中一触，她只觉得心乱如麻，又低头避开了。

"我有办法。"庄冲忽然说。

大家都看向他，他淡淡一笑："从他的儿子——沈嘉明下手。"

原来，刚才他在楼下烧烤摊吃夜宵，大概是沈家在江城太有影响力，一顿饭的工夫，他就听到了旁边食客们说的很多八卦。

沈远谦自不用说，年轻时白手起家，既有经济头脑，又重视诚信经营。

这些年生意越做越大，涉足房地产、高新科技、农业多个领域，被人称为"儒商"。他也有商人的通病，很重视"风水"一说。正如白天图书馆的老人所说，他的这座占地极广的豪宅，专门请朱馆长去看过。据说还兴师动众，从郊外挖了很多石柱回来，装点在家里。

而儿子沈嘉明，则是典型的富二代纨绔子弟。没什么经营管理头脑，整天吃喝玩乐，流连于酒吧会所。不过，据说他为人十分豪爽，广交朋友，仗义疏财，所以名声不错。

沈嘉明还有个让人啼笑皆非的爱好，那就是他热衷于超能力，经常搜罗一些奇人异事。但他搜罗到的，到底是真的超能力，还是江湖骗子，就不得而知了。

"超能力？"林婕挑了挑眉，看着应寒时，"这会不会是他们父子俩，寻找同类的借口？"

应寒时微微一笑："有可能。"

谢槿知其实也想到了这一点，但是并未开口。

庄冲眼睛一亮，说："听说沈嘉明最常去一家叫'荷色'的酒吧。现在时间刚好，我们要不要去看看？"

"好。"应寒时答道。

庄冲起身："那我去叫辆出租车。"

谢槿知起身也想走，却听到应寒时的声音再次响起："林婕，你先下去。我和槿知有话要说。"

谢槿知脚步一顿。林婕已经站起来，从她身旁走过，出了房门。

房间里，只剩下他们两个。

谢槿知的呼吸忽然变得有些迟滞。她背对着他，听着他从椅子里起身，然后缓缓走到她身后。

"槿知，你到底……怎么了？"他轻声问。

谢槿知的心头，仿佛被刀无声割过。脑海里，却再次浮现梦中所见的那一幕。

她慢慢地说："寒时，我没什么。我只是……暂时，还不想对你许下承诺。"她转身，直视着他。只是漆黑的眼珠，却有些怔然神色。

"我想，我们发展得也许太快了。这段时间我也有点冲动，我想冷静一下再说。"

话一说完，就感觉到胸口仿佛压了一块大石。

然后，她就看到应寒时愣住了。

谢槿知只感觉到一阵剧烈的心疼，转身要走，手却一下子被他抓住了。

"槿知……你在说什么？"

此时已是深夜时分，谢槿知抬起头，便见天空中悬着几颗星，门外枝头如枯藤蜿蜒。清冷的风沿着门洞吹进来，吹得她的心也空落落的。明明应寒时还在她身后，她却恍恍惚惚，神游到不知何处。

她低下头。

"我说，我们俩先站在原地，谁都不要动。"

应寒时一怔，感觉到她将手臂轻轻抽走，出了房间。

　　谢槿知一路快跑，就像身后有人追着。很快就到了楼下，庄冲和林婕正在路边等着。看到她的模样，两人都有些惊讶。

　　谢槿知也不出声，站在一侧，心不在焉地等着。

　　过了一会儿，就听到楼梯上响起脚步声。应寒时走了下来。谢槿知不愿看他，却只看到一道长长的影子，映在地面上。也不知是否是她心绪使然，只觉得那影子格外寂静与沉默。

　　这时，一辆出租驶到他们面前。庄冲拉开门，谢槿知心里乱得很，头一个上车，并且坐进了副驾里，将后排座位留给他们三个。路灯映在车窗上，她听到林婕说："指挥官，上车吧。"

　　他略显清淡的声音响起："你们坐车，我走过去。"

　　众人都是一怔，庄冲小声说："还挺远的……"他忽然停住。

　　谢槿知若有所觉地转头，却只见那片地上空空如也，应寒时不知何时已走了。车穿过大半个城市，五彩霓虹，如同破碎的水，映在川流不息的车辆上。

　　谢槿知始终望着窗外，心想，原来这个城市，跟江城真的没有任何区别。那一晚，应寒时告白，她也是这样夺路而逃，将自己淹没在望不到尽头的车流中。

　　不知不觉，便已到了"荷色"门外。这酒吧果然华贵气派，门口大幕镶满水晶射灯，犹如将星河从夜色中偷出，放入这纸醉金迷里。四处停满了车，三三两两站着人。

　　三人下了车，走向门口，便见一个熟悉的身影已立在那里。他依旧是负手而立的姿态，身材清瘦，眉目分明，惹得门口迎宾小姐屡屡偷看。他却似乎恍然未觉，只是低着头，不知在想什么。

　　"寒时。"林婕最先走过去。在外面，她便不再叫他军职，而是以名字相称。

　　应寒时转过头来，目光首先便越过旁人，落在谢槿知身上。谢槿知此刻的目光已变得非常平静，就这样与他对视着。

　　"进去吧。"他说，却站在原地不动。

　　林婕和庄冲自然而然地走在前头，让他和谢槿知一起走。谢槿知缓缓走过去，眼睛看着前方，不再看他。余光却瞥见他十分安静地跟了上来，走在她的身侧。就这样走吧。她想，她无法离他更近，却也不舍得离他太远。

　　酒吧中区是音乐摇滚，灯光闪烁，四处都是人。庄冲虽然从未到过酒吧，却将夜店小王子的架势学了个十足。不仅解开了衬衫的两颗纽扣，还打了个响指，招来服务生："给我们找个安静的卡座。"塞了小费后，又问，"我是沈少的朋友，他来了没有？"

　　服务生忙不迭地答："来了来了，沈少就在10号卡座呢。"

　　庄冲心头一喜，面上却不露分毫，说："我给他个惊喜。你给我们安排离他近一点的卡座吧。"

　　他和服务员说着话，其他三人就站在原地。林婕点了根烟，眼神冷冽地四处打量着。谢槿知却是哪里也没看，杵在原地，犹如一根木头。站在她身旁不远处的应寒时，亦是一动不动，像是另一根寂静的木头。

　　服务员领着他们，绕过舞池，到了一个空的靠墙卡座前。四人坐了下来，应寒时依旧在她身旁。但是卡座很大，他们没有挨着坐，而是隔着两个人的距离。

　　林婕看一眼他俩，没说话。庄冲拿着酒水单，低头点了一堆，递给服务员。一抬头望见他们之间的距离，忽然一怔："你们俩今天……"

　　谢槿知看了他一眼，他乖乖地闭嘴。

　　林婕抬手指了下不远处："是那个吗？"

　　大家都抬头望去，只见相距大概四五个卡座，坐着一群人，男男女女都有，还隐隐听到有人喊"沈少"。被喊的男人穿一身休闲衬衣，二十七八岁的年纪，倒是生得十分英俊，正懒懒地勾着身旁女孩的肩，在跟人说话。

　　这时，服务生将庄冲点的酒，也送了上来，花花绿绿一大堆。庄冲开了瓶啤酒，仰头喝了一大口。林婕也拿了一瓶，慢慢喝着。

唯独谢槿知和应寒时，坐着都没动。庄冲忽然开口："林婕，我们俩靠近一点，听听他们在聊什么。"

林婕看着他，慢慢将手里的酒喝完，终究还是站起来，跟他走了出去，又回头看一眼应寒时："有事吩咐我。"

应寒时答："好，去吧。"

谢槿知一抬头，看到舞池地面上，映着凌乱跳跃的光，就像一段柔软的丝绸，被人扯得七零八碎，散落在地。她想，如果没有看到那一幕，她此刻是否会跟应寒时拥抱着也在舞池里轻轻起舞，而他满脸通红。他们曾经度过的每一秒钟，都是快乐而自在的。

正想得入神，就感觉到他起身坐了过来，就在她身边。她抬头，看向他。出乎她的意料，他竟然十分温和地望着她。他再度握起她的手，一字一字清晰地说："槿知，你……不愿意跟我在一起了，是不是因为，我哪里做得不够好？我们……可以慢慢来，只要……"他顿了顿，"只要你不改变心意。"

谢槿知呆呆地望着他。脑海中，却浮光掠影般闪现许多两人相处的情形：雨夜的高架桥下，他被她抱住，硬生生转过脸去，露出耳朵和尾巴；他忽然出现在山洞口，放下手机，望着她笑了；他牵着她的手，走过清凉的小溪；他将她扣在星夜下的石头上，放肆地吻她……

她想，她怎么会不愿意跟他在一起呢？

"槿知愿与寒时白头偕老"的誓言卡片，还躺在她的口袋里。

可若是，命运不可逆转呢？

还好他们都还陷得不深，对不对？她低下头，终于还是避开了他的目光。她甚至看到他脸上一闪而过的难过。

她轻声说："寒时，我的心意已定。我们暂时回到朋友关系，我不想要再更进一步。等……我和你一起回到原来的空间，再告诉你，我的决定。"说到最后两句，她差点掉下眼泪来，终是忍住了。

而他安安静静，始终没有再说话。

谢槿知又说："没有人能预料，将来能发生什么。我们顺其自然，才能避免遭受更大的痛苦。"这几句话几乎剖白了她的心，说完她就站起来，走出了卡座。

她也不知道要走到哪里去，只想大口大口地透气，哪知刚走出不远就撞上一个人。庄冲的脸色有点沉，低头看着她："我回来拿酒，听到了你们说话。"

谢槿知只说："让开。"

他却不让，眉头紧蹙："谢槿知你干吗这样？"

谢槿知知道在这里说话，应寒时会听得一清二楚。她绕过他，快步往前走。庄冲不依不饶地跟了上来，两人一直走到酒吧外的空地上，她才停步，站在原地，抬头望着星空，不发一言。

庄冲静静地看了她一会儿，忽然说："你预见什么了？"

谢槿知不吭声，唯有眼眶微红。

庄冲有时候当真是敏锐至极，他的脸色更加难看了，问："你看到谁死了？"

谢槿知不说话，垂在身侧的双手却不自觉地握紧。庄冲注意到了她的这个小动作，更加肯定了自己的猜测。

"是我们当中的谁死了？"他的语气已经变得肯定，脸色却更糟糕，"是应寒时？所以你要跟他分手？"

谢槿知低着头，看着地上。朦胧而清亮的月光，它们像轻纱一样，覆盖在她的脚上。她轻声答："不，他不会死。"

庄冲眼神一凛："是不是……林婕？而后应寒时发现她才是他的真爱，悲恸欲绝，所以你要跟他分手？"

谢槿知几乎立刻答道："不是！跟林婕没关系。"庄冲整个人都愣住了。他的脑子里有片刻的空白，眼前的景物好像也变得离他很远很远。

"是我……对吗？"他僵僵地问，嗓音有点哑，"原来是我……那你，也不用跟应寒时说分手……"

"不是你。"谢槿知打断了他。

庄冲一呆，脸上露出喜悦和困惑交织的复杂神色："不是我？可是我们就这几个人，死的人不是在我们中间吗？"

谢槿知抬头看着他："我们……不是有四个人吗？"

庄冲心头猛地一震，就听到她涩涩的声音响起："庄冲，会死的那个人，是我。"

音乐声依旧从酒吧中传来，落在两人耳中，却像隔了千山万水那么远。有人从身旁走过，有车从马路上驶过。橘黄的路灯悬挂在他们头顶，犹如另一个温柔的月亮，安静照耀。庄冲已失去了声音，谢槿知也只是静如雕像般地矗立着。

她看到了那一幕。看到某个混沌的、黑暗的地方，穿着白衬衫的清瘦男人，背对着她，跪在那里。他的头低垂着，浑身上下散发着无声的哀痛。而他的怀中，是一个女人。

那个女人，是她。就穿着跟现在一模一样的裙子，绑着一模一样的辫子，裙子上全都是血，手臂无力地垂落。她的脸异常苍白，眼睛死死地睁着，眼球却像是已经爆裂了，全是血丝。她一动不动，没有半点生气，像是已经死了很长时间了。

然后，谢槿知看到一滴眼泪掉落，落在了女人的脸上。

他哭了。

若说看到自己死去，谢槿知的心情震惊而哀痛。可当她看到他的这滴眼泪，才觉得是真正的痛彻心扉。

幸好。她想，还没有对他许下一生一世的承诺。

因为星流必定会永远恪守承诺。

幸好，她还没有开口。

如果这一次未来依然不可逆转，我不可能陪你再走下去。我又怎么忍心让你掏出一颗真心，然后在这个寂寞无比的宇宙里，孤独终老？

子夜时分的酒吧门前，当真是车如流水马如龙。谢槿知望着那些闪烁的车灯，将手插进裙子口袋里："我们进去吧。"

庄冲已经从震惊中恢复过来，劈头盖脸地问道："不对，你不是跟冉妤说过，看到今后跟应寒时同居吗？"

谢槿知低头答道："我也不知道，以前从没出现过矛盾的未来。我想，是否是因为我们到了另一个空间，未来改变了？"

庄冲也答不出来。

"那你现在有什么打算？"他问。

她沉默了一会儿说："我不会就这么认命，我不甘心。我会努力去查线索，改变命运。"

她嗓音平淡，但庄冲知道她一旦打定主意的事，那是极坚决的，牢不可摧。于是他也有些激动起来，说："好，我们一起改变你的命运！但是你为什么不告诉应寒时？"

过了好一阵子，她才答道："他原本要我许下一生一世的承诺，现在我怎么许？你知道他是什么样的人，他是多好的人。如果知道我会死，最后又救不了我，他会有多愧疚？我真怕他会就此孤独终老。没必要的，庄冲，我现在疏远他一点，如果真的有死的那一天，他痛则痛矣，但至少不会把自己也赔进去。"

庄冲半天说不出话来，最后郑重点头道："你说得对，这才是真正的爱情。我会帮你。"

偌大的卡座里，应寒时一直安静地坐着。他容貌清俊，气质不凡，引来许多人的目光。他却丝毫不觉，双手搭在膝盖上，脸微垂着，映着闪烁灯光，整个人显得清冷极了。林婕走回卡座时，看到的就是这样一个他。她走到他身旁，但还是隔了个座位，坐下问："你怎么了？发生了什么事？"

"林婕，让我静一下。"

林婕就不出声了。可她的心里，也堵起来，于是抽出根烟，一下下地抽着，时不时看向他的脸。她和萧穹衍都清楚，当他情绪低落时，从不会发火或者失态，只是会变得更加安静。

过了一会儿，就看到谢槿知和庄冲走了回来。谢槿知的脸色很平静，庄冲却在触及应寒时的目光时，立刻移开。应寒时不发一言地注视着他们。

谢槿知在不远不近的位置坐了下来，庄冲马上坐在她身旁。四个人一时都沉默着。

周围的音乐声还在吵，庄冲心中突然涌起悲壮之情，伸手拖了瓶酒过来，问谢槿知："要不要喝酒？"

谢槿知心里也相当压抑烦闷，看着应寒时静坐不动的样子，更觉心疼。一股冲动涌上心头，可是她的手刚摸上酒瓶，就听到那温软低缓的嗓音响起："槿知，不要喝酒。"

谢槿知的手顿住，慢慢又放了下来。

庄冲兀自长长地呼了口气，他喝酒是没人管的，开了瓶威士忌，给自己倒了杯，一口灌下。

"沈嘉明那边，又来了个人，看起来跟他很熟。"林婕终于把话题岔开了。大家都抬头望去。只见那个卡座里，沈嘉明正站起来，笑着迎接一个年轻男人。那男人约莫三十岁，身材高瘦，穿着简单的白衬衫，戴细框眼镜，斯斯文文的，挺有书卷气。沈嘉明拉着他，在向众人做介绍。

"傅琮思，他的好朋友，是一位科学家，天才，深受他父亲重用。"应寒时低声说道。于是大家明白，他听到了沈嘉明说的话。

沈嘉明没有拉傅琮思入座，两人一起上了二楼，进了间包厢。

应寒时抬头注视了片刻，站起来："我去听一下。"

他走过谢槿知身旁时，她低着头，却在他走出几步后，抬头轻声说："你小心点。"

他脚步一顿，没回头，同样轻声回答："我知道。"

应寒时的身影很快消失在楼梯拐角，卡座里再次沉寂下来。

林婕也给自己倒了杯酒，忽然对谢槿知说："你何必折磨他？"

谢槿知还没说话，庄冲开口："林婕，你根本不懂。"

林婕神色冷淡地抬头看向另一侧。

庄冲看向谢槿知："真的不喝酒？一醉解千愁，我陪你。"

谢槿知盯着杯中金黄荡漾的酒液，想起之前应寒时问她："是不是我哪里做得不够好？我们可以慢慢来。"

她又有些后悔自己把话说得太重，端起酒杯，喝了一大口。酒又辣又呛，一点也不好喝。可是她很快把一整杯都喝光了。庄冲又立刻给她倒满一杯。两人就这么你来我往地喝着，最后林婕居然也加入进来，拿起啤酒开始饮。

应寒时负手站在走廊一角，将一墙之隔的对话，听得清楚分明。沈嘉明笑着说："傅哥，最近研究进展怎么样？老爷子可是对你赞不绝口。"

那傅琼思不卑不亢地答道："沈少，一切进展得都很顺利。沈董夸奖那是抬爱了，沈少就别打趣我了。"

沈嘉明发出爽朗的笑声，又说："我知道你单身一个在江城，父母都在老家。有什么需要，随时跟我说。需不需要派个人过去，照顾伯父伯母？我爸把你当亲儿子一样，我们就是一家人，千万别跟我客气。"

"沈少太费心了，不过我爸妈都是农村人，自由自在惯了，不需要派人过去。做好沈董交代的工作，是我的本分，沈少你别太过抬举我，我心中会不安的。"

沈嘉明哈哈大笑："你这个人就是老实。上次跟你说的事，考虑得怎么样？"

傅琼思的语气这才变得有些迟疑："那件事，实在是难以……"

大概是见他要婉拒，沈嘉明立刻打断了他："琼思，你看，这件事其实很容易想清楚的。我爸年纪大了，他就我一个儿子，他的东西，将来总归是我的。那块晶片，他一直攥在手里，想让你研究发明能源装置，将晶片的能量利用起来。这是为了他的公司，为了经济利益。他想做成全国第一，甚至全球第一的企业。

"可是我不同。我觉得比经济利益更重要的，是人。这也是我在公司经营理念上，一直跟爸合不来的原因。你如果想办法帮我把晶片偷出来，再研究研究，让我可以自由使用晶片的能量。这样，我就可以去帮助更多的人。谁有困难，谁有不幸，我就帮助谁。这不是比搞经济开发更有意义吗？"

大概是见傅琮思始终不说话，他又劝道："琮思啊，以前我就听说，你是首屈一指的天才、专家，而且人非常正直、有追求、有原则，从来不看重经济利益。现在怎么就着了我爸的道，一心一意帮他搞科研呢？"

那傅琮思立刻说道："沈少，你别这么说。我只是对晶片这个项目非常感兴趣，因为它闻所未闻，太罕见了。而沈董给了我这个机会……"

两人又说了一阵话，大抵就是沈嘉明软硬兼施，不停地劝。而傅琮思百般推托，听得出他夹在父子当中十分为难，但也很坚定地不肯去偷晶片。

应寒时听得分明，心中大概也有了计较。抬起头，一眼却瞥见人群中的她。他在楼上，她在楼下。隔着五光十色的舞池和纷乱的人群，他看到她独坐一隅，没有听他的话，手里捧着个酒杯，慢慢喝着。光线映在她的脸上，她的表情有些冷淡疏离。喝了两口，她抬起头，望向他的方向。两人的目光在空中相遇，隔着嘈杂的人群，谁也没有移开。许是因为喝了酒，她的脸颊有些红，眼睛却更清亮，像是映着盈盈的水波。然后应寒时就看着她，朝他笑了。很温暖也很平静的笑容，像是已下定了某种决心，所以她才能笑得这么从容。

应寒时双手握着栏杆，用同样温和的目光望着她。

两人就这么静静凝视了许久，直至沈嘉明和傅琮思从包厢走出来，下了楼。应寒时也转身走了下去。

他回到卡座里，这才发现他们三人的脸都喝红了。林婕酒量很好，依旧十分清醒地问："有发现吗？"

应寒时将刚才听到的，简单复述一遍。大家一听都笑了，谢槿知也微笑着。

"太好了！"庄冲打了个酒嗝说，"那我们什么时候动手？"

应寒时却缓缓摇头道："我说过，我们并非为了掠夺而来。今天先回去，明天再从长计议。我希望能与晶片拥有者，坦诚沟通。"

大家都点了点头。谢槿知望着杯中残余的酒液，心想，他就是这样，纯直良善，坚定不移。

庄冲和林婕都站了起来，谢槿知也起身，只是头昏沉沉的，脚下也有些不稳。庄冲低声说："我扶你。"他刚要伸手，应寒时的动作却比他更快，握住了谢槿知的手腕。

"我来。"他说。

谢槿知没吭声，庄冲也自觉闪到一边去。走了几步，他的手轻轻往下一滑，牵住了她的手。谢槿知的手指好像失去了力气，一动不动由他握着。一行人走出了酒吧，庄冲脚步踉跄地走到街边，打了辆车。谢槿知刚想把手抽出来，却听到他说："你们走吧，我带她回去。"

她的酒意已经有些上头，抬起沉重的眼皮，只见他站在面前，眼眸温和地望着她。而出租车"嗖"的一声就开走了。

"我头很晕。"她轻声说，"走不动了，你应该让我坐车的。"

"那我背你。"

谢槿知"嗯"了一声，迷迷糊糊间，就感觉人到了他背上。夜间清凉的风吹来，周围有灯光，还有车辆的声音。他的背其实并不让人觉得舒服，虽然宽大，但太瘦削，他的骨头总是硌着她。她便将头埋在他肩上，轻轻摸着他的肩胛骨，不知不觉就睡着了。

醒来时，只感觉耳边有呼呼的风，吹得人的脸微微发疼。她睁开眼，发现他正以极快的速度，穿梭在山林间。树木、杂草，一溜烟地从两人脚下掠过。

他要带她去哪里？

她不出声，呼吸平稳，继续装睡。

很快，他停步了。

谢槿知低头一瞥，就瞧见了金光闪闪的台阶，一级一级，延伸到山岭高处。

这个世界的……宝安禅寺？

他不再跑了，而是背着她，低着头，一步步往上走。谢槿知感觉到他背部微湿的汗意，还有沉稳有力的心跳声。她依旧屏气凝神，开始随着他的步子，数寺庙的台阶。一、二、三、四、五……

周围暗黑得如同被纱帐笼罩，茫茫不见边际。阶梯旁的草丛里，有虫子鸣叫的声音。他走得很慢，也很安静。谢槿知一直数到1299，两人面前才出现了寺门。

深夜里，寺庙更显巍峨肃穆，仿佛正俯首望着他们。谢槿知不知道他带自己来这里干什么，但她清楚地知道，另一个世界的同一个地点，是他们初次相遇的地方。

他小心翼翼地将她放了下来，谢槿知闭上眼睛。然后就感觉他抱着她，坐了下来。他将她放在了大腿上，轻轻搂进怀里，让她的头靠在他的肩上。然后就这样坐在寺庙门口，不动了。

谢槿知的心头，忽然非常难过。过了一会儿，她在暗黑的夜色里睁开眼睛，看着他的下巴，静默良久。最后移开目光，悄无声息地陪着他，一起眺望璀璨星空。后来，慢慢就在他怀里，彻底睡着了。

等她再次醒来，已是次日清晨。她一个人躺在青年旅馆的床上，鞋和外套都被人脱掉了。温暖的阳光，照在身畔洁白的床褥上。

青年旅馆的一楼，有个小餐厅。谢槿知走进去时，里面已经坐满了人。应寒时三人在最里面一桌，他身旁的座位空着。

谢槿知走过去，旁边却走来一个陌生女孩，T恤短裤，露着漂亮的长腿。女孩笑着问应寒时："这里有人吗？"

应寒时抬头对她说："对不起，我的女朋友还没到。"

女孩"哦"了一声，转身走了。谢槿知走过去坐下。应寒时看了看她，然后转头继续吃东西。桌上摆了一大堆吃的，庄冲舀了碗白粥给她，林婕埋头吃着，并没有搭理她。谢槿知刚喝了几口粥，就见应寒时放下筷子，伸手拿了个白煮蛋，开始剥壳。谢槿知就一直盯着他的手指看。他的手指向来灵巧，白皙干净，骨节均匀，很快就把鸡蛋剥好，轻轻放在她面前的空盘子里。

谢槿知小声说："谢谢。"

他的嗓音很柔和："不必。头疼不疼？"

"不疼。"

"昨天喝了酒，一会儿多喝点水。"

"好。"

两人便不再说话。过了一会儿，餐厅里人散了不少，他们也吃得差不多了。林婕低声说："今天继续跟着沈嘉明？"

应寒时点头。

庄冲说："那我去租个车。"

这时谢槿知开口："我今天不去了，应该没什么关系吧？"

庄冲和林婕都没说话，应寒时却答道："好。"

于是吃完早饭，谢槿知一个人上楼。谁知刚在房间里坐了一会儿，庄冲就来敲门。他一进门，就一脸警觉地冲进厕所，打开水龙头。在哗啦啦的水声中，才压低声音对她说："我和林婕马上走，来给你报个信。"

"什么信？"

"应寒时肯定猜到什么了。"他说，"刚才你一走，他就说让我和林婕去，他要留在旅馆。林婕问他为什么，他忽然看了我一眼，那眼神有说不出的深邃，好像知道我知道什么。然后他说，辛苦我们了，他现在 24 小时都要待在你身边。"

谢槿知心头一震，庄冲却温和地笑了笑说："这样也好。有他在，你怎么会出事？我先走了。"

庄冲走后，谢槿知慢慢坐下来。脑海里却再次浮现昨晚应寒时抱着她坐在寺庙门口台阶上的样子。她抬头看着面前白色的墙，他原来这样不动声色，待在一墙之隔的地方守着她。

谢槿知起身，背靠着墙重新坐下，头也轻轻贴上去，然后闭上眼睛，开始回想。

她今天不跟他们出去，就是想整理一下思路。

她回想着那一幕。首先想到的，是白衬衣和浅蓝色长裙。这身衣服她今早就换了下来，现在正堆在床头。她立刻站起来，将它们统统丢进垃圾桶。

然后重新坐下，继续回想。

那个地方，她看得并不清楚。只记得很黑，很空旷，没有一点声音。

是了，当真是一点声音也没有。人的耳朵就像被棉花堵死了，连细微的呼吸声、风声都听不到。

——那是个完全静止的地方。

可是什么地方，是完全静止的？

她又努力去想周围还有什么以及那个男人的模样。可她看到的，只是个模糊的背影轮廓，白色衬衫、瘦削身材，并没有看到他的正脸。

到了中午，有人来敲门。谢槿知开门一看，应寒时立在屋檐下，那眉眼平和得如同明媚的春光，身后是湛蓝的天空。

"去吃饭吧。"他说。

"好。"谢槿知带上门，跟着他下了楼。

街上车水马龙，好不热闹，两人却都很安静。到了一家饭店前，应寒时停步，转头望着她："旅馆的人说，这家饺子店口味不错，你这几天吃得都很少，我们去尝尝吧。"

谢槿知当然还是说"好"。中午店里人很多，吵吵嚷嚷的。应寒时拣了个靠窗的位置，又跟服务员要了壶热水，把两人的碗筷都涮了一遍。谢槿知安静地看着他的动作，恍惚间只觉得他真的只是寻常的地球男子，而不是会丢出光刃的外星人。

点好了菜，两人便静坐等候。隔壁桌都吵，就显得他俩格外安静。谢槿知并不喜欢这凝滞的氛围持续太久，就寻了个话题问道：
"我第一次在宝安寺遇见你，你说你在看佛的相貌跟我们有什么不
同。为什么？"

他的眼中有了清淡笑意，答道："我在你们地球人的一些书上读
到过，他们怀疑所谓的'佛'和'神'，其实都是远古时期来到地球
的外星人，是他们创造了最初的地球文明。'神答应过，会从群星中
回来。'一些古籍中有这样的话。"

谢槿知听得很是新奇，望着他清俊的面孔，笑问："所以你站在
那里看那么久，就是想看看是否是你的同类？那你有发现吗？"

应寒时似乎有点不好意思，微微垂眸答："没看出什么端倪。"
谢槿知笑了笑，想起他们此行的任务，又问："你昨天说，能量辐射
场扫描不到的外星人，也许战斗力很高。那这次，你觉得他会是什
么品种？"

她这样说，完全因在依岚山受萧穹衍影响，那时他说，一条鱼
和一株植物都有可能是外星人。

应寒时却有些无奈地说："槿知，不要用'品种'形容我们。其
实宇宙之大，我见过的异星人，也只是一部分。宇宙中，也必然存
在比曜日更高等的文明。曾听军中老将领说过，他们曾经见过如同
虚影般的人类。那个种族已经进化到可以以量子态生存，随意穿梭
时空，不老不死；也有人讲过，在一颗小行星上，见过硅人。也就
是说他们全身都是硅构成的，看起来如同石人，呼吸二氧化硫……
诸如此类，所以，我们并不能对这次会遇到什么对手，妄下论断。"

谢槿知听得入神，点了点头，又柔声说："那你要格外注意安全。"
他看着她答："是。"被他温雅乌黑的眼睛这么盯着，谢槿知又
有些不自在，低下头，看着碗碟。

这时，服务员端了两碗饺子上来。谢槿知不爱吃干巴巴的饺子，
要了汤饺。应寒时随她，也要了汤饺。

到底是有些心不在焉，谢槿知拿起调羹，舀起一个就放进嘴里，
一口咬下去，这刚出锅的灌汤水饺，只烫得她舌头又疼又麻。她

"扑通"一声将调羹丢进汤里，低头把水饺吐了出来，然后捂住自己的嘴，难受极了。

应寒时还在用调羹划动汤汁，听到动静抬起眸，然后立刻握住她的手腕："烫着了？"

谢槿知点点头，端起旁边的凉水喝了一口。可凉意过去，更觉锐痛无比。

"我看看。"应寒时抿住她的手，谢槿知却没松开给他看自己的大舌头。

旁边的年轻服务员却笑了："哎哟，我说姑娘，你吃得也太急了。这灌汤水饺得慢慢吃。烫着了吧，我再给您去倒杯凉水。要不，让你男朋友给你吹吹？"

说者无心，听者有意。服务员的本意，是说让应寒时帮她吹吹热汤和饺子。可话一说完，就见应寒时的耳朵微微发红，谢槿知也有些局促地低下头："不用你帮我吹。"

服务员顿时明白过来，这两个人想怎么"吹"。他失笑，赶紧走了。

谢槿知到底还是没肯让他看被烫伤的舌头，饺子吃不了了，换了碗凉面，慢慢地吃完。而他没再说什么，只低头一个个吃着饺子。

两人走出饭店时，阳光最为炽烈，照得整条街都明晃晃的。行人也不多，路旁的大树上，传来蝉的叫声。更显得这夏日的午后，慵懒而寂静。

他负手走在前头，白衬衫在阳光下染着淡淡的光泽。连那修长双手的指尖似乎都染着光。谢槿知看着他耳后乌黑的短发，只觉得此刻他的背影显得格外孤寂和沉默。

忽然，他转过身来，抬起一只手，握住了她的脸。谢槿知感觉到他微凉的手指有些用力地握住她的下巴，她一抬头，就撞见了那寂静而温和的眼睛，却也带着不容人拒绝的笃定。

他就这么突然地，低头吻了她。谢槿知心中如同疾风骤雨降临，心脏狂跳，站在原地一动不动。他却已松开她的脸，转过头去，只用后背对着她。

"走吧。"他说。

谢槿知"嗯"了一声，跟了上去。到了傍晚，庄冲传来消息，说晚上可以伺机动手。沈嘉明在城郊有套独栋别墅，平时是他和狐朋狗友们的聚集地。平时没什么事的时候，他也住在那边。这晚，他一人驾车，驶进别墅区，正想着等会儿去哪里娱乐，一抬头，却见自家别墅的车道上，站着几个人。

这个别墅区保安非常严格，外人是不能随便进的。但这四个人，他从来没见过。路灯明亮柔和，为首的是个年轻男人，穿着普通的衬衫长裤，负手站在那里，长相极为出色，竟有几分古代贵公子的气质。他身后是两女一男。以沈嘉明的习惯，首先注意到的是有个女孩长得清秀可人，有几分特别的味道。另外两个看起来就普通些。

沈嘉明将车停下，走下米，也不慌，淡淡地问："你们是什么人？在这儿干什么？"

应寒时眉目沉静地望着他，回答道："你好，我们为和平而来。"

沈嘉明愣了一下。

应寒时当真是恪守以诚相待的原则，看一眼身后的林婕，说："我和她，来自三千光年外的曜日星系。另外两人，跟你一样是普通人。我们知道你和你的父亲，拥有一块高能晶片。我们不会抢夺属于你的东西，但现在有另一股势力，在抢夺晶片以谋取私利。若晶片落入他们手中，只怕后患无穷。所以我们赶来，是为了保护晶片。"

他不疾不缓地道明原委，沈嘉明听得怔住。过了好一会儿，才意味不明地笑了："你是说，你们是外星人？"

应寒时徐徐颔首。

沈嘉明倒也沉得住气，打量了他们一圈，然后点了根烟，抽了两口说："都知道我沈嘉明喜欢猎奇，为朋友散财无数。其实这两年我这儿都来了二十多个自称外星人的哥们儿了。我不知道你说的晶片是什么，但你说你是外星人，怎么证明？"

他俩说着话，谢槿知听得很平静。心想，沈嘉明马上就会因这句质疑，被惊吓了。

果不其然，就听到应寒时沉声说："冒犯了。"

沈嘉明还没反应过来，就看到他瞬间移动，快如幽灵。明明还在十多米外的人，眨眼间就到了他面前。沈嘉明"啊"了一声，人已经被应寒时提了起来。刹那间只觉得耳边呼呼作响，风驰电掣，竟被他提着在小区里转了一整圈，然后又回到了原地。

沈嘉明全身都软了，应寒时轻轻放下他，垂眸道："多有冒犯，现在……可以相信我们的来意了吗？"

林婕和庄冲都笑了，谢槿知也微微一笑。

沈嘉明靠在车门上，缓了好一会儿，才点头道："信！我信，你们真的是。"然后露出笑容，"等了这么久，终于等来了。"

应寒时沉吟未语。谢槿知看着他的表情，他笑得很爽朗畅快，那份喜悦，倒不像是假的。难道他们父子俩，同样也是外星人？

"沈嘉明。"他朝应寒时伸手。

"应寒时。"两人的手轻轻一握，应寒时又将他们三人的姓名说了一遍。气氛似乎也轻松了不少。

沈嘉明说："刚才你说，有人要来抢晶片？"他倒不再掩饰晶片就在他们手里的事实。

应寒时点头。

沈嘉明抬头看了眼周围："介不介意先到我家，再详细谈？"

从别墅的内部装潢看，沈嘉明的确是个对宇宙和超自然现象，十分痴迷的男人。

墙壁上到处悬挂着星空照片，绚烂而辉煌。客厅里摆了不少飞船模型和仿真枪支，看得人目不暇接。

应寒时四人在沙发上坐下，沈嘉明亲自泡了茶，在他们对面坐下。

"你说你来自三千光年外，曜日……"

"曜日星系。"

沈嘉明点了点头，神色变得肃然："我和我的父亲，来自一万光年外，埃土行星。也就是地球人观测到的麦哲伦星系中的第二行星。"

众人都是一惊。虽说早已有过猜测，但是他如此直截了当说明身份，还是让人感到意外。应寒时却添了几分凝重神色，说道："失敬。曾经听闻埃土行星上亦有人类文明，但相距太远又有黑洞阻隔，难以到访。你们是怎么抵达地球的？"

他这么一说，谢槿知等人又多信了几分。毕竟如果不是当事人，又怎会听说过连应寒时都了解不多的"埃土行星"？而且因为完全不了解，所以曜日人的能量辐射装置，扫描不到他们父子，也说得过去。

沈嘉明端起茶喝了口，苦笑说："还不是搭乘飞船逃逸过来的。只不过我和我父亲都是普通人类，没有你这样的战斗力。"说完他眼睛一亮，很感兴趣的样子，"我一直希望能见到其他流亡的同类。你还有什么样的本领？"

应寒时只是微微一笑："只不过速度比常人略快，谈不上本领。"他如此自谦，也不多说。谢槿知三人自然也沉默着。沈嘉明也不再追问这个话题，而是问道："你刚才说，有人来抢夺晶片？你们又是怎么找到我和我父亲的？"

应寒时便将其中经过，大致说了一遍。包括他们是从平行空间跳跃而来，而反叛军已从别人手中夺走了一块晶片，必然不会就此停手。

沈嘉明听得大为惊奇，连手中的茶都始终端着，忘了喝。最后他沉思片刻，说："所以，你们是利用晶片能量互相干涉，跳跃到这个江城的？你们手里有一块晶片。反叛军手里，也有一块晶片。一比一的状况，现在我父亲手里的晶片也很危险了。"

应寒时点头。

沈嘉明又静默片刻，说："这事太大了。我明天要请示父亲，再看怎么应对。不过……"他再度露出笑容，"他一定会非常欢迎你们。大家目的一致，一切都好商量。"

应寒时也笑了："多谢。那我们就不再打扰，先告辞，明天等你的消息，再去拜访令尊。"

谢槿知三人闻言也起身，沈嘉明却伸手一拦："哎，那你们就见外了。虽然我们属于不同星球，却是同样流亡到了这里，就是伙伴。我家的状况你们想必也清楚，现在怎么能还让你们住在外面？我爸明天知道了，一定会责备我礼数不周的。"

应寒时还要推辞，沈嘉明态度却很坚定："现在已经很晚了，你们如果回去，估计都天亮了，一来一回，明天早上见我父亲还要耽搁。而且我这里比旅馆也更安全，反叛军来了，也不容易找到你们。就这么定了，你们都住二楼，全是空房间，定期有人打扫，很干净，也常备着一次性用品。应先生，请不要再推辞了。"

谢槿知三人你看看我，我看看你。应寒时负着双手，倒也爽快地点了点头："那就恭敬不如从命。"

是夜。

谢槿知躺在陌生的床上，虽然房间十分雅致舒适，却还是睡不着。

与沈氏父子建立了联系，寻找晶片的旅程仿佛柳暗花明。但未知的致命威胁，依旧在某处等着她。而她能感觉到，一切正不可逆转地向前驶去。

死的那个人，一定会是她吗？

过了一会儿，她听到楼道里有响动，就起身走过去，将房门打开一条缝。却看到应寒时，站在走廊尽头的窗台前。而林婕打开房门，朝他走去。

谢槿知心里顿时百般不舒服，但也只能忍了。

林婕问："怎么还没睡？"

应寒时依旧望着窗外，头也不回地答："想一些事情。"林婕靠在他身后的墙边上，注视着他，点了根烟说："今天出乎意料的顺利。外星人找到了，晶片马上也能看到。"

应寒时徐徐地答："静观其变吧。"

"是。"

应寒时侧头看向她，温和地说："林上校先回去休息吧，我再站一会儿。"

"好，但是你也早点睡。"林婕转身回了房间。

楼道里再次安静下来，只有月光透过窗，朦胧如雪，照在地上。谢槿知在门边站了一会儿，刚要关上，却听到脚步声渐近。再抬起头，他已经站在门口了。

四目凝视，都没有声音。

原来他支开林婕，是要过来跟她说话。

然后谢槿知就看到了，他脸上那大雪初霁般的笑容。

"早点睡。"他轻声说，"我会一直在。"

谢槿知心头仿佛有股甜而痛的暖流淌过，千言万语，却也只是点了点头："好。"

她缓缓关上房门，走回床边躺下，想着他刚才的模样，还有白天极其罕见地强吻她的那一下，只觉万般柔情，涌上心头。

要将死亡那一幕查得清清楚楚，绝不就此认命的念头，更加强烈地扎根在她心中。

她关上门后，应寒时原地站了一会儿，刚要转身走回对面的房间，却又顿住。静默良久，到底是被从未有过的纷扰情绪缠绕着，他在她的屋门口坐下，背靠着她的门，手搭在膝盖上，头也缓缓靠上去，听着她渐渐变得均匀悠长的呼吸声，就这么也睡了。

不知过了多久，他睁开眼睛。

暗淡的月光中，他仔细聆听。听着从这幢房屋的深处，某个角落里，传来的那个喜悦而压抑的声音："爸，我们终于等来了。"

第十四章

神秘来客

湖水如同一面透亮的镜子，环绕着别墅群。其间草木繁密，鲜花盛开，十分幽静雅致。

加长轿车沿着别墅间的绿道，缓缓行驶着。沈嘉明抬头看着众人，笑道："我家环境还不错，不过我不爱住这儿。估计我爸肯定会留你们住下。"

应寒时只是露出一点笑容，并不搭话。沈嘉明见他气质俊雅，从容不迫，像是见惯了这样奢华富贵的地方，不由得有些暗暗惊讶。

谢槿知坐在应寒时身旁，只是转头望着窗外。他温凉的气息就在身畔，那么安静，仿佛萦绕着她，到哪里她都是安心的。

林婕和庄冲也沉默着。

沈嘉明见这四人话都不多，也不在意，一路只跟他们说着风土人情，十分爽朗健谈。很快，就到了位置最深的一幢楼前。

门前，竖立着一排石柱，嶙峋而沧桑，似曾相识。谢槿知想起这里的风水，是请朱馆长算过的，石柱也是从山上挖的。

有钱的确任性。

一行人走进客厅，就看到一个青年男人，背对他们站在窗前。听到动静，他转过身，眉目分明，高挑瘦削。正是那晚跟沈嘉明一起在酒吧的男人。

沈嘉明走过去，笑着拍了拍他的肩，然后说道："这是我的好哥们儿，也是我爸的得力助手——傅琮思。他是个科学家，全国最年轻有为的科学家。是我叫他过来的，他可以信赖。"

傅琮思微微一笑："沈少抬举了。你们好，我是傅琮思。"

大家都跟他打了招呼，应寒时也颔首致意。两人目光相触，俱是平静而清澈。

这时，一个中年男人从二楼下来，沈嘉明看着他问："陈叔，我爸呢？"

那陈叔看一眼众人，带着歉意笑道："嘉明，你这么早就把客人们领来了？刚才还想跟你打电话呢。真不巧，本来董事长一直等着这些客人。早上，新区政府那边来了电话，董事长得去趟北京。他过两天就回来，叮嘱说这几位客人非常重要，一定要留他们住下，好好招待，等他回来再当面详谈。"

沈嘉明露出失望的神色，转头看着众人："真对不住，没想到会突然出这样的事。要不……先住下，我爸应该很快就会回来。"

谢槿知以为应寒时肯定会婉拒，哪知他答道："客随主便，我们听你安排。"

沈嘉明笑了笑，说道："那就太好了。你们也听到了，这也是我爸的意思。否则我又得软磨硬泡让你们留下，才能完成他留下的任务。这两天我和琮思也可以跟你们多聊聊，先做些商议。"

应寒时点头道："好。"

沈嘉明给他们安排的，是湖边的一幢别墅。谢槿知挑了个二楼的房间，推开窗就能看到湖，倒也宁静幽美。她刚在房间安顿好，就听到有人敲门。应寒时负手站在门口，眉目清雅地看着她："傅琮思跟我提议说到周围走一走，你跟我一起去吧。"谢槿知知道他是不放心自己一个人，点了点头。不过她先将他的胳膊一拉，两人都进到房间里，抬头到他耳边说："为什么答应留下？"

他侧眸看着她："以不变，应万变。"在依岚山时，谢槿知就知道，他人虽然温和善良，做事却极有心计，冷静果断。顾霁生自导自演那么一场近乎完美的戏，他却始终不动声色，一步步引顾霁生露出马脚。现在既然他这么说，谢槿知也不多问，点点头，跟他出了门。

林婕和庄冲都留在别墅里，并不跟随。谢槿知和应寒时刚走到门口，就看到傅琮思一个人站在那里。

"沈嘉明呢？"谢槿知问。

傅琮思微笑道："沈少公司还有点事要处理，中午再来找我们吃饭。"

三人便沿着别墅群间的绿道，慢慢在阳光下踱着步。傅琮思虽不像沈嘉明那么健谈，但他博学多才，讲话简明清晰，一路给他们介绍这里的建筑风格和奇花异草，倒也不会乏味。

谢槿知也注意到，那来自山峰上的石柱，真是点缀得四处都是。每一幢别墅前都有，花园里、草地上，也多有矗立。整个沈宅倒也因此添了不少古意。

傅琮思也注意到她的目光，笑道："这是省图书馆朱馆长给出的建议。我是不赞同的，山上原本的风景被破坏，而且风水一说，不过迷信罢了。"因这番话，谢槿知对他多了一分好感，点头表示同意。而应寒时只是看着那些石柱，沉静不语。三人走到一间凉亭坐下，面前是大片荷塘盛开。傅琮思又说："听沈少说，你们是从另一个空间过来的？"

谢槿知趴在凉亭边缘，看着水里的荷花。听应寒时不疾不缓地答道："是的。"却又转头看着她，低声缓缓说道，"槿知，不要趴在石栏上，太凉。"

谢槿知"哦"了一声，坐回他身畔，心头又暖又涩。其实她渐渐发现，在很多小事上，他很喜欢管着她。不许她喝酒，不许她趴在太凉的石头上。

傅琮思微笑地望着他俩，又问道："你们的空间，跟这边差别大吗？"

应寒时答："几乎一致。"

傅琮思点头道："那就是高度重合的平行空间了。没想到平行空间真的存在，得知这个事实，我此生也算是无憾了。"

跟科学家对话，就是这么省力。谢槿知感觉这个人表现得挺质朴的，浑身上下透着科研工作者的书卷气和明睿感。

傅琮思抬起头："你们的天空，也有这样暗红色的纹路吗？"

应寒时和谢槿知同时抬头，望着蔚蓝天空上，那些隐隐的红纹。感觉就像几滴血，落入了平静的水面，然后淡淡晕开。

"没有。"应寒时答。

傅琮思点头："那你们的空间很稳定。其实我们这边，短期看也是稳定的。宇宙背景辐射值、物质密度……甚至星球气候、地质等。但是长期看，波动就比较大了。光是江城历史上，就出现过两次毁灭性的洪水。有史料记载的，一次是三百年前，一次是六百年前。"

他讲完这番话，静默片刻。谢槿知看着他笔直而坐的身影，白衬衫在阳光下染着微光，倒有几分清寂味道。

应寒时只是沉默着。

"听说你们也有一块晶片，我很好奇，你们是怎么得到的？"傅琮思又问。

谢槿知看着应寒时，他简洁答道："一个意外。"

傅琮思并未追问，而是笑笑说："沈家父子也是。"他顿了顿，继续说，"恕我冒昧，还有个问题，想要问你们。"

应寒时说："请讲。"

傅琮思直视着他："你们花了这么大的气力，跳跃时空而来，只是为了帮助我们保护晶片，却不是为了夺走？说实话，我是不信的。难道你们完全不计任何回报？"

谢槿知没出声。应寒时安静了一会儿，同样抬眸直视着他，答道："傅先生心中，一定也有愿意为之付出、不求任何回报的事。于我而言，便是如此。我最不愿意见到的，是任何一个无辜的人，受到伤害。"

他这话说完，亭子里静了下来。谢槿知望着他清俊安静的侧脸，心头动容。再倏地想起这几日对他的冷落，心里百般不是滋味。

傅琮思眼中明显也闪过动容，但最终只是点了点头："谢谢你的回答。"

三人又坐了一会儿，刚要起身离开，傅琮思的手机却响了。他走到一边去接，就剩谢槿知和应寒时站在凉亭里。

过了一会儿，他回来了，脸上带着歉意："抱歉，研究所那边还有点事，我要先走了。晚点再过来。"

应寒时和谢槿知都表示没事。等他的身影走远了，谢槿知转头看着应寒时。

应寒时低声说："的确是研究所的电话。"

"哦。"

此时临近中午，艳阳高照，湖面上水波徐徐，偌大的庄园里，十分寂静。谢槿知低头，看着亭畔的荷花。有几枝已经伸进亭子里来，茎绿荷白，颜色动人。

她却探身过去，摘了个莲蓬下来，放在掌心里，转头对他说："吃过吗？"

应寒时低头看了看，答道："没吃过。"眉宇间倒是染上几分笑意，"曾经遇到有人在卖，但是小John说这个长得像机器人的头，请求我不要买回来，更不能吃。"

谢槿知看着掌中的莲蓬，别说，还真有点像。她莞尔一笑，信手就剥了几颗出来，递给他："别理他，很清甜的，你试试。"

应寒时凝视她一眼，从她掌心拿起一颗，放进嘴里。谢槿知便看着他，问："甜吗？"

他轻声答："甜，微苦。"

谢槿知"呀"了一声："忘了要去莲心了，莲心是苦的。"她伸手想把其他莲子剥开，把心去掉，手指却忽然被他抓住。

"不用去了，这样就可以。"

谢槿知抬眸看着他，想起萧穹衍说过，指挥官讨厌吃一切甜的东西。于是"哦"了一声。两人重新坐下，谢槿知低头将莲子都剥了出来，正愁手里拿不住了，他已极有默契地将手伸过来，谢槿知便将莲子都放入他白皙柔软的掌心里。

"槿知。"他忽然开口，"你的心，是不是就像这莲子一样？"

谢槿知一怔，沉默了一阵，才答道："你是不是觉得，我那天对你太冷漠了？应寒时，真的对不起。"

"槿知……不必道歉。"他低头看着她，"我心中并未责怪你。"顿了顿他说："我知道你在担心什么。"

亭子里静静的，谢槿知低着头，只有微风轻轻在耳边吹着。

然后就听到他温和沉静的嗓音响起："槿知，我一直被人依赖。

多少年来，我和我身边的人都已习惯。但是你，从你我相遇第一天起，你就未曾想过要依赖我，也不想依赖任何人。我这几天，也在仔细地想，是否是因为，你总是看到未来，却无力改变，也不能有任何人帮助你。所以你已经习惯，独自面对和承受所有事？"

谢槿知不出声，觉得心头有阵阵温凉之意滑过，说不清是感动还是难过。

他却继续说道："槿知，我从不愿谈及太多自己的过去，也不愿对你炫耀自己的能力。我认为那是怯懦者才会做的事。"他的唇畔露出些许无奈笑意，"但是我现在居然有些后悔，或许应该对你展露得更多一点。这样，遇到劫难时，你才会放心地把自己交给我来守护。"

谢槿知抬头看着他："不，我知道，我知道你很好很强大。我只是……"

手却忽然被他握住，那漆黑澄澈得如同湖水般的眼睛，静静地望着她："那你可知道，星流想要守护的人，从来都会在他的羽翼之下，安然无恙？"

他从未说过如此自傲的话语，谢槿知怔怔地望着他，心头却极为震动。

"眼见不一定为实，而你却一直在我的视线中。槿知，以前你信的若是你的双眼，以后，信我，好不好？"

谢槿知伸手抱住了他。

他回抱住她，将她放到了大腿上。谢槿知的脸贴着他胸口的衬衣，闻着那熟悉的气息，难受了好几天的心，仿佛也终于落回实处。尽管那里依旧是荆棘满地，也许最终会让他们俩都满身伤痕，她却再也无法去管，无法去躲了。

过了一会儿，她轻声问："寒时，什么地方，是一点声音也没有的？"

"太空、深海以及其他真空地带中。"

中午的时候，沈嘉明果然来找他们吃饭。傅琼思也从研究所回来了。席间，自然是满桌丰盛美食，沈嘉明殷勤备至。不过，除了庄冲埋头苦吃，大快朵颐，其他三人都是淡淡的。

谈及上午傅琼思陪他们在周围转了一圈，沈嘉明就问："那有没有带他们去晶片研究室看看？"

傅琼思答道："还没有。"

沈嘉明笑道："晚上就带他们去看看吧。"侧头看着应寒时，嗓音压低，"研究室就在湖边，是我们做的一些开发晶片能量的设备。不过都不太成功。正好你们来了，可否帮我们指导一下？"

应寒时答道："客气了，如果能帮上忙，一定尽力。"

"太好了。"

一旁的傅琼思却有些迟疑："沈少，进晶片研究室需要董事长的同意。"沈嘉明却笑答道："我刚才已经给他打过电话，他同意了。"傅琼思看一眼应寒时等人，就没再说什么。谢槿知望着桌上的盘碟，黑眸怔然片刻，低下头去，在桌下轻轻握了一下应寒时的手。

他将她的手反握住，示意她无事。步出餐厅，应寒时这几个人回别墅休息，约好晚上由傅琼思作陪，带他们去相距不远的研究室看看。谢槿知刚在自己房间坐下，应寒时就跟了进来。谨慎起见，她依旧是低声在他耳朵旁说道："我看见了，今晚我们会有些小麻烦。"

应寒时却轻轻点头，答道："我知道。昨晚听到沈家父子打电话了。"见他如此笃定平静，谢槿知便不再多说，微微一笑："依旧以逸待劳？"

他眉宇间也染上些许笑意："是。"

谢槿知想了想，有些疑惑地说："我还看到了另外一个人。"

"谁？"

她摇头道："不知道。从身材看是个女人，她的脸用黑纱遮住了，只露出眼睛。感觉有点奇怪。她今晚也会出现在研究室里，不知道是不是沈家父子的人。"

她的脑海中，再次浮现刚才看到的那一幕。

画面有点模糊，只能看见一面暗淡的墙壁前，一个全身穿着黑衣服的纤瘦女人，站在那里。她连脸上都遮着黑布，只露出眼睛。

但是谢槿知对那双眼睛，印象十分深刻。

是那么清澈、冷寂地看着他们。

夜色清凉，湖边几幢别墅，灯火稀疏。这个夜晚，令人感觉宁静无比。

谢槿知与应寒时并肩走着，身后是林婕和庄冲。四人俱是脸色平和，状若无事。刚走出他们住的别墅门口，就见傅琮思一人站在那里，似有些出神，见到他们，才露出微笑。

"研究室就在湖边，一幢房子的地下。"他解释道，"走路过去也就几分钟。"

大家都点头。这样重要的研究室，修在地下实属正常。

一路上，花香阵阵，静谧安详。

谢槿知忽然开口问："傅教授，你为什么会到沈氏集团来？"

傅琮思走在她和应寒时身侧，闻言只微微一笑："这里有我的理想。"

"哦。"谢槿知淡笑道，"那你觉得沈家父子怎么样？"

他眸色平静地看她一眼，答道："他们是很好的雇主。"路灯朦胧，照在他瘦削挺拔的身影上。他伸手扶了扶眼镜，对她温和地一笑。

谢槿知觉得这个男人的气质跟谢槿行很相似，但又比迂腐严肃的谢槿行通透沉敛许多。

这个男人，有点让人看不透。

这时傅琮思停步："到了。"

大家都抬头，看到湖边一幢平层的房屋，装修风格与别墅类似。

门口也有一排石柱，墙壁上也多有镶嵌。但窗户一格一格的，看起来更像办公室。

"楼上是储物间，平时很少有人来。"他说，"请吧。"

谢槿知伸手，轻轻将应寒时的手指握了一下，示意他要小心。毕竟身涉险地，所有人都要依赖他。

他侧头对她微微一笑，笃定而从容。

一楼果然如傅琮思所说，是用来堆放杂物的。他打开灯，带着众人往里走。到了房子正中，在一面墙后拐了个弯，却出现了极为隐蔽的一扇门。

傅琮思将手指摁上去，指纹验证后，门自动打开了。他们面前，是一段暗黑的往下延伸的楼梯。

"下去吧。"他顿了一下，"沈家父子想让你们看的东西，就在下面。"

"好。"应寒时答道，牵起谢槿知的手，走在他身后。林婕示意庄冲走前面，她殿后。

墙壁上的灯光幽暗，脚下的楼梯也显得飘忽。谢槿知握着应寒时微凉的手掌，因为预见了几分钟后即将发生的事，所以她也不慌不忙。

五个人很快走下楼梯，眼前是一片开阔明亮的空间。约莫有普通仓库那么大，天花板上的银白色灯光整齐排列，照得这里宛如白昼。下方是数十张实验桌，每张桌子上都摆放着一些谢槿知不认识的仪器。

傅琮思环顾一周，然后说道："我来介绍吧。也请应先生多多指导。要知道，这晶片的能量开发，是董事长和沈少放在心尖上的事。若能有半点进展，那都是愿意不惜一切代价去换的。"

谢槿知和林婕同时看了傅琮思一眼，应寒时眉目不动，温和地答道："客气了。"庄冲则四处看着那些设备。

傅琮思便领着他们，一台台仪器看过去，并且简单介绍。他说的话太专业，谢槿知和庄冲都不太懂，林婕显得也没什么耐心听。唯独应寒时仔细听着，并且时不时还跟他讨论几句。两人倒是真讨论起来。

很快，就到了最里头那张实验桌前，前面是几张工作台，连接着许多台电脑，已经没有路了。这时傅琮思的手机响了，他说："稍等，我接个电话。"就转身走向另一侧。

"喂，沈董……"他加快步伐，走向刚才下来的楼梯口，"稍等，我在地下，信号不太好，出去接一下。"转头递给应寒时等人一个歉意的眼神，身影就消失在楼梯背后。

地下实验室里彻底安静下来。应寒时四人都站在最后这张实验桌旁，林婕神色冷淡，庄冲目光中隐隐透出激动。

谢槿知干脆轻声数道："一、二、三……"

应寒时负手而立，抬眸看她一眼，有些无奈地低声道："槿知……不可太张狂。"

谢槿知笑笑。她刚数完，就听"哐当"一声巨响，从众人头顶砸下来。

金属笼子。

居然是个庞大无比的金属笼子，之前大概是暗藏在天花板的机关中，现在突然降落，将他们四个都严严实实罩了进去。每一根金属栏杆，大概有小臂粗细，绝非人力可以撼动。

庄冲非常应景地"啊"了一声，以示紧张。林婕脸色却更冷。

尽管早就预知了这一幕，可是亲眼见到牢笼降下，谢槿知心头还是升起一丝怒意。这是把他们当成动物，还是研究对象关起来了吗？她的脑海里迅速闪过沈嘉明看似爽朗随性的笑容，傅琮思温文尔雅的样子，以及那个还未见过的、拥有另一块晶片的董事长沈远谦。

"槿知。"应寒时低唤一声，谢槿知便被他拉入了怀中。他抱着她，两人同时抬头，就看到天花板各处，都喷出了红色烟雾，气味相当刺鼻。

烟雾渐渐弥漫，室内的一切变得模糊。应寒时将谢懂知拉到实验桌背后坐下，避开上方的摄像头，然后低头，吻住了她。感觉她的气息渐渐恢复，他将她抱进怀里，让她的脸靠在他的衬衫上，尽量少吸到毒气。他抬起头，目光中渐渐有了一丝冷意。

而另一边，林婕一把将庄冲也拖到实验桌后，拔出靴中匕首，飞快地在手腕上一划，然后将流血的伤口对准他的嘴。灌进去两口后，林婕一脚把他踢开。过了一会儿，就见庄冲爬了起来，揉揉头，左右看了看，然后乖觉地靠着实验桌，坐着不动了。

实验室里烟雾密布，一片寂静。而此时，相距不远的某幢别墅的某个密室中。沈家父子靠在沙发上，抽着进口雪茄，看着面前监控墙上的画面。虽然烟雾遮住了镜头，看不清端倪，但是那四个人，的确是没有一点动静了。

沈嘉明笑了笑，端起茶几上的红酒杯，喝了一口说："爸，这次琼思出的主意不错，高强度合金牢笼、高强度毒气，双重保险，不怕抓不到这几个外星人。"

沈远谦五十岁上下，保养得极好，浑身上下的确有一种儒雅的气质。他淡笑道："的确，看不出琼思到了紧要关头，也能心狠手辣。"

沈嘉明笑了笑，说："现在就等毒气把他们彻底迷透了，再把毒气散了，把他们四个全控制住，再逼问他们晶片的下落。不过我瞧着他们的嘴应该很硬，可能会花费些力气。"

沈远谦却盯着画面，淡淡说道："不用那么麻烦。那个外星人，不是很宝贝那个地球女孩吗？告诉琼思，等他们醒了，就对这个女孩下手，不怕外星人不招。"

沈嘉明点头道："好。"又抬头看看墙上的钟，说，"琼思说要等两三个小时，毒气才能散去，我们才能下去。要不爸你先去休息？等问出晶片下落了，再通知你？"

沈远谦却看他一眼，说道："不，再看看，务求稳妥。他们自称是'曜日人'？不知道有多大本领。千万不要像上一个埃土星人，把实验室闹了个天翻地覆，差点就逃了出去。"

提到上一个，沈嘉明倒是沉默了一会儿，然后说："我看他们应该没有穆岩厉害。穆岩徒手可以掰断金属笼，这应寒时只是速度快一点，似乎没有其他本领。你看现在，他们四个不是已经中招了吗？"

耳边静悄悄的，那烟雾的刺鼻气味，也渐渐散去。谢槿知在应寒时怀中抬起头，轻声道："现在动手吗？"

他微不可见地摇了摇头："再等等。等他们把招数出尽。"

谢槿知看着他的眼睛。她发觉他其实相当的"黑"，而且是那种坦坦荡荡的"黑"。

难怪能成为手握重兵的统帅。一旁的林婕和庄冲也闭目不动，佯装晕倒。头顶的数盏灯管，忽然暗了下来。只留几盏壁灯，整个地下顿时光线变得晦暗不明。

谢槿知也平神静气地等着，她相信对方很快就会出招了。就在这时，她忽然一怔，然后缓缓地、缓缓地转过头去。他们的侧面，是一面暗淡的墙壁。那里不知何时，站了个女人。应寒时等人也察觉了，循着她的视线望去，俱是一惊。

那女人从头到脚都披着黑色长袍，甚至连头发都盖住，打扮得像个阿拉伯女人。脸上覆着层黑纱，只露出一双眼睛，冷寂而清澈的眼，望着他们。

尽管已经预知过这一幕，谢槿知心头还是暗暗一惊。因为她虽然看到了这个女人会出现，却并没有看得完全。不知道她是怎么出现的，也不知道她与沈家父子的关系。

可刚刚，周围没有任何响动，而且以应寒时的耳力，这女人如果从楼梯甚至其他入口进来，他都会听到。

但是此刻，他望着她，目光也是怔然而沉静。这个女人，是怎么出现的？竟像是凭空冒出来的。他们四个都看着她，而她却不发一言，扫视他们一圈后，便朝牢笼走来。

"你是什么人？"应寒时低声问道。

她不吭声，走到牢笼前方，低下头，四处打量了一下，然后伸手去按牢笼旁的一些按钮。

谢槿知忽然明白过来，莫非……她是想救他们出去？

"钥匙应该在他们身上。"谢槿知试探道。

她果然手一顿，抬头看了谢槿知一眼，然后收回手，重新插回袍子里。

就在这时，楼梯上传来急促的脚步声。那女人回头看了一眼，转身就走。但是她往哪里走呢？楼梯上已经来人了，前方是工作台，工作台后就是墙壁，根本看不到其他出口。

这时，楼梯上那人已经跑了下来，是傅琮思。他快速扫一眼醒来的谢槿知等人，镜片后的眼眸有些复杂难辨。然后他的目光迅速落在那女人身上，三两步跑过来，压低声音喊道："是你？你怎么来了……"

那女人就跟没听到似的，没有回头，也没理他，竟直直地朝墙壁跑去。

谢槿知等人看得又是一惊，正要出声示警，只见一道银光闪过，女人的身影瞬间由实变虚，竟消失于那银光中。

消失了。

谢槿知看着那抹逝去的银光，脑海中电光石火般闪过许多念头，突然间心头巨震。她抬头看向应寒时，他也盯着女人消失的方向，眸色幽黑寂静。

然后他低下头，凝视着她，两人都没说话。

傅琮思站在原地，望着那堵墙。这几天谢槿知只见他沉稳平和，此刻眼中却似乎有许多情绪一闪而过。但他迅速恢复镇定自如的神色，转头看着他们，然后快步走到牢笼前，从口袋里掏出钥匙。

"跟我走。我会沿湖边小路把你们送出去，那边公路上停着一辆车。你们上车后，马上离开江城。绝不可再落入沈家父子手中。"

他说得又低又快，转眼间已经把牢笼的门打开，眸色清亮坦荡。

四人走了出来，应寒时问："为什么帮我们？"

傅琮思平静地回答道："我是有不得已的理由，才来帮沈家父子。但我并不想与他们同流合污。"他又抬头看了看楼梯上方，说，"监控录像我已经切断了，他们暂时看到的是静止画面。现在地面上应该有一队保镖巡逻，过几分钟我们再上去。"

"他们的晶片在哪里？"林婕问。

傅琮思答道："在沈远谦手里。只知道他平时都锁在加密保险柜里，只有他的指纹才能打开。很难拿到。"

应寒时忽然问道："你说过，他们拿到晶片，是一个意外？"

傅琮思顿了一下，抬眸看着他们说道："是的。这个屋子里，已经被他们杀死过一个外星人了。我没能救下他，但绝不会让你们重蹈他的覆辙。"

众人都是一怔。

应寒时问道："埃土星人？"

傅琮思答道："是。"

"所以他们父子俩根本不是外星人，也不是埃土星人？而是杀了埃土星人，夺了他的晶片，然后再自称外星人，想要抢我们的晶片？"庄冲突然连珠弹发般开口。

"……是。"

谢槿知忽然明白了。所以能量辐射场扫描不到外星人的存在，因为在他们到来之前，那个人已经被两个地球人杀死了。

"他们怎么会知道埃土星人的身份，知道他有晶片？"谢槿知问道。

傅琮思一怔，答道："我来到沈家，认识穆岩的时候，他已经是沈嘉明的朋友了。他相信了他们父子俩，以为他们借晶片研发能量，是想要帮助当地经济发展，所以才把自己的秘密告诉他们。而穆岩，是个非常善良纯真的人。"

大家都静了下来。今日种种，沈家父子的狠辣阴险与贪婪展露无遗。

然而那穆岩若是非常单纯的外星人，来到地球后被他们欺骗，最终被他们背叛。他们甚至可以想象出他遭遇过怎样的不幸。

"就是在这个地方。"傅琮思低头，看着那雪亮的金属牢笼，"那天我赶到的时候，已经来不及了。穆岩被杀，身体已经被解剖开。据说那天他本来撕开了金属笼，但是后来被沈嘉明带人乱枪射成重伤，最后还是没有逃脱。后来沈家就重修扩建了这里的房子，这个牢笼……"他露出讥讽的笑，"也变得更牢固。你们的出现，简直就是天上又砸下了个大馅饼。"

大家都静默不语。谢槿知心头阵阵寒意浸过，抬头再看这洁净肃穆的实验室，想着外头奢华富贵的庄园，却只觉得刺眼无比。

她抬起头，看着应寒时。而他面目白皙，神色极静，一时竟看不出喜怒。谢槿知想起萧穹衍说过的话，明白向来温和的应寒时，此刻只怕是真的动了怒。

"穆岩的尸体，现在还冷冻保存在别墅中的某个地方。"傅琮思抬眸看着他们，"该走了。如果你们不想变成跟他一样的干尸。"

"等一下。"应寒时直视着他，"刚才的女人，是什么人？"

傅琮思一怔，答道："我不知道。"

"你认识她。"谢槿知肯定地说。

傅琮思静默了一会儿，摇头道："不，我并不认识。我只是……见过她几次。"

"几次？"谢槿知看一眼应寒时，追问道。

傅琮思眸光坦然地看着他们："是的，我在沈家，见过这个女人几次。她每一次都是突然出现，又突然消失。就跟今天一样。"

直觉告诉谢槿知，傅琮思还隐瞒了一些事。但现在显然不是追问的时机。应寒时与傅琮思对视着，静静开口："她能瞬移、穿越空间？"

傅琮思答道："……我想是这样。但我追查不出其中的原因，因为根本就追不到她。"

谢槿知静默不语，起初内心的震撼已渐渐平息。这时应寒时忽然抬头，望向楼梯的方向。脚步声隐约传来，傅琮思脸色一变，他脑海中迅速闪过许多念头，最后压低声音对他们说道："一定是他们来了，你们马上回笼子里。信我，我一定会想办法再救你们。"

却不料那四个人都没动。始终沉默聆听的林婕，脸色变得更加冷酷。她弯腰从靴子里拔了把枪出来。傅琮思见那枪纤细无比，呈纯粹的银白色，难怪之前都没人注意到她藏在靴子里。林婕淡淡地看他一眼说："谢了，剩下的就是我们的事了。"

庄冲一拍傅琮思的肩膀："我们站远一点。"

谢槿知也转头温和地望他一眼："别担心，很快就能解决。"

傅琮思虽有疑虑，却最终沉默下来。

应寒时站在众人之前，双手缓缓负在身后，抬起了头。过了一会儿，脚步声渐近，且沉重密集。沈嘉明带着七八个保镖模样的男人，持枪走了下来。

他脸上再无半点和善笑意，扫一眼众人，目光落在傅琮思身上："傅琮思，你好得很啊。差点就被你骗了，现在我倒想知道，你一直混在我们沈家，是什么目的？"

傅琮思脸色清冷如铁，没有说话。

沈嘉明又看向应寒时："既然上一个外星人的遭遇，傅琮思已经跟你们兜了底。那就识相点，交出晶片。否则我们就开枪了。我知道你身手快，可是你再快，能快得过子弹？"

他话音刚落，数名保镖的枪口都对准了应寒时。

"你就是这样射死埃土星人的？"平缓沉静的嗓音响起。

沈嘉明抬起头，与应寒时目光一触，心头竟有些发抖。然后就见应寒时徐徐点了点头，说："那你再试一次。"

灯光已全部亮起，所有人都静立不动。唯有应寒时负着双手，缓缓朝沈嘉明等人走来。

沈嘉明望着他，脑海中却忽然想起了另一个男人。

穆岩。

明明两人气质长相完全不同，穆岩不如应寒时长相这般出色，也没有他这样隐隐压迫人的气场。可是两人的眼睛，却像是一样的，同样清澈而安静。

沈嘉明忽然想起穆岩说过的话。

他说，我与你们地球人，虽非同族。但若我的晶片能让更多人得到幸福，那就拜托你了。

他还说，嘉明……嘉明，埃土星人真正的灵魂，是杀不死的……不要……铸下大错……

沈嘉明正恍惚着，忽然间眼前已没了人影。

紧接着，就听到身旁此起彼伏的"啊啊"的痛呼声以及枪支尽数落地的清脆声响。他心头一紧，就看到白色光影闪到他的跟前。朦胧的幻影里，他再次看到了那双眼睛，寂静而冷酷的眼睛。

沈嘉明"啊"了一声，整个人已经被应寒时揪了起来，他吓得全身发软，天旋地转间，又被重重扔在地上，撞得头破血流，全身剧痛。

他挣扎着，抬起头，看着应寒时再次向他逼近。可他连逃跑的力气都没有了，只能眼睁睁看着应寒时走到他身旁，低下头说道："他跨越数千光年的漫长旅程而来，一片赤诚相待，却被你们这样的宵小谋杀。我和他虽非同族，却也饶不了你们。"

沈嘉明见数支枪都没伤得了他，手下们更是个个重伤在地，又悔又怕，一把抱住应寒时的双腿，哭求道："我错了，我知道错了！饶了我吧！其实杀了穆岩，我也很后悔的！我一直很愧疚，我们对不起他……但是人死不能复生，晶片……晶片马上给你们，我带你们去拿，马上去拿……"

应寒时矗立未动。他的身后，林婕脸色淡漠地瞥着地上的沈嘉明，右手握着自己的枪，一下下飞快地转动着，像是随时都打算一枪结果了他。庄冲始终沉默着，只是眼中浮现鄙夷之色。

谢槿知的目光淡淡扫过沈嘉明，然后落在应寒时身上。灯光之下，只见他的容颜清冷如雪，身形瘦削。

沈远谦盯着监控器里，看着儿子狼狈被抓的画面，心知大事不妙。他立刻按下桌上的通信器。

一个黑衣保镖走了进来："老板。"

"庄园里还有多少人可用？"

"刚才小老板带走了八个人，我们还有三十多个人。"

沈远谦脸色阴霾："你马上带二十个人，去湖边研究室救小老板。其他人跟我走，马上准备车，我要离开庄园。"

"是。"

保镖刚要离去，沈远谦又叫住了他："等等！挟持嘉明的人身手很好，让你的人不要靠近，全部远距离射击，明白吗？"

"明白！"

保镖退了出去，密室的门重新关上。沈远谦立刻站了起来。这间密室修筑在他的书房里，墙上除了监视器，挂满了珍贵的名家书画。此外还有一整排的保险箱。

每个有钱人都需要一个藏匿财富、秘密和龌龊的地方。他也不例外。

金银珠宝他都没有拿，因为知道外星人不会对这些感兴趣。他在其中一个保险箱前蹲下，先输入密码，而后验证指纹，再将眼睛贴过去扫描瞳仁。

最后将手阀复杂地转动了几圈，保险箱门"噔"的一声轻响打开。

他把一个黑色的檀木盒子拿了出来，小心翼翼打开看了看。一片近乎透明的、荧光四射的晶片，安然躺在其中。他弯起唇角笑了笑，迅速拿着盒子站起来。刚一转身，全身却猛地被惊出冷汗。

一个人站在他身后。

沈远谦活了一大把年纪，此刻简直不敢相信自己的眼睛。密室的门是关好的，没有他的启动，任何人不可能从外面进来。而且刚才他也没听到任何声音。

可是，此时此刻，这个人就站在他的面前。

他，或者应该称之为她，从头到脚披着黑袍，身形纤瘦。脸上也覆着一层黑纱，只露出眼睛。那是一双女人的眼睛。

沈远谦惊骇之余，还没来得及做出任何反应，那女人突然上前一步，沈远谦看到她的黑袍底下露出双白皙纤细的手，一把就将他怀里的木盒夺了过去。

沈远谦一下子回过神来，女人转身就要跑，他哪里肯放，管她是人是鬼，一把抓住她的肩膀，将她扳了过来。女人力气并不大，而沈远谦正值壮年，她竟未能挣脱，但依然紧抱盒子，两人就这样无声地缠斗起来。

沈远谦能混到今时今日，凡事下手自然都是极狠的。见女人死死将盒子扣在怀中，就一把掐住她的脖子，然后另一只手举起拳头，朝着她的肚子猛地就揍下去。女人吃痛地闷哼两声，却似乎更坚韧，猛地往前一挣，竟然挣脱了。

沈远谦伸手还要再抓，却见那女人忽然转头，双目似极愤恨地望他一眼。眼看沈远谦的手就要再次触碰到她的衣袂，陡然间眼前银光大盛，一时间竟什么也看不清了。再一定神，银光迅速收敛消失，如同钻进了一道看不见的裂缝里。

刹那间，他的眼前空空如也，那女人竟带着晶片，就像空气般消失掉了。沈远谦呆立良久，终是又惊又怒，颓然坐倒在沙发上。

沈嘉明被林婕绑了个结结实实，再次被丢到应寒时的脚边。

"指挥官，怎么处置他？"林婕问。

"地球人的法律，惩治不了他的谋杀罪。我会将他扔到一个废弃的空间站，终生流放。"

谢懂知等人都点头，认为这个惩罚很合理。沈嘉明却听得心惊胆战，连声求饶，但是根本没人搭理他。

傅琮思始终站在众人身后，见沈嘉明落到如此田地，也只是眸色清冷地看着，并不出声。这时，林婕忽然走到他面前，二话不说，一把扣住他的胳膊，将他也反绑起来。

"你干什么？"傅琮思脸色一变，想要挣脱，但他完全不是林婕的对手。林婕一脚踢在他的膝关节，他吃痛倒地，也被绑牢了。

"等你把自己的事解释清楚，我们自然放你。"林婕冷冷地说道。

应寒时静立在原地，看着她的举动，眸色平静，并不出声制止。谢槿知和庄冲也看着傅琮思，没说话。

傅琮思反倒镇定了，勉强从地上站起来，点头道："好。我会给你们解释。现在关键是拿到晶片，沈远谦一定会马上带着晶片逃跑。"

"我们上去。"应寒时说。

于是他带着谢槿知走在最前，林婕揪住沈嘉明，庄冲看着傅琮思，跟在后面。一行人沿着狭长暗黑的楼梯，往上走去。

周围光线晦暗不明，谢槿知一步步踩在楼梯上。忽然一怔，眼睛盯着黑暗的空气，人也停住了。

走在她前面的应寒时，立刻察觉了，转身望着她。

她抬起头："我看到那个女人了。她在这个城市里连续跳跃了几次，从这里离开了。每次跳跃的地方，都会有银光。"

应寒时点头："等这边处理完，我们就去找她。一切自然水落石出。"

他俩说话声音虽压得低，但楼道狭窄，其他人也听到了。傅琮思的声音忽然响起："她来无影去无踪，你们打算怎么找？"

应寒时和谢槿知对视了一眼。那个女人能够在空间中跳跃，而谢槿知却能看到跳跃的时间。她的脑海中，浮现出刚才看到的那一幕幕。林立的高楼，深夜寂静的路口，黑衣女人的身影如同鬼魅般一闪即逝，只留下一道无人注意的银光。

这城市虽大，但总是有迹可循。只要谢槿知再次看到她即将出现的位置，也许就能找到她。

但尽管如此，谢槿知心头依旧如同压着一块巨石。哪怕此刻已与应寒时说开，两人齐心并肩，但她心头的阴霾，仍未散去。她只是不再去触碰，更加不让那阴霾，沾染到她眼前这个男人。

正有些失神，却听到他温和的嗓音响起："槿知，手给我。"她抬眸，见他依旧朝上走着，那修长白皙的手，却朝她伸过来。谢槿知将手放到他掌中，被他轻轻握住。像是能洞悉她此刻的心思，他没有回头，说道："任何艰难险阻，我们不松手……便不会分开。"

此时两人已经率先走出楼梯，一楼的灯光明亮透彻。谢槿知望着他眉目分明的侧脸，笑了，说道："嗯，一会儿干脆再找根绳子，把我的手缠在你手上，好不好？"

其他人还没走上来，周围寂静无声。应寒时微微垂眸，突然手上一用力，谢槿知就被他拉进怀里。

他低头，手也无声无息地环上她的腰。

"槿知……不要这样，笑话我的心意。"

谢槿知抿嘴笑了。这时脚步声渐近，他松开了她，回头望去。而她只是凝视着他的样子，清晰察觉到心中越来越浓的贪恋。

林婕几个也走了上来，大家举目四顾，周围似乎并无异样。到底算是拨云见日，庄冲忽然开口道："拿到晶片，我们就可以收工了。"顿了顿，脸上透出一丝难得的柔和，"小 John 他们在另一边，应该等急了。"

林婕也淡淡一笑，低头瞥见身旁的沈嘉明，一副贼眉鼠目的样子，抬腿就踹了他一脚，只踹得他鬼哭狼嚎，不敢再乱动。

谢槿知却看到应寒时耳朵轻轻翕动，脸色清淡。他低声道："林婕。"

林婕的脸色顿时变得沉肃，循着应寒时的目光，持枪缓缓走到窗边，挑起窗帘一角望出去，却只见房屋之外，相距几十米的地方，站了一圈黑衣保镖。他们的脸隐藏在夜色里，看不清晰，但个个手里都端着枪，似是已静候埋伏许久了。

林婕低声报告："屋前十人，左侧六人，右侧四人。"她放下帘子，轻哼一声，"以卵击石，不自量力。"

"都到我身后来。"应寒时说，"林婕，你居后策应。"

"是。"

谢槿知和庄冲扶着傅琮思，走到应寒时身后，沈嘉明则被丢在角落里，脸色变了又变，却暂时没人搭理他了。

这时谢槿知腰间一紧，却是被应寒时抱了起来。他的手托着她的身子，于是她的视线略高于他，低头看着他。

"闭上眼睛。"他说，"会有些刺眼。"

谢槿知看见他的掌心里，已经有光刃若隐若现，银白如同月牙。她双手搭在他肩上，低声说："没关系，并不刺眼。我喜欢看你的光刃。"

这是她的心里话，只是从未对他提过。应寒时微怔，眼眸轻垂："好。"耳朵和尾巴同时跳出，只看得傅琮思和沈嘉明目瞪口呆。他掌心的光刃如同水纹般，徐徐扩大，谢槿知目不转睛地看着。林婕看了他一眼，转过脸去。如果此刻萧穹衍在，定会一语道破关窍——被心上人表扬的指挥官大人，这是准备要发大招了！虽然对付区区二十个普通人类，根本用不上大招。

就在这时，隐隐而来的震动，突然从他们脚下，从墙壁和天花板传来。应寒时掌心的光刃骤然一收，抱紧谢槿知，抬头望去。

这突如其来的震动，竟越来越剧烈，整个房屋像是被人剧烈摇晃着，就像要马上散架。与此同时，窗外传来凌乱的脚步声和呼喊声："地震了！是地震了！快跑！"

地震？

谢槿知趴在应寒时怀中，也抬头四顾。江城地处内陆，大陆板块腹地，不管是这个空间还是那个空间，从无地震史。现在哪里来的地震？

其他人显然也惊讶而疑惑。但是没时间细想了，房屋已经有坍塌的迹象，他们前方掉落了一根梁木。应寒时将谢槿知探出的脑袋往怀里一摁，飞身就跃出了这幢楼的大门。其他人反应也很敏捷，不用多说，傅琮思跟着庄冲就跑了出去。林婕则拎起地上吓得腿软的沈嘉明，三两下也跳了出去。

六个人刚安然地跑到这幢楼门口的草地上，震动却已明显减弱不少。此时已是凌晨时分，漆黑的夜幕如同倒扣的巨碗，罩在大地之上，星光清晰而繁密。然而寂静的天空之下，沈家庄园里，却是混乱不堪。

不仅是他们身后的实验楼在震动，其他别墅也都在夜色中晃动着，不断坠落。每一幢别墅前，原本排列整齐、寂静矗立的石柱，尽数倒塌；镶在墙壁、圆柱里的那些石柱，更是纷纷崩脱坠落。

许多人在跑，嘴里还大喊着"地震了快跑"，有黑衣保镖，也有普通用人。一时间，也没人再注意到他们这边。

"我们也跑啊！赶紧的！"沈嘉明急道。

林婕和傅琮思都抬头看着应寒时，却发现他注视着不远处的湖面。

"震动的，不是地面。"应寒时的嗓音沉静如水，"是这些房屋本身。"

大家都循着他的视线望去，俱是一愣，明白他在说什么。

如果是地震，此刻广阔的湖面，为何平静得没有一丝起伏？而他们脚下的草地，此刻也是平静的。

始终将脸埋在应寒时怀里的谢槿知，这时忽然抬起了头，她的脸色变得异常冷冽。

"寒时，我们马上离开这里。"她说，"即将发生非常可怕的事。"

众人都是一惊，应寒时凝视着她。谢槿知看着他的眼睛，一字一字清晰地说道："那个外星人，穆岩，他并没有真的死去。他一直在这里等待着，复仇。"

话音刚落，沈嘉明尖厉的声音响起："你说什么？怎么可能？他已经断了气，人都被冷冻在地下，他怎么可能还活着要来报仇？不可能的。"

没人说话。

始终沉默着的庄冲，忽然低下头，盯着众人脚下，空空如也的草坪，那里还有几个浅浅的坑。

"你们没发现，这里少了什么东西吗？"

第十五章

我即穆岩

房屋的震动，完全停止了。夜色中，唯有凉风轻轻吹过草地。

沈嘉明死死盯着脚下的地面，他觉得有哪里很不对劲，但一时却想不起来。他嗓音沙哑地问："什么不见了？"

"石柱。"三个声音同时回答他。

应寒时、谢槿知和林婕，都注意到了庄冲所指的这一点。

沈嘉明看着那几个浅浅的坑，不正是门前原本竖立石柱的地方？可是现在，它们去了哪里？

谢槿知看着那里。要知道每根石柱足有一人多高，粗实坚硬，人力根本无法搬动，何况是那么多根。她又抬起头，再仔细一看，发现其他地方的草皮上，也有不少这样的浅坑。几幢别墅门口均已空空如也，甚至原本镶嵌在墙壁里的石柱，有些也不知去向。

难道它们长了腿，自己会走吗？

沈远谦坐在一辆轿车里，司机飞快地驾驶着，往庄园门口驶去。

"老板，好像地、地震了！"司机望着车外仓皇奔跑着的那些人，也有些心惊胆战。

"别管，继续开。"沈远谦冷声道。

于是轿车依旧一头往前扎去。

就在这时，沈远谦忽然一怔。

他看到车子前方，有一个人影跑过。白色衬衫、黑色长裤，背影清瘦，侧脸轮廓清晰而干净。

他的心头突然升起阵阵寒意。不，这不可能。那个人明明已经死了。

纵横商场多年，沈远谦的心狠手辣、极深城府自不必说。但他的心里，也会深深埋藏着某些让他不愿意回顾的人和事。

譬如那个男人。

穆岩，那个单纯良善的外星人。他临死时的那双眼睛，太过清澈、悲悯和平静，像是有某种穿透人心的力量，令人无法直视。

沈远谦正失神，忽然就听到前排司机倒吸一口凉气，同时车子猛地刹住，他重重撞在前排座椅上，抬起头刚要斥责，却陡然一惊。

那里站着一排人。

同样的白衫黑裤，同样的清瘦高大。甚至连那整齐干净的短发、脸庞的轮廓，都一模一样。

他们抬起了头。

那是完全相同的一张脸，跟沈远谦记忆中的那个男人，彻底重合。

刹那间，沈远谦全身已冷汗淋漓。

不，并不完全一样。

他的记忆中，穆岩那个年轻人，始终温和含笑，脸上有柔和的光泽。但眼前这十多个人，虽然顶着相同的脸，表情却是木讷僵硬的。他们的脸，呈现暗淡的灰白色。他们站得笔直，头颅平齐，双臂整齐垂落。

像一群僵尸。

"撞、撞鬼了……"司机颤抖的声音响起，"老板，他们长得、长得都一样！"

沈远谦勉强镇定下来，低吼道："撞过去！"

可惜这一次，他失策了。

司机已吓得魂飞魄散，竟一把推开车门，丢下他跑了。

谁知司机刚跑出去几步，面前就走来一个同样的人。那人脸色冰冷，一把抓起司机，就扔了出去。司机重重撞在树上，跌落在地，头破血流。

沈远谦看得骇然，立刻起身朝驾驶座爬去。但是来不及了，一个人伸进手来，揪住了他。他一声惊呼，就被拖了出去，丢在了地上。

他们围了过米。

沈远谦想要爬起来逃跑，可是当他抬头，无论看向哪个方向，都是同一个人，同一张脸。他们将他围得严严实实，越逼越近。

沈远谦终于受不了了，大吼道："你们、你们是什么人？"

他们停下了脚步，那么多双眼睛，全都注视着他。

"我们是穆岩。"他们齐声答道。

沈远谦举目四顾，又怒又怕："你们怎么可能是穆岩？他、他已经……"

他们的眼中，全都露出悲伤而痛苦的神色。那么整齐，就像是同一个人。

"我们即穆岩，穆岩即我们。我们潜伏于此三年，我们听到了，是你们杀了他。我们听到了。"

沈远谦简直要崩溃了。然而他们再次迈步，朝他围拢过来。沈远谦只看到他们越走越近，人头攒动，遮住了他头顶的光线。然后，密集的拳打脚踢声响起，伴随着沈远谦凄惨的哀号。渐渐的，他的声音越来越小。

最终听不到了。

谢槿知等人循着声音赶来，远远只看到一群人围在那里。而他们也清楚地看到，那些人如同一个模子刻出来的样貌。

大家心头都是一惊，沈嘉明更是吓得面无人色："那是我爸的车，他们、他们……"他说不出任何话来。傅琮思亦死死地瞪大眼睛，盯着那些人。

"穆岩。"他颤声道，"那是穆岩……"

庄冲忽然开口道："所以现在的状况是，上百根石柱不翼而飞，然后突然出现了一群跟穆岩长得一模一样的人？"

谢槿知心中有同样匪夷所思的猜测。但她听应寒时提起过"石人"，所以更加笃定一些，转头看着应寒时："他们，是石人吗？"

应寒时眸光轻敛。

刚才还离得远时，他就听到了那些人与沈远谦的对话，再听沈远谦的呼吸，也知道他必然活不了了。

穆岩即我们——他们如是说。

"石人并不罕见。"他答道，"但是，像他们这样，数人一面，如同一人……我从未见过，亦未曾听闻过。”

连应寒时都不知道？谢槿知心头一凛。这时，大家却注意到，草坪上还有些保镖、用人在往庄园外逃跑。然而立刻就有几个“穆岩”追上了他们，或是一拳击晕，或是抓起。然后，穆岩们将晕倒的人都拖过去，整齐排列在草地上，竟像是要尽数俘虏了一般。

谢槿知见被他们拖过去的人当中，还有五十余岁头发花白、全无反抗之力的老用人，心头生出强烈的不安感。

而应寒时的眉头已轻轻蹙起，他的双手负在身后，朗声道：“住手。”

他的声音极为清润洪亮，一时间所有“穆岩”的动作，同时一顿。然后他们都转过头，朝应寒时等人看了过来。这当真是非常诡异的一幕。

深夜，清朗的星空下。一百多个长得完全相同的人，黑压压站在草地上，全都看着你。然后他们突然一起转身，一起迈步，走向同一个方向。他们朝应寒时走来。他们越聚越拢，一百多人犹如大大的方阵。而这边却只有寥寥六人。

应寒时立在最前，将谢槿知护在身后，挺立不动。在相距十余米的地方，他们停下了脚步。

双方对峙着。

片刻后，他们中间走出了一个人，看起来与其他人没有任何分别。那人看着应寒时，脸上没有太多表情，但是起初的僵硬木讷已少了许多，取而代之的是如同常人般的沉静。

“曜日人？”他问。

应寒时徐徐颔首道：“是。”

那人忽然微微一笑。谢槿知看着他的笑容，却怔住了。

“我们，”他说道，“来自比你更高等的埃土文明。当曜日人的第一艘宇宙飞船升上太空时，我们的种族已经探索完成银河系的所有奥秘，进化成不老不死的生命体。”他停了停，神色变得冷肃，“曜日人，不要阻止我们的复仇，这与你们没有关系。”

应寒时静默了一会儿，清亮的目光，停在那些脸庞上。

"你们，是何种族？"

那人看着他答道："我们是分子人。"

谢槿知等人俱是一怔。

分子……人？

这时，他们中间走出了另一个人。他的脸上，同样有清淡而平静的笑容。

"犹如繁茂树木上的每一片树叶，犹如银河系中的每一颗星辰。我们每个人，可视同于构成这生命体的一粒分子，我们是同一个人。我们的寿命，如同岩石与星辰一样漫长。"他说，"穆岩，就是我们的头颅。他存活时，我们遵循他的指令，沉眠于山岭之上。当他死后，我们失去主宰，我们不得不醒来，来到此地。分子人，只为复仇而来。"

谢槿知忽然觉出不对劲了。之前，无论是她在预感中所见，还是刚遇见这些分子人时，他们的脸部和肢体语言都很僵硬，真的就让人感觉是石头变的。可现在，才过了几分钟，他们看起来就灵活生动了许多。有了更多表情和思维，语言也更丰富。难道在这么短的时间里，他们就"进化"了？谢槿知脑海里闪过这个不可思议的念头。

应寒时的嗓音再度响起："沈氏父子是罪魁祸首，可以交给你们处置。但其他人是无辜的，放了他们。"

谢槿知看着那名领头的分子人，果然就见他摇了摇头，答道："不行。穆岩死于地球人之手。地球人已是我族仇敌。除非我们全部战死，否则复仇不会停止。"

庄冲、林婕等人俱是心头一凛。

谢槿知却忽然出声："难道你们认为这是穆岩愿意看到的？"

子夜之中，她的嗓音柔和清脆，一下子吸引了所有分子人的注意。他们同时整齐转头，看向了她。

谢槿知眉目沉静地看着他们。应寒时并不出声，唯有目光温和地滑过她的脸庞。

"不，穆岩看不到了。"一名分子人答道。

"是的，他看不到了。"其他人同时说道。

那名分子人又看向应寒时："曜日人，让开，不要阻挡我们复仇的路。我们曾经俯瞰你们的文明，现在也是一样。你的确战斗力卓越，可以轻易阻止我们中的每一个，但是无法阻止我们所有人。进化的力量，不可抗衡。"

草坪上静静的，一百多名分子人如雕塑般矗立着。

槿知、庄冲等人的心也彻底提了起来，全都看向了应寒时。

毕竟他们只是来找晶片的，也义务帮穆岩报了仇。哪里想到会遇到这么大一群外星人，而且来自更高等的文明。情况变得如此棘手，他们，能跟分子人抗衡吗？

这时，就见应寒时抬起头，清俊的脸庞上，神色平静。

"曜日人……"他一字一字清晰地说道，"恕难从命。"

庄冲低低叹了一声。

林婕望着应寒时，露出傲然神色。傅琼思和沈嘉明自是睁大双眼看着，没有出声。

谢槿知早料到他会如此回答，有些担忧，但也只能轻声说道："当心。"

"嗯。"

那些分子人互相看了看，什么话也不说。

分子人的移动速度，虽然远不如应寒时变幻莫测，却也比普通人敏捷有力许多。最前头的两名分子人，举拳就朝应寒时挥去。应寒时足尖在地面轻轻一点，整个人平地拔起数米高，尾巴高高扬起，抬起右手，光刃乍现。

这是一场沉默而激烈的战斗。

分子人每一个都面无表情，动作狠厉决绝，不顾安危，也绝不会退后。

应寒时被他们包围在正中，只见他的白色身影在夜色中轻盈起落，光刃亦如同月影般浮动其中。偶尔瞥见他的侧脸，清冷似铁。

光刃过处，分子人虽遭受重创，难以匹敌。但他们胜在人数实在太多，配合也极有默契，一时也未见明显颓势。而应寒时明显不想伤他们性命，手上的分寸拿捏得极为精准，光刃也远不如之前对付反叛军时磅礴可怕，一时间，双方竟也没分出胜负。不过，倒下无法再站起的分子人，越来越多了。

旁观的这些人，也都看出了胜负已定，倒都不是很担心了。林婕注视着应寒时游斗其中的身影，忽然像是自言自语般开口道："已经很久，没有看到指挥官亲自出手了。呵……上一次还是在要塞义务营救无国别市民，登陆战时，他一人击败了十名S级流寇变异人。"

她甚至还低头点了根烟，一边抽一边看。众人都听得一怔，谢槿知轻声说道："他最近倒是经常出手。"

庄冲微微一笑："嗯，帮我们打低等智能，打黑龙，还有反叛军纳米人。"

林婕抽了口烟，冷冷道："雄狮因为你们，要去对付些小苍蝇。"

庄冲和谢槿知对视一眼，都没答话。

过了一会儿，庄冲倒是低声在谢槿知耳边道："对了，你们和好了？"

"嗯。"谢槿知顿了顿答道，"只是暂时不去想了。"

"那就好。"庄冲微微一笑。

这时，一片洁白而宽广的光刃闪过，将剩下的分子人全都笼罩住。槿知等人一时什么也看不清了。

再一定神，却见光波消失于夜色里，偌大的草地上，横七竖八躺满了分子人，有的醒着却不能动，有的彻底昏迷过去。而应寒时双手负在身后，徐徐从半空中落地，抬头望了过来。

许是因为战斗的原因，他的脸染上些许潮红。眼眸却漆黑冷静无比，透着凛冽之意。

谢槿知凝视着他。喜欢一个人，真的是很奇怪的心情。明明他力挫分子人，占尽上风。可是当她看到他战斗之后，孤立在那里，她却会觉得心疼。她朝他露出微笑。

应寒时亦是一怔。原本只是一场不算艰难的战斗，他的心境，亦如同每次战斗时，平静得如同一潭深水，而冷冽又冷酷的波纹，只在水面之下，暗声涌动。却未料一抬头，就看到了她的笑靥。

她温柔而怜惜的目光。怜惜？槿知，怜惜他？

应寒时眉目微垂，顷刻间已掠至她的面前，抬眸看一眼众人："你们留在这里等候。"然后就一把抱起谢槿知，跃上了屋顶，朝一个方向跑去。

谢槿知原本抱住他的脖子，很快又被他甩到了背上。尽管他跑得很快，她还是熟练地在他背上找了个舒服的位置趴好，然后问道："去哪里？"

"山上。"他答道。

谢槿知疑惑道："为什么？"

"山上还有成千上万根石柱。"

谢槿知陡然一怔，寒意就如同这夜色，弥漫上心头。是了，被挖到沈家装点风水的石柱，只是九牛一毛。山上，还有数不清的石柱。数不清的穆岩，数不清的分子人。

她抬起头，望着对面暗黑的山岭。距离刚才那些分子人苏醒的时间，已经过去了十多分钟。山上的分子人，也醒了吗？

不知是否是她的错觉，只觉得那如同巨兽蛰伏般的山脉上，似乎有无数的影子，在快速移动着。但现在，担心猜测也来不及了，只能过去一看究竟。

转眼间，他们离山岭更近了。应寒时飞快掠过杂草和丛林，快得谢槿知看不清周围的景物。

"槿知。"他忽然低声喊她。

"嗯？"她把头靠近他的脸颊旁。

"亲我一下。"他轻声说。

谢槿知一愣，望着他雪白的兽耳，过了一会儿，低下头，在他的耳朵上轻轻一吻。

他们的担忧成为现实。还没到山脚下，就看到数道极其相似的身影，从山林中快速跑了下来。

而当他们抬起头，看到山峰上，还有更多更多这样的身影，源源不绝。甚至，在不远处的公路上，也能看到这样的身影，越跑越远，不知道已经离开了多少。

而公路的前方，直接会通往江城。

应寒时将谢槿知放下来，站在山脚的草地上，就这么一会儿工夫，又有十多个分子人，从他们身边跑过。谢槿知觉得自己之前的预感是准确的。因为这些刚跑下来的分子人，完全没有僵硬木讷的表情，他们脸上，全都是那种淡淡的沉着的笑容。而且他们看到应寒时，全都避开，像是不愿再与他为敌。

沉眠了许多年的分子人，穆岩的每一个分身，苏醒之后，难道真的在不断进化？一个个变得更像独立的人，却又如同一人？

只是这么多座山，他们数量之巨，应寒时的战斗力再强，也无法阻止了。

这时，一名分子人跑下山，正好跟应寒时和谢槿知正面对上。应寒时眸色轻敛地看着他，他却不慌不忙，微微一笑说："曜日人，我说过，你阻止不了我们所有人。"

应寒时和谢槿知都沉默着，他却已绕过他们，身影混入同伴们的队伍中。夜色迷离，他俩静静站立着，分子人源源不断地从他们身边经过，跑向城市的方向，跑向他们的复仇之旅。谢槿知不难想象，如果这些分子人进入城市，会造成什么样的恐慌和灾难。他们是否会杀死、俘虏更多的地球人？而最终，他们是否也会死于地球人的攻击？

可是，现在谁还能阻止他们？

"怎么办？"她问。

应寒时的眼眸在夜色里深得有些看不清。

"我们去找一个人。"

谢槿知心头一震，脑海中电光石火般划过零散线索，抬眸望着他，点了点头："对，去找他。"顿了顿继续说，"帮助分子人，抵达沈家的那个人。"

或许，还能有转机。

天还没有亮，寂静的山间小道上，出现一个身影。那人不快不慢地跑着，步伐沉稳、呼吸有力。隔近了看，却原来是一名精神矍铄、眉目清俊的老人。他一直跑到山顶上，才停下。

此时夜色还未完全散去，如同暗蓝的纱帐，笼罩沉睡的山岭和远方的城市。老人在一块开阔的山崖旁站定，拧开水壶喝了几大口，然后擦着头上的汗，望着山脚下的湖水和庄园。

他微微一怔。

平常这个时分，庄园里都是黑灯瞎火，绝大多数人都还在睡觉。可今天，那里灯火通明，光线缭乱，似乎并不宁静。

老人伸出手，搭在身旁的一根石柱上，像是自言自语般说道："这一天，终于来了吗？"

他静默良久，这才转身下山。

然而他很快发现了情况不对。

下山路上，只见沿途石林，已消失大半，并且不断有分子人，从他身边跑过。他抓住其中一人的胳膊，问道："你们去哪里？"

"朱先生，我们去报仇。"

"报仇何须去这么多人？"

那分子人却只是一笑，并不回答，朝他一鞠躬，很快跑下山了。

待老朱追到山脚下的小镇时，心中那份不安的猜疑，果然得到证实。天已经亮了，静悄悄的街道上，躺了好几个人，全都是普通人装扮。有几个额头上还有伤，双目紧闭呼吸微弱，显然是被人打晕了。

老朱的心狠狠一沉。再抬头望去，恰好看到旁边的巷道里，一名分子人正从背后袭击另一名晨练老人。老人猝不及防，哼都没哼一声，就倒在地上。分子人沉默地低下头，将老人拖到旁边的地上，与其他人放在一起。

而这名分子人身后，还有更加广阔的民居。隐隐能听到许多脚步声跑动其中，不知又有多少无辜的人即将遭受攻击呢？

老朱震惊不已，冲过去，一把抓住那分子人的肩头："你们不能这样！穆岩，你不能这样！你怎么会变成这样？"

那名分子人转头望着他，眉眼温和地笑了笑，更像他记忆中的穆岩了。

"朱先生，我没有办法。"他答道，然后转身就朝巷外走去。

老朱追上去："不行，你们必须马上停下！"

然而分子人动作异常敏捷，他哪里追得上？眼看分子人的身影就要消失在巷口，忽然间，老朱看到一团白色光影，快如闪电，顷刻间便从对面街角，掠至巷口。分子人突然拔腿往另一边跑，像是要避开那团光影。可那光影竟比他更快，嘭的一声，他整个人都被扣在了墙上。许是撞击得太猛，他头破血流，晕死过去。

老朱惊疑不定地看着光影消失。

一个男人和一个女人，站在原地看着他。

他见过他们。

"你们……"

谢槿知开口道："朱馆长，让分子人进攻整个城市，最后两败俱伤，是你的初衷吗？"

"不，当然不是。"老朱立刻答道，目光锐利地盯着他们，"你们是什么人？"

谢槿知看向应寒时，他眼眸清澈地注视着老朱："我来自和穆岩不同的星球。"

老朱神色一怔，但他也注意到应寒时背后还有根尾巴，况且刚才看到他匪夷所思的身手，心中已信了大半。

"但我同样守卫和平。"应寒时道。

老朱点了点头。

初次在图书馆门口相遇，他就注意到这个年轻人气质清雅不凡。他一生阅人无数，很清楚心思龌龊的人，或许可以伪装得单纯良善。但这样清澈干净直达眼底的眼睛，是无论如何装不出来的。

曾经的穆岩，也是一样。

"到底发生了什么事？"老朱问，"杀死穆岩的人，果然是沈氏父子吗？"

应寒时颔首，将昨晚发生的事，简单说了一遍，然后道："我们成了沈氏父子的第二个目标。不过，沈远谦已死，沈嘉明也被我们俘虏。只是，分子人全部苏醒，并且意在向所有江城人复仇。"

"天马上就要亮了。"谢槿知说道，"你也看到了，一旦分子人全部进入城市，后果不堪设想。馆长，时间很紧迫了，我们要马上找到阻止他们的方法。你和穆岩、和分子人，到底是什么关系？你有没有办法？"

不知为何，谢槿知这个女孩，让老朱感到莫名的亲切。他眉头轻蹙，静了一会儿，答道："穆岩，是我的忘年之交。我利用风水之说，使得一百多名分子人进入沈家，的确是想查明他的死因，为他报仇。"

有关穆岩的故事，要从五年前说起。那时老朱每天依旧在图书馆门口下棋。一个偶然的机会，遇见了穆岩。

那个眼神同样清澈、温文尔雅的青年。看起来那么年轻，甚至还有些腼腆，棋艺却十分精湛。老朱自诩江城第一高手，竟与他连下十盘，都艰难落败。

棋品如人品。老朱观他棋路，光明磊落、大气浩然。甚至对对手还留有余力，不忍赶尽杀绝。

从那之后，老朱便将他视为平生莫逆之交。而穆岩亦对他极为尊重倾慕，每日都过来，陪老人下棋，或者探望。

有一次，老朱对他说："你心胸开阔，为人宽厚。唯独一条，心肠太软，太易信人。虽不知道你过去的经历，但今后对人一定要留防备之心。"

他却答道："我只知道，倘若我不先拿出真心，以诚相待，旁人又怎么会信我？"

老朱注视着他清澈的眼眸半晌，最终喟然长叹，笑道："算了，善有善报，穆岩就继续做穆岩吧。"

发现穆岩的秘密，是一个意外。老朱还清晰地记得，那是个秋高气爽的日子，两人相约去爬山。年轻人脚程快，老朱便让他不必等候，先到前头去。而老朱沿途欣赏风光，再去追赶他的步伐，倒也各得其乐。

谁知，却出了意外。

前几日刚下过雨，老朱走到一处悬崖前，极目远眺时，脚下竟忽然打滑，岩石松脱。刹那间他的心直直坠落，人也朝山崖下滚去，心想今天竟然要死在这里了。

电光石火间，他的手臂被人牢牢握住，堪堪悬挂在了岩壁上。他心如鼓擂地抬起头，背着光，看到穆岩安静坚毅的脸庞。

他陡然狂喜而笑，一把回抓住穆岩的手，两人共同使力，很快他就被救了上去。

他气喘吁吁地坐在草地上，眼前是连绵矗立的石柱林。他笑道："穆岩，你救了我这个老家伙一命哪。"不知是不是他的错觉，此刻的穆岩显得格外沉默，似乎也有些局促。他只是点了点头，没有多说话。老朱也没多在意，休息了一会儿，待心跳平复下来，起身道："我们走吧。"

"是。"

到底是在生死线上走了一遭，老朱也有些心神恍惚，往前走了一段，忽然回头，却发现穆岩并没有跟上来，已不见踪迹。

他心下奇怪，上山只有这一条路，刚要折返去找，却听到前方传来脚步声。

他抬起头，看到穆岩神色焦急地从上方石阶跑了下来。看到老朱，他明显一怔，然后缓缓露出温和的笑容。

"救你的，是我的分身。"他说。

后来，老朱便对这位来自异星的年轻人，了解更多。

知道每一根石柱，都是组成他的一部分。宛如发梢，宛如指尖。他单个人的力量或许并不可怕，但若有朝一日他以整体示人，那必然是庞大而不可战胜的。

"我不打算让他们醒来。"穆岩说，"否则必然在江城引起动荡，地球人恐怕也接受不了我这样的生命体。"

"那就让他们一直沉睡下去？"老朱问。

"是的。"他答道，"我们的生命，如同岩石一样漫长。即使地球人灭绝，我们或许都还在。就不要打扰地球人短暂而宁静的生活了。"

"如果他们醒来，会怎样？"老朱活了大半辈子，什么风浪没见过，但到底对这些外星人，存了好奇之心。穆岩却静默许久，叹息了一声，答道："或许这就是进化的悲哀。如若他们全部苏醒，我的全盛状态，他们每个人，都会在极短的时间内，进化成与我拥有相同智力、战斗力、情感、思维的人。我们所有人的感觉是互通的，我想要做的任何事，他们其中任何一个做到，即是我做到。我大概可以做到无所不能。但是，我们的文明，也正是因此毁灭的。"

他没有再多谈，但老朱听完后，却长叹一声，抬头仰望星空，不胜唏嘘。得知穆岩与沈嘉明有交集后，老朱劝过他："我看那沈少，眼神不正，并非良善淳朴的人。他们那些富家子弟，跟你不是一路人。"

穆岩却微笑道："没关系，嘉明不是坏人。"

原来早在穆岩和老朱结识之前，他就已认识了沈嘉明。穆岩虽已抵达地球许多年，但始终和分子人一起沉眠于山上，数百架战机，也被他藏于深海之下。那时，他刚从休眠中醒来，独身下山不久，身无分文，又无身份证明，并不适应地球人的生活。只能到处打些零工，活得十分清苦，经常上顿不接下顿。

有一次饿得不行，他站在饭店外驻足观望，却有人一拍他的肩膀，爽朗地笑道："哥们儿，饿了？走，跟我进去吃。"

那人就是沈嘉明。

沈嘉明不是笨人，跟他交往几次，就感觉这个人不同寻常，所以待他更好。而穆岩也发觉，沈嘉明对一些超能力、超自然现象，充满兴趣。所以经常掏钱款待一些自称"能人异士"的人，即使是被骗了钱，也只是一笑了之，颇有中国古人的豪义之风。

有一次穆岩问他："你为什么想拥有超能力？"

他笑着答："那样就可以拯救更多的人。"

也许那个时候，沈嘉明真的是怀有英雄梦想的——或许现在也是。只是穆岩不明白，他想成为英雄，只是因为自己，不是为了别人。而当穆岩所拥有晶片的能力，超出他的预期许多倍时，在父亲的劝说下，在巨大利益的诱惑下，沈嘉明虽有挣扎，但还是选择了彻底背弃这个朋友。

然而某一次，穆岩从沈家回来时，却明显有些失神。

老朱问他："怎么了？是不是与他们共同研发晶片的事，有什么不妥？"

穆岩抬起头，他的眼中，居然有略显局促的温柔。

"不是。我……在沈家遇到了一个女人。"

老朱一听就笑了："噢？说来听听。"

"她……很神秘。总是在深夜，出现在沈家。没人知道她的存在，但我却总是遇见她。"他的脸上也浮现笑意，"每次她出现之后，第二天沈家就会丢东西。珠宝、装饰品、香烟……"

老朱很意外："她是小偷？"

"不，她不是。"穆岩几乎立刻说道，然后顿了顿又说，"有一次，我白天也遇见了她。看到她把一串珠宝丢给了一对可怜的正在乞讨的母子。"

老朱微愣之后，笑道："那是劫富济贫了？"

穆岩微笑道："也许吧。但是我告诉过她了，不要再这样。"

"那她怎么说？"

"……咳，她没理我，转身就走了。"

后来，就听穆岩说起了更多的"她"。

她会在很远的地方看他，在他起身去寻时，却瞬间消失。

当他站在研究室里，低头看那些仪器时，她会突然出现，站在他身边问："这些是做什么用的？"他耐心地一项项跟她解释，抬起头，却撞见她清亮好奇的目光。

某一天的深夜，他从沈家离开，没有任何人看见，她跟他并肩走在一起。他们说了一个晚上的话。

同在沈家的青年科学家傅琮思，似乎也察觉了她的踪迹，问过他："你这几天晚上在实验室，有没有看到一个女人？"

穆岩想起她的嘱咐，平生第一次撒了谎，说："没有，我没见过。"

"老朱，我想，我爱上她了。我想要跟这个拥有时空裂缝的孤独的地球女人在一起。"

"我想要跟她一起生活，不想让她再孤独一人。每当我看到她遮住容貌，避开所有人，在空间中穿梭，我的心中都非常难过。"

"等沈家晶片研究结束后，我就同她表白。我想，她一定会答应我。"

"我跟她，会永远在一起。我会陪伴她终老，然后在她死后，永远化为岩石守护。"

"她是我毕生所爱。"

"穆岩，说过那个女人的样貌和名字吗？"谢懂知缓缓地问。

应寒时的目光停在她的脸上，温柔而寂静。

老朱叹了口气，摇头道："没有。似乎那个女孩戒备心很强，穆岩答应她不对任何人提及她的讯息。大概也是怕有人得知她的秘密，进而伤害她吧。不过，他说过那个女孩总是穿着一身黑色的衣服。大概也只有穆岩一个人知道，这个能穿梭空间的女孩是谁吧。"

"后来呢？"谢槿知问。

老朱抬眸看着已经明亮的天色，答道："后来，穆岩就失踪了。没人知道原因，山上的分子人也不知道。他们说，穆岩平时是通过脑电波与他们联系，在那个晚上，突然中断了。但是他们能感觉到，穆岩已死。

"我怀疑这件事与沈家有关，正好沈家马上要重修庄园，我就利用这个机会，帮助那些分子人，进入潜伏了。"

"为什么他们会在今天晚上，突然发难？"谢槿知问。

应寒时代替老朱回答道："他们听见了我们与沈嘉明的对话，他承认杀了穆岩。"

谢槿知大致明白了。沈家父子城府极深，只怕几年来也绝不会对人谈及杀死穆岩的事。且晶片又被他们藏得很好，分子人没了主宰者，一时想要查明真相也不容易，于是选择继续潜伏等候。而且三年的光阴，对他们来说，大概只是弹指一挥间吧。

直至今天，一切水落石出。

"但是我没想到，他们的反应会如此过激。"老朱叹息道，"我以为他们找到真凶报了仇，就会罢手。没想到……穆岩生性纯良，那些分子人苏醒之初，虽然懵懂木讷，但也应该是随他的性子，并且越来越像他。为什么，他们的态度会这么激烈呢？"

"也许，是因为那个女人。"谢槿知轻声说道，"她今晚出现在沈家了，想要救我们却不能。然后她带走了晶片，她应该还受了重伤。也许，那些穆岩们都听到了。"

三人都安静下来。

应寒时抬眸看着老朱："现在，有办法阻止他们吗？"

老朱沉思片刻，答道："能阻止这些穆岩的，只有那一个穆岩。"

应寒时和谢槿知都静默着。

"穆岩说过，他是通过脑电波与他们联系。因为分子人的结构，即使他本人死去，意识也不会真正死去。但是现在，我们并不知道穆岩的意识在什么地方。穆岩们跟他也断了联系。"

"他的躯体，被冷冻在别墅地下某处了。"应寒时缓缓说道。

"所以他的意识，很可能也被困在那里？"谢槿知看着他，他徐徐点了点头。

老朱赶紧说道："快带我去那里！"

"穆岩的意识，也许还活着？"傅琮思不可思议地望着他们，但眼中已隐有动容。

"是的。"谢槿知点头，"你知道他的躯体被冷冻在哪里吗？"

傅琮思立刻转身，脚步明显因为焦急有些不稳："跟我来！"

天已经亮了，太阳还未升起。一行人跟着傅琮思，重新进入湖边的那座研究楼。到了地下一层，再继续往下。原来掀开角落的一块地板，还有楼梯通下去。

大概走到地下三四层的深处，暗窄的楼梯到了尽头，出现了一扇门。傅琮思站在门前，低声道："穆岩的尸体，就在里头。当时他被沈氏父子带来的医生解剖了，只剩一副残躯。他们就让我把他冷冻起来，说以后或许还有用。"

庄冲低低骂了一声，林婕掏出手枪，直接对着门上的锁，砰砰砰几枪打烂。而老朱已然老泪纵横，面如青铁。

傅琮思第一个走进去时，林婕忽然冷冷道："你最好有个充足的理由，解释你的为虎作伥、忍辱负重！"

她的语气不无讽刺，傅琮思脚步一顿，答道："我有苦衷。"

铁门被推开，迎面只感觉到阵阵寒气扑来，里面一片白色的阴冷。谢槿知想起刚才老朱说过的话。穆岩说，想要陪伴那个女人到老，等结束晶片的事，就对她表白。她忽然感觉到难过。

抬眸，看着身旁应寒时清俊的侧脸。

是因为他，还是……因为那个她，自己才会对他们的悲伤，感同身受？

应寒时察觉到她的目光，侧眸看着她。漆黑的眼睛犹如黑夜中最纯净的颜色。他静默不语，只是握住了她的手，牵着她走了进去。

这个冻库里，没有太多东西。除了旁边的几个柜子，就是房间正中，一个极大的方方正正的冷冻柜，看起来正好躺下一个人。傅琮思凝视着那冷冻柜，嗓音略有些哑："就在那里。"

众人都站在冷冻柜前，老朱的眼泪掉了下来，落在柜面上，轻声道："穆岩啊，可算是找到你了。"他伸手想要推开冷冻柜的滑盖，但大约是冻住了，纹丝不动。庄冲和林婕立刻上前，帮他一起推开。

"吱……吱……"滑盖缓缓被推开，一股股的寒气冒了出来。那个人的轮廓露了出来。

他的身体表面，覆盖着一层白布，所以看不清躯体被损伤的情况。只有头露在外头。那是一张跟分子人一模一样的脸。看起来不过二十五六岁，容貌清秀，眉眼干净。只是被冻住的他，脸色呈现死人的青白色。头发、眉毛、眼睫毛上都沾满了雪雾。

大家都静默着，老朱抬手捂住了自己的脸。

"安息。"谢槿知轻声说。

应寒时的眉宇间，一片寂静的温和之色。

过了一会儿，他开口："傅琮思，尝试过连接他的脑电波吗？"

傅琮思摇了摇头，说道："没有。"忽然露出惊讶神色，"难道你想用电脑，对接他的脑部神经元？"

应寒时徐徐颔首。

时间一分一秒紧张流逝。应寒时和傅琮思坐在桌前，两人不断低头讨论，调试电脑仪器，并通过数个传感器，与穆岩的脑部相连。

曾经在图书馆发生低等智能事件时，应寒时就提过，电脑只要找对频率，就能与人的大脑灰质相连，解读其语言。而且他也成功进入了电脑的虚拟世界，"杀死"了它。所以谢槿知很有把握，只要穆岩的意识没有真正死去，应寒时就一定能与他"对话"。

冻库里灯火通明，庄冲找来了几件大衣给大家披上，气氛陷入紧张的寂静中。谢槿知站在应寒时的身旁，望着他专注的侧脸，只是静静等待着。

终于，他抬起头："捕捉到了。"

大家全围了上来。只见一台电脑屏幕上，监控图上显示微弱的电流起伏，暂时什么也看不出来。而冷柜中的穆岩，依旧纹丝不动，仿如沉眠。

"如何与他对话？"傅琮思问。

应寒时侧眸，看向穆岩："我想，他的意识能听到我们讲话。"

所有人都是一怔，最后，目光都落在老朱身上。

老朱缓缓点了点头，双手扶着冷柜边缘，凝视着他的脸庞，轻声说："穆岩啊，是我，老朱。"

穆岩依然纹丝不动，电脑屏幕上的微弱电流，也没有任何异样起伏。老朱转头看了眼应寒时，应寒时用目光示意他继续。

"沈氏父子，都已落入分子人手中，你的仇已经报了，可以安心了。"他慢慢说道。

几秒钟后，不可思议的事发生了。电脑屏幕上，以很慢很慢的速度，自动跳出了一行字："不要再让沈氏伤害其他人。"

谢槿知等人心中俱是一震，他真的回应了！

老朱又喜又悲，几乎是立刻答道："不会！他们不能再害人了！穆岩，可是现在，局面失控了。分子人情绪非常激动，要向地球人报仇，不死不休。你能不能阻止他们？这样下去……"

这一回，等了很久，电脑屏幕上依然没有回应。

"穆岩？穆岩？"老朱轻声唤道。

终于，屏幕上缓缓跳出了一行字："我本来可以幸福地在地球生活下去。"

老朱的眼泪再度冒了出来，而看到这句话，其他人都变得越发沉默。

谢槿知的眼眶，忽然有些红了。原来幸福，真的是那么艰难的事吗？

突然间，她整个人都怔住了，然后缓缓地、缓缓地回头。

那个女人，来了。

她站在他们身后，吐着寒气的墙壁旁。依旧是一身黑衣，依旧蒙住脸，只露出似曾相识的清亮双眼。

她没有看他们任何人，只看着冷柜里死去的人。她的眼中，全是泪水。

应寒时等人也察觉了，霍然转头，望着她，一时间谁也没说话。

老朱失声道："是……是你？！"他猛地转头看着穆岩，"穆岩，她……来了！"

穆岩没有任何回应。

谢槿知红着眼眶，看着她。

女人抬手捂住了自己的眼睛，却已泪流满面："穆岩，我终于找到你了。"

没有人说话。

屏幕上像是近乎艰难地跳出五个字："清知，对不起。"

那个叫"清知"的女人低下了头。她的嗓音极度哽咽："穆岩，让他们收手吧，不要再攻击人类。不要……让他们也遭遇不幸。"

穆岩沉寂了许久。

屏幕上再度出现一行字："答应我，你会幸福地生活下去。"

清知再度哽咽无声，几乎是颤声答道："好，我答应你，我会非常幸福地生活下去。我会让自己拥有很好很完美的生活。再也不会像从前那样……一切都会变得很好很好，很好的。"

谢槿知侧过头去，不看他们，而是望着冷硬结霜的墙壁。倏地手被握住，应寒时的手与她同样冰冷，每一根都与她交缠着。林婕和庄冲都沉默无声，傅琮思却始终一眨不眨地盯着清知，眼眶也红了。

"他们会停下。"屏幕上终于出现了这样一行字。

但是，没人为这个危机就这样解决，而感到高兴。

"清知，离开吧。"最后一行字。

"好。"清知轻声答道，"再见，穆岩。再见……穆岩……"最后的声音，已经泣不成声。与此同时，她的周身都浮现银色光芒。

应寒时眸色骤然一敛，伸手就朝她肩膀抓起。然而她消失的速度实在太快，顷刻间已消失于空气中。应寒时没有丝毫停留，单手抱起谢槿知，犹如一团凌厉的光电，穿过楼梯，追了出去。

而他们身后，冻库中的电脑屏幕上，所有电流陡然消失，彻底消失，再也没有任何起伏和信号了。然而当应寒时抱着谢槿知冲出地面，两人就同时愣住了。黑压压的人，无数的分子人。从研究楼门口，站满整个庄园，然后延伸到湖边。密密麻麻，足有数千人之多。

一模一样的脸。穆岩的脸。大概所有分子人，都在这一刻赶到了。

就在这时，湖的另一边，银光闪过。那是女人跳跃离开的踪迹。但是有成千上万分子人的阻隔，应寒时却无法再追上去了。

应寒时紧紧抱着谢槿知，一起抬头看着她消失的踪迹。所有分子人，也抬起头，仰望着那如月光般清澈的银光。一道道的银光，越跳越远，最终消失在远方。所有人的眼中，忽然都噙满了泪水。

大地寂静无声，谢槿知靠在应寒时肩头，看着太阳已经从山岭背后升起，淡金色的阳光，是那么温柔而灿烂地照耀在湖面上。

你知不知道？每当我看到拥有时空裂缝的你，孤独地穿梭在时空中，都觉得非常难过。我想跟你过一辈子，再也不让你孤独，不让你恐惧，不让你寂寞。我跨越了多少个光年，才有幸与你相逢。我想跟你在一起。永远永远，也不要分开了。

早上七八点钟，是普通人一天开始的时间。

但对于夏清知来说，这一生，仿佛已经结束。

寂静而布满灰尘的楼道里，银光浮现。她低着头，站在其中，垂在身侧的双手，微微颤抖着。想要推门回家，竟半天也使不出力气。

"吱呀"一声，对面的门打开了，邻居走了出来，是一位四十多岁的妇女，看到夏清知，只是一撇嘴，就骂骂咧咧起来："我说我们小区，都住着些什么人啊？晚上出门，白天回家。一个女孩子不干点正经职业，小区素质真是越来越差了……"

她身后传来丈夫的声音："你就少说两句……"

"你闭嘴！"妇女骂道，看一眼夏清知，又说，"都搁这儿住十几年了，人家爸爸是赌棍，老妈跟人跑了。谁不知道？还整天摆个脸色，给谁看啊？我说就是三代不脱种，早点搬走早点干净！"

夏清知猛地回头，看了他们一眼。

这一眼，冰冷愤恨，只看得妇女一愣，心中竟冒出寒意。

然后，就看到她慢慢地笑了。

"啊！鬼啊！"楼梯间里响起妇女惊恐的叫声，哆哆嗦嗦跌回家里，望着夏清知家空荡荡的屋门，整个人吓得魂飞魄散。因为刚才，她亲眼看到夏清知就这么凭空消失了！

门外，女人的啼哭声和吵闹声不绝于耳。夏清知瘫软无力地靠在沙发里，举目四顾。

家具老旧，墙壁斑驳。但是柜子上却堆满各种东西。

精致的首饰盒，里面堆满钻石项链、翡翠玉镯；造型奇特的灯具、摆件、花瓶；各种雪茄烟的盒子；漂亮的海螺和贝壳；几叠大额钞票……琳琅满目，像是主人特意从各地搜罗的，但又不是很爱惜，所以胡乱扔在那里。

沙发旁的桌子上，还放着个檀木方盒，晶片的光芒透过缝隙，隐隐漏出来。盒子边上，放着件女式白色衬衣，一条浅蓝色的裙子。

夏清知的目光，停在那盒子上。静默良久，她抬头望向桌上的一个相框。那是在某一天的夜里，她偷偷用手机拍下的。穆岩一个人站在湖边，侧脸清秀，神色温和。那时他还不认识她，并未察觉她的跟随。

夏清知看着这照片，无知无觉，泪流满面。

天终于黑了下来。刚刚入夜，街头都是人。

夏清知照旧一身黑衣，只是没有戴面纱，而是戴了顶大帽子，遮住了大半脸颊。

她走在人群中，如同每一个夜归的人。很快，就走到了青年旅馆的楼下。

她抬起头，望着旅馆颜色素净的外墙。二楼的那扇窗开着，树枝在窗口轻轻随风晃动。她站在原地，长久地凝视着，一动不动。

谢槿知睁开眼，首先看到的，是窗外的月亮。银白皎洁，照耀着繁华空旷的城市。

他们回旅馆后，听说分子人的出现，的确引起一些骚乱。但现在都已平息下来，那些分子人，也都回到了山上。没有市民发现，石柱林曾经改变过。

他们，大概会继续守护"清知"吧？

谢槿知出了一会儿神，转头望着沙发上的应寒时。回来后，他就一直待在她的房间里。虽然他并不多言，但谢槿知明白他执意寸步不离。

他还在睡。那么高个人，躺在又窄又短的沙发上，衬衫被压得皱皱巴巴的，一只手枕在脑后，另一只手却没处放，勉强搭在沙发边缘上，修长白皙的手指，几乎都要挨到地面了。

谢槿知轻手轻脚下了床，走到他面前，蹲了下来。她静静地望着他。看着他清雅如画的眉目，挺拔瘦削的肩膀，她有些不受控制地伸出手，沿着他的眉毛、鼻梁、嘴唇，一点点地往下触碰。

他的脸，他的脖子，他的肩膀与肋骨……

何其有幸遇见你，我多希望今后每一天都能这样拥有你。过了一会儿，不经意间抬头，却看到他的脸和耳朵都红了。

谢槿知说："你还要装睡多久？"她小声道，"越来越坏了。"

话音刚落，手指就被他轻轻抓住，他睁开眼，满脸通红，嗓音微哑："你在触碰我，不想让你停止。"

谢槿知的脸也有些烫，抬眸凝视着他。他的肤色净白如玉，身上有清淡好闻的气息，那双眼却如同黑暗苍穹，纯净深邃地望着她。她低下头，在他唇上轻轻一啄，却被他顺势扣在了胸口。

他看着她，一字一字清晰地说："槿知，已经有很多天，你不曾让我……彻底亲近。"谢槿知胸口的一颗心也滚烫滚烫的，她想起两人疏离那几天，他压抑又强势地对她的那个亲吻；也想起在沈家凉亭里，她坐在他的腿上，两人只是依偎着厮磨亲昵。

"来……"她轻声召唤。

他抱着她站起来，走到床边，将她放倒。谢槿知整张脸也红着，看着他低下头，整个人也覆上来。身后的尾巴像是不受控制地挣脱出来，摇了几下，就忽然垂下，将她的一只手腕缠住，按在了床上。

室内的每一缕空气，仿佛都沾染着暧昧燥热的味道。

他低低在她耳边唤着："小知……"

谢槿知的身体和心都彻底软掉了，伸手勾住他的脖子，说："应寒时，我真想永远跟你在一起。"

"我们会永远在一起。"他说。

谢槿知看着他的眼睛，不说话。

他明白的，明白她在担心什么。未来悬而未决，那一幕终将到来。

应寒时也凝望着身体下方的她。她依旧如同初遇时那般纤细柔弱，小脸却微微抬起，像是渴望得到他的呵护，却又透着固执的倔强。看得他胸中的情绪阵阵起伏着。

曾经，他从未品尝过爱情。

如今才明了，当男人心中有了女人，她的安静恬美，固然让人心动。

她的哀愁迷茫，却同样令人心甘情愿地为她所困。

他看着她，缓缓说道："槿知，穆岩的话，让我明白了一件事。"

谢槿知微怔。

"我……也可以像他一样，永远保护陪伴心上的人。"他的嗓音温软无比，"曜日人的平均寿命，是 150 到 180 年。我的寿命，或许比 180 年更长一些。你活着的时候，我每天陪伴你。你死之后，我就每天守在你的坟前，注视着你。"

他露出一点清风明月般的笑意："这样，就是你要的……永远在一起。"

谢槿知伸手就抱住了他，轻声说："笨啊你，不许这样，绝对不许这样。"

他却不说话了。

谢槿知的眼眶红了，两人就这么静静地抱着。过了一会儿，她闭上眼，小声说："应寒时，我想把什么都给你。"她说得很轻也很快，同时就感觉到他的肩膀明显一僵。谢槿知心跳得极快，抬起头，看向了他。

却是一愣。他低着头，没有看她，整张脸和耳朵却已通红无比，红得就要滴下血来。连衬衫领口里的脖子根都红了。原本扣在她身体两侧的双手，似乎都有些发红。还有他的眼睛，尽管没有直视她，眼眶却都似乎因她这句话，被逼得有些红了。甚至连身后的尾巴，都不再肆意地舒展，而是勾住了一侧床沿，紧紧地勾住，像是也紧绷着。

谢槿知说这句话也是一时冲动，看他反应这么大，立刻后悔了，退缩了。

她马上改口："别紧张，我开玩笑的。"推开他想要起身。

推不动……

他对她向来柔和，此刻双臂却变得如铁钳般牢固。

他抬起了脸，潮红无比的脸，眼眸却异常清亮漆黑，直视着她。

"槿知……对星流说过的话，不可以反悔。"

谢槿知忽然感到羞窘，避开他的目光："你这是要无赖。"

"明明是你。"

谢槿知不出声。哪知过了一会儿，她忽然感觉到什么毛茸茸的东西，沿着自己的腰，正在往上爬。她低下头，看见了他的尾巴。而他只是看着她。

他缠过她许多次，却从未像今天这样。

她抬眸望着他，而他的脸依旧绯红，尾巴却坚定无比。

屋内这么静，空气却好像下一秒就会被点爆。他缓缓俯身，抱住了她，再没有进一步的举动。两人的呼吸，都略微急促。

"我不会在这里对你……"

"嗯……"

过了一会儿，响起"笃、笃、笃"的敲门声。两人立刻松开，从床上坐起来。谢槿知抬头看到镜中的自己，简直媚眼如丝，衣衫凌乱，衣服上甚至还掉了几根他的绒毛。

"你去开门。"她说。

应寒时坐得笔直，闻言不仅不起身，反而侧过脸去，只留竖立通红的兽耳给她。

"去啊。"她催促。

他的双手轻扣在膝盖上："我……不太方便。"

谢槿知一怔，忽然明白过来。脸也热了起来，"哦"了一声，走向门口。

她的眼角余光，只瞥见应寒时如同雕塑般，静坐在原地不动。她忍不住笑了，心情却柔软得像一根根青草。

他真是……

这样的好。无法言说的好。

她定了定神，打开门，庄冲神色沉肃地站在门外："傅琮思说他准备好了，可以向我们做出解释。"

第十六章

诺亚方舟

夜色清凉，城市寂静。

谢槿知跟着庄冲和应寒时，走进另一个房间。

从庄园离开时，傅琮思也被带了回来。门打开，就见他双手插裤兜站在窗前，背影清瘦。

他回头望着他们，露出微笑。而他的身后，墙上粘贴着许多报纸、影印件和照片，几台电脑也同时开着。大概这就是他需要的"准备"。

应寒时的目光掠过那些图片资料，开口道："请说吧，你的苦衷。"

傅琮思的神色变得凝重："你们的天空，没有这样的裂纹，对不对？"

大家都是一怔，抬眸望着窗外的天。从跳跃到这个空间的第一天，他们就知道这个空间不太稳定，所以天空始终会有暗红色的隐约纹路。此时，天色尽黑，那些红纹就像遥远的火光，晕染其中。

"寒时，槿知，我对你们提过。六百年前、三百年前，江城分别发生过两次毁灭性的大洪水。我很羡慕你们的空间，那么稳定那么好。"傅琮思徐徐说道，"所有人都以为，这两次大洪水不过是普通自然灾害。可是一次偶然的机会，我读到一些史料，再结合我的检测结果，发觉事实可能并没有那么简单。"

他抬眸看着他们："而你们的出现，更加让我证实心中猜测。"

谢槿知三人都听得非常专注。

有些模糊的感觉从谢槿知心中一闪而过，却又不甚分明，只能等傅琮思更详细的解释。而应寒时坐在她身旁，安静如松，眉目清平，却不知他又想到了多少。

傅琮思那镜片后的眼睛，变得锐利。神色也透出几分清傲笃定。

"史料记载，三百年前，中国历史上最后一个封建王朝，江城时称'江州'，七月间，突发洪水。'洪荒之水天上来，其色若碧，其味如盐。''淹没江州十三郡，人畜尽亡，尸横遍野。'"

谢槿知和应寒时都听得一怔，庄冲也愣愣的。

"六百年前，我国最鼎盛的封建王朝。那时江州为九省通衢，富饶安宁，居民夜不闭户。可是史书同样记载：'七月流火，天裂地动。靛青之水，苦咸不得饮，如海波涛。江州尽毁，三十年不得复苏……'"

他的神色已变得沉毅无比："这两点，是被记录在正史里的。但因为得不到合理解释，所以现在的科学家，更多推断史料不准，或者是古人夸张的形容，抑或是自然光折射造成的现象……可是，我又读了当时的许多野史、文人随笔、县志等，发觉那两次大洪水发生时，各种自然迹象，都与现在的江城十分类似。譬如天空红纹的色泽深度、密度，星空分布，大气浓度等，都几乎是一样的。"

他一口气说了这么多，然后望着他们，暂时沉默下来。庄冲整个人仿佛都僵住了，定定地望着他，最先给出回应："……一句都没听懂。"

谢槿知和应寒时却都没说话，显得若有所思。

傅琮思深吸口气，说："我要说的是，江城地处内陆，即使长江发洪水，又怎么可能淹没整个城市，达到毁灭的程度，三十年无法恢复？为什么所有记载洪水都是从天上来的？而且还是蓝色、咸味的？"

庄冲怔怔地说道："蓝色？咸味？那不是海水吗？"

"是啊。内陆的天空，为什么会突然出现大量海水？"傅琮思几乎是字字千钧地说道，"因为我们身处边界不稳定的空间，因为你们的出现证明了平行空间的确存在。所以我现在可以断定：海水，是从另一个空间过来的。他们的发展，不一定与我们高度平行。并且那里的这个地点，正好是海洋。所以，当空间边界周期性不稳定时，就会产生裂缝，海水大量涌了过来，铺天盖地，造成毁灭性的灾难！"

屋内彻底沉寂下来。庄冲嘴唇微动，却没有发出声音。因为连他都觉得，傅琮思这个推断尽管匪夷所思，却又十分合理。谢槿知望着傅琮思清俊坦然的容颜，复又转头，望向窗外的天空，一时震撼无声。应寒时的神色却沉静无比，抬眸看着傅琮思："你是否有更详尽的证据，证明你的结论？"

傅琮思点了点头，打开电脑，调出许多数据，展示给应寒时看。宇宙背景辐射值、物质密度、普朗克常量变化周期……谢槿知和庄冲并不懂这些，但他俩却交谈得十分专注。

过了一会儿，傅琮思抬起头，说道："我接近沈家，是为了得到他们的资金支持，继续研究这件事，并且试图阻止灾难发生。穆岩和晶片的出现，让我看到了一丝曙光。但我原本打算晶片的研究进展到一定程度，再对穆岩和盘托出，却没想到……杀他的事沈氏父子并未提前对我说，我来不及救他……

"从那之后，我就下定决心，一方面利用沈家的资金，继续研究；另一方面，想办法获得晶片，也许那会是阻止洪水的契机。我想穆岩在天有灵，看到晶片这样使用，也一定会欣慰。"

庄冲问道："你为什么不对外公布，寻求国家支持？何必与沈家为伍？"

傅琮思却苦笑摇头道："我想要公布，但是根本没有科学杂志愿意刊登。科学研究院也禁止我继续研究，认为危言耸听，会造成社会动荡。毕竟平行空间这种事，本身就是存在争议的。曾经的洪水不是洪水，而是另一个空间的海水？这个推断更加没人相信。他们更希望我去从事那些'重点科研项目'，更容易获奖，获得社会关注。"

大家都没说话，傅琮思顿了顿，抬头望着窗外的天空。

"我是个科研工作者。毕生追求的，应当是真理，而不是名利和可笑的职称。也许追求真理的人，总是不会被他的时代所接受。但是我一心一意，只想造出能够挽救江城的诺亚方舟。"

谢槿知看向傅琮思的目光，已经发生变化，变得钦佩，感动。庄冲更是肃然起敬。这时却听到应寒时开口："傅先生，我敬佩你的坚持，并且愿意不遗余力地帮助你阻止这次灾难。"

傅琮思目光动容，点了点头，道："多谢。"

谢槿知望着应寒时清俊如玉的侧脸，心头柔软宁静。

"不过，你的推测应当准确，但是用错了方式。"应寒时缓缓说。

傅琮思微怔，谢槿知和庄冲也感到不解。

应寒时坐得笔直，双手放在膝盖上，不疾不缓地说："晶片，虽然拥有巨大能量，但并非万能。它更多被用来战斗，或者作为能源开发。海洋之水天上来，铺天盖地，你即使拥有巨大能量，又要如何抗衡？即使是我的光刃，可以击落战舰，却无法劈开海水，阻止它们淹没这个城市。"

傅琮思静默不语。他对来自外星的晶片，了解毕竟不多。之前只期冀着如何将晶片的能量引导出来，抵抗洪水。现在听应寒时所说，却真是找错了方向。

"那……应该如何应对？"他问道，"海水如果真的到来，量会非常大，并且非常突然。江城面积如此之广人口太多，又无法说服政府疏散，可以想的其他办法我都想了，根本没有办法抗衡……"

他脸色灰冷，陷入沉思，谢槿知和庄冲也不约而同地望向应寒时。应寒时站了起来，双手负到身后，走到窗口，抬头仰望天空。他的神色沉静无比，眼眸湛黑。谢槿知看到他的手指，在身后轻轻地一下下敲着，知道他在想办法。于是只是安静地望着他。过了一会儿，他脸上浮现清淡的微笑，转身望着他们："并非完全没有办法。我想治水，如同用兵。既然无法正面抗衡，那就避其锋芒，将它们先引导到无害的地方，再杀之。"

他们三人都是一愣，傅琮思眼睛一亮，激动道："你的意思难道是……"谢槿知也大约猜到他想的办法，心怦怦地跳着。

应寒时目光清亮，徐徐点头道："我们的战机上都装配有超光速引擎，可以进行平行空间跳跃。它们既然从空间裂缝中来，我们就想办法再打开一条裂缝，把它们引到别的地方去，绕开江城。"

大家心头都太过震撼，说不出话来。傅琮思的嘴唇动了又动，难掩狂喜之色，最后连声问道："那我们要怎么做？应该怎么做？"

应寒时沉吟片刻道："我说的方法，从理论上一定是可行的。具体怎么做，还需要做更详细的数据测算和模拟。"

傅琮思点了点头，但这个突破已经让他喜不自胜，在桌前坐了下来，叹息了一声，又笑了。

谢槿知和庄冲也笑了。

庄冲心头热血沸腾，走过去，颇为好奇地翻看傅琮思收集的那些资料。

应寒时重新在谢槿知身旁坐下。谢槿知望着他依旧云淡风轻的样子，笑了。

早知道他心思沉敛，却原来可以这样运筹帷幄、足智多谋。他说治水如同用兵，那么曾经他带领舰队征战时，是否也是这样温润睿智的模样？

正想着，却见他缓缓转头，望着她，面颊微微发红。

"槿知，你一直盯着我做什么？"

到底刚刚经历了床上的事，两人心中都有些不太平静。谢槿知转头看向一侧："没什么，随便看看。"

这时，响起了笃笃的敲门声。庄冲走过去开门，林婕走了进来，脸上有微笑。

从刚才就没看到她，现在见她回来，大家并不意外。不料她走进来后，身后又蹿出一个人。那人站在门口，高大无比，全身裹紧黑色风衣，连一根手指都没露出来，简直就要跟身后的夜色融为一体。

庄冲眸色一怔，露出惊喜的笑。谢槿知也睁大眼睛，应寒时则露出微笑。果然就见那人反手"嘭"的一声关上门，然后一把掀开风衣帽子，露出凌厉的金属面孔，望着他们，却把嘴咧得大大地笑了："亲爱的！小John来给你们助阵了哦！想死我了，么么哒！"

"扑通"一声，一脸震惊的傅琮思从椅子上掉了下来。

萧穹衍非常傲娇地看了一眼这个受惊过度的地球人，然后一转头，先跟庄冲大大拥抱了一下："小冲冲！"

庄冲张开双臂，任由他的金属脑袋在自己怀里蹭了蹭。然后他扭头走向应寒时，当然是不敢蹭的，右手按住胸口，深深一鞠躬："指挥官，我来支援了。"

应寒时温和一笑："嗯。"萧穹衍又咧开嘴，看向他身边的谢槿知，张开双臂："小知知！"

谢槿知的笑容格外温柔，也朝他伸出双手，想要抱个满怀……

旁边适时地伸过来一只修长的手，将她往身后轻轻一挡。谢槿知抬眸看着应寒时。他静坐不动，侧脸平和。手臂却不容置疑地将她的两只手都拦了下来，然后握在掌心，眸色沉静地看着萧穹衍，没说话。萧穹衍好像这才突然反应过来，"啊"了一声，讪讪地放下手。然后又偷偷抬头看了眼应寒时，低声飞快地说道："我忘了，指挥官下过命令的，只有他一个人可以抱小知。我忘了我忘了对不起。"

谢槿知："……"

庄冲露出微笑，林婕静默不语，似是漠不关心。傅琮思颇有兴味地看着他们。

应寒时的脸颊浮现浅淡红晕，嗓音却沉稳笃定："傅先生，请把情况对萧穹衍再解释一遍吧。"

"好的。"

屋内响起两人交谈的声音，庄冲和林婕也转头过去听。

谢槿知这才感觉应寒时缓缓将她的手松开，约莫没想到会在众人面前被萧穹衍道破，那白皙的脸还红着。

谢槿知小声说："你居然还对他下过这样的命令。"

他的睫毛微微垂下："嗯。"

居然答得这么坦然，谢槿知慢慢说："就这么有占有欲啊。"

她的声音很小，就跟羽毛轻轻撩拨着他的耳朵似的。应寒时的耳朵立刻也红了，侧眸看着她，静默片刻，缓缓答道："你明白就好。"

谢槿知万没料到会被他反将一军，在他清亮的目光注视下，心中仿佛有阵阵甜意慢慢发酵。她低下头，脸也有些发烫。

很快，傅琮思就把情况跟萧穹衍讲述清楚了。萧穹衍双手叉腰站在屋子当中，想了一会儿，一拍脑袋说："没问题啊！指挥官想的办法简直不能更棒，放心，有指挥官和小 John 联手天下无敌，一定能把裂缝造出来！"

后半夜，谢槿知坐在旅馆二楼的露台上，喝着热咖啡，有些出神。

因为根据傅琮思的话，洪水随时都可能发生。所以应寒时已带着他和萧穹衍，开始了模拟测算工作。

寻找清知的事，也没有放松。根据谢槿知记忆中看到的，她提供了清知跳跃离开的几个地点特征，庄冲和林婕外出搜寻了，希望尽快会有线索。

谢槿知默坐了一会儿，听到身后响起脚步声，夹杂着"吱呀，吱呀"的金属声。

等人走近，谢槿知抬头望着他："你怎么出来了？"

萧穹衍在她身旁坐下，答得理所当然："劳逸结合啊，我出来透透气。等明天天亮了，我可就要一直憋在房间里，不见天日了呢。"

谢槿知笑笑，抬手摸了摸他的头。萧穹衍很享受地在她手心蹭了蹭，然后抬头看着她："小知，我发现你瘦了呢。还有指挥官也清减了呢。是这段日子，发生了什么不开心的事吗？可以不可以对萧穹衍讲？"

谢槿知安静地看着他。

她所预知的未来，目前还不想对小 John 提起。不想让他也担心、伤心。

静默良久，她开口："小 John，我想拜托你一件事。"

"好啊好啊。"

她的语气温和无比："将来如果某一天，我死去了。人都是会有那一天的。你答应我，好好照顾应寒时，不要让他一个人生活下去，要让他开始新的生活。"

萧穹衍缓缓睁大了红眼睛。

明明小知说的是最正常不过的事，明明她的语气温柔平淡无比，为什么他的心中，会忽然感觉到难过呢？

他怔怔地望着她，却见她抬起头，仰望星空，唇畔挂着恬静的笑，像是在对他倾诉，却又像是自言自语。

"我曾经以为，两个人只有白头到老，只有相伴一生，才是圆满的爱情。我也以为，只有走过经年累月，水到渠成，才谈得上刻骨铭心的爱。可是现在遇到他，那么好的他，我才明白，真正的爱情，哪怕只有一年一月、一分一秒，这辈子，都忘不了了。"

与此同时，相隔数米的另一个房间里。

傅琮思将几台电脑的数据线连接好，一抬头，却见应寒时坐在电脑前，双手停在键盘上方，迟迟没有落下。他的眼眸如深潭凝滞，许久纹丝不动。

"应寒时，应寒时？"傅琮思轻声唤他，"怎么了？"

他仿佛这才惊觉，双手放了下来，眼眸微垂，静默不语。

应寒时再次回到谢槿知的房间，夜色已经很深很深了。

天还是黑的，月亮挂在树梢之上，房间里寂静无声。她躺在床上，呼吸轻匀，手放在被子外面，一动不动。

应寒时负手走过去，在床边凝视她片刻，然后在旁边的椅子里坐了下来。月光清淡得如同一层薄纱，落在地面上，也落在她的脸上。白皙而宁静的脸庞，像是最柔软的美玉，寸寸清透。

应寒时的一只手放在膝盖上，另一只手抬起，想要触碰她的脸，却又怕惊扰了她，缓缓又放了下来。夜色静深，他坐在她的床畔，却像是坐在同样寂静的机舱里。脑海中，瞬间想起许多事。想起十五六岁的年纪，他离家从军。那时便住在拥挤的飞行员机舱里，热闹、忙碌、勤勉、艰苦。但却有最赤诚良善的同伴，虽然后来，他们有的战死，有的退役，有的跟他一样，长留军中，辗转征战。

也想起后来种种，每一次战役，每一次受到嘉奖。坚硬如铁的太空堡垒，银河系边缘无声升起的炮火。他身边的人来了又去，职位越升越高，及至担任凤凰舰队最高指挥官，万千荣誉集于一身，人人说他是帝国当之无愧的少年英雄。

然后，便是他被剥夺军权，被囚禁。如果不是突然爆发的毁灭性灾害，如果不是曜日坠落，他大概会永生被囚禁于地下，再也见不到日月星辰，也不会遇见她，就这样结束一生。

他又抬眸，望向她。脑海中亦想起与她相识以来，那一幕一幕——她站在宝安寺里，很冷淡地瞧着他，斥责他是骗子；在大雨的高架桥下，他想要走，她却死死抱住他，几乎挂在他身上，要看清他的面目；依岚山的山洞里、小溪中、麦田里，他牵着她的手，一步步走过；在这个空间的宝安寺外，他抱着她坐在那里，她明明醒了，却不肯睁眼，安静地靠在他怀里；还有刚刚，她对萧穹衍说，曾经我以为，经年累月水到渠成，才谈得上刻骨铭心。现在我知道了，只要与他相爱过一分一秒，这辈子都不会忘记。

应寒时将头缓缓靠在椅子上，闭上了眼睛。他来自一个已经毁灭的文明，便如同时空中遗漏的细沙，曾经再多荣誉辉煌，终将在这个浩瀚的宇宙里，了无痕迹。如同从未存在过。然而遇见了她才知道，半生戎马，铁血冤屈，人的渺小生命中再浓厚沉重的颜色，原来都比不过，她的床前，这一地温柔的月光。

次日傍晚，众人齐聚。谢槿知并不知道应寒时曾经回过房间，望着他那淡淡的黑眼圈，暗暗有些心疼。而他察觉她的注视，目光清澈，若有所思。

"槿知。"他轻声唤道，"我们或许需要你的帮助。"

谢槿知微怔，就听萧穹衍朗声说道："小知知，是这样的。经过测算，我们已经建立了打开时空裂缝的模型。但是呢，我们原先是打算只用战机上的超光速引擎制造裂缝。可是你知道的，战机能制造出的裂缝，是用于跳跃的，只是一瞬间。然而洪水滔滔不绝，可能会持续一段时间。所以，我们需要一条持久存在的时空裂缝。"

谢槿知望着他们，神色沉凝。

持久存在的……时空裂缝？

"小知，你能看到未来，很简单，说明你的身边存在时空裂缝啊。"这是萧穹衍曾经说过的话。

谢槿知沉思片刻，点头道："需要我怎么做？"

傅琮思答道："我对前两次洪水的资料，做过推测估计，理论上来说，只要这一次洪水的量，跟上一次相当，就不会有危险。我们会建立一个模型，捕捉你身边的时空裂缝，然后利用数台战机的超光速引擎，一起工作，就能打开足够大的、持续的空间裂缝，将洪水引走。"

"好。"谢槿知十分干脆地答道，"我会尽我所能。"

傅琮思说理论上来说，不会有危险。但即使有一定危险，她也肯定会去做。想到这里，她侧头看着应寒时。他也望着她，然后握住了她的手。

两个人之间，已什么都不必多说。

两天后。

天空飘着小雨，如同丝丝点点的细绒。树叶被洗得翠绿，空气湿润清新。

几顶帐篷，坐落在雨中。谢槿知站在一顶帐篷里，透过布格小窗，望着外面的雨。

庄冲站在她身后。

"他们就快准备好了。"他说。

"哦。"

他停顿了一会儿："会有危险。"

"我知道。"她转头望着这位最亲密的伙伴，脸上有清淡的笑，

"不到最后一步，谁也不知道结局是什么。其实何止是我，每个人的命运，不都是注定的？难道就因为我能预见未来，就放弃走好每一步？庄冲，我要控制自己的人生。"

庄冲沉默良久，只吐出一个字："酷。"

谢槿知微微一笑。

"你出去吧，我换个衣服就去见应寒时。我跟他约好了，去溪边走走。"

"好。"庄冲转身挑开帐篷帘子，走了出去。

谢槿知走到水盆前，洗了把脸，闭上了眼睛。

雨声淅沥，打湿了应寒时头顶的树叶，也淋湿了他的衬衣。但他并不在意，负手站在流淌的溪水旁。脚边是柔软的青草，看落叶随流水而去。

雨声模糊了他的耳朵，但是并不妨碍他听到轻盈的脚步声，渐渐靠近。

他转过头，看到谢槿知微微低着头，长发垂在肩头，双手提着裙摆，走向了他。

他的目光变得柔和："好几天没有看到你穿这条裙子了。"

她轻轻"嗯"了一声，走到他身旁。

小雨在她的白衬衣上，留下点点斑迹，很快浸透进去。应寒时手边还搭了件薄外套，专门就是为她备着的，展开搭在她的肩头。

"谢谢。"她抬眸看他一眼，白皙纤细的手指，扣在外套上。

应寒时眉目清俊地笑了，负手走在她的前面。

"你说想到溪边走走，踩踩水。但是不许踩太久，会凉。"

"好。"

她弯腰脱下鞋袜，提在手里，跟在他身后。应寒时听着身后窸窣的踩水声，眉目清和、步履徐徐地陪伴着。

"今天的事，纵然有危险……"他抬头望着远方，"我不会让你受到半点伤害。"

身后的她，似乎沉默了好一会儿，才答道："好，我信你。我一直是信你的。"

不知不觉，两人已走出离营地一段距离了。远处的那几顶帐篷，也被树林挡住看不见了。

她忽然开口："寒时，来树林里准备几天了，我也好几天没洗澡了。这里水很好，我想稍微洗洗，你去外面帮我守着，好不好？"

应寒时微怔，转头看着她。

她提着裙子站在溪水中，目光清亮坦然，似乎还有些许调皮撒娇的笑意。

"不许偷看。"她低声说。

两人对视片刻，应寒时转过脸去："好。"他迈步走上山坡。

留在原地的她，看着他的身影消失在树丛背后，确定看不见了，才缓缓低下头，同时放下了手里的裙子，任由溪水肆意冲湿了它。

谢槿知闭着眼睛站了一会儿，睁开眼，低头看了看手表，跟应寒时约定的时间就要到了。

转身刚想换下睡觉时穿的衣物，就听到帐篷外响起萧穹衍的声音："小知，我可以进来吗？"

"进来。"

他挑开帘子，探了个脑袋进来，笑容可掬道："没什么，就是来给你说一声，半个小时后，我们就行动。"

"这么快？"

"嗯。"他用力点头，"因为这个空间的边界已经不太稳定了啊。我们刚刚测定过，半小时后是最合适的时间。仪器已经调整好了，这个时间一定不能错过。"

"好。"

他又探头四处看了看："指挥官呢，没跟你在一起？"

谢槿知答道："我和他约好去溪边走走，他应该在那里。"

萧穹衍咧嘴一笑："好的，那我就不打扰了。祝你们度过一段愉快的时光。走走也好，可以排解压力呢。一切一定都会顺利的。"

谢槿知也微笑点头。

他转头刚要离开，忽然又像是想起什么，回头看着她："对了，小知，你猜我们的裂缝，最终会把洪水引到哪里？"

"哪里？"

"当当当！因为数据一直在波动，所以刚刚我们才测定确认了位置，是几光年以外的太空啦！这是个非常完美的地点。如果引入大海里，可能会造成水平面上涨，甚至引发海啸；如果引入大气层，显然也是不行的。太空中就不同了，这些洪水顶多会变成一团星云状的水雾，永远浮动在那里啦。"

他讲完这番话，就兴冲冲地走了，并没有注意到身后的谢槿知脸色一变，然后慢慢地坐了下来。

太空。

萧穹衍说，洪水将被引向太空。

她没去过太空，但是可以想象出那里的环境。辽阔、阴暗、寂静。并且是完全没有一点声音。

她有些恍惚地想，必须马上告诉应寒时。结果是刚刚测定的，他应该还不知道。她的心突突地跳着，飞快地脱下身上的 T 恤和睡裤，拿起放在单人床畔的衣服换上。换完后，她心神不宁地站起来，刚要走向帐篷口，突然一怔。她的眼前，闪过了一个新的画面。

一个从未见过的画面。那是一扇紧闭的窗户。黑色的窗帘半掩着，她正从里头向外望。外面，有一只鸟无声飞过。然后，是一座陌生的高楼。高楼上有面钟，时针指向 9 点 32 分。她闭上眼静默片刻，却看不到更多。于是她走到床畔，拿起背包，翻出一支笔，却没有找到纸，只翻出曾经想要交给应寒时的那张卡片。卡片的边缘已经有些磨损，字迹却依旧清晰深刻：槿知愿与寒时白头偕老。

她心头一暖，将纸片翻过来，在背面写下"9:32"这个时间。

她将纸片和笔暂时放在床头，起身刚打算离开，不经意间瞥见床头矮凳上，放着的那面小镜子。她的身体陡然顿住，后背蹿起一阵强烈的寒意。

她的衣服……她正穿着的这套衣服……

她缓慢地低下头，看着身上的白色衬衣以及下身的浅蓝色长裙。整个世界仿佛都寂静下来，耳边只有帐篷外稀疏的水声，像是隔了一个世纪那么远。她的双手都浸出了冷汗，尽量让自己冷静下来，回忆着。

刚才得知裂缝会通往太空，她有些心神恍惚，拿起床边的衣服，看都没看，下意识就换上了。

但她清楚记得，放在床边的明明是件长袖 T 恤和深灰色长裙。

谁把它们换走了？

而且……这身象征不幸的裙子，不是早在青年旅馆时就被她扔掉了吗？她全身彻骨发寒，抬手刚要脱掉，却已来不及了。

狭窄的帐篷里，她清晰地感觉到另一个人的气息，另一个人的存在。她抬起头，看着站在自己面前的女人——同样的长发，同样的长裙。而她的那张脸，谢槿知这一生已看了无数次，熟悉得不能再熟悉。那是跟谢槿知一模一样的脸，只是眼神冷寂无比。唯一的区别，大概是她没有穿鞋，赤足站在那里。裙子下摆，已经湿了一大片。

两人沉默凝视了一瞬间。

"来……"谢槿知几乎是立刻做出反应，但是呼救声依旧没来得及发出。

她嗓子里刚冒出这一个字，刹那间银光已至她的面前。夏清知冷着脸，握住她的胳膊，银光如同盛开的繁花在两人身边绽开。

谢槿知的眼前，已是物转人移。

帐篷、森林、天空、城市……如同流泻的光影，从她们身边掠过。

仿佛任何东西，都再也停不住。

在夏清知的时空裂缝中，谢槿知只晕眩了很短的时间。当她再次睁开眼，发现自己已经到了一个陌生的房间里。她被绳索牢牢绑在了椅子上。而夏清知坐在离她一米外的床上，双手按着床沿，目光清冷。

这里大概是夏清知的卧室，布置得很简陋的房间，桌上柜上却堆满了各种东西：珠宝首饰、漂亮的衣物、装饰品……

谢槿知的双手暗暗挣了挣，发现挣不脱。

她抬眸看着夏清知：“你想做什么？”

尽管之前，她对夏清知和穆岩的爱情是同情的，甚至会感同身受。她也大致猜到，同样拥有时空裂缝的夏清知，会不会就是这个时空中的自己？但是她万万没料到，夏清知会突然出现将她掳走，并且还换上了跟她一样的衣服。

谢槿知心中，浮现出某个可怕的猜测。

难道她是想……

“知道吗？”夏清知也抬头看着她，两人甚至连神态语气都是十分相似的，温婉中带着疏离，“我第一次看到你，你穿的就是这身衣服，站在那个外星人的身边。当时我想，这条裙子，你穿着真漂亮。”

“你想做什么？”谢槿知冷声说。

夏清知低下头，赤着白皙纤细的双足，一下下踢着床边垂落的被子。

“谢槿知，夏清知。我曾经听穆岩讲过平行空间的存在，据说我们俩这样的存在，是千万分之一。”她的双手轻轻攥住床单，“可是我们两个这样相似，为什么命运差这么多呢？”

谢槿知静默片刻，答道：“每个人都有自己的命运。即使我们相似，也是不同的人，没必要相比。”

“是吗？”夏清知笑了笑，说，“我从小……那时候不太能控制裂缝，所以经常走着走着就走丢了，到了我自己都不认识的地方，吓得大哭。我的爸爸妈妈，因此搬了很多次家，可我还是被人视为异类、怪物，连我爸妈看我的目光，都很古怪。"

"当然了。"她淡淡地道，"他们的婚姻，所谓的家，也没有维持多长时间。我就一个人生活了。

"我很少出门，我也没有兴趣交朋友。可是看得出来，你生活得很好，你的身边，都是为你好的朋友。

"我们拥有同样的裂缝，你活在阳光下，我却生活在黑暗中。

"直至遇见了穆岩，我以为这一次，上天终于厚爱，我终于会拥有幸福。可是连他，也死在黑暗中了。"

她讲这些话时，语气是非常平静的，目光也显得清亮安静。

"我答应过穆岩的，要开始新的生活。完美的、幸福的生活。"她看着谢槿知，"你既然能洞见未来，那你是否看到，我打算对你做什么？"

谢槿知的心头，有阵阵冷意淌过。她不相信眼前清秀冷静的女子，会做出这样的事。但是她的目的，已经十分明显。

"你想……成为我？"

"嗯。"她轻声答道，然后抬手捂住了自己的脸，"对不起，谢槿知。对不起，我想过自杀，但是我承诺过穆岩的，怎么办呢？我爱他已经爱到骨子里了，我不能死。我要开始新生活。我再也不想，不想在这个黑暗的空间里，多待一秒钟。我想成为你，我好想成为你。身边有朋友，也许还会有亲人，对不对？你的外星爱人，不曾死去。他会永远陪伴你，他也会永远陪伴我。刚才我代替你，去溪边见过他了，他并没有认出我和你的差别。他现在还听我的话，在那里等着，我会马上去到他身边。只要你留在这里，只要我跟着他去了那个空间，清知就会成为槿知。"

谢槿知只感觉到全身的血脉，仿佛都在慢慢凝结。她缓缓地、一字字地说道："你冷静下来，应寒时不是穆岩，你爱的不是他。"

夏清知抬起头，平静地注视着谢槿知："我知道，我永远也不会爱上他。我很冷静，我要的只是那份命运。我要这辈子，还可以推倒重来，跟他白头到老。"

"他会认出来的。"谢槿知打断了她，"应寒时会认出来的。你不要做傻事。"

夏清知却只是摇了摇头，不再多说，起身，走到了旁边的厨房。谢槿知看到她拧开了燃气阀门，然后拔掉了管子。空气里瞬间弥漫着刺鼻的煤气味。谢槿知这才注意到，每一扇窗户都是紧闭着的。

她心头一震，夏清知竟然……

"对不起。"夏清知低声说，"我要做唯一的槿知。"

银光乍现，她的裙摆消失于空气中。屋内变得空荡荡的，只余谢槿知一人动弹不得，她闻着煤气味道越来越浓，而当她抬起头，看到黑色窗帘外，飞鸟无声掠过，高楼上的时钟，刚好指向 9 点 32 分。

夏清知瞬移到了溪水旁。

周围依旧是安静的，她离开不过几分钟时间。

她弯腰，用水打湿了脸庞和头发，然后提起鞋袜，走上了山坡。

远远的，就看到一个男人背对着她站在树下，似乎依旧等待着。

"我们走吧，寒时。"她说。

空气的味道很刺鼻，让人感到窒息。谢槿知想要移动，却发觉连椅子也被牢牢绑在床脚上，她动不了。

意识渐渐有些恍惚，心跳也急促得厉害。今天引导洪水之后，他们就打算回原来的空间。应寒时难道会带那个女人回去？

还有煤气。如果在封闭的空间里煤气中毒，或者煤气爆炸，人的耳朵里，也是听不到声音的吧？

她看到的那一幕，到底是谁抱着谁？

会是应寒时抱着因煤气死亡的她，还是被洪水冲到太空中的夏清知？

正迷迷糊糊地想着，抬眸又看到了窗外的钟。

9:32。是她预见的那个时间。

写着这个时间的纸片被她留在帐篷里了，会被人看到吗？抑或看到也联想不到她即将会被替代。

夏清知，夏清知。她怎么可能对自己做了这样的事？

又用力挣扎一遍，还是徒劳。谢槿知强迫自己冷静下来，闭上眼，想要看到更多未来，想要看到逃生的办法。

周围变得很静很静，只有厨房里，煤气滋滋轻响着，还有从今晨起就连绵不断的小雨打在玻璃上的声音。

哗啦——崩裂的巨响传来，像是玻璃大面积被撞碎的声音。

谢槿知倏地睁开眼睛。

通往阳台的玻璃门已全被撞碎，一个人影站在那里。满地都是破碎的玻璃和门框，他全身都被雨淋得湿透了，正抬起头看着她。兽耳尖尖立起，尾巴在身后扬起。湿漉漉的短发，紧贴额头，眉眼轮廓更加生动分明。他用那寂静得仿佛深渊般的双眼望着她。

谢槿知的眼眶一下子湿了，紧咬下唇，不知该哭还是该笑。他只在窗口停顿了一刹那，立刻就如同一阵风一般，掠到她面前，抬手扯断她身上的绳索。谢槿知立刻跳起来，他一把就将她扣进怀里。

郊外，丛林中。

夏清知走向那个背对她站立的男人："寒时，我们走吧。"

男人转过头来，夏清知一愣。

庄冲奇怪地看着她："连我和应寒时的背影都认不出来了？"他顿了顿，微微一笑，"还是说我的背影跟他一样帅？"

夏清知静默不语。

庄冲迈步走在前面："快走吧，找你们半天了，应寒时呢？裂缝打开的时间马上就要到了。萧穹衍说呼叫他的通信器没有反应。"

"哦，我也没看到他。"夏清知答道。

"你是怎么找到我的？"谢槿知仰头看着应寒时。

清新的空气大股大股地涌进来，她已不再感觉难受了。

应寒时单手搂着她的腰，从衬衫口袋里掏出了那张卡片。

"槿知愿与寒时白头偕老"几个字，赫然在她眼前。而他凝视着她，将卡片翻过面，就是她留下的"9:32"这个时间。

"我找到了那面钟。"他答道。

原来，在溪边时，应寒时就发觉了"她"不对劲。再回头，发现原地已没有人影。他当机立断跑到谢槿知的帐篷里，却发现已空空如也，只有落在床上的这张卡片。

谢槿知提过，上次在沈家庄园他也目睹过，夏清知的空间跳跃并非是万能的。她每次只能跳跃既定距离，留下银光痕迹，然后反复跳跃以去往目的地。夏清知的瞬移，和他的步力谁更快，他并不清楚。但是他立刻跃上高空，开始了追赶。

他看到的第一道银光，已在几公里外的天空中，然后他开始全力飞奔，以从未有过的接近战斗力临界点的速度，在江城高空连续跳跃，追逐那转瞬即逝的银光。彼时如果地面有人抬头，会看到雪白的宛如流星飞逝般的光芒。他甚至能感觉到脸和耳朵被风割得微微刺痛，手中的光刃甚至都控制不住，时时都有可能甩出。

终于，在一道模糊得近乎看不出的银光之后，他看到了对面高楼上的那面大钟，于是立刻从高空跃下，再反复弹起，一幢幢楼，一扇扇窗，寻找起来。

终于，在这扇挂着黑色窗帘的玻璃门背后，看到她模糊的剪影。他再无迟疑，心几乎是狂跳着，撞了进去。

然后就看到了她，骤然被点亮的双眼，悲喜交加的脸庞。

抱着她柔软的娇躯，应寒时心中怜意更盛，低下头，脸与她轻轻贴在一起。

谢槿知将他的窄腰抱得紧紧的，但还是不解："那你是怎么认出她不是我的？"毕竟连她看到，都觉得两人的身形、动作、语气都很相似。到底是应寒时敏锐过人，还是她哪里露出了马脚？

应寒时低眸看着她。

"槿知，你若仔细看就会明白。她看着我，却像在看另一个人。她永远不会用你这样的眼神看我。"

谢槿知心头一震。

她以为会是非常惊险侥幸的原因，却没想到答案这样简单。

她的眼神吗？

她平时是用什么样的眼神看着应寒时？连她自己都未察觉，他却看得那么分明，看进了心里。

"应寒时……"她将脸埋进他怀里。

再也再也不要松手了，再也不要与他分开了。

应寒时任由她抱了一会儿，才松开手："站在这里别动。"

谢槿知点头，看他走向厨房，关闭了煤气阀门。将煤气罐拎起时，他微怔了一下。

"怎么了？"她问。

他走回她身旁，说："煤气罐已经空了，里面没有多少煤气。"

谢槿知也怔住。

夏清知筹谋已久，不可能犯这样的错误。

她并不想置自己于死地。

"到我背上来。"应寒时说，抬起清亮眼眸，望着远方的天空，"空间裂缝是按照你的身体数据测算的。她身边的裂缝比你更大，很可能会出问题。"

"嗯。"谢槿知跃上他的背，紧紧搂住他的脖子，"我们去阻拦她，她很可能会死。"

他背着她，跃过一座座楼顶。地面有人发现了大声惊呼，但是他们已顾不上了。谢槿知的脸轻贴在他的脖子上，抬起头，看到天空的雨越落越大，乌云也如同一团团化不开的墨，笼罩在头顶，像是预兆着洪水即将到来。

很快两人就被淋得全身湿透，谢槿知脸上全是水，伸手抹干，又替他擦了把脸，却听到他温软的嗓音传来："小知，怕吗？"

"不怕。"她答，"生死对我，本来就不是那么重要的事。"

他没回答，她却看到他的侧脸线条变化，似乎是笑了。

谢槿知将他的脖子搂得更紧，也慢慢笑了。原本她恐惧着这一天的到来，可现在真的到了，跟他在一起，心中竟是洒脱而了无牵挂的。

而他原来也是如此。

"应寒时，你真好。"她轻声说。

说话间，两人已到了那片熟悉的树林。远远望去，就见空地上站着几个人，正是萧穹衍、庄冲、林婕和始终驻守在郊外营地的苏。

看到他俩，大伙儿都是一惊。萧穹衍大力揉了揉自己的眼睛："小知？你不是跟傅琮思驾驶战机去天上了吗？还有指挥官，你终于回来了！"

林婕和苏神色都是一震，看了看应寒时，应寒时点了点头，他俩反应过来，复又抬头望着天空。

唯有庄冲，静静凝视谢槿知片刻，上前一步，冷冷逼视："纳米人？"

谢槿知说："庄冲你给我滚。"

他顿时一僵："啊……"

应寒时开口："那一个是清知，同样拥有时空裂缝，能够瞬移的女人。萧穹衍，情况如何？"

尽管震惊不已，萧穹衍还是立刻镇定下来，哭丧着脸答道："指挥官，情况很不好。空间裂缝已经打开了，洪水也已开始引导。但是洪水的量，竟然远比我们预料的大，而且小知……不，清知的裂缝，不太稳定。哦，我早该想到的，她的参数跟小知不一样。我们正想着怎么上去援助，清知和傅琮思肯定就快扛不住了！洪水的量再大，裂缝再波动，他们俩一定会被冲进太空中去的！"

"我去。"应寒时迅速说道，"给我一架战机。"

林婕和苏同时上前一步："指挥官……"

"你们去了也于事无补。"应寒时打断他们，"你们不懂计算机，战斗力难道能与洪水抗衡吗？"

他俩瞬间噤声。谢槿知望着应寒时，他的嗓音依旧不疾不缓，沉稳笃定，可清俊的脸上，全是果毅而不容人质疑的神色。那乌黑的眼睛里，淡色浮动，如此温润，却又光华迫人。

谢槿知抓住他的胳膊："我跟你一起去。"

他低头看着她。

她也固执地望着他："也许替换成我，就能稳定下来。而且我说不定能看见关键的未来。咱们不能分开。"

他反手握住她的手，拉着她跳上了苏刚刚开过来的战机。

天空乌云密布，电闪雷鸣。放眼望去，到处都是混沌一片，白昼却宛如黄昏。下面的江城，也被阴暗覆盖。

应寒时驾驶战机，一个近乎垂直的上冲，就到了云层之中。想起来这是谢槿知第一次看到他开飞机的模样，他坐得笔直，后背紧贴驾驶椅，修长双手搭在驾驶仪上，白色衬衫还往下滴着水，那么清瘦的身影，却令人感到无比沉稳可靠。

窗外，云层如同海浪般滚动着，应寒时穿梭的速度极快，谢槿知只看到一团团云朝机舱撞过来，又瞬间消散。那感觉简直与坐过山车没有差别。

她不得不闭上眼睛。

"怕吗？"他问。

"嗯。"

忽然听到腰间的安全带轻轻一响，弹开了。她睁开眼，却被他握住了胳膊，拉了过去，坐在了他的大腿上。他重新系好安全带，将两个人绑在一起，一连串动作一气呵成。

谢槿知靠在他怀里，闻着他衬衫上潮湿的水汽，哪里还有恐惧？她抬起头，看见他依旧专注地望着前方，唇角却有温和安抚的微笑。

"还怕不怕？"

"不怕了，你好好开。"

她把头靠在他的胸口，跟他一起看着前方。云海中，出现了一道持续的银光。比她之前见过的每一次，都要狭长明亮，几乎要刺痛人的眼睛。就像一道弯月，悬挂在那里。应寒时驾驶战机，冲进了银光中。

海水。四处都是碧蓝澄澈的海水，他们明明在天空中，却像是在汪洋大海里。

海浪阵阵翻滚，来势凶猛，战机瞬间被打偏了方向。谢槿知感觉到应寒时的手肘猛一使力，才将机头移回原来的方向。

"他们在那里。"应寒时低喝道。谢槿知抬起头，果然看到滚滚波浪中，另一艘战机隐隐冒出头，但又立刻被海水淹没。

应寒时的战机瞬间加速，同时一个凌厉的翻滚，躲过了迎头而来的巨浪。谢槿知瞬间头晕目眩，紧抓着他的衬衫，再定神一看，他们竟已跳出水面，笔直地朝那一艘战机漂流的方向追过去。

海水无边无际。谢槿知知道，现在他们正身处时空裂缝中，所以空间的概念已经不能用常理衡量。也许在地面的江城人看来，这里不过是天空的一团乌云，一道闪电而已。

他们很快就追上了，远远就望见，那艘战机竟然已破损不堪，机翼折断了一半，机舱的门也半挂着，眼看就会掉落。一个人抓着驾驶椅，随着战机摔来撞去，眼看也要掉出舱门，掉进海洋里，不是傅琼思是谁？

"傅琼思！"应寒时飞快接通通信器，同时将机头朝他靠近，"我开启舱门，你想办法爬过来。"

勉强支撑着的傅琼思，应该是听到了机舱里传来的声音，霍然转头望向了他们，脸上露出苍白而喜悦的笑。

"不，快去救……清知！"他看着他们，像是已洞悉了所有，"她被海浪卷走了！"

应寒时和谢槿知脸色都变了，谢槿知大声喊道："发生了什么事？"

傅琮思用尽全力抓住座椅，咬牙答道："海水的量太大了！而且越来越大，我发现了她是清知，已经根据她的数据，调整过裂缝了。但是……裂缝打开得太大，我们的战机被海浪撞毁，她身上有裂缝，像是被空间的能量吸走，冲进了海浪里……"说到最后，他居然哽咽着吼道，"先不用管我，救她！应寒时，这是我的选择！"

谢槿知看向应寒时，他的脸色清冷无比，只答了一个字："好。"然后骤然掉转机头，丢下了傅琮思，驶向茫茫海浪。

果然如同傅琮思所说，海水越来越澎湃。无数高墙般的大浪卷起，朝他们的战机迎头砸下来。应寒时的战机却像是鬼魅幽灵，以不可思议的速度和角度，在其中穿梭翻转，堪堪躲过了每一次灭顶之灾。

"在那里！"谢槿知惊呼，顺着她指的方向，只见层层海浪中，一道虚弱的银光一闪而逝。夏清知苍白而坚毅的面孔露出水面，像是正拼尽全力挣扎着，想要瞬移出水面，却又被洪水彻底打落下去。

明明之前她还在加害于自己，可看到她此刻的模样，谢槿知却只觉得肺腑里阵阵哀痛的寒气在翻滚。

救她！

这个念头强烈地冲进脑海里。

然而更大的危机已朝他们袭来。迎面只见一道巨浪平地拔起，宽广得望不见边际，挡在他们和夏清知中间。而他们避无可避，巨浪已迎头砸了下来，如同蓝色透明的狰狞巨兽，扑向自己的猎物。

"哐当——"谢槿知听到了机身崩裂的声音，海水已经从四面八方灌了进来。与此同时，腰间一紧。应寒时抱着她，从座椅上一跃而起，刹那间一道雪白而磅礴的光刃，如同更明亮的月亮升起。劈开他们而前的机舱，也劈开了海面。他们一下子冲出水面，跃上了高空。

谢槿知全身都紧绷着，只能抱紧他的腰身，听着耳边澎湃的海浪声和呼呼风声。应寒时单手抱着她，白皙湿透的脸庞，浮现冷酷神色。抬手就往后丢出一个光刃，砸在水面上。海浪被击起，撞在他的后背上，他竟然如此机敏，借力就往夏清知的方向跃去。

"扑通"一声，两人掉进海水里。但他的手如同铁钳般箍在谢槿知的腰间，海浪分毫也不能将他俩分开。谢槿知喝了好几口苦咸的海水，眼睛也涨红了。随波逐流间，就看到夏清知在离他们不远的地方。

应寒时单手划水，带着谢槿知，一点点朝夏清知艰难靠近。

夏清知也看到了他们，目光怔然，脸色越发苍白。

"把手给我。"应寒时喊道。

谢槿知直视着她："我们带你出去！"

眼看周围的浪更大了，夏清知一咬唇，伸出手。应寒时一把握住了她的手，同时手中光刃犹如一把弯刀，划开水面。他借机拉着两个女人，高高跃出水面，逃离了海水的桎梏。

尽管周围环境还很险恶，谢槿知的心却稍稍定下来。因为凭应寒时的能力，她相信他能把她们两个带出去。

应寒时显然也抱着这个念头，牵着她们两人，多次连续跳跃，朝头顶上方那道银色的裂缝出口奔去。

就在这时，夏清知忽然用力一挣，应寒时猝不及防，她竟从他手里挣脱了。应寒时和谢槿知同时惊诧回头，却见银光浮现，夏清知跳跃着离开了。

紧接着一股大浪袭来，应寒时无暇多顾，抱紧谢槿知，用自己的后背迎向了巨浪。听到浪花打在他身上发出的巨响，看着他清毅的容颜在自己脸颊上方，谢槿知心头剧痛，漫天覆地的海水间，只能将他抱得更紧。

好不容易水波暂时平息，她在他的怀里抬头望去，却惊讶地看到，一道银光就在不远处。

不，夏清知没有离开。

她是要……

只见水波中，一个人影若隐若现，不是傅琮思是谁？他已经被冲进海水里了，而夏清知的身影骤然浮现在他上方的银光中，一把拉住了他的手臂。

她是想要救他。

可她纵然有瞬移的能力，刚才也只是勉强从海浪中脱身，如何还能负担另一个人？

她想做什么？

地面上，萧穹衍等人抬头，望着天空的那片乌云雷电。

林婕的脸色已经非常难看，转身就走向战机："我去支援他们。"庄冲转身跟着她就走。

"站住。"一向沉默的苏冷声喝道。

萧穹衍都快要哭出来了，摇头道："不，你们不能去，我检测过了，洪水即将达到最后的峰值，裂缝也会变得极不稳定。你们进去也是送死，现在只能看指挥官，能不能把他们救出来了！"

大家都没说话，林婕的脸色灰白一片。就在这时，庄冲"咦"了一声，指着天空："那是什么？"

众人回头，竟然看到灰暗的苍穹之上，数架他们从未见过的战机，如同离弦之箭，划出一排排银色的流光，升上了天空。

萧穹衍一把抓起胸口的望远镜，看清那些机舱里的人后，惊呆了："是穆岩，是穆岩们！"

每一架战机上，都坐着同一个面孔。他们表情坚毅，义无反顾地朝裂缝冲去，瞬间就消失在银光里。

海水更加汹涌了，仿佛震怒的巨兽，发出翻天覆地的吼叫。这个空间，似乎也变得混沌一片，摇晃不定。

谢槿知和应寒时陷进了一片巨大的漩涡中。尽管他不断劈开水波，却又不断被更剧烈的水浪缠上来。然而他自始至终都抱紧了她，没有松手。

谢槿知紧咬牙关，在他的怀抱里浮浮沉沉，恍惚间却看到无数道流光出现，看到那些战机乘风破浪而来，看到一张张穆岩的面孔闪过。

那些战机中的许多架，瞬间被海浪打得粉碎。许多穆岩掉落，瞬间淹入大海中，不见踪迹。余下的幸存者，艰难地往前穿梭，往前奔赴。

有两架掉头往下，撞开了包裹应寒时和谢槿知的漩涡，然后瞬间就被海浪卷走。应寒时抱着谢槿知，往上高高跃起，光刃变得无比凌厉狠辣，撞开迎面而来的一道道巨浪，带她往出口冲去。

谢槿知趴在他的肩头，模糊摇晃的视线里，却一眼看到了夏清知的银光所在的位置。海平面之上，突然响起傅琮思痛苦的呼喊："不——"

一道前所未有的银光骤然浮现，他竟然被夏清知从海里拉了出来，然后丢进了那道堪堪打开的时空裂缝中。傅琮思的身影瞬间消失不见，夏清知却如同断了线的风筝，被滚滚海水带往了更远的地方。她的身后，最后几架已被海浪打得破损不堪的战机，疯狂地不顾一切地追逐着，然后一架架陨落。

陡然间，一道巨大的裂缝打开，刺眼的银光几乎覆盖整个海面。夏清知的身影只在那银光中一闪，就跌落进去。几个穆岩跳出机舱，飞身朝她扑去，却只有一个人抓住了她的衣袂，也追进了裂缝中。其他几个，都淹没在海浪里。

更多的海浪，覆盖灌进了裂缝，夏清知和穆岩的身影，消失不见。

应寒时带着谢槿知，一点点艰难地靠近裂缝出口。海浪已经变成滔天巨浪，从各个方向凶猛地朝他们吞噬过来，仿佛一片沸腾的蓝色火海。谢槿知的头死死抵在应寒时的胸膛，看着他的光刃一次次劈开巨浪，但是那些巨浪又立刻合拢，朝他们追逐过来。

他说过的，即使是他的光刃，也是劈不开磅礴海水的。可现在，他一次次发动攻势，宛如疾风骤雨与海啸的对抗，护得她身旁短暂的安全。她一次次听着巨浪打在他背部的声音。因为头被他牢牢按在胸口，看不见他的脸，却听到几声骨头断裂的脆响，听到他微不可闻的闷哼声。

"你别管我了！"她突然哭喊道，"你自己逃吧。"

"不行。"他只答了两个字。

谢槿知哭了出来，然后就听到又一阵大浪打来，狠狠撞上他的背。她闻到咸湿的血腥味在他们身边蔓延开。很快，就有鲜血从应寒时脸上滴落，掉在她的脸上。恍恍惚惚间，谢槿知听到他在耳边说道："对不起，救不了……他们。"谢槿知心如刀割。

清知，清知，那个同样拥有时空裂缝的女人，这个空间里的另一个她。早在发现煤气瓶是空的时，她就有了猜疑。

夏清知的裂缝远强于她，她能穿越空间，焉知她不能同时预见未来？夏清知今日突然出现，到底是真的想要替代她，还是想要……由自己迎来死亡那一幕？

谢槿知，再也无从知晓她心中的答案了。

深黑的天空，犹如永远望不见尽头的深渊。群星闪耀，光芒清澈而冷冽。大片大片淡蓝色的水雾，浮动在空旷中。

夏清知也在其中。

在掉进太空后的几秒钟，她就失去了知觉，眼球爆裂，心脏停止。浅蓝色长裙上染满血迹。最后一个穆岩跌落过来时，看到的已是这样的她。他的眼球也在几秒钟后爆裂了，所有毛细血管全部扩张裂开。但在那之前，他漂浮过去，将她抱进了怀里。

然后低下头，跪在了万籁俱寂的虚空中，一滴泪掉落下来。

他们会这样永恒地漂浮下去，再也不会停止了。

山谷间，水流潺潺。因为落过大雨，到处都是湿的，树叶上，泥土里，岩石表面……萧穹衍一行人，往密林深处穿行。

"你看清楚了吗？是不是在这边？"萧穹衍嗔怪地问。

苏言简意赅："是。指挥官抱着个人，就是往这个方向跳离裂缝。"

这时走在最前面的林婕忽然脚步一顿，失声道："在那里！"

众人循声望去，只见一片寂寂流动的水潭前，应寒时仰面躺在一块巨石上，像是耗尽了所有力气，眼眸紧闭，脸色苍白，尾巴和耳朵也没有显露出来。谢槿知被他单手搂着，趴在他的胸口上，也是一动不动。

大家连忙跑过去，萧穹衍探了探两人鼻息，松了口气："谢天谢地，他们还活着。"

一个小时后，他们与傅琮思在一片树林中道别。

傅琮思被夏清知丢进裂缝后，转眼间就跌落在地面。他虽然精疲力竭，身上也有多处撞伤，但是没有什么大碍。此刻，他脸色灰白，眼眶通红地望着萧穹衍等人。

萧穹衍说："傅教授，我们要回那个空间去了。指挥官和小知还没醒来，他们需要得到救治。另外，根据夏清知在帐篷里留下的地址信息，我们在她家找到了晶片，一并带走了。"

傅琮思点了点头，似乎有千言万语，但最终只是说："谢谢你们为这个空间所做的一切，保重。"

众人齐声答道："保重。"

傅琮思看着他们转身，走向停在空地上的战机。很快，战机如同一道璀璨的流星，划过雨后碧蓝的天空，消失不见。

傅琮思的周围静悄悄的，他低下头，看到沾着水珠的青草，随风微微摆动着。头顶，有鸟儿清脆的叫声。他转身，步履蹒跚地走下了山。

正是下午光景，城市的街道车水马龙，很是热闹。只是他的衣衫早被洪水侵蚀得破损不堪，又加上他神色恍惚，许多人看到他都选择绕开走。

他看到人们的反应，只是淡淡地笑笑。走过一家电器行时，他停下脚步，听到电视里正在播报新闻：

"今天下午2点30分，有网友爆料在西郊看到数艘UFO，并提供给我台模糊不清的画面。我们来看一看……

"真的有UFO存在吗？这个话题在科学界一直没有定论。不过经过调查，大部分所谓UFO的照片和录像都是伪造的，或者是目击者误把飞机、甚至风筝，当成了UFO……

"为此，我台专门咨询了著名天体物理专家。专家表示，UFO的存在是有可能的。不过今天下午多名网友目击的所谓的'UFO'，很可能是雷电天气，云层折射光造成的一些虚影。原来真相，就是这么简单。在此，我们郑重提醒广大市民，雷雨天气，请注意安全出行……"

"原来真相，就是这么简单……"傅琮思在嘴里默念这句话，慢慢摇头失笑。

等走到分岔路口，他却停步了，他不知道该往哪里去。

这几年，他都是住在沈家。如今沈家父子已死，庄园已毁，成为当地警方的一宗悬案。沈家，是不能也不愿去了。

应寒时他们也已经走了。暂时落脚的青年旅馆，也是人去楼空。而清知……他的眼中泛起泪水，他连这个可怜又可敬的女人住在哪里，她的家是什么模样，都不清楚。

最后，他懵懵懂懂，居然走到了昔日就职的研究所门外。

这是国内最好的一家研究所。高大气派的楼群，严肃整洁的建筑。门口还有大棵大棵的梧桐树，繁盛依旧。

他在一棵树下，席地坐了下来。终于明白，自己为什么会回到这里。

曾经，他也是一名受所有人尊重的、体面的科研工作者。曾经，抵御洪水制造诺亚方舟，是他坚韧固执的梦想。今天，这个梦想终于实现了。所以他回到这里，他可以无愧地对自己说，他做到了。

正安静地坐着，他就看到几个人从研究所大门走了出来。他们大多没有看到他，或者看到了也没认出。只有一个跟他曾经相熟的同事，迟疑地看着他，然后落后几步，走了过来："傅琮思？"

他竟然也不想起身了，抬头看着他，微笑道："我是。"

那同事非常吃惊，将他上下打量一番，问道："你怎么变成这样……现在在做什么？"

他平静地答道："没做什么了。"

同事叹了口气，拍拍他的肩膀说："琮思，如果外面混得不开心，就回所里吧。你是我们那一批中资质最好的。院领导也经常念起你，你如果回来，肯定也有位置。你以前总说今年的夏天会发生毁灭性的洪水，还说什么平行空间，扯那些科幻的玩意儿。你看，现在夏天都要过完了，不还是什么都没有发生吗？也不会有人因为灾害死去。听我的劝，回来吧。"

谁知傅琮思听完他的话，却笑了，跌跌撞撞地站起来，眼中却涌起泪水。

"对，什么都没有发生……也不会有人死去。"他重复同事的话，又哭又笑，甩开同事的手，转身就朝长长的、绿树成荫的街道走去。

同事望着他孤单的身影，静默良久，低声骂道："神经病！"

傅琮思沿着街道一直走一直走，沿途车流穿梭，阳光灿烂。有相拥的情侣从他身边走过，他们脸上的笑容是那么幸福；也有老人一脸溺爱地看着孩童，嬉笑奔跑在蓝天之下。这个世界，依旧喧嚣而宁静。

傅琮思看着看着，忽然就笑了，满足地笑了。

数月后，傅琮思成了一名普通的中学教师，教授物理和数学。终其一生，默默无闻，却培养出无数优秀的学生，更有数人成为国内著名天体物理学家。

第十七章

怀中月光

"小知。"

"知。"

"快醒醒，重伤的指挥官还等着你去呵护疼爱呢。"

"知，你什么时候才会醒？"

…………

蒙蒙眬眬中，谢槿知听到有人在喊自己。那是两个人的声音，一直在她耳边喋喋不休，吵个不停。

她的头阵阵发疼，想要关掉耳朵，不再听他们的声音。等等！指挥官？应寒时？她睁开眼睛，首先看到的是素净的、似曾相识的天花板。阳光从旁边照射过来，她看到了窗外平静的湖水。

这是……应寒时的家？

床畔，萧穹衍高大精壮的金属身躯，正背对着她忙碌着。听到床上的轻微响动，他的身躯陡然一僵，转头望向她，露出惊喜交加的笑容："小知！你终于醒了！"

谢槿知浅浅地笑了笑，撑着床勉强坐起来，说："我们回来了？"

萧穹衍马上跑过来扶住她，回道："是的，我们回来了。你躺了整整两天两夜，动作要慢一点，不然会摔倒的。"

谢槿知抓住他的胳膊，抬头望着他，说："应寒时呢？"

萧穹衍的眼睛垂了下来，回道："还在昏迷中。小知你一会儿看到不许难过，他受的伤比你重多了。"

谢槿知一下子跳下床："带我去见他。"

推开房间的门，首先看到一室寂静的阳光。庄冲、苏、丹尼尔等人得知她醒来，都过来了。但是他们跟萧穹衍一起站在应寒时的门外，没有跟进去打扰。

谢槿知一个人走进房间里。应寒时就躺在洁白的大床上，盖着薄薄的被子。谢槿知从没见过他这个样子，上身没有穿衣服，露出精瘦结实的肩膀，上面缠满了绷带。黑发垂落额头，遮住了他的眉。那双眼轻合着，呼吸缓慢而均匀。

谢槿知在他的床畔坐了下来，目光分毫不移地盯着他。想要触碰他，却又怕让他不适。

"放心，指挥官只断了十二根骨头。"萧穹衍在门口小声说道，"而且他的身体恢复速度很快，再过几天就能长好。"

断了……十二根吗？

她盯着他过分苍白的脸。同样的遭遇，她在他怀里，却一根骨头都没有断，只是受了点皮肉伤。

他用身体替她挡住了所有洪水啊。

"他为什么还不醒？"她问道。

"这个……洪水的撞击力量确实太大了，到底是血肉之躯，大脑会受不了的。他可能还会昏迷几天。"

谢槿知轻轻地"哦"了一声，抬眸望去，却见半张残破的纸片，放在他的枕头边上。上面依稀有几个字："槿知愿与寒时白头偕老。"她记得这张卡片是被他放在衬衫口袋里的，大概是被萧穹衍他们拿了出来。

"小知，你亲他一下。"站在萧穹衍背后的庄冲忽然开口，"亲一下，说不定就醒了。"

丹尼尔和苏都是微微一笑，萧穹衍眼睛一亮："真的吗真的吗？我要看我要看……"却被庄冲一把拉开，然后庄冲朝谢槿知郑重地点了点头，关上了门，替她挡住了所有打扰的视线。

室内变得安静无比。

谢槿知望着他清澈的容颜，静默片刻，低下头，在他唇上轻轻一吻。

他一动不动，依旧安睡着。传说中公主用吻唤醒王子的画面，并未出现。

谢槿知脱了鞋，爬上了床，也躺了下来。然后轻轻握住他的一只手，整个人都蜷在他的身旁，慢慢闭上了眼睛。

"应寒时，你快点醒，我要跟你在一起。你要的一切，都给你。"

应寒时在梦中，又回到了那间牢房里。

周围漆黑阴暗，只有一点光从天花板投射下来。他穿着褴褛的衣衫，双手双脚也锁着枷铐，坐在牢房的一角。

时间仿佛是静止的，他在心中默数分分秒秒，到了傍晚，终于有人拉开墙角的一扇小门，送了食物进来。

"星流大人，请用吧。"狱卒还算恭敬的声音传来。

"多谢。曜日星，怎么样了？"他问道。

狱卒沉默了一会儿，叹了口气说："大人，情况很不好。据科学院报道的数据，更多的耀斑爆发，黑暗正在吞噬我们的恒星。听说富人们已经驾驶私家飞船逃逸了……可是我们这样的人，是注定要死在这里的吧。"顿了顿又说，"星流大人，你……应该也会被带到安全的地方去吧？"

应寒时没有回答，只是抬起满是灰黑的脸，望着头顶那一点亮光。

后来某一天，应寒时听到狱卒在外面哭泣的声音。

"发生了什么事？"他问。

狱卒拉开小门，哭泣着回答："大人，皇帝陛下死了！曜日帝国，真正沦亡了……"

应寒时心头一震。

皇帝陛下，这个于他而言，如芒在背般的名字。他清楚地记得，十八岁那年升任指挥官时，在帝都议事厅中，远远看到皇帝的模样。他比应寒时大不了几岁，略显苍白的英俊的脸，端坐于王座上。少年帝君，出了名的心思深沉，喜怒不形于色。

他对应寒时说的第一句话是："星流，我听说过你，你很好。"那时，皇帝的脸上有清淡的笑。

是他，给予了应寒时莫大的权力，多次破格提拔，让星流自由地驰骋在星空中。然而也是他，在应寒时抵达军事生涯顶峰时，将他一举拉下，锁进深牢。

星流，是帝国的星流。

但也是皇帝掌中的星流。

　　当日，逮捕令刚刚下达时，整座太空堡垒上都跟炸翻了锅一样。心腹们簇拥着应寒时，进入指挥室。有人提出大胆的建议："指挥官，我们起义吧！绝不能让你蒙受不白冤屈！"

　　可是立刻就遭到反驳："起义？怎么起义？即使星流大人战斗力超群，可是皇帝陛下战斗力大陆第一。如何与之为敌？"

　　是的，如果说还有星流战胜不了的人，那一定是皇族了。可怕的皇族基因，是奠定帝国文明的基石。已经很多年没有人见过皇族出手，传说即使是星流的光刃，也完全无法与皇帝的战力争辉。

　　而且关键是，应寒时绝无反叛之心。

　　他阻止了所有人继续说下去，只是摘下了胸口的舰队指挥官徽章，然后负手说道："我跟他们去帝都。"

　　"皇帝陛下，怎么会死去？"他问狱卒。

　　狱卒长叹了口气，在黑暗中答道："据说是皇帝陛下的护卫舰队，在逃逸离开曜日星系时，与反叛军指挥官林的舰队正面遭遇了。本来以皇帝陛下的战斗力和护卫队的实力，是绝对可以歼灭对方的。可是就在双方激战之际，曜日爆发了新一轮的耀斑，皇族护卫队全军覆没。皇帝陛下和林的指挥舰撞在一起，双方甚至进行了登陆作战……最后，有人看到，只有林，驾驶战机逃了出来。皇帝陛下陨落了，甚至连一点尸骨都没有找到……"

　　听完后，应寒时沉默了很久。他从未想过，在全国人心中至高无上的帝君，会这样死于一场意外。

　　后来他慢慢了悟，世事无常，命运弄人，宇宙轮回，不正是如此？达到科技军事实力巅峰的曜日文明，会毫无端倪地毁于一颗星星的沉沦。它那强大无比的统治者，亦重蹈了这样的命运，就像是某种注定。而也许在几亿年之后，在曜日星所在的位置，一颗新的星星会诞生。人类会从爬行进化为直立，然后开始缓慢而重复地建设自己的文明。

　　再后来，狱卒也没有再来了。因为灾难已经降临这颗星球，整座监狱都崩裂倒塌了。他在被埋葬前，终于挥出光刃，劈开黑暗，只身跃上地面。抬头却只见昔日繁华的帝都，满目疮痍，一片凋零。

他如同每一个无家可归的人们，在街上游荡着。不知不觉，走到了专门用于起降飞船的空间港。这里也是寂静一片，只零星停了几艘破败船只。

他走到了凤凰舰队的专用港口前，看到一艘孤零零的飞船停在那里，竟然是他麾下的"星光号"。而指挥室里，亮着灯。他缓缓踏进飞船，穿过舰桥，走过飞行员休息舱，没有一个人。直至到了指挥室门口，看到小 John 矗立在窗前，一脸迷失地仰望着星空。更多的记忆片段，在脑海中重重叠叠。而那个二十二岁的星流，仿佛寂静站立其中。直至，一缕朦胧而明亮的光慢慢扩大，笼罩住了他。

恍惚间，有个女孩坐在他身边，轻声说："应寒时，你快点醒，你要的一切，都给你。"阴霾瞬间散去，他想要睁眼看清她，却总是不行。唯有脸，因她的话变得滚烫滚烫。

"一切吗？"他低喃。

又安静了许久，他轻声答道："明白了。闭上眼睛，让我……"

让我占有你的一切。

"指挥官？你在跟我说话吗？你醒了吗？"萧穹衍那熟悉的声音，在他耳边逐渐变得清晰。

应寒时睁开眼睛。阳光笼罩着整个房间，视野里明亮无比。萧穹衍单膝跪在床边，双眼紧闭着，金属手指还攥着床单一角，身体微微颤抖，非常紧张的样子。

"……小 John，你在做什么？"

萧穹衍偷偷把眼睛睁开一条缝，声音也可怜兮兮的："指挥官，这也是我想问你的话，你想对小 John 做什么？"

应寒时静默片刻，垂眸淡道："你站远一点，再跟我说话。"脸上，梦中的潮红依旧未褪。

萧穹衍立刻如释重负又忐忑不安地站起来，往后退了好几步。

"情况如何？"应寒时问。

萧穹衍立刻把这几天的事都跟他汇报了一遍，然后说道："晶片我已经保管好了，一切进展都很顺利。"

应寒时点了点头，抬眸看了看四周，问道："槿知呢？"

萧穹衍却莞尔一笑，答道："这几天她一直在陪伴你，24小时都不曾离开。甚至晚上就睡在你的床上呢。可是，我们不得不承认，她连续旷工太多天了，再这么下去，工作就保不住了。所以今天一早，她跟庄冲一块去图书馆上班了。"

应寒时眼中也露出淡淡的笑。

"据说今天下午，她和庄冲还要向馆长做深刻检讨呢。"萧穹衍颇感好玩地说。

应寒时闻言坐了起来，感觉到身上伤口牵扯得有些疼痛，他微蹙眉头。

萧穹衍立刻弯腰扶住他："老天，虽说你快痊愈了，但还是要当心哦，不可以有太剧烈的活动。"

"嗯。"应寒时示意他不必搀扶，自己下了床，从床头拿起件干净衬衣套上，又拿起车钥匙，走向了门口。

萧穹衍早料到他一醒就会去找心上人，所以也不意外。他和庄冲打赌的事情是：应寒时醒来后，会不会像渴望主人夸奖的小狗一样，奔向谢槿知……咳咳，这个比喻实在是对指挥官的冒犯，但请原谅他们俩暂时想不到更合适的词汇。

现在看来，应寒时虽然第一时间要去见她，但神色沉静，不疾不缓。萧穹衍跟在他身后出了门，心想，指挥官果然还是很成熟的、自控能力很强的男人。

他站在保时捷后，微笑目送应寒时上了车。

"指挥官，小心伤口哦……"他挥了挥手。

突然一阵前所未有的剧烈引擎声传来，轮胎摩擦地面发出尖锐声响，保时捷"嗖"的一声飙了出去，转眼就消失在视野里。

"咳咳……"萧穹衍呛了满口的尾气和烟尘，默默放下手。

他要收回之前的评价。

指挥官分明是非常渴望着，朝槿知奔过去了！

谢槿知托着下巴，看着身旁的冉妤，拿笔在纸上罗列。

"做饭给他吃？"冉妤问。

谢槿知摇头道："我做饭能吃吗？"

"也是。"冉妤想了想，又写下几条，"织毛衣？刮胡子？买水果？实在不行叠千纸鹤？"

谢槿知还是摇了摇头。自应寒时昏迷后，她很想为他做点什么，但问题是……萧穹衍太能干了，根本不需要她，也插不上手。她用手指点了点纸面："昨天晚上，萧穹衍连一千个千纸鹤都折好了，许愿应寒时早点醒来。你说我还能做什么？"

冉妤"扑哧"一笑："我真想早点见到这个机器人。"

既然跟应寒时确定了关系，谢槿知还是把秘密跟最好的朋友分享了。

冉妤虽然性格跳脱，大事上嘴却很严，所以谢槿知是放心她的。两个女人聊到爱情，言谈话语间，谢槿知明显感觉到她跟那名流浪汉，好像真的有点事了。可对于这件事，冉妤却死活不肯多说了，只摇了摇头，脸又有些不正常的红晕，说："不提也罢。"

关于"槿知如何照顾男朋友"这个话题，两个女人又琢磨了一会儿，冉妤忽然眼睛一亮，不怀好意地笑了："他受伤了，嘿嘿，你可以给他擦拭身体啊？"

谢槿知抬眸看她一眼，淡道："你怎么总往那方面想？"

冉妤却兀自思维发散着："说真的，你家那位看着瘦是瘦了点，但是身材好像很不错。"她用手肘碰了谢槿知一下，"有腹肌吗？"

谢槿知的手指在桌上轻轻叩了两下，答道："当然。"

冉妤低低地"哇"了一声，眼神更猥琐了："那有人鱼线吗？"

谢槿知想了想，脸有点烫了，回答得却淡定无比："浅浅。"冉妤愣是花了两秒钟才反应过来，又"哇"了一声。谢槿知却又扫她一眼："冉妤，你太色了。"然后拿起桌上的书，继续看了起来。冉好看着她的模样，又好气又好笑："明明是你自己很嘚瑟好吗？"

谢槿知微笑不语。

相距几十米外的楼下，应寒时停好了车，却负手站在车边，没有挪动步子。刚刚平息下来的脸，又……红了。

静默良久，他感觉那差点跳脱而出的尾巴和兽耳，终于听话地服帖下去，这才上了楼。

"知，该去做检讨了。"庄冲合上电脑盖，站了起来。

"哦。"

馆长的办公楼，在院内僻静的角落。谢槿知和庄冲各自念完了检讨，就立在白墙下，听着馆长喋喋不休又苦口婆心的劝导。

"我知道，你们两个想法多，跟别人也有些不一样……"馆长说道，"但是连续请假十多天，打电话还打不通。检讨也都只写了八百字！槿知写得勉强还过得去，庄冲，你这份检讨是从网上下载的吧？我都查到了……"

庄冲："咳……"

谢槿知百无聊赖地听着，脸上是无比乖顺的表情，眼睛却越过馆长，望着门外树上的叶子。一片、两片、三片、四片……应寒时什么时候才会醒？

走廊里响起了某个人的脚步声。谢槿知忽然怔住，盯着门口，不动了。

馆长察觉了她的明显走神，有点生气："谢槿知，看哪儿呢？"

谢槿知没答，她看着门外负手站在阳光下的应寒时。

他的肤色明显还有点苍白，敞开的衬衫领口里还能看到绷带。他就这么微笑望着她，眼睛里有清潭般的颜色。阳光斑驳地落在他的身上，整个人有种安静而洁净的光泽。

馆长和庄冲也注意到了他，馆长一愣，庄冲缓缓地笑了。应寒时也看向他们，微微颔首道："抱歉，打扰了。"然后目光又回到谢槿知脸上。

谢槿知将手里的检讨书往桌上一丢，转身走向他。

"哎？还没说完呢，你去哪儿？"馆长眼睁睁地看着她走出门外。

庄冲却眼疾手快地一把关上屋门，然后淡淡道："馆长，您也曾年轻过。来，我陪您继续。"

馆长："……"

谢槿知心跳得极快，抬头望着应寒时，却说不出任何话来。这几天见惯了他躺在床上的安静模样，脑海中也时常想起在洪水中时，他坚毅清瘦的背影。如今他真的站在了她的面前，温润清逸依旧，只是明显瘦削了几分。

应寒时的目光中也似有暗流涌动。他低下头，一伸手将她拉进怀里。谢槿知抱着他的腰，闻着他身上的气息，一动不动。

过了一会儿，他低下头，寻找到她的唇，吻了上来。这竟然是个十分热烈的吻。他的一只手不知何时滑到她的脑后，轻轻按住。谢槿知的脑子刹那空白，什么也不去想，只沉溺在他的亲吻里，身体和心仿佛同时微微颤抖着。

"应寒时……"她含混地念着他的名字。

他却没有回答，只是低头亲她。明明他的眉目间全是清澈的温柔，动作却带了难得的强势，让她只能在他怀中承受，不能移动抗拒半分。

"咳……"终于，有职员从他们身后走过，带着笑意轻咳出声。

谢槿知这才脸色绯红地推开他。他的脸也微红着，眼眸却沉黑动人，慢慢松开了她。

"你全好了？"她小声问。

"嗯。"

"什么时候醒的？"

"刚刚。"

谢槿知唇角微勾。刚刚才醒吗？她真后悔今天来上班了。

"你……还有多久下班？"他问。

"还有两个小时。"她忍不住笑道，"我好像不能再旷工了。"

他负手而立，微微一笑，目光却始终胶着在她脸上："那我去楼下等你？"

"好。那我继续去挨训。"

她转身正欲走回馆长办公室，却又被他拉进怀里。他忽然又在她耳朵上亲了一下，令她全身一麻猝不及防，他这才垂眸，松手放她进了办公室。

被馆长训完后，谢槿知回到馆厅继续上班。但这剩下的一个多小时，对她而言当真是度日如年。下班铃一响，她就拿起早已收拾好的包，快步走出门外。冉好望着她的背影，叹了口气，转头对庄冲说："槿知这次真的是一头栽进去了。"

一下楼，谢槿知就看到应寒时和他的车。他负手站在夕阳里，身影清瘦。她放慢脚步，将包拎在身后，一晃一晃地走了过去。

应寒时看着她走近，脸上的红晕似乎更浓了些，却不说话，只替她拉开车门，看着她坐了进去。

车子徐徐发动，驶出图书馆，进入晚高峰的车流中。阳光还很灿烂，透过车窗，洒进来一片柔和的光。谢槿知问他："伤口还疼吗？"

其实是有些疼的，应寒时答："不疼。"

谢槿知放下心来，抬头看了看前方："我们现在去哪儿？"

他静默了几秒钟。

"去你家待着？"他嗓音温软道。

谢槿知原以为会去他家，但转念一想就点了点头。林婕他们都暂住在他家，现在这个时候，她也不想被任何人打扰。

车子平稳地向前行驶，他忽然又开口："槿知，我可以……听到你的承诺了吗？"

谢槿知心头"怦"的一跳，抬眸看着他。他的眼睛看着前方，双手安静地搭在方向盘上，侧脸微红。似乎从今天两人相见开始，他那清俊的脸，就没有安稳过。

见她不出声，他又轻声道："小知……对我许诺。"他的嗓音中有难得的固执和强势。

谢槿知垂眸看着放在膝盖上的双手。

窗户被她开了条缝，有一缕风吹进来，吹散额头的发丝。

"我愿意，一生一世跟星流在一起。"

谢槿知的家本就离得近，很快就到了。应寒时停好车，谢槿知牵着他的手上楼。正是傍晚时分，楼道里寂静阴凉，仿佛整个世界只剩他们两个。

谢槿知打开门，领他走进去："你先坐，我给你倒水。"

手被他握住了。

谢槿知站在一地夕阳中，抬头看着他。房间本就狭窄，如今多了一个他，更显拥挤。他高高大大地立在她面前，面容寂静无比。两人一时都没说话。阳光镀在彼此清晰的轮廓上，他抬起手，沿着她的脸、嘴唇一点点触碰下来。那柔软微凉的手指，令谢槿知的心都微微战栗。

然后他侧过脸，嘴唇代替手指，一寸寸开始往下吻。

可是谢槿知上了一天班，自己都能闻到身上的汗味，他却是清淡好闻的。于是她推开他："我先去洗个澡。"

他静了一会儿，又在她脖子上吻了一下，才抬起绯红的脸，说："好。"

这样的亲昵缠绵，早在去平行空间前两人就有过好几次。可不知怎的，今天谢槿知心里却莫名有些惴惴的。很快，她就心不在焉地冲完了澡，换了条舒服凉快的裙子出来，一抬头，就看到应寒时安静地坐在床上。

窗外暮色降临，屋子里暗暗的。他没有开灯，衬衫下摆垂落出来，最上面的纽扣都解开了。他的一双长腿向前舒展着，更显高大笔挺。尖尖的兽耳竖立在黑色短发间，身后的尾巴轻轻摇着。那白皙清净的脸庞染满绯红，眼睛里却像沉淀着星光，一眨不眨地望着她。

谢槿知刚要微笑，陡然一僵，无数画面，浮光掠影般从她眼前闪过。

怔然之后，她抬起滚烫的脸望着他。身体里每一寸血脉，仿佛都在跳动。她的喉咙阵阵发干，垂落的指尖也有点颤抖。

她慢慢地、慢慢地走到他面前。她望着他俊雅干净的面容，却突然有临阵脱逃的冲动。谁知脚步刚一顿，他竟像是察觉了她神色有异，一伸手，就把她拉到双腿间站着。

谢槿知僵着，闻着他胸口衬衫的味道，一动不动。而他也静默着，过了一会儿，缓缓将她的头按在怀里，然后脸慢慢低了下来。

"槿知，刚才看到了什么？"他的声音就在她耳边，低低的，有点哑，有点涩。

谢槿知不吭声，唯有心跳越发的快，跟他胸口的心跳声一样快。

"是不是看到了……我想对你做的事？"

房间里的光线晦暗不明，他那么清醇干净的嗓音，却也有了几分隐约的危险气息。谢槿知的脸靠在他的脖子上，小声说道："人不可貌相……"

凌晨四点钟，谢槿知裹着被子，蜷在靠墙的床角。屋内依旧只有一盏橘黄小灯，应寒时就坐在灯畔，背对着她，在系衬衫上的纽扣。

过了一会儿，他转过身来，单手撑在她的枕头上，另一只手轻轻扯她的被子。谢槿知紧抓着不放，睁着微红的湿湿的眼睛看着他："你想干什么？"

他眉目低垂，嗓音温和无比地说："你不是说……酸痛？我只看一看。"

"不行。"谢槿知断然拒绝，"刚才那次你也说只抱着我睡，什么都不做了。结果呢？"

应寒时脸颊微红，手指扣在被子上没动。谢槿知淡淡地哼了一声，说："堂堂星流，一言九鼎，还说什么星流说过的话，都是不可撤销，永以为诺。可你居然说话不算话。"

应寒时静默地听着她的指责，然后伸手握住了她散落在被子外的一缕黑发。

"对不起。这的确是我……平生第一次，言而无信。"

他这么说，谢槿知却连那点小脾气都没有了，闷闷地看着他，嗓音却柔软下来，带着一点点慵懒："大家都是第一次，你就不知道克制一点吗？"

应寒时却抬眸，望着床边的灯，修长的双手轻握成拳，放在膝盖上："小知，如果我没有克制……那我们现在，还没结束。"

谢槿知的脸一下子又烫了，埋在被子里，不说话了。过了几秒钟，却听到咕噜噜的声音，从被子里传来。

"我饿了，要去吃东西。"她说。

他点头，微笑地看着她："好，我也饿了。"

谢槿知扫他一眼："那是，你当然饿了。"

应寒时："……"

清晨，天还是黑的，街上只有几盏稀疏的灯。公交车却已开始运营，驶过街头发出轰隆隆的声音。

天气微凉，谢槿知披了件薄外套，应寒时只穿简单的衬衫长裤，掌心却是暖的。

他牵着她的手，徐徐走在街头。谢槿知抬起头，看到月亮还没降下去，缀在云层中，像半边莹白的玉。就如同现在的他和她，亲密又温柔。

常去的那家早点摊已经摆出来了，瘦瘦的摊主正在烧水，看到他俩很意外："哟，是你们来了。这么早，包子还没蒸出来呢，但是有粉。"

"那就下两碗粉吧。"谢槿知答。两人在一张小方桌旁坐了下来。摊主开始忙碌，谢槿知刚要拿筷子，应寒时的手比她更快伸过去，拿起两双筷子，低头细细地将一点毛刺磨干净，然后放了一双在她面前。

　　谢槿知微微一笑，拿起筷子在手里把玩着。应寒时又拎起桌上的小茶壶，倒了两杯水，然后缓缓放下，说道："今天开始，搬去我家住，好不好？"

　　谢槿知愣了一下，摇头道："不好，我习惯一个人住。"这是她的心里话。

　　应寒时端起茶杯，垂下眼眸，慢慢喝着，不出声了。

　　谢槿知又有点心疼，手指在桌上随意画了两下，然后说道："我给你一把钥匙。"

　　应寒时微怔，她解释道："我家的钥匙。"

　　他手里的茶杯慢慢放下来，眼眸中浮现清澈而喜悦的光泽："好，我今晚就……搬过来。"

　　谢槿知说："……应寒时，我不是要你搬过来！我说了习惯一个人住。给你钥匙……"她顿了顿，"你想过来时，就过来。"

　　他静了一会儿，答道："你是我的女人，我每天都想过来。"这话说得安静又笃定，谢槿知一时竟无言以对。

　　这时摊主已经端了两碗粉过来，她就含混道："……再说吧。"

　　吃完早饭，天亮了一些，起了淡淡的薄雾。但是离上班时间还很早。应寒时问她："现在想去哪里？"

　　谢槿知的困意这时却上来了，答道："回家补眠。"

　　于是两人又回到她家里。谢槿知再次钻进被子里，睡眼蒙眬地望着床边的他："你不困吗？"

　　他摇头道："前几天睡得太多。你睡吧，我在这里陪你。"

　　"嗯。"谢槿知动了动，调整了一个舒服的睡姿，一抬头，却见他的目光落在自己脖子上。她低头，就看到脖子、锁骨上，好几枚鲜红的吻痕。

　　"都怪你。"她小声说。

　　"嗯。"他轻声答。

谢槿知看了他几秒钟，将一只手从被子里伸出来，让他握住，然后闭上了眼睛。

大概真是累极了，很快她的呼吸就变得均匀悠长。应寒时将她的手放入被子里，又低头在她脸颊亲了一下，她沉睡着，丝毫未觉。

他看了她一会儿。有洁白的日光，从窗户投射进来，照在她身上。她的脖子下方的皮肤十分细致白皙。那一点点吻痕，犹如晶莹白雪上的朱砂，颜色触目惊心。

咚咚咚——很轻的敲门声。谢槿知住的是个大开间，床就在客厅里，不过中间挂了道薄薄的帘子。

应寒时起身，将帘子拉上，隔开视线，这才走过去开门。一身黑色风衣的萧穹衍探头探脑进来，应寒时抬手比了个噤声的手势："她还在睡。"

萧穹衍会意地点了点头，轻轻带上房门。主仆两人直接走到阳台上，关上推拉门，避免吵到她。萧穹衍放下手里的医药箱，拖了把椅子过来，然后说："苏开车送我过来的，他在楼下等。"

"好。"

应寒时在椅子里坐下，背对着萧穹衍，缓缓脱掉了衬衣。萧穹衍倒吸了一口凉气，一脸不可思议地说："老天！怎么会这样？伤口全部又裂开流血了。"

应寒时没出声，唯有耳朵微微红了。

萧穹衍有些生气地一边处理伤口，一边说："指挥官，你昨晚到底做了什么？难道杀死了五只S级生化怪兽吗？不是说了，不能剧烈运动吗？"

应寒时抬眸看着远方，静默片刻，嗓音里有了一点笑意："小John，有些事，你不会懂。"

萧穹衍被他说得更加困惑，但他也听得出来，应寒时今天早上很高兴，非常高兴。于是萧穹衍也莫名地高兴起来，哼着歌，替他把伤口重新包扎好。

"OK 了。"他收拾好医药箱，问道，"指挥官，你跟我们一起回家吗？"

应寒时穿好衬衣站起来："不了。我送她上班，再回来。"

他黏谢槿知，这一点萧穹衍早已习惯，于是点了点头，两人动作轻徐地又走回客厅。哪知萧穹衍眼睛很尖，透过那道帘子的缝隙，一眼看到床上的谢槿知，脖子上有点点红痕。

"啊！"他惊呼一声，"小知也受伤了？"

应寒时循着他的目光望去，眸色一怔，一把扯过帘子，遮了个严严实实："你不用管。"

萧穹衍奇怪地看着他："可是她……"看着应寒时沉静的眼神，他乖觉地住了嘴，"哦……"他有些不甘心地往门口走了几步，又突然露出顿悟的表情，看着应寒时，"我知道你们昨天做了什么了！"

应寒时脚步一顿，将双手缓缓负起到身后，低声问："我们……做什么了？"

萧穹衍眼珠一转，得意地笑道："老实讲，你昨晚是不是带小知去爬山了？所以伤口才会裂开啊，还让小知摔跤了对不对？指挥官，你真是太不小心了。"

应寒时静静矗立片刻，低头笑了："嗯，我是带她去爬山了。"

萧穹衍自觉猜中了答案，高高兴兴地往外走，却听应寒时温软的嗓音低低地道："我们爬了好几次。"

"哦……"

帘子背后，谢槿知睁着眼睛。

她早被萧穹衍一惊一乍的声音吵醒了。只是……

我们爬了好几次。

她的脸微微发烫。

应寒时真是越学越坏了。

晨雾逐渐散去，阳光照亮了街道。这个城市仿佛也恢复了生机，四处是车水马龙。

瘦老板的早点摊前，客人也越来越多，忙得不可开交。不过，经过的人再多，有的人，还是一眼就会被人记住。譬如天没亮时，那对清秀斯文的情侣。又譬如此刻，坐在角落方桌旁的，这个男人。

男人三十余岁，十分高大挺拔，穿着简单的灰色衬衫和黑色长裤，显得很是英挺。他的轮廓很饱满，眉眼鼻梁都像是工笔勾勒般深刻清晰。衬衫挽起半截，露出结实的小臂，搁在小桌上。他一个人坐着，面色沉静无波，让人感觉难以接近。若说唯一违和之处，就是他左颊上，贴了张小小的创可贴。创可贴上还被人用笔画了个小小的笑脸。

瘦老板迎上去，语气不自觉就客气了几分："您吃点什么？"

男人静默几秒钟，伸手在裤兜里掏了掏，只掏出了一张五元纸币，丢在桌上："这些钱够吃什么？"

瘦老板虽然意外他居然这么穷，但还是和气地答道："一笼包子，加一杯豆浆；或者一碗粉，加半笼包子。"

"一碗粉，加半笼包子。"男人言简意赅。

"好哪！"瘦老板收了钱，就给他张罗去了。

早点很快端上来了，男人拿起筷子，低下头，气度沉稳地吃着。过了一会儿，却有两个跟他穿着同样灰色衬衣、黑色长裤的年轻男人，走到桌旁坐了下来。男人抬眸看了他们一眼，神色淡然地继续吃。

"指挥官。"

"林指挥官。"

他们轻声唤道。

"嗯。"阿诺德林已吃完了粉，放下筷子，用手拿起小笼包，一个个慢慢往嘴里放。

"最近情况如何？"他问。

一名手下答道："侦察兵传来消息：星流指挥官已经从平行空间回来了，并且得到了新的晶片。"

男人慢条斯理地把五个包子都吃完，才答道："知道了。"

"接下来我们怎么做？他们已经拥有两块晶片了。"手下问。

"我自有安排。"林抽出纸巾擦了擦手指，看向他们，"让你们带钱过来，带了吗？"

"带了。"一名手下从怀里掏出个大的牛皮纸信封，双手递给了他，"这里是十万现金。您说过，不必太多。"

"嗯。"林接过信封，淡淡地说道，"今天就先这样，你们走吧。"

两名手下对视一眼，其中一人迟疑道："指挥官，您不跟我们一起回去吗？"

"暂时不。"

"可是指挥官，请您一定不要再像这次这样走失了，甚至还流浪街头。大家都非常担心。如果有需要，请让医务兵可以就近跟随您。毕竟上一次与皇帝陛下决一死战，遭遇耀斑辐射后，您的大脑就一直未能痊愈，时常忘事……"其中一人忧心忡忡地说道，但是撞上林冷淡的视线，立刻又闭了嘴。

这时，另一人却盯着不远处的街头，轻咳一声说："指挥官，您的女人来了。"

林缓缓回头，看一眼不远处匆匆走来的女人，淡淡地说道："你们先走吧。"

他俩立刻站起来："是。"随后身影迅速隐没进人群中。

林坐在原地不动，低下头，慢慢喝水。冉妤走到他跟前时，看到的就是这副气定神闲的模样。她微蹙眉头，看着那两个远去的人影，没好气地说道："木头，你大早上跑出来，跟谁偷偷见面呢？"

林答道："以前的下属。你吃什么？"

冉妤在他身旁坐下来，招手说道："老板，来一笼包子。"然后斜睨看着他，"哟，你还有下属呢？"

林也不生气，手指慢慢转动茶杯，淡笑答道："有，还很多。"他的语气半真半假，冉妤一时也分辨不出来，干脆懒得深想了。

热腾腾的包子端了上来，冉妤这人脾气来得快去得也快，又欢喜起来，舀了两大勺辣椒酱，放在碟子里，正要开吃，辣椒碟却被人拿走，放到了一边。

冉好瞪着他："你干吗呀？"

林抬眸回道："太多了。"

冉好有点不可思议："你管我？"伸手要将辣椒碟拿过来，却被他按住了手。他的力气大得惊人，一时她的手被他牢牢握在掌心，动弹不得。

"我为什么不能管你？"他用那沉黑的眼睛看着她，这意有所指的话，让冉好的脸慢慢红了，松开了辣椒碟，他才缓缓地把她的手松开。

冉好低下头，用筷子夹起包子，一口口寡淡无味地吃着。他在旁静静地看着，若有所思的样子。

"喂，木头，你什么时候愿意去见我的朋友？"她小声问道。

林笑了笑，却语气疏淡道："我说过，不喜欢跟陌生人见面，也不要跟你朋友提我的事。"

冉好有些丧气，但是从一开始她就知道，这个男人的脾气是很怪的。若说开始那些天，她还对他颐指气使，现在不知怎的，也不敢真的惹他发脾气。

她用筷子在盘子里戳啊戳，不高兴了。林静默注视片刻，说："你不是想出去玩吗？过几天我带你去。"

冉好又瞪他一眼："说得轻巧，哪来的钱？我真是……对了，昨天给你的二十块零花钱，用完了吧？"

"用完了。"他淡淡地答，看她一眼，眼中到底闪过丝笑意，将那牛皮纸信封，丢到她面前，"这些钱你拿去交房租，再买你喜欢的那个包。剩下的我们俩去旅游。"

冉好拿起信封翻了翻，瞪大眼睛，却有些紧张起来，压低声音问："这些钱哪里来的？"

他扫她一眼，站起来："我想起来，自己还有些赚钱的营生。你去上班，我还有别的事。"谁知刚走了两步，衣袖却被人紧紧抓住了。他低下头，首先看到扣在衬衫上的白皙纤细的手指，然后是冉好轻咬下唇的模样。

"木头，你是不是要不辞而别了？"她轻声问，"电视里都是这么演的，落难的有钱男人，一旦恢复记忆，就会回去原来的生活了。"见他不出声，冉妤一把将那装钱的信封丢进他怀里，"你要走就走，这几万块我还真的不差。"

林静默注视她片刻，忽地抬手，就将她扣在了旁边的墙上，这引来许多人的目光。冉妤瞪大眼睛看着他，眼眶忽然有点湿了，他却低下头，冰凉的唇重重吻住了她，略带胡楂的下巴刺得她微微的疼。

冉妤想要抗拒，却被他扣住了两个手腕，动弹不得，只能如同被囚禁的白兔，在大灰狼的怀里承受。

过了好一会儿，他才松开她，眼眸深邃，语气却平淡道："记住，不要干涉我的事。晚上做个排骨汤，我回来吃。"

冉妤怔怔地望着他："哦……"还没说完，他却已转身走远了。

天气晴朗，日光明媚。谢槿知戴着白手套，站在书架间整理。庄冲在工作台前值班，冉妤虽然也在工作台前，但不知道在发什么呆。

周围静悄悄的，微尘在空气中飞扬。谢槿知忙碌了一会儿，动作慢慢停住了，站在那里发起了呆。

昨天晚上，没有做安全措施。当时他和她情绪都有点激动，也有点冲动，几乎是不顾一切地在一起了。中间她虽然有想起这个问题，但是想到这几天是她的安全期，就抱着侥幸心理，继续放纵彼此了。

万一……要是怀上了怎么办啊？不知道会生个什么出来……

谢槿知默默纠结着，又抬头看了看墙上的日历。今天是周末了，他说下班会来接她。周末两天他们又可以在一起了。

但是如果……安全措施一定要做好。

同样的日光下，应寒时站在家中，面朝湖水沉思着。

过了一会儿，他面颊微红，转头问道："小John，你擅长网购，替我买点东西。"

"哦，好啊，小 John 乐意效劳。"萧穹衍笑眯眯地把电脑搬过来，"需要买什么？"

应寒时不说话，只抬起骨节分明的手指，在键盘输入了用品名称。萧穹衍爽快地答了声："好哪！"他在电脑上搜索了一会儿，就抬起头，"报告指挥官，我选好了，你看可以吗？"

应寒时扫了一眼屏幕，他并不了解这些东西，不过萧穹衍的信息搜集分析能力是最强的，选的自然可靠，于是他点头道："买吧。"

萧穹衍拍下十盒，又说道："同城旗舰店，今晚可以送到。"

应寒时微微笑道："很好。"

萧穹衍得了表扬，也高兴起来，推开电脑，想起今晚应寒时还要去接谢槿知，又苦口婆心地劝道："对了指挥官，今晚不要再剧烈运动，不要再去爬山了哦！"

应寒时的目光先落在他脸上，然后落在屏幕上的订单画面。他静默片刻，最后转过脸去，避开萧穹衍纯洁无邪的目光，缓缓答道："我……自有分寸。"

身为男人，他会有分寸。

爬慢些……就是了。

谢槿知下了楼，远远就看到应寒时站在树荫下。身旁的冉好狭促地笑了笑，说："槿知，他黏得可真紧，我看你这回是要被这男人吃得死死的了。"

谢槿知低骂道："乱讲，快去跟你的犀利哥相会吧。"

冉好果然一副被点中死穴的模样，转头就走了。

谢槿知走过去，问道："什么时候来的？"

应寒时眸中有淡淡的笑，牵起她的手："刚到。"

"我们去哪儿？"

他带她上了车，说："去吃晚饭？"

"好啊。"

应寒时在外面吃饭的次数并不多，所以谢槿知做主挑了附近一家粤菜馆。图书馆下班早，还没到高峰饭点，餐厅里人不多。两人寻了个僻静角落坐下，谢槿知翻看菜单。

"有什么想吃的？"她问。

"你定。"

"哦。"

谢槿知低头看了一会儿，终于还是抬头望着他："应寒时，你能不能不要老是盯着我？"原本目光一直落在她身上的应寒时，闻言微微有些窘，转过脸去。谢槿知又笑了笑，这才招手叫来服务员。他伤口未愈，她点的都是几个清淡的菜。不过最后又加了盘麻辣小龙虾，自己吃。

菜一端上来，谢槿知就戴上一次性手套，专心剥虾子。应寒时原本没觉得有什么，也安静地吃着她点的那几道清淡可口的菜。过了一会儿，他抬起头，就见她面前堆满虾壳，嘴唇也吃得通红。那一整盘火辣的虾，居然被她吃掉了一大半。

她平日里温婉又安静，有时还有些凶。但应寒时还是第一次看到她这样大快朵颐的爽快样子，觉得新鲜又可爱。但眼看她竟跟个馋嘴孩子似的，专攻虾子吃个不停，他静默片刻，在她再次伸手前，将虾子端起，放到了一旁。

谢槿知抬头看着他，嘴唇红得像一小撮火苗："怎么了？"

"不要吃太多。"他温和地解释道。谢槿知又瞥他一眼，站起来，伸手将那盘虾子又拿回去，放到自己面前，然后又拿起一只，慢条斯理地剥了起来："应寒时，控制欲不要那么强，你有时候像个小老头似的。但是我不想被你管得死死的。"

这话她说得轻巧淡然，应寒时的脸却微微一红。头顶垂落的小灯，柔和朦胧。谢槿知望着他的模样，忍不住笑了。而他沉默了一会儿，忽然起身，从桌子对面坐到了她身边。

谢槿知斜眸看着他。他一只手臂搭在了她身后的沙发上，另一只手伸过来，轻轻取走了她手里的龙虾。谢槿知被他半圈在怀里，能够清晰地闻到他衬衫上干净的气息，微微一怔。他却已低下头，俊脸覆盖过来，在她唇上轻轻一吻。

"小知……听我的话。"微微低哑的嗓音，明明是在管她，却又像是在哄她。

谢槿知的脸忽然烫了起来，心也扑通扑通跳得不稳。看着他乌黑的眼睛近在咫尺，大有她不听话就继续亲她的架势。

谢槿知将手里的虾子一丢，抽纸巾擦了擦手，小声说："我不吃了，你坐回去。"

"嗯。"他这才起身，又坐回对面。

接下来，谢槿知一边喝着清淡的汤，一边望着他温润清雅的眉目，心想，他其实最坏了。

要怎么形容呢？纯到深处自然黑？

吃饭的餐厅就在一栋商厦里，两人走出来，对面就是人潮涌动的电影院。谢槿知望了两眼，说："我想看电影。"

一直以来，她对外出观影都兴致缺缺，更喜欢跟他两个人在家里看电视。不过她这么说，应寒时看着她答道："好。"

其实谢槿知的想法很简单，就是突然很想跟他做一些普通情侣会做的事。因为是临时买票，好的位置已经卖完了。两人干脆在最后一排的边角位置坐了下来。这个时间，上座率只有一半，他们周围的座位都空着，倒也清静无人打扰。

光线很快暗下来，满场寂静，屏幕上的光影开始闪烁。谢槿知看了一会儿，就把头靠在应寒时的肩上。他的肩膀虽然略硬，但是却让她感到舒服。

过了几秒钟，他偏头吻了下来。

谢槿知完全看不到画面了，跟他在黑暗中脸轻贴着脸，唇舌纠缠着。

"晚上……去我家，好吗？"他在她耳边碎语，"明天早上我送你上班。"

谢槿知安静了一会儿，回道："嗯。"

他得到首肯，手慢慢搂住了她的腰，将她从座椅上拉过来，抱起放到了大腿上。谢槿知斜他一眼，想要挣脱下来，却被他紧紧扣在怀里。谢槿知心跳如鼓，也不挣了，窝在他怀里，继续看电影。他却低头，只看着她。

于是这一场电影下来，两人根本就没看几个镜头，一直就这样小声说话，眉目凝视，耳鬓厮磨。到散场时，应寒时牵起她的手，第一个离开这繁华喧嚣的地方。

夜色如水，黑色保时捷轻盈奔驰在夜风中。谢槿知望着身旁戴着白手套、动作沉稳开车的应寒时，开口道："要不还是去我家吧，你家很多人。"

"不必在意。"他说，"我会命令他们不要打扰。"

谢槿知沉默了一下，还是有点别扭。

他却轻声说："槿知，那不一样。"她不解地望着他。

"我的女人……应该跟我回家。"他缓缓地说道。

谢槿知这才明白过来。他是在说，去她家还是去他家是不一样的。他是男人，要占据主导权。她忽然笑了出来，把头探过去，在他脸颊上亲了一下。早就知道，他温柔如水的外表下，内心住着个纯爷们。现在看来，他真的是很想以"一家之主"自居啊……

走进别墅，就见大家都在客厅里。苏和丹尼尔坐在电脑前打游戏，林婕靠在沙发里抽烟看电视。萧穹衍系着围裙，来来回回地忙碌着。

谢槿知心想，他这里还真成外星人大本营了。见他们回来，苏和丹尼尔都笑着打招呼，林婕也淡淡地点头。萧穹衍则凑上来："啊，我们马上要开餐了，一起吗？"

应寒时径直牵着谢槿知的手，上了二楼："不用，我们吃过了。"

走了两步，又顿住，转头看着萧穹衍，"小John，我和槿知想两个人待着，除非紧急情况，不要打扰。"

"哦……"萧穹衍一脸似懂非懂的样子。

谢槿知微窘，神色却淡定。抬眸望去，苏和丹尼尔面带善意的笑容，林婕却只用那漆黑深沉的眼睛望着她和应寒时，脸上没有任何表情。谢槿知神色平淡地回望着她，然后就看到她转过头去，起身走向阳台。

天明时，谢槿知睁眼醒来。人依旧在他怀里，被他从后面抱住。她轻手轻脚地转身，看着他沉睡的样子。

过了一会儿，却听到咚咚咚的敲门声。她刚要起床，应寒时已经醒了，示意她继续睡，自己披了衣服坐起来："什么事？"

萧穹衍洪亮的声音传来："指挥官，有事情要跟你汇报！"

谢槿知心疼应寒时没睡多久，毫不留情地说："让他一边待着去。"

应寒时微微一笑，门外的萧穹衍却耳朵尖听到了，大声说："指挥官，是紧急情况！"

应寒时立刻走过去，打开门。谢槿知也穿好衣服起身，跟了过去。

"什么事？"他问。

谢槿知也问道："是不是反叛军有什么事？"

萧穹衍的面色却有些古怪，好像兴奋又紧张的样子。他摇了摇头，变戏法似的从身后拿出个平板电脑，放到他们面前："指挥官，出大事了，你的身份暴露了！"

谢槿知和应寒时同时一怔，只见屏幕上是个新闻页面，一行黑色醒目的标题："特大爆料：江城惊现外星人！"下方配的图片，是一个男人负手侧立在黑夜中。男人的兽耳尖尖，长尾盘旋，侧脸轮廓分明。虽然画面有些模糊，看起来是偷拍的，但还是轻易就能辨认出，正是应寒时的照片。

第十八章

平凡人生

谢槿知从未想过，应寒时的身份会有暴露的一天。这感觉就像是晴天霹雳，让人摸不着头脑。

应寒时已经伸手接过萧穹衍的电脑："我看看。"

三人在书桌旁坐下，谢槿知依偎在他身旁，看着屏幕。原来萧穹衍打开的，是一条长微博，粗略一扫，才几个小时，已经有上万条转发，两万多条评论。博主名字叫作"寻找真相的老白"，还加了V，认证信息是"自由撰稿人、记者、作家"。

萧穹衍却在旁边嘀咕道："就是个忘恩负义的家伙！"

谢槿知和应寒时一起往下看。老白声称在两年前，见过"神秘男子"一面。原来那年秋天，他驾驶汽车往西部旅游，却遭遇了公路山体塌方，连人带车都被埋了，差点没命。就在那时，"神秘男子"出现了。老白在微博中描述："……他穿白衬衣黑色长裤，一看就衣着考究，拥有良好的家境和教养。我当时迷迷糊糊，以为是好心路人。结果他单手就掀开了压在我车上的几吨重的岩石，把我救了出来……

"我当时很惊讶也很感激，出于记者的职业敏感，我闭着眼睛装睡，偷偷观察他。他把我安置在公路旁后，就走到另外几辆遇难轿车旁，非常轻松地把其他昏迷的人都救了出来……

"我以为我眼花了，因为他的身后，有一根长长的尾巴，非常灵活，甚至还掀开了一辆大卡车……我非常确定，他不是人类。"

"他写的是真的吗？"谢槿知看着他俩。

应寒时点了点头，萧穹衍也答道："是的啊，那年是指挥官带我去青海湖钓鱼，遇到塌方，他就去帮把手咯。"说完又叹了口气，"小知，你知道的，他就是烂得不能再烂的好人，遇到谁有困难都会去帮忙。这些年他伸手援助过的人不计其数。事实上对于他能隐藏身份到现在，我已经觉得很惊讶了……"

应寒时行事坦荡无愧，但在心爱的女人面前，被他这样吐槽，还是微觉尴尬。他抬眸看了萧穹衍一眼，目光有些严厉。萧穹衍立刻讪讪地闭了嘴。

谢槿知继续往下看，原来那次事件后，老白就一直在追查应寒时的事。慢慢地，他居然查出应寒时很可能居住在江城。而一次偶然的机会，他得知 G 省依岚山附近有些异常，于是就跟了过去，然后就拍到了那一组应寒时半兽态的照片。据说这是他匍匐在稻田中好几个晚上偷偷拍到的。

在长微博的最后，老白写道："我追查他，不为私利，不为出名，只想证实一件事：地球上是否有外星人。因为追寻真相，是每个新闻工作者最根本的使命。"

"现在怎么办？"萧穹衍问，"要我黑掉这条微博和所有转载吗？"

谢槿知心情一松。是了，他俩是顶级黑客，处理这次危机应该很容易。

只是这个"老白"的出现，让人感觉很不安稳。

应寒时站了起来，负手沉吟片刻，答道："不，暂时什么都不做。我们删掉这条微博，他还可以再发。不仅打草惊蛇，还有可能引起更多人的猜疑。你尽快找出这个人，我们一次性将问题解决。"

萧穹衍恍然大悟道："是。"

他俩说话间，谢槿知在电脑前坐了下来，刷新页面，发现这个外星人话题已经登上了热门话题榜第五名。她又点开下面的评论，却发现热门评论并非质疑长微博的真实性，而是如出一辙的……

"Cosplay？但这个男人真的帅得像个外星人。同意的赞我！"

"真的是外星人吗？求带我离开地球！"

"太帅了，那侧脸那小眼神，看得姐心跳加速。"

"我只想说一句话：君子温润如玉，遗世独立。"

"这是我的外星老公，原博你不经我同意就发布，我要让老公代表星星消灭你！"

"求人肉，求偶遇，求献身。"

"求献身。"

"求献身。"

"请让他用尾巴缠住我！"

…………

谢槿知慢慢地看着。应寒时原本不过把这当成一次闹剧，也不会放在心上，可现在跟她一起看着这些评论，脸慢慢就红了。

"槿知，这些你不必看。"他说。

谢槿知却看得目不转睛："唔，我再看看。"

见劝不动她，应寒时抬眸看了眼萧穹衍，示意他把电脑拿走。

萧穹衍递给他一个"已领会"的眼神，然后特别苦口婆心地劝道："小知，你完全不必因为这些评论生气。因为指挥官根本不会看这些女人。"这话听着顺耳，应寒时静默不动。

谢槿知轻轻"哦"了一声。萧穹衍再接再厉地说道："当然啦。要知道从前，指挥官就经常被人偷拍、跟踪、示爱，他已经习惯啦！每次凯旋，几乎万人空巷，很多女孩都想一睹他的风姿。网络热门话题排行榜他从来都是第一名呢，现在才第五！想当年，全国至少有一半未婚女孩梦想嫁给他，另一半想嫁给皇帝陛下。甚至还有女孩伪装成服务员，潜入他下榻的酒店，穿得很暴露想要爬床呢，每次我都要费力气把人丢出去。所以比起从前，现在不过是些小风小浪，你实在不必担忧呢……"

这番话他说得流利极了，谢槿知听得都愣住了。而应寒时的脸彻底红了，语气却清冷无比："小 John，闭嘴。"

萧穹衍吐了吐舌头，应寒时伸手从谢槿知手里取走鼠标，将电脑拿起来递给他："你先出去。"

"哦……"萧穹衍委委屈屈地走了。

房间里重新安静下来。应寒时的手摁在桌边，低头看着她，"你……不高兴了？"

谢槿知也谈不上不高兴，只是……

她抬头望着他："以前真的有很多女人喜欢你？"其实这个问题根本不用问。他年轻、能干、俊朗，身居高位，为人又正直，必然是许多女孩的梦中情人。就像现在，仅仅一张侧脸照片，都能引来女孩们的臆想和好感。

他答道："我不清楚。"

"怎么会不清楚呢？"

他用那漆黑如墨的眼睛望着她："因为我并不在意。"

谢槿知轻轻"哦"了一声，手却被他握住了。

"那你什么时候开始在意我的？"她又问。

应寒时沉默了一会儿，答道："第二次遇见你的时候。"

谢槿知诧异地望着他："第二次？是什么时候？"

他的脸又有点红，嗓音却是温软清爽的："那天下了雨，你一个人去图书馆查探，我……开车跟着你回家。"

谢槿知问道："然后呢？"

他顿了顿，说："你一个人走在雨中，看起来很冷淡，也很安静。"

谢槿知琢磨了一下他的话，问道："所以……你喜欢我冷淡的样子？"

应寒时也怔了一下，说："……是的。"

谢槿知忍不住笑了："哦，这样啊。"

应寒时也察觉出她笑容里的戏谑之意，静默片刻，抬手就将她扣进怀里。

"有多喜欢？"她把脸埋在他胸口，小声问。

他轻声答道："非常喜欢。"

然而事态发展的迅速程度，超出了所有人的预料。

这天，谢槿知还是照常去上班了。毕竟这个阶段，天塌下来她都不能旷工了。可到了中午，她再刷微博，已经有五万条转发，上了热门话题第一名。

之前应寒时黏她黏得紧，从馆长到门卫几乎都见过他。于是谢槿知人在馆厅里，就能感觉不少同事的目光有些异样。冉妤和庄冲两个知情人更是一副如临大敌的模样，时不时跑来问她怎么办。谢槿知告诉他们，等应寒时行动，静观其变。

中午吃完饭，谢槿知去了一家眼镜店，买了副男士墨镜。结果看到连店员都在刷这条微博，还兴奋地感叹："真的好帅！"

"不会真的是外星人吧？地球人气质哪有这么好？"

下午，下班铃一响，谢槿知就跑下楼。远远就看到应寒时的车停在那里，人倒是没出来。谢槿知立刻跑过去，上了车。

应寒时依旧是沉静温和的样子，说道："抱歉，刚才我开在路上，就被人认出来了。所以没有下车去楼下接你。"

谢槿知点头，心想，那是因为你的车也太骚包醒目了。别人会多看几眼，再有看过那条微博的，不就发现了你。

车子徐徐驶入车流，她问："萧穹衍查出那个'老白'了吗？"

应寒时回答道："快了。老白是在一家网吧发布的消息，萧穹衍正在追查他的住址和身份信息。"

"这件事，会跟反叛军、阿诺德林有关系吗？"她又问。

"现在还不清楚。"应寒时语气清冷，"不过，他应该是很乐意看到我惹上麻烦的。"

谢槿知点了点头，从包里拿出那副墨镜，递给他："暂时戴着吧。"

应寒时并不喜欢戴这种东西，但还是听话地戴上。然后双手搭在方向盘上，继续开着。

谢槿知一时竟看怔住了。墨镜之下，他的下颌线条清晰干净得让人侧目。

静默片刻，她探头过去，在他侧脸一吻："你的确很招女人喜欢。"

"小知……"

她却倾身过去，靠在他的肩上，闭上了眼睛。

暮色降临，车子驶入小区时，两人发现了不对劲。前方应寒时的别墅周围，站了一群人，不少人还举着照相机、摄像机。别墅区的几个保安努力维持秩序，似乎想要驱赶他们，但是没什么效果。

应寒时缓缓将车停下，与此同时手机响起，是萧穹衍打过来的："糟糕了指挥官，可能是咱们的邻居在网上发了你的地址。现在楼下全是人，你和小知暂时不要回来。林婕他们出去找老白了，没办法接应你们。"

"我们已经回来了。"应寒时放下电话。

谢槿知看着那熙熙攘攘的人群，还有不少是年轻女孩，举着手机在拍别墅。天色已经暗了，那些陌生人脸上的表情却是兴奋而期待，就像是等着看一场好戏。谢槿知却忽然觉得，离这些跟她一样的地球人，离这个环境，都非常遥远。

"怎么办？"她问。

应寒时刚要掉头，这时却有一名保安看到了他的车，跑了过来："应先生，对不起，我们赶不走这些人……"他看应寒时的目光，明显也有些异样。

谢槿知答道："行了，你先走吧。"

然而已经太晚了，前方有记者发现了保安的举动和他们的车："在那里！"人群瞬间涌动，呼啦啦全都围了过来。

嘭嘭嘭——他们大力地拍着车窗，谢槿知抬头望去，到处都是陌生的脸，叽叽呱呱全都在大声说话："应先生，你真的是外星人吗？"

"应先生，这次热门微博，是你的自我炒作吗？"

"这是你的地球女朋友吗？"

"真相到底是什么？"

而那些女孩，也拼命挤进来，看到应寒时的真容，全露出兴奋羞涩的表情："好帅啊！"然后拿着手机一个劲地拍。

应寒时抬手挡住脸，从谢槿知的角度，只能看到他微抿的嘴唇。

"槿知，跟紧我。"他说。

"嗯。"

谢槿知只觉得这一切真的就是一场可笑的闹剧，一场飞来横祸。

既然避无可避，她现在只想跟他快点回到屋里去。

他推开车门下车，引来更多闪光灯和惊呼声。谢槿知看着他面色静漠无比，伸手分开人群。那些人似乎也不敢靠他太近，让出了一条路。这一幕让谢槿知心里忽然微微刺痛。

他走到副驾，拉开门把她接了出来。他们见状又围了上来，对着她一顿猛拍。应寒时将她扣进怀里，缓缓说道："请你们让开，我们要回家。"

可是回答他的，是一片更加刺耳的追问声。

谢槿知低着头，任由他拉着，往别墅的方向走。那群人始终挤着围着他们，所以走得很慢。就在这时传来"啊""啊"两声惊呼，两个女孩大概是被人撞到了，朝地上摔了下去。可旁边正是片花圃，带刺的玫瑰丛和岩石夹杂在一起。眼看两个女孩头就要撞到岩石上了，应寒时眼疾手快，一把扶住她们。旁边的人们一阵惊呼，却没人伸手相助，而是响起更密集的拍照声。

"多谢！"

"谢谢你！谢谢你！"两个女孩也吓了一跳，连声道谢，望着他的脸却红了。

应寒时迅速松开她们，脸色清冷而平静。

谢槿知刚要伸手重新牵住他，忽然感觉身旁有人非常用力地撞了她一下，她的脚步一个踉跄，没能握住他的手，而他在这时霍然回头寻找她。

谢槿知身旁站着两个举着照相机的男人，身手快如闪电，放下相机，手就扣在了她的肩上。谢槿知还没来得及发出惊呼，就感觉到两股大力朝自己肩头袭来。她的脚尖已经离地，被他们拖着往后迅速倒退。树木和建筑如同光影般从眼前掠过，眨眼间竟然离人群有数十米远。

谢槿知心头冒出一股寒气，失声喊道："应寒时不要！"但是已经晚了，两个男人唇角同时微勾，刹那间令谢槿知想起曾经在依岚山袭击顾霁生的纳米人。他们手掌一翻，同时露出雪亮的匕首，朝谢槿知的胸口刺去。

一团银色光影，疾如流星快若闪电，从人群中跃出，朝他们冲过来。两个纳米人的刀刃还没碰到谢槿知的皮肤，就被他揪起衣领扔了出去，他们重重撞在树上，滑落下来。

然而他们的目的也许已经达到了，人群爆发出强烈的惊呼声。

谢槿知的眼前，光影消失，应寒时清澈如明月般的轮廓浮现。许是刚才爆发的速度太快，兽耳于黑发中安静竖立着，身后的尾巴也轻轻摇动着。

"尾巴！尾巴出来了！"

"妖怪！"

"他真的是外星人！"

他们手里的照相机几乎闪成了一片，个个脸上呈现兴奋和惧怕交织的神色，一时也不敢靠近。连旁边的保安，全都大惊失色地拿出手机拍了起来。

应寒时双手负在身后，清瘦挺拔的背影矗立在夜色中，也矗立在他们看怪物般的目光里。然而他眉目沉静，竟是如此处变不惊，将她的手一牵，低声道："我们回家。"

谢槿知跟着他往家里走，这一次再没有人敢围堵上来了。可是她望着他的背影，望着他静静垂落的尾巴，忽然感到说不出的难过。

她一点也不想看到他这样孤独地站立在世人的视线里。

谢槿知站在窗口，静黑的天空笼罩山岭和湖畔，远处的城市灯火通明。

她站了一会儿，听到背后响起脚步声。

应寒时负手凝望着她："小知，为什么不下去吃饭？"

谢槿知用手指轻扯着窗帘，说："不想吃，你不用管我。"

应寒时垂眸静立片刻，伸手就把她拉进怀里。谢槿知的脸轻贴他的胸口，不说话。

"再不吃，我就亲手喂。"他说。

谢槿知抬头望着他："这句话谁教你的？"

"……庄冲。"

谢槿知忍不住笑了。

他的眼睛里也有非常温和的笑意："小知，无论何时，不要对自己的身体不好。"

谢槿知轻轻"嗯"了一声，又问："寒时，你是不是习惯了受别人委屈？你为什么一点也不生气？你……难过吗？"

他握住了她的肩膀，答道："我并非软弱可欺，我是个男人。但是，人生在世，有些事需要男人去在意，有些事却只是过眼云烟，我不需要放在心上。"

谢槿知微怔。

一直以来，她都觉得他太过善良纯直，有时也会替他感到不甘。可此刻听了他的话，她忽然明白，他的良善，并非单纯不懂世事，而是一种静如深水的通透坚定。

她伸手抱住了他："嗯，你特别特别男人。"

应寒时还没被她用这么重的语气夸奖过，而且夸奖的还是他最在意的方面。他的脸慢慢红了，尾巴也跳出来，轻轻摇着。

谢槿知顺手握住他的尾巴，在手指上缠了两圈，又问："现在我们怎么办？"

他任由她随意玩弄着尾巴，脸色微红，嗓音却沉静地答道："萧穹衍已经追查出'老白'的下落。等你吃完饭，我们去找他。"

谢槿知的神色也变得肃然："好。"

楼下的那些人，终究被保安们驱散了。但黑暗中是否还有窥探者，不得而知。那两名反叛军的纳米人，也趁乱逃走了。

谢槿知和应寒时都没有去看网上的新闻，但是从萧穹衍和庄冲的脸色看，情况必定很糟糕。谢槿知在应寒时的陪伴下吃了饭，他就背着她跳窗而出，开另一辆车，离开了小区。

大约半个小时后，他们抵达了目的地——一个普通的住宅小区。按照萧穹衍费了很大力气查出的线索，"老白"就非常隐秘地住在这里。

夜色深了，小区十分寂静，灯火稀疏。应寒时带着谢槿知上了楼，没有坐电梯，而是走楼梯。老白就住在十八楼。到了十六楼拐角时，应寒时忽然停步，抬头仔细聆听。

白梓辰坐在颜色老旧肮脏的沙发里，一根又一根猛抽着烟。一旁的方桌上，几个男人正在打牌，哗啦啦的洗牌声和笑骂声不绝于耳。

平心而论，身为文化人的白梓辰，很讨厌这些托关系花钱雇来的打手混混。但是现在，他需要他们。

这几天，他一直被某种焦躁而兴奋的情绪冲击着。正如他在长微博中所写，在与应寒时萍水相逢后，他一直渴望着再找到他，揭露他身上的秘密，得到自己想要得到的一切。其实仅凭一条尾巴和超能力，他并不能判定应寒时就是外星人。

但他很清楚，"外星人"的假设更能引起公众的兴趣，效果更轰动。现在，这一点已经得到证实。据说甚至已经有人找出了应寒时的住址，拍到了更多的照片。但是白梓辰并不急着凑上去。他要的，是更大的独家新闻。这件事一旦成了，他就会成为江城乃至全国最出名的记者。

他又深深地吸了口烟，目光落在房间里那个一人多高、方方正正的金属牢笼上。里面连锁链都已准备好，可以牢牢绑住那个外星人的四肢。他推测，应寒时一定会找上自己。所以他才偷偷租了这套房子，又请了七八个打手过来。尽管依据当年所见，应寒时的力气大得惊人，但他现在这么多人，又都是狠手，搞定他应该没问题。

事实上，在白梓辰心中，根本不相信外星人的存在，他更倾向于应寒时不过是个基因突变、长着尾巴、力气大一点的怪胎而已。以前国外不是没有过新生胎儿长有尾巴的报道。不过现在，这个怪胎就是他一举成名的筹码。

他又有些厌恶地转头，看着那些打手，脸上却带着笑："各位大哥，你们打牌归打牌，时刻还是警惕点。他随时有可能来。但如果来了，注意不要伤到他，关键是抓到关进笼子去。等研究完了，我还是会放了他的。"

打手们一片哄笑，答道："好。"也不知是不是在笑话"抓外星人"这件事太荒谬。白梓辰有些烦躁地打开电脑，浏览网络上最新的进展。耳边闹哄哄的，以至于客厅的门被人推开的那一声轻响，他也没注意到。打手们也没注意，洗牌声越来越大。过了一会儿，白梓辰突然怔住，身体微微有些发僵，心跳也猛地加速。

他抬起头，望向门口的方向。然而眼前骤然出现一片洁白而磅礴的光芒，无声无息地朝他侵袭过来。他看到所有打手同时如遭重击，哼都没哼一声，就栽倒在白光里。而他眼前一黑，也昏了过去。

白梓辰再次醒来时，发现自己在笼子里。

他吓得浑身冷汗，踉跄着爬起来，望着笼外的一男一女。

应寒时没有看他，他站在窗前，神色静漠。谢槿知坐在一把椅子里，眼神清冷："你有没有良心？他救过你的命，你却妄想把他当成动物一样关起来？"

白梓辰这时却镇定下来，一脸坦然地答道："我要追寻真相。你……真的是外星人？"

应寒时未答，谢槿知也没理他，而是扫一眼屋内的设施，淡淡地说道："追寻真相？可这些摄像头，还有你电脑里那些准备好的新闻稿，都告诉我们，你打算 24 小时直播！"

白梓辰说不出话来，最后哽哽地说："那也是为了真相……"

应寒时终于侧头，看了过来。与他的目光相触，白梓辰心头居然一颤。

然后就听他静若流水般的声音响起："我不杀没有攻击力的平民，你也罪不至死。但是你的所作所为，已经伤害到我身边的人。

我必须让你付出代价。"

白梓辰害怕起来，大喊道："你们想干什么？现在可是法治社会，新闻自由……"话没说完，应寒时的手已经伸入牢笼将他抓了出来。白梓辰"啊"的一声惊呼，应寒时已提起他，影如流光，跃出窗外。

谢槿知等了几分钟，就见他俩跃回了屋内。应寒时丢开他，神色淡然。

白梓辰整张脸却已吓白，一落地，就瘫软下来，然后窝在墙角拼命呕吐。

看到他被折腾成这副模样，谢槿知心中倒升起一丝快意。应寒时说道："如果还有下次，我不会再接住你。"言下之意，下一次就会要他的命。

白梓辰慌忙点头道："不会了，我什么也不会做了……"

应寒时注视着他的眼睛，过了一会儿，转头对谢槿知说："你去楼梯间等我。"

"好。"

谢槿知等了一阵，就看到他从楼梯走了下来。两人没有多说，下楼上车。

夜色很深了，公路上的车流却依然川流不息。谢槿知靠在椅子里，有些漫无目的地望着外面的灯。片刻后，听到他开口："我断了他一双腿。"

谢槿知沉默了几秒钟，"哦"了一声。

应寒时的侧面在夜色里，寂静得像一幅画，他缓缓说道："他的眼神太闪烁，我必须让他吃到苦头，不敢再犯，也无法再跟踪找。他电脑上的数据和所有资料，我都已经销毁。断了源头，就可以通知萧穹衍，屏蔽网上所有相关消息。以后，网络上不会有任何痕迹。"

谢槿知点了点头。她相信他的判断，只是这样的他，透着种熟悉又陌生的冷冽。不过，那也是让她心动的。

而且她以前也见过，网络上闹得火热的事件，一旦被压下去，过几天，公众的视线就会自然而然地转移，再过半年甚至几个月，都不会有人再提起。

只是，这件事终究还是破坏了他们原本平静的生活。

她抬头望着前方，那么多的高楼大厦，车流灯光，他们的车却是孤独而安静的。她轻声说："去我家吧，不会有人打扰。"

"好。"

如果两个人的孤独是爱你的一部分，那我心甘情愿。

应寒时把车停在离槿知家不远的街角，然后背着她跳过屋顶，跃进窗户，这样不会被任何人看见。屋子里很暗，两人都没去开灯。谢槿知抱着他，躺倒在床上，轻声说："寒时，你让人忍不住就想要满足你。"

他在黑暗中不说话，但是她知道，他一定又被自己的话撩得脸红了。

"你确定……要满足我？"他问。

谢槿知慢悠悠地答："拼了。"

一室暗淡中，两个人都笑了。他扣住了她的双手，低头吻了下来。

手机铃响时，谢槿知睁开眼睛，发现自己躺在卧室的沙发里。

她愣了有一秒钟，因为之前她是在阳台上打盹，是应寒时抱她进来的？

她笑了笑，从口袋里摸出手机，看到来电显示，抿了抿嘴。

"喂，馆长，您好。"

馆长的语气有些踌躇地说道："小谢啊，你好。给你打个电话，问问你这几天怎么样？"

谢槿知一听就明白怎么回事，语气平静地答："都挺好的。"

馆长轻咳一声，说："是这样，馆里这两天也来了一些记者，还有不明真相的围观群众。我看，如果你不方便，这两天就在家里休息，不要来上班了。等事情过去了，再来报到。怎么样？"

谢槿知沉默了一下，说："馆长，对不起，给你添麻烦了。"

馆长立刻说："没事没事，你不要有心理负担。我是不信那些异想天开的事情的，一个人在家照顾好自己。"

谢槿知笑了，道："谢谢您馆长。哦，对了……"

馆长问道："什么？"

"能算带薪假期吗？"

电话那头的馆长明显愣住了，几乎是从牙缝里挤出一个字："……算！"

挂了电话，谢槿知的心情忽然变得很好。这人生，让你感到温暖的人，永远存在。

她起身刚要下楼，手机却再次响了。其实自从外星人的消息爆出来后，这两天她已接到很多电话了。拿起手机一看，却怔住了，心头也是一跳。

"喂。"

"槿知。"谢槿行低沉的声音在那头响起，"在干什么？"

"在家休息呢。"

"最近工作忙不忙？"

"不忙。你呢？"

"我也不太忙。"他答道，"所以你什么时候有时间，可以带他来见我。"

谢槿知不说话了。谢教授也沉默了一会儿，然后平平静静地说道："槿知，我知道他是。"

谢槿知还是不吭声。

谢教授问："你们有什么打算？"

谢槿知却反问道："你有什么打算？你们会有什么动作吗？"

"不会。"他的声音里倒是有了一点淡然的笑意，"这种消息，历来就传得很多。加之网上的消息你们不是都压下去了吗？我们向来是权威的、谨慎的，安定为主的，我们还不至于去理会这些捕风捉影的事。"

谢槿知松了口气，下意识地说道："谢谢你。"

谢教授却说："有件事，我要向你道歉。"

谢槿知微怔。

谢教授简单道明了原委。原来那白梓辰倒也神通广大，他当日之所以会追去依岚山，是从谢教授单位的一名研究员口中，听说了那边的磁场波动异常。就凭着这么点蛛丝马迹，没想到真的让他撞见了应寒时。

"那名研究员，我已经向上级申请，调离了原来的岗位。"他说道，"这样不谨慎的性格，不适合科研工作。相关资料数据，我也会亲自保管，不会再让更多人接触到。"

听完这番话，谢槿知心里却有些不安稳。原本风马牛不相及的两件事，却联系在一起，造成了他们今日的麻烦。世事冥冥中仿佛真的有注定，该来的还是会来。

然而对于谢槿行，她却是真心实意地感激："谢谢你，哥。等这件事彻底过去了，我就带他来见你。"

谢槿知下了楼，没瞧见应寒时，倒看到萧穹衍和庄冲两个凑在电脑前，很兴奋的样子。她走过去问道："在干什么？"

萧穹衍把电脑推给她："小知，快看我们的杰作。"

谢槿知看了一会儿，笑了。原来他们竟然用白梓辰的微博号和各种公众号，发了道歉长文。大意是这一切不过是自己请来的演员，自导自演的一出戏。目的就是获得公众关注。现在真相被"某些正义人士"戳穿，他迫于无奈，也受到良心谴责，不得不承认真相。他愿意承担所有责任，还请大家不要再去打扰那些无辜演员们的生活。

刚发布了几十分钟，评论已经有五千条，绝大多数都是骂白梓辰的。当然，肯定也会有那天目睹应寒时变身的人发表评论。但萧穹衍怎么会让这种评论出现在网上呢？

谢槿知想了想，觉得他俩这一招还真的可行。网络世界，是非黑白本就是辨不清的。热度下去了，真相混淆了，慢慢就过去了。

"干得不错。"她夸奖道。

萧穹衍咧嘴笑了，庄冲也淡淡笑了。

"不过……"谢槿知话锋一转，"你们连应寒时一起黑了。之前别人都以为他是异能、外星人。现在全当他是幼稚的 Cosplay 狂人。"

庄冲一怔，萧穹衍说："啊……"

他们都没想到这一点。

谢槿知微微一笑，又对庄冲说："我被停职了，过一段才能去上班。"

萧穹衍眨巴着眼睛，满是心疼地看着她。

庄冲静默片刻，说："也好。要不要出去走走？"

谢槿知觉得这倒是个好提议，点了点头道："我想想。"庄冲淡笑道："想去哪里？我，都可以。"

萧穹衍也凑上来："我也去我也去！小知你一定要挑个荒凉没人的地方，小 John 就可以跟去啦！"

谢槿知："……"她看他们一眼，起身走了。

旅游，谢槿知的确心动了，也正好离开江城避避风头。但她可不想带这两个拖油瓶去。

她想跟应寒时两个人去。

他的书房在一楼最僻静处。谢槿知推开门，就看到他坐在书桌前，手里拿着本书在看《十万个冷笑话》。

听到动静，他放下书，转头望着她。谢槿知走到桌旁坐下，趴了下来，偏头看着他问："你为什么总是在看这些书？"

他温和地笑了："这些书会让我心情平静。"

"那你讲个……你觉得最好笑的笑话给我听。"

他安静了几秒钟，缓缓开口："某一天，有个人遇见了上帝。上帝心血来潮，问他有什么愿望。他想，猫有九条命，于是就请求上帝赐给他九条命。上帝答应了。"

谢槿知从没看过笑话书，倒听得很认真。

"后来有一天，这个人觉得无聊，就想去死一次，反正有九条命。他去卧轨了。然而火车开过后，他还是死掉了。"

谢槿知奇怪地问："为什么？"

应寒时的眼睛里浮现清亮的笑意："因为……火车有十节。"

谢槿知过了一会儿才笑出来："应寒时，真的很冷。"他却淡笑不语。

她又伸手，摸了摸他的脸，问："你说这些书让你平静。你这个人已经够平静了，还要平静什么？"

他怔了一下，微微低下头，握住了她的手。

"小知，你昨晚说过要满足我。"

谢槿知的脸顿时一烫，想要把手抽回来，却被他握得更紧。然后就听到他说："我以为……你真的会。"

谢槿知闷闷地答："那我后来的确受不了了……对不起。"

两人都静了一会儿，他起身将她抱进怀里，低声说："没关系。"

他们亲了几下，她抬起头说："应寒时，我们出去走走吧，找个没人认识我们的地方待几天。"

"好。"

"但是不要带别人，尤其是萧穹衍和庄冲，就我们两个人去。"

他轻声答："好。"

既然决定了出游，接下来就是安排行程了。这种琐碎的事，谢槿知自然是没什么耐心的。应寒时专程把萧穹衍叫进了书房里，庄冲也跟了进来。

应寒时负手站在窗前，似乎在思忖什么。萧穹衍高高兴兴地说："我刚才就在查资料啦，现在是旅游淡季，你们想去哪里都很方便清静。"

应寒时转过身，脸颊有些红，黑眸也沉沉的："小John，庄冲，我想在这次外出时，向她求婚。"

"啊啊啊啊——"萧穹衍发出喜悦的惊呼，"太好了指挥官，你终于要结婚了！"

庄冲眸色微怔，旋即也露出淡淡的笑，朝应寒时额首道："恭喜。"

应寒时微微笑着，整个人仿佛也沉浸在某种温和的光泽中。

"求婚需要什么？我马上去准备。"萧穹衍兴奋极了。

庄冲的手臂搭在沙发上，手指轻轻敲了敲，淡淡地说道："简单。钻戒、玫瑰、西装、月光以及大床房。"他说得太快太押韵，以致萧穹衍听得有些迷糊。

应寒时却郑重地点头道："多谢，我记下了。"

气氛如此愉快，萧穹衍忽然联想到另一件事："啊！如果结了婚，就可以有宝宝。指挥官，我真的好期待好期待，看到你们生出一只长着尾巴的小小知呢！"

庄冲呆了一下，应寒时再度负手眺望窗外，笑意清澈："我也非常期待。"

"等一下。"庄冲忽然说道，"你确定你们可以结婚？"

应寒时和萧穹衍同时愣住了。庄冲一字一句地道："我记得，应寒时的身份证是伪造的吧，而且也没有户口。小John你说过，他的身份证可以应付一般的检查，但如果有人寻根究底仔细查，肯定是不行的。你们外星人终究还是不清楚，我们的户籍审查制度是非常严格的。结婚要户口本和身份证，生孩子还要经过层层审批，到双方户籍所在地开证明开准生证！"

应寒时和萧穹衍都一动不动地站着。因为在曜日帝国，男女只要双方自愿，就可以到任一电子结婚设备上去登记结婚。完全不需要别人来……审批？

"所以……"庄冲掷地有声地说出了最终结论，"你和她没办法登记结婚。将来生了孩子，也只能跟着谢槿知落户口。并且，户口本上永远也不能出现父亲的名字！"

暮色降临时，萧穹衍从应寒时的书房退了出来。关门前，他又抬起头，看着指挥官矗立在窗前的身影看起来是那么的安静而落寞。萧穹衍突然觉得心酸极了。

指挥官的身影，甚至比帝国历 348 年，小行星上二十万居民聚集在指挥官府邸前还要落寞。

银河系最男人的男人，来到地球后，居然受制于地球人繁杂的结婚制度，不能得到名分。这跟……入赘给地球人，有什么差别？

他闷闷地想了半天，终究还是想不出更好的办法，只能安慰自己：对象是心爱的槿知，说不定指挥官是愿意入赘的啊。

他走回客厅的工作台，打算继续查找旅游资料。打开电脑盖，轻轻"咦"了一声。屏幕上打开了一个页面，是南省某个古镇的旅游资料。他抬头看了看客厅里其他人，林婕坐在沙发里看电视，庄冲带着丹尼尔在打游戏，苏在看另一台电视。一定是他们中间的谁，刚才用过他的电脑啦。

萧穹衍坐下来，扫了两页这个页面，突然发现这个叫"沙渡"的古镇很不错呢。符合应寒时刚才提出的要求：山清水秀，古朴安静，而且旅游没怎么开发，游客很少。关键是，他还发现页面上画着很多看起来很好吃的美食。

萧穹衍看得津津有味，他几乎可以想象出应寒时站在古镇的屋顶上，沐浴着月光，向谢槿知求婚，最后抱得美人归的场景了——虽然他最终无法得到结婚证。

萧穹衍立刻开动马力，上网搜集这个古镇的所有相关资料。

同样的夜色，也笼罩着这城市的每一个角落。

冉好住的是自己家的房子，不过没跟父母住在一起。夜深人静，她洗完了澡，坐在电脑前刷购物软件。

身后响起脚步声，有人靠近，在她身旁坐下，问："在干什么？"

闻着他身上浓烈的男性气息，她的脸慢慢热了，答道："在网购。"

"网购……是什么？"他慢慢地问。

她却以为他是故意在装傻，没答，转过脸去："你困了就去睡，我再玩会儿。"

他没动，过了一会儿，整个人从后面覆盖上来，一只手扣住她握鼠标的手，另一只手握住了她放在键盘上的手。

"怎么玩？教教我。"他嗓音低沉地说。

靠在他怀里，再好的心跳骤然加速："木头，别靠得这么近。别忘了，我是你的房东……"

"嗯，房东……"他低头忽然咬了一下她的耳朵，只咬得她全身一颤，从他怀里跳了起来，电脑也丢到一旁，满脸通红地看着他。看着她窘迫的模样，他却笑了，双臂舒展搭在沙发上，淡淡地说道："你不是想去旅游吗？明天去请假，我带你去，算是抵之前的房租。"冉好眼睛一亮，但又故意端着："那得看什么地方，我也不一定愿意去。"

他笑了笑，慢慢答道："南省，沙渡古镇。"

冉好来了兴趣："哦？"

南省，沙渡。

偏僻的、游人稀少的古镇。很美的地方，古镇背后就是重重大山，宛如天堑。

也是反叛军主力最终集结之地。

第十九章

蜜月之行

天空的颜色格外透亮。狭窄的街道两旁，都是古旧的木房子。它们被岁月侵蚀成黄土一样的色泽。阳光照耀下，每一扇门，每一面窗，都透着寂静。

谢槿知与应寒时牵手走在街头，镇上的人非常少，偶尔才看到几个妇人背着背篓缠着头巾走过。也许因为是淡季，店铺大多关着门。即使开着门的，也没看到几个人。

"这里还真是清静。"谢槿知说。

应寒时微微一笑，这倒正合两人心意了。

墙头时常有鲜花和紫藤伸出来，分外亮眼。街上也不是完全安静的，许多人家都养着狗。当他们走过，时常听到院内传来狗吠声。

他们今天早上才抵达南省，现在快到中午，也有些饿了，就沿着街道找吃的。好不容易看到一家开门的旅馆，叫"楠子旅馆"，正要走进去，冷不丁门口伏着的一只大黑狗，汪汪叫着就朝他们扑过来。

谢槿知吓了一跳，应寒时已一把拉住她护在身后。那狗看着神态极凶，牙齿尖露，眼看就要咬到应寒时的裤腿。

"当心！"谢槿知低呼。

可他的神态非常平和，抬手示意她没事，只注视着那大黑狗。一人一狗居然对视起来。说来也奇怪，前一秒狗还恨不得一口将他们吃下去的模样，下一秒，竟整个萎靡了，低声呜咽着趴了下来，很温驯的样子。

应寒时淡淡一笑。

谢槿知不会傻到以为是他的沉稳气场折服了狗，稍微一想，明白其中奥妙。她也露出微笑，伸手摸了摸他的头："真棒。"

"槿知……别这样。"他微微有些窘。

"哦。"

一个年轻女人从屋里跑出来，满脸歉意："对不起，是不是狗吓到你们了？"她立刻斥喝了几句，那狗伏得更低了。

"要住宿吗？我这里有空房间，也很干净，八十元一天。"她说。

谢槿知看她人长得清秀，收拾得也爽利，讲话又柔和，不由得生出几分好感。

这时一个五六岁的小男孩从屋里跑出来，抱住女人的大腿，喊了声"妈妈"，怯生生地看着他们，眼睛又黑又亮。

谢槿知对孩子是有偏爱的，微笑地说："那我们看看房间。"

她转头看向应寒时，他的眉目亦很温和，点头说："好。"

女人让孩子自己在一楼看电视，带他们上了二楼。沿着气味清冽的木楼梯往上走，谢槿知很快喜欢上这里。看得出老板娘很用心，处处打扫得一尘不染。白墙上挂满干花，窗棂上贴着剪纸。虽然简单，却素净灵秀。加上本就是全木的楼阁，感觉就像走进了民国时的民居。

老板娘自我介绍叫"叶子"，她老公叫陈楠，所以旅馆取名"楠子"。

因是淡季，而且这里的旅游本就没开发起来，整个旅馆没有其他客人。叶子领他们走到正朝南阳光最好的一个房间门口，微笑地说："你们看看行不行，这是最大的房间。"

谢槿知和应寒时走进去。房间里的摆设挺简单，但是格局通畅，风格雅致。木床、木架子和木柜，旁边还有个木榻榻米。一根木棍支起老式推窗，窗帘是深蓝色的。

谢槿知觉得很不错，刚要说"就住这里"，身旁负手而立的应寒时却极为温和地先开口了："请问……你们是否还有更大的大床房？"

叶子愣了一下。

谢槿知微微尴尬，立刻对她说："不用理他的话，我们就住这里。"说着拿出身份证和几张纸币给她。

叶子下楼去办入住手续了，谢槿知拉着他在床边坐下来，说："难道这床还不够大？我们每晚是怎么睡的？"

应寒时脸颊微红，点了点头道："够了。"

他每晚都是拘着她睡，几乎将她整个圈在怀里。谢槿知每次醒来，就看到两人只占了半张床，另外一半都空着。昨天早上她还在抗议，这样睡既不舒服又浪费空间。但是抗议无效。在有些事情上，他就是不听她的。

谢槿知也听庄冲讲了结婚证和户口本的难题，现在又听他提到大床，于是看着他问："应寒时，你很在乎名分吗？"

"在乎。"他答道。

"为什么？"

"因为这是你的母星的认可形式，认可你是我的妻子。"

谢槿知知道他有时候挺一板一眼的，譬如总是郑重其事地许诺，现在又这么在乎"来自妻子母星的认可"。不过谢槿知却不太在意这些，她觉得只要两个人矢志不渝，其他都不重要。于是她想了想，安慰道："其实也没关系。你想，现在大家都以为你是 Cosplay 高手，那就是艺术家。艺术家相爱了就是不结婚，这很正常。"说完她自己都笑了。

应寒时静默片刻，将她扣进怀里："小知，你很过分……"

"唔……"

午饭就在旅馆里吃的。叶子的手艺出乎意料的好，炝螺肉、鸡豆凉粉、小瓜炒蛋和青菜汤，清爽又可口。谢槿知专门拍了照，发给萧穹衍和庄冲。

这次他们的行程，只有自己人知道。一是避免被人打扰，二是要提防反叛军。所以谢槿知把照片发在只有萧穹衍、庄冲、她和应寒时在的微信群里。

萧穹衍回复："看起来好好吃哦，我也好想去！"

庄冲道："别想了，她已然抛弃我们。"

谢槿知看得笑了，一旁的应寒时说："小知，吃饭不要玩手机。"

"哦。"她放下手机，看到一个年轻男人走进院子里。约莫二十五六岁，高高瘦瘦，皮肤黝黑，眉眼端正。穿着短袖衬衣和短裤，还缠着白色头巾。

站在屋檐下的叶子朝他露出笑容，一旁的小男孩志志高高兴兴地跑过去抱住男人的腿："爸爸！"

这男人应该就是叶子的老公陈楠了。他抱起志志，看了一眼他们。应寒时和谢槿知都朝他点了点头，他脸上没太多表情，抱着孩子去廊下喂狗了。

叶子有些不好意思地说："我老公不太爱说话，你们别在意。"

午间的院子寂静无比，风吹过门窗发出呼呼的声音。谢槿知和应寒时吃了一会儿，就见叶子走向他们父子身边。陈楠拿了包肉骨头，一块块丢给那大狗。志志在边上看着。叶子伸手摸了摸陈楠的头："今天头还疼吗？"

陈楠的嗓音很低沉，答道："有点。"

"一会儿去屋里躺着，我给你揉好不好？"

"好。"

他俩的对话声很细碎，孩子也不吵不闹，站在爸爸和妈妈身边。谢槿知望着他们，脑海中只浮现一句话：岁月静好。

她轻声说："我们以后也这样生活。"

应寒时没有说话，只是轻轻握住她的手，眼眸静黑如水。

吃完饭，两人打算出去走走。叶子热心地给他们推荐了一些地方，然后郑重地叮嘱道："但是不要往山里去，尤其是石绫寺那边。那边总是塌方，很危险，已经被村民们封起来了。"

谢槿知自然答应下来。午后的天空有些阴了，古镇更显沧桑灰黄。谢槿知和应寒时走了一段，就到了镇上的集市。其实所谓的集市，只是片宽敞的空地。停了几辆面包车，周围的树上拴着十多匹马和骡子，几个农民坐在地上抽烟。旁边还有些卖小玩意儿的小贩。偶尔有几个当地居民过来询问购买，显得有些冷清。

谢槿知拉着应寒时的手，漫无目的地走在其中。路过那几头骡子时，她多看了几眼。它们的眼睛黑黑亮亮，表情呆呆的，倒是很有趣。她问其中一个农民："我能骑一下吗？"

农民扬了下手，示意她可以骑。应寒时动作利落地托她上了骡子，谢槿知握着缰绳，坐得笔直，也不敢乱动。望着他眼中温柔的笑意，她也笑了。

这时农民站起来，用生涩的普通话说道："这头骡子可好呢，能吃又壮实，买一头回家吧，只要九百元，买一头嘛。"

他眼中满是期盼地望着应寒时，应寒时顿时露出歉意的表情："对不起，我们家里确实用不上……"

谢槿知连忙跳下来："对不起，我们不买。"就这样拉着他的手走了。离开了那些马和骡子，两人对望一眼，都笑了。

又逛了一会儿，却什么都没买。这时谢槿知注意到前面有个老奶奶，坐在张小板凳上，面前是个篮子。篮子里是些彩线编织的头花。老奶奶年纪已经非常大了，至少有八十岁，满脸都是皱纹，看起来却非常慈祥。她穿得也非常简朴，一看经济条件就不太好。看到他俩，老奶奶用沙哑的声音，有些腼腆又局促地招呼道："一块钱一个，买一个啰？"

谢槿知和应寒时对视一眼，什么也不用说，却已读懂对方同样的心情。

谢槿知走过去，在老奶奶面前蹲下，应寒时站在她身后。她问："奶奶，是您自己编的？"老奶奶笑着点头。谢槿知看篮子中一共二十多个头花，每个都搭配许多种彩线，做得也算精致。这些必然要花费老奶奶很多时间，却只卖一块钱一个。

"我们都买了吧。"她说。

老奶奶很高兴，立刻拿出塑料袋给她装。

应寒时却只安静地站着，目光温和地望着她们。

谢槿知付了钱，刚要接过袋子离开，老奶奶却做了个手势，说："我给你……"她示意要给谢槿知绑辫子。

谢槿知有点意外，但是看着老奶奶慈祥而感激的目光，不忍拒绝，点了点头，对应寒时说："等我一会儿。"

"好。"

她背朝着老奶奶蹲了下来。老奶奶拿起梳子，轻轻梳着她的长发，动作温柔又细致。谢槿知一抬头，就看到应寒时目不转睛地盯着自己。莫名的，居然有点不好意思。

"你别看。"她小声说。

他微微地笑了。

过了一会儿，他却走到她身后。

谢槿知问："你看什么？难道你还会梳？"

结果就听到他温软的声音响起："我来给她梳。"

谢槿知怔住。

老奶奶看着这对小儿女的情致，笑着松开了手。然后谢槿知就感觉到那熟悉的微凉的手指，插进了自己的发梢。

"你会？"她偏头想要看他。

"别动。"

于是谢槿知不动了。过了好一阵子，他才松开手："好了。"谢槿知站起来，却发现他满脸通红。谢槿知有些不解，也有些好笑，现在他的抵抗能力不是强很多了吗？绑个头发也能脸红？

老奶奶递了面镜子过来，又笑着对应寒时竖起了大拇指。他微笑不语。谢槿知看向镜中，一头柔顺黑发依旧披落肩头，只是梳了个她从未见过的发髻，清新又好看。

"你怎么会梳这个？"她问。

"以前看别人梳过。"

谢槿知也就不意外了，跟她相比，他向来心灵手巧，动手能力强大。全帝国机械操作第一嘛，梳个头发自然不在话下。

"挺好看的。"她夸奖道。他注视着她，眉目间似有清澈的柔光。

两人告别了老奶奶，往集市外走。谢槿知不是个喜欢自拍的人，今天却拍了张侧脸，露出头发，然后发到了微信群里，于是就落后了应寒时几步。

她输入："怎样？"

庄冲道："什么怎样？"

这呆子。

萧穹衍道："啊，小知，这是曜日星球的新娘发髻呀，真好看。"

谢槿知一怔，抬起头，望着前方的应寒时。似乎察觉到她没跟上来，他缓缓转身，也望着她。脸依旧微红着，负在身后的双手修长白皙。谢槿知心中仿佛有阵阵热流蔓延着。像潮水，一股一股，轻轻撞着，然后水花四溅在她心上，又泯灭进心湖里。

她走过去，挽起他的手："走吧，还有很多地方没去呢。"

不多时，他们走到了一个开着门的小院前。里面有两三个男人，对着画板在画画。旁边还凌乱地放着许多幅画。谢槿知在网上看过，这里应该就是供流浪画者们落脚、作画的地方，牵着他的手走进去。

那几个画者穿着气质都很随意懒散，有的还光着脚，踩在院子里破破旧旧的石板上。也没人管他俩，只专心作画。谢槿知看那些画都很漂亮鲜活，多了几分喜欢。应寒时也认真端详着。

转了一圈，到了一位画人物的画者前。一看他画的就是当地孩子，肤色黝黑，笑容纯真，栩栩如生，让人看到就忍不住会心地笑了。

谢槿知看着看着，忽然一怔，眼眸也有片刻的涣散。

应寒时低声询问："怎么了？"

她抬起头，却微微一笑："寒时，我们请他帮我们画一幅肖像，好不好？"

应寒时虽有点意外，但望着她温柔的目光，点了点头。跟画者谈好了价格，谢槿知和应寒时按照他的吩咐，并肩坐在了一张木椅上。

天虽然是阴的，却有徐徐的风，透过院门吹在两人脸上。谢槿知一动不动，也没有更亲昵的动作，只是跟他牵着手。而她的脑海中，浮现刚才看到的未来——窗帘拂动的房间里，应寒时拿着一幅画，一动不动地坐着。画上，正是他俩并肩坐在这小院中的样子。

她微微笑了。应寒时亦以标准军姿坐着，眼眸直视前方。周围是这样宁静，她馨香的气息就在身旁，时光仿佛也定格在这一刻。

过了好久，画者才抬头收笔："好了。"两人起身走过去，只见画上的他们惟妙惟肖，似乎连她眼中隐隐的笑意，和他眼中的柔光，都画了出来。

而且现在天阴了，画者却画上了夕阳，色彩处理得非常好，昏黄的光照在两人身上，更添宁静美好。

谢槿知非常喜欢，连声道谢，应寒时也郑重道："多谢。"

画者也很满意，笑着说："要不要写上你们的名字，何年何月何日？"

这个提议，谢槿知觉得很有意义，就跟画者借了笔。她虽然动手能力不强，字却是写得不错的。馆长每次要手写什么东西，都会抓她过去。

"星流与槿知 2015 年 9 月 14 日于南省沙渡"。

应寒时在旁边安静地注视着，她在画的右下角，留下这样一行娟秀清隽的字迹。

回到旅馆，也才下午四五点钟。整座楼里静悄悄的，叶子带着志志睡在廊下的凉榻上。没看到陈楠。

谢槿知和应寒时动作很轻地上了楼，将画放置好。奔波了一天，也有些累了，两人上床说了一会儿话，就相拥睡着了。

到傍晚时，谢槿知被雨声惊醒了，抬头只见窗外雨水涟涟，淅沥入耳，而身旁的床铺是空的。

他下楼了？

谢槿知坐起来，趴在窗口往下望，一眼就看到应寒时的身影。原来叶子在院子里晾晒着一些药材，好几大簸箩。突降雨水，她正在把簸箩往走廊里移，应寒时也在帮忙。而志志吃着冰棍站在走廊里。

谢槿知单手托着下巴，遥遥看着应寒时被水打湿的衬衣，还有他迈着长腿跑动的身影，慢慢笑了。就这样看得目不转睛。

暮色低沉，笼罩着古镇的屋顶。天地间是这样的安静，只有雨的声音。

谢槿知看得出了神。

"嘀嘀嘀——"急促清晰的警报声，突然出现在她身畔。谢槿知微愣之后，眼眸倏地睁大。同一瞬间，地面上的应寒时霍然抬头，手里的药材"哐当"落地，身影迅速化作一团光影，朝她的方向飞扑过来。

电光石火间，谢槿知的脑海中闪过许多念头。

怎么会有警报？怎么可能有警报？

她的背包放在桌上，背包里有个小型纳米人探测仪，报警声正是探测仪发出的。这探测仪是出发前萧穹衍给他们带上的，说这在曜日星其实是常见设备。否则能够随心所欲变身的纳米人，早就统治曜日星了。槿知也觉得合理。而且自从顾霁生出事后，萧穹衍就很注意这一点。当日林婕三人现身，走过飞船舰桥时，就已经经过了探测仪扫描，否则应寒时不可能毫无防备地让他们踏上飞船。

而在古镇这一路，他们都带着探测仪。进入旅馆时，遇到叶子一家三口，探测仪没有发出警报；进入房间，也没有发出警报；在集市和画院流连，也没有发出警报。甚至刚才他俩回到房间睡下，也没有任何警报。房间的摆设物件也没有任何变化。

可是就在这一瞬间，警报突然响起，说明纳米人已骤然逼近。可是她的身边，明明什么变化也没有，没有多出任何供纳米人伪装的东西。

寒意瞬间席卷谢槿知的全身，这只有她一人的房间，仿佛也突然变得空旷阴冷。

突然间，谢槿知眸色一怔，明白过来，转身就想往房间深处逃。

然而已经来不及了。

一切都发生在微秒计算的时间里。应寒时已如流光般跃至半空，被雨水打湿的脸庞冷峻无比。可在他之前，谢槿知面前的窗外，那一幕从天空刚刚落下的雨帘，骤然停在半空中。

然后转头朝她扑来。

在这一瞬间，谢槿知的眼前，同时发生了很多事。

一道紫色光刃，劈向应寒时，犹如一轮色泽诡异的弯月。也成功阻隔在她和应寒时之间。楼下的恶犬大声吠叫。雨滴们已贴到了她脸上，组合成一个模糊的人形，如同梦魇般，将她扑倒在地。

她感觉到一股大力拽着自己肩头，纳米人飞快地把她往房间深处拖。

"应寒时——"她大喊道。

"哐当"一声巨响，背后那面窗户被纳米人撞得破裂。谢槿知顿时失重，被应寒时抓着，坠落进夜色里。

应寒时被紫色光刃阻拦，眼睛里寒意顿生。他的足尖在地面快速一点，再次跃起，手中洁白而磅礴的光刃浮现，瞬间照亮整个院落。

叶子搂着孩子瑟瑟地躲到了屋檐下，却陡然间被人捂了嘴抓住，她惊惶间抬头望去，看到身后不知何时多了两个男人，脸色冷酷至极，左颊上都有十字形图案。

"她已经落入我手中。"

应寒时抬起头，看到屋顶上站着的十多个男人。全都是灰色军衬衫黑色长裤，左颊十字刻纹。他们手里端着的光子枪炮对准应寒时。刚才讲话的，正是为首的阿诺德林。

他戴着白色指挥官手套，双手负在身后。他看着应寒时，慢慢地笑了："星流的战力，无人能敌。但是这一局，你输了。如果再上前一步，我杀了她。"

应寒时全身已被雨淋得湿透，站在原地，一动不动。手心的光刃，若隐若现。

"你如果伤她分毫……"他说，"星流会用剩下的生命，追杀所有反叛军人。"

林静默不语。士兵们的脸色却微微变了。

然后林笑了笑，说："明早五点，正东方向二十公里的树林，带两块晶片过来，交换你的女人。"

说完他就转身跳下屋顶，士兵们同时撤退。偌大的院子，瞬间变得空空荡荡，连叶子母子也被他们挟持走。唯有大雨，依旧滂沱落下。

应寒时纵身跃起，落在谢槿知之前待过的房间。房间里阴冷安静，洞开的窗外，夜空与大雨无边无际，哪里还有她的身影？

应寒时在这片黑暗的寂静中站了一会儿，从湿透的裤兜里摸出手机。

"小 John，你一个人，带晶片过来。"

反叛军如今的大本营，位于古镇背后的崇山峻岭中。天堑般的地形，让他们可以隐藏得很好。而之所以选择这里，还有一个原因——这里本就是当初林带着部下们，登陆地球的地点。他自己所搭乘的飞机，就坠落在当地的古庙附近。不过残骸立刻被掩埋到地下深处。

夜半时分，林坐在一顶帐篷里，慢慢喝着茶，嘴角有一丝笑意。

一名士兵走进来，神色有些古怪："指挥官，冉小姐一直吵着要见你，还摔了很多东西。"

林的眼中也浮现笑意，他可以想象出她此刻耍毛撒泼的模样。

他淡淡道："不见。告诉她，听话待着。忙完正事，我会去找她。"

士兵领命出去了。过了一会儿，另外一个人走了进来，神色凝重："指挥官，情况不对。纳米人没有带谢槿知回来，几个落脚地点也没有找到他们。"

林一怔，放下茶杯："他们是什么时候失踪的？"

手下答道："得手之后，纳米人应当带谢槿知与我们在古镇外的接应地点会合，但是他们没有出现。为了躲避地球人和应寒时，临时机动改变接应地点也是有可能的。然而我们刚才找了其他几个地点，也没有。"

林听完后，神色变得有些深沉。他生性多疑谨慎，纳米人是他的私人护卫，不可能背叛。谢槿知手无缚鸡之力，怎么可能逃脱？

这是他最重要的一块筹码，却丢失了。

他不得不怀疑难道已被应寒时将计就计？这是他设下的某种圈套？

沉思片刻，他做了决定，不再等应寒时前来。

"立刻离开这里，撤往山中。"

一道浅淡的银光，在古镇的上空一闪而逝。此刻若有人抬头眺望，也不过以为那是隐约的闪电罢了。

萧穹衍驾驶着一架战机，几乎是撞停在地面上。然后他急急忙忙推开舱门，跳下来。一抬头，就看到了应寒时。

雨下得很大，院里的地上全是水。整座小楼都黑灯瞎火，只有走廊里亮着盏灯。应寒时坐在一张长椅里，橘黄的灯光照在他身上。他坐得很直，背靠着墙，头微微低着，使得萧穹衍看不清他的面目，只见模糊而清俊的轮廓。他的双手平平搭在膝盖上，水滴沿着他的衣袖、裤腿，慢慢滴落。旁边的地上，已湿了一圈。

萧穹衍突然就心疼得不行，"砰砰砰"踩着石板地面跑过去，蹲在了他的面前："指挥官……"

应寒时的身体这才动了，微微往前一倾，低头看着他问："晶片带过来了？"

他的嗓音依旧温软，只是带着点干涩。萧穹衍听得更难受了，点头道："嗯，在我身上。"

应寒时站起来，萧穹衍也立刻跟着站起来。

"去找个地方隐蔽起来，藏好晶片待命。我知道这是你擅长的。"他缓缓说道。

萧穹衍知道他要一个人去反叛军大本营赴约了，心里又急又难过，但他的决定，一定是取胜概率最大的，于是点头道："是！指挥官……你一定要小心。"

应寒时已经走进了大雨中，闻言停步转头，脸上露出了一点微笑。

"我会救她回来。"

萧穹衍的双手紧握成拳，都快哭出来了，用力地点了点头。

山中，漆黑不见五指。树林和山峰影影绰绰，像许多人站在黑暗里。

还没有到约定的时间，但并不代表应寒时不打算有所行动。他沿着林间穿行，身影如同鬼魅，没有发出一点声音。他的脑海中，却浮现谢槿知抬头对他微笑的模样。寒意仿佛随着夜色，无声浸入肺腑间。

然而距离还有几公里时，他却忽然闻到风中有浓烈的血腥味。这完全在他意料之外，心中的不安亦更强烈，他加快步伐，向约定地点奔去。

然而，当他抵达约定地点附近，落在一棵枝叶繁密的大树上，望着地面的情形，眼眸顿时变得深邃清寒。

地上，躺了七八具反叛军尸体。并且状况十分糟糕，血肉模糊，肢体断裂，他们身下的草地，几乎都被鲜血浸透。这片林子里，充斥着血腥味。

应寒时从树上跃下，落在其中一具尸体旁查看。这样的惨状，更像是遭遇了野兽的突然袭击。他正要起身查看其他尸体，目光落在死者撕裂的肩膀上，却是一怔。

那里有一圈清晰的人类齿纹，咬得非常深，并且咬掉了那里的一块肉。

他静默片刻，再仔细翻看，果然在死者全身发现了许多咬痕，不仅咬去了血肉，有的地方甚至深可见白骨。其他几具尸体的状况也是如此。

应寒时站起来，缓缓地往密林深处走。就在这时，密集的引擎声传来，树木哗哗作响。他骤然加速，冲过去，一抬头就看到几架反叛军战机，升上了夜空。

"林——"他大喊一声。

如何会让他们就这么离开？他高高跃起，手中光刃浮现，瞬间照亮山岭，也照亮那几架战机。一个巨大的光刃飞出，撞向了其中一架战机。浮光中，那战机驾驶员露出惊恐神色，虽然光刃不至于摧毁战斗机，却将他们生生撞得飞了出去，"轰"的一声，撞在一旁岩壁上，瞬间变成火团，燃烧坠毁了。

"星流！"高空中，响起林的声音，伴随着螺旋桨的呼啸声，"你不必再追我们，她已不在我手上。"

应寒时双手光刃浮动，冷声道："她在哪里？"

夜色中，林却似乎冷笑着，说："你已经看到，我们也遭受了袭击。那是一群怪物。而她，也落入了他们手中。她现在在那座古庙——石绫寺里。你不马上去，就救不了她了。"

话音刚落，几架战机盘旋而去。而应寒时立在原地，手中光刃瞬间熄灭，山林陷入一片漆黑中。

萧穹衍给自己找的藏身地点，是高山上的一个山洞。这里漆黑又阴冷，风吹着洞口呜呜响。他的感觉实在是糟透了。

他坐不住，迈着长腿在山洞里走来走去。一会儿又凑到数台电脑前，看他一路安装或者入侵的那些监控画面。嗯，镇口的寨门，黑漆漆静悄悄的；主街上挂着几盏幽幽的红灯笼，也没有人影……好像鬼片场景。

咦？他揉了揉眼睛，刚才好像看到一片黑影从镜头前掠过。速度之快，连他的金属眼都没看清楚。他有些胆战心惊，但又带着置之死地而后生的勇气，在电脑前坐下来，调成减速回放模式。

原来那不是一片黑影，是几道模糊的人影。因为速度太快，才让人看不清。可是，人类的奔跑怎么会有这样敏捷的速度？莫非是反叛军来偷袭了？

他心头一凛，移动鼠标，将画面速度放得更慢。终于捕捉到了那几个人定格的样子。然后他怔了怔。这几个人……不是反叛军。可是看着好奇怪啊。

他们的打扮和样貌，一看就是本地男人。缠着头巾，穿着短衫短裤。皮肤黝黑，轮廓有些健壮。可是他们的身上染满了鲜血，脸上、手上也都是。甚至连牙齿上都有。而且他们的表情看起来都怪怪的，很木然的样子。

萧穹衍又把画面往前调了调，看到了为首的一个人怀里还抱着个女人。他身后的一个人手里则抱着个小孩。萧穹衍认得为首那人！事实上接到应寒时的命令赶来后，他就把应寒时和谢槿知这一路接触过的人的资料，全都收集备份好了。

这个人，正是楠子旅馆的老板陈楠，而那女人和孩子，就是叶子和志志。

萧穹衍隐隐觉得自己发现了了不起的大事件，又机警地将画面切换到楠子旅馆里。旅馆里的监控自然也被他入侵了。

等了一会儿，就看到旅馆的门被推开。这次只有陈楠一个人走进来。他怀里抱着叶子，背上背着孩子，很慢很慢地走进来，侧脸就像冷硬的雕塑，没有任何表情。旁边的黑犬狂叫着追过来，他看了眼狗，走向了里屋，关上了门。

明明是很安静的画面，却看得萧穹衍莫名紧张起来。他立刻接通与应寒时的通信，竹筒倒豆子似的一股脑汇报给他："指挥官，我发现了一堆异常的人……"

天空沉黑得像个大窟窿，倒扣在山岭之上。应寒时负手站在一片草丛里，听完萧穹衍的话，沉思片刻，说："我知道了。"

结束通信，他抬起头，望向山下的古镇。夜色中，它的轮廓模糊不清。而林说的石绫寺，在更远的深山中。他清楚记得，昨天中午，叶子叮嘱过他们不要往那边去。而一直头疼的陈楠，阴郁而沉默。

古镇、古庙、那些人以及林，藏着什么秘密？谢槿知，又在哪里？然而应寒时不会就这样相信林的话——谢槿知在古庙里。

两人交手多年，给对方设套无数次。论起来，林在他手里吃的亏更多一些。以林的狡猾狠辣，绝不会这么好心，白白把谢槿知的下落告诉他。

但是有一点，应寒时可以确定——谢槿知的确已不在林的手里。否则无论如何，林不会放弃这次得到晶片的机会。

静默片刻，他的身影瞬间化作一团光影，直赴山下古镇。

凌晨四点，也许是一天中最黑暗安静的时分。偌大的旅馆里，只有一楼的某个房间亮着灯。昏黄的灯光，从窗口渐渐向夜色里晕染，最后融于黑暗。

陈楠坐在床畔，望着床上的一大一小。他们还昏迷着，脸色有些苍白，但是呼吸平稳。

陈楠有些痴痴地坐着，不说话，也不动。黑狗趴在他的腿边，那狗永远是凶悍冷酷的模样，似乎感觉不到主人们的不幸。

过了一会儿，陈楠低下头，双手按住太阳穴。疼痛感如同滚滚潮水般袭来，顷刻间他的意识又有些迷失，嘴里也发出痛苦的呻吟："啊……"

他用力捶自己的头，想要变得清醒。然而鼻翼间，却清晰地闻到身上沾着的，那新鲜的血腥味。这气味让他不自觉地分泌出口水，口水越来越多，舌头也吐了出来，而他的感觉，兴奋又压抑，痛苦又刺激……

"吱呀"一声，门被人从外面推开。以黑犬的警觉，竟然没听到那人的脚步声。这时才霍地从地上站起来，望着那人开始狂吠。

然而才叫了一声，它就立刻伏低在地上，就像是被来人吓退了。

陈楠抬起头，他的瞳仁已经扩大，眼珠也变成灰褐色。他看着应寒时，紧抿着嘴，喉咙里却发出嘶嘶的低吼声。

应寒时站在门口，也看着他。

"谢槿知，在哪里？"他缓缓地问。

陈楠突然从地上跃起，扑向了他。速度之快，令应寒时也微微一怔。陈楠张大嘴，露出异常尖利的牙齿，同时张开双臂抓向他，五指已变成了黑色锐利的爪。

应寒时一把扣住他的咽喉，将他摔向了旁边的墙。普通人若是被他这么一摔，不是重伤也是昏迷了。可这陈楠摔得头破血流，掉落在地，却像是感觉不到痛苦，眼睛里昏暗一片，迅速爬起来，又向他扑来。

野兽。

应寒时脑海中出现这个词。第二次，他没有再手下留情，力道更大，将陈楠摔向墙角。这次他终于爬不起来了，匍匐在地上，像动物一样呼哧、呼哧喘着气。

应寒时缓步走到他面前，再次问道："谢槿知在哪里？跟我一起的那个女孩？"

陈楠忽然又抱住头，很痛苦煎熬的样子，叫道："啊……"他从喉咙里发出断断续续的呻吟，像是用尽全力挤出了三个字，"不……知……道……"

应寒时负在身后的双手，慢慢收紧。

忽然，院内传来杂乱密集的脚步声。应寒时回头，透过半掩的门，看到那一张张跟陈楠相似的、野兽般的脸，足足有十余人。他们看到应寒时，都露出更加狰狞的表情，然后朝他扑来。

应寒时身影如电般避开，跳出了窗外，径直跃上屋顶，飞掠着朝深山的方向去了。而他身后，那些男人四肢并用，竟也敏捷地蹿上屋顶，朝着他的方向发出低低的压抑的吼叫。

等应寒时离得远了，通信器里才传来萧穹衍惊魂未定的声音："居然是变异人。"

应寒时望着浓墨一样的夜色，只是静静"嗯"了一声。

萧穹衍也知道他挂念谢槿知，于是努力思考分析说："指挥官，这里怎么会出现变异人呢？我查过刚才那些人的户籍资料和档案，他们都是土生土长的本地人，之前许多年也从未发生过类似异常事件。"

"能查出他们变异的原因吗？"应寒时问。

萧穹衍答道："这要对他们的身体做扫描分析，才能得出准确结果。不过，变异会有几种原因。一是他们被人注入了野兽的基因，才变得这么凶猛残忍；二是他们遭遇过某种辐射，发生了变异。你知道这在以前的战争里，咱们见过不少。辐射会引起人类畸形、性格改变、生理改变。甚至产生战斗力超强的异种怪物，都是有可能的。指挥官，我会马上扫描古镇周围，看看是否存在辐射源。但你暂时千万不要往危险的地方去。"

应寒时已经跃至崇山峻岭的入口，闻言静默片刻，眼眸在夜色里更加显得幽黑无比。然后他没有说什么，结束了通信。

此时，林及其下属的战机，已经停在了更隐秘的山中营地。天色将明未明时分，林从冉妤的帐篷里走出来。有了他略带强硬的安抚，女人终于委屈地安静下来。何况，她也不可能从他身边逃离。

不过，林的眉宇间，终究染上了几分疲色。他回到用作指挥的帐篷，靠在椅子里，点了根烟，慢慢地抽着。这次变异人的出现，是出乎他意料的。

他们的突然袭击，让他损失了八个人。

但是，也不是没有意外收获。想到刚才，应寒时站在战机下方的样子，他徐徐笑了。

石绫古庙，应寒时，你为了心爱的女人，去还是不去？

这时，身旁的副官低声问道："指挥官，我想问，为什么要引星流往石绫寺去？谢槿知明明不在那里。"

林笑了笑，注视着空中缓缓升起的白色烟气，答道："那些人为什么会变异？"

副官摇头表示不解。

"你们应该记得，我的飞船残骸埋在石绫寺地下深处。"他淡淡地道，"飞船上有辐射源。大概是最近，被村民们不小心挖出来了吧。"

副官想了想答道："辐射源一旦暴露在地表……村民们是不会懂得如何处理的，所以……"

林微微笑了："所以……我真想看看，星流也变成野兽一般的模样啊。"

他抬手正要再抽烟，忽然动作一顿，伸手按住了头。副官立刻紧张起来："指挥官，又头疼了？要不要紧？"

他的额头迅速滴落冷汗，眼中神色变了又变，最终只是咬牙道："没事，你出去。"

晨昏交替的时分，灰暗的颜色，笼罩着天空与大地。应寒时站在石绫寺的门外。这是一座已经荒废的古寺，土墙斑驳，杂草丛生。阴冷的风吹过，虚掩的朽木寺门"吱呀，吱呀"响着，没有半点灯光。寺内不知何处，传来野狗汪汪的吠叫声。

应寒时站了一会儿。

这一片山岭，他已经找遍了，也没有谢槿知的踪迹。古镇内的各处，萧穹衍也趁着夜色进行了搜寻。她不可能凭空消失，又不在林和变异人的手中。只有这一个地方，没有找过了。

种种迹象联系在一起，他对于寺中会有什么，心中已大概有了推断。但如果槿知真的在里面……她一个人在里面，在辐射之中。

他抬起手，缓缓推开了门。腿刚刚迈过门槛，他忽然一怔。

"应寒时。"他听到有人在喊他，熟悉而微喘的嗓音，以他的耳力，却分辨不出在哪里。

他倏地抬头，骤然环顾四周，可是周围没有她的身影，也没有她的气息。

"应寒时。"她又喊了一声。

他的眼眸陡然睁大，看着身体周围突然浮现的那片银光，明亮纯净得像是月亮。然后他的背上突然一沉，那熟悉而温软的娇躯已与他贴在一起。

"终于……跳回你身边了。"

天色这样的暗，风吹动两人身边的草丛，窸窸窣窣地响。谢槿知紧搂着他的脖子，仿佛生怕自己再松手。然后她才感觉到，他的衬衣全被汗水浸透，脖子上也都是细密的汗，好像跑了很长的路，才来到这个地方。

她有些抱歉地笑了："你是不是找了我很久？我也不知道自己会这样。"

他转过身，谢槿知也从他后背滑下来。互相凝视了一会儿，他伸手就把她抱进怀里。力气有点大，让她浑身骨骼都微微地疼，仿佛要被他揉进身体里去。

其实从平行空间回来后，就有了一些异常的端倪。譬如处理完那个记者，回到别墅住的第二天，她清楚地记得自己是在阳台睡着，醒来却在房间沙发里。这样的事情发生过几次，但她以为是应寒时干的，所以一直没太在意。

直至昨晚，被纳米人拽着摔下楼，当时她脑海里只有一个强烈的念头：不要被他们抓回去！

然后银光骤然浮现笼罩住她和纳米人。时间在那一刻仿佛停止了。等她再回过神，竟然已经跟纳米人站在一条陌生的公路上，完全不知身在何处。

她和纳米人都愣了一会儿，才反应过来，然后她转身就跑，可是又被抓住了。

"松手！"她斥喝道，结果银光再次浮现，两人又消失了。

这一次，他们落在一条水流湍急的河里。浪非常大，直接把他们冲散。

谢槿知呛了好几口水，看着纳米人被水流带走，心头一喜，赶紧又是一跳，掉落在河岸边上。

她气喘吁吁地在岸边趴了好一会儿，笑了。可是手机被河水卷走，无法与应寒时联络。于是坐起来，努力集中精神，想要跳回旅馆。

谁知这会儿又不灵了。她用了半天劲，人却还在原地纹丝不动。那感觉就像段誉的六脉神剑，无心插柳柳成荫，想使的时候却偏偏使不出来。不过谢槿知的性子一向冷静，稍微一想，就知道是自己还控制得不够熟练。

于是收敛心神，放松地躺下，又琢磨刚才跳跃的感觉。再试一次，果然成功了。谁知银光褪去后，当她看清这次跳跃的地点，惊呆了。她居然跳到了空空如也的悬崖的上方。人还惊魂未定，就直接掉了下去，险些摔死。

如此反复好几次，她的玩心倒是起来了，人也越来越放松，对方向的把控能力也越来越强。后来，终于跳回了楠子旅馆。谁知一落地，身边十多个脸色阴郁、齿尖爪利的男人，就朝她扑咬过来。她心知有变，赶紧跳走。

她站在一幢高高的屋顶上，心跳如鼓。正不知道要往哪里去，冥冥中却仿佛有注定，她眼前闪过应寒时站在古寺门口，伸手推开门的画面。于是她立刻跳了过来。

她在他怀里，抬头笑望着："这算不算是因祸得福？"

应寒时也笑了："嗯。应当是在平行空间时，你的裂缝被撕裂得更大了。"谢槿知闻着他身上雨水、泥土和汗水混杂的味道，还有他略显凌乱的头发，心疼地说："让你着急了。"

他静了一瞬，说："是我没有保护好你。"

谢槿知立刻说："你不要责备自己。"过了一会儿，她微笑地望着他，眼睛里很清亮，"你看，现在我可以保护自己了，还可以保护你。"

他笑容清俊，眼睛的色泽却幽深。他抬起修长的手指，落在她脸上，低头吻下来。昏暗的晨色中，两人的脸轻贴着，厮磨了一会儿。她转头望着边上的寺门："这里面有什么？"下意识地伸手推门进去，却忽然被他往后一拽，退了两步，远离那寺门。

"怎么了？"她问。

"不能去。里面很可能有辐射源。陈楠等人的变异，很可能就是辐射造成的。"

"哦。"谢槿知立刻又拉着他往后退了几步，忽然反应过来，看着他，"那你刚才准备进去？"尾音都沉了下来。

他却安静着，眉目在天色里有些模糊。

"你是要进去找我？"

"……嗯。"

谢槿知伸手就推了他一下："你疯了你？以后……再也不准做这种蠢事！"

他可是星流，清风明月聪颖纯粹的星流，刚刚竟然差点……她只觉得阵阵后怕，寒意席卷。

可应寒时却只是温和地笑了，看起来依然那么沉静笃定。他捉住她的手，低头再次将她拥进怀里。

几分钟后，他们站在楠子旅馆的屋顶上。天马上就要亮了，沉寂的小镇似乎也即将苏醒。那十多个变异人还在院子里，不知在踟蹰什么，或是在等待什么。变异人很快察觉了应寒时等人的存在。

"嗷嗷呜呜……"他们嘴里发出野兽般的鸣叫，眼睛都变成灰褐色。

应寒时转头对谢槿知和萧穹衍说："你们留在这里，当心些。"

谢槿知点头，萧穹衍也挥挥手道："放心啦。"

应寒时纵身跳了下去，身形敏捷。而他的掌心里，光刃已徐徐浮现。

他人一走，萧穹衍立刻龇牙咧嘴地凑到谢槿知身边："小知，你真的可以瞬移啦？"

"是啊。"谢槿知微笑。

萧穹衍兴奋得不行，一把握住她的手，嗓音低沉浑厚得像魅力十足的熟男："噢，还等什么？快带我一起飞！"

谢槿知忍俊不禁，瞄一眼下方，此时冷着脸一个个放倒变异人的应寒时。她忽然想起应寒时曾经说过，每次他去做什么危险的事，身边的人尤其是萧穹衍完全不担心，总是自顾自娱乐着。现在看来，他还真的是高手寂寞，连萧穹衍都不关爱他。

面对萧穹衍饱含期望的眼神，她慢条斯理地把手抽回来："不行。"

"为什么？"

结果就听到她自言自语般嘀咕道："第一次倒霉，带着纳米人飞。第二次总要给他。你往后排。"

萧穹衍听明白了，愤愤道："你这是重色轻友，重人轻机。那我一定要排第三！"

过了一会儿，院子里已没有声息，变异人横七竖八全躺下了。

应寒时再度跃上屋顶，额头有薄薄的汗，说道："叶子母子还昏迷着，应当是被反叛军灌了药物，短期内不会醒，也不会有大碍。天马上亮了，小John，把他们都运回你藏身的山洞去，再做打算。"

"是。"

镇上忽然少了这么多男人，会引起什么骚乱，应寒时等人已经无暇顾及了。

天亮了，却很阴沉。洞口有凛冽的大风刮过。萧穹衍简单查看完地上的十二名男人后，向应寒时汇报："指挥官，我需要对他们做进一步的身体检查和脑部扫描，才能弄清楚他们变异的原因。"

应寒时负手而立，点了点头。

"另外——"萧穹衍微微一笑，"按照你的要求，其他人已经随时待命了。包括你在内，我们一共可以出动七架战机，随时准备与反叛军的决战。"

决战？

谢槿知转头望着应寒时，他的眼中有清澈而沉静的光，点了点头。

"既已交锋，不可放过。"

清清淡淡的嗓音，却听得谢槿知心头微震，又多看了他几眼。

"七架？"应寒时问。

萧穹衍笑眯眯地点头："是啊。你、我、林婕、丹尼尔、苏、庄冲，还有……聂初鸿哦！我们从依岚山离开时，你不是把缴获的反叛军战机留给了他吗？他一直很刻苦地自己练习着，水平不输庄冲呢。这次庄冲告诉了他我们跟反叛军交战的消息，他就说一定要来，给小生生报仇。"

应寒时沉吟未语。谢槿知却听得了然。以前顾霁生就说过，聂初鸿身体强壮敏捷，比得上特种兵。现在他要作为生力军加入，也在情理之中。

不过目前，比起隐匿的反叛军，这些随时可能伤害更多人的变异人，却是燃眉之急。萧穹衍立刻迈着长腿，在山洞里走动忙碌起来。应寒时和谢槿知也奔波了整晚，就在山洞里和衣而眠。

他抱她在怀中，耳鬓厮磨，温柔低语，自不必说。

太阳升起又落下。到天擦黑时，谢槿知便牵着应寒时的手，去了山洞外。眼前是茫茫山岭，在阴暗天色下如群兽蛰伏。两人站在片山坡上，谢槿知伸出手，接到了几点零星的雨。她有些感慨地笑道："应寒时，好像遇到你之后，每一个重要的时刻，天空总是在下雨。"他望着天空，也伸出手掌。

"雨会停的。"他说。

这话简单，却暖暖的。谢槿知转头笑望着他："来，把手给我。这又是一个重要的时刻。"

应寒时的脸居然微微有点红，眼睛里也有柔和的笑。

"槿知，虽然你现在拥有很强的一项能力。但是不可……太得意，谨慎些。"明明已经听话地握住了她的手，他还不忘管教她。

"知道。"谢槿知飞快地答，拉着他的手，跃入银光中。

天黑下来，露出依稀的几颗星。谢槿知与他牵着手，跳跃在大树的顶端、陡峭的石壁和虚无的高空中。每一次银光闪过，景物浮现，她都带着他稍作停留，看着他眼中如水的笑意，她也微微一笑。然后带着他继续跳。

很开心。

这是谢槿知从未有过的感觉。以往每一次，都是应寒时带着她，穿梭于地面和风中。如今却是她牵引着他，与他并肩。

现在她似乎也能体会，为什么夏清知总是流连于夜色中了。这感觉如此肆意而自由，她都想每晚出去溜达了。

"不要太累。"应寒时在高空中侧头看着她，语气温柔而无奈，"要不今天就到这里？"

"再玩会儿。"她答，看着平日无所不能的他，此刻被自己的银光包裹着，一时竟有罕见的扬眉吐气的感觉，忍不住就抬起头，亲了他的脸颊一下。

　　哪知就这么一亲，大概是她分神得太过，那银光竟倏地消失了。两人还在高空中，没有按照计划跳到一旁山坡上，陡然就往下方悬崖坠落。

　　"啊——"谢槿知一声低呼，后背吓出了一身汗。应寒时动作快如闪电，反手就抱住了她。足尖在峭壁上轻轻一踩，复又跃起，抱着她落在了长满青草的山坡上。

　　谢槿知也累了，索性躺在他怀里不动。他低头看着她，眼中有浅浅的笑，嗓音却有点静："还调皮吗？"谢槿知的心跳忽然有点快，"唔"了一声。

　　他低头吻了下来。她却在这时玩性又起，心念一动，银光乍现，从他怀里消失了。

　　应寒时一怔。

　　谢槿知的落脚点不远，就在对面的大树树杈上，她站稳了，抱住树枝，刚要回头逗他，却听到轻盈的风声，他的气息瞬间逼近，竟然已在同一时刻追了过来，扣住了她的腰。

　　谢槿知回头刚要冲他笑，忽然间被他按住肩膀，扣在了树上，他的唇就覆盖上来。

　　应寒时是很少强吻她的，除非情绪有点激动。她怔了怔，睁大眼睛看着他。他亲了一会儿，亲得她有点喘了，微红的俊脸这才移开。

　　"怎么了？"她问。

　　他的眼眸漆黑如墨。

　　"以后……不要凭空从我怀里消失。"

　　"为什么？"

　　"因为我会不知道你去了哪里。"

　　谢槿知怔了一下，心想，哦，还是占有欲作祟啊。刚想说两句话再逗逗他，忽然一愣。

　　她的脑海中，浮现出穆岩曾经说过的话——每当我看到拥有时空裂缝的她，穿梭于时空中，都觉得非常难过。

　　她凝视着应寒时。

是否，这份茫然，就是站在原地的那个人，会拥有的心情？

即使是应寒时，也不喜欢看到她在他怀里，一次次失去踪迹。

"嗯，我以后再也不会了。"她说。

应寒时拥着她，靠坐在大树上，没有动。

过了一会儿，她问："你说，我为什么会拥有时空裂缝呢？"

他静了一会儿，答："一定存在某个原因。等这边事情结束，我陪你去找。"

"好。"

两人回到山洞里，就见萧穹衍坐在那些昏迷的变异人旁边，苦恼地挠着不存在的头发。

"怎么了？"谢槿知问。

萧穹衍跳起来，叹了口气说："指挥官，小知，我可能救不了他们啦。他们的情况，很复杂很纠结很高科技啦。"

原来，他已经去过了一趟石绫寺。他是金属机器人，只有芯片和驱动程序，又没有脑子，自然不会受辐射。他查清了，辐射源正是一艘反叛军飞船的残骸。残骸中有多种宇宙射线的能量残余。

"那些人受到辐射后，身体里有了两种基因。一种是人，另一种是犬科。"萧穹衍说道，"这边几乎家家户户都养狗，我猜他们进山意外接触残骸那天，肯定也带着狗。我们无法分析出辐射的作用原理，但现在，他们每个人确实实实半人半犬，并且速度和力量都有了大幅提升。"

应寒时和谢槿知，同时看向那些苍白而僵硬的睡颜。萧穹衍的话让谢槿知有些不寒而栗。

"没有治愈办法？"应寒时问。

萧穹衍摇摇头，说道："老大，你忘啦？我的主业是计算机天才兼管家兼副官，军医只是我的系统里的一个基础角色配置。况且我擅长的也是常见战争创伤医治。这种基因共生问题，已经上升到生物遗传学层次，我解决不了。"他顿了顿又说，"而且，你们应该也注意到了，这些人正处于极不稳定的状态。两种基因特征交替出现，两个意识在争夺肢体统治权。一旦属于犬科的基因、意识占了上风，他们就会彻底沦为野兽，谁也没办法了。"

应寒时静默不语。谢槿知看着那些人，他们都是镇上普通的居民，穿着简朴，面容粗砺。如今睡着，看起来都很木讷。她又想起了叶子和孩子，想起昨天在寂静的庭院里，他们一家三口安静做伴。

"如果他们变成野兽，会怎么样？"她问。

萧穹衍露出肃静的神色："那就只能杀掉他们了。"

三人一时都没说话。萧穹衍在陈楠的身旁蹲下，手指在地上画圈圈。他是个心灵柔软而敏感的机器人，现在要他宣布十多个人的死亡结局，他心里很不好受。

谢槿知没出声，一直在想办法。她想到了谢槿行。

"还有一个办法。"应寒时忽然开口。

"什么？"谢槿知和萧穹衍齐声问。

应寒时走到那些人身旁，单膝蹲了下来，双肘搁在腿上，说："既然现在两种基因在争夺，两个意识都在抢占统治权。那我们只要杀掉他们的犬族意识就可以了。"

谢槿知一怔。杀死犬族意识？可这要怎么杀呢？意识在他们的脑子里呀。可他的说法似曾相识，她好像有点明白过来了。

萧穹衍却完全听明白了，瞪大眼睛，喜笑颜开道："啊啊啊啊——指挥官你真是太聪明了！生物变异我们不懂，但是完全可以用更加简单粗暴的办法啊！用电脑建一个虚拟空间，再跟他们的大脑相连。两个意识都会进去，干掉那些狗狗就可以了！哈哈哈！"

应寒时眉眼间也露出温淡的笑。谢槿知看着他，心想，他的确是很聪明。这感觉就像是解一道复杂的数学题，公式推导不出来，他干脆换了个方式，直接用代入法找出了答案。

不过，又是虚拟空间吗？

第二十章

虚拟空间

"虚拟空间，小知应该很了解了吧？"萧穹衍问。

谢槿知还真的不太了解，当初在虚拟空间里走那一遭，也是似懂非懂。

谢槿知看了看应寒时，说："某人当时严防死守，不向我透露一点东西。我想对于你们的外星科技，还没办法做到无师自通自己开窍呢。"

应寒时愣了一下，立刻说道："小知，我当时不知道……你会是我的女人。"

萧穹衍也感觉出谢槿知的话怎么酸溜溜的，灵机一动打圆场："是啊是啊，如果指挥官知道你会是他的女人，当时一定会把虚拟空间改成心形的。小知不要生气嘛。"

心形……谢槿知有点想笑，却见应寒时盯着自己，有点愧疚的样子，嗓音极温软道："小知……这次要心形的吗？"

应寒时居然是认真的。谢槿知忍不住笑了，答道："我不喜欢心形，更喜欢流线型。"应寒时点点头，对萧穹衍说："记下来。"萧穹衍中气十足地答："是。"

这么插科打诨了一阵，气氛倒是轻松起来。萧穹衍："这次要救他们，我想做一个小型单向循环空间就可以了。"

应寒时点头。谢槿知问："那是什么？"

萧穹衍解释道："小型，意味着空间不需要很大。我会做个古镇出来，边界就在森林里。也就是说，森林之外，什么也没有。"

"嗯。"谢槿知点头，这一点很好理解。

"单向循环嘛，其实绝大多数的虚拟空间都是单向的。"萧穹衍继续说道，"也就是说，空间不能无限发展下去啊，那我得做多少天的场景啊。所以这个空间，我就做一天。当一天结束，如果你们没有能在这一天完成任务，那么第二天会重复开始。所以这个空间是循环的。"

谢槿知却有疑虑："可是那样，他们不会发现吗？"

"不会。"应寒时代替答道，"这就像你平时做梦，即使不合理，也会发现不了。你的意识，会回到那一天，重新开始。"

"那如果有人困在虚拟空间里出不来呢？"谢槿知问。

萧穹衍"噢"了一声，应寒时静了静，答："那他就会一直循环下去。"这个答案让谢槿知心头有点生寒。

萧穹衍却颇有兴致地说："这种小型虚拟空间还不算什么啦，如果是超大型虚拟空间，不仅能按照设定单向循环，由于它的复杂性和智能性，甚至会自我发展和延伸，变得更完美合理。而人的意识如果长期存在其中，也会与虚拟空间互相影响，甚至形成某种映射现象，作用在虚拟空间上。"

谢槿知大概听懂了："也就是跟电影《盗梦空间》差不多？"

应寒时微微一笑，萧穹衍却兴奋地说："呀，那是我最喜欢的电影，好惊悚好激烈！不过，他们说的是梦境，我们却是实实在在的虚拟空间。而且他们太强调人的意识，用意识造出那么多复杂的梦境。这从我们的科技看，根本是不可能的。还是要靠计算机造啦。"

"嗯。"谢槿知又问，"我们进入虚拟空间后，怎么杀死那些动物呢？"

萧穹衍答道："简单。现在我们拿他们没办法，是因为两个意识都在一个身体里。但是进入虚拟空间的主体是意识。意识认为自己是什么样的，在虚拟空间里就会呈现什么状态。所以人会觉得自己是人，狗会觉得自己是狗，他们会分开。你们只要干掉那些狗狗就可以了。"

夜更深了。谢槿知抱着双膝，坐在一堆草垛上，看应寒时和萧穹衍坐在电脑前忙碌。洞里只有几盏柔和的光，照得应寒时的轮廓朦胧而生动。谢槿知看着他挽起的衬衫袖口，还有在键盘上跳跃的十指，此时此刻，他看起来真的就像是个普通的 IT 青年。谢槿知心情柔软地想，这也是属于他和她的静好时光。

山下的古镇，彻夜灯火通明，还有警车的呼啸声传来。显然是那些男人的失踪已引起关注。所以他们现在，也是和时间在赛跑。

过了一会儿，萧穹衍推开电脑站起来，伸了个懒腰："我出去呼吸一下新鲜空气，机器人最要注意保养了，否则会生锈的。"他自顾自念叨着走了，谢槿知起身，走到应寒时身后，弯腰搂住他的脖子。

应寒时的空间做得差不多了，手指又在键盘上敲了两下，推开电脑，轻轻将谢槿知拉到怀里坐下。两个人眼睛里都有浅浅的笑，然后应寒时低头吻住了她。

午后的庭院是这样的寂静，慵懒的阳光像是透明而柔软的绸缎铺开在空气里。细细的灰尘，永不知疲惫地飞舞着。蝉的叫声和鸟儿翅膀扇动的声音从窗外传来。

谢槿知躺在旅馆的床上，双手被应寒时扣住，任由他流连亲吻着。日光变得这样漫长，只有彼此温热的身躯是最真实的存在。渐渐地，谢槿知有些情动，也有些沉迷，不过还是不忘推开他："应寒时，你别想……现在还是白天，我们还要出去玩呢。"

应寒时停下了，抬起头，俊脸微红："我知道，不会的。小知，我们现在是在虚拟空间里。"

谢槿知愣了愣，循着他的视线转头，却看到了惊奇的一幕。白墙上，正凭空跳出一个个鲜红大字："你、们、两、个、别、亲、了。马、上、干、活。"字迹有点丑，最后还画了个机器人头像，表示这是萧穹衍的落款。

谢槿知心头一震，这才想起，就在之前，萧穹衍和应寒时把空间做好了，然后自己和应寒时一起躺下，准备进入虚拟空间……可是刚才，她完全没意识到。

应寒时下了床，走到门边，悄无声息地推开一道缝："他们在那里。"

对于应寒时和谢槿知来说，这并不是一次困难的任务，却是个麻烦的任务。除了要找出十二只动物，一只只干掉，还要把十二名受害者，一个个带到虚拟空间的边界去，最后带大家一起离开。

"不能直接把他们十二个打晕，然后带出边界吗？这样更省事。"

之前谢槿知这么问过。

应寒时答道："不是不可以。只是他们的意识已经很虚弱，如果再在虚拟空间里把意识打晕，对他们的大脑终究是伤害。"

谢槿知和应寒时坐在小方桌旁吃饭，依旧是炝螺肉、鸡豆凉粉、小瓜炒蛋和青菜汤。相距十余米的地上，陈楠蹲着喂狗吃骨头。

叶子走到他身边，抚摸他的额头问道："头还疼吗？"

吃完饭，谢槿知和应寒时没有出门，而是回房间等待着。过了一会儿，庭院里就没人了，叶子带着孩子去午睡，陈楠去厨房了。而那只狗，趴在墙角，睁着双黑亮的眼睛，倒是很安静的样子。

应寒时牵着谢槿知跃下去，狗一下子站起来，盯着他们。他们走近，谢槿知从口袋里拿出一支小小的麻醉枪，瞄准了它。这也是萧穹衍提前安排好的，对付一只狗，总不能还让指挥官去战斗。

谁知黑狗竟然很机警，像是知道枪不是好东西，"嗖"一声就跑了。应寒时拿过谢槿知手里的枪，追了上去。那狗径直跑进了堂屋，而堂屋里，叶子正带着孩子在睡觉。

应寒时和谢槿知动作放轻，走了进去，就见黑狗在母子俩的床边，正咬着叶子的衣角，像是要把她拖下地，又像是想把她唤醒。它转头看到谢槿知二人，立刻松开嘴，转身伏低在地上，竟像是誓死守卫的样子。

谢槿知望着黑狗圆黑的眼睛，有点发怔。应寒时已开了枪，"嗤"一声轻响，黑狗呜咽一声，倒在了地上。而旁边，叶子母子依然熟睡未醒。凉爽的风穿过门吹进来，呼呼响着。

应寒时和谢槿知把狗提回了楼上房间，关上了门。谢槿知说："这只狗的本性不坏，想必原来也是很忠诚的，只是遭受了辐射，才会在现实里变得凶猛吧。我们必须杀死它吗？"

应寒时沉吟了一下，答道："可以不杀。把它留在这里，永远在虚拟世界里每天循环，它不会醒来。"

谢槿知想象了一下那个画面，每天太阳东升西落，而这只狗会不断重复这一天的生活，以为跟自己的主人们生活在一起。

"那就这样吧。"她说。

应寒时就用绳索把狗绑在了墙角。等它醒来时，他们大概已经离开了。

两人又来到后院的厨房，站在门口，就看到陈楠背对着他们低头在吃东西。听到动静，陈楠转过身，怔了怔。

谢槿知说："陈楠，我们是来帮你的，也是要救你的家。你还记得几天前，跟一些村民一起，进山到了石绫寺，然后挖出了一些残骸吗？"

陈楠还是那副内敛沉默的样子，点了点头道："记得。"

谢槿知又问："那之后，你是不是经常头疼？"

陈楠愣了一下，又点头。谢槿知明白，他跟她刚才一样，意识不到是在虚拟空间里。但曾经有过的记忆依然存在。他只是意识不到。

谢槿知言简意赅地解释道："你们遭遇了辐射，产生变异。现在狗的意识和你的意识同时在你的身体里。现在这里不是真实的空间，而是虚假的。只要你跟我们走，把狗留在这里。你就能清醒过来，就能获救，回到你的妻子和孩子身边。"

陈楠露出震惊而困惑的表情，谢槿知看了眼应寒时，应寒时点了点头。

于是她干脆一把抓住陈楠的肩膀，银光浮现。当陈楠再睁开眼，发现自己竟然站在了茂密的森林里。他的心怦怦跳着，手心浸出阵阵冷汗。谢槿知站在他身旁，指了指森林外的景色："你看，那是虚拟空间的边界，流线型的。"

陈楠抬起头，看到那里不是碧蓝的天空，而是一片亮闪闪的水纹蜿蜒着，如同一条河流挂在了天上。可里面又是混沌的，什么也看不清。

他的表情变得更加震惊，往后退了好几步。谢槿知微微一笑，说："现在相信这是虚拟空间了吧。你好好想想这几天的事，留在这里，不要动不要走。等我们救了其他人，就带你们一起出去。那些狗会留在这里，不能再伤害到你们了。"

时间，在虚拟空间内外，同样静静地流逝。悬崖高处的山洞里，萧穹衍坐在电脑前无聊地跷着二郎腿。现在没有他什么事，只要等待就好。发了一会儿呆，他眼睛一亮，打开电脑上的娱乐盘，开始看最近热播的一部婆媳关系连续剧。之前他才追到第十集。

夜色静悄悄，机器人冷硬的脸庞，映着屏幕上的光，看得目不转睛。而身旁躺着的那堆人，也一动不动。

过了不知多久，萧穹衍突然一愣，抬起了头。

洞口走进来一个人，身形瘦削挺直，背后是浓黑而寂静的夜色。

萧穹衍眼珠转了转，站起来，面露疑惑："你怎么也来了？"

那人一言不发，抬起手，手中是一把枪。萧穹衍"啊"了一声，想要质问："你……"然而已经来不及，子弹无声无息，准确射中萧穹衍的左胸。萧穹衍一头栽在地上，硅晶红眼睛转了两圈，定住不动。

那人快步走进来，看到地上的情形，微微一怔。然后走到萧穹衍身旁，确定他没什么事，才转身走开。

然后那人在山洞里开始搜寻。过了挺长时间，那人终于在靠近山洞壁的一块泥土里，挖出了一个小小的金属盒。那人用匕首撬开金属盒，看到里面躺着的两块莹莹发光的晶片，飞快合上盒子，转身走出了山洞。

太阳渐渐偏西，越来越多的人被带到虚拟边界。虽然他们中间有的人对谢懂知的话半信半疑，有的干脆完全不听。但是在看到边界的模样后，全都像陈楠那么震惊。然后就都按谢懂知和应寒时的吩咐，在那里等待了。

空旷的树林里，村民们不安地交谈着，张望着："你家的狗也像他们说的，最近很凶？"

"是啊，你也是？这真是倒八辈子血霉了。"

"喂，他们两个是什么人？捉妖师吗？"

"陈楠，你怎么不说话？站那么远做什么？"

谢槿知和应寒时走出树林，还有最后一个人了。听到他们的对话，谢槿知下意识地回头，就看见陈楠一个人站得很远，背着光，看不清脸上表情。

到了最后一个人的家门口，门虚掩着，谢槿知轻轻推开往里看，悚然一惊。

地上躺着个男人，血流满地。眼睛圆瞪，喉咙是破的。一只大狗立在尸体旁，抬起满是血渍的嘴望着他们。尸体有点臭，看来已经死去很长时间了。

"汪汪——"它狂吠着朝他们扑咬过来。谢槿知射出麻醉枪，它扭动两下，应声倒下。

"它已经杀死了人的意识。"应寒时缓缓地说，"我们来晚了。"

"那……这个人在现实里会怎么样？"

"一个意识死去，一个意识困在虚拟空间里。现实中的他，会成为植物人。"

谢槿知没出声，望着街边绚烂的晚霞，古镇宁静得不可思议。

岂能尽如人意，他们终究还是没能救下所有人。

再次回到森林边缘，暮色已经慢慢笼罩下来。那些村民原本席地而坐，看到谢槿知和应寒时，都急切地站起来："可以走了吗？"

应寒时点了点头，答道："边缘出口会在几分钟后打开，届时我带你们出去。"

谢槿知又看一眼站在众人背后、沉默不语的陈楠，总觉得他哪里怪怪的。她轻轻扯了扯应寒时的衣角，两人走到了一旁。

"你注意到他了吗？"她问。

"注意到了。"应寒时答道，"他看起来，不像正常的人。"

谢槿知心头一震。面对如此大的变故，所有村民脸上的表情都是急切的、生动的。可他浑身上下仿佛都被某种阴郁的气息笼罩，表情依旧僵硬，也不怎么说话，仿佛还跟在现实空间里时是一个样子。

然而谢槿知一时也想不出原因，因为萧穹衍说过，进入虚拟空间的是意识。意识以为自己是什么样，就会是什么样子。所以人是人，狗是狗。他毫无疑问就是他们要找的陈楠，莫非他身上还有其他问题？或许只能出了虚拟空间，再去查明了。

天色一点点地暗下来。应寒时第一个转头，望向林边的小路。

谢槿知也循着他的视线望去，出乎意料的事情发生了，一只狗跑了过来。

是陈楠和叶子的那条狗，黑色，眼珠圆而亮。然而此刻，它的两条后腿都跛着，满是血迹，看样子竟是从绳索里强行挣脱出来的。

因为谢槿知的话，村民们现在看到狗就充满恐惧，全都吓得往谢槿知和应寒时身后躲。那狗却径直跑到陈楠面前，一口咬住他的裤腿，就往外拖。

"打死它！打死它！"村民们全喊起来，有人弯腰捡石头。陈楠不出声，脸色变了又变，拼命踢那只狗，想要把裤腿抽回来，可狗却死咬着不放。

"等等。"应寒时开口。

大家都是一愣，谢槿知却分明看到，狗的眼睛里，蓄满了泪水。怎么会这样？

应寒时抬头就看向陈楠。陈楠触及他的目光，像是明白了什么，突然一脚踹开那狗，转身就往边界跑。在众人惊讶的目光中，应寒时身影快速移动，一把将陈楠抓了回来，重重摔在地上。

陈楠摔得头破血流，大口大口喘着气，露出狰狞神色，竟像不知道痛，起身又朝应寒时扑来。他的瞳仁变成浅褐色，牙齿尖利，十指尖端变成了利爪。应寒时一把擒住他的喉咙，将他掼晕在地，终于停止了攻击。

众人看得目瞪口呆，谢槿知的心怦怦地跳，一个猜测涌上心头，为什么陈楠会这样？为什么狗会这样？应寒时已转头看着她，眉目乌黑沉凝："陈楠的意识受侵害太深，他把自己当成动物，动物却以为自己是人。"

谢槿知心头震动，没有出声，转头看着地上跛脚的动物。它却像能听懂应寒时的话，眼睛里泪水流了下来，然后两只前腿伏低，深深低下了头，竟像是在对他们深鞠躬。

意识以为自己是什么，在虚拟空间里就会是什么样子。

原来如此。

"那怎么办？"谢槿知问，"我们带它回去，陈楠还能复原吗？"

应寒时静了一会儿，答道："不能了。它的意识已经错乱，回去了只会让陈楠像动物一样生活。"

那狗站了起来，抬起头，慢慢往后退了好几步，然后伏在地上，看着他们，不动了。

"它不愿意回去。"谢槿知轻声说。

它在最后关头用尽全力冲到这里，就是为了阻止那个"陈楠"回到现实世界，占据自己的身体，跟妻儿生活在一起。然后它选择永远沉沦在虚拟空间里。

银光慢慢浮现，空间边界打开。应寒时和谢槿知带着其他人走向了边界，那只狗离他们越来越远。然后虚拟空间的一切景物，都慢慢在他们眼前消失了。

谢槿知睁开眼睛，发现自己在应寒时的怀里。他们躺在一张简易的折叠床上，四周是嶙峋的石壁和暗柔的灯光。他们已经回到了山洞里。

应寒时也睁开了眼睛，两人凝望着彼此。

谢槿知轻声问："结束了吗？"

"结束了。"

"陈楠和那个死去的村民……"

"他们回不来了。"他答。

两人静了一会儿。这一次，才算是谢槿知确切地感受虚拟空间。身在其中时，她的感觉那么真实。醒来后，她觉得恍然如梦。她看向周围，那些村民还沉睡着。

"萧穹衍给他们注射过镇静剂。等我们安全撤离后，他们会醒过来。"

应寒时说着拉她站起来，与此同时，却听到山洞另一侧有响动。

另一个人影摇摇晃晃从地上站起来。

"小John？"谢槿知吃了一惊，"你怎么在地上？"难怪刚才没听到他咋咋呼呼的声音。

应寒时也眉头轻蹙地望着他："发生了什么事？"

萧穹衍都快哭出来了，捂住自己的胸口："我中了麻醉枪。"他指着岩壁旁被挖开的那个小洞，"晶片也被抢走了。"

谢槿知震惊不已，应寒时静了静，问："是她拿走的？"

萧穹衍点头，满脸难过："真的是她。"

"他？"谢槿知不解。

应寒时的眼眸深深，萧穹衍叹了口气，说："是林婕。"他回忆起之前的画面——林婕站在洞口，表情紧绷，就像棵倔强的树。当她开枪时，眼中分明闪过歉疚和决绝。萧穹衍不明白，很不明白。

谢槿知吃了一惊，问："她为什么这么做？"

萧穹衍答道："我也不知道，她明明是可以为指挥官而死的人。"

"这么多年过去，人终究会改变。"应寒时说。

谢槿知想起刚才他和萧穹衍的对话，问："你怎么猜到是她？"

应寒时望着洞外的沉沉夜色，答道："萧穹衍选定古镇作为目的地暗中有人影响。而且我们的行踪只有自己人知道。我让萧穹衍带晶片过来后，剩下的人里只有她驾驶战机偷偷离开了江城。"

"你是故意的。"谢槿知抬眉看着他，"故意让她偷走晶片？"

应寒时轻抿着唇，眼眸极黑极静："是的。晶片为饵，我欲将反叛军一网打尽。"

谢槿知怔了一下，萧穹衍解释道："小知，你不用担心，之所以让他们偷走，就是因为晶片上装着反追踪装置。一直以来，反叛军作恶多端，我们却没办法将他们弄死，就是因为地球之大，根本无法知道他们的藏匿处。而且你知道的，战机都有超光速跳跃功能，哪怕我们追上他们，他们也可以跳跃逃走，完全不知道他们跳去了哪里。"他的语气变得喜滋滋的，"现在就不同了，林是无论何时，都不会把晶片扔下的。他去哪里，我们都能找到，然后干掉他。"

应寒时眼中也露出一点笑意。谢槿知想了想，又问："可是追踪装置会不会被林发现？"

萧穹衍大力摇头道："不会！这是我新研发的一种微型追踪装置，灵感来源于穆岩分子人哦。极细微的追踪颗粒附着在晶片上，当晶片被拿出时，那些颗粒就会立刻扩散，同时附着在周围的人身上。他们根本发现不了。"

谢槿知点头，她觉得很神奇，也很靠谱。

就在这时，警铃声遥遥传来，正是小镇外公路方向。三人走到洞口，看到夜色里，依稀有许多辆警车。甚至还有几架直升机在小镇上空盘旋。

"我们该走了。"应寒时说。

萧穹衍看着满山洞的电脑设备，发愁地说："可是这些还没收拾，都是我的宝贝装备呀……"

"来不及了。"应寒时打断他，萧穹衍就悻悻地不说话了。谢槿知与应寒时的配合极有默契，她抓住萧穹衍的肩膀，萧穹衍"哟呼"欢呼着，被她拉进了银光里。

应寒时预料得没错，十几分钟后，在警犬的帮助下，警察找到了这个山洞，并把它全面封锁起来。又过了一会儿，谢槿行带着几个研究人员走了进来。

这时，那些被救出的村民也陆续醒了，激动而又混乱地跟警察和研究员们讲着自己的离奇经历。谢槿行听得整个人都愣住了。

他会来到这里，是因为有村民异常伤人的报道传来。而他的研究员们同时发现这个古镇周围的磁场波动又异常了。这不得不令他想起曾经的依岚山，他想他猜到始作俑者会是谁了。这必然会跟他那个特立独行的妹妹，还有她的……唉……外星男朋友有关。

于是谢槿行就向上级申请，带着人过来了。

谢槿行不动声色地在山洞里站了一会儿，然后走了出去，到了一片僻静的树林里，拿出了手机。

他打给谢槿知，却是无法接通。他当然不知道，谢槿知的手机在初次跳跃时落进河里冲走了。静了一会儿，他忆起档案袋里的另一个手机号码，拨了出去。

电话很快接通，年轻男人温和沉静的嗓音传来："你好。"

"应寒时先生？"

"是。"

"我是谢槿知的哥哥，谢槿行。"

这是一片非常隐蔽的山林，已经废弃的木屋坐落于山腰，满屋积着灰尘。萧穹衍正围着口罩和围裙，拿抹布使劲打扫着。谢槿知推开木屋的小窗，转头看着矗立在门边，身影清俊的应寒时。他挂了电话，也朝她看过来。

谢槿知问："我哥说了什么？"

应寒时答道："他约我们半个小时后见面。"谢槿知怔了怔，却笑了："好事。他打这个电话，看来是打算私了，又要替我们打掩护了。"既然有了这个判断，谢槿知一点压力也没有了。

等萧穹衍收拾完屋子，她就坐在一把老旧的藤椅里，吃萧穹衍刚摘回来的野苹果。酸酸脆脆的，倒十分爽口。过了一会儿不经意间转头，却看见应寒时还站在远处，脸绯红着，神色……有些忧虑。

谢槿知咬了口苹果，问："怎么了？"

应寒时答道:"这样见面实在唐突失礼。我也没有时间去准备见面礼。"一旁的萧穹衍听到了,瞪大了眼睛:"呀,真的,那怎么办?"

谢槿知忍不住笑了:"没事的,我哥不在乎这些。"可尽管她这么安慰,应寒时还是一副忧思的模样。

萧穹衍闷闷地道:"指挥官,我们失策了,早知道只拿一块晶片作饵,不要玩这么大,留下一块当见面礼了。"

谢槿知听得睁大了眼睛,应寒时却深以为然地徐徐点头,语气歉疚道:"是我考虑不周,只想着战斗了。"

谢槿知说:"你们真的不用太紧张。"

半个小时后。谢槿行站在一片开阔的树林里,眺望着远方的群山和零星的小镇灯光。

直至身后响起脚步声,他转过头,看到谢槿知和一个高高大大的年轻男人,并肩走了过来。

谢槿行是个拘谨传统的性子,一向不喜欢太活泼或太熟络自如的人。此刻看到应寒时姿容沉稳,不卑不亢的模样,倒生了几分好感。只是想到他是外星人,终究有点担忧。

谢槿知先开口:"哥,这就忙完了?"她笑意浅浅,居然还有点逗弄的意思。

谢槿行看她一眼,答道:"我没那么大的本事,谁让你们留下这么大个烂摊子。"虽然这么说,他却没有生气,平静地看着应寒时,"你好,我是谢槿行,谢槿知的哥哥。国防部4574研究院,天体物理及核工业教授。"

应寒时站得笔直,双臂垂落身侧,脸颊微红,嗓音却沉稳清澈地道:"你好,谢教授,我是应寒时,来自三千光年外曜日星球。曾任帝国凤凰舰队指挥官,军衔上将。现已退役,是小知的男朋友。"

谢槿行之前不知道他的详细底细,愣了一下,谢槿知默然不语。

"今天到底是怎么回事？"谢槿行问。

于是谢槿知就把来龙去脉，一五一十地说了，应寒时略作补充。谢槿行听得神色逐渐严肃，待他们说完后，他沉思了一会儿，说："我明白了。那两名意识受损的村民，我会联络国家生物科学方面的研究院，看是否可以继续救治。"

谢槿知立刻说："太好了。"

应寒时也点头："多谢。"

"至于这整件事……"谢槿行说，"你们今天的话，我就当没听到过。

村民们的话，彻查是少不了的。不过这种离奇事件，查来查去，最后查不出什么，一般都会不了了之。但是，最近你们就不要在附近露面了。"

他这么说，谢槿知还有什么不放心的，笑着说："哥，谢了。"忽然又想起另一件事，便试探地问，"那……那些用来做虚拟空间的电脑和设备，能够还给我们吗？"

谢槿行看她一眼："你觉得可能吗？那些设备已经在送往研究院的路上了。"

谢槿知说："你们这是趁火打劫！"谢槿行略有点尴尬，但她说的的确是事实。谢槿知还要再说话，应寒时却一把拉住她的手，制止了她。

"不必归还。"应寒时嗓音徐徐，眉眼从容，"那些设备和虚拟空间技术，您可以随意研究使用。"

谢槿行是个诚实人，面露笑意："多谢。"

应寒时的脸依旧微红："应该的。"

谢槿知："……"

"虽然送给你们了……"谢槿知看一眼他俩，"哥，我很好奇，以地球人现在的设备技术水平，真的可以造出虚拟空间吗？"

谈到这一点，谢槿行是非常自信的，他看着他们，笃定地答道："当然。我们所拥有的，是天河 4 号 A 超大型计算机组，每秒 200 亿亿次浮点性能。"

他说的专业术语谢槿知不懂，应寒时却露出赞赏神色，点头道："的确可以。这样的容量，甚至可以制造出超大型自主运行虚拟空间。"

两个男人的交谈，显然非常愉快了。谢槿知微笑不语。这时谢槿行却看她一眼："你先去周围转会儿，我有话单独对他说。"

已是后半夜了，零星的星光缀在天空中，远山依旧寂静。谢槿行望了望不远处，坐在草地上，抱着双膝的谢槿知，转头对应寒时说道："我把你留下，并不是要干涉你们俩的事。但是作为她现在唯一的亲人，有些话，我必须对你说。"

应寒时点头道："是。"

"其实我也只要问你一句话。"谢槿行说，"她自小没有父亲，母亲也很早过世。这些年，她从来没谈过恋爱。我也没想过，她最后找的男朋友，会是你这样的。但是，不管是地球人还是外星人，以她的性格，如果爱上一个人，那一定是抛开了所有。她没有任何退路。"

应寒时的目光也落在她身上，眉宇间浮现怜惜神色。

"所以，你能不能做到，永远爱护她，不伤害她，永远把她放在你心中第一位，就像她对你一样。"谢槿行郑重地问，"可以做到吗？"

应寒时沉默了一会儿，然后他抬起自己的右手，放在了左胸心脏位置。他微微抬起脸，眼眸无比清澈，与谢槿行对视着。

"小知的兄长，以下，是我给予你的答复，也是我许下的承诺。"他平缓而清晰地说道，"曜日已经坠落，银河再无帝国。我见过恒星的诞生，也目睹过行星崩塌于黑暗中。我航行了数千光年，才遇见了这个心爱的女人。她会是我终生所爱，比生命更重要，与信仰同等珍贵。"

谢槿行静了一会儿，点头。谢槿知没想到谢槿行和应寒时谈完后，还要跟自己单独谈。她看着应寒时微笑着走向她之前待的那片草地，转头望着谢槿行："你们都聊了什么？"

谢槿行却不答，从口袋里掏出了个信封："拿着，这是你之前要的，应寒时的新身份证和户口本。"不远处，应寒时的脚步陡然一顿。

谢槿知当然注意到了，微微有点尴尬，把信封接过来："多谢了。"

谢槿行温和地笑了："有了这个，他的身份不会再有什么问题。"

谢槿知打开看了看，也很高兴："嗯。"

眼角余光，却瞥见应寒时干脆站在原地，背着双手，一动不动地听着。

谢槿行看着她的神色，忽然问道："你……不会就要跟他结婚了吧？"

谢槿知立刻答道："没有。要这个只是为了更安全。"

谢槿行这才点头，非常语重心长地嘱咐道："那就好。结婚是大事，不管是地球人还是外星人，总要相处一段时间，考察清楚。"交代完这些，谢槿行就走了。

谢槿知站在原地，看他的身影没入夜色里。

应寒时走到她身旁。过了一会儿，她转身说："我们也走吧。"

他却不动。

"小知，给我。"他说。

谢槿知装傻问道："什么给你？"

他微微垂眸："我的结婚许可证。"

结婚许可证……外星人对户口的这个称谓让谢槿知觉得有点好笑，她答道："不行，我先保管。"她顿了顿，"到时候给你。"

转身刚要走，手腕却忽然一紧，人就被他扣在了树上。谢槿知抬头看着他，小声抗议道："你居然用强……"他低下头，单手扣住她的双手，固定在头顶，另一只手已伸进了她的口袋，拿出那信封，这才松开她。

谢槿知也不是真生气，轻轻哼了一声，看着他的举动。应寒时打开信封，拿出两样东西，低头看了一会儿，放下，负起双手，眼睛里似乎有浅而璀璨的光华在流动："等回江城，我就求婚。"

谢槿知的脸有点烫了，转头看向一边："应寒时，这种事你不必提前告诉当事人。"

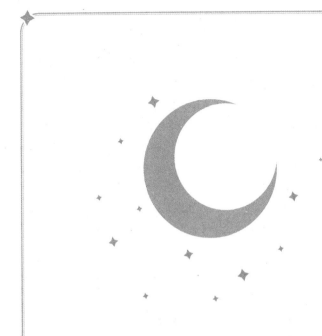

第二十一章

决战前夕

两人回到木屋，萧穹衍立刻热切地迎上来："指挥官，与未来大舅子的会面如何？"

应寒时微笑地答："非常好。"主仆两人相视而笑。萧穹衍又报告了一个好消息："苏已经带着大家在准备动身了，明天一早他们就能到。我们就能对反叛军实施最后的反攻。"还有几个小时就天亮了，萧穹衍在外间守候，应寒时和谢槿知到刚刚收拾好的房间里休息。这里同样简陋，只有一张木板床，一张破旧的桌子。谢槿知拉应寒时在床边坐了下来，斟酌了一下，干脆直接问："明天，会不会很危险？能打赢吗？"

她这么问，是有原因的。她听应寒时讲过，反叛军有几十个人，二十余架战机。这边现在还少了个林婕，满打满算只有六架战机。敌我悬殊十分大。

应寒时如何不知道她在担心什么。静默片刻，只握住她的手，亲了一下说："我打给你看。"

谢槿知的心头跳了一下，他已将她搂进怀里。

来古镇这几天，两人许久也未曾温存过。而今大战在即，心中的柔情却更盛。谢槿知被他压在硬硬的床板上，亲了一会儿，就见他红着脸起身，走到房间门口，上了反锁。

谢槿知低声嘀咕道："道貌岸然……"

被她这么批评，他转过身来，脸越发的红。在她笑盈盈的视线里，他走回她身边。

天亮时，谢槿知站在小屋门口的山坡上。清晨微凉的空气钻进衣服里，令她微微一抖。身旁的应寒时，伸手揽住了她的肩。

"来了来了！"萧穹衍从屋里蹿出来，站在两人身后，抬头望着天空。

几秒钟后，淡蓝的天空中划过五道流星般的银光，那线条出乎意料的整齐流畅。而银色轨迹的前端，五架战机的轮廓逐渐清晰，越驶越近，最终骤停在距离他们十余米外的半空里。

应寒时露出浅淡笑意，萧穹衍用力朝他们挥手。谢槿知望着驾驶舱里那些熟悉的面容，苏、丹尼尔、庄冲，还有聂初鸿和顾霁生。他俩透过玻璃舱，对她露出温暖的笑容。

"指挥官。"萧穹衍"啪"地站直，郑重其事地敬了个礼，嘴巴却笑咧开，"曜日人、地球人混编战斗小组已经到齐，下达命令吧！"

"唉。"萧穹衍忽然叹了口气，"以前指挥官带领的可是十座太空堡垒，三千架战机。"

谢槿知看他一眼，又看向应寒时。应寒时只是微微笑了笑："小John，不必感伤。我们的文明曾经辉煌过，就让它永存于记忆中。现在，我们脚下的地球，才是银河系中最真实繁荣的存在。"

萧穹衍"哦"了一声，谢槿知的目光，却不自觉地落在应寒时负在身后的，那双白皙而骨节分明的手上。她想，这个男人拥有天空一样宽广的心胸。

苏等人已经把战机停好走了过来，大家一阵热络。谢槿知很自然地就走到了聂初鸿和顾霁生面前。聂初鸿居然留出了络腮胡子，原本英挺的青年，平添粗犷沧桑的气质。但那双眼睛，依旧是漆黑而温柔的。他微笑地看着谢槿知："最近好吗？"

谢槿知点头道："我都挺好的。你们呢？没想到你们今天也会来。"

聂初鸿笑道："同仇敌忾，义不容辞。"谢槿知温和的目光又落在他身旁的顾霁生身上。

聂初鸿也看着顾霁生，拍了拍他的肩膀："霁生，这是我跟你说过的槿知。她也是你最好的朋友。"

出乎谢槿知的意料，原本沉默着、神色有些局促的顾霁生抬头看着她，似乎好奇地打量了一下，旋即露出非常灿烂漂亮的笑容："槿知，你好，我是你的好朋友顾霁生。"

这样流利的话语让谢槿知有点难过。旁边其他人也注意到了，关切地望过来。应寒时走到谢槿知身旁，也看着顾霁生："他好些了吗？"

聂初鸿点头微笑地答："他很聪明，教什么都学得很快。而且战机开得比我还好。"

一行人说着话，走进小木屋中，商议即将来临的决斗。

午后，天空寂静而炙热，没有一丝云彩。冉妤站在一顶帐篷里，脚下的沙漠烫得让人的鞋底仿佛都要融化掉。她的心情与这气温同样焦躁，隔着帐篷上的塑料小窗，望着外面。沙丘如同一座座小山，连绵起伏。帐篷外，那些穿着灰色军衬衫、脸上文着十字的士兵们，走来走去。还有二十来架黑色战斗机，停在沙丘中的沟壑中，整齐肃穆。

冉妤看了一会儿，只觉得心烦意乱。一回眸，却恰好看到对面那顶更大的帐篷，木头……不，不应该叫他木头了，那些士兵都叫他"林指挥官"。他站在撩开的帐篷门口，正眺望着沙丘上方的天空，俊朗的脸上有捉摸不定的微笑，不知道在想什么，像是察觉到她的目光，他缓缓侧眸与她对视上了。

冉妤的心跳骤然加速，垂在身侧的双手不自觉紧握成拳。他却慢慢地笑了，依旧是那笃定而富有男性侵略性的笑容。

冉妤转身就离开了塑料小窗，也离开他的视线范围。她"嘭"的一声扑倒在床垫上，心情复杂而难受。

她一直以为她从公园捡到的流浪汉，只是个高富帅。哪怕是落魄的、永远不能东山再起的男人，她后来也认了，也心甘情愿了。

可他居然是个外星人。外星人就外星人吧。一开始得知那一刻，她惊吓之余，还是有点小惊喜。毕竟有谢槿知的前车之鉴，她觉得跟外星高富帅在一起，也不是什么坏事，说不定还是她难得的运气。

谁知道他却倨傲而淡漠地说，自己是反政府武装。再看到这些天他跟应寒时和谢槿知他们作对，冉妤心里哪还能不明白？他就是个大反派。

这样危险而黑暗的爱情，她一点也不想要了。可是，他好像察觉了她的退意，这些天把她看得更牢。

她要怎样才能逃得掉？

正纠结着，她把脸埋在枕头里，忽然听到帐篷上空，骤然响起尖锐而持续的警报声："嗡——嗡——嗡——"外面的脚步声瞬间变得杂乱急促，战机预备起飞时的引擎声也突然响起。

冉妤立刻从床垫上爬起来，跑到了帐篷门口，恰好看到一名士兵快步跑进林的帐篷，大声汇报道："指挥官，雷达显示数个飞行目标，正朝我们的坐标跳跃而来，倒数计时：58、57、56……"

林掀开帐篷，大步走了出来，看一眼呆立的冉妤："副官。"

副官立刻走上前，恭敬地对冉妤说："冒犯了。"然后将冉妤一把扛起。

冉妤知道挣扎无用，只趴在副官身上没动，恨恨地骂道："林，你浑蛋！"林根本不在意，他阔步走向战机最前方，他的那艘小型指挥舰，带着副官和冉妤走了上去，迅速关闭舱门。

而尽管敌人的偷袭突如其来，他麾下的士兵们亦丝毫不乱，在短短一分钟内，迅速拾要件，跑向各自的战机。

"10、9、8、7……"技术兵还在通信频道里，严肃而紧张地向所有人警示时间，"我方跳跃引擎预热还需10分钟。对方跳跃倒计时：3、2、1！"

尽管高性能战机上，都配备有跳跃引擎。但是执行一次空间跳跃，不是简单操作，不仅引擎需要时间预热，也需要设置跳跃坐标等一系列技术操作。所以现在，对方得知了他们的坐标，突然跳跃袭击。他们却不能马上跳跃离开，只能迎战。

二十余架战斗机，跟在林的指挥舰之后，同时升上天空。远远望去，黑色战机外壳反射着刺眼阳光，如同一群黑色的金属大甲虫，盘踞在沙漠上方。

冉妤已经被关进了指挥官休息舱中，连同那两块极其珍贵的晶片以及林的其他重要物件。

林站在指挥舱里，望着前方。沙丘上空，碧蓝得没有一丝风的天空上，时间仿佛在这一秒静止。

"士兵们，一切为了我们即将建立的新文明。"林沉声说道。

"是！"通信频道里，响起所有飞行员们坚定有力的声音。

数团银光，同时降临。

剧烈的引擎声，呼啸声。沙丘上顿时狂沙乱舞，灰蒙蒙一片。而当银光逝去，六架战机如同匕首脱鞘而出，双方密集的弹雨，同时射出。

谢槿知在萧穹衍的飞机上。她坐在副驾驶位上，系着牢牢的安全带，看着舱外，一道道炮弹迎面掠过。这于她而言，是从未有过的经历。看着反叛军的战机群，排列得密密麻麻迎面飞来。而这边，以应寒时为中心，六架战机呈扇形展开，向对方俯冲而去。

通信频道里响起庄冲低低的惊叹声，不得不说，他此刻叹出了谢槿知的心声。因为交战的速度实在太快了，她很快眼花缭乱，什么也看不清晰，只看到飞机和炮弹犹如满天流星，交织在一起。

"分离。"频道里响起应寒时低而清晰的声音，与此同时，排列在扇形正中的应寒时、苏和丹尼尔保持向前飞翔的姿态，灵活侧翻或是旋转着，继续攻击对方的战机群。而另外三架战机，同时急速偏离航线，飞到了战斗圈外，避开了大部分的炮弹。

此时，双方的首次冲锋已接近尾声。因为应寒时三人都是技巧非常高超的飞行员，飞入的又是对方战机群腹地，成功避开了对方所有攻击，且击落敌机三架。而聂初鸿三人在交锋时刻拉开距离，驶离了炮火区，既替应寒时等人吸引了部分炮火注意，同时毫发无伤。

"真正的战斗，才刚刚开始哦。"萧穹衍哼哼道，"小知快看指挥官秒杀他们！"

谢槿知早因为这一系列高难度飞行而心惊肉跳，满手的汗。脸上却做出淡定表情，笑道："看着呢。"

萧穹衍眼睛看着前方，嘴巴却咧起："哟，你的声音怎么发抖了，害怕吗？哈哈。"

谢槿知没答。因为大家都戴着通信耳机，两人的对话应寒时肯定听到了，但是他没有分心回应。

他俩在说话，战斗却一刻没有停止。在第一次正面冲锋结束后，双方战机都在天空划出盘旋的弧度，掉头再次冲向对方。但是这一次，反叛军的战机群也散开了，呈二级梯队进攻。

这边指挥战斗的，是林麾下的另一名高级军官。他与帝国军交手多年，亦深谙应寒时的可怕。要知道即使是这样简单的正面冲锋，据说应寒时一个人就能干掉十架战机。所以他亦牢记林的叮嘱："集中优势兵力，对付星流。只要牵制住星流，就能赢得战斗。"

而当他掉转机头，一眼看到明明还应该在很远坐标的星流，竟驾驶飞机，向他的侧翼飞去。这名军官心头大惊，但要知道，星流之所以威名赫赫，就是因为他用兵极为诡谲，总是在你想象不到的地方出现，又在你无法想象的方位发动袭击。

于是军官此刻心头断定：星流速度如此之快，是想要从侧面偷袭。

不能让他得手！

军官沉喝一声："左翼中翼，跟随我，围剿星流！"

"是。"

刹那间，机群分离，超过十架战机跟在他身后，朝应寒时追击过去。上下左右前后，呈 360 度包围，以极快的飞行速度，飞离了这边的战斗圈。

谢槿知看着他们越飞越远，战火交织，有些担忧地问道："会有危险吗？"

萧穹衍安慰她道："没事，他会安全的。啊，林跑掉了！"

谢槿知循着他的视线抬头，果然看到更高的天空上，林的那艘体积有普通战机两个大的战斗舰，如同冷硬的黑色大鸟，"嗖"一声飞远，顷刻消失于天际。

"他跑不掉。"通信器里，响起应寒时笃定的声音。

"是。"苏、丹尼尔、萧穹衍等人齐声答道。

谢槿知听到他的声音，也露出微笑。林是舍不得丢掉晶片的。而且即便现在他丢掉，晶片上附着的追踪器也已扩散开。应寒时有以两块晶片为饵的魄力，当真是舍得孩子，套着了狼。

敌军主力已被吸引走，剩下七八架战机，与他们五架战机对峙着，弹雨如飞，再次交接。

反叛军军官率领十余架战机，追到了遥远的沙丘后。星流今天只跑不打，让军官心中微微有不安和异样的感觉。然而短兵相接的空战本就只是在分秒之间，他也无暇做出更准确的判断，只能继续追。

眼看越追越近，星流的战机飞到了一片高高的沙丘上，同时也被四面八方的飞机，逼入了他们的射程之内，军官当机立断道："开火！"

炮火声震天，密密麻麻如同雨点，射向星流的战机，他已避无可避。然而令人瞠目结舌的一幕，就在此时发生。那战机连同机上的星流，以肉眼无法看清的速度，化作了一团……散沙？掉落在沙丘上。子弹全部落空，射在了沙丘上，掀起漫天的沙雾，打不到，捉不住，炮火也无法令它们燃烧，哪里还分辨得出，哪一颗是刚才的"星流"变化而成的？

军官是知道上次反叛军纳米人伪装成雨点，企图劫持谢槿知的计划的。

此刻他望着那漫天的沙，脑海中只浮现一句话：以其人之道，还治其人之身。他现下心中雪亮：第一次看到的应寒时，展现出高超的飞行技巧，必然是真的。所以也没有让他怀疑对方会使用纳米人。可是空中交战瞬息万变，后来的这个应寒时，却已经被掉了包，专门为了吸引他们主力前来。

军官的心中突然大骇。留在原地的七架战机，对付一个星流都够呛，更何况是对方几乎全部的兵力。双方实力悬殊，只怕此刻，他们的人已经被全歼了。反叛军原本占据兵力优势，他想着集中优势兵力对付星流，却没料到正中星流的圈套，反而被他集中兵力，先干掉了三分之一。

军官的后背陡然浸出冷汗，对着通信器大喊道："掉头，防御队列！"

然而已经来不及了，震天的炮火声从他们的背后传来。军官驾驶战机一个急速拔高，堪堪逃离了死亡的扫射，却看到自己身旁其他数架战机，中弹冒出青烟，往沙丘坠落下去。

"报告：我的左翼中弹左翼中弹！"

"我的发动机中弹了！"

"战机失控准备跳伞，重复：战机失控准备跳伞！"

…………

一时间，通信频道里全是飞行员们惊恐而焦急的声音。军官内心寒意顿生，脑海里只有一个念头：完了！反叛军已败！

星流，果然是名不虚传的星流。

他的战机，永远不会坠落。

"战斗中，永远不要用你的后背，对着敌人。"

谢槿知望着前方背对着他们的如同折翼的飞鸟一架架坠落的战机，心中却想起今天一早，应寒时在小木屋中说过的这句话。

对于应寒时要如何打赢这场以少胜多的战斗，谢槿知之前是好奇的，也是担忧的。早晨，当他对着沙漠地图，将计划部署一步步对大家道明，她都听得愣住了。

当时她看着他清朗的眉目，屹立的身姿，心想，心机好深，好黑。

至善至黑，她要越来越喜欢他了。

聂初鸿本就是军事爱好者，听完之后，大为赞叹。他的评价就比谢槿知的"腹诽"专业多了："先以其人之道，还治其人之身；再集中优势兵力，围歼对方的剩余兵力，抹平兵力优势；最后是一场追击战决胜，这是能造成敌人最大伤亡的战斗形式。我们赢定了。"

应寒时的神色很平和，继续细细嘱咐大家细节。

"雾生，可以做到这些吗？"他问。

顾雾生坐在角落里，安静地在吃萧穹衍给的苹果。聂初鸿代替他答道："他可以的，只要把步骤仔细讲给他听，他会记得很清楚。而且我们在依岚山飞行时，他做过很多更惊险复杂的动作。"他顿了顿又说，"他如果知道现在在发生什么，必然也愿意去做。"

临出发时，应寒时把谢槿知送到萧穹衍的战机上。

"我会在庄冲的飞机上，最后追击战时，会有许多高难度飞行，你会受不了。"他柔声说，"小 John 不会有太多战斗，你先待在他的飞机上。等战斗结束，回我这里。"

谢槿知点点头，嘱咐他小心。两人正说话呢，萧穹衍却从战机上探头，笑嘻嘻地说："小知，等会儿指挥官表现好，你要表扬他啊。他很想要你表扬呢。今天早上你还在睡觉时，他制订好计划，然后站在床边望着你，微笑脸红了半天呢……"

"小 John。"应寒时出声制止了他，萧穹衍吐吐舌头，缩回机舱。

谢槿知微笑抬头看着他："哦……你想要表扬？"

应寒时的脸有点红了："小知，我……"

谢槿知却踮脚伸手，摸了摸他的头："加油，你最棒。"

"……谢谢，我会让你看到一场完美的战斗。"

萧穹衍驾驶战机，徐徐降落在沙丘上。前方，反叛军的战机大多坠毁，仅存者也举白旗投降，沙丘上好些个伤兵，跪在地上等待俘虏。

顾雾生从沙堆里坐了起来露出灿烂的笑。聂初鸿跳下战机，把他从地上拉起来。因为聂初鸿、丹尼尔的战机都还是中弹了，这些俘虏和残骸也需要人处置。于是应寒时决定，他们留在原地，他带着谢槿知、苏、庄冲和萧穹衍，立刻追击逃亡的林。

"找到了！"萧穹衍对着雷达图，报告道，"林的战舰，现在正在五十公里外，沙漠深处的一个无人绿洲里。"

"他会再逃跑吗？"庄冲问。

"不会。"应寒时答。

谢槿知接口："因为知道跑也没有用了。"

一行人上了战机，跳跃引擎开始预热。

"10、9、8……"萧穹衍的声音响起，"目标：林的坐标，最后的歼灭战！3、2、1，跳跃！"

谢槿知回到了应寒时的飞机上。

午后的阳光，似乎更炽烈了。隔着玻璃照在人身上，都能感觉到烫意。

窗外飞沙漫天，伴随着萧穹衍在通信频道里的倒计时，谢槿知看到银光包裹住战机。

她看着应寒时。他很专心地驾驶着，戴着白手套，眼睛盯着前方。

谢槿知忽然很想拥抱他，于是就抱了。她轻轻挽住他一只胳膊，头靠上去。应寒时怔了一下，低头看她一眼，然后继续目视前方。

两个人都没说话，却好像有一种温柔纤细的情绪，在狭窄的机舱里发酵。

你有你的抱负，我陪你朝朝暮暮。

"跳跃！"萧穹衍的声音响起。两人的眼前模糊后又变得清晰，那是一片面积不大的绿洲，坐落在下方的沙漠中。一棵棵粗虬盘结的胡杨树，掩映在一汪水泊旁，草地稀稀落落点缀着。林的那艘黑色小型战舰，就停在绿洲上。

"分散。"应寒时下令。苏驾驶一架战机，庄冲和萧穹衍驾驶另一艘，往两边侧飞，从而将林的战舰，包围在正中。

战斗一触即发，谢槿知的心稍稍提起来。但林已是强弩之末，她倒不是很担心。然而当她仔细打量下方的战舰时，陡然心头一震。

她看到了谁？

机身侧面，一扇小小的窗户里，谢槿知看到了冉妤那熟悉的脸。她满脸愁云，惊疑不定地望着窗外的战机。

"冉妤！"谢槿知低呼一声。

应寒时也看到了，低声说："别急。"

"……嗯。"

战舰的舱门徐徐打开，林走了出来。

他穿着非常整齐的军装，浅灰色制服，长腿笔直，肩章在阳光下熠熠发亮。他抬起头，望着天空中的战机，戴着白色指挥官手套的双手，沉稳地负在身后。

"星流，我们谈谈吧。"他说。

谢槿知一怔，其他人也都沉默着。应寒时静默片刻，战机缓缓下降，停稳在沙地上。他松开方向盘，对谢槿知说："你留在这里。"

谢槿知点头道："你当心。"

"嗯。"

应寒时推开舱门，跳下战机，走向了林。苏和萧穹衍的战机，依旧在半空中警戒着。

隔着十几米远的位置，应寒时站定。两个男人对视着，林忽然慢慢地笑了："星流，我输了，我也愿意把晶片拱手相让。但是我想让你知道一件事，帝国已经毁灭，我和你，已经不是敌人了。"

"然而你依然在强取豪夺，伤及无辜。"应寒时平静地说。

林笑了笑，一只手搭在另一只手的掌心，慢慢地，将手套一根根抽下来："星流，难道你就不想知道，我为什么不惜招惹上你这个大麻烦，也要得到这些晶片吗？"

所有人都愣了一下，应寒时沉静地矗立，不语。萧穹衍嘀咕道："那还能有什么原因？这家伙丧心病狂，以前就是反政府武装，现在肯定是想拿了晶片组织兵力，侵略地球咯！"

哪知这时林淡淡地说道："地球人兵力充沛，不容小觑。我当然不会白痴到拿了几块晶片就妄想侵略地球。所以，你不必担心我会与你现在保护的这颗星球为敌。"

萧穹衍说："……你才是白痴呢！"

一直沉默的苏开口："小 John 闭嘴。"

"你的目的是什么？"应寒时静静地问。

林微微一笑，握着手套，将双手重新负到身后："星流，难道你就没想过，重新建立属于曜日人的新文明？你曾是帝国最高军事将领，万人瞩目，难道现在就想龟缩于地球，了此残生，甚至还被地球人取笑、视为异类？现在，就有这样一个机会，在我们眼前。"顿了顿，他继续说，"这也是林婕投靠于我的原因。她并非背叛你，而是更加忠于曜日文明，并且，希望你走上正确的路。"

这番话出乎所有人的意料，甚至连萧穹衍都轻轻地"咦"了一声。

谢槿知遥遥望着林，那张脸看起来非常严肃，眼眸深邃，看不出他这番话是真心还是假意。她的目光又落在应寒时身上，他负手而立，身影清俊，似乎不为所动，只淡淡地问："什么机会？"

林喝道："副官。"

战舰机舱里一名军官应了声："是。"一束光从舱中射了出来，在半空中形成了一幅三维立体投影。

那是一颗正在缓慢旋转的小行星，浅蓝色，夹杂绿黄色。这意味着有海洋、森林和陆地。旁边，是一颗火红的恒星。

林注视着这幅星系投影，说道："星流，我在距离太阳系五十光年的星云中，发现了这颗小行星。虽然体积只有地球的百分之一，但是足以孕育文明。我的机舱里，还有六千份曜日人的胚胎基因。曾经属于曜日人的科技、军事成果，相信你航行而来的飞船上，也有备份。只要我们联手，再利用晶片作为建设小行星的基础能源，几十年，甚至只要十几年，我们就能复制一份曜日文明出来。"

众人听得心头一震，一时间了无声息。应寒时眸色微怔，谢槿知看到他的手指缓缓收紧。

林淡淡地笑了，这时小行星图像关闭消失。

他看着应寒时："本来我打算一个人做。现在，我愿意与你共享这个文明。我们曾经的恩怨，我早已丢下。帝国已经毁灭，我曾经的政治抱负也已没有意义。我甚至愿意向你承诺，这个文明会自由、平等、和平，如你所愿，不会再有战争和杀戮，不会有无辜的人死去。你我同为最高执政官。

"星流，我知道曜日文明是你的信仰，你宁愿终身监禁都不背叛帝国。现在，这样一个重拾文明的机会在你面前，难道你会罔顾信仰，罔顾我战舰上的六千份曜日人基因，不忠诚地拒绝吗？"

说完这番话，他就十分笃定地注视着应寒时，徐徐地笑了。

谢槿知不得不承认，他这番话极有吸引力，也极有说服力。连她都听得有些恍然，虽然知道与他合作必是与狼共舞，总是不妥。但一时真想不出能反驳他的理由。

不光是她，苏和萧穹衍身为曜日人，听得都有些动容。萧穹衍甚至轻声在通信频道里说："我居然觉得他说得有些道理，如果真的能重建曜日文明……"

他没有说下去，可是曜日已经坠落，银河再无帝国。他们这些人，无论帝国军，还是反叛军，还是顾霁生乃至尚未被他们发现的流浪同胞，都如同宇宙中的浮尘，再无母星，也再无归宿。

如果能够重建一个曜日文明，这念头想想就令人心潮澎湃，悲喜难言。

所有人的目光都聚集在应寒时身上。他站在烈日之下，沙砾之中。白色衬衫映着日光，身形笔直安静。柔软的短发遮住了他的眉头，那双眼却依旧清澈沉寂。

静默许久，他抬眸看着林，说："我拒绝。"

这一刹那，沙漠上空似乎格外的静。林脸上的笑容慢慢地敛了："为什么？"

应寒时却在这时露出了一点笑容，但那笑容很是清冷："林，这不是一条正确的路，未来也不会是你描述的理想模样。"

林一怔。应寒时的姿态非常平静，连手指都一动不动，让人感觉在说这番话时，他的心亦是静若止水，沉如深渊。

"我们或许能以最快的速度复制出一个文明。人类不再需要经历爬行，经历漫长进化和文明发展，就能接近曜日曾经最高的文明。二十年后，当人们长大，就能掌握空间跳跃技术，就能航行到银河系每一个角落。"他缓缓地说道，"然而晶片的能量，只能维持一时，小行星的资源有限，根本无法支撑一个高等文明。而后，这个文明会去向何方？"

林静默不语，嘴角却泛起讥诮的笑意。而谢槿知心头一震，她明白应寒时的意思了，那就意味着……

"地球。"应寒时说，"距离小行星五十光年的地球，会成为高等文明的狩猎场。林，这也是你选择这颗小行星的原因对不对？现在谈侵略地球或许是虚妄的，到那时还有谁能阻止你？"

他静了一下，抬眸，看向的却是林的背后，广袤的沙漠与天空。

"林，你的梦还没醒吗？我们的文明已经毁灭了，现在真实而繁荣地存在于银河中的，是地球文明。未来，已经属于他们。而不是我们这些末日之人。我不愿意去侵略这颗平静而美好的星球，这里亦是我妻子的母星。

"而你所要建设的文明也不再是曜日文明，而是一个畸形的、不健全的文明。那些人尽管拥有与我们类似的基因，却不再拥有曜日星的记忆，也缺失了人类本该有的数千年文明发展的进程。他们实际上，是为了侵略和攫取而生，他们的文明苍白而可悲。星流不会忠于这样的文明，也不会沉沦于这样虚妄的复兴梦。"

谢槿知的心，阵阵悸动。她望着他瘦削而挺拔的背影，此刻只想从身后，把这个自称"末日之人"的男人拥入怀中。

然而，眼看两个男人的谈判即将破裂，她还有更重要的事要做。

她缓缓地挪动身躯，到了驾驶座椅背后，这样林就无法看到她。林的脸色，已经可以用难看来形容了，显然应寒时句句说中了他的要害。

他静默了一会儿，嗤笑道："星流，你永远这样清醒，也永远这么让人讨厌。半个文明的统治者地位，也不足以令你心动？那你想要如何？"

应寒时答道："我会把晶片和基因库全部带走。晶片永远封存，直至真正为了正义和和平需要时使用。基因库我会等待，将来如果遇到合适的、独立的行星，我会将基因库投放，不加干涉，让他们开始属于自己的新文明。"

谢槿知跳跃到了冉妤的身边。

这是间封闭而安静的舱室，冉妤站在窗边，一直望着窗外，双手紧捏成拳。听到身后的动静，她转过身，看到谢槿知，吓得全身一战。谢槿知连忙朝她比了个噤声的手势，走到她面前。

冉妤惊魂未定地揉了揉自己的眼睛，压低声音道："你是怎么进来的？"

谢槿知拉住她的手，说："来不及解释了。你是被林抓来的？快跟我走。"谢槿知对冉妤和林的纠葛，并不知情。她现在跳跃过来，就是怕林以冉妤为人质，想要把她救走。

冉妤却露出迟疑神色，盯着谢槿知："等一等，槿知，他……林会怎么样？他会受伤吗？会死吗？"

谢槿知怔了一下，有点模糊地觉出冉妤和林之间的关系。但是也无暇深想了。她静了静，点头道："也许，他和应寒时是死敌。况且你刚才肯定也听到了，如果不死，他大概都不会放弃那些狂妄的念头。"

冉妤紧咬下唇，露出悲戚神色："我……"却欲言又止。

谢槿知的注意力，却被房间里其他东西吸引。首先，她看到的是他们丢失的那个金属匣子，就在冉妤的床边，完好地放着。她心头一喜，快步跑过去，打开一看，里面赫然躺着三枚晶片，想必第三枚就是顾霁生丢失的。

她立刻将匣子抱在怀里，再看向冉妤，心中也有些了悟——林对冉妤，必然是不设防的，所以才把最重要的东西，放在她的身边。

房间里另一样特别的东西，是个半人高的透明玻璃柜。里面冒着阵阵寒气，一层层密密麻麻排列着许多根形状精密的试管。谢槿知想起林刚才提到的基因库，莫非就是这个东西？

真是得来全不费工夫，她决定一并拿走。

"槿知，他已经战败了，你们可以放过他吗？"冉妤脸色苍白地问，同时转头，望着窗外林的背影。

谢槿知安静了一瞬，说："冉妤，你冷静一下，先跟我走。其他事等他们战斗结束再商量。"冉妤没出声。

谢槿知怀里抱着匣子，又用尽全力提着那沉重的基因库，腾不出手，就让冉妤挽住她的胳膊。

"闭上眼睛。"她叮嘱。

冉妤闭上了眼睛。

银光浮现，谢槿知屏气凝神，眼前的景物开始模糊。

突然间，手臂一松，她惊讶地转头，看到冉妤已睁开眼，往后退了一步，眼中含着泪。

谢槿知与冉妤这样对视着。

然后银光大盛，谢槿知的身影消失其中。

爱情到底应该是什么模样？谢槿知并不明了。但她看到分离时冉妤的眼神，忽然明白，那跟自己爱上应寒时时没有不同。她也明白，自己是带不走冉妤了。

谢槿知跳跃回到萧穹衍和庄冲的战机。

萧穹衍看到她手里的东西，很是惊喜："呀，这不是手提式基因存储箱吗？还有我的宝贝晶片盒子！"

谢槿知把东西交给他，微微一笑，说："这是从林的机舱里拿来的，快收好。"

萧穹衍立刻跳起来，把东西收进后机舱，还上了三层密码锁，然后赞叹道："小知，你真是我们指挥官的贤内助！"

贤内助……萧穹衍的地球词汇量还真丰富。谢槿知笑了笑，到了前机舱，凑到庄冲身旁问道："情况如何？"

庄冲的眼睛牢牢盯着窗外的两个男人，答道："话不投机半句多，马上要开打。"

谢槿知站在他俩座椅旁，也望向窗外，望着应寒时屹立的身姿，沉静的眉目。

天空不知何时阴沉下来，有零星的雨点飘落，落在窗玻璃上，也落在应寒时的衬衫上。谢槿知望着那浅浅的水痕，有点怔然。

"所以……"站在应寒时对面的林，再度缓缓开口，"我们没有谈的必要了？"

"是的。"应寒时答道。

这一瞬间，时间仿佛静止。那两个人的身影也仿若雕塑，一动不动，矗立在沙漠起伏的线条中。唯有雨珠，吧嗒吧嗒掉在战机身上的声音。

应寒时抬起手，摘掉手套放入衬衫口袋，然后重新负手而立。这简单的动作，却陡然让空气里多了紧张的气氛。谢槿知想，每次要跟人干架时，他总是十分的帅。

林只是安静地看着应寒时的一举一动，眼神里暗暗的。

"林怎么样？"谢槿知低声问。

萧穹衍笑了笑，答道："超级高手，紫色光刃，不过……绝对不是我们指挥官的对手啦。看指挥官揍扁这个丧心病狂的家伙！"

他这么说，谢槿知自然不担心了。她微微一笑，好像也习惯看到应寒时战无不胜了。空气仿佛凝滞着，谢槿知屏住呼吸，等待着。

突然她的眼珠有片刻停滞，仿佛要沉溺进某种昏暗的颜色里。

然后她猛地回神，抬起头，盯着林，问："小 John，蓝色是什么光刃？"

萧穹衍愣了一下才回答："蓝色？帝王之刃。那可是传说中威力最大的光刃，纵然星流都不能与之为敌。我们都没见过，咦？你怎么会知道？"

谢槿知心头一震。

"我看到了……"她喃喃地答，整个人骤然贴到玻璃上，大喊道，"应寒时躲开！"

应寒时的耳根微微一跳。

一切都发生在电光石火间。

应寒时突然平地拔起，跃起数层楼高。林脸色清冷地挥出双手，湖蓝色的纯净光刃如同磅礴大海，刹那笼罩住这片沙漠，同时朝应寒时袭去！

空中的两架战机如同被踩中尾巴的老鼠，猛地同时拔高，堪堪躲过了蓝色光刃的袭击。

刹那后，林放下双手，脸上浮现睥睨的轻笑。应寒时的兽耳和尾巴已同时展露，他从天空中降下，单膝跪落在地，手轻轻按在沙地里，立刻又站了起来。他抬起头，直直望着林，眼睛里似乎有许多情绪在涌动。

萧穹衍的战机在空中转了两圈，勉强停稳，他却几乎要疯掉了，失声喊道："帝王之刃？噢，我的天，林怎么会有帝王之刃？小知，我刚才是眼花了吗？"

谢槿知没有回答他，她牢牢盯着下方。

似乎对众人的反应很满意，林慢慢地笑着，抄起双手，望着应寒时的目光却是冰冷淡漠的："星流，你总是让我骄傲，也总是让我失望。新文明是复国的唯一希望，你却拒绝了。帝国赋予你的荣耀和责任，已经遗忘了吗？"

所有人心头一震，萧穹衍惶惶低喃道："这语气……"

应寒时静静注视了林许久，脑海中也飞速闪过许多念头和线索。刹那后，他的眼神已沉静下来，又仿佛有一瞬间的失神。然后，在所有人的视线里，应寒时竟然缓缓单膝跪倒在地，低下了头，说：

"陛下。"他顿了顿，"星流……从未遗忘。"

众人心头大骇。

谢槿知望着应寒时的身影，又看着林陡然间变得不怒自威的神态，心中已千回百转过许多念头。林怎么会是陛下？难道他是纳米人？不，不可能，探测仪从未显示过他异常，这具躯壳，就是真真正正的林。可他却拥有帝王之刃，甚至此刻也表现得就是那个皇帝本人……

皇帝，在林的身体里？

心思深沉的帝王……林……

共生？

她突然想起了古镇的那些变异人，人与犬共生在一个躯体里，意识和基因争夺身体控制权，他们是因为辐射造成的。

辐射？古庙里反叛军坠落的飞船残骸，辐射的源头。

"……据说皇帝陛下的护卫舰队，与反叛军正面遭遇了呢。"萧穹衍曾经跟她八卦过，"结果倒霉地遭遇了曜日新一轮的耀斑爆发辐射，只有林一个人驾驶战机逃了出来……"

谢槿知的心重重一震。

难道眼前这个人，才是共生变异人的源头？他的体内也是两个意识共生着，所以才会表现得既像林本人，却又秘密地隐藏着帝王的性格和能力？

而应寒时……谢槿知的目光再度落在他身上，他落满雨滴的衬衫后背，微微垂落的脸庞。他已经想到了这一点，所以才会对自己的皇帝行礼吗？

林，或者应该称之为皇帝。他神态平静地负着双手，低头看着应寒时。

过了一会儿，他才淡淡地道："起来吧。"

应寒时站了起来。尽管行了礼，他的姿容气度依然不卑不亢。谢槿知注意到，他的眼睛里似乎有浅浅湿湿的水光。那是一个军人，对军国和皇权的忠诚和哀痛吗？然而他的眼睛，最终归于浓黑的沉寂，再抬起头，已是平视着皇帝。

皇帝静了一会儿，才说道："你大概也没想到，我会成为现在的样子。我与林共生在一个躯壳里，几番争斗后，我吞噬了他的意识和基因。我们成了一个人。他于我，就像那条狗而已。"

应寒时没有说话。有些话，也不必多说。

唯独冉好，站在皇帝身后的战舰里，望着他的背影。她听得有些糊涂，但又模模糊糊明白发生了什么。她很害怕，也很茫然，她不知道眼前这个男人，还是这些天与她相伴的那一个吗？

"星流，永远不要忘记，你是谁的星流。"皇帝的嘴角露出一点捉摸不定的笑意，"我再问你一次，愿不愿意与我共建新文明？现在你应当知道，有我在，这个文明不会是空白贫瘠的。星流，再一次向我许下忠诚的承诺。你应当知道，自己无法与我抗衡。"

所有人的心都紧紧提了起来，应寒时却没有说话。他的头微微垂着，每个人都看到，越来越大的雨水，沿着他的头发、脸颊、脖子滑落。他的双手也垂在身侧，轻握成拳，让人看不透他心中所想。

萧穹衍已经从林就是皇帝这个令人震惊的事实中缓过神来，他意识到状况的严重性，开始急了，坐立不安："怎么办怎么办？指挥官要重新臣服于陛下吗？可是……他一定是不愿意去建那个可怕的新文明的，可是打不过啊，糟糕，指挥官很可能打不过的！传说中任何与帝王为敌者，最终都泯灭于蓝刃中，我的天！指挥官要怎么办？难道我们要完蛋了？"

谢槿知还是头一次看到他这么为应寒时着急，她也意识到应寒时遇到了前所未有的劲敌，她轻咬下唇，打断萧穹衍道："既然打不过，我去带他走？"

萧穹衍却摇头道："不，那太危险了，小知。我问你，你的跳跃能快过指挥官的反应速度吗？"

"不能。"

萧穹衍的脸色更糟糕："那就是了，皇帝的速度只会比指挥官更快！"

"那怎么办？"谢槿知低吼道。

没人能够回答她。

然而就在此时，地上的应寒时，已缓缓抬起头，注视着皇帝。皇帝眼眸微眯。

谢槿知的心陡然一紧，就听到那无比熟悉的温软嗓音在淅沥的雨声中响起："与陛下重逢，星流自知难敌，但矢志不渝。小知，带他们走，不要回头。"

谢槿知脑子里嗡的一声，她万万没想到情势急转直下，几分钟前，她还想着等应寒时收拾了这最后的劲敌，他们就可以回江城了，再也不会有那些烦心困扰的事。他们终于可以安安静静两个人待在一起。可现在，大敌当前，他居然对她说，不要回头？

他甚至，都无法回头看她一眼，就说出了近乎诀别的话语？

萧穹衍和庄冲也呆住了。

然而，他们已来不及去细想了。应寒时话音未落，人已高高跃起，长尾清扬于空中，掌心中，雪白光刃如同皎月的光芒，瞬间坠落。皇帝一掌拍在身后的战舰上，竟令它生生往后退出数米远，离开了两人的光刃波及范围。然后皇帝同样跃起，蓝色光刃蓬勃而出，将雪刃覆盖其中。

苏和萧穹衍的战机同时再次拔高，机头瞄准皇帝，开始密集的炮火扫射。可是，可怕的一幕发生了，那些炮弹遭遇蓝色光刃，竟全部泯灭其中。

然后光刃之锋气势汹汹而来，苏的战机离得太近，一侧机翼直接被劈中，霎时冒着青烟，旋转撞落在沙漠里。萧穹衍看着蓝刃逼近，吓得魂飞魄散，掉头就跑。好在他和庄冲反应及时，险险地避过锋芒，逃出了数十米远。

"现在怎么办？"萧穹衍慌张地喊道。

"怎么办？"庄冲低吼道，"我们去了就是送死！"

萧穹衍都快哭出来了："难道看到指挥官被他打死，我们自己逃命？他都说难敌了，难敌啊！"

谢槿知紧咬牙关，双手握着机舱侧面的门，眼睛盯着远处缠斗的那两人，只能看到，雪刃与蓝刃激烈撞击交错，整片沙漠仿佛都被照得流光妖异。她根本看不清应寒时在哪里，只能看到飞沙中两个模糊的影子。

她的心就好像被车轮无声碾过，从来见惯了他战无不胜的模样，从来只要雪刃一出，众人俯首。只要有他在，任何事都不必担忧害怕，因为他总是能赢，总是能保护所有人，并且安然微笑着回到她身边。

可是现在，雪刃依旧锐利，依然璀璨无比。可连她都看得出来，蓝刃如同黑夜般可怕，如同天空般无所不在，已经压制住了应寒时的光刃。

"走！"谢槿知喊道，"按他说的，走！晶片和基因库还在我们的飞机上！"

萧穹衍呆了，庄冲反应过来，一把掉转机头，朝更远的地方逃去。

三公里、五公里、十公里……谢槿知盯着表盘上跳动的距离数字，顷刻间，他们已驶入茫茫沙漠里，那两个人的身影已看不到了。机舱里一片寂静，萧穹衍哀痛地说："小知，我们走了，指挥官怎么办啊……"

"停在这里。"谢槿知的声音响起，"等着他。"

萧穹衍愣住了："为什么停在这里等？"却没有听到谢槿知回答。

庄冲静静的声音响起："你还不明白吗？这是她一次瞬移能达到的最远距离——她要去救他。"

萧穹衍全身一震，转过头去，却只见到机舱里空空如也，谢槿知已经走了。

他真的要哭出来了："她也去了？我们怎么办？"

庄冲的脸色沉毅如铁，他闭上眼睛，半天吐出一句话："听她的话，等！"

应寒时看着纯蓝和纯白的光刃在眼前交错，林的面容和身形也快速浮现其中。恍惚间，他的眼前却浮现另一张面孔。那是年轻的帝君，清俊内敛，心思深沉难测。如今，帝君却与帝国最大的敌人共生在一个躯壳里，他隐忍多年，今日为了对付星流，才表露身份。

如果，应寒时能够提前察知这一点，那也许还有回旋余地，他还可以绸缪计划，虽然武力不敌，却能以计谋与皇帝抗衡。但现在，两人陡然直面，且皇帝心思细腻敏锐，下手狠毒，他一时退无可退。

应寒时毅然有了决定：背水一战，保得晶片和谢槿知等人的平安。

猛然间，应寒时的一个光刃劈出后，皇帝被他逼得躲闪，两人的身影瞬间隔得极近。两人的反应也都极快，同时再次抛出光刃。应寒时看到自己的雪刃锋芒落在皇帝肩头，皇帝脸色瞬间一变，肩头迸出鲜血。

而浩瀚的蓝刃，也同时袭上了应寒时的身躯。他只感觉到胸腹间如遭重击，喉咙一甜，再也站立不稳，往后摔落在地。

皇帝扶住肩头，露出冰冷的笑。

谢槿知跳跃到沙丘背后，双手死死抓进沙砾里，看着应寒时如同断线的风筝般，被蓝刃撞落在地，然后半天没有动。

终于还是败了吗？谢槿知的喉咙就像被什么堵住了，望着他躺在地上的样子，全身的血液仿佛也在冰凉地颤抖。

这时，却有一名军官从战舰里跑了出来，战战兢兢地说："指、指挥官，基因箱和晶片都被盗走了！"应寒时躺在地上还是没有动，谢槿知心一紧，就见皇帝的脸色骤沉，豁然抬头望着谢槿知他们的战机飞离的方向。

"还没走远，追。"他冷声道。

然而话音未落，地上的应寒时忽然再度跃起，他的唇角已溢出鲜血，手中光刃却再次劈向皇帝。

"当心！"冉妤的声音从机舱里传来。

皇帝一惊，骤然转身跃起，避开了这惊险的一击。他这才知道应寒时刚刚不过是佯败，留了余力，险些被他偷袭得手。

然而这一击，却也耗尽了应寒时仅余的战力，他再次跌落在地。皇帝却已震怒，跃至他的面前，抓起他的身躯，再次重重地往地面掼击。

应寒时发出一声闷哼，谢槿知却听到了他全身骨头破裂的声音，只觉得心肝欲裂，痛不可遏。

皇帝将应寒时丢在地上，转身正要走，却听到他近乎平静而虚弱的声音，在身后响起："陛下，曜日已经……坠落了。他们也已走远……你追不到了。"

皇帝大怒不已，转过身，脸色阴沉地看着他，掌中蓝光再次浮现。谢槿知哪里还有迟疑，抬起头，人已经扑在应寒时身上。

皇帝看到她突然出现，微微一怔。因为之前，他一直不知道谢槿知可以瞬移。这让他的脸色有些阴晴不定，一时也没有上前。而战舰里的冉妤，看得惊惶又害怕，连忙跑了出来。

谢槿知看着怀里的应寒时。他分明还是她熟悉的清俊模样。白色柔软的衬衫，修长而均匀的手。他的黑发垂落，遮住一点眉眼，躺在她的眼前。可是她能闻到他满身的血腥味，这一次，终于是他的血。那脸上、衬衫上也有斑斑血迹。他的脸苍白无比，而她甚至能感觉到，他的整个身体那破损般的软弱。

他望着她，有一瞬间的怔然，即刻化成浓浓的痛惜。

"你怎么能回来？"他说。

"我怎么能不回来？"谢槿知低声答，然后紧紧抱住了他。脸再次贴上他的衬衫，这样危急的时刻，却让她感觉到前所未有的安心。

两人拥抱的一刹那，银光骤然浮现。然而皇帝静立在侧，早有防备。看到谢槿知抱起应寒时那一瞬间，他的身影已快如闪电般，袭至她的背后，一把抓住了她的肩头。他的力气如此大，如此狠，让谢槿知肩头痛如撕裂。

然后，她一把推开了应寒时。

应寒时和皇帝同时一惊。时空裂缝的开合，只在转瞬间。应寒时跌入了裂缝中，苍白的容颜上，黑眸中一片如火的惊痛。也不知道他哪里来的力气，一个翻身就朝谢槿知抓去。谢槿知满目悲凉地望着他的眼睛，脸上却露出了一点点笑意。

你我彼此凝视过多少次，可知每一次，都让我舍不得移开眼睛？

银光迅速消失于空气里，连同他的模样。

萧穹衍和庄冲听到"咚"的一声巨响，一回头，就看到应寒时跌落下来，满身的伤，眼睛却紧闭着，俨然已昏死过去。

萧穹衍吓傻了，扑过去："指挥官、指挥官！你、你……小知呢？小知怎么没有回来啊？指挥官！"

庄冲死死地盯着应寒时看了几秒钟，毅然回头，按下跳跃引擎，牙关里艰难挤出一个字："走！"

皇帝眼见应寒时从眼皮底下逃脱，又惊又怒，看着掌中的女人，抬手就要朝她头顶劈落。谢槿知却毫无畏惧，抬头看着他，冷冷地，一字一句地说："你问他是谁的星流？他早已不是你的星流！你是个多么可笑自私的人，他这样的人，你却让他失去了一切！现在，你还想让他臣服于你？还想控制他？不可能了，永远不可能了！连同你荒诞的复国梦！"

这一番话说完，她只觉得胸中的恶气终于出完，至于生死，她早已置之度外。

皇帝的脸色变了又变，是那种被人道中心事后的阴沉与难堪。他一掌就劈在谢槿知的背上。谢槿知痛苦地闷哼一声，倒在了地上。再好看得心神俱裂，扑过来，挡在她身上，泪流满面："木头……木头，你别杀她，求你别杀她！"

皇帝看她一眼，脸色缓了几分，嗓音却依旧严厉道："你让开。"

再好却抱着谢槿知不放手，语气无比决绝："你要杀她，就先杀了我！木头，别让我恨你，恨你入骨！"

皇帝的脸色微微一变。

就在这时，远处的天空传来螺旋桨的声音。

副官冲出来报道："西南方向，十架地球人的战斗机，正朝我们驶来。"

皇帝微一沉吟，抓起地上的两个女人，走进了战舰里："走。"

"通知星流，如果想救他的女人，拿晶片和基因库来换。"

战舰穿过云层与气流，时而摇晃着。

谢槿知一直迷迷糊糊，意识不清。皇帝的一掌足以让她全身剧痛，动也动不了。隐隐间，她似乎感觉到冉好一直在身旁哭着，照顾着她。她的意识再度陷入昏迷。

某个意识沉沦的瞬间，她的脑海里，忽然出现了一个画面。

那是未来吗？是未来的某一天吗？

她看到自己坐在一个空空寂寂的房间里，拿着一支笔，在白生生的墙壁上写下了一行字："2015 年 9 月 27 日……"

9 月 27 日……不就是今天吗？

然后她看到自己继续写完剩下的句子："2015 年 9 月 27 日，星流重伤，我与他分离。"

谢槿知忽然在梦中，在昏暗的意识里泪流满面。

为什么她可以预见未来，为什么只有她可以看到未来？

那些悲哀的未来，她总是可以看到，却无力改变。

难道这就是她注定的人生？

冥冥中像是有所昭示，是否这一生，也终将走向悲哀的结局？

谢槿知和星流，那两个被他们写在一起千百遍的名字，还能不能在一起？

第
二
十
二
章

她
与
信
仰

夕阳斜斜照在古朴的小院里，昏黄而寂静。"吱呀"一声轻响，冉妤推开门，就看到谢槿知躺在床上，双目紧闭，脸颊依旧染着两抹不正常的红晕。

冉妤心头发酸，在床畔坐下，拿了块湿毛巾，敷在她的额头上。

"怎么烧还没退呢……槿知，对不起，真的对不起……"她一个人自言自语道，"我不知道木头他……是这样的人。你要快点好，槿知，这样才能回应寒时身边……"

蒙蒙眬眬中，谢槿知听到有人在提"应寒时"这个名字。这也许是她昏沉的大脑里，唯一清晰刻骨的名字。她想睁开眼，可是眼皮很重，头和身体依然很疼，疼得她整个人都糊里糊涂的。

她的脑子里又断断续续闪过许多画面。她看到了三月初，翠峰之上，宝安禅寺。应寒时站在大树下，眼睛里蕴着温和的光。然后她对他说："你四肢健全，相貌端正，以后不要再做这种招摇撞骗的事了。"

画面一闪，她又看到不久前的那一天，她和他站在山洞前，她说："好像遇到你之后，每一个重要的时刻，天空总是在下雨。"

他说："雨会停的。"

更多更多画面，在脑子里混乱交织着。她模模糊糊地想，自己一向是在梦中看到未来，是否太过眷念，才看到那么多属于她和他的过去？应寒时，应寒时，这名字念在嘴里，念在心里，都让人觉得温暖又难过。

应寒时，应寒时。在意识最沉沦的时分，为什么她忽然隐隐觉得，自己还遗漏了一件什么事？一件很重要的事已渐渐展现端倪，已露出许多线索，可她就是无法准确地捕捉到，只觉得头越来越重，越来越痛。

她要回到他身边，大约回到他身边，一切都会云开雾散。

这个念头出现在脑海中，她的心情瞬间坚定——只要跳回他的身边去就好。

冉妤坐在谢槿知身边，看着她周身骤然出现一圈微弱的银光：
"不要！"冉妤抓住了她冰凉的双手。可是已经来不及了，银光陡然
一亮，然后就看到谢槿知如同落入滚水中的虾子般，刺痛般蜷缩起
来。她闭着的双眼也痛苦地紧蹙着，嘴里发出虚弱的呻吟。

冉妤一把抱住她，掉下眼泪："槿知，你别跳了，别跳了！他
说……在周围设置了很强的能量辐射场，囚禁住了你……一旦你跳
跃，出现空间裂缝能量波动，就会遭受电击的……别跳了，求你别
跳了！"

可是她的话谢槿知听不到。一次跳跃失败后，剧烈的刺痛席卷
全身。可当那疼痛过去，她浑浑噩噩的脑子里又再次燃起那个念头，
然后迷迷糊糊地，又开始了新一次的跳跃……然后再次被击痛，发
出痛苦的呻吟。

冉妤没有一点办法，只能紧抱住她，看她一次次被电击，一次
次蜷缩起来，银光又一次次浮现。冉妤的眼泪哗哗地往下掉，到最
后，槿知也许终于虚弱到不行，整个人都不动了。冉妤哭着继续用
毛巾擦拭她的额头和四肢，却看到她的眼角无声地淌着泪水，她用
很轻很轻的声音在说话："星流……星流……别救我……不要，再来
救我了……"

冉妤听得怔然。过了一会儿，她冲出房间，几乎是愤怒地冲到
了那个男人的面前。

这是沙渡古镇上，最偏僻的一所房子。太阳已经下山了，林坐
在院中的老枯树下，指间夹着根烟，慢慢地抽着。暗淡的日光，仿
佛将他的身形侧脸也涂抹上一层昏暗颜色。冉妤在距离他几步远的
地方站定，他抬眸看着她。

冉妤紧咬下唇，欲言又止，却很清楚什么话语都无法令这个男
人改变主意。而他亦平静而耐心地看着她。

冉妤擦了擦眼泪，在他身旁蹲了下来，握住了他的手："木头，
我求你，你放了她吧。她是我最好的朋友，他们没有做错事，你放

过他们好不好？"

林放下手里的烟，伸手握住了她的下巴："不可能。星流不是好对付的角色，放了她，我全盘皆输。"

冉好感觉到他手指上粗砺的薄茧，轻轻摩挲自己的下巴，她哽咽道："怎么会是全盘皆输呢？以前你什么也没想起来时，我们在一起，你不是也很开心吗？为什么要那些晶片和新文明，那些东西真的就那么重要？我们离开这里，两个人一起生活，不好吗？"

林沉默了一会儿，将她从地上拽起来，禁锢在怀里："冉好，你不明白，我是皇帝，也曾是一支军队的指挥官。一个繁衍了数千年的文明在我的执政期间死去。我在星际里漫长地旅行，在地球的每一天，我做梦都会看到帝国还在时的盛景。所以，哪怕只有一点新生的希望，我到死都不会放弃。

"哪怕我知道星流所说皆是事实，哪怕这个文明会是畸形而苍白的，我也不会放弃。否则，我的人生已没有意义。星流不明白，因为他不是帝君。然而你是我的女人，你可明白，一个皇帝，他要做的事，从来都不一定是正确的，而是他应该做的。"

冉好摇头道："我不明白……我真的不明白，你到底是谁？你不是木头，不是林，你其实是另一个人……"她想要推开他，却被他用更大的力气按在了怀里。

他眼中有微微的怒意，一把抓住她的手，一字一句地说："不要胡思乱想，一直就是我，林的意识早已被我吞噬成为我的一部分。在我落魄至最低贱的街头时，只有你这一个女人，对我好，爱慕我。今生你都别想离开我，晶片和基因库，我也都会拿到。从来我要的一切，都会属于我。"

夜深了。萧穹衍蜷在墙角里，小声地啜泣着。

直至身旁的床上响起一道微哑的嗓音："小 John，别哭了。"

萧穹衍瞬间瞪大眼，从地上跳起来，几乎是喜极而泣："指挥官，你终于醒了！"然而当他看清眼前人的模样，心里却是一震。

应寒时平躺在床上，那平日里澄湛如波的眼睛，此刻无限平静地望着上空。萧穹衍心里忽然就难过极了，结结巴巴地说："指挥官，你的断骨，我都已经接好了，但是……你的伤势太重，至少要半个月……才能下床。这些日子，我们、我们都会保护你。好吗？"

"好。"应寒时轻轻地答。

萧穹衍望着他放在被子外面那苍白而安静的双手，他这样不喜不悲，萧穹衍更觉得七上八下。但他实在不敢提谨知，于是拿起放在床头柜上的水和药，递到他唇边："指挥官，先把药吃了吧。"

应寒时没动，也没出声。就像是完全没听到，眼睛里沉沉的，没有光泽。

他不肯吃药。意识到这个事实，萧穹衍更难受了，一下子单膝在床边跪了下来："指挥官，你要吃啊，早点好，才能去救小知，才能报仇雪恨啊！"

应寒时静默许久，张开嘴，让他把药喂了进去，一口吞咽，他闭上了眼睛。萧穹衍望着他清俊而静如死水的容颜，呆立许久，退出了房间。

这里已是江城的别墅，庄冲、丹尼尔、聂初鸿等人都守在这里。看到萧穹衍出来，全围上来问："怎么样？"

"醒了。"萧穹衍悲戚地答，"但是……他非常难过。他越难过，就越不说话，我知道的……"

所有人都沉默着。

丹尼尔迟疑了一下，说："林婕还跪在外面，她说想见指挥官一面，然后会以死谢罪。"

大家都没出声，萧穹衍愤愤道："她还来干什么？"

"小John。"门内响起应寒时低低的声音。

萧穹衍道："是。"

"她曾为帝国立下无数战功，我不杀她。"应寒时缓缓地说，"让她走，今生不许再出现在我眼前。"

"……是！"

过了一会儿，传话的萧穹衍从外面回来了，手里还捧着一叠资料："她走了。但是留下了皇帝志在必得的那颗小行星的资料，以及她说皇帝现在就在沙渡古镇，小知……也被囚禁在那里。"

银色的弯月，爬上了半空。

别墅里已安静下来，庄冲等人都已回房休息。萧穹衍如往常每一日，站在应寒时房间的窗前，笔直如雕塑地守护着他，同时眺望着暗黑的湖水。

目前的情势，依旧如同万斤巨石压在机器人的心头。皇帝的战斗力太强，别说健康的应寒时打不过。现在至少有十天半个月，应寒时完全无法战斗。而皇帝心思细腻敏锐，城府极深，就算他们设置什么圈套，只怕也很难引皇帝上当。更何况，谢槿知现在还在皇帝手上。皇帝喜怒无常，随便伸伸手，都可能捏死谢槿知。

萧穹衍想了半天，也想不出任何办法。难道真的只能任皇帝揉捏？乖乖双手奉上晶片和基因箱，从此后患无穷？

正纠结地想着，忽然听到身后有动静。萧穹衍转头一看，吓了一大跳！

应寒时居然手撑着床，缓缓坐了起来。

萧穹衍连忙扑了过去："你不能起来啊！伤得那么重，伤口会崩裂的！"应寒时的模样看起来的确吃力，单手撑着床，将衬衫慢慢地、艰难地套在身上，然后一颗颗开始系纽扣。

"没有关系。"他缓缓答道。屋内只开了一盏很暗的灯，他的身影在灯下显得格外瘦削，瘦削中透着坚硬的轮廓。

萧穹衍一把挡住他扣扣子的手，想要阻止他："指挥官，我求你了，过几天再下床，我知道你这样会很疼很疼的啊。"

应寒时顿了顿，低头看着他，嗓音平缓温和："小 John，我们不知道，她现在是不是在受苦。"萧穹衍呆了呆，却说不出话来。过了一会儿，见应寒时想要起身，萧穹衍立刻扶他缓缓站起来，走出了房间。

下楼的时候，萧穹衍小声问："指挥官，如果没有办法，你会选晶片，还是选小知？"

应寒时静了一下，脑海中，却浮现谢槿知将他推进时空裂缝的那一幕。她的神色，她的眼睛，还有她唇角平和悲伤的微笑。疼痛如同利刃般，慢慢插入胸膛中。

"她与信仰，我都将守护。不会让任何人夺走。"

谢槿行已经在研究所里待了好几天。

自从得到应寒时的那批设备以及其中的虚拟空间后，他带着自己的几个研究员一直不眠不休地研究着。对于任何科研人员来说，那都是一个宝库，恨不得一直沉溺其中，一口气全部吃掉。

不过虽然沉迷，这几天也不是没有让他愁心的事。西部那边传来消息，沙漠中发生不明势力的空战，同时国家设置在西部的磁场监控设备也发现了异常的能量波动。这意味着很可能又是他的宝贝妹妹和他的准妹夫在解决什么外星麻烦了。

他也只能默默地等着，等他们需要的时候，再去尽可能地收拾残局。

他还不知道妹妹已经出事。

这天，天蒙蒙亮时，谢槿行从办公室的沙发里坐了起来。他只小睡了几个小时，打算继续去实验室研究虚拟空间。天色这样早，门外也只来了一个年轻研究员，正在给他俩冲咖啡。

谢槿行洗了把脸，整理好皱巴巴的衬衣，就听到响起敲门声。

"进来。"

那名研究员走了进来，一脸古怪至极的神情："教授，有两个……人找你，其中一个说是你的妹夫。"

谢槿行愣了一下，点头道："让他们进来。"研究员让开，过了一会儿，就看到一个全身裹着黑风衣的高大的人搀扶着应寒时走了进来。尽管旁边那人遮得很严实，谢槿行还是轻易看到隐约的金属脸庞。而那人似乎也不打算隐瞒，抬起头，望着他，咧嘴笑了。

　　谢槿行吃了一惊，但还算镇定，又看向应寒时，见他脸色异常苍白，衬衫里也有血痕，失声道："你怎么搞成这个样子？"

　　应寒时抬头看着他，带着歉意，缓缓地说道："对不起，我没有保护好小知。现在我需要你的帮助，才能救回她。"

　　谢槿行心头一震。

　　应寒时和谢槿行在房间里密谈了整整两个小时。其间，萧穹衍等在外间，而谢槿行的几个心腹研究员奉命锁上了办公室的门，好奇又紧张地打量着萧穹衍。萧穹衍唉声叹气，弄得研究员们不知怎么办才好。

　　天空渐渐明亮，太阳悬挂在窗外。

　　谢槿行沉默了许久，望着安静坐在沙发里的应寒时："你确定要这么做？确定……可行？可是这个计划……太惊人了。"

　　应寒时抬起静若深渊般的双眼，看着他答道："确定。他的战斗力远超你们地球人的想象，谋略心计更不输我，即使出动再多兵力，恐怕也抓不到他。只有这个办法，才能骗过他救出小知，并且彻底制服他，让他从此无法与我们为敌。"

　　天阴沉沉的，还是下午，却像是夜晚来临。房间里暗极了，让人的心情都随之沉寂下来。冉好拉开灯走到谢槿知的床边，扶起她，一口一口给她喂香甜软糯的白粥。

　　谢槿知脸色苍白地吃着，很安静，也很听话。

　　一碗粥吃了一小半，实在吃不下了。冉好放下碗，又往她背后塞了个枕头，小声问："你能走了吗？"

　　"应该可以。"

　　冉好又抬头看了看院子里，林并不在。

　　"他们联系过了，应寒时今天就会拿晶片和基因箱来换你，你到时候就可以跟他走了。"谢槿知静了一瞬，说："皇帝真的会放我们走吗？"

冉好怅然不语。谢槿知抬头，望着院子上空，乌云密布的天空。无论如何，应寒时都是皇帝建立新文明的心腹大患，皇帝即使得到晶片也绝不会轻易放过他。而应寒时，难道会老老实实交出晶片任人摆布？两个男人心中必然也是清楚这一点的，所以今天，必然还有一场恶战。

应寒时……

她的脑海中浮现他衬衫洁白，微笑负手的模样。但愿，与他再无分离。天空又响起几声闷雷，闪电划破长空，院子里时明时暗。这样的鬼天气，阴森清冷，毫不安定，像是预兆着什么即将发生。

"轰！"天空一声炸响，那雷声像是在极近的地方发生，震得人的脑子里嗡的一声，甚至连耳膜都微微发疼。滋滋电流声传来，电灯瞬间熄灭，整个屋子里黑蒙蒙的。人的眼睛一时无法适应，恍惚间，什么都看不见了。

过了一会儿，冉好才从抽屉里找到蜡烛点燃，暖黄的光线覆盖住一小片地方，她安慰谢槿知说："没事，这种地方供电不好，肯定是打雷把变压器又烧了。"

"嗯。"

两人又坐了一阵，雨还是没下下来，天空倒亮了少许。冉好给谢槿知倒了杯热水，她慢慢地喝着。这样等待的时分，两个女人都觉得煎熬。

咚咚——沉而缓的敲门声响起。

两个女人同时抬头望向院门。林的这一处秘密老巢是不会有别人来的。谢槿知放下茶杯，手落在膝盖上，只静了一秒钟，就站了起来。冉好连忙扶住她，走向屋门口。

雨落了下来，噼里啪啦掉在院里的青石板上。林从另一个房间走了出来，他穿着干净笔挺的衬衣长裤，姿容沉毅淡然，仿佛一切都尽在掌控中。他看了她俩一眼，嘴角露出点笑意，然后沉声说：

"进来。"

灰褐色的木门，缓缓推开。

应寒时站在门后。衬衫微湿，身影清瘦，眸若寒星。

谢槿知眼眶微酸。

应寒时的目光在林的身上一停，就落在她脸上。四目凝视，都没有声音。

林开口："晶片和基因库呢？"

"先把人给我。"应寒时说。

林笑了笑，看了眼冉妤。冉妤松开谢槿知的手，轻声说："保重。"谢槿知看她一眼，缓缓地走向应寒时。十几步的距离，她走得有些踉跄。应寒时注视着她，到跟前时，他伸手就将她抱进怀中。他的手臂很有力，动作却足够轻，像是怕弄疼了她。谢槿知闻着他身上熟悉而温柔的气息，慢慢把脸埋进去。

"还好吗？"他轻声问。

"嗯。"谢槿知答。

其实她一点也不好，受了重伤，还遭受多次电击，她现在甚至提不起任何力气去进行一次跳跃。这或许也是林的设计。

"你的伤怎么样？"她问。

"不碍事。"

应寒时温软如同流水般的声音莫名就叫她安心。明明还有强敌在侧，谢槿知的心却宁静下来，她抬起头，朝他微微一笑。他也笑了，握住她的手，牢牢握着，看向林："晶片和基因库，在镇外的树林里。"

古镇西面有座小桥。此时暮色昏暗，雷鸣电闪，小桥上也显得风雨飘摇。应寒时和谢槿知走在前面，林带着冉妤紧随其后。

谢槿知望着桥下灰蒙蒙的流水，鼻翼间闻到的却是应寒时身上的药味和血腥味，这让她有说不出的心疼和担心。她捏了捏他的手掌，问道："你的伤是不是很严重？"

应寒时只是温和地笑着，没有说话。谢槿知轻声说："等回去了，好好躺着，我照顾你。"

"好。"他答。

他俩旁若无人地说着话，林微蹙眉头，冉妤却心情复杂地沉默着，她觉得难受。

很快他们到了一片茂密而偏僻的树林里。雨点很大，透过树枝，稀稀落落地下着。他们面前出现了一架战机，不远处的地上就放着那个基因储存箱和晶片盒子。

林眼睛一亮，却没有马上上前，而是扫一眼空荡荡的飞机舱，笑道："你一个人过来的？"

"是。"应寒时答，"与陛下交手，带再多的帮手，不过是让他们徒劳送死，我不会带。陛下，我自知不敌。陛下的谋略手段，星流也不敢小觑。新文明一事，我的确心有不甘，但亦很清楚，已无力阻止。星流虽然行事执拗，但还不至于飞蛾扑火、以卵击石。而经历了曜日坠落和牢狱生活，我也渐渐明白，这世上的人和事，本就不是一人之力能够改变的。现在，我只求能与槿知平安离去。陛下虽然与我有过一战，但陛下是帝君，从来一言九鼎。这一次，也希望陛下能够遵守承诺，得到晶片和基因库后，放我们离开。"

林怔了一下，笑了，不说好，也不说不好。他首先仔细看了看那基因箱，的确是他丢失的那一个，验明无误。箱子里数千份基因也显示活性。他又看了眼晶片盒子，对应寒时说："打开。"

应寒时松开谢槿知的手："先去飞机上等我。"

谢槿知点了点头，看着他的眼睛，他微微笑了笑，示意她放心。

谢槿知爬上飞机，扣好安全带坐好，等着他上来。应寒时打开了盒子，林看着里面洁白无瑕的三块晶片，有淡淡的无法替代伪装的荧光。林的嘴角露出一丝笑意，接过了盒子。

"你们走吧。"林头也不抬，淡淡地说。

应寒时转身就上了飞机。

冉妤望着他和谢槿知的身影，释然地叹了口气。

应寒时一上来，谢槿知就看着他。他的脸色变得清冷，动作敏捷地关闭舱门，启动引擎，战机一个拔高，就直直冲上天空。

"马上离开。"他低声说。

谢槿知听得心头一跳。

地面上，冉妤和林还站在原处。冉妤望着升上高空正在远去的战机，又望着林，心头一松。她想，结束了吗？终于还是有惊无险，谁都没有再受伤，这样就太好了。

她望着林的背影，甚至露出一丝苦涩的笑意。尽管他在做坏事，胁迫了她的朋友，可就像他说过的，这是他必须要做的事。他在做着孤独的恶人，她却觉得有些心疼。

他还要强迫她，陪他去那个荒芜遥远的新行星。

"木头……你接下来想怎么样？"她闷闷地问。谁知话音未落，就见他抬起头，嘴角有冷淡的笑，然后长臂一挥，蓝色的光刃如同骤然在半空中绽放的湖水，向应寒时他们的战机袭去。

"你干什么？"冉妤吓了一大跳，抓住他的胳膊，可她哪里阻止得了他，反而被他反手箍在怀里不能动，眼睁睁地看着那蓝刃追上了战机末梢。

电光石火间，战机一个灵巧的侧翻滑翔，堪堪避开。光刃劈在一面山峰上，瞬间爆出火石般的光芒。然而这里还是古镇近郊，山高林深，战机的飞翔十分受限，转眼间，林手里的第二个、第三个光刃已丢了出去。而第三个光刃的边缘，终于撞上了战机侧翼，空中传来发动机骤然熄火的声音，冉妤只能呆呆地看着那战机失去方向和平衡，冒着青烟和火光，朝一侧悬崖直直坠落下去，瞬间不见踪迹。

冉妤看得心中大骇，悲愤不已，转身就抓住林胸口的衬衫："你干什么？他们不是把东西都给你了吗？为什么还要害他们？你说话不算话，你还是皇帝？小人！"

林一把抓住她的手，阻止她再乱动，冷冷地道："男人兵不厌诈，难道星流的话就能全信？"

冉妤眼睛湿了，闻言一呆："什么意思……难道他给你的晶片是假的？"

林淡淡地说道："是真的。"他的目光落在他们坠落的悬崖处，嘴角浮现若有若无的笑，"星流的话，也有几分道理。但我总觉得，他有所图谋。"

战机急速旋转坠落。谢槿知只觉得天旋地转，难受不已。风从破损的窗户呼呼吹进来，机舱里的一切东西都在乱撞乱跳。一片混乱中，她却感觉到应寒时紧紧握住她的手。她心头一酸，却又有股坦荡激荡的气息在胸怀里滚动。剧烈的颤抖中，应寒时的脸也是模糊不清的。

谢槿知说："我们是要死在一起了吗？"

他重伤在身，别说战斗，只怕跃动都困难。而她刚刚试了两次都跳跃不了。他们两个都太虚弱了，难道真的就要被林这么一个光刃拍死，死于坠机吗？

应寒时的手指却更紧了些。一片嘈杂声中，他的声音却是清朗笃定的："小知，我怎么会让你死？"谢槿知一愣，这时又听他说，"拉紧我的手。"

"嗯……"

话音未落，她陡然感觉到安全带自动弹开，一股大力朝后背撞上来，顶舱"唰"的一声打开，两人已弹了出去。

"啊——"谢槿知一声惊呼，骤然看到四周急速下坠的悬崖峭壁。应寒时的反应依然很快，在空中一个转身，就把她抱进了怀里。

两人一起高速坠落着。

这悬崖足足有几百米高，可谢槿知清楚记得，小镇外的山崖下是激流滚滚的河水，一旦落下，顷刻间只怕头破血流，被河水卷走。她把心一横，刚想再试一次跳跃，却感觉到应寒时在空中把头埋在了她的肩窝里："不必跳跃，这在我的计划中。"

谢槿知一愣，看一眼周围凶险的景象，伸手将他抱得更紧。

瞬间两人已跌至谷底，远远的，谢槿知就看到底下不是印象中的浑浊江水，而是暗绿的茸茸的一片。她一怔，转眼间更近了，她看清了，早忘了害怕惊惧，看清那是一大片厚厚的落叶和草地。

应寒时抱着她撞了上去。

他们深深撞进了柔软的草堆里，两个人完全被埋了起来，耳边全是草叶挤压清脆的声响。

终于，停了下来。

草堆里暗极了，谢槿知趴在应寒时的怀中，他的手臂搂着她的腰。她没受什么伤，慢慢爬起来，拨开他脸上的树叶，直直地、却又欢喜地盯着他："怎么会这样？这里怎么会有草？"

应寒时手撑着地面坐起来，慢慢笑了："因为我们在虚拟空间里。"

谢槿知倏地睁大眼睛。

应寒时拉着她，从草堆里爬起来。谢槿知依旧愣愣地看着他，她有点蒙了。最后，她径直问："从什么时候开始的？"

"从我敲门前开始。"

与国内许多隐秘而伟大的机构一样，谢槿行所在的研究所位于西部某个荒芜而偏僻的地方。远远望去，只是些灰白低调的建筑。但是隔着数公里的距离，就会有"军事管理区"的牌子和哨兵站岗，将研究所与普通人的世界隔离开。

现在正是白天，阳光寂静，空气清新。研究所看起来也静悄悄的。从外面，几乎看不到人影。

然而，在谢槿行教授负责的那个研究室里，一切正紧张而秘密地进行着。

四五个年轻的研究员守着数台天河 4 号 A 型超大计算机，眼睛眨都不眨一下，水也顾不上喝一口，一直盯着屏幕，不断测算、调整数据。

他们都是谢槿行最得意、最信任的弟子，面对这个前所未有的任务，他们很兴奋、很专注，也很拼命。

萧穹衍是他们的临时小组长。此刻，他正交叠着金属长腿，坐在其中一台电脑前，极其严肃地盯着屏幕，银白色十指快速跳动。同时嘴里还不忘碎碎念着，给每个研究员下达命令和指导。

"小白，2号机数据维护，个别误差修复！

"球球，你负责的部分有景物虚化现象，赶紧修修修！

"竹竿！虚拟晶体和基因箱部分做得很漂亮！我相信已经骗过那个臭男人了！"

尽管才相处了短短几天时间，他就给现场每一个木讷而任劳任怨的工科男，起了"形象"的外号，但这并不妨碍研究员们喜欢并且敬佩这个计算机天才机器人。

庄冲还问过萧穹衍："跟那帮男人相处得好吗？"

萧穹衍答道："噢，太好了。感觉我就是女王，领着一群骑士，要去拯救王子和公主啦！"

研究室内的氛围很紧张，即使有萧穹衍抽空做的花茶和糕点奉上，也缓解不了众人心中的情绪。就在这时，敲门声响起。

一名研究员起身，走到门边，小心翼翼拉开一条缝："什么事？"

在执行任务的过程中，研究室都是彻底封闭的，门口也挂了"实验中，勿入"的牌子。但是偶尔还是会有需要应付的人出现。

门外站着的，是所里另一个部门的某位研究员，他笑着问："你们最近在忙什么？这么神秘？"说完头就往里探了探。

开门的那名研究员几乎立刻将门关上了，然后平平淡淡地说："我们教授布置的保密任务，不能跟你多说。"

谢槿行在所里很有地位，也有威慑力，门外的研究员就没说话了。

过了一会儿，脚步声远去。萧穹衍抬头问："谁这么八卦啊？没事吧？"

"没事。"

萧穹衍也就没放在心上，又扫了眼各项数据汇总，然后拿起手机，拨出电话。电话一接通，他的脸上就绽放出灿烂得有些过头的笑容："大舅子！我这边一切顺利，你那边呢？"

接到电话时，谢槿行正在沙渡古镇附近的深山老林里。他带着两三个研究员、两顶帐篷，和一大堆设备仪器。他们同样紧张地忙碌着。如果说研究所里的计算机组，是制造虚拟空间的系统中枢，那么他们这里，就是对应寒时等人施加影响的终端。

"一切按计划进行。"谢槿行答道。

尽管萧穹衍语气轻快，研究员们的工作仍然有序进行，谢槿行的心头也依然笼罩着层层乌云。这并不是一次简单的、十拿九稳的任务。

他想起前几天，与应寒时商议时的情形。当应寒时把虚拟空间的计划讲述出来时，大家都觉得太不可思议了，都有疑虑和担心。

"一定要做这个……虚拟空间吗？"有研究员问，"如果我们向上级汇报，也许可以动用精锐力量，直接抓捕那个人。"

应寒时却摇了摇头，语音沉静而笃定地说："他的战斗力超乎你们的想象，也超出地球军队的理解能力。如果正面对抗很可能造成不小的伤亡，并且无法抓到他。那样槿知的处境，就更危险了。"

谢槿行是赞同他这个看法的。林代表另一个高等文明最巅峰的力量。这个文明远超地球的发展阶段，贸然正面强攻，后果根本难以预料。

庄冲问："设陷阱？下毒？调虎离山？"

萧穹衍却一拍他的脑袋："笨啊你，皇帝阴毒心机得很，普通的陷阱，哪有那么容易上当？而且据林婕提供的情报，还有丹尼尔这些天的侦察，他几乎跟两个女人寸步不离，时刻警惕，我们哪那么容易下手？下毒？皇帝早就百毒不侵啦！"

另一名研究员疑惑地问："即使是要制造虚拟空间，在不经意时将你们引入，人一旦进入虚拟空间，肉体就会失去意识。我们可不可以趁这个时候，制服他的躯体，甚至……杀了他，这样不就成功了吗？"

其他人一听，也觉得有道理。应寒时却说："这样做行不通。任何肉体上的疼痛和伤害，都有可能让林立刻意识到所处的空间是虚拟的，届时身处其中的我们就会非常危险，也难以摆脱他。而且即使杀死了他的肉体，意识已经进入虚拟空间，是不死的。"

众人一听都沉默了。因为尽管击败林是他们的目标，但救人是更重要的目标。如果导致林的意识在虚拟空间里发飙，干掉应寒时和谢槿知，那就是同归于尽的结果，得不偿失。

当时的气氛是如此凝重而茫然，应寒时目光环顾一周，缓缓地说道："我知道这个办法很冒险，却也是胜算最大的办法：让林以为虚拟空间就是真实的，带着虚拟的晶片和基因库离开，去往他的小行星。我和槿知寻找机会摆脱他，回到现实世界。而他会在其中，日复一日地循环重复相同的生活，他将始终在去往小行星的路上，并且察觉不了。这也相当于，永远将他囚禁于牢笼中了。"

天空很阴沉，云层厚重得像是压在了山峰上。雨始终稀稀落落，可雨中每一片树叶，都是嫩绿而细致的。这个世界真实得让人看不出任何端倪。

谢槿知跟应寒时站在谷底那一大片落叶和草丛中，还有些怔忡。她冷不丁腰间一紧，应寒时已低头抱住了她。

这一次，无人打扰。她的脸轻贴他的衬衣，心里酸酸的、胀胀的，就快要满出来。而他的手臂慢慢收紧，低下头，寻找到她的唇，重重吻下来。

他的唇冰凉，干涩，吻却很用力，很深入，像是带着种隐忍而执拗的劲。谢槿知双手抓紧他的衬衣，呼吸也变得低促。

过了一会儿，他松开了她，黑眸离得很近很近，尾巴也冒了出来，轻轻地安静地摇着。

"这个吻……很真实。"她低喃地道，眼睛里有温柔的笑意。

他却低下头，下巴埋在她的肩窝里。

"怎么会不真实？我差一点就失去了你。"

谢槿知一怔，伸手将他的腰身搂得更紧。

天色染黑，两人沿着一段山路，往山谷外走。

"所以……当时雷鸣闪电，停电的那一刻，实际上是你们利用外围的设备，在制造虚拟空间？"谢槿知问。

应寒时拉着她的手，上了一片山坡，点了点头说："是。"

谢槿知有些了然了，以前应寒时就说过，所谓的虚拟空间，其实就是电脑频率与人脑灰质的语言达成一致，然后进入了同一个预设环境中。现在回想，想必是当时应寒时和哥哥利用了什么手段，譬如磁场、能量场之类，在那一瞬间，与他们几个的脑电波频段同时连上了线。

"谢槿行也来了？"她问。

"是的。"应寒时答道，"我们动用了他的超大型计算机组。"

谢槿知微怔，超大型计算机组？那得制造出多大多复杂的一个空间啊？

不过现在不是细究的时候，应寒时说虚拟空间出口的裂缝就在这座山背后的隐蔽处，他们只要赶在林察觉前出去就安全了。

只是两人身上都有重伤，也不能走得很快。到了一片陡峭的岩壁前时，谢槿知被应寒时托着，小心翼翼地爬了上去。再回头看他，却见到他脚底一个打滑摔了下去。谢槿知赶紧又摸了下去，把他扶了起来。他的脸居然有点红，低声说："谢谢。"

谢槿知倒是笑了，说："没想到，还有我扶你的一天。"

他看着她："小知……我很快就会好。"

谢槿知却跟他十指紧紧交缠着，温和地说："别逞强，你还有我。"

应寒时没说话。谢槿知就拉着他往岩壁上慢慢攀爬。过了一会儿，却听他温软的声音在背后响起："我有这世上最好的女人。"

谢槿知微微一愣，抿嘴笑了："分开几天，你倒越来越会讲情话了。"

他却沉默了一阵，然后谢槿知就感觉到他轻贴上了她的后背，在很近很近的地方，靠近着。

"小知，你让我看着自己被丢入时空裂缝中逃生，而你留在原地。"

谢槿知没出声，眼眶却微微湿了。

此时，冉好被林抱着高速穿行在树林中。晶片和基因箱被他暂时放置在某处。他在追寻谢槿知和应寒时的踪迹。

"放过他们吧，不要再找了。"冉好在他怀里低声说。

林却不为所动，眼眸沉沉地盯着前方。

"如果应寒时设下的陷阱是害我，难道你也让我坐以待毙？"他反问。

"不，我不希望你有事。"她小声说。

林抬手拨开面前的层层树枝和荆棘，却将她抱得更紧。

山峰、岩壁、谷底，他抱着她跃至那片落叶丛中，一眼就看到战机坠毁在不远处的岩石中，燃烧的火光还未完全熄灭。然而战机残骸里明显没有人。

"他们去了哪里？"冉好犹豫地问。

林抬起头，望着密密层层的树林，露出淡若无痕的笑："很快就会找到。"

第二十三章

七百年后

谢槿知被应寒时牵着，快速穿行于夜晚的树林中。

"还有多远？"她问。

"一公里。"他答。

谢槿知心头一震，远远望去，前方密林中，似乎的确有隐约的银光。只要他们穿过空间裂缝，再从外围关闭空间，应当就脱险战胜了林。

正想着，忽然间，她眼前画面一震，幻象刹那浮现。

长江边，轮渡。她站在柔亮的灯下，应寒时站在对面，全身湿透，眼眸清澈。身边，人来人往。

"小知，我……"

"换个没人的地方说。"她打断他。

那是他对她表白的那个晚上，谢槿知有片刻的怔忡。她的眼睛里，从来只看到未来。现在却看到了过去。

是因为在虚拟空间里？还是因为那多次的电击让她受到损伤，才会有这样细微的错乱？

"怎么了？"应寒时察知她脸色有异。

"没事。"她勉强微笑道。

总觉得……总觉得有哪里不对劲。

有什么很重要的线索在隐隐浮出水面，她却没有抓住。

就在这时，应寒时的耳朵却轻轻一跳，他将她的手握得更紧，语气也变得清冷道："他来了。"

谢槿知心里突了一下："怎么办？"

"快走。"

谢槿知已经能看到远处树林中悬浮的那一道银色裂纹了，只差数百米的距离了。于是也顾不上再隐藏踪迹，两人使出全身力气，开始往前奔跑。

近了，更近了。然而身后树林中，辨不出多远的距离，树枝被风大幅吹响，夜鸟惊飞，有人正在向他们逼近。

眼看只剩百余米距离，陡然间蓝光大盛，如同莹亮的坠月直刺入树林。应寒时一把抱住谢槿知的腰，拔地而起，跃起数十米高，险险避过了那道光刃。谢槿知连呼吸都已停滞，搂紧应寒时窄瘦的腰，只怕他牵动伤口，加重伤势。

然而生死攸关的时刻，应寒时的脸清冷似铁。转眼间，他已抱着她落在了时空裂缝前，而数十米后，林的身影，已从黑暗中快速浮现。

"站住！"另一道光刃已如同箭羽般弹射而出，朝裂缝撞来。应寒时连头也没回，竟是冒着生命危险，抱着谢槿知，闪身进入裂缝中。

"铛——"光刃撞击裂缝，居然发出金属般的低沉吟鸣。林抱着冉妤，瞬间已至裂缝前，伸手刚要触碰，应寒时二人的身影却已消失其中，裂缝亦如同消逝的闪电，眼睁睁地消失在他的指缝中。

冉妤已经惊呆了："这是……"

林的脸色已变得非常难看："呵……呵呵，这是时空裂缝，我们在虚拟空间里。星流……果然是用兵最为诡谲的星流，岂止给我的晶片是假的，他引我进入了一个虚假可笑的世界！"

"那我们怎么办？"

林静默片刻，看她一眼，语气变得有点令人捉摸不定："如果出不去，我们就会日日夜夜，沉沦进这个空间的死循环里，重复相同的生活，你愿意吗？"

冉妤咬着下唇，沉默了一会儿，没说话，却只将他的腰抱得更紧。这举动令林心中泛起柔情，他低下头，在她唇上重重一啄："我怎么会让我的女人跟着我坠入虚拟空间？我还要带你去小行星，建立一个新的国度。"

冉妤心头一震，他已抬起头，炽亮的蓝光以从未有过的磅礴锋芒从他掌中劈出，朝那裂缝原本所在的半空中撞去。

刃过无痕，裂缝已经不存在，蓝光撞倒了背后的大片树林，尽皆折断。

冉妤怔怔地看着："你要干什么？"

林却不答，让她站在身后，脸色冷酷无比，一道，一道，又一道光刃，树林间的黑夜如同瞬间明亮起来的海面，他笼罩住了一切，也在摧毁一切。天空中没有任何回应，他的光刃却源源不绝，像是徒劳无功地冲撞着这个空间。

冉好的眼泪忽然掉了下来，从背后抱住他的胳膊："木头，如果没有办法，就算了……"林却一把挥开她的手，又一道磅礴的光刃，突袭出去。

"铛……"空气中，不知何处传来低沉的吟鸣声，像是终于承受不了巨大能量波的反复撞击，什么东西开始崩塌破裂了。林抬起头，望着隐约浮现几缕银光的半空，慢慢地，笑了。

清晨。古镇的石街上，薄雾笼罩。在几户人家的门口前，狗懒洋洋地趴着。街上只有零星的几个本地人，他们看到应寒时和谢槿知难免会多看几眼。同样的街道，同样的小桥。谢槿知扶着应寒时快速地穿行着。同样的一架战机，会停在同样的位置接应他们。

"你还好吗？"谢槿知担忧地问。

因为刚才牵动了伤口，应寒时的脸有点发白，神色却依然极沉稳："没事。"

"谢槿行在哪里接我们？"她问。

应寒时还未答，骤然看到头顶上空，阴白的天空中隐隐浮现蓝光。他的神色变得肃然，谢槿知也注意到了，心头一惊："那是什么？"

"帝王之刃。"他缓缓答。

不祥的预感涌上谢槿知心头。应寒时设了这样一个大圈套算计林，如果林真的能从空间里破出来，后果不堪设想！

然而这预感，竟很快转换为眼前的事实。

一道无比刺眼的蓝光在天空中闪过。同时浮现的，还有破裂般的蓝光。虽然这些光芒都是转瞬而逝，谢槿知和应寒时却都清楚意识到发生了什么。甚至连古镇上的行人，都惊讶地抬头，看着这从未有过的奇景。

"走！"应寒时低声说。

谢槿知点头，再无言语，与他疾行在山林中。

可是，这一次，还能逃脱吗？

同样的晨色，笼罩着研究所所在的山野。

一辆越野吉普，停在距离岗哨不远的山路上。一个男人，撑着拐棍，动作缓慢地下了车。黑色裤腿下，隐约露出金属的假肢。他看了眼周围寂静的景色，嘴角露出某种讥讽的笑。然后他靠在车上，开始打电话。

"喂，拍到了吗？"

接电话的，正是研究所里的一名研究员。他正站在楼道里，看了看周围，然后找了个僻静角落，压低声音答道："老白，你怎么打过来了？谢槿行那边防得很严，不知道他们最近到底在研究什么。"

老白，正是之前因外星人照片事件，被应寒时断了腿的白梓辰。听完这名研究员的话，他沉默了一会儿，点了根烟，说："别忘了，你现在已经被谢槿行从重点实验室调去了看管标本，这辈子升职是没希望了。难道你就不想看他们成为众矢之的吗？再想想办法，拍几张有内容的照片。至于他们真的在做什么，我其实并不关心，我只要加一个足够吸引眼球的标题就行了。我拿到我想要的新闻报道，你拿到钱，皆大欢喜。咱们哥俩，之前只是为了探寻真相，不能白白就这样被人害了，你说是不是？"

研究员沉默了好一阵儿，像是下定了决心，说："是。你再给我点时间，我再想办法。"

挂了电话，白梓辰微眯着眼，看着天空上孤单的飞鸟。人生的下一刻，会发生什么，谁也不知道。他要抓住一切机会，把那个外星人往死里整。他不会让自己的腿白断。

高空。

浮云万里，大地寂寥。

从机舱往下看，地面的建筑，小如棋盘，密密麻麻。山脉变成了简单的线条，长江是一条灰白的色带。

谢槿知抬起头，望向身边的应寒时。他们已成功上了战机，现在，正在逃亡中。

应寒时的脸色有点苍白，衬衣里也有血迹渗出来。双手却稳稳握住驾驶仪，带着她在云层中高速穿梭。他们要尽快逃离林所在的古镇。

情势危急，让人的心中也惶惶然。但谢槿知的心中渐渐有了一种空旷的宁静。她望着他的面容，已记不得这是第多少次，他驾驶战机，而她陪在身边。他一直是她的英雄。

"喂，你要不要现在求婚？"谢槿知忽然开口。

应寒时微怔，眸色温沉地看一眼，握在方向盘上的手指微微收紧。

"不是现在。"他答。

"哦。"

他顿了顿，嗓音柔和地说："现在我没办法准备玫瑰、西服、烛光和超大的床。"

谢槿知忍不住笑了："你是在给我讲冷笑话吗？"

应寒时脸上也浮现微微笑意："是。"

简单的话语，却让两个人的心仿佛都暖起来。谢槿知身体倾斜，靠在他的胳膊上："应寒时，你会带我到哪里去？"

我想带你到哪里去？待战事终了，我只想带你去洒满月光的温柔地方。

当黑色反叛军战舰，突然降临在对面的空中时，谢槿知静默一瞬，直起身子，松开了应寒时的手臂。

终于，还是来了。

这是一场短兵相接的激烈空战。

图穷匕见，两个男人再次狭路相逢，已不需要任何谈判，也不会有任何多余话语，直接开打。

谢槿知整个后背都抵在座椅里，双手死死抓住扶手。狭窄的机舱，正如同螺旋般高速盘旋飞翔着。这个时候，应寒时自然无法分心再照顾她。他的脸色堪称冷酷，乌黑的眼睛，一眨不眨地盯着机舱外，双手敏捷地操作着驾驶仪和控制面板。

谢槿知的心中忽然又有一丝庆幸。倘若此刻是像上次，两个男人在地面遭遇，只怕应寒时又要吃了帝王之刃的亏。但现在，却是在应寒时最擅长的战机上，那个养尊处优的皇帝，怎么也占不了他这个王牌指挥官的便宜吧？

事实上，林此刻也的确十分谨慎专注地驾驶着战舰。谁都知道，星流的机械操纵能力帝国几乎无人出其右。林心想，这大概也是星流从虚拟空间逃出后，留的后手——驾驶战机与他对抗。

然而皇帝从小接受的是皇家舰队教官的单独训练。亦是十多岁的年纪，整个皇家舰队的飞行员已无人能与他为敌。所以此刻他半点不慌，只动作沉稳地与应寒时周旋着，瞅准任何可能的时机，向他们发射出一连串的炮弹。

银色的炮弹如同流星划过蓝色天空，发出尖厉的呼啸。皇帝的扫射是严密、果断而毫不留情的，且他驾驶的是小型战舰，配备火力本就强于应寒时的单机。几轮交火后，炮弹差点就追上了应寒时的机翼。这时，战机忽然一个直坠式的侧翻，陡然从几千米的高空，急速下降。

皇帝紧随其后。两架战机上，两个女人，全都脸色惨白，闷不吭声地待在男人身旁。下方，是高耸入云的崇山峻岭。应寒时的战机，如同一只灵巧的燕子在山峰间滑翔。林的战舰始终将他圈定在射程内，一路追击。

谢槿知只看到机舱两旁，山峰和树林几乎是紧贴着机翼擦过，看着飞机以各种不可思议的角度，起落偏转，动作却又干净利落。而后方追来的那些子弹，也尽数落在岩石上、山涧中，不能伤他们分毫。

慢慢地，后方的林似乎有些急躁起来。谢槿知听见战舰的机翼声更响更近了，炮弹声也更密集。而前方，依旧是陡峭的悬崖和湍急的河水。

"闭上眼睛。"应寒时忽然开口，嗓音沉静清淡无比。

谢槿知不知道他要干什么，心紧紧提起来，听话地闭上眼睛。然后又慢慢睁开一条缝。

天哪！战机骤然急停，谢槿知只觉得身体差点飞出去，又被安全带狠狠拽了回来。一切几乎发生在以毫秒计算的时间里，急停在半空的同时，应寒时驾驶战机猛然转向，一百八十度大回旋，谢槿知"啊"的一声惊呼，睁开眼，分明看到玻璃舱外，林的黑色战舰正直直撞上来。

林握住驾驶仪，刹那也惊出一身冷汗。没有人在高速飞翔时，可以以这么快的速度完成急停和转身的动作，但是星流做到了。林接受的始终是皇家的严谨教育，从未见过战场上才有的这种惊险诡谲的打法。

就在这一瞬间，原本追随在后的战舰已与战机错身而过，一头扎向了前面。而机腹自然完全暴露在应寒时的射程里。林的心重重一沉，就听到密集而迅猛的炮弹声，如同近在耳边的鼓点，全部落在了战舰上。

冉妤吓得脸都白了，多重警报声急促地从驾驶系统里传来。

"左翼中弹、左翼中弹……"

"超光速引擎中弹，无法完成跳跃。"

"机舱中弹、机舱中弹。"

"动力系统即将在 1 分钟后关闭，准备弹射、准备弹射……"

冉妤大喊道："怎么办？"

林的脸色阴沉无比，深邃的眼眸里，仿佛有凌厉的黑潮无声滚动着。

战机上，谢槿知还有些惊魂未定。一切结束得竟然如此之快！前一秒钟，他们还被林追进了万山沟壑中，下一刻，应寒时干掉了对方！

看着黑色战舰如同折翼的鹰，冒着火光急速往山涧中坠落。谢槿知倏地看向应寒时，他依旧是衬衫洁白笔直端坐的模样，修长的双手搭在驾驶仪上。也许这一路飞行缠斗也极耗心力，他的额头上有薄薄的汗，眼睛里却依然是沉稳笃定的光泽。

"你也太……"谢槿知顿了顿。

太强悍了。

应寒时侧眸看她一眼，目光变得温和："还好吗？"

尽管谢槿知胸腹翻滚，难受得就快要吐出来，却朝他微微一笑："我没事。"

就在这时，谢槿知看到两个人影从坠落的战舰里弹射出来。其中一个穿着红色衣服，所以很容易辨认出那就是冉好。

"冉好！"她低呼道。

应寒时一个掉头，战机朝下方扎落，朝冉好追去。机舱的窗户打开，风声呼啸。应寒时的战机速度比冉好的下落速度更快，眨眼间就追上了她。谢槿知看着另一个弹射仓，直直坠往谷底另一个方向，心中稍安。她一把拉开机舱门，应寒时驾驶战机一个精准的侧飞对接，然后就听到"哐当"一声巨响，冉好的弹射仓已经撞了进来。舱门迅速关闭，机头骤然拔高，往山谷外飞。谢槿知扑到弹射仓前，拉开覆盖的玻璃，冉好脸色异常惨白、含着眼泪望着她："槿知……"

陡然间，半空中一阵金石交错的撞击声，听着竟很像帝王之刃劈在岩石上的声响。谢槿知猛然回头，就看到机尾不远处的山峰上，一道蓝光正狠狠地撞上去，山谷间天地仿佛都为之震动。

糟糕！林根本不在刚才坠落的那个弹射仓里，他在……

砰——破裂的巨响，整个机舱门都被撞破，战机也剧烈地摇晃了几下。战机里的三个人同时抬头，就看到另一个人影，也落进了机舱里！

林是算准了方向和角度，利用光刃的撞击反弹力跃上来的。他满身灰黑，单膝跪在距离谢槿知和冉妤只有一步远的地上，抬起了头，脸上，浮现极冷极冷的笑容。

大势已去。这就是谢槿知此刻心中确切的念头。

破损的战机，平稳而寂静地航行在天空中。唯有呼呼的风，从被林撞穿的舱门，不断地灌进来。

已是中午了，阳光明亮刺眼，透过玻璃，照在人身上，慢慢就变得发烫。谢槿知和冉妤坐在后机舱的地上，谁也没说话。而前舱，应寒时坐在驾驶位，脸色清寒，动作无声。林坐在副驾驶位上，如今整个机舱都在他的控制中。他的脸色淡淡的，不见反败为胜的喜悦，但绝对阴沉难测。

谢槿知尽管恨他入骨，恨他将应寒时和自己伤成这个样子。但也不得不承认，这个男人虽然贵为皇帝，意志当真坚韧如铁。在刚才那种情况下，他居然都能迅速判断，想出办法，绝地求生。萧穹衍说过，皇帝心思深沉，狠辣果决，看来当真不假。

"星流，再有任何轻举妄动，我先杀她，再杀你。"林缓缓地道。

应寒时静默片刻，答道："不会。"

"晶片和基因箱在哪里？"

"江城。"

机舱里再无人说话，谢槿知望着应寒时的背影，胸口阵阵发堵。蓦然手被人握住，她转头看着冉妤。冉妤的目光复杂，深深地望着她，两个女人都没说话。

江城。战机以极快的速度掠过天空，远远望去，地面的人只会看到一道残影，以为是云，或是飞机飞过留下的痕迹。长江、大桥、林立的楼宇，还有细密得看不清的车辆和人群，这些都如同浮光掠影般，从众人眼底晃过。

谢槿知刹那有些恍然，原来这个真实而繁荣的世界，已经离她如此遥远。

战机停在了湖边的密林深处。这里并不隐蔽，但是已无暇顾及更多。应寒时的别墅就在离湖不远的地方。他和谢槿知走在前面，这一次，林和冉妤依旧跟在后面。这一次，大概终于已没有退路。

谢槿知握紧应寒时的手。而他脸色肃穆，眼眸沉黑沉黑的，一直没有说话。这让谢槿知有些难受。她想要告诉他，败则败矣，他已如此尽力。她想要他不再沉默，想要他不必自责。

而现在，他们两个活下去才是最重要的。像是察知了她的情愫，应寒时侧眸望着她，然后将她的整个手都握在掌心里，非常的温柔有力。谢槿知心口微微一疼，却对着他露出平静的笑容。

冉妤走在他们身后，低着头，心中泛起许多念头。她有些恍惚，但也有些坚定。

很快就走到了别墅门口。

小道上路过的保安看到这四个人，难免多看了几眼，但也没有过来多问。

应寒时打开门，说：“就在楼上。”林停在门口，目光扫视一周，“里面没有人？你的机器人呢？”

应寒时静静地答：“我并不能确定一定能战胜你。所以已将他们驱散。”

林就没说话。大难临头，保全手下所有人，的确是星流一直以来的愚善作风。

林让应寒时进去拿，自己和两个女人站在屋外。他相信应寒时不敢也不能再玩任何花招。很快，应寒时就出来了。动作平静地将晶片和基因箱交给他，然后把谢槿知拉到自己身后，四人对峙着。

林检查之后，嘴角终于露出一丝笑意。许是因为回到了真实世界，晶片的光芒似乎都比虚拟空间里要明亮纤细儿分。他抬起头，看着他们，脸上的笑容褪去：“走。”

按照林的要求，应寒时开来了另一架完好的战机。四个人重新上去。

既然晶片和基因箱已经拿到手，林的想法也很明确：星流这个人，如果不能为己所用，那就只能杀掉。否则等他身体好转战力康复，那就是放虎归山。

战机离开江城，往高空开去。已是午后时分，天气转阴。机舱里静静的，林坐在副驾，慢慢地抽着烟，谁也不知道他的心里在想什么，下一步打算怎么做。

很快，战机驶到了大陆西部腹地。远远望去，长江上游是一条窄窄的水带，波涛翻滚，山势险要。

"准备跳跃，去外太空。"林命令道。

应寒时的手没有动，抬起清俊的脸，注视着他："我跟你去，让槿知先走。"

谢槿知立刻说道："不，我跟你在一起。"

"小知。"应寒时打断了她，却没有看她，眼睛里是澄澈颜色，"听我的。"

"不。"

林微蹙眉头。

就在这时，谁也没料到，坐在后舱的冉好忽然抬手拔出把匕首对准了自己的咽喉，她颤声道："木头，让他们两个走。他们刚才救了我的命！"

匕首是她从刚才的战机上拿到的。

林倏地睁大眼，厉喝道："你干什么？"谢槿知也怔然望着冉好，冉好递给她一个坚定的眼神，然后把匕首锋刃往前稍稍一送，就有血渍冒了出来："你们走！"

就在这电光石火间，应寒时陡然从座椅上跃出，身形化成一团光影扑向谢槿知。谢槿知被他一带，一侧舱门已自动弹开，两人往外坠去。

林大怒，身形一动刚要追赶，哪知之前驾驶战机的应寒时竟已预设好飞行线路，整个战机突然往一侧大幅度倾斜。

冉好"啊"一声尖叫，匕首脱手，人也朝舱壁上撞去。林身形如电，一把将她抱在怀中，转身刚要再追那两个人，却被冉妤牢牢抱住，她使出了全身力气，哀求道：“别追了，放了他们吧！你已经拿到了你要的东西，求你了！”

林霍然回头，只见白雾般的云层下，那两个人的身影已经坠得很远很远了，再追赶只怕也是徒劳。况且这么高的地方摔下，不摔死也是重伤。静默片刻，他抱起冉妤，走向驾驶位，将她放在副驾上。然后重新调整航线，让战机开始往外太空航行。

“记住，我饶过他们俩的命，是因为你。”他沉声说道。

冉妤不出声，过了一会儿低声说：“记住了。”

两人都没说话了。

战机一直拔高，往云层深处飞。过了几分钟，系统提示声传来：“超光速引擎预热完毕。”

林淡淡道：“准备跳跃。”他的双手在控制面板上快速移动，输入坐标数据。

冉妤的心中终于有些悲伤、茫然和忐忑，喃喃地问：“我们这就要去另一个星球了？”

“是。”

“那我以后，还能回来见到我的爸爸妈妈，还有朋友吗？”

沉默了好一会儿，林才答：“可以。”冉妤的心忽然就有些发软，望着他因为刚才的坠机，同样伤痕累累的脸庞和双手，低声说：“好。”

她握住了他的手。

林静了一会儿，嘴角也露出笑意。他抬起手，覆在了她的手上。银色光芒如同月色盛开在云层中，整架战机陡然消失，仿佛从未存在过。

外太空。

深黑的天幕，寂静得没有一丝声响。璀璨群星，如同钻石般点缀于黑丝绒上。从这个角度回头看，地球蔚蓝干净，美丽无比。

冉好望着这从未见过的奇景，慢慢地靠在林的怀里睡着了。而林握着她的手，另一只手把玩着晶片，注视着前方，任由战机自动驶向五十光年外的远方。曜日已经坠落，银河再无帝国。

我用尽余生之力，只想光复那残存于宇宙长河中的伟大文明。

但愿我心中的太阳，永不会再坠落。

地表。应寒时抱着谢槿知，连续跳跃数次，山巅、密林、石坡……下坠的冲击力大部分被缓冲掉，但是谢槿知感觉到，他的后背有湿黏的液体慢慢渗出来。她在他怀中低头，看到自己满手的血，他的胸膛也已被染红。

"应寒时！"

他却只是低下头，将她更紧地扣在怀中。

"不要松手。"他在她耳边低语。

"嗯。"

"扑通"一声巨响，两人终于落入了长江中。

江水湍急，谢槿知和应寒时差点被浪打入水底。两人都奋力挣扎着，又游了出来。谢槿知虽然体弱，但还有点力气，却感觉应寒时的身体变得很沉，游得也很慢。她知道他的力气大概都耗尽了，心中怜痛无比。拉着他，两人终于缓缓游上了岸。

天空阴白阴白的，应寒时躺在河滩上没有动。谢槿知也不动，只有冰凉的手，跟他紧握着。过了一会儿，她转过身，动作很轻地趴在他怀里，低头看着他。

他的头发和眉眼全都湿漉漉的。衬衣贴在身上，染得浅红，看不清原来的颜色。周围江水嘈杂，旷野寂静，他的眼睛里有温暖而清澈的光。

谢槿知把头慢慢靠在他怀里："我们回去吧，晶片以后再想办法拿回来。等我们俩都恢复了，一定会有办法。"

忽然间，感觉他的手指握得更紧。她缓缓抬起头，他在极近的距离凝视着她，眼睛里泛起浅浅的笑意。

"槿知，这一层空间，也是虚拟的。"

谢槿知愣住了。

应寒时低头在她额上亲了一下。

谢槿知说："可是……这个空间……"

人那么多，那么大，甚至有一整个繁华城市，有千山万水……

"嗯，这是超大型复杂空间。"应寒时说，"所以，动用了大哥的天河计算机组。"

谢槿知缓了过来，慢慢露出了悟的笑意："所以，这里也会有空间裂缝，我们只要离开就赢了。而林和冉好会一直……"

"他们会一直重复循环在去往小行星的路上。"

谢槿知怔住，静了一下，问："有办法把冉好救出来吗？"

应寒时的手按住她的后脑，在她的唇上亲了一下，轻声说："等我们出去了，我会再想办法。"

"嗯。"

两人站了起来。应寒时的脚步有些踉跄，谢槿知立刻伸手扶住他，想了想，问道："既然在空间里的是我们的意识，为什么你和我的伤势跟真实世界一样？"

"身体的状况，自然会反应在意识里。"他答道。

谢槿知听明白了。应寒时抬起头，看着阴灰色的天空，和周围密布的山林："裂缝远在江城，我们快些走。记得我们曾经说过，这种超大型空间，待久了并不安全。它相当于一个超高等人工智能体。"

谢槿知点头，她记得的。那还是在沙渡古镇，为了救那些村民，制作小型虚拟空间时，应寒时和萧穹衍就提到过，这种大空间复杂又智能，甚至会自我发展和延伸，趋于完美。而人的意识如果长期待在里面，脑电波甚至还会跟虚拟空间互相影响，形成映射，作用在虚拟空间上。

那样是否就意味着，这个空间，这个智能体，就不会受人力控制了？

"吧嗒、吧嗒……"几颗大的雨滴落在谢槿知的脸上。周围的天空更加阴沉，云层厚重聚集，像是有大雨即将倾盆。谢槿知与应寒时牵着手，沿着裸露的河滩，往前走了几步，突然间，她心头一震。

雨，总是在重要时分出现的雨。

自我发展延伸，趋于完美，重复循环的空间。

……可是那样，身在其中的人，不会发现吗？像你平时做梦，即使不合理，也会发现不了。你的意识，会回到那一天，重新开始。

……人的意识，会和虚拟空间互相影响，形成映射，作用在虚拟空间上。

某个不可思议的、极其可怕的念头，模糊地闪过她的脑海里。不不不，这不可能。她几乎是立刻对自己说，这绝对不可能。

冰凉的雨落在了脸上，也落在她的眼睛里。不，这不可能。她再一次对自己说。她望着应寒时的背影，望着他清俊而温柔的眉目，她想，这不可能的。

他是这样真实而鲜活地站在她面前，出现在她的生命里。她的应寒时，她所深爱的星流，不可能是一个虚拟的意识。这一切，不可能是虚拟的。

否则，真实的他和她，此刻又应该在哪里？

她这样想着，好像就能让自己镇定下来。她甚至握紧他的手，对上他的目光，露出温和而期待的笑容。

可是，那无法掌控和预知的猜测，却像这即将倾盆的雨，就这么来临，就这么无法阻挡地，淹没她的心头。

谢槿行站在那一堆设备前，身后是忙碌的研究员们。所有机器都在超高速运转，他几乎都听不到周围的其他声音。

他抬起头，还遥望着远处阴云中的沙渡古镇。不知道他们，现在已经到了哪里？他们什么时候可以出来？

快些出来。他在心中想。机器的运转速度已经越来越快，隐隐有不可控的趋势。他们得尽快出来，才能安然无恙。

但是想到应寒时和妹妹的脸，谢槿行的心中又有一份笃定。他相信，他们一定可以做到，会安全地回到他们的身边。

蓦然间，天空飘落雨滴。谢槿行有些怔然，伸出手，接着冰凉的雨。陡然间，他愣住了，抬手摸了摸自己的脸。为什么会有眼泪，自己掉了下来？

西部旷野，研究所。

整间大型实验室，已经被人围得水泄不通。那些研究员们，拼命将萧穹衍塞进一个密闭的箱子里，然后用尽全力叮嘱道："小John，小John，你安静地待在这里，不要出来！他们马上就要进来了，没人能打开这个箱子，你拿好钥匙，等外头没动静，自己找机会出来！"

萧穹衍整个人都在剧烈挣扎："不！我不能躲起来！指挥官和小知还在虚拟空间里啊，我们现在如果停止，他们就会永远困在里面，永远啊！怎么会这样，怎么会有那些照片和报道？不可以的啊，他们知不知道自己在毁灭什么，在毁灭什么？"

有两个研究员都快哭了，但还是拼尽全力，把萧穹衍按了进去："小John，你只有保护好自己，将来才有可能救他们出来！"

这话终于让萧穹衍安静下来，"啪"的一声，箱盖在他头顶合上，他的世界瞬间陷入黑暗。研究员们才刚把他抬到不显眼处，贴上"辐射物"的标签，实验室的门就被撞开了。

研究所的一些研究员，还有位高权重的人，走了进来。

"你们到底在搞什么？"有人呵斥道，"谢槿行呢？看看这些报道！"

那人将报纸和网络媒体的剪报摔到研究员们的面前，上面赫然黑色醒目的标题："某研究院从事秘密外星人研究？""某研究院惊现全金属机器人？""他们在做什么？中国即将与外星人联手？"

谢槿行手下的研究员们面面相觑。

"所长，我们可以解释……"一名研究员大喊道。

另一名研究员却始终躲在角落，偷偷打电话给谢槿行。可是打不通，之前两边机器的运转速度就太快，磁场辐射过强，什么信号都接不通了！

"都带走！"那人下令，一挥袖子，转身走了出去。

"所长！所长！"研究员们全都急了，"机器不能关，真的不能关，千万不能关啊！关系人命！"

吵吵嚷嚷，推推搡搡，他们终于全被带了出去。

其他研究员们开始仔细点算查封所有设备和电脑。其中一名研究员，站在门口，露出冷冷的一点笑容。

最后离开实验室的是一名警卫，他关掉了屋内的所有电灯，然后挨个关掉所有设备电源。最后是大型主机。

"嗡——"一声低鸣，主机的 CPU 停止运转，彻底沉寂下来。

警卫带上门，上了锁，走了出去。萧穹衍将高大的金属躯体蜷成一团，躺在黑暗的箱子里，半天缓不过劲来，再也缓不过来。

雨下得很大。就像他们在图书馆相遇的那些天，雨水像是要淹没整个天空。谢槿知与应寒时牵着手，穿行在白日黄昏般的大雨中。这里是荒野，是长江寂静的上游，丛林望不到边际，他们逃离的前路，不知道还在何方。唯有江水滚滚而去。

"还要多久？"谢槿知轻声问，连声音，仿佛都带着雨水和江水混杂的湿意。

"快了。"应寒时温和地答，"我们走出这片森林，就能抵达小镇。到时候换乘别的交通工具，回江城。"

"嗯。"谢槿知微笑答，"然后通过时空裂缝，就能回到我们的真实世界里。"

他的眉宇间也有浅浅的笑意："嗯。"

谢槿知又埋头走了一会儿，忽然将他的手臂一拉。他站定看着她，微怔。她抬头吻了上去。这是个深深的、缠绵至极的吻。她贪婪地吸吮着他的唇舌，他的气息。

她整个人都要软在他怀里，紧紧抓住他的臂膀，越吻越用力。然后眼泪不知不觉，就掉了下来。天色好黑，雨水混杂着泪水，他没有察觉看清，只是怔然地问："怎么了小知？"

她的喉咙都快堵住了，露出一丝微笑，摇头道："没事，亲一下，再努力地走。"

他的眼睛里露出星辰般温暖的笑意，低头抱住了她。这么抱了一会儿，他才松开。

"别担忧。"他说，"我会带你出去。"

"嗯，我们当然会出去的。"她轻声答。

我们会出去，你会带我回江城，回我们的家。

你会带我去，任何一个温柔月光能够照耀到的地方。

震耳欲聋的轰鸣声，就这么传来，从天上，从地底，从江河中，毫无征兆地，将他们两个人包围。

应寒时的背影如同雕塑，即使是他，也有刹那的惊滞。而谢槿知抬起头，看到原本阴郁的天空，如同漩涡般开始扭转，看到林立的山峰，慢慢变得倾斜扭曲。看到滔滔江水，如同从天空突然坠落的海浪，朝他们扑了过来。

整个空间，都在扭曲颤抖。

应寒时一把抱住她，高高跃起数百米，躲过了巨龙般的江水，也躲过了山峰的倾轧。

"怎么会这样？"谢槿知颤声道。

应寒时脸色冰冷似铁，乌黑的眉头像是打不开的结，紧蹙在一起。

"出事了。"他慢慢地说，"虚拟空间外，出事了。"

谢槿知用尽全力抱紧了他，然后看着更大的巨浪，似曾相识的巨浪，铺天盖地地朝他们奔涌吞噬过来。

你知不知道，知不知道？每当我看到拥有时空裂缝的你，穿梭于时空中，都觉得非常难过。

我真的不想，让你再孤独一人了。

遇见他之后，每一个重要的时刻，天空都在下雨。图书馆外的邂逅，高架桥下孤寂湿透的身影。还有长江轮渡，依岚山下，平行空间。是空间在循环重复，还是我的意识在作用？

应寒时，为什么我会拥有时空裂缝？一定存在某种原因。

很简单啦，小知，因为你身边的时间被扭曲过。你曾经到过某个时空扭曲得很严重的地方啦。

身在其中的人，会一直循环重复下去。所以我眼中的过去即未来，未来即过去。

…………

谢槿知忽然泪流满面。

应寒时没有察觉。他用背抵御着洪水，用被鲜血染红的身躯带着她一次又一次躲开死亡的威胁。他的脸异常苍白，手臂却牢固如铁，始终紧紧地将她抱在怀中。谢槿知开始低声哽咽，而他在漩涡般的漫天洪水里，霍然低头看着她。

"应寒时……应寒时……"她哭着抱紧了他。

"不要哭，小知，不要哭。"他在这样激烈的洪流里，却用这样温柔的声音哄道。

是终于察觉了什么吗？

应寒时的面目明明还是沉静的，那乌黑的眼睛里，却有眼泪掉了下来，连他自己都没有发觉。

……男人，永远不该掉眼泪。

谢槿知心如刀绞，伸手紧紧搂着他的脖子，听着洪水一次次撞击在他背上的声音。

"应寒时，我永远也不要你受伤了。"她轻声说，"我们永远永远，也不要分开了。"

"好。"他微哑着嗓音答。

"对不起，小知……"他的眼泪滴在她的脸颊上，"这一次，我依旧没能救你出去。"

谢槿知心头大恸，低声说："不重要了……不重要了……"

一切的一切，原来都不重要了。

应寒时在片刻之后就闭上眼陷入了昏迷，谢槿知紧紧抱着他，看着大浪迎头打过来，两人沉入了水面之下。

轰鸣声忽然被隔绝，世界变得很安静。谢槿知望着他安静的容颜，心想，还好，这一次，他不用留在原地看着她，不用看着他们分离。

"啊——"谢槿知从胸肺中爆发出凄厉的叫声，璀璨的银光，如同月光突然降临，盛放在水底。她闭着眼睛，无法再看他的容颜。她一伸手，用尽全部力气，将他推了进去。

去，去，去那个真实的世界去。那里是阳光温暖的江城，那里一定是我们初遇之地。我知道你会一人独坐在湖畔，会拿着那幅属于我们的画，我是那么想要跟你在一起，可我不想让你跟我沉沦在这里。你是星流，是我心中永不坠落的星流，我要你好好的，哪怕是一个人，星流，你要好好的。

应寒时的身躯瞬间没入银光里，而水中的漩涡，如同贪婪的巨蛇，瞬间将谢槿知卷走，吞没。

黑暗，无边无际的黑暗。

银光，在什么地方闪烁。这一刻，是一瞬间，还是永久。

谢槿知沉溺其中，有个声音，在耳边轻轻地、不断地诉说着。他说，小姐，我不是招摇撞骗的男人。他说，你这是……蛮不讲理。他说，你们地球人，通常叫我外星人。他说，小知，从今天起，你就是我的女人了。

等回江城，我就求婚。我跨越了多少个光年，才能与你相逢。我要跟你在一起，再也不让你孤单，再也不让你寂寞。小知，等你死后，我就守在你的坟前，注视着你。这样，就是你要的白头，你要的永远永远了。

小知，对不起……对不起，这一次，依然没能救你出去。

星流，你不要难过，也不要自责。我在这里其实很好，我没有关系。就让我沉沦在这个世界里，你不要再来了。

我终于想起了一切，想起了我们的故事，却是在时空终极的时分。当我闭上眼，这个世界会重新开始。

我已经看到了三月间，阳光灿烂，绿意葱茏的山间。我看到宝安禅寺屹立于山巅之上，而我身着轻装，万事已经遗忘，朝那春暖花开的地方走去了。

这是山野间的一幢小木屋，阳光静静地从树枝间透下来，斑驳寂静。溪流从木屋下方淌过，清澈见底，不见鱼和虫的踪迹。

木屋开了一扇小窗，没有灯，也不需要灯。白天恍如黑夜，时光已经不分。应寒时缓缓地从床上坐了起来，静默了许久，终于抬手打开了一盏灯。橘黄的光线，瞬间洒满整个小屋。

地上、桌上，整幢屋子里，除了床，就是黑沉沉的仪器和设备。它们通过无数传感器和金属线，连接在一起。也与一个叫谢槿知的女人连在一起。

应寒时起床后，没有马上看她，而是走出木屋，走到溪边，抬头看着金黄零散的阳光，伸手触碰林间微凉的空气。半晌后，才收手，在溪边蹲下，用冰凉浸骨的溪水，洗了把脸。

就像只是大梦了一场。他起身后，又负手站了一会儿，这才终于转身，走进了属于他和她的这间屋子里。迎面看到的，是墙上挂着的一面有些陈旧的白板。白板上用笔写着一个数字，和一行字。

"714。

"每次出来后，增加一次。"

他静静注视这行字许久，走了过去，低下头，拿起笔，却半天没有动。

后来才抬起头，抹去那个714，改成了715。

有温暖的湿意，慢慢覆盖住眼睛。

第 715 次，我失去了你。

放下笔，他转身，走向了她。

窗帘半掩，阳光透过小窗照在谢槿知的脸上。

她的眼睛一直那么安详地闭着，双手安静地放在身侧。柔软如绸缎般的长发下，是小小的、干净的脸。嘴唇轻抿着，让他想起她每次逗他、欺负他时的神情。

他坐在床边握住她的手，看了好一会儿。然后低下头，将脸埋进她的掌心里，觉得有点喘不过气来。

下午，萧穹衍来了。他一来，树林仿佛也变得热闹，金属长腿踩在鹅卵石上，踩在山坡上，发出吱呀吱呀的声响。还有他一路喋喋不休的自言自语："上次还看到两只小兔子呢，今天怎么什么都没看到，这片树林越来越不可爱了……"

走到木屋前，萧穹衍屏住呼吸，轻轻敲了两下门。门内传来应寒时温软依旧的嗓音："进来。"萧穹衍推开门进去，就见应寒时坐在方桌旁，脸色平静，双手在键盘上灵巧地跳跃着，看样子又是在调试数据。

萧穹衍看一眼床上的谢槿知，还有床头放着的那几朵鲜花。花瓣上还沾着露水，显然是应寒时刚刚从树林里摘来的。屋子里有浅浅淡淡的香气，萧穹衍深深嗅了一口，别的什么也没说，提着手里的食材，走向厨房："指挥官你先忙，我去做饭啦。"

这个小屋虽然简单，却被应寒时装饰收拾得很干净。厨房里窗明几净，冰箱里甚至还有半碗没吃完的饭菜，看样子又是几天前剩下来的。萧穹衍将饭菜收拾了，开始洗菜、煮饭。

屋子里虽然有两个人，一下午的时间，却始终寂静。

过了好久，萧穹衍望着火上咕噜噜滚着的汤，双手交握在一起，终于忍不住开口："指挥官，这次，她怎么样？"

过了好一会儿，才听到客厅传来应寒时的声音："她很好，跟以前一样。"

萧穹衍心头一酸，抬头望着窗外渐渐沉下去的日光，半天，都回不过神来。

傍晚时，萧穹衍在木屋外的草地上，放了张小桌，又铺上桌布，再把热腾腾的饭菜都放上去。三菜一汤，他没敢做太多。因为他知道顶多再过一天，应寒时肯定又要走了。

月亮升上了天空，清透的月光与廊下的灯光交织在一起，柔和又朦胧。

溪水潺潺，是这片森林里唯一的声音。两个人相对坐在桌前，只有一个人吃饭。应寒时的神色依旧很平静，吃得不疾不缓。萧穹衍看着他修长的手指握着筷子，落在碗碟中，都有点恍神了。

"青菜有点咸了。"应寒时忽然开口。

"哦、哦，我下次改进。"萧穹衍立刻说道。

应寒时微微一笑，继续安静地吃着。

"下次可以做多一点。"应寒时又说，"我很饿。"

萧穹衍用力点头。

过了一会儿，突然觉得难过得不能自已。他低下头，没再看应寒时。

应寒时像是察觉到了，又像是完全没察觉到。很快他就吃完了，将筷子平放在碗上，说："小John，辛苦了。"

萧穹衍抬手捂住脸，终于哽咽道："指挥官，我不辛苦，你才辛苦。"

应寒时却依然只是温和地笑着，站起来，负手望着星空。

"我答应她的事，心甘情愿的事，永远不会有辛苦的感觉。只是……"

"只是什么？"萧穹衍有些恍惚地站起来，望着应寒时的背影。

应寒时静默了许久，缓缓低下了头。

"只是，我真的非常思念她。"

萧穹衍忍着没有哭出来，慢慢地，难过地问："这次，问题出在什么方面？真的没办法救她出来吗？"

应寒时抬起头，望着寂静灰暗的树林深处："虚拟空间，始终处于不断变化、发展和完善中。我们从外部计算、施加的能量场，依旧无法加强它的稳定性，无法在最后关头，让我能够救她出来。"顿了顿，他又说，"与前几次一样，虚拟空间与小知的意识，依旧互相影响着，逻辑不断趋于严密。她深信自己从小就拥有时空裂缝，每当空间开始新一轮循环时，她依然沉沦其中，没有记忆。"

他看着脚下透澈而纷乱的流水："我也一样。空间太大，太深，我的意识，也察觉不到，直至……分离时，我们才明白过来，而她依旧选择将我推出虚拟空间。"

应寒时说得很平静，三言两语，就概括整个过程。萧穹衍却听得心头阵阵寒意，他望着应寒时依旧年轻而清俊的容颜，越来越平静的容颜，脑海里只冒出一个念头——

七年了，已经七年了。现实世界里的七年，虚拟世界却已轮回七百次。最初，一年等于一年。后来，虚拟空间越来越严密，循环越来越快。那是个疯狂而可怕的世界，那也是个宁静而遥远的世界。到最后，现实中的几天，虚拟世界中已是一个轮回。

机器人的记忆永远是清晰的，分毫毕现的，不会随着时间磨灭。萧穹衍还清晰地记得，当年，在最初的虚拟空间里，因为空间的突然崩塌，因为洪水的突然席卷，应寒时是如何失去了谢槿知。从虚拟空间出来后，他又是如何的失魂落魄。

后来，空间中的谢槿知就拥有了时空裂缝。一次一次，又一次。最初设定的虚拟空间，为了骗过林，时间是一个月。后来，时间不断扩大。

有几次，萧穹衍、谢槿行、庄冲也进入空间协助营救。再后来，当他们出来时，空间里却生出了虚拟的他们。而在这个不断完善、自我发展的空间里，已分不清楚虚拟的他们，到底是空间的作用，还是谢槿知的意识影响。

再后来，连当初的始作俑者白梓辰，也因为精神分裂，进了精神病院。谢槿行辞去了研究院的工作，成了高校的一名普通教师。

谢槿知依然没有醒来。

沉沦，是一个人的沉沦。等待，是两个人的等待。

有的时候萧穹衍也想，是否等到某一天，完全没有了希望，反而对应寒时来说，是一种解脱？可是每当他走进这片树林，走进只有应寒时和谢槿知两个人的世界，那个小小的、无限循环的世界，每当他看到应寒时脸上温和而清澈的笑，他就明白自己错了。

应寒时会永远等下去。那是他和谢槿知的约定，星流的生命不止，承诺永不终止。他说过的，要陪她白头到老。那是寂寞而温柔的她，从小到大都渴望的。星流，怎么会对她食言呢？想着想着，萧穹衍的心仿佛也随之宁静下来。

就这么等待下去，就这么找寻下去吧。这也是萧穹衍的守望。

他抬起头，望着应寒时，露出灿烂的笑："下一次，是什么时候？"

"明晚吧。"应寒时答。

"嗯！"萧穹衍重重点了点头，与他抬头，一起望着天边的明月，"指挥官，总有一次，我相信总有一次，能量和时间的计算会刚刚好，她会回来的。"回到你的身边，回到我们的身边。回到这个记录了她所有悲欢和幸福的世界，温暖而真实的世界。

夜色静深时，萧穹衍离开了。偌大的树林里，万籁俱寂。只剩应寒时一人坐在谢槿知的床前，他点了一盏孤灯，这是森林里唯一的暖光。他坐了一会儿，就从桌上拿了本书——《十万个冷笑话》，书脊上还印着江城图书馆的印鉴，已经是好些年前借的了，他没有归还。

他翻到上次读到的一页，看了一会儿，脸上露出微微笑意。然后往下，一行行给她读了起来。知道她听不到，可还是想读。

他已孑然一身，在这深山老林中，实在找不出其他东西与她分享。她如果醒来，必然又是要笑话他的，笑话他喜欢读这些奇怪的书。但是她不明白，当他读到那些可爱的文字，就如同看到她的温柔可爱，她的温柔缱绻是一样的。那样的细碎，那样的触手可及，那样的美好。

"……他躺在铁轨上，结果还是死掉了。因为……车厢有十节。呵……"

小知，你什么时候会醒来，可不可以醒来？我的心已悲痛得如同那沉沦的黑夜，再也看不到半点温柔的月光。

次日一早，应寒时离开小屋去了谢槿行所在的高校。抵达的时候，谢槿行正在教室里给学生们上课。他依旧是那严谨而严肃的样子，将课上得枯燥又乏味。下面的学生大多在睡觉，他却兀自沉稳而专注地讲着，自有态度和追求。

应寒时一直在教室外安静地站着，直至下课铃响起。谢槿行走出来看到他，脸上那惊痛失望的神色一闪而过。但也只是一瞬间，谢槿行就微微笑了，拍了拍应寒时的肩膀："去我办公室聊。"

到了办公室里，应寒时将带来的这次轮回的全部数据，都与谢槿行一一讨论。两人从上午一直讨论到天黑，白板上写满公式和数字，几台电脑运转不停。最后，谢槿行点头道："我再去让以前带的研究员帮忙，增加天河计算机支持。"

"好。"应寒时沉吟道，"空间不断发展变化，无法预期下一次进去时又会有什么改变。唯有施加更大能量场，力求将空间裂缝撕得更大，我们或许可以出来。"

"一定会的。"谢槿行静静地说。

应寒时微笑点头。

"留下吃饭吧？"谢槿行说。

"不用了。"应寒时答，"我回去了。"

他的身影很快消失在校舍尽头，谢槿行站在楼上望着高低林立的建筑，还有来去匆匆的人群，许久许久，都没有动。

　　庄冲离开了省图书馆，远赴依岚山，成了一名支教老师。三年前，他娶了个媳妇，当地大学生，漂亮又温柔，还非常崇拜他，也在依岚山留了下来。

　　每天，庄冲就跟聂初鸿一起照顾那些孩子，还有顾霁生，过着热热闹闹又鸡飞狗跳的生活。聂初鸿也结婚了，老婆是以前暗恋他的大学同学，虽然人还在外地，但是每个月都往这边跑，感情也十分好。顾霁生已经拥有七八岁孩童的智力，只是脾气依旧非常大非常冲，不太好哄。庄冲有时候火了，经常跟他打架。最后两个人都被聂初鸿收拾。

　　有时候到了夜里，庄冲也会撺掇他俩跑到深山里，开应寒时留给他们的战机。看着战机如同银色弯月划破长空，三个男人都会有些兴奋，有些踌躇满志。

　　庄冲总是会在这时淡淡地道："我们经历过的事，真正男儿的热血传奇人生，没有人会懂。"叹了口气又说，"该死的，连媳妇都不懂！这世上懂得的女人，只有她一个……"

　　往往说到这时，他就闭了嘴。聂初鸿也不说话，顾霁生似懂非懂。只是飞行之后，三个男人到校舍外的小山坡上喝酒，喝的是顾霁生前几百年存下的绝世佳酿。喝到酣时，顾霁生就会开始唱歌，反反复复唱那支《七百年后》，唱得另外两个男人潸然泪下。

　　庄冲大喊一声，跑到田间，扑在泥土里，他总是做这样的动作，然后长叹一口气，大喊道："但愿长醉不复醒，但愿长醉不复醒哪……"

　　而聂初鸿则沉静许多。他只是举着杯，时常会想起许久许久前的那个夜晚，她站在校舍外，伶俐又犀利。然后聂初鸿会低吟那句古诗："有朋自远方来，不亦乐乎。"

　　有朋自远方来，不亦乐乎？槿知，我好像听到满山的花都开了。你什么时候会回去他的身边？就像这满山的花，终有绽放的一日。我们等了七个春夏与秋冬，什么时候，你才会来赴约？

淡薄的日光，照亮了山脊。树林折射出大片碎金般的光芒。寺庙静静矗立在山巅，俯瞰着不远处的城市。

谢槿知穿着轻薄的春装，沿石阶走上去。电话响了，她接起，就听到冉好连珠弹般的声音："槿知，身体好点没？中午要不要我给你带饭？"

谢槿知微微一笑，答道："不用啦，我没事。"两人又说了一会儿，才挂了电话。谢槿知走进了正殿，外头阳光温暖，大殿里却很清冷。

佛像，是那样寂静无声地端坐于前方，双眸似乎极为悲悯地凝望着她。

谢槿知三跪九叩，直至身后，多了个男人。她抬起头看着他，微微一怔。

从正殿走出来后，谢槿知想，这个男人真是有点奇怪，他说在看佛的相貌与人有什么不同？

天空碧蓝高远，青草和泥土混合成某种清新的味道，钻进鼻子里。等谢槿知把所有佛舍都逛遍了，又百无聊赖地去找了位算命先生，聊了几句，一抬头，却看到他站在人群中。姿容挺拔，衣冠胜雪。

他居然在排队领斋饭……

她没再注意他，直至她拿着两块椰汁绿豆糕埋头走着，面前却出现一双黑色男士休闲鞋，还有一双修长的腿。

他站在缀满阳光的树枝下，那么清澈乌黑的眼睛，仿佛蕴着光。脸还有一点点的红。

谢槿知把糕点递给他："吃吧。"

他把糕点吃掉了，眉头却微微一皱，有点不太开心的样子。

"我知道你遇到了可怕的事。"他说，"我可以帮助你。"

周围，是那样的静，只有风吹过树梢的声音，还有他短短的头

发。谢槿知有刹那的失神，那句话已经到了嘴边——你四肢健全、相貌端正，以后不要再做这种招摇撞骗的事了——却突然愣住。

突然，说不出来了。

她有些呆呆地望着他，心想，这个男人，到底是从哪里冒出来的？

为什么，为什么，她看到未来不知何时的某一天，她和这个男人坐在树林中的一个小木屋里，满地都是黑沉沉的电脑和仪器，而他们拥抱着，那么难过地哭泣着？

为什么，为什么她还看到，她和他并肩走在绿树遮掩的夜色里，两人中间还牵着个小小的男孩子？周围没有别人，那个小男孩的身后居然还有条尾巴？而她还亲昵地把孩子抱了起来，很开心的样子？人怎么会有尾巴，难道是怪物吗？

谢槿知觉得自己一定是精神错乱了，要么就是她看到的未来出了问题。

而当她再次抬起头，触及应寒时探究的目光，心跳突然加快，脸也红了。她一言不发地转身，转身就走。他在身后迟疑道："小姐，请你先不要走……"

谢槿知心中凌乱，走得更快，任由他在身后跟着，就是不理。

可是……

她低下头，看着地上两人紧紧相随的影子。

为什么她的眼睛里，突然有泪水满溢，看不清路，什么也看不清了？

第二十四章

璀璨群星

斜阳，垂落山间。阳光，将树林涂抹成深浅不一的金色。

木屋寂静，应寒时从床上坐了起来，半天没有动。

每次醒来时，感觉是一样的。头很沉，模模糊糊、浑浑噩噩。记忆如同沉重泥沼，要过一会儿，才会逐渐变得清晰分明。

他坐了一阵才起身。有些事，已成了习惯。他走到白板前，写下新的数字，走出木屋，望着残阳下的溪流和林间的薄雾，然后蹲下来，掬一捧冰凉的水，洗去满脸怅然与尘埃。

水沿着指缝，无声流下。他突然一怔，手放了下来，穿着白衬衣的身影就这么蹲在溪边，像是已被定格住。他缓缓地回过头，注视着洞黑静深的木屋，他站起来，慢慢地、再一次走了进去。

暮色中，一室昏暗。

他打开灯，橘黄的灯光划破浑浊，也照亮她的轮廓，她的容颜。

应寒时静静地望着她，没有动。有那么一瞬间，整个躯体仿佛都因为等待和期盼，变得僵硬，变得梗滞。

他就这么在床边站了一会儿，她依然没有动静。他忽然就转过头去，长尾和耳朵已露了出来，只是静静地垂落。他终于还是转过身去，再一次，想要走向屋外那蔓延的夜色里。

陡然间，他的耳朵微不可见地一抖。他猛地停住脚步，一时间，竟转不过身来。

有什么，极轻地、近乎无力地触碰到了他的尾巴。他全身都僵住了，尾巴定在半空中，一动也不能动。

他转过身来。

她躺在床上。

她睁开了眼睛。那双清澈得如同沉寂了万年的湖水般的眼睛里，蒙着一层迷茫的雾气，每一根睫毛在灯光下都是清晰的。她怔怔地凝望着他，垂落在床边的手，那纤细无力的手指，轻轻地挨在尾巴的末梢上。

两个人谁也没说话，也没有动。这么静静地凝望了许久。应寒时站在床畔，缓缓单膝跪下，然后低下头，把她从床上抱起来，抱进了怀里。

谢槿知的眼泪一下子掉落，漫溢近乎干涸的眼睛，疼得不能自己。他的手却抱得很紧很紧，几乎要将她揉进身体里去。她听到他慢慢长长地吐出一口气，像是要努力压抑什么情绪。她的喉咙里好像堵了千斤重块，沙哑地开口："应……寒……时……"

他把头深深地埋在她的肩窝里，哭出了声音。谢槿知整个身体里，那僵硬得不能动、没有一点力气的身体里，却仿佛每一寸骨骼都在痛，每一寸血脉都在哀号。

"应寒时……应寒时……应寒时……"她一遍一遍用微弱得不能再微弱的声音，叫着他的名字，她哭得没有声音，她哭得近乎崩溃。

璀璨群星，太空中亿万万颗正在坠落和正在闪耀的星，它们终于听到星流的声音，将属于我们的那一束光，点亮。

夜深了。

森林里很静很静，有昆虫和鸟低鸣的声音。灯火之下，毛巾冒着温暖的热气，整个屋子仿佛也沾染。谢槿知靠在床上，背后垫了个枕头。躺得太久太久，她还完全动不了。

应寒时就坐在床边，用毛巾一点点替她擦脸，擦手，擦水凉的双足。

她只是一眨不眨地望着他。

"想吃什么？"他嗓音温软至极地问，顿了顿却又说，"你太久没吃东西，只能喝粥。我马上去做。"

"没有关系，我不觉得饿。"她低声说。

于是他就没有动，放下毛巾，只是握着她的手，静静地看着她。

谢槿知的目光，越过他的肩膀，落在白板上，看到了716这个数字，还有一行字："每次出来后，增加一次。"她的目光一滞，然后缓缓地回到他身上。

"716次吗……"她轻轻地问。

他只是温和地笑了，眼睛里是漆黑沉凝的光："嗯。"

谢槿知没有再说话，只是低下头，看着两人相握的手。他的手修长白皙如初，她的手纤细但是少了许多血色。他几乎是将她每根手指，都扣在掌心里。

"难熬吗？"她问了句傻话。

他静了一下："还好。"

"……哦。"

谢槿知伸手，轻轻摸着他的头发。

"以后……"

以后再也不要你孤单，再也不要你寂寞难熬了。一个人守在这森林深处，守着我们的未来，守着我们的白头。

应寒时像是察知了她未说出口的话语，眼睛里浮现浅浅的波光般的笑意，低下头，吻住了她。

他重新扶她躺了下来，她睁大眼睛看着他。他在她身旁躺下，握住了她的两只手，然后将她圈进了自己的怀抱中。

谢槿知的眼泪又掉了下来，他低下头，用脸轻轻蹭着她的脸，吻去她的泪水。然后尾巴，轻轻地、温柔地缠上来，最后越缠越紧，将她整个缠在自己怀里。两个人之间，没有一点空隙，就像是两个人，终于合在了一起。

一个月后。

入冬了，山区比城市更寒冷。庄冲裹着冲锋衣，躺在学校门口的草地上，嘴里叼着根草。他想，跟顾霁生下棋又输了，愿赌服输，又得在这里吹冷风冻成冰棍才能回去。

学生们已经放假了。暮色降临，院子里有柔黄的光，聂初鸿正在做火锅，顾霁生肯定是霸占着电视。庄冲闻着空气中飘来的食物香气，虽然寒冷，却有些惬意地闭上眼睛。

说起来，好怀念小John的厨艺啊。也不知道，他和他们，最近怎么样了？

正迷迷瞪瞪地想着，耳朵里，忽然听到山坡下传来脚步声，还有他最熟悉的，那金属肢体关节摩擦碰撞发出的"吱呀，吱呀"的轻响。

庄冲的身躯陡然一震，缓缓地睁开眼睛。

凌厉的、银色的金属脸庞，俨然已经杵到了他的面前。萧穹衍将嘴咧得大大的，喜笑颜开地盯着他："小冲冲！难道是我们心有灵犀，你感觉到我要来，专门在这里迎接我吗？"

庄冲淡淡一笑，一个翻身从地上爬起来："正是。"刚要伸手将萧穹衍搂进怀中，突然看见了他身后的两个人，整个人仿佛被定住，清秀斯文的脸也有些发白。

应寒时牵着谢槿知的手，微笑不语。谢槿知眼睛里亮闪闪的，像是冬日最干净的溪流，也微笑着，说："怎么？认不出来了？"虽然语气调侃，却说得很温柔很慢。

庄冲呆呆的，伸手就把挡在面前的萧穹衍推开，然后一步一步走到她的面前。他想象过千万遍与她重逢的画面，然后幸福就这样突如其来地抵达他的面前。

他的嗓子堵了："你……"握住她的手，最终只是慢慢地说，"你回来就好。"谢槿知眼眶一热，伸手拥抱住他。

他们身后，小院中传来脚步声。聂初鸿还系着围裙，就这么跑到了门口，看到这一幕，脚步猛地一顿。顾霁生也跟了出来，有些迷惑地望着他们。

谢槿知望着他们，含着泪笑了。聂初鸿沉默注视她半晌，红着眼，慢慢地、慢慢地也笑了。

这晚，换成了萧穹衍下厨。聂初鸿把顾霁生珍藏的所有好酒都拿了出来，气得顾霁生把自己关在屋里，半天不肯出来。最后还是萧穹衍做的提拉米苏，才求得他的原谅。

小院里烧了个炭火盆，放上张桌子。萧穹衍把刚做好的九宫格火锅，和满满一大桌子肉菜都端上来。大家搬着小板凳，围桌而坐。

谢槿知见应寒时那么高的人，坐在小小的凳子上，一双长腿都没处放，就问："你这样坐着会不会不舒服？"应寒时还没答，一心一意为指挥官服务的萧穹衍已经从屋内搬了张舒服的藤椅过来，让应寒时换掉。

应寒时确实也不习惯坐在那么窄矮的小凳上，没有推辞，坐上藤椅，一低头，看到谢槿知还坐在他脚边的小凳上，整个人都显得小小一个。

他握住她的手，柔声问："你要不要像在家里吃饭一样，坐在我腿上？"

旁边还有好多人呢，谢槿知的脸一下子烫了，瞪他一眼。聂初鸿笑而不语，庄冲大声说道："要不要这么秀恩爱？"说完却也笑了。

萧穹衍双手叉腰，得意扬扬地说："这算什么秀恩爱，你不知道他们……"

谢槿知一把捂住他的嘴，应寒时的脸也有点红了，伸手抓起萧穹衍丢到一边去了。

交杯换盏，对月而饮。谢槿知依然一杯就醉，不知何时就真去了应寒时的怀里，迷迷糊糊地倚靠着，闻着他衬衫上的气息，听他低沉清润的嗓音，跟众人讲话。

她从未见过应寒时喝酒，今天才知道，他的双眼竟越喝越清明，即使双颊染上一些绯红，酒意却不能令他有半点迷醉。

萧穹衍在旁边非常骄傲地说："你们可不知道，以前指挥官一旦喝酒，那可是放翻整个甲板上的飞行员哪……"

而才喝了半个多小时，庄冲就直接倒下了，趴在桌上开始打呼。顾雾生喝得脸红彤彤的，跑到外面山坡引吭高歌去了。聂初鸿酒量是这些人中最好的，但也被应寒时灌得迷迷瞪瞪的，点了根烟，慢慢地、极为惬意地抽着，过了一会儿，靠在椅子里睡着了。

萧穹衍还在厨房做甜点，院子里一时间就剩下清醒的应寒时和半醒的谢槿知。她靠在他怀里，心想，他们都是太温柔的人，刚才没有一个人提过去的事，没有问她经历了多少，只是嬉笑关怀着，然后太容易都醉倒了。

周围很静，慢慢地，谢槿知听到了下雪的声音，窸窸窣窣。她抬起头，看到雪花如同绒线，一点点从暗黑的天空掉落。应寒时看着她，然后低头吻了下来。

他将她抱起，走进聂初鸿为他们准备的房间。关上门，屋子里寒冷又温暖。唯有窗口的细雪，还在不断地落下，宛如一幅静美的小画。

终究是喝了酒，应寒时的身体里像是有一团火在燃烧，望着她微红的清秀的脸，更觉情难自抑。谢槿知被他压在床上，用手抓着他的衬衫，只是眸光流转，不说话。他扣紧她的双手，贴近她每一寸身躯，而后缠绕着，亲吻着，让她只能蜷缩在他怀中，两个人一起呼吸，两个人一起颤抖。

就让这漫天雪夜里，只剩我和你。

后半夜，谢槿知沉沉地睡着了。应寒时虽然舍不得松开怀里的人，但还是起床，穿好衬衫和长裤，披了件薄外套，推门出去。

门外，萧穹衍已经等待多时了。

他露出笑容："指挥官，一切都准备好了。要去看看吗？"

应寒时微笑地颔首道："好的，辛苦了。"主仆两人很快就到了学校背后的半山上。

夜半三点，雪已停了，月亮挂在半空中。这里的杜鹃花海早已谢了，树叶也全掉光，然而每一寸树枝上，都堆着晶莹的雪。远远望去，千树万树，雪花盛开。在月光的映照下，幻美得不可思议。

一张大床，端端正正地放在花海之中。应寒时和萧穹衍到来时，庄冲正在一枝一枝往床边放玫瑰。聂初鸿则爬上了树，在床顶上方挂上五颜六色的小彩灯。顾霁生则被安排站在山崖旁，对着朗朗乾坤，正在练习唱《婚礼进行曲》。

萧穹衍问道："指挥官，怎么样？"

应寒时负手而立，眼睛里浮现一层清清亮亮的光芒："非常好。"

萧穹衍说道："哦耶！"随后走过去，跟庄冲极有默契地一击掌。

聂初鸿从树上跳下来，从旁边拿起另一大束玫瑰递给了应寒时，微笑道："万事俱备，我们马上撤，就等你带女主角来了。"

应寒时的脸微微一红，接过花："多谢。"

他望着那片片饱满红润的花瓣，蓦然间想起很久很久以前，也是在这里，谢槿知握住一片花瓣，对他说："你看，像不像你的耳朵？"心中更是柔情万千，阵阵激荡。

他握着花，转身，尾巴已经自己跳了出来。他不疾不徐、沉沉稳稳地说："好，我去等她。"可是话没说完，人已经化作一团流星般的光影，往谢槿知所在的方向去了。

聂初鸿、庄冲和萧穹衍站在原地，同时一愣，然后都笑了。

"老天保佑！"萧穹衍还有点紧张，对着月亮拜了拜，"指挥官的求婚，一定要成功！"

屋门轻掩，应寒时握着花走进去时，谢槿知依然熟睡着。他在床边坐了下来。西装已经换好，戒指也放在他的口袋里。坐了一会儿，他低下头，从衬衫口袋里，掏出另外两样东西——户口本和身份证。

应寒时稍稍思忖，刚刚庄冲并没有提到，这两样极其重要的东西，应该如何在求婚过程中使用。想了想，他把它们拿出来，郑重地夹在了玫瑰花中十分醒目的位置。他的脸上露出一点点笑容。这样，应该就不会错了。

谢槿知睡得很香，也很沉。她的呼吸均匀，脸庞柔软，触手可及。应寒时安静地等待着。他的尾巴，始终轻轻地在身后摇着。兽耳，不太受控地通红竖立着。窗外，不知何时又下起了大雪，白色而纯洁，一片片轻轻落在窗棂上。蒙着雾气的窗外，一轮明月，悬挂在夜空中。

应寒时等着等着，低下头，绯红的脸上，兀自有了浅浅的温柔的笑。

群星在上，原来这世间最美好的事，就是那年那月那日，我终于与你相逢。

—正文完—

番外一

此生已忘言

夏清知很小的时候，就感觉爸爸妈妈并不喜欢自己。

好几次她睁开眼，就看到他们用很奇怪的眼神看着她。她伸手想要抱抱，想要亲近，他们俩却都不理。那个时候，她就会觉得很难受，也是懵懂茫然的。

后来懂事了才知道，父母那时的眼光，叫作惊恐。因为小小的她，总是不由自主地出现在不该出现的地方。

"这个孩子……小知她……莫不是撞邪了……"妈妈压抑哭泣的声音传来。

"她是鬼吗……"爸爸低声嘀咕。

"知知不是鬼！不是！"才几岁的她，听到父母的窃窃私语，急得不行，冲进半掩的房门。母亲到底还是哭着抱住了她，父亲却退开了几步。

"爸爸妈妈，不要不理知知，别不要知知！"她在母亲怀中哭道。

"嗯……乖孩子……"母亲柔声哄道，"爸爸妈妈会永远爱知知的，会跟知知在一起。"

后来，夏清知渐渐知道，所谓的承诺，都有失效的那一天。无论亲情，还是爱情。

父亲一直就是个赌徒，在她十岁那年输光一切，跑了。她和母亲开始艰苦的生活。母亲每天要做好几份工，甚至卖掉了家里的大房子，搬进了个老旧的小区，才勉强还上赌债。而她自小就沉默寡言，要学会自己做饭，洗衣服，做一切家务。每天上学放学，不会有人接送，即使下大雨，也要在老师无奈的注视下，一个人淋着雨走回来。

到十二岁时，她终于可以控制瞬移能力了。这是只有她和妈妈知道的秘密。当天晚上，她就进入了一家富人的别墅里，偷了一沓钱回来，递给妈妈，然后淡淡地说："妈，你以后不用这么辛苦了。"

妈妈迎头就给了她一个响亮的耳光："这钱哪儿来的？偷来的？"

她不出声。生活已经将曾经温柔的妈妈，磨砺得粗糙暴躁。她揪住夏清知的头发，狠狠地说道："清知，我们是穷，但是永远不能做违背良心的事。再也不许你偷，再穷也不准偷！"

"知道了知道了——"她疼得哭了，挣脱妈妈的手，跑出门外。再回头时，却见妈妈颓然倒在地上，望着她，脸色显得后悔，但又执拗。

后来夏清知再也没偷过，直至母亲也离开她的那一天。

那年她十五岁。

母亲也许能够经受磨难，坚持让她做一个善良正直的人。但是母亲无法抗拒爱情。孤身无依的她，终于爱上了另一个男人。那个出租车司机也愿意跟她在一起，但条件是不能带孩子。

那是一个细雨蒙蒙的早晨，夏清知躺在床上，听着母亲轻手轻脚收拾行李。最后，母亲似乎在她房间门口站了很久，然后走了进来。

夏清知闭上眼睛，感觉妈妈在她额头轻轻一吻，然后有泪水掉了下来。

夏清知忍着，没有掉眼泪。

"去吧。"她想，"开始你新的生活，妈妈。我一个人也可以生活下去。反正生活本身，也没有太大差别。"

母亲离开后，夏清知真正开始了属于她的生活。

家里开始变得乱糟糟的，她一点也不喜欢收拾，凌乱让她感到拥挤，拥挤让人觉得空间是满的，莫名就有种安全感。

母亲留下的钱只够她支付学费，她开始肆意穿梭在夜色间，在她能够抵达的任何地方，拿自己喜欢的、需要的东西。并且由一开始的生涩蹩脚，逐渐变得熟练缜密，不留下任何痕迹，不被任何人发现。

但是她只到那些富得流油的人家里拿东西，并且留下自己需要的部分后，多半都丢给流浪汉，或者孤儿院。

她渐渐开始喜欢这样的生活，自由、自我、掌控一切。她渐渐开始讨厌白天，只喜欢夜晚的穿梭。有的时候，她会花上几天时间，累得精疲力竭，跳跃到很远很远的大海边。望着天空的璀璨星空，她想，自己到底是什么物种呢？会不会是外星人呢？会不会有一天，外星人驾驶飞船来接她，逃离这个寂静又无聊的星球呢？

沈家是全城首富，他们的庄园，自然也是夏清知去得最勤的地方。她从那里拿了钞票、首饰、灯具……甚至从花园里挖过几株品种奇异的花，但是没几天就被她养死了。有一次看到沈嘉明买了台七十英寸超薄液晶电视回来，那几天她正好想看世界杯，于是花了很大力气，累死累活也搬回了自己的小窝里。

至于沈家时常流传的闹鬼传闻，她才不管。

第一次见到穆岩，也是在一个寂静的深夜。对于沈家的人口，她早已摸得门儿清。除了几十个用人，一堆傻里吧唧的保镖，沈氏父子，就还有个书呆子科学家，也颇为无聊。所以看到立在湖边的清瘦青年，她颇为好奇地藏在树丛里窥探着。

他个子很高，穿着白衬衫和深灰色长裤，正是夏清知最喜欢的身材。头发剪得很短，整个人透出种工整干净的味道。侧脸并没有帅得很过分，但是眉目是难得的清朗分明，气质很好。

他站在湖边，要干什么？夏清知很有耐心地等待着。

直至他微微低下头，柔声问道："在沈家扮鬼吓人的，就是你吧？"

他侧头看着她的方向。于是夏清知看清了他的眼睛，那双干净得好像无限平静的湖水的双眼，仿佛能穿透夜色，穿过面纱，看清她的所有。

夏清知应该走的。在这种情况下，她应该转身就走，避免泄露自己的秘密。可那天，她竟然鬼使神差般，缓缓站了起来，没有逃。

"我不明白你在说什么。"她冷淡地答道。

他在看清她的那一刹那，却是一怔："原来你……"

夏清知心头一跳。

"原来你拥有时空裂缝。"他温和而平静地说。

　　周围那么静，月色明亮地照在他们身上，夏清知却像置身在惊涛骇浪中。她完全不明白，这个男人，为什么一语就道破了她讳莫如深的秘密？

　　后来，过了很久她才知道，这个来自超高等文明的男人，一双眼可以看清很多东西，包括星辰的运转、太阳的衰亡速度、她身边的时空裂缝……

　　只是，太过善良的他，却看不透人心。但这时，夏清知平生头一回，不知所措地慌乱了。他却静默良久，眼中有了些许怜意："别再偷东西了。"

　　夏清知的脸突然红了，狠狠瞪他一眼，瞪得他怔住，而她转身跑进了银光中。这对夏清知而言，是从未有过的感觉。当她穿梭于城市灯火通明的上空，脑海中反复浮现的，是他的那张脸。明明也不是很帅。

　　她决定跟踪并且了解这个男人，因为这是她第一次遇到比自己还要奇怪的人。

　　第二天，同样夜色清寂的时分。穆岩坐在沈家的实验室里，翻看一些资料。头顶一盏柔和的灯，将他的身影拉得很长很长。某个瞬间，他抬起头，看到了站在角落里，望着他的女人。

　　跟昨天一样，她依然戴着面纱，只露出眼睛。以前穆岩从不知道，原来女人的眼，可以包含这么多神色：清亮、好奇、羞怒、故作镇定……

　　也许是夜色太静，她的身影又太瘦弱，穆岩望着那双眼睛，莫名感到心头发软，并且，有一丝歉疚。他不确定自己昨晚的话，是否太重了。

　　但他并不擅长安慰女人，于是只是朝她笑了笑，然后温和地问："要喝茶吗？"

　　夏清知想，这人为什么要对我笑呢？他果然古怪得很。

　　但开口却是淡淡地答道："随便。"

　　于是穆岩真的起身泡了杯茶，递给她。她扫他一眼："没下毒吧？"

他怔了一下，低头就喝了一小口，目光清澈、坦荡无比地再次递给她。

夏清知这才接过，想喝，又有点嫌弃，他喝过了啊。最后还是端起，小口小口抿了起来。同时想，他不会是故意的吧，难道连间接接吻都不知道？

看那直愣愣的样子，好像真不知道。

关于能穿越空间这件事，她也翻过不少书，所以上次他提到"时空裂缝"，她一听就明白。她问："你为什么知道我有时空裂缝？"

他端起自己的茶，也喝了一口，答道："对不起，这件事暂时不能告诉你原因。"

夏清知看他一眼，放下茶，转身就跳下了窗户。

"等等！"他追过来，可是窗外空荡荡的，地面也宁静一片，哪里还有她的踪迹。

次日晚上，穆岩再次来到实验室，却发现傅琮思一脸头疼地在收拾，桌上的仪器被人弄得东倒西歪，地上还扔了很多花花草草和泥土，椅子也东倒西歪。

傅琮思迟疑地望着他："穆岩，你……昨天心情不好？"

穆岩诧异地问道："为什么这么问？"

"这些……不是你弄的？"

穆岩愣住，然后失笑道："不，当然不是。是……"

"是谁？"

穆岩却住了口，脑海中浮现那双清亮而寂静，还带着些许任性傲慢的眼睛。她怎么可以……怎么可以，这么不讲道理呢？

之后一连好几天，穆岩都没有再见到她。可是每当他落单时，总能感觉身后有人跟着。他进出沈家，去探望朱馆长，抑或是在长江边漫步，那个身影总是远远跟着。当他回头时，她却立刻转身不见，只余他望着空荡荡的路面。

于是，挑了个清风明媚的日子，穆岩没有约朱馆长，而是一个人去爬山了。

山很高，太阳也很大。即使伴随着不断的瞬移，夏清知也累出了一身汗。好不容易就快到山顶了，她站在茂密的树丛后，双手叉腰望着远处那个清逸的身影，可真想冲上去踹他一脚啊。叫你爬山，没事爬什么山？是不是故意整她啊？

而且她也真是发神经，干吗成天跟着他？想知道他的秘密，直接拿把刀跳到他身后，抵住他脖子问就是。上次她抓住那名杀死老奶奶的抢劫犯，就是这么干的，驾轻就熟。

正在心中默默计划着，忽然间她感觉到某种清冷干净的气息逼近。她来不及回头，手臂就被人轻轻握住了。

她全身一僵，转头望着他。他眼眸里有一点点笑意。

"你……"他开口。

夏清知奋力一挣，无奈体力消耗过大，居然没挣脱，自然也跑不掉了。

"你为什么会在这里？"

"你为什么会在这里？"

两人同时开口。

而他果然是老实的，听她发问，顿了顿，答道："我从旁边绕过来的。"

夏清知却不回答他，只冷冷道："松手！"

他犹豫了一下，没放。

夏清知笑道："男女授受不亲，没想到你是这种人。"

他几乎立刻就松开了，夏清知转身就跑。谁知站得太久，心里又有些紧张，腿竟然一阵发软，脚下又是不太平坦的小山坡，她脚下一滑，就摔倒在地上，脚踝狠狠撞在一块棱角尖利的石头上。

她皱起眉头，想要再次站起，脚踝却一阵钻心的疼。她不得不掀开裤脚看了看，果然流血了。

穆岩站在她身后，阳光那么大，他一低头就看到她白皙红细的脚踝，光洁得好像没有一丝杂质，在阳光下白得近乎透明。他只要一伸手，就能完全握在掌心里。

他突然很想看看她的脸。可此刻她虽然没有戴面纱，却戴了顶垂着薄纱的帽子，他只能隐隐看到清秀的轮廓。

夏清知感觉到他的目光一直停在自己身上，她抬起头，就看到他盯着自己的脚踝，看得目不转睛。她忽然又羞又怒，瞪他一眼，揉着自己的脚。

穆岩在她面前蹲了下来，目光坦诚地望着她："你为什么又瞪我？我到底做错了什么？"

夏清知索性胡搅蛮缠，双手搭在膝盖上，盯着他说："你知道了我的秘密，却不告诉我你的。这不公平。"

穆岩不出声了。

"不说拉倒。"夏清知站起来，他却眼疾手快，伸手扶住了她。夏清知不经意就靠在了他的胸口上。两人身上都有汗，他陌生的男子气息，将她包围着。

夏清知的脸顿时一烫："松手。"

穆岩低头看着她。她身上有微微的汗味，却也有某种淡淡的馨香，像夜色中某种花的气味。

"你受伤了。"他说，"我帮你简单处理一下，不要乱动。"

夏清知明知应该拒绝，可就是冷着脸，又坐了下来。

所谓的处理，不过是脱去鞋袜，然后他拿起她带的矿泉水瓶，浇在伤口上，冲去泥沙。然后他从口袋里掏出块干净的浅蓝色的手帕，替她绑上，然后再帮她把鞋子套上。

夏清知盯着脚踝上那块属于他的手帕，心想，这年头，带纸巾的男人都少，带手帕的更是罕见。

他为什么总是这样与众不同呢？

正出着神，就听到他平和的声音响起："你……为什么想要知道我的秘密？"

夏清知一怔，抬眸，就看到他幽深的眼睛。他非常认真地在问她。

夏清知沉默了一会儿。他就这样蹲在她的面前，安静地等待着。

"因为……我从来没有遇到过，跟我一样奇怪的人。"她答，"因为你不害怕我，不讨厌我。"

他彻底愣住了。半晌之后，他低下头，轻声说："我明白了。"

这天，是他扶着她走下了山。他们走得很慢，到山脚时，天已经快要黑了。一路谁也没多说话，只有在走过不太平坦的路时，他会低声提醒她当心。

夏清知已经非常后悔了，为什么要对他说那样的话？因为你不害怕我不讨厌我？搞得她好像很脆弱似的。她现在只想马上走完这段路，然后回家。

可是步子，怎么就是挪不快呢？

然而到了山脚时，他忽然停步，说道："我叫穆岩，肃穆的穆，岩石的岩。你叫什么名字？"

夏清知犹豫了一下，答道："清知，夏清知。"

"我愿意告诉你，我的秘密。"他说。

夏清知骤然转头，却撞见了他清风明月般的笑容。他的眉目那么柔和，眼中也有清雅的光。明明才认识了数日，明明才第一次知道彼此的名字，他看她的目光，却像是看十分重视的知交。

"你是否看见山上的石林了？"他缓缓地问。

夏清知点了点头。他平静地笑了笑，似乎有些不知怎么措辞，最后说道："我……其实也是一块岩石，那些，都是我的分身。"

夏清知静静地看着他，过了一会儿，她"哦"了一声，挣开他的手，一言不发转身就跳进银光里，只留他怔怔地站在原地。

转眼间，夏清知已跳到自己的房间里，迎面就是凌乱的床铺，她一头扑倒下来，跟摊尸一样，一动不动。

过了一会儿，她把脸转过来，望着窗外刚刚升起的月亮，忽然笑了。她以为她撞见的是另一个奇人异士，没想到他竟然是个神经病。可是她……好像喜欢上这个善良又温柔的神经病了，怎么办？

夜晚对于穆岩来说，忽然变得值得期待。因为每当夜深人静时，当他落单时，她就会出现。

有时候，是站在他的书桌旁，盯着他桌上的书，颇为好奇地拿起来，翻了几页，又嫌弃地丢掉；有时候，是在他走夜路时，她无声无息地贴着他后背出现，尽管他心胸开阔胆子大，也被她吓得够呛。而她就会弯着那双眼睛，安静而得意地笑。

也有……在他刚洗完澡裹着浴巾出来的时候，她突然出现，两人同时一愣，他面红耳赤，她转身就走，结果步伐没控制好，银光还没出现，她一头就撞在墙上。他连忙将她拉过来，手不知不觉就覆上她的额头："疼不疼？"

"疼死了……"她嘀咕道，一转头却望见他的胸膛，顿时就跟针扎似的转过脸去，"你为什么不穿衣服？"

他真的非常无奈地说道："清知，我刚洗完澡……"

她不吭声了，两人离得这么近，又是夏天，她穿得单薄，他身上还有微湿的水汽。他忽然伸手，在她的脖子上碰了一下。夏清知完全不明白他这个举动的含义是什么，却感觉到半边脖子都热了起来，像是都残留着他手指的温度。

"那我下次再来。"她挣脱他的手，走进了银光里。即将消失前，又回头看了他一眼。四目凝视，竟都怔忡。

第一次亲吻，是在从沈家庄园回她家的路上。那时他们已经非常熟络了，夏清知站在庄园外的小路上，等他出来。然后两个人，一路慢慢地走。

她跟他说起这晚穿梭时，看到的一些好玩的事。他则跟她说，这些年在这边的生活，和一些朋友。到了她家楼下，她依旧是一副什么都不太在意的模样，说："那我上去了。"转身之时，手却被他拉住。

"清知，我……"他顿住，唯有那双眼睛，那么漆黑澄澈地看着她。

夏清知想把手抽回来，没抽动……

她用脚一踢肮脏街道上的碎石："你想干什么？"

他什么也没说，手上一用力，就将她拉进怀里，低头掀起她的面纱，吻了下来。

这是夏清知第一次跟男人亲吻，他的嘴里，有清淡甘甜得如同水果般的味道。他吻得很温柔，又有些青涩的急切，像是怕她抗拒，又怕她跑掉，所以把她抱得很紧。吻了好一会儿，只吻得她全身发软，才缓缓松开她。

然后，就是两个人的脸靠得很近地看着彼此。夜色那么黑，他们拥抱着，就像两个无家可归的小孩。

"清知，我可以……这样对你吗？"他轻声问。

夏清知的脸彻底红了，但她向来淡定，也不太擅长言语。于是她鬼使神差模棱两可地答了句："还行吧。"

然而这样的回答，已经令他展颜笑了。夏清知望着他的笑脸，只觉得他身后的满天星星，仿佛都要坠落在他的眼底。

然后就在他的目光中，脚步都有些飘忽地上了楼。

就这样。她想，一切都刚刚好，那么的好。生命中第一次出现，她想要留住，并且也许可以留住的人。她要每一步，每一步，用尽所有真心和力气，跟他走下去。

第一次看到他的分身们，是在一个薄雾未散的清晨。她被他带到山顶，睡意未完全醒透，还有些生气："穆岩，你真的不用向我证明什么。"

穆岩却头一次对她执拗。因为相识了这么久，对她讲过那么多的事，最近他才知道，她居然是不太信的，甚至以为都是他的呓语。

当第一缕阳光从山巅升起，他牵着她的手，站在石林前，说："也许会匪夷所思，你不要害怕。"

她答道："世上没有能让我害怕的事。"

他微微一笑，然后抬手，就这么拍了拍其中一块石柱的顶端。

不可思议的事情发生了。她看到石柱突然开裂，成了好几块，然后竟然站了起来，依稀是个人形。她看到它的石质表面迅速分解变化，看到坚硬变得柔软，看到灰暗变成白皙。

她看到它扭动着僵硬的四肢，在她面前站了起来。轮廓身形逐渐清晰，它抬起湛黑的眼眸望着她。依稀，就是另一个穆岩。她心头巨骇,说不出任何话来。而身旁的穆岩见状又轻轻拍了它一下,"继续睡吧。"

于是它又在她面前,将刚才的过程,反向进行了一遍。

它变回了一块石柱。

"是不是吓到了?"他在她耳边问。夏清知静默良久,答道:"你让我缓缓。"然而这天下山时,她却问他:"所以,你跟我说的那些事,都是真的?"

他沉默了一会儿,答道:"清知,我对你讲的每一句话,都是真的。"

"所以你带着这些石头,一个人航行了数百光年,才来到这里?所以你已经没有母星了?"她望着他,"所以……你会拥有无穷无尽的生命,而这几年,一直一个人努力适应着这里的生活?"

他看着她,说:"是。"

那晚,夏清知回家后,睡得极不安稳。到了半夜,终于爬起来,直接跳跃到他的卧室里。

他已然安睡。

他说过,虽然来自超级文明,虽然拥有无数分身和无尽寿命,但他基本上是个普通男人。

他连睡觉时都是安静可爱的。眉目平和,面容放松,双手轻轻放在身侧。

夏清知在床边看了他好一会儿,低头轻轻在他脸颊一吻。

她想,这个笨蛋,厚道又木讷的笨蛋,什么时候,才会对我表白?什么时候,才会明白,我早就想跟他在一起了?

那晚之后,夏清知再也没有见过穆岩了。

他就像空气一样消失在她的生命里。无论她在夜色中穿梭多少次,去每一个他们去过的地方,也找不到他的身影。

研究室里从此沉寂,除了傅琮思,看不到别人的身影。朱馆长的家里也没有,她看到许多次,朱馆长站在家门口,神色凝重地眺望,然后还对身旁人嘱咐:"如果穆岩来,一定要告诉我。他到底去哪里了?"

　　她也登上了每一座山峰，可是唯有寂静的石林，与她对望着。风吹过树叶，发出沙沙的声音，像是它们也在无声地对她倾诉心中的牵挂。

　　她也曾花钱遣人去敲沈家的门，佯称是穆岩的朋友，一时找不到他了。结果沈家上下，所有人都统一口径，说穆岩前几天就离开了，他们也找不到。

　　她甚至在某个夜晚，直接跳跃到傅琮思背后，用刀抵住他的脖子，冷冷地问："穆岩呢？你们到底把他藏到哪里去了？"

　　傅琮思震惊莫名，竟然不怕死地转头望着她："……是你？你为什么要找他？"

　　"他到底在哪里？"

　　他缓缓地答道："他去了很远的地方，你不要再找他了。你到底……"

　　夏清知不可能真的杀了他，转身就走了。

　　去了很远的地方吗？

　　她坐在屋顶上，抬头仰望星空，心想，是不是出了什么事情，所以他来不及道别，才暂时离开？对，一定是这样的。

　　那她要不要等他？等吧。虽然他有无穷无尽的生命，但是她也有好几十年，可以等，她等得起。后来，沈家就开始大兴土木，而一向深居简出的朱馆长，居然一反常态，为他家测算风水，并且力荐沈家从山上移了许多块石柱过去。

　　好几个晚上，夏清知站在沈家的楼顶，冷眼看着他们把石柱一块块镶进墙里。隐隐间，她似乎有了某种预感，却完全不愿意去深想。只是每一晚，都在沈家的角落，徘徊等待着。

　　跟它们一起等待着。

　　等他终于回来。

番外二

闻说双溪春尚早

晚霞朵朵，流火般缀在天边。天空就像是被烧透了，碧蓝中透出明媚的红。深春时分，路边每一片树叶，都显得青绿饱满，溢出一点点香气。

冉妤百无聊赖地走着。一天天这样上班下班，没有半点波澜，当真是无聊。

其实吧，她昨天去相亲，也见了个传言中的"高富帅"。人家的确也高，一米八几，就是身材竹竿了点，看起来很"平面"；的确也富，据说他爸名下有好几个养猪场，随便一个养猪场就能养活好几个冉妤；至于帅……

长得也算是细皮嫩肉，五官也周正，完全不像养猪场少东。可是一坐下来，那人就叨叨叨，叨叨叨，说结婚了女方就要在家当全职主妇啊，一定要生三个孩子啊，他很想要温柔乖顺的妻子啊……冉妤当时听得就头大，脑海中已浮现个猪圈，而自己被装在里面的画面。

后来吃完饭，少东还邀请她去酒吧坐坐，言语肢体间颇有暧昧之意。冉妤也给自己做了一番心理建设，心想，猪就猪吧，她的人生目标本来不就是找个高富帅，过上米虫的生活吗？可是临到酒吧门口，她实在是狠不下心，借口有事，终于还是跑掉了。

相亲就是抱着明确目的耍流氓，可冉妤既想耍流氓，又想做等待王子的公主。其结果，自然是流氓耍不成，公主越来越饥渴。

下班的路上，她要穿过个公园，去坐地铁。此时暮色渐渐浓了，公园里人不多，很静。她走过一条石板小路，看见树丛中的石凳上，坐着个男人。

男人的身上非常脏，头发也黑油油的，有股味。但是他给人的感觉有点奇怪，冉妤多看了两眼，发现是因为他坐得很直，双手也平平地放在膝盖上，完全不像其他流浪汉颓靡懒散，看起来非常淡然。

察觉到冉妤的注视，男人抬起头，看了她一眼。

对于这种人，冉妤向来躲得远远的，立刻快步走掉了。

这天晚上，冉好躺在床上，脑海里总是浮现一双眼睛。棕黑色瞳仁，似乎比普通人颜色更浓重。

有些人身上是有气场的。譬如谢槿知，清清冷冷的，却像是对任何事都心中有底。跟她在一起，冉好就会觉得很安心。譬如应寒时，气场就更凸显了，清风明月，温润孤绝。你站在他面前，就有种被那淡淡光芒笼罩的感觉。

庄冲和馆长，没有任何气场。可是，一个流浪汉，为什么会让她觉得气场强大，印象深刻？白天两人对视的一刹那，她竟然感觉到心脏一紧，就像被野兽盯住了。

第二天下班，冉好走了相同的一条路。手里还提着个小塑料袋，里面放着一块面包和一瓶矿泉水。

她的动机和心情难以形容。有点好奇，有点紧张，有向人施舍时的那种满足感，还有不循规蹈矩的冒险快感。因为对方明显是个英俊而野性的男人，却也是泥草一样的社会最底层。她也不明白自己为什么要来，大概最直接的原因，还是因为男人那张堪比杂志男模的脸。

冉好走过花丛，走入那条僻静的小路。今天天气阴沉些，树梢下，男人单手搭在额头上，躺在石凳上睡觉。

旁边恰好走过另一个流浪汉，捡起地上不知谁扔的半个包子，大口吃掉走远了。男人却似乎并未察觉，躺着没动。

他……不跟别的流浪汉抢食的啊。冉好暗暗地想，不知道她把水和面包留在旁边，他会不会吃呢？其实冉好今天所谓的"冒险"，也就是丢下东西，然后跑掉而已。但就这么点事，也足以让她这种良家妇女，心底的那一撮小火苗躁动了。

她往前走了几步。男人突然睁开眼睛，她吓了一跳，站住了。

四目凝视，两人都没说话，也没动。有一片树叶，从他头顶飘落，落在了他胸口那辨不出原本颜色的衬衣上。

虽然脑袋依旧黏稠得像糨糊，什么也想不起来，但林对眼前的年轻女人是有印象的。这几天他流落街头，这个星球这个城市的人，对他都是避而远之，令他心头隐隐生出几分怒意，但是按捺不动。因为他还没把自己到底是谁，为什么会在这里想清楚。

这个女人，昨天也是在这个时候经过。一看到他，就露出兔子一样受惊的眼神，有点可笑。但她的目光中，又有几分清澈的探究。那双黑宝石一样剔透明亮的眼睛，他记住了。没想到今天，又遇到了她。

林的目光沿着她的脸下移，落在了她手里的面包和水上。挺直的长鼻梁，鼻翼微微翕动。刚才，他就是闻到食物的香味才睁开眼睛。现在，她就站在他脚边，那香味更加往他鼻子里钻。他听到空空荡荡的肚子里，一连串略急的叫声，干涸许久的喉咙，也越发的烧。他不动声色地吞了一下口水。

但这小动作却被冉妤注意到了，因为他那笔直的脖子上，极有男人味的喉结滚动了一下。她有点想笑，但又莫名不敢，然后她不知道，就是这么一刹那，林却已拿定了主意。

身为一国之君，他即使饿死，也绝对不会去乞讨。想到这里，他突然一怔。

一国……之君？

然而肚子叫得更响了，林就暂时按下心头疑惑，不露声色地注视着冉妤。

他绝不会去乞讨，也不会偷。

但是他可以抢。

掠夺乃帝王本性，坦然为之。

他站起来。

冉妤这才发现，他比她想象的更高，至少有一米九，她才到他的胸口第三颗纽扣。男性躯体带来的压迫力太大，她下意识往后退了一步。

"给我。"林淡淡地说。抢这样一个女人的东西，他心中还是有点讪讪，甚至懒得动手。

　　然而大概是因为他的嗓音太低沉磁性，眼神又太深邃，暮色照在他的身躯上，又太过硬朗英挺。明明是命令式语气，却被心中小鹿乱撞的冉妤听成了疑问句："给我？"

　　他问，是不是给他的。冉妤轻咳了一下，脸也有点烫了，把塑料袋递过去，语气淡淡的："嗯，我这个人，最喜欢做好事了。"

　　林静了静，接过塑料袋，撕开包装纸，三两口就把面包吃完。然后拧开矿泉水，抬起头就喝了起来。

　　冉妤睁大眼，看着他一口气喝掉一整瓶，然后把瓶子和塑料袋往旁边垃圾桶帅气地一丢，抬头再次看着她。

　　"你可以走了。"林说。

　　冉妤愣了一下，看着他重新躺下，闭上眼睛，居然一副大爷的姿态。

　　"喂，你难道都不跟我道声谢吗？"冉妤喊道。

　　林睁开眼，瞥她一眼，说："明天，继续送食物和水过来。"

　　冉妤："……"

　　冉妤觉得，自己就是碰见了一个神经病，一个无赖！好心施舍他，居然被他赖上了，明明是个流浪汉，却一副高高在上的语气，让她继续送吃的？她有病才会听他的话！

　　次日傍晚。冉妤拿着一大包食物，慢吞吞地走在公园里。她给自己的解释是这样的：谢槿知经常教育她要做好事，现在她既然做了，就要有始有终。而且，就当是给自己行善积德，这样她始终不旺的桃花运，说不定就会变好。

　　他果然还在原处，这回连起身都懒得起了，只看着她。冉妤把派丢到他身上，他依旧没道谢，接过就吃。看他把一整包都吃完了，冉妤才轻哼一声，转身走了。

　　第一天，面包。

　　第二天，蛋黄派。

　　第三天，小炒肉盒饭。

第四天，鸡腿盒饭。

第五天，肯德基全家桶。

…………

冉妤觉得，自己这些天，真的就跟犯病了中邪了一样。每天准时去投喂那个男人，看着钞票一张张飞走。她总是跟自己说，今天一定不去了，可每到下班铃响，她就坐不住了，心中那撮小火苗，仿佛又野野的、燥燥的，烧了起来。

她问自己，冉妤，你到底是要闹哪样？你的人生目标是被高富帅娶回家，当宠物一样呵护娇养一辈子。现在呢？这个空有皮相、穷困潦倒的流浪汉，都快被她包养了……

她的人生，绝对不该是这样的啊！她要被包养，不要包养男人啊。

终于，在连续投递了两个星期后，谢槿知从外地回来了。她一回来，冉妤就像找到了主心骨。这天下班时，跟谢槿知去逛街，逛着逛着，天就黑了，然后就顺理成章、理直气壮坐渡轮回家了，没有经过那个公园。

冉妤的家在江对岸，一个有些年头的单位小区。父母都在外地，她一个人住。夜色又深又静，路灯照在香樟树上，在地面投射出片片剪影。她走得有点慢，有点心不在焉。等上了楼，摸出钥匙，一跺脚，声控灯亮了，她看到家门口的楼梯上，坐着个人。

冉妤的眼睛都看直了，心也吓得怦怦地跳，深呼吸几下，镇定下来："你怎么会在这里？"

林的双手搭在膝盖上，因为身材太高大，腿太长，坐在楼道里显得非常局促。他抬起头看她一眼，然后站了起来。空间这么小，冉妤一下子被他逼退到墙角，有点战战兢兢。他的手按上她身旁的墙壁，语气不太好："今天为什么没来？"

冉妤咬了一下嘴唇，转过头去："我没有义务每天去。"刚要拿钥匙打开门，忽然又顿住，再次看着他，狐疑中带着点紧张，"你……怎么知道我住在这里？你想干什么？"

林根本不屑于回答这样幼稚的问题。他只知道，今天夕阳西下时，他在公园的长椅里等了很久，等到其他流浪汉都散了，等到天一点点黑透，这个女人还是没有来。之前每一天，他只当她是一个傻里傻气好摆弄控制的姑娘。可今天，他却有种被愚弄的怒意。

楼道上方响起脚步声，林一把抢过她手里的钥匙，打开门，将她推进去，然后闪身而入，反手关门。一系列动作流水行云，冉妤完全没反应过来，就被他单手搂着腰，进入了黑暗的室内。

没有开灯，伸手不见五指。男人有力的手指，隔着薄薄的春衫，贴在她的腰上。她的脸也被迫贴在他的胸口，感觉到微微的热气。冉妤从未遇到过一个男人，有他这样浓烈的男人气息，一时间心跳如鼓擂，又急又慌。

"你想干什么？别乱来！我、我可是很有背景的，你要是伤害我，一定会后悔！"

完蛋了完蛋了。冉妤都快要哭出来了，没想到他竟然不是好人，谋财害命？先奸后杀？她算是引狼入室，栽在他的美色上了……脑子里混乱想着，他却始终沉默着。

"啪"的一声，他把灯打开了。

冉妤看着他近在咫尺的脸，意外地发现他居然在微笑。淡淡的，有点玩味的笑。他松开了她，目光迅速环顾一周："你一个人住？"

"是……不！我跟好几个朋友一起住，他们马上就回来。你如果不想被抓，就赶紧走！"

林扫一眼玄关唯一的女式拖鞋，再看看室内明显女孩独居的布置，又笑了笑，没说话，径直走了进去。

冉妤贴在门边，没敢动。他想干吗呀？看样子不像是打算对她犯罪，那从容的神色，深沉的双眼，还有举手投足间的气度，倒像是在睥睨审视她的家。

林确实是在审视。

原本，他只是心中不悦，就来找这个女人。身为帝王，他想做什么就应当做什么。然而此刻，看到她布置得温馨干净的小屋，虽然还是算简陋，但比他这些天住的桥洞和公园强多了。

看完一圈，林在沙发坐了下来。

冉妤看着他的黑脚印踩满整个房间，看着他全身脏兮兮的，却动作款款地在她的真皮小沙发里坐下。然后抬起头，一只手搭在了靠背上，目光幽沉地盯着她。

冉妤突然有了很不好的预感，比被劫财劫色更糟糕的预感。

"你、你这是什么意思？"她问。

林看着她的小脸，又红又白，真的像兔子一样。他的手指在沙发上一下下地敲着，慢慢地笑了："一天一顿饭，已经喂不饱我。这里的一切，我都占了。"

冉妤目瞪口呆。他却起身，走向卧室，忽然又停步，淡淡看她一眼："包括你。"

稀疏的星子，悬挂窗外。夜风吹动薄薄的窗帘，窸窣作响。在这一片寂静中，冉妤脑子里却像有根弦绷断了。

神……经病啊！

眼见他就要步入卧室，她的闺房，一副全盘接收的姿态，冉妤转身就往门口跑。

"啊！"她一声尖叫，已经被人拦腰抱起，身子腾空。她不可思议地看着他——跑得也太快了吧。然后她就被丢在了沙发上。

"放我走！"冉妤眼泪汪汪地说。

林扫她一眼，弯腰脱下了她的鞋。冉妤脑子有点蒙：为什么从鞋脱起？

恋足癖？她的心头抖了一下。

女人的鞋意外的没有任何异味，尺寸也很小，只有他的手掌长。林看了两眼，拆下鞋带，把鞋丢到一旁。

一分钟后，冉妤被他用两根鞋带，牢牢绑在沙发扶手上，整个人就跟条鱼似的，双手举过头顶，只能扭动，挣脱不了。

"变态！"冉妤骂道。

林微蹙眉头，索性再脱下她的袜子，塞进她嘴里。冉好一脸震惊的悲愤，却只能发出"呜呜"的声音。林却笑了笑，拍了拍手。

终于清静了。

他走进浴室里，关上了门。

女人独居的房子，浴室很小。窄窄的洗手台，简单的马桶，小小的淋浴间。不过非常干净整洁。林把身上脏得不成样子的衣服，一股脑都剥下来，嫌弃地丢进垃圾桶里。最后光裸全身，走到了淋浴头下。滚烫的热水淋着男人冷硬的皮肤，他长长地吐了口气。

这个澡，足足洗了两个小时。冉好听着那不间断的水声，一方面深深诅咒他最好洗得太久，缺氧晕过去；同时，也慢慢冷静下来。他看起来好像对她的身体没什么兴趣，而且身手很好。莫非他是穷困潦倒的退役军人，或者……逃犯？现在认定了她，要霸占这里不走了！

无论如何，冉好都想明白了，现在不能再硬碰硬，只能智取。看他这个人这么自大，她示弱，哄哄他，或许会有用。回头就能找到机会报警。这么想着，冉好的主意定了下来。

哗啦，浴室的门终于拉开，他走了出来。

灯光下，男人的每一缕头发都变得干干净净。那具身躯颀长、肌肉紧致，每一寸线条仿佛都蕴藏着男性的力量，从那张脸，到笔直的脖子，宽阔的肩膀，窄瘦的腰。冉好的粉色浴巾，被他围在臀上，只露出毛发浓密的小腿。光着脚，脚掌长而大。

他看一眼冉好，嘴角露出一点意味不明的笑意。冉好心里"咯噔"一下，转过脸去，避开直视他的身体。脸上莫名又有点燥。林在旁边的沙发坐了下来。因为洗净了一身脏臭，他的心情也变得闲适，长腿轻松交叠，靠在沙发里，盯着神色不安的她，看了一会儿，忽然躬身过去，解开了她手上的束缚，又扯出了嘴里的袜子。

冉好浑身一松，坐了起来，但是不敢乱动，也没有抬头看他。两人离得很近，他身上的男人气息存在感太强，让她有些不适。而且他浑身上下只裹了一条浴巾，还跷起了二郎腿，两条大腿就在她眼皮底下，她根本没法看。

"跑。"男人低沉散漫的声音，在耳边响起。冉妤一愣，抬头看着他。

他还是一副淡然的样子，双手搭在膝盖上，尽管只有条浴巾，却生生裹出了锦衣玉裘般的气度。

见她发愣，他笑了笑，说："我不欺负女人，给你机会，让你跑。5、4、3、2、1……"

尽管不明白他此举是何意义，但冉妤想事情向来简单，他既然说让她跑，她虽然狐疑万分，反应却很快，在他刚数到"5"时，起身就跑。

咚咚咚——是她急促的脚步声，转眼就到了门口，拉开门，然后"嘭"的一声摔上，她简直不敢相信自己就这么脱了身，难道他真是个神经病，所以才会反复无常？不管如何，这都太幸运了。她几乎是连跑带跳就下了楼。

已经凌晨一点了，这个老旧的小区里，灯光稀疏，寂静无人。冉妤打定主意马上去小区门口的保安亭报警，跑得飞快。可脑子里却冒出他坐在公园石凳上，平静而沉默的样子。这让她有点恍神……

"啊！"肩上突然一沉，有人把手搭了上来。冉妤吓了一跳，还没来得及回头，已被腾空抱起，那力道，那强硬的感觉，还有熟悉的男性气息，跟之前在屋里被抓住那一次，没有任何差别。

冉妤整个脑子都糊涂了，他怎么可能这么快？一秒钟前她回头，看到还没人下楼，没人追上来。头顶是漆黑沉静的天空，他低头看着她，似笑非笑的样子。那模样，就像是在逗弄捕捉逃脱的猎物。冉妤又怒又怕，却也不敢挣扎。

于是她又被他抓回了家里，丢在沙发上。冉妤气喘吁吁，惊疑不定地看着他。他却拉了拉腰间的浴巾，再次系紧，然后坐下，端起桌上的茶杯喝了一口，说："再跑。这次让你跑久一点。"

冉妤："……"

她心里也憋了口气，瞪他一眼，毅然站起来，再次噔噔噔跑下了楼。

林放下手里的茶杯，望着她的背影，有点意外。他以为只需要恐吓一次，这个性格柔弱的女人，就会惧怕放弃，从今往后任他摆布使唤。没想到，她不是那么好驯服的。

他的嘴角露出一点笑意，在心里估摸着时间，站了起来。

很好，他一向喜欢驯服的过程。想到这个女人，过不了多久就会匍匐在自己脚下，不敢再反抗逃跑，他的心中泛起淡淡的愉悦。

十分钟后。冉妤趴在沙发上，全身骨头都要断了，难受死了。林坐在她的身旁，嗓音淡淡的，甚至透出一丝难得的温和："还跑吗？"

冉妤都哭出来了："呜呜……不跑了。"林看着她快把自己揉成一团的憋屈样子，满意地笑了："跑明白了就好。"

明白……冉妤眼泪珠子往下掉，她当然明白。后来她又跑了两次，一次比一次惨。第一次眼看就要跑到治安岗亭里，她都快喜极而泣，而门口的保安，似乎也若有所觉，朝她的方向望过来……

嗖——

他来了。她就跟被老鹰抓住的小鸡，直接被他提了回去。而门口的保安小哥，只看到黑暗里有道影子闪过，然后地上掉了一块浴巾："咦？谁把浴巾丢这儿啊？"

后来，他勒令她去房间里，找了条宽宽松松的休闲短裤出来，虽然绷在他身上显得极为可笑，但冉妤可笑不出来，他微蹙眉头，但还是穿着遮体了。

第二次，她学了乖，没去找保安，直接跑出小区，跳上辆夜班车，开往离小区最近的警局。这次她上了车，心想，他体能和速度再好，也不可能赶上来了吧。结果下了车，一路狂奔，跑过长长的暗黑的江滩，眼看前面就是派出所的蓝屋顶了……

然后，她又被扔回这沙发上了。冉妤不笨，甚至说在某些方面，比谢槿知更加鬼，更加滑头。她现在完全明白，男人做这些事，不是在找乐子，而是要让她明白，她根本跑不掉。跑去哪里，他都能把她抓回来。即使找来警察，恐怕也抓不住他，之后，他还能逮住她。也就是说，她现在彻底被他拿捏在掌中了。

冉妤把脸埋在沙发里，不吭声。管他的，她也快累瘫了，放弃了。而一旁的林，又欣赏了一会儿她被打倒后的颓败模样。然后抬起腿，在她身上轻轻一踹："去，给我准备身新衣服，还有新的、干净的日用品。"

冉妤慢慢站起来，拿了钱包，默不作声地走出了门外。林望着她乖乖听话的样子，手在沙发上轻轻敲着。

"尽快回来。"他说，"别把自己丢了。"

冉妤的生活，陷入一种奇怪的状态。

每天如常上下班，几乎没人发现她身边多了个定时炸弹。一到下班铃响，她就得赶紧搭车回家，去超市买肉买菜，给家里那只气场强大的大米虫做饭。

起初几天，她过得特别紧张，晚上睡觉怕他突然狂性大发就把她办了；白天上班，也时不时望向窗外，怕他会不会在暗中监视窥探。

但过了几天后，冉妤就发现自己的担心是多余的。男人虽然霸占了卧室，把她赶到沙发睡，每天却反锁着房门，好像还防着她似的。白天上班，他也从不打扰。只在她买菜回家时，挑剔地看两眼。

她的厨艺是整个图书馆青年员工中最拔尖的，连谢槿知都夸她的厨艺超出其他一切水平。可男人吃完后，却只是淡淡地一蹙眉，吃得很勉强似的，好像他以前吃的，都是多么好吃的山珍海味。

谢槿知和庄冲又旷工了，不知去向。冉妤知道他们肯定又是去办大事了，于是她的事也没人商量，只能打落牙齿和血吞。不过除了吃她的住她的，男人似乎也没干其他过分的事。冉妤总有种感觉，感觉他有秘密，他不是坏透顶的人。

她觉得，他不会真的伤害她。

所以现在，她只能盼着他早日离开。

然而，"同居"几天之后，令冉妤崩溃的事情发生了。

这臭男人，突然就将她伤害得心肝俱裂遍体鳞伤！

事情，要从她那天上班时说起……

午后，被他一连奴役了好几天的她趴在桌上打盹。忽然手机响了，居然是他。

他从不在上班的时候给她打电话，这让冉妤很是紧张了一下，立刻接起："喂……什么事？"

"马上过来。"他波澜不惊地说，然后报了个地址。

挂了电话，冉妤百思不得其解，因为地址是家附近的一个高档商场。这臭木头去那里干什么？

对，木头，这是冉妤给他起的外号。因为很多次，她看到他一个人独坐在阳台上，望着夕阳，眼神木木的，倒不似欺负她时的倨傲嚣张。冉妤也问过他：那个……你叫什么？虽然被奴役，但也不能整天喂喂喂，听着难受。他很难得地怔了一下，淡淡看她一眼，答：不知道。语气挺硬，好像不知道自己的姓名是多牛的事。

于是冉妤的心里大概也有谱了，他是失忆了吧？所以才会赖在她这里不走，因为无处可去？心里对他的怨恨，倒是不知不觉淡了几分。

等进了商场，到他所在的男装楼层，远远的，冉妤就看到他坐在一家国际顶级品牌店里，从头到脚都换了新的，那模样简直让她心头一震。旁边还站着个导购员，望着他硬朗英俊的容颜，眼神都有点飘了。

要知道他之前穿的，是冉妤从超市头的最便宜的二十块钱的T恤和五十块钱的运动裤。可现在？他那一身，加起来怎么也得过万了吧？冉妤走向他，整颗心都开始抖了。

林抬头看她一眼："付账。"

导购员："……"

冉妤："……"

迎着导购员还算善意的目光，冉妤的心在滴血，手紧扣包包，半天没动。

导购员有些为难地看向林，林也察觉了她沉默的反抗，站了起来。

冉妤转身就跑。

然后毫无悬念的，被他长臂一捞抓了回来。冉妤大叫："不！我会破产的！"

林淡淡地说道："以为我不知道你的小金库吗？"

冉妤一呆："……你怎么知道？"

林笑了笑，直接把她的包夺走，翻出银行卡，丢给了导购员。

导购员怀着相当复杂的心情，拿着卡去结账了，只剩冉妤在林的臂弯里挣扎，眼泪都憋出来了："你浑蛋！那是我的嫁妆！你吃我的住我的，还要用掉我的嫁妆！"

林把她丢在店里的小沙发上："嫁妆？你想嫁给谁？"

冉妤不吭声。

林扫一眼她微红的眼眶和凌乱的头发，心里忽然有点不太痛快，淡淡地说道："你还能不能嫁给别人，嫁给谁，是我说了算。"

这意味不明的话，让冉妤愣了一下。他却已接过导购员手里的纸袋，迈开长腿往外走了。冉妤不得不跟上去——银行卡还在他手里呢。好在他一路走过去，却没进别的店，径直下了楼梯。下一层是时尚女装，他却没有继续往下走，而是进了女装区。冉妤疑惑地跟了上去。

到了一家大牌店门口，他扫一眼身后的她，对店里导购员说："把刚才挑的衣服拿出来，让她试。"导购员答得欢快，立马从货架上取了两条裙子出来。

冉妤眼尖，一扫价签，疯了！她勉强笑着摆手道："不用了，我不试，谢谢你……"

林看一眼她身上的衬衫长裤："你要继续穿着这些垃圾？"

冉妤瞪他一眼，哪里垃圾了，也是网上正品旗舰店买的，两百多一件呢！

"我不试！"冉妤往后退了两步，面如死灰，"真的没钱了……"

林直接拎起她，丢进了试衣间，然后摔上了门。

"别让我进去亲手给你换。"他说。

旁边的导购员红着脸走开了，她觉得这位小姐实在太幸福了，男友一看就是霸道总裁，好强势好大方啊！

冉妤磨蹭了半天，又看了一遍价签，整个人都没什么力气了，终于还是换好衣服，灰头土脸地走了出来。

导购员热情地感叹道："小姐，这条裙子太适合你了，你的皮肤白，身材又好，我就没见过有人穿着比你更好看。"

冉妤："……"

呵呵，她怎么不觉得，看着镜中人，却只看到一张张钞票在飞走，怎么抓都抓不住了……

林坐在沙发里，单手搭在椅背上，没说话，只打量了一会儿，将卡丢给导购员："买。"

导购员热情地回答道："好的！"

冉妤一把抓住导购员的胳膊："对不起，我们要再考虑一下……"话没说完，人就被他扯了过去。由于他是坐在沙发上的，她又穿着高跟鞋，站立不稳，直接跌进了他怀里。

男人的大腿柔韧而厚实，身上还有淡淡的清冷气息，完全不同初遇时的又脏又臭。冉妤的腰被他扣住，愣了一下，脸突然红了。而林看着女人被银色布料包裹的纤细曲线，她的身体也是软软的一团，触手所及之处，感觉竟十分不错。他不动声色地这么抱了一会儿，然后把她丢开在旁边的沙发上，起身道："走吧。"

冉妤接过导购员拿回来的卡和纸袋，简直欲哭无泪，一步三悲痛地跟在他身后，终于走出了商厦。

她以为他只是无处可去，她以为他一定是流落街头的贵胄，她以为他肯定不会真正伤害她，毕竟有时候他看她的目光，也会带着某种沉静的柔和。

可是她万万没想到，今天这一趟商场，他根本将她伤得体无完肤痛彻心扉！

无情、冷酷、贪婪、不要脸、无耻……

冉妤一路在心里咒骂着，整个人都不好了，以至于这天回到家，始终有些恍惚，心不在焉。然而林还是老样子，那一身用钱堆出的衣服，令他显得更加贵气天成，沉稳不凡。带着淡淡的、忍耐的、嫌弃的表情，他吃完了她做的晚饭，就坐在阳台上看夕阳去了。

冉妤把自己关进房间里，望着被她小心翼翼挂在柜子里的裙子，人还是呆的。

不……不行！家可以被占，卧室可以被他一个臭男人占据，甚至每个月花点钱多养他一个也没有关系。但那笔积蓄是她的命根子，她忍不下去了，她要反抗！明天一定要想办法，把他告到警察局去，她不怕了！

正咬牙切齿想着，忽然听到外头有些异常的动静。

"呃……啊……"低沉的呻吟声。

冉妤微愣，觉得不太对，悄悄走到门边，打开了一条缝。这时天已经黑了，客厅里暗蒙蒙的。那男人躺在沙发上，显得很大一只。呻吟声正是他发出的。过了一会儿，没声音了。冉妤觉得有哪里不对劲，壮着胆子走了出去，打开灯，吃了一惊。他几乎是蜷缩在那里，双目紧闭，脸很白，额头大汗淋漓，很痛苦的样子。

冉妤问："喂？喂？你怎么了？"

他没有回应，唯有身体在微微颤抖，好像陷入了痛苦的深渊，对外界已无知无觉。

冉妤又伸手轻轻推了他一下："喂，木头？臭木头？"

他依然蜷缩着，平时颐指气使，此刻却像只被煮熟的虾子，任人揉捏。冉妤倏地睁大眼。看来他是发病了，羊角疯吗？还是抽筋？好像很严重的样子。她掏出手机刚要拨 120，忽地顿住，看他一眼，现在的他，可是全无反抗之力啊，千载难逢的好机会。

她决定拨 110。不管他发的是什么病，警察抓了他，也一定会救他。做了这个决定，冉好的心跳变得很狂乱。

但是在那之前……

她把手机先放到一旁，在他跟前蹲下。"木头？"她又喊了声。很好，他这回连睫毛都没颤一下。冉好的手慢慢地、十分紧张地，放在了他的衬衣纽扣上，小心翼翼地解开，一颗、两颗、三颗……

废话，他这身衣服值一万五，在把他送进监狱前，她必须把这身衣服剥下来，还能去退货！

很快，她把衬衣慢慢从他身上脱下来，虽然搬动他沉重的身躯，略有点吃力，但是冉好的心是紧张而欣喜的。他的上身光裸了，冉好无法不注意到那紧致的肌肉和浅麦色的曲线。加之他全身还淌满了细细的汗，热气有点往她脸上扑。她避开这堪比《男人装》硬照的一幕，伸手开始解他的皮带和裤腰拉链。这皮带也花了两千多呢。

"嗤"的一声，男人的拉链被她一拉到底，冉好看一眼那条 CK 的内裤，显然这个只能给他留下了。她双手握住他的裤腰，开始沿着大腿，慢慢往下褪……

也不知是窗口吹进的风太凉，还是她一身冷汗太紧张，当手指轻轻擦过他大腿上的寒毛时，冉好的鼻子里居然也痒痒的，呃……痒得不行了。

"阿嚏——"她打了个响亮的喷嚏。

冉好吸了吸鼻子，又用手擦了擦，继续全神贯注地往下剥裤子……一只有力的大手，突然牢牢扣住她的手腕。每一节指骨都是清楚分明的，就在她的眼前。

冉好一呆，缓缓地、缓缓地抬起头，撞上男人幽沉无比的眼眸。尽管他的脸上还挂满了汗珠，连头发根都湿了。然而那清明的双眼，却像是洞悉了所有，带着震惊、怒意，盯着她。

冉好连逃跑的勇气都没有了，就这么呆呆地蹲在沙发旁，双手还握着他的裤腰，忘了松开。

而林此刻的心情，又如何呢？除了震惊，愤怒，还有一丝丝羞窘和难以置信。他知道自己又陷入了疼痛和迷失的深渊。它们突如其来，即使是意志最坚定的男人，也无法招架。他的意识很快变得浑浑噩噩，头疼得像要爆炸，完全分不清幻觉和现实。他看到许多零散的画面，在眼前闪过。

王座之上，另一个面容清俊的男人，安然端坐着。可他却觉得这一幕如此熟悉和自如。潜意识告诉他，那就是他自己。但是他又分辨不出其中原委。然后又看到不断爆炸的飞船，恒星爆发出耀眼的死亡光芒，坠入黑暗的星云里，看到自己如今的这副身躯，站在一群年轻军人面前，负手遥望太空……

沉沦，挣扎，争斗，痛苦，疯狂，倨傲……许多情绪潮起潮落，逼得他的大脑都快要爆炸。就在这时，有某种微痒的、非常细腻的感觉从全身各处不断传来。似乎有什么人，在轻轻抚摸他。

渐渐的，他感觉好多了，没有再被意识拉入黑暗深处去。然后，他听到一声响亮的喷嚏声，与此同时，男人最敏感的部位，似乎也感受到某种温软轻柔的气流。他的下腹甚至下意识地收紧……

他睁开了眼睛，就看到冉妤蹲在他的下身旁，正在做的一切。他一时也没有动。冉妤对他有好感，他一直是知道的。否则当初他流落街头时，她不会每天红着脸还给他送食物。虽然利用女人的这一点好感，登堂入室，并且将她控制住为己所用，这手段会让林觉得有些卑劣，却也是帝王会使的小手段。

然而林万万没想到，看似单纯软弱的冉妤，竟然对他怀有这样的心思！趁他发病，想要猥亵他、强暴他。看着她那纤细白皙的手指，依旧扣在自己的大腿上，竟然还不死心似的没有松开，恼意再度涌上林的心头——帝王之躯，岂能容人随意轻薄？他一下子坐起来，推开了她。

冉妤整个人都吓蒙了，被他这么一推，才反应过来，爬起来就跑。林冷哼一声，抓起她的衣领，丢在沙发上，将自己的裤子一提，扣住她的双手，整个人都压上来，低头看着她。

"就这么饥渴？"他不无讥讽地问。

"啊？"冉妤呆了。很快明白过来，他误会了什么。然而她张了张嘴，却也无法解释。

林把她的这副表情，理解为做贼心虚。他的目光更加鄙夷，心里怒意倒莫名消了下去，冷笑道："上一个意图强暴我的女人，被我丢给了一群士兵，生不如死。你说，现在我要怎么惩罚你？"

冉妤说："我……我没有想要那个你，真的，我只是想把衣服剥下来，去退掉……"

"哦，是吗？"林慢慢地问，他的身躯也着实沉重，压得冉妤动弹不得。然后一只手将她的双手都扣在头顶，另一只手，却忽然沿着她的衣服纽扣，开始慢慢下滑："冉妤，我从来不吃亏。"

冉妤真的要哭出来了，声音也弱弱的："不要……"

林看着身下的女人。其实除了相遇的第一天，他注意到这个女人身材苗条，相貌甜美。之后同居这些日子，也并未太多注意她。倒是今天白天，在商场时，她坐在他怀里，那柔软的触感，记忆犹新。现在仔细看，肤色是极为白皙细腻的，触手如同滑玉。一米六的个头，蜷在他的身下，曲线小巧柔软。

林不动声色地打量着。而冉妤就跟砧板上的肉似的，只能任由他目光侵略。她从他的目光中，看到了某种暗色的情绪，这让她心头一惊。

然而过了一会儿，他却松开她，站了起来，穿上衬衣。冉妤惴惴不安地坐起来，直觉告诉她，屋内的气氛似乎也有点异样。但到底是什么异样，她也说不清楚。

"今后，如果再有这样的事发生……"他淡淡地道，"我不介意达成你的愿望，呵……到时候别哭着求我放过你。"这话说得又淡又狠，冉妤过了几秒钟才听明白，脸一下涨红了，心里却委屈极了。

她真的恨死他了，他怎么这么过分，对她这么不好。他穿好衣服，又转头看着她："今后我再头疼，你最好好好照顾。我饿了，去做饭。"

冉妤不吭声，站了起来，整个人都颓着。刚要走向厨房，突然间，屁股竟然被拍了一下。男人修长的、有力的五指，结结实实覆盖在她的臀上，停了两秒钟，然后移开。冉妤不可思议地转头看着他，林的神色却很淡然，放下手，在沙发上坐下，看起了电视。

次日一大早，林扔了条链子给冉妤。冉妤是个自我修复能力非常强的人，经历了昨晚的"磨难"，睡了一觉，竟然也恢复到随遇而安的状态。她被镶满亮晶晶的石头的链子，砸了个满怀。冉妤站在梳妆镜前，含着牙刷，没反应过来。

林双手插在那条价值五千多的裤子口袋里，头发也梳得一丝不乱，那模样要多俊朗贵气，有多俊朗贵气。

"生活费。"他吐出三个字。

在冉妤说话前，他已转身走了。

从市珠宝鉴定中心走出来时，冉妤的心怦怦跳着，就像怀里揣着团火。

两百万。

鉴定师居然在惊讶过后，给出了两百万的估价，还问冉妤要不要卖给他们。而从对方当时的眼神，冉妤感觉出这个估价还有水分，应该能更高。冉妤匆忙回家。没坐公交，掏五十元打了车。好肉痛，但是顾不上了。推门进去，就见林坐在一室昏暗的暮色里，看不清楚脸。

"回来了？"他问。

冉妤"嗯"了一声。

她忽然发现，自己的心情有些奇怪。按理说得了这么一大笔巨款，她应该很高兴。这个男人带给她的不痛快，哪里有两百万带来的冲击大？况且他也没对她真正造成过实质性的伤害。

可她居然高兴不起来。一看到他，心里好像依然有个地方，乱乱的，长满草，委屈又茫然，跟第一次遇见他时一样。

冉妤，你到底想要什么？她在心中问自己，又有些痛恨这样的自己，快步走进房间。看着她明显躲避的样子，林说："明天陪我出去一趟。"

冉妤没想到，木头会带她来江城大学，并且是来看樱花。时值四月，满园的花都开了，娇嫩缤纷，一树一树，宛如雪云重重压顶。这景色自然是极美的，树下也是人山人海。冉妤和林在花海边站了一会儿，她有些怔然地问："为什么要来这里？"

"随便看看。"他率先走到前面去了。

他从来都是神秘的，随手丢一条两百万的链子，更让冉妤明白他不可能是普通人。她也猜不透他的心思，只能跟了上去。

一路，人流拥挤，落英不断。林今天来，是因为早就听闻江城大学的樱花，是这个城市最美不胜收的景色。他虽然脑子里混沌不清，但皇帝的风骨还在，还有赏景的习惯和雅趣，所以自然而然就带冉妤来了。

但他没有预料到，这个城市的"闲人"会这么多。等到第五个人撞上他的身体时，他的眉头深深蹙了起来，现在他只有这一身体面的衣服了。他厌恶地加快步伐，穿行在人群里，很快走不见了。

这么多的花、树和人，早让冉妤看花了眼睛。她身体又单薄，更加被人挤来挤去。等她再一定神，发现林早不知道去了哪里。只有她一人站在一棵繁密的樱花树下，周围全是不认识的人。她犹豫了一会儿，站在原地，不动了，眼睛依旧四处寻找着。

林走出一大段路后，才发觉冉妤没有跟上来。

小兔子又跑了？

这念头让他有些不悦，又有被她的小爪子撩拨后，那痒痒的舒爽的感觉。他站在人群中，兀自意味不明地笑了笑，看得旁边经过的女孩们心中小鹿乱撞。

他原路折返。

寻找她的过程竟出乎意料的容易，远远的，就看到她站在一棵人流较少的大树下，发着呆。一片花瓣掉落在她头顶，她也没察觉。她又抬头四处看了看，却没发现他，于是继续低下头，咬着唇，等待着。

林的心跳忽然漏了一拍。

静了一会儿，他才走到她身边。冉好抬头看到他，心头一松，并不知道自己的表情同时也变得轻松。林盯着她的脸，淡淡地问道："怎么走得这么慢？"

"明明是你太快了。"冉好顶了一句。

手突然被他牢牢握住。冉好一愣，他却已转身，牵着她往前走。冉好想抽出来，可他的手指就跟铁钳似的，握得她的手指生疼。

"我不用你牵！"她抗议，心跳却不争气地加快了。

林很冷地看她一眼，反而笑了："你还敢反抗？"

冉好："……"

两个人走在人群里，他的脚步却放慢。有人推搡过来时，他会直接把她拉进怀里，用身体护住。旁边经过的女孩们，都会多看他两眼。他却恍然未觉，直视前方，或者斜眼瞟她一下。冉好的手始终被他抓得死死的，脸也有点热。她想，他真的太可恶了，太可恶了。

回家时，天都黑了。两人一身臭汗，林先霸占了浴室，洗了足足一个小时，才换了套普通的家居服走出来。

冉好都没直视他，拿着换洗衣服，跟他擦肩而过，走进浴室。林却停步，转头望着浴室门，然后将手里的毛巾一丢，在沙发坐下，目不转睛地盯着。

过了一阵，她出来了。客厅的灯被林打开，柔白的灯光铺了满屋。她的头发又湿又黑，披在肩上。许是因为刚洗完澡，露在外面的那片肩膀，呈现细瓷般的乳白色。睡裙下的小腿，骨肉均匀，晶莹白腻。

林双手交握，搭在膝盖上，静静地看着。冉妤却没注意到他的目光，她走到阳台，迅速擦干头发。望着天空的星星，叹了口气。这么走了一天，累死了，还要做饭给这位大爷吃。他根本就把她当用人，现在，她只希望他某天快点离去，离开她的生命。

然而林和冉妤都没想到，这天半夜，他会再次头疼得晕死过去。明月高悬于窗外，冉妤趴在沙发上，酣睡得不省人事。

忽然听到有人在喊："冉妤……冉妤！"

她迷迷糊糊睁开眼，那熟悉的嗓音变得沙哑极了，还带着忍耐的怒意："冉妤……给我过来！"

冉妤立刻跳起来。屋门没有反锁，她推开门，看见他又跟只大虾似的，痛苦地蜷在她的浅粉色小花床单上。冉妤也有点慌了，站在门口没动。林全身都是冷汗，用头重重撞了下床板，眼角余光瞥见她，几乎是从牙齿缝里吐出两个字："帮我……"

冉妤跑上前，却手足无措："怎么帮？"

林已痛得看不清了，勉强伸出一只手，在空中胡乱地抓，终于抓住了她的手。他的力气大得惊人，疼得冉妤脸都白了："嘶……"他却一把将她的手按在怀里，然后额头继续滚落大滴大滴的汗，整个人跪趴在床上，痛苦地呻吟着，却也不再动了。

冉妤跪在床边，呆呆地看着他的举动。想把手抽回来，他的瞳仁明显迷散了，却将她的手扣得死紧，仿佛这样就能好过一点。

"木头？木头？"冉妤尝试喊他。他完全听不到，身体兀自发着抖。

冉妤也不知道自己怎么想的，只觉得心里空旷得像荒原。她伸出手，沿着他凌乱的短发、紧皱的眉头，挺拔的鼻梁，略厚的嘴唇，开始一寸寸往下触碰。触碰过他的脖子、肩膀，最后落在他的心口，两人交握的手上。

他的疼痛是沉默而漫长的，冉妤就这么被他桎梏着，陪他一起熬着。过了不知多久，她趴在床边，迷迷糊糊地睡着了。连什么时候被他抱上床都不知道。

夜色越来越静，隐隐约约间，冉妤感觉到某个汗水淋漓的身躯紧贴着自己。他的手探入睡衣，他的唇沿着她的脖子，用力啃咬着。冉妤又急又怕，脑子里却阵阵发迷，想要推开他，却哪里推得动？

他喘得很急，也不知是因为疼痛还是冲动，手指也毫不留情，四处揉捏着、肆虐着。冉妤哭着推他："不要这样……不要这样……"

他低着头，静了一会儿，又有大滴的汗落在她的脸上。然后他却没有再更进一步了，明明他的身体完全蓄势待发，绷得很紧，他却没有再往下肆虐，只是低下头，再次疯狂地亲吻她。越来越热烈，越来越渴望，越来越煎熬。

后来两个人都昏昏沉沉地睡去了。冉妤就像一只小鸟一样，被他从背后紧紧地圈在怀里，两只手被他握在掌心，长发也散落在他胸口。

天明时分，林先醒了。越来越多的记忆，涌入阵痛后的大脑。每一天，他都比前一天，更清楚自己是谁，背负着怎样的责任。他静静望了一会儿天花板，低头看着怀里的女人。手依旧扣在她腰上，没有动。

冉妤，这个城市里，最平凡的一个女人。简单，善良，柔弱，执拗。二十几岁的人，还有一颗糊里糊涂的心。然而，他却想要得到这个人，这颗心。

如今她在他怀里，闭上眼，仿佛看到那天，他躺在公园的长椅上，她站在一地落日的余晖里，拿着面包和水，怔怔地望着他。

林想着想着，慢慢地笑了，将她更紧地扣在胸膛上。女人，好好睡。

睡醒了，我会想要更多。我要带给你，从未有过的尊贵幸福的生活。

番外三

彷徨这半生

我依然记得那一天。

我和几个纳米人，站在金碧辉煌的大厅中，等待主人的挑选。

他们很紧张，不断整理衣着和头发，想让自己显得更美丽。

我很淡然。我本就是最美丽的，歌喉亦是整个帝都最佳的。来人若是不挑选我，那得蠢成什么样啊？

挑选开始了。他是个三十来岁的男人，衣着非常精致奢华，神情淡淡的，看我们就像看一堆商品。事实上，我们本来就是精心制造而成的商品。他的目光落在我身上，我微微地笑了，然后转头，看着窗外的云。那云，可真纯洁，真安静啊，慢慢地，流动在我头顶的天空上。

主人是整颗曜日星球上，最富有的几个人之一。他的府邸精美如宫殿，悬浮在云端。他的仆人们，是整个银河系最先进的机器人。每天迈着金属长腿，快乐地忙碌着。主人每一天，都有美丽的女人陪伴，喝酒、唱歌、旅行、读书。他过得很快乐，我也是。

我甚至拥有了一座独立的小房子。只在主人想起时，应召到面前，为他和宾客们高歌一曲。我傲然享受着自己的歌声，而主人也总是很满意，赏下金币宝石无数。

我以为日子会永远这样下去。这就是生命的全部意义，我能够取悦这世上最高贵的人，我活得多么有价值。

直至，曜日开始坠落。

像是一场噩梦，从某个日出的清晨开始，却再也无法结束。太阳一天天膨胀，像个巨大的怪兽。每天都有流火落在地上，烧毁不同的生命。楼宇不断崩塌，大地始终颤抖。

逃逸那一天，阳光格外炽烈。我和一箱箱金银珠宝，被装到了其中一艘飞船上。我并不觉得十分害怕，只是当我低头，就能看到越来越远的地面上，那茫茫的人群。他们都是平民，一定是走不了的。绝大部分人，都会死在这颗星球上。

我的心中忽然涌起一股说不出的情绪。然后转头，不再看了。跨越数千光年的旅行，漫长得像一场光怪陆离的梦。当我从梦中苏醒时，已是沧海桑田，物是人非。其他飞船已不知去了哪里，更加不见主人踪迹。我躺在搁浅的残破飞船里，身边是一群微型纳米人，慌慌张张跳来跳去。

舱外，天空很蓝，田野碧绿。这是个陌生的星球。我挣扎着站起来，这才发现负责保护飞船的机器人士兵倒在一堆残骸中，红色眼珠也不太亮了，像是受了重创。我连忙跑过去："下士先生，你怎么样？"

这一路，都是他在保驾护航。有几次我们遭遇小行星带的碎石袭击，他更是用身躯挡住我和小纳米人，以防万一。我当时说："下士先生，我也是男人，可以保护自己。"

他却说："纳米人，我是帝国军人。星流指挥官军令如山，除非战士全部战死，平民无须战斗。请让我恪守职责吧！"

星流。

这个名字，第一次让我的心微微震动。

然而机器人下士还是死去了，降落时的重创令他全身破裂，无法修复，能量也已耗尽。我在他的身边唱了一晚上的歌，然后和小纳米人一起，把他埋在了山坡上。如果机器人也有灵魂，那么他依然有机会仰望星空。

我把飞船上最值钱的东西，都打了包，其中包括一枚价值连城的晶片。

至于小纳米人，则让他们先藏在树林里。天亮时，我独自下山，心情有点难以形容。

我自由了。谁知道这陌生星球上，会不会有怪兽或者强大的人把我俘虏奴役。可我实在想去看一看，看看这新鲜的世界，是什么模样。豁出去了！

我走了很久。在清澈的小溪畔饮水，在繁茂的果树上大快朵颐。我渐渐有了计较，这颗星球的文明开发程度一定不高，否则怎么还会有这么大片大片的肥沃土地和资源，没有开发，也没有人烟。

呵……我来自更高等更牛的文明呢。

小溪旁，站着一个人。是个孩子，手里还牵着一只壮硕的动物。有角，鼻子大，眼睛看起来憨憨的。后来我知道，这是地球的"牛"。

孩子和牛一起瞪着我，我也瞪着他们。彼时我背着大包，衣衫褴褛，看起来一点也不漂亮。我有些害怕地想，这孩子拥有一头怪兽，他会强迫我成为他的奴仆吗？

"……"他说话了。

我依然瞪着他，听不懂。

他用手挠了挠头，又重复了一遍。

我往后退了一步。

文明的巨大差距在此时彰显。我脖子上挂着的细如项链的翻译器，在短暂的沉默后发挥了作用。细微电流注入我的大脑中，我清清楚楚地听到孩子说："哥哥，你迷路了吗？"

他叫我"哥哥"。

一个人类的孩子，叫我哥哥。

以往，所有人都叫我纳米人。

我咬了咬嘴唇，在他面前蹲下来："是的，我迷路了。"

他露出个大大的笑脸，然后怯生生地牵住我的手："哥哥，我带你回村里。"

我和他牵手走在傍晚的天空下，身后跟着一头慢吞吞的牛。我眯着眼，看了看星球的天空。可真蓝啊，云慢慢地流动着，一切熟悉又陌生。

那一年，是地球公历 1869 年。后来，我在这偏远的山村里生活了二十年。那时的人寿命都不长，放牛娃二勇因为从小营养不好，还有娘胎带出的病，三十来岁就过世了。临终时他把我叫到床前，说："哥，你走吧。已经二十年了，再不走，村里其他人真会把你妖怪抓起来了。"

我点点头，问："你还有什么遗愿？"

他笑了笑，说："哥，你真的是妖怪吗？二十年……一点都没有变老？"

我忽然觉得难过。

"不是妖怪，我只是从很远的星空而来。"

宇宙这么大，我只是从很远很远的另一颗星上而来。

二勇哭了，掉着眼泪，又点了点头。慢慢地，他没有了呼吸。我背起他，在村民们惊诧的目光中，将他背到了深山之中，埋在另一面山坡上。我突然有些厌恶身为纳米机器人那不老不死的生命了。因为我预感到，这样的离别，将来还会发生很多很多次啊。

公元 1904 年，整个中国都是动荡的。土匪下山，将所有村落烧杀抢掠殆尽。到了这个我所栖息的村落时，我将那枚晶片装入了体内。第一次使用晶片的力量，我还很生疏，像个无头苍蝇，撞得村庄七零八落。但还是干掉了所有土匪，吓傻了所有村民。

然后我转身离开。像战士，也像巨人。在那一刹那，我脑海中浮现机器人下士说过的话：军人战死之前，平民无须战斗。

只是从那之后，山区开始流传妖怪的传说。管他的呢，这样也好。在那个年代，没人再敢接近我所在的深山。而我会变化成任意我想要的形状，任何我想成为的人，开始一段又一段崭新的人生。

她是一名抗日战士，而我是木讷的私塾先生。她和战友们借了私塾打地铺，我每天给他们做好饭菜。她总是用帽檐下那双明亮的眼睛，定定地望着我。而我总是避开。

部队离开那晚，她把我叫到了窗外。那时她的脸无比的红，问我："先生，你想不想跟部队走？你的医术那么好，我们都希望你加入我们的队伍。"

我静默良久，说："对不起，我去不了。"

那一刻，我看到她眼中的火苗熄灭下去。

部队第二天天未亮就开拔，终其一生，她都没有再回这个村庄。

然而她不知道，我见过她很多次，陪伴她很多年。

她走后，第二天我就变成了一个新兵蛋子，加入了她的部队。只是她一心想着私塾先生，常在夜色中黯然垂泪，却从没注意过我。

我作为士兵，她的战友，陪伴了她十年，然后离开。

然后是她那支部队的炊事兵，参谋官，爱国商人……看着她在战争里颠沛流离，吃尽苦头；看着她终于将我忘却，嫁给了另一个人；在她看不见的背后，我为她挡掉了每一颗本该夺取她生命的子弹，看着她平安终老。

她死的时候，已经五十余岁了。那天，我打晕了病房里的所有人，然后变成最初的模样，走入病房，走到了她的面前。

她的意识已经不清，怔怔地望着我，然后笑了："我知道的……我总感觉，你一直在我身边……"

我哭了。

"对不起，我不能陪你……"

她却抬手擦干我脸上的泪，笑道："别哭了，傻小子……"她居然称呼我"傻小子"，"好好生活，在这片我用生命保卫的土地上。"

好好生活，在我用生命保卫的土地上。我突然觉得开心，觉得释然了，像是有什么一直以来混沌不清的东西，慢慢在我心中露出轮廓。生死不重要，离别也不重要。漫长而孤独的生命也不重要。我一直在寻找它，但原来，它一直就在我心里。

公元 2009 年。我在山里晃荡了许多天，每天就跟小纳米人打打野兽，唱唱歌，跳跳舞。人与人之间越来越疏离，我对这样低等文明中的故作高贵，特别瞧不起，也没有兴趣。

遇上他的那一天，是盛夏的一个傍晚。连日降了大雨，山洪暴发很厉害。每当夜色降临时，怕有偶尔的行人遭遇洪水，我和小纳米人总是四处晃荡，把这样的倒霉蛋救出来。

发现顾雾生时，他已经没救了。整个身体都被泥石流掩埋，只露出半边脸，进气多出气少。我从高高的山上化作银色粒子流，飞跃而下，扑到他的面前。

"你还有什么遗愿？"我有些怜悯地问。

他奄奄一息地看着我："你是……鬼吗……"

我捧着下巴看着他，我知道现在随便移动他，可能导致他直接毙命："不，我是外星人。"我说，"要不要我给你唱首歌？"

他说："不用了，我还要去当老师呢……"

说完他就咽了气。我站了一会儿，把他从泥里挖出来，埋了。

背着他的行囊，我走了十多里山路，到了依岚山下。小学的院子相当简陋，我站在门口，忍不住皱了皱眉。然而一抬头，就看到个年轻男人站在庭院里，双手插裤兜里，挺散漫不羁的小伙子，嚼着口香糖看着我："你就是顾霁生？晚到了哈。我是聂初鸿。"

他大步走到我面前，伸出手。我犹豫了一下，伸手跟他交握。那时他大学刚毕业，才二十二岁，冲我粲然地笑了，我也笑了。

真好，又有伙伴了。又有人陪伴我，在这片土地上，在漫长而变幻的生命里。

我试图回忆生命中最初的那段岁月，然而脑子里却像被砸进了千斤重锤，混沌又疼痛，什么也想不清晰。我看着他们一张张饱含泪水的脸，只觉得难受，却想不清他们是谁。

一个个声音，在我脑子里混乱回响着：

就他吧，他是最漂亮的一个，也许能成为我的新玩偶。

哥哥，你迷路了吗？

先生，你愿不愿意，跟我一起走？

我知道的。我一直知道的，那是你。

别去，霁生，你不能去。因为去了，你就会死。别离开我们。

军人战死之前，平民无须战斗。以星流之名，永以为诺。

你能看到未来，却看不到纳米人的心。与生死相比，他们，更重要啊。这些地球人，对纳米人来说，更重要呢。

太阳落下又升起，我再度睁开眼睛，整个庭院里都静静的。那些孩子，我的伙伴们，我心爱的人，还没有来。隔壁的那个人……他叫什么，我一时想不起，他也还没有醒来。

我从床上坐起，吃力地穿好衣服——毕竟现在手脚似乎也不是很听大脑使唤了。然后我走到了窗前，看着初升的太阳和天空漂泊的云。

我依然觉得很开心。一种发自内心的，无法阻挡的开心。我的眼眶，慢慢蓄积了泪水。有个声音在耳边说，我从一个超级文明抵达平凡的人世间，我终于找到生命的终极意义。即使再也无法清醒，可一旦拥有它，我会永远幸福地快乐下去。

番外四

心动时刻

求婚记

谢槿知是在睡得半梦半醒时，被人从床上抱了起来。

依稀记得自己似乎翻了个身，然后就有人问道："醒了？"

"唔……"

那人的声音轻轻的、小心翼翼的："我带你去一个地方？"

"唔……"

马上就被他抱起。

耳边是呼呼的风，冷极了。才过了几秒钟，谢槿知就彻底被冻醒，睁开眼，发现自己被应寒时打横抱着，闪电般穿梭在夜色林海中。而他红着脸，扬着尾巴，眼睛直视前方。

谢槿知问他："……发生了什么事？"

"小知。"应寒时的嗓音在夜色里格外清澈，"我要求婚了。"

谢槿知说："……哦。"

她看着他，不再说话。他转过脸去，嘴角有浅浅的、抑不住的笑。谢槿知忍不住也笑了。

几分钟后，应寒时站定，放下了她。

积雪、彩灯、玫瑰、烛光、大床。

谢槿知看着眼前的一切，既感动，又无奈，有某种被雷劈中的感觉。

天知道她也是个内心通透淡雅的女子，她也希望自己经历一场浪漫但是不俗气的求婚。但是……算了，谁叫他是外星人，身边还有庄冲和萧穹衍两个好队友。

正打量着，应寒时已经拿着玫瑰花，单膝跪在了她的面前，抬头望着她。那脸已红得要滴血了，谢槿知甚至觉得他尾巴上每一根细细的绒毛都竖了起来。他用那乌黑的眼睛凝视着她，郑重地问道："谢槿知，愿意……嫁给我吗？"

谢槿知安静地站了一会儿，接过那束花，低头在他脸颊上一吻："愿意。"

他望着她，慢慢站了起来，然后拉住她的手。

就是这么简简单单，我们约定一生。

谢槿知伸手拨弄玫瑰花瓣，嘴角也有抑制不住的笑。应寒时一直注视着她，两人就这么静静地站了一会儿，他忽然又将她打横抱起，走向了大床。

谢槿知的心突突地跳："应寒时，你想干什么？"

应寒时低头看她一眼，脸上绯红未褪，嗓音也有点哑："我想……进行下一个步骤。"他把她放在了床上，然后自己也爬了上来。

谢槿知的脸终于也烫起来，伸手推他："应寒时，这里是野外啊。"他怔了一下，"野外，不可以聊天吗？"

谢槿知说："……哦，可以。"放下手。应寒时目光清幽地看她一眼，在她身旁坐下，伸手揽住她。谢槿知靠在他的肩膀上，小声问："你想聊什么？"

"都可以。"他低声答，然后低下头，轻轻吻她的脖子。

这样依偎着，小声说着话，时间好像过得很快，也很慢。彩色的光在头顶闪耀，更明亮的，却是树梢间的月光，宁静地照耀在雪地上。那一棵棵缀满积雪的树木，仿佛也静静聆听他们的细语。偶尔间的亲吻厮磨，齿间仿佛含着一片糖，清清甜甜，永远也化不开。

过了好一阵子，谢槿知望着周围越来越深、越来越静的夜色，轻推他一下："我们回去吧？"

应寒时没出声。

谢槿知以为他默认了，起身刚要下床穿鞋，手却被按住了。按得有点紧，她动不了。她抬头望着他，他的脸又红了，眼神却深深沉沉，像是有暗暗的火。

谢槿知被他推倒在床上。

"小知……还有一个步骤。"

谢槿知望着他在夜幕下的脸，听到自己怦怦的心跳声。

"你不觉得……这样疯狂过头了吗？"

"是……但是我想让今天的求婚仪式，变得完美。"他微哑着嗓子答。

过了许久许久，天边已露出鱼肚白，应寒时才抱着她，覆着床单，一起看着即将来临的日出。

同居记

从虚拟空间出来后，应寒时和谢槿知回到了江城，过上了安静又平凡的生活。

又过了大半年，与他们有关的一切新闻、声音，仿佛都随着时间淡去了。走在街头，再也不会有人注意到他们。"外星人"这个话题，本就离普通人很远，现在更加被遗忘。

遗忘意味着宁静。他们住的是近郊一个普通小区，住户不多，大多也朴实和善。谢槿知沉睡七年，图书馆的工作自然已不能做了，就在社区找了份工作，每天做一些简单但是有意义的事。

应寒时并不是个喜欢跟人打交道的人，闲暇时依旧在家里写写程序，补贴家用。虽说萧穹衍不是外人，但两人的同居世界到底更亲密。所以萧穹衍有时候住在依岚山小学，跟庄冲、聂初鸿等好朋友混在一起。有时候又回江城探望他们，最后往往想赖着不走。然后由于他若不走，谢槿知就不让应寒时做某些事，所以应寒时还是怀着满满的歉意，把他赶走了。

于是，应寒时和谢槿知每天的二人生活，是这样的……

早晨，应寒时先起床，准备丰盛又营养的早饭，然后再叫醒懒洋洋的谢槿知。照例，会得到她一个奖励的吻。如果她醒得早，那就还可以任由他做点别的事。所以每天早晨，应寒时都是带着期待的微笑醒来。

吃完早饭，应寒时开车送她上班。由于她觉得保时捷太惹眼，就换了台普通低调的车。送到单位后，谢槿知照例还要奖励一个吻，应寒时则会低声嘱咐："好好吃午饭，下班我来接你。"

"嗯哪。"

同事们看到这两口子黏黏糊糊的模样，都笑着打趣谢槿知："你这个老公，真是把你当宝贝似的，一刻都舍不得分开啊。"

谢槿知答："唔……好像是有点。"

离开谢槿知的单位后，应寒时就会开车到附近的菜市场，去买最新鲜的、她爱吃的菜。菜贩子们都熟悉这个礼貌文雅的居家男人了，每次都把最好的菜留给他。而他总是忙不迭地道谢，提着一条活蹦乱跳的鱼、一把鲜嫩欲滴的青菜，或者一盒整齐匀称的排骨，微笑说："谢谢，我的妻子今晚又能吃到最好的食物了。"

哟，这质朴的表白和感激，往往令满手菜味的小贩们感动很久，觉得自己好像也做了件了不得的好事。

提着菜回家，应寒时会花一些时间，把它们都处理准备好。然后照例打开电视机，看最近在追的一部情景喜剧。看完一集后，站起来活动一下筋骨，或是飞跃到附近的山上，摘点鲜花回来装饰，或是跳到湖里，去游泳静思。

然后，就开始写写程序，补贴家用。不过现在，大多数时候，他写的程序都是免费的，帮助一些非营利性公益组织设计网页或者APP。

工作完毕，也临近中午了。这个时候，应寒时会有一点点寂寞，但是也还好，因为谢槿知一定会打电话给他。两人其实没什么要聊的，只是很随意地说上几句话，就会很开心。然后应寒时就会下楼，去小饭馆里点个简单的饭菜，自己解决掉。

谢槿知也曾问过他："你中午怎么不自己做饭呢？"

应寒时不好意思地说，他其实对这些家务，并无特别兴趣。只有为她做，才有动力。如果是自己，他宁愿天天出去吃，也不想一直站在厨房里。

于是谢槿知就摸摸他的头："我知道你是个好丈夫。"这话让应寒时内心安静地愉悦了很久。

下午时，应寒时会将家里收拾一遍。毕竟有谢槿知在，他每天收拾，家里还是会乱。她四处乱扔的书，她换洗的衣服，她用完又不放回原处的各种东西……当然，有时候，也会在床边捡到前一晚被他乱丢的内裤或者胸衣。

有的时候，甚至还是撕破的。这种时候，应寒时会微红着脸，在床边坐下，拿来针线，仔细缝补。

对于这一点，谢槿知评价过："熟能生巧啊，撕坏的多了，居然成半个裁缝了。"

应寒时不得不说："小知……别这样说。"

做完这些事，应寒时会坐到电脑前。在他的飞船上，还有林留下的战舰里，还有许多曜日星的资料。应寒时将会花很长的时间，来整理这些资料。

尽管曜日永远不复存在，但是许多年后，这些资料，或许应该被世人，被这个宇宙知晓。

待到夕阳斜沉时，应寒时就该开车去接谢槿知了。这是他一天里最宁静愉悦的时刻，踏着斜阳，信步走向她的办公楼，微笑等着，直至她走近。然后两人一块回家，一起做饭。当然，脏活累活麻烦活都是他干，谢槿知也就心血来潮炒个菜，剥点豌豆。

吃完饭，两人或者去江边散步，看看星光和潮水；或者就窝在家里，谢槿知陪他继续看情景喜剧。到了夜色浓重时，他抱她去卧室里……

日子，一天天这样平静而温柔地度过。他很满足，她亦满足。偶尔她觉得百无聊赖，就请上几天假，两人去世界各地走一走，然后总是会伸手帮助需要帮助的人。

未来的生活，是否还会再起波澜，他们不知道。然而一茶一饭，一间屋两个人，已是毕生所爱。

后来的后来

从虚拟空间出来两年后，谢槿知生了个小宝宝，是个儿子，长得特别清秀，还很乖。别的孩子喜欢哭闹，他就瞪着眼睛到处看。

宝宝有两个干爹，聂初鸿和庄冲。萧穹衍嚷着要当干哥哥，顾霁生听到了，也不肯当干爹了。于是宝宝又多了机器人大哥和纳米人二哥。

后来，萧穹衍有了心上人，她是谢槿知和应寒时外出旅游时捡回来的一个女机器人，拥有漂亮的人类躯壳，但内在确确实实是金属的，来自另一个星球，也飘荡在地球。萧穹衍对她一见钟情，见面五分钟后，下跪求婚。她却被吓到了，立马拒绝了他，并且觉得萧穹衍是个"很奇怪的机器人"，虽然她想要寻找自己的机器人另一半，但他显然不是良配。于是，萧穹衍陷入了痛苦而漫长的追求过程中。没关系，反正机器人的寿命很长很长，他可是很有毅力的，一定要把这个完美的女机器人娶回家！

偶尔传来林婕的消息，她在世界各地流浪，从未回过江城，直至终老。

谢槿知从虚拟空间出来后的第七年，某个寂静的深夜，她带着五岁的孩子，跟着应寒时去了深山里的小屋，那个始终运转并被研究着的虚拟空间所在处。其他人也都跟去了。

看着陌生的环境，孩子好奇地问："妈妈，我们今天来做什么啊？"

谢槿知微笑地说："来见一个很好很好的阿姨，还有她家的叔叔。"

孩子乖乖地跟在母亲身后，等待着。

夜里三点多时，所有设备停了下来，机器的运转声戛然而止。

孩子看到床上，那个始终睡着的阿姨，终于缓缓睁开眼睛。谢槿知牵着孩子走过去，两个女人都哭了。应寒时等人静默不语。

"冉妤，对不起，这么多年，才把你救出来。太难了，实在是太难。他也会醒，但是不会有记忆。共生的大脑经过多次循环，已经受到严重伤害，无法再恢复。他会不再认识你，也不认识我们。但是也不会再去复国了。别难过，冉妤，别难过，一切都会好起来，你们的人生，终于重新开始。"

吹泡记

与许多宝宝一样，谢槿知家的半兽宝宝，长到一两岁，就开始喜欢各种玩具。应寒时虽然性格老成，谢槿知却有童心，经常在下班回家路上，捎各种小玩意儿给儿子。

这天，她在路边买了瓶泡泡水。

应寒时在厨房做饭，谢槿知把孩子放在阳台上，自己拿起泡泡水，开始吹。一个又一个浑圆彩色的泡泡，随着轻轻的风，吹到宝宝的面前。宝宝还是第一次看到这么奇妙的物体，瞪大眼睛，呆了许久，直至一个泡泡轻轻撞在他的脸蛋上，破了。

而谢槿知没想到的是，宝宝……彻底兴奋了！才两岁大的孩子，兽耳骤然跳出，尾巴一个激荡，就撞向了空气中那许多泡泡，"噢噢噢！"平时性格像他父亲一样沉敛的小家伙，此刻脸却红了，追着那些泡泡，一个又一个打破。

那感觉……咳咳……真像一只追着球的小狗狗。

罪过罪过，谢槿知把这念头压过，心想，宝宝明明就是天真可爱好不好？看他高兴，她使劲一个个地吹着，母子俩玩得不亦乐乎。

某个瞬间，她不经意抬头，却见应寒时不知何时已矗立在阳台门边。

夕阳照在他清俊的身形上，他双手负在身后，眸光注视着宝宝，面颊有些许绯红。

是在厨房热的吗？谢槿知稍稍有点不好意思，她把平时安静的宝宝带得好野呀。应寒时肯定不习惯了。

"饭好了？那我们不玩了。"她柔声说。

应寒时的眼睛却还盯在……泡泡上："没关系。"

"哦。"她眼睛一眨不眨地看着他。

　　然后，他上前两步，也来到了泡泡当中。抬起一只手，轻轻一戳，一个泡泡破裂了。宝宝对于爸爸抢自己的泡泡，露出不满的神色。应寒时看了一眼谢槿知，脸却更红了，尾巴也跳了出来，然后伸手，又戳破一个，又一个，又摇了摇尾巴。

　　宝宝："……"

　　谢槿知："……"

　　"你……喜欢这个？"她问。

　　"槿知，你制造了这么多的球形……我实在……"

　　"哦，明白了。"

　　很快，就变成谢槿知在一旁吹泡泡，父子俩全神贯注地戳着泡泡。宝宝还需要跑来跑去，追逐那一个个泡泡球。应寒时却是单手负起，立在原地，抬起修长的手指，一个个点破，面带微笑，玩得很投入。

　　谢槿知想，这真不能怪她，之前感觉是一只小狗狗，现在是……

　　一直玩到暮色深深，一家三口才回到屋里吃饭。宝宝玩累了，大口大口地吃完，就爬回床上睡觉了。谢槿知一边喝汤，一边问："应寒时，你是……无法抵挡球的诱惑吗？"

　　应寒时动作一顿，脸再次红了："有点。"

　　"哦……"

　　当天深夜，应寒时关掉屋里所有灯，进房时，就看到谢槿知双手枕在脑后，似笑非笑地望着他。

　　"怎么了？"他坐到她旁边柔声问。

　　谢槿知不答，她嚼了嚼嘴里的东西，然后慢慢地吹，吹出了一个大大的泡泡。

　　应寒时："……"

　　"想戳吗？"

　　"小知，别这样……"他红着脸别过头去。

谢槿知微微一笑，定力不错嘛。刚要含回口香糖，突然嘴里"啪"的一声，泡泡被他迅速戳破。人也被他一下子放倒，男人清冷而燥热的身躯压了上来。

"唔……不要这样，别舔我啊喂！"

"小知，谁让你这么坏……"

番外五

愿与你再次相逢

应寒时睁开眼，看到一片灰蒙蒙的天。他一下子坐起，揉着还在疼痛的脑袋。然而军人的直觉使他警醒，因为耳边还有隐隐的枪炮轰鸣声。而头顶那灰蒙蒙的一片，原来不是云，而是硝烟。

应寒时按了几下手腕的通讯器，没有反应。执行战机超光速跳跃的一瞬间，又或者是一段极漫长的时间里，萧穹衍惊恐的声音还残余在耳边："啊……大人，我们遇到了黑洞干扰……我需要半个小时修复，半个小时……等我……"

当然这种事以前也遇到过，譬如去年他们在外太空飞行寻找流浪雇佣军踪迹时，曾不小心跳跃到了两百年后的地球，不过那一次应寒时只待了一分钟，就被萧穹衍重新打开的时空通道接走了。

这次，萧穹衍说要半小时。

应寒时气定神闲地站起来，望着前方，蹙眉。数十架飞机从空中掠过，投下一枚枚弹药，一幢幢建筑冒出黑烟，惊天的轰鸣声不绝于耳。街道上无数人在哭喊、逃窜。

应寒时的眉头一挑。一个约莫一岁的孩童站在街道正中，号啕大哭。下一秒，应寒时已瞬移过去，逃命的人们只觉得眼前银光一闪，哪里来得及分辨。应寒时刚要把孩子抱起，一个身影比他更快，抱起了孩子，哄道："福仔，福仔，姑姑来了，姑姑来了。"孩子抽泣两声，趴在她的肩头，情绪稍缓。

应寒时负手看着他们。

女孩也抬头，她穿着青色上衫、黑色裙子、黑鞋白袜，梳一条独辫，非常学生气的打扮，对应寒时说："先生，谢谢你。"

应寒时一呆。

这大抵是谢槿知第一次见到应寒时的情景。一个穿着奇奇怪怪的衣服——运动外套、休闲裤，气质干净、清俊得与周遭乱境格格不入的神秘男人，样子却呆呆的。

敌军轰炸江城，谢槿知与家人失散，惊心动魄地在街头抱回小外甥，正要顺着人流逃命，手臂却被拉住。

"槿知?"

谢槿知莫名其妙:"你认得我?"

应寒时闭了闭眼,说:"曾在学校与你有过一面之缘,你大概不记得了。"

虽然他的话很像不合时宜的搭讪,但谢槿知直觉他不是坏人,她点头:"再见,保重。"

"你去哪里?我保护你。"

"不用,谢谢!"谢槿知抱起外甥就跑,谁知怀中一轻,陌生又奇怪的男人已把孩子抱过去,语气却温得不可思议:"是要过河吗?你可以告诉我目的地,我不是坏人,只是想帮你。"

谢槿知皱眉,正要说话,头顶一阵引擎巨响,一架飞机俯冲而来。周围的人吓得魂飞魄散,拼命奔跑。可是人腿怎么跑得过飞机,驾驶员像是要恶意轰炸这些平民,一颗黑乎乎的炸弹眼看就要掉落在他们的头顶。

谢槿知扑到应寒时怀里,抱住了外甥,流着泪,闭上眼睛。一只手稳稳地搂住她,谢槿知悲从中来,万没料到死到临头,这个怪人还占她便宜,于是一口朝他的手臂咬去。却听到他嘀咕了一句:"昨天咬的印子还没消……别怕,我帮你们。"

话音未落,谢槿知就看到一片璀璨的、朦胧的银光,在眼前炸开,可那光又是极柔和的,在战火纷飞的城市里,像一团温软的梦境,把她,还有周围的百余人,全都包裹住了。

她茫然抬头,这怪男一手搂着她,另一只手挥在空中,而那银光竟从他掌中源源不断地倾泻。

下一秒,一声闷响在头顶炸开。谢槿知抬头,就见那枚恐怖的炸弹,仿佛黑鱼入水,她看到它爆炸了,那声响却像隔着一层厚厚的纱布,而所有火光、粉末,泯灭在一片清亮的银光中。

身边的男人脸色清冷,扬声道:"两军交战,不涉平民,你不配做军人。"他的手在空中一挥,一道雪白半圆的光刃腾空而起,把已飞出百余米远的飞机斩成两半,随即飞机坠落在远处的河中。

这一切都超出了谢槿知的认知，周围百余人更是目瞪口呆，连逃命都忘了，全傻傻地站着，不敢相信这一幕。然而，谢槿知鬼使神差般，在应寒时怀里开口："他们都不配！"

应寒时看着她。

"那些飞机都是！每一架都炸死了很多人！我们的同胞死了千千万万！"她泪流满面。

应寒时轻叹一声，从口袋里抽出一块非常整齐小巧的纸巾，递给她，说："别哭了，我知道了，也相信你。给我一分钟，就站在这里等我。"

谢槿知点头。

他的身影，如浮光轻尘消失了。

周围的人发出一片惊呼，有眼尖的小伙子喊道："在那里！"

"神、神仙！是神仙啊！"

"神仙来救我们的命了！"

前方的天空中，分明有一道细细的白光，如鬼魅般时隐时现，以不可思议的速度，追向那五架敌机。

几秒钟后，那磅礴的、纯洁的半圆形光刃，再次出现，这一场战斗毫无激烈可言，完全是单方面的收割，一道光刃，斩落一架冒烟的飞机，五道凌厉的光刃后，天空干净了。

浮光再次而来，应寒时的身影从虚空中浮现。他的双手负在身后，额头连汗都没出一滴，望着谢槿知。

她身后，人群跪了一地，拼命磕头："谢谢神仙大人！谢谢神仙大人的救命之恩！"

"神仙大人，你再显显灵，把我们都带走吧！"

"不！你要真是神仙，把敌人都赶走、杀光！"一个小伙子喊道。

应寒时摇头："我不是神仙，我也救不了你们所有人，改变不了历史。"

"你不是神仙，你是什么？"谢槿知问。

应寒时不发一言，在众人的惊呼声中，抱起她和小孩就走。

最后，应寒时按照谢槿知的意思，把她带到两百公里外的一个村落，这里路途崎岖，非常偏僻安静，是她的乡下老家。

应寒时把她放在村口，小外甥已经在她怀里睡着了。这是谢槿知第一次在空中高速掠行，脸色发白，有点想吐。

应寒时问："你没事吧？可以自己找到亲戚家吗？"

谢槿知点头。

"那么……我就告辞了。"

"你要不要……进去喝杯水，休息一下再走？"

应寒时也不放心就这么离开，点了点头："那么，就叨扰了。"

他接过孩子，走在后面，谢槿知低头走在前头。路上他们碰到一两个认得的村民，有人好奇询问："谢小姐，你怎么这时候回来了？这位是？"

谢槿知答："是我的一个朋友，路上碰到，送我过来。三叔公，我爸爸妈妈和大哥嫂子到了吗？"

"没来呢！"

谢槿知神色一黯。

又走了一段，谢槿知问："你真的不是神仙？"

"不是。"像是猜到她要说什么，应寒时说，"我也不是妖怪。"

"那你是什么呀？"她的声音和如今一模一样，即使谈论这么诡异的话题，也是温温和和的。

应寒时答："我是外星人。"

"那是什么？"

"地球是一颗星球，宇宙中还有别的星球，我来自别的星球。"

她沉默了一会儿，问："那你们星球有战争吗？"

"有的。"

"你的祖国被别的国家侵略过吗？"

应寒时说："我的祖国已经不在了。"

"对不起。"

"没事。"

到了谢家祖屋，谢槿知的叔伯公早已闻讯跑出来，虽然战火还没烧到这里，但是他们对江城的局势也略有耳闻，连忙将人接了进去。就是当大家看到应寒时——这么干干净净清清爽爽的一个青年，都觉得莫名。谢槿知只说是同学仗义，路上遇险，送她回家，一路惊险奔波，饭都没吃，就睡死过去。

应寒时被安置在一间干净舒适的客房里，甚至还和谢家的亲人们吃了晚饭。他彬彬有礼，温润平和，很快博得谢家一家上下的好感，谢槿知的舅母甚至大着胆子调笑："小应，你有没有女朋友？这么远送我家小知回来，是不是想做我们家的女婿啊，哈哈哈！"

应寒时微笑摇头："我已经结婚了。"

众人别说多失望了。

暮色四合，隔壁的谢槿知还在香甜睡眠。应寒时靠在农家简陋的床铺上，腕间的通讯器终于响起："老板，能听到吗？"

"嗯。"

"你还好吗？小 John 罪该万死，刚刚才把线路修好，现在接您回来可以吗？"

应寒时沉思片刻，说："再过五个小时吧。"

"啊，为什么？老板你现在掉到哪个时空里去了？居然乐不思蜀了？五个小时哎，都半夜了，要是槿知问起怎么办？"

"你就告诉她……"应寒时的嘴角浮起笑意，"回来了，我再跟她说这一段的经历。"

"我也要听！"

关掉通讯，应寒时去拜访谢家老宅最高掌权人——谢槿知的大伯公，他仔仔细细询问了谢槿知的家人在书信中提到的，从江城逃难过来的路线。

大伯公大吃一惊："年轻人，你难道打算去找他们？这么兵荒马乱的，还是不要去了。你救了小知，这份恩情我们一定记在心里。"

应寒时说："我一定要去，否则谢小姐寝食难安，请您放心，我不会有危险，这对我来说不算什么。"

大伯公愣了愣，忽说："你对我们家槿知这样情深义重，甘冒生命危险救谢家人，可她不会做妾，如果你将来停妻再娶，我会劝她父亲把她嫁给你。"

应寒时一怔，莞尔："您误会了……我不是……我不会是她现在的丈夫，我想她在这里会有她的爱人和幸福。让她好好睡一觉，我应该会为她带来好消息。"

毕竟，他的小知曾经提过，自己祖上福大命大，历经战乱，始终平平安安传承下来。

谢槿知到底睡得不安稳，到了半夜，突然惊醒。梦中战火纷飞，血尸满地。想到家人，她强忍着眼泪，再也睡不着，走出屋外。

堂屋亮着一盏灯，白发苍苍的大伯公点了支烟枪坐在那里。

谢槿知走过去："大伯公，你怎么还没睡？"

大伯公看着她，说："我在等消息。"

谢槿知心一紧："等什么消息？"

"送你来的小应，折返城中，去找你的爸妈他们了。"

谢槿知一下子站起来，望着空荡荡的大门口。她的心中升起希望，又难免担忧。哪怕他是什么"外星人"，有神鬼之功，可是江城这么大，人海茫茫，枪炮无眼，他又不是真神仙不能掐指一算，怎么找得到？

"小知，他说已有了妻子。"

谢槿知一愣，心中隐隐失落，又想象不出，他那样一个人会娶什么样的妻子。

"是吗？我也不是很清楚。"

大伯公点到即止，两人一起翘首以盼。过了一阵，大伯公又后悔："我应该多叫几个村里的后生和他一起去的，怎么一时就没想到，让他一个人去冒险呢！哎！"

谢槿知说："那倒不用，大伯公，他……身手很好的，一个人或许更方便，旁人反而是拖累。"

"是吗？那么斯斯文文的小伙子，真没看出来。"

这一等，就等到凌晨三点半。

门外传来凌乱的脚步声，大伯公和谢槿知连忙迎出去，就见到谢槿知的父母、哥嫂搀扶而来。谢槿知喜极而泣："妈妈！爸爸！大哥！嫂子！你们回来了！太好了！"

众人全是泪汪汪的，嫂子差点跪在谢槿知面前，谢她救了儿子，然后两口子连忙跑进房里看孩子。

老宅的其他人也都被惊醒，纷纷赶来，将谢父谢母围在中间。谢槿知笑着流泪，走出门外。

应寒时一个人站在外头。

他的白运动衫上沾满灰烬和血迹，手腕上也有了几道明显的擦伤。奔波一夜后，他立在黑夜里，却如同初见般平静从容。

他的头发蓬松乌黑，肤色却白，完全不像她见过的那些黝黑健壮的军人。他的眉眼长长的，眼眸静得像两汪寒潭，碎星藏在其中，就像他提到的神秘宇宙。

谢槿知啜泣："谢谢你，应先生，我不知道要怎么报答你。"

应寒时微微一笑："无需报答，一切都是注定。"

他身后的天空，有一道类似通道的白光，慢慢浮现，将他笼罩在其中。

谢槿知明白了什么："你要走了吗？"

"是的。"

"一定要走吗？"

"是的，有人在等我。"

谢槿知微笑："是你的妻子吗？"

"是的，她是我的妻子。"

"那么先生，祝你幸福！"谢槿知向前一步，"我们……还会再见吗？"

应寒时盯着她，目光温凉如同两人头顶暗藏的银河，他忽然走上前，单膝跪下，握住她的一只手，却没有如西方人般行亲吻礼，而是温柔地说："槿知，战争会有结束的一天，你的祖国会觉醒屹立，希望你永远幸福。你的时间永远向前，而我的时间为你回旋。群星注定了我们的相遇，期待与你的再次相逢。"

谢槿知的双眼浸出泪水，慢慢点头，望着他消失在时光隧道中。而后她转身，走回老宅，许多人跑出来，想看看救了亲人的少年英雄，却只看到她。谢槿知走着走着，抬头望着夜空中浮现的星子，笑了。

多么神秘的星空，多么美好的承诺啊！

我这辈子一定会幸福，看到你说祖国觉醒屹立的那一天。

原来是群星注定了我和你的相遇呀，应先生。

在很久很久以后的未来，期待……与你的再次相逢。

—全文完—